曲亭馬琴日記

一

新訂増補
柴田光彦

文政九年丙戌日記抄
文政十年丁亥日記
文政十一年戊子日記

中央公論新社

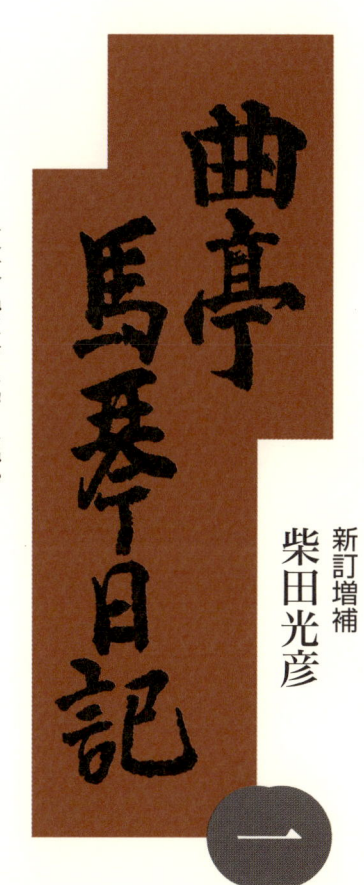

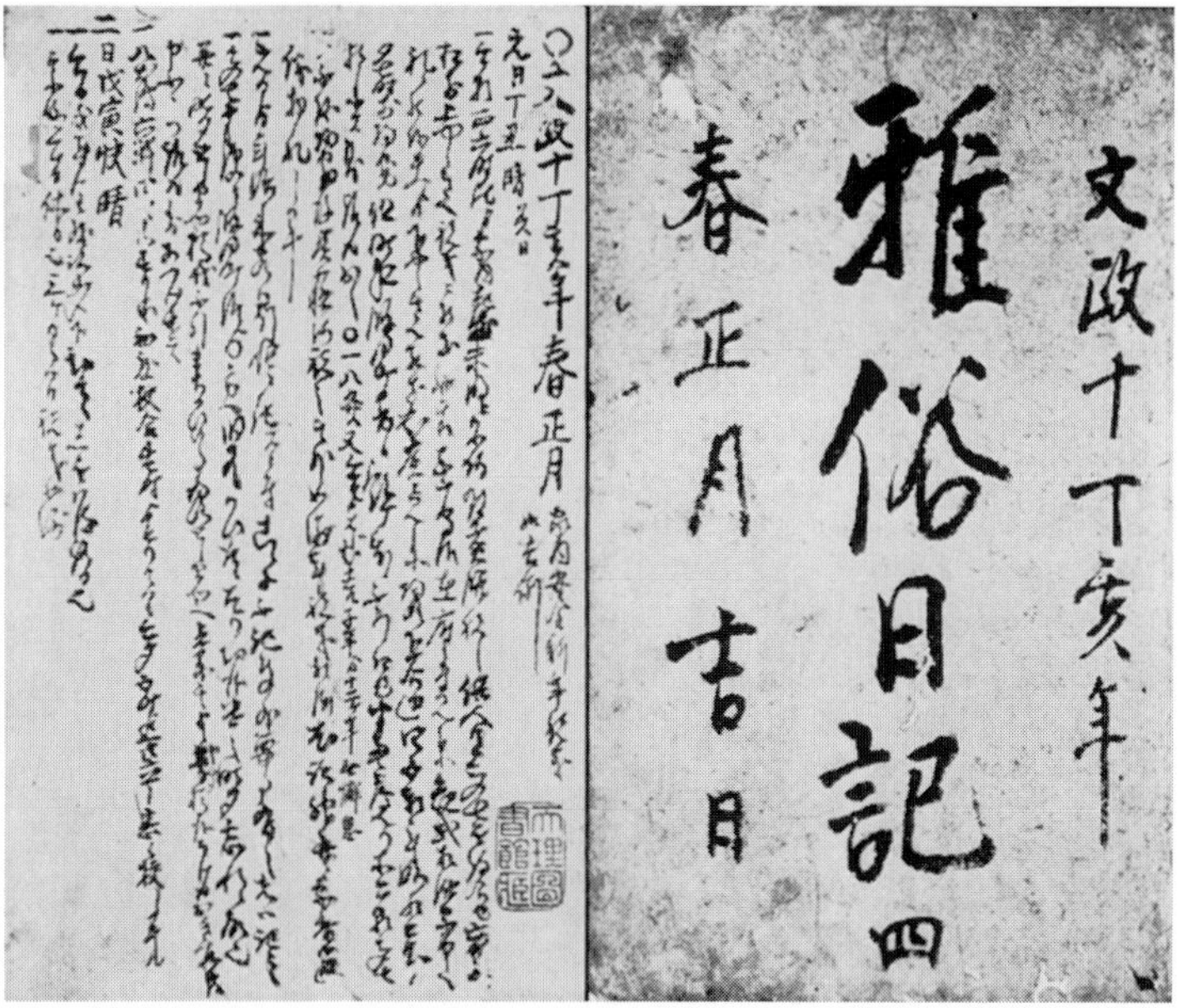

文政十年丁亥日記　雅俗日記四より　表紙と本文初丁　馬琴自筆（天理大学附属天理図書館蔵）

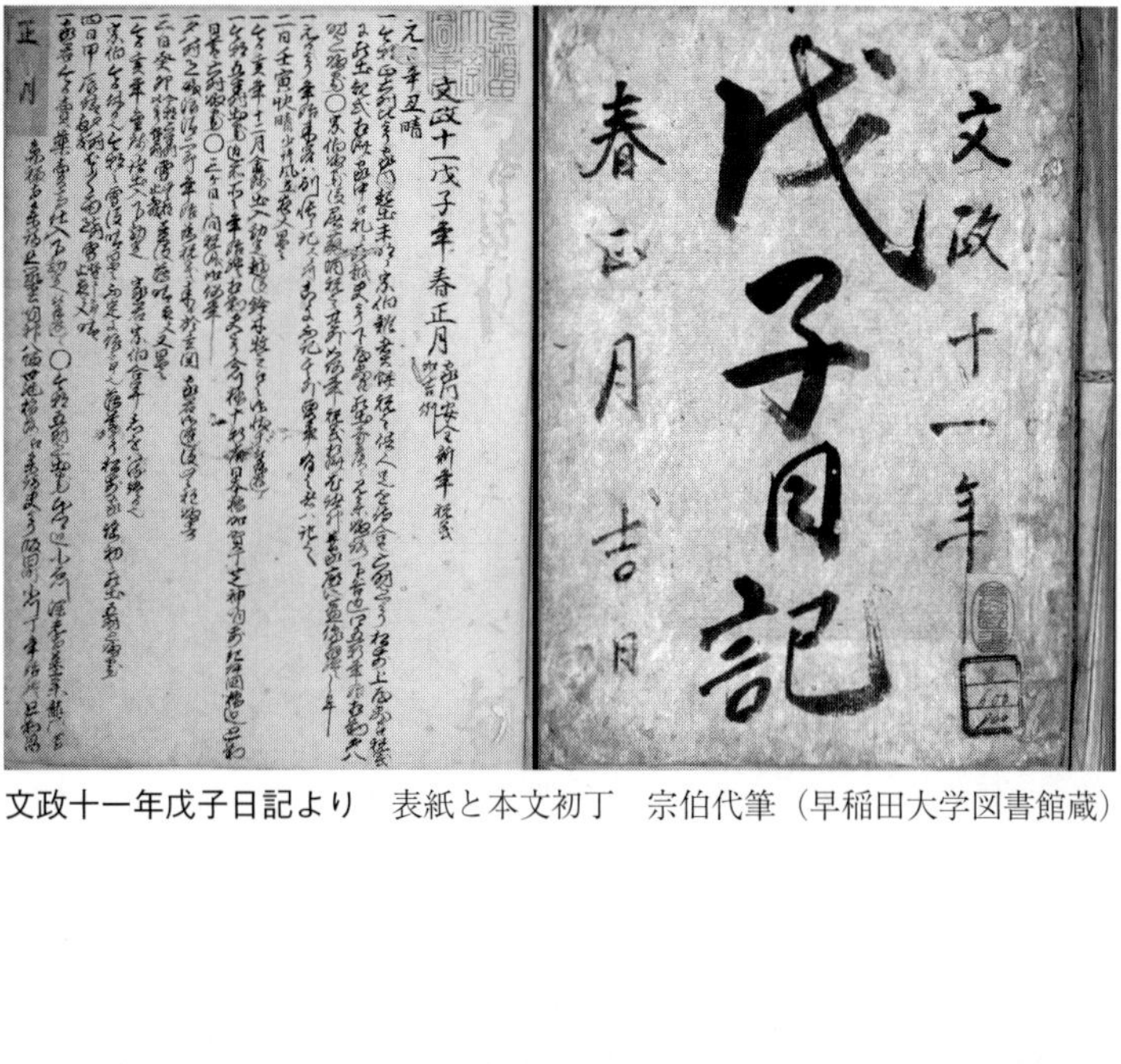

文政十一年戊子日記より　表紙と本文初丁　宗伯代筆（早稲田大学図書館蔵）

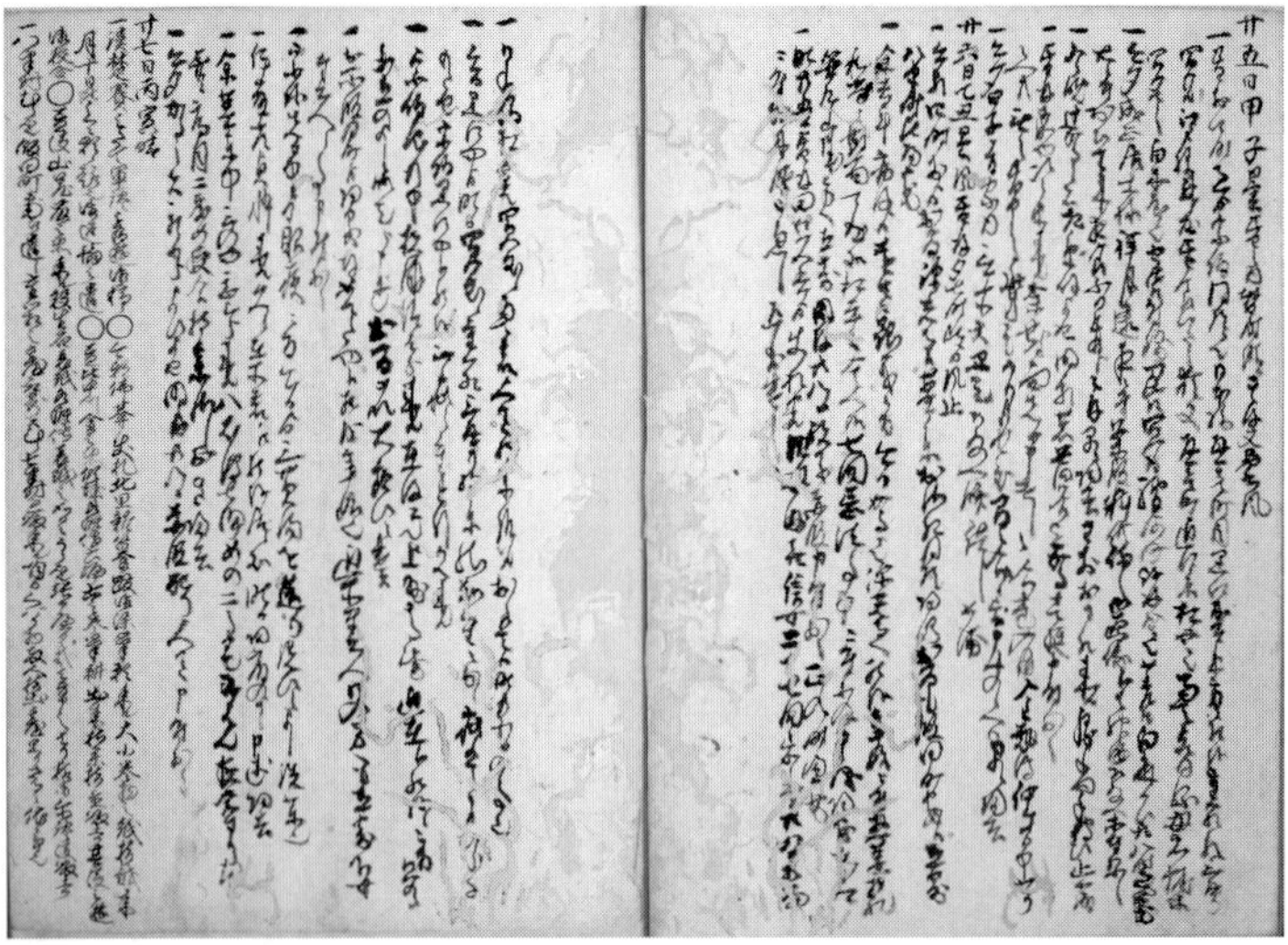

文政十一年戊子日記より　３月25日から26日は馬琴自筆、27日は宗伯代筆（早稲田大学図書館蔵）

馬琴の肖像（右）『南総里見八犬伝』第九輯　巻五十三の下より　歌川國貞画　左右の角が変色しているのは、貸本屋の渋塗りのため（個人蔵）

目次

刊行にあたって　柴田光彦　3
旧版のまえがき　暉峻康隆　9
第一巻解題　13
凡例　17
文政九年丙戌日記抄　19
文政十年丁亥日記　33
文政十一年戊子日記　265
旧版翻刻・校訂関係者略歴　509

装幀　菊地信義

刊行にあたって

本書は『馬琴日記』の新訂増補版である。書名を『曲亭馬琴日記』と改めたのは、旧版との区別を明確にするためであるが、馬琴の意にかなうかは迷うところであった。内容からすれば『滝沢解日記』、もしくは『滝沢家日記』とするべきかもしれない。

馬琴は旗本の用人の家に生まれた。馬琴自身も若くして主家に仕えたが、扱いに堪えかねて扶持を離れ、さまざまな経過を経て読本作家としての地位を築く。しかし、兄に先立たれてからは、滝沢家の再興を望むようになった。

息子の宗伯は松前藩の医師にしたが、若くして病没してしまい、孫の太郎のために御家人株を取得するには、多大な出費が求められた。失明してなお創作活動を止めるわけにはいかなかったのである。結局、失明してのちは、『八犬伝』を嫁の路に口述して続けることで、作家「曲亭馬琴」として最後まで生きたのである。

＊＊＊

昭和四十八年（一九七三）五月より刊行を開始した『馬琴日記』は、同年十一月までに本文四冊が成った。しかし、索引のほかに『瀧澤家訪問往来人名簿』や年譜などを収載するはずの別巻が、諸事情から未刊となっていた。

三十余年たった平成十八年（二〇〇六）五月のある日、中央公論新社より創業百二十年記念事業として『馬琴日記』を完結したいという依頼が、末輩であった私の元にもたらされた。しかし旧版の関係者の多くは黄泉の国の人となり、編者の一人である木村三四吾氏は御高齢であった。私としても遥か後輩ながら喜寿を迎える年齢に達していた。この状況で新たな校訂を行い索引を完成させることが、無謀かつ困難であることは当然予測されたので、現役の馬琴研究者に依頼すべきであろうと、一旦は固辞した。

しかし、度重なる中央公論新社の要請を受けるうちに、旧版関係者中の最若年の私が完結させることは、先哲の意志に添うことかも知れないと思うようになった。かくして不安を払拭できないまま、先に出版した『馬琴書翰集成』（八木書店　平成十四〜十六年）の時と同様、木村三四吾氏の御了解を戴くことを条件に引きうけると返事をしてしまった。幸いにも木村氏からは即答のお許しを得られたことから、記念事業の期日内には間に合わぬことも含みおくことを中央公論新社の諒解を得て新訂を進めていたが、残念なことに、作業がようやく半ば過ぎた昨年四月九日、木村氏は九十二歳で天寿を全うされた。完成をお目に掛けられないのが悔やまれてならない。謹んで冥福を祈るとともに、旧版の校訂に当たられた泉下の諸先輩の御霊前に本書の完成をご報告する次第である。

ここで「旧版まえがき」と一部重複するが、旧版の刊行経緯を私が知る範囲で略記する。

『馬琴日記』刊行の契機は、昭和二十九年（一九五四）春に遡る。当時早稲田大学図書館長であった岡村千曳、近世文学専攻の暉峻康隆・鵜月洋、日本史専攻の洞富雄の四氏によって早大図書館蔵の「馬琴日記」の翻刻がはじまり、その成果は三十一年一月から逐次「早稲田大学図書館月報」に連載・公開された。早大図書館は、文政十一年、天保三年、同四年の「馬琴日記」を蔵しており、ほかに東京大学附属図書館には天保五年分が所蔵されていることが知られていた。

早大での翻刻がはじまる以前の「馬琴日記」は、大正十二年（一九二三）の関東大地震以前刊行の饗庭篁村編『馬琴日記鈔』（文会堂　明治四十四年）、震災翌年に刊行の和田万吉校『馬琴日記　天保二年』（丙午出版社　大正十三年）があり、ほかに文政九年から弘化三年（一八二六〜四六）までのうちの十九年分が東京大学に存在することが確認されていた。しかし、震災で大半を焼失してしまう。そしてそれ以前から不明であった文政十年・十二年分が古書展に出て天理図書館に入り、木村三四吾氏によって、昭和三十三年から三十八年にかけて同図書館の「ビブリア」に翻刻が掲載された。

話を早稲田大学に戻す。天保三年分の翻刻途中で岡村・鵜月両氏が相次いで他界されたことから、その後、私が加わって、天保三年・四年の日記を読了することになった。そして天保四年の「癸巳日記」の全文が「早稲田大学図書館紀要」第十一号（昭和四十五年十月）の特集として掲載された。このころ中央公論社から『馬琴日記』刊行の申し入れがあり、暉峻康隆・木村三四吾・洞富雄・柴田光彦の編纂で、既に活字になっているものを含め、存在がわかっている全ての「馬琴日記」をまとめて出版することが決まった。これにより東京大学関係者の了解のもとに天保五年日記は暉峻・柴田が翻刻にあたった。さらに刊行途次に、岐阜市の円徳寺に馬琴最晩年の嘉永元年分の日記があるという情報を得て、急遽これも加えるべく暉峻・柴田が担当作業を行った。

このような状態で行った翻刻・校訂作業であったことから、基本的な凡例や約束事を作ってはいたものの、やはり早稲田大学、天理図書館の分担しての作業では、充分な意見交換や意思統一を行う時間的余裕をつくることができなかった。原本を失った活字本の流用についても同様で、翻刻・表記の統一、疑問点の未解決部分がこのたびの新訂作業を行うなかで明らかになった。

しかし三十余年という歳月は長い。この間『馬琴日記』は近世文学、馬琴研究に止まらず、近世史料としては勿論、広くは社会・風俗資料として高い評価を得るようになり、さまざまなジャンルで活用されていることは、編纂に携わったものとして果報とする反面、喜んでばかりはいられなかった。ときに旧版本を読み直すなかで、誤植・誤読以外に馬琴自身の誤記など訂正すべき事柄の不備に気づくことが少なくなく、過去に作成していた索引で逆引き照合すると、本文の疑念箇所も多々判明して、そのたびに原本との照合を行うなど、旧版の不備を正す必要性をより強く思うようになった。

また旧版本では巻末に参考に留めていた典拠が不明であった分も、『学海日録』（第五巻　岩波書店　平成四年）が書き抜きの典拠であることなどが判り、加えて依田学海が所蔵していた天保六年・七年の日記を中村秋香が借覧・抄録したものが信多純一氏の架蔵となり、「神女大国文」14（神戸女子大学国文学会　平成五年三月）に翻刻紹介されたことなどもあって、新訂増補版の重みは一層増してきた。天保六年といえば息子宗伯が死んだ年であり（葬儀の前後の記事が胸にせまる）、七年は馬琴の書画会と、孫太郎のために同心株を購入した年である。

これらも日記の語彙の表記がそれぞれまちまちで、当初考えていた分担作業はやはり不可能で、結局、独りで解決しなければならず、また先の見えない事項索引作りも試行錯誤の連続で、私自身の判断への不安や揺らぎが生じることもしばしば起こった。さらに、旧版本の「凡例」にもとづく修正とはいうものの、これにそぐわない事例も少なくなく、その煩雑さに何度も行き詰まった。またこの種の仕事には無理と思われる老齢に入った自らの体力と気力限界との折り合いを付けながら作業を続けたものの、この間に馬琴同様な個人的事情も生じ、単独で遅々と進まぬ日々が続き、記念出版には到底間に合わせることは出来ず、心ならずも年を経てしまった次第である。

ここにとりあえず新訂版の作業を終えたとはいえ、私自身充分に納得し得たものではない。まだ迷うところは少なくないが、あとは後人の研究に任せることにしたい。今は先賢の業績に敬意を捧げるとともに、新訂版が多くの方々に活用されることによって、馬琴研究はもちろん、多彩なジャンルで『曲亭馬琴日記』がさらなる進化を遂げる一助となることを願ってやまない。

新訂版刊行にあたってはともすれば挫折しがちな私に対し、特に木村史彦氏の助言、激励により、立ち直りを繰り返しつつ、どうにか全うすることが出来た。なお本書の編集は山本啓子さんが担当された。記して謝意を述べる次第である。

平成二十一年五月

柴田光彦

旧版のまえがき

馬琴日記を翻刻するに当って、日記の所在とその変遷、および翻刻を志した動機や経過について述べておくことにしたい。

早稲田大学図書館長であった故岡村千曳、近世文学専攻の故鵜月洋、日本史専攻の洞富雄、それに私の四人が、当時存在を確認されていた馬琴日記の解読・翻刻をはじめたのは、昭和二十九年春のことであった。その時点においで存在が確認されていた馬琴日記は、早大図書館蔵の文政十一年日記、天保三年日記、同四年日記、それに東大図書館蔵の天保五年日記の四年分にすぎなかった。

大正十二年の大震災以前に紹介された饗庭篁村編の『馬琴日記鈔』と、和田万吉校の『馬琴日記』（天保二年）によれば、もともと所在不明の天保元年と同六年の日記、それに弘化四年から馬琴が没する嘉永元年（この分は昭和四十六年九月に岐阜市で発見）までの二年分をのぞき、文政九年から弘化三年（一八二六〜四六）まで、十九年分の日記が存在していたのである。ところが大震災で大半が焼失、または行方不明となり、わずか四年分を残すのみとなった。だから焼失した和田万吉校の天保二年日記と、目の粗い抄出ではあるが、文政九年から十八年間の日記を整理翻刻した篁村の『馬琴日記鈔』は、まことに貴重な存在なのである。

私どもが馬琴日記の翻刻を志したのは、このさんたんたる事実を目前にして、使命感を抱いたからであった。つまり避けがたい天災による消滅を防ぐには、活字翻刻して分散しておくのが最上の手段だと考えたからである。

それに今一つは、それまで我々は馬琴日記を通読することもなく、拾い読み程度で馬琴研究をやってきた事に対する後めたさを、この際解消しなければならない、と思ったからであった。だが取りかかってみると、なぜそれまで完全な活字化がなされなかったかが、身にしみてわかった。江戸時代の文書なら何とか読みこなせる我々四人が、まったく手こずってしまった。だが解読が進むにつれて、馬琴の人となりはもとより、『里見八犬伝』や『俠客伝』などの読本や草双紙合巻類の執筆過程、その原稿料の授受、さては馬琴の読書傾向、交友関係、訪問客、家族の動静などが手に取るようにわかる。何しろ毎日の日記の筆はじめに記す天候にしても、夜半、明方、午前、午後、夜中と、晴曇、風雨の強弱を細かく書きとめるという克明さなのである。だからこの仕事はどうしても完成しなければと決意を新たにし、ようやく昭和三十一年一月の『早稲田大学図書館月報』から、まず文政十一年の日記を連載するところまで漕ぎつけた。

ちょうどそれからまもなくの事であった。行方不明であった文政十年と同十二年の日記が古書展にあらわれた。幸いこれは天理図書館に納り、同館の司書研究員の木村三四吾の手によって、昭和三十三年から同三十八年の天理図書館の機関誌『ビブリア』に翻刻された。

これで馬琴日記は六年分が現存することになったので、まだどこからかあらわれる事を期待しながら、天保三年の日記を読む途中、岡村千曳・鵜月洋の二スタッフを相ついで失ったのは痛手であった。だが落胆ばかりもしておられないので、早大図書館の柴田光彦の参加をえて、天保三・四年の日記を読了した。

今回、中央公論社より馬琴日記を刊行するにあたり、さらに、東京大学関係各位の御理解をえて、あらたに天保五年の日記を加え、饗庭・和田両氏の翻刻をも再録して、手落ちのない馬琴日記集成を企図したのである。既発表分については、全面的に原本との再校合を行ない、未発表分についても入念な校訂を加えて完璧を期したつもりである。

その折も折、岐阜市の円徳寺に、馬琴最晩年の嘉永元年戊申の日記があるという情報を、数葉の写真とともに松島栄一氏が提供して下さった。まぎれもない馬琴日記であった。

半紙二百枚綴りの戊申日記は、嘉永元年四月一日にはじまり、翌二年五月まで十四ヵ月分で、馬琴が四谷信濃坂の家で、八十二歳で没した嘉永元年十一月六日前後の事もくわしい。もちろん馬琴は天保五年二月十七日に右眼失明、同十一年九月十八日には、「八犬伝九輯四十四の巻稿本、（中略）此節、実に見えかね、只手かげんのみにて是を書く」という有様であった。また翌十二年正月には、「八犬伝九輯四十六の巻口、お路に口授致、字を教て下書をなさしむ」という状態で、まったく失明して、亡き嫡子宗伯の嫁路女に口授筆記せしめている。だからこの戊申日記も、路女や孫の太郎らのまずい筆跡であり、夜ふけに眠い目をこすりながら書いたとみえて、文が乱れていたり、と切れていたりで、まことに厄介な日記である。しかし、この文豪の最晩年の起居は不明であっただけに、この際まことに有難い発見であった。なおこの日記の最後の一行に、「是より六月新日記へ移る」とあるが、この嘉永二年六月一日から路女の没する安政五年（八月十七日）までの日記が「路女日記」で、現在天理図書館に寄託されているが、馬琴が心を残して死んだ嫡孫滝沢太郎も、馬琴の死の翌年、嘉永二年十月九日に死んでおり、かたがた直接の馬琴資料となりえないので、収録しないことにした。

はじめ和田万吉校の天保二年日記をふくめて、五年分の日記であったものが、天理図書館へ入庫の二年分と、どたん場で姿をあらわした岐阜円徳寺の一年分を加えて八年分となった。まことに末ひろがりで目出度い。これに饗庭篁村の『馬琴日記鈔』を加え、さらに日記に準ずる早大図書館蔵の『瀧澤家訪問往来人名簿』等を別巻に収録したので、「索引」とあわせて、日記に関する限り、万全の体勢をととのえることができた。まだ今後、一、二年分の日記があらわれるかも知れないという期待を抱きながら、刊行に至るまでの経過報告の筆をおく。なお我々が翻刻に着手した初期の段階において、文部省科学研究費ならびにロックフェラー財団研究資金の提供を受けた。馬琴日記原本所蔵の円徳寺・東京大学図書館・天理図書館・早稲田大学図書館に、深甚なる謝意を表したい。

昭和四十七年十一月二十五日

暉峻康隆

第一巻解題

本巻には、文政九年丙戌日記抄・文政十年丁亥日記・文政十一年戊子日記を収めた。各年の見出しの表題は、本日記編集にあたって、仮りに付したものである。

文政九年丙戌日記抄

文政九年丙戌日記の原本は現存せず、饗庭篁村編『馬琴日記鈔』（文会堂　明治四十四年）と関根正直著『随筆からすかご』（六合館　昭和二年）より抜き出して、月日の順に並べ直し、体裁を他の年のものになぞらえた。原本はもと東京帝国大学図書館の蔵であったが、大正十二年九月一日の関東大震災の折、書庫に火が入ったため、天保二年・天保六年以降、弘化三年までの日記とともに烏有に帰した。従って、中扉および本文冒頭の表題は、編集にあたって付したものである。

天理図書館蔵の文政十年丁亥日記の表紙の原題に、「雅俗日記四」とあるところをみれば、この年の日記は、「雅俗日記三」にあたり、文政七・八両年は、それぞれ「雅俗日記」の一・二にあたるが、この二年分の日記は、いまだに存否不明である。

文政九年の日記に関しては、依田学海の『学海日録』二四、明治十四年七月三日の条に、渥美正幹から借覧したという記述がある。頭欄に「曲亭の日記は半紙片面二十四行三十八、九字ありて紙数千百十三枚ありき」と記されているが、「半紙片面二十四行」は他と比べて多すぎるので、学海の誤記であろう（『学海日録』第五巻　岩波書店　平成四年所載）。

『随筆からすかご』による部分は、旧版においては本文に未載。刊行途次に林美一氏によって教示された六件を第四巻の編集後記に付載していた。

文政十年丁亥日記　四冊　滝沢馬琴著　天理図書館蔵

自筆（一部分、滝沢宗伯代筆）。改装。袋大和綴じ。原装は共表紙であるが、改装して唐草織文鶯色綾表紙を後補。用紙裏打、これも後補である。縦二十四・五センチ、横十七センチ。毎半葉十六から十九行。題簽中央後補、森銑三筆「曲亭馬琴自筆日記文政十年の一一、二、三、四月（―文政十年の四十、十一、十二月）」、原外題馬琴自筆「雅俗日記　四／（右に）文政十丁亥年／（左に）春正月吉日」、原後表紙の裏中央に大きく馬琴自筆で「神田瀧澤」とある。

なお、本日記は改装に際し原一冊を四冊に分割、第一冊巻初に原前表紙、第四冊巻末に原後表紙が附されている。記事は一年中十二月分を追込みに記しているが、その月替りの丁柱心の上端に、縦四センチ、横二センチの紅殻色紙箋を二つ折に表・裏にかけて貼付、次の如く所収月名が記されている。見出しのためである。第一冊第一丁「（剝落）」、第十二丁「二月」、第二十一丁「三月」、第二冊第一丁「四月」、第十丁「五月」、第二十丁「六月」、第二十九丁「閏六月」、第三冊第一丁「（剝落）」、第十一丁「八月」、第十六丁「九月」、第四冊第一丁「十月」、第六丁「十一月」、第十一丁「十《（ムシ）》二」（なお、「朔日」が丁の裏の中途に始まる場合、紙箋は次丁に貼る）。

次に各冊所収の丁数・内容を示すと、第一冊、三十三丁、正月元日より四月途中まで、第二冊、四十四丁、四月朔日途中より七月朔日途中まで、第三冊、二十一丁、七月朔日途中より九月朔日途中まで、第四冊、十六丁、九月廿八日途中より十二月廿九日まで。

宗伯代筆分、閏六月十七日より九月廿三日まで・九月廿八日天候記事「昼後晴」より十二月廿九日まで。

なお、第二冊分第三十五丁（閏六月廿五日）の次に、馬琴筆住所録書留め様のもの六丁十二頁分を綴じあわせているが、これは日記本文とは紙質や筆致も異り、また虫損等の姿も連続しない。その内容は、「甲戌」「乙亥」「子」等の紀年が多く、すなわち文化十一—十三年当時に属するもので、当日記には全く異質無縁であるので、これを除き、別巻の人名録の該当する箇所に入れた。

文政十年丁亥日記は、かつて饗庭篁村編『馬琴日記鈔』に一部抄出され、その後、木村三四吾の校訂により『ビブリア』（第十一至十三号、第十八至二十二号、第二十四号、昭和三十三年七月～同三十八年三月）に翻刻された。また、中央公論社版『馬琴日記』を刊行するにあたって、文政十年丁亥日記は、木村三四吾が前記翻刻をもとに厳密な再校訂をほどこした。

文政十一年戊子日記　一冊　滝沢馬琴著　早稲田大学図書館蔵

自筆（一部分、滝沢宗伯代筆）。袋仮綴（緑色啄木紐三目綴、紐を裏の中央で結び、長く残して栞とする）、改装共表紙、用紙裏打。縦二十六・八センチ、横十九・〇センチ（本紙二十四・一センチ×十七・三センチ）。墨付百二十一丁。毎半葉十六から十九行前後。外題馬琴自筆「戊子日記／（右に）文政十一年／（左に）春正月吉日」、後表紙の裏中央に大きく馬琴自筆で「神田瀧澤」とある。月替りごとに、その丁の柱心上端に、縦四センチ、横一・五センチの紅殻色の紙を二つ折に表・裏にかけて貼付、左右に次のように所収月名が記されている。

第一丁「正月」、第八丁「二月」、第十五丁「三月」、第二十三丁「四月」、第三十丁「五月」、第四十一丁「六

月」、第五十二丁「七月」、第六十三丁「八月」、第七十六丁「九月」、第八十七丁「十月」、第九十九丁「十一月」、第百九丁「十二月」(「十二月」は丁の裏第一行より始まり、紙箋の「十二月」の真下に「朔日」と記すも、翻刻にあたっては、他の月に準じて「十二月朔日」と記した。なお「朔日」が丁の裏の途中に始まる場合、紙箋は次丁に貼る)。

宗伯代筆分は、正月元日より二月廿三日途中まで・二月廿三日途中より三月廿四日まで・三月廿七日より四月廿九日まで。

文政十一年戊子日記については、『馬琴日記鈔』に一部分が抄出され、その後、五月より十二月までの自筆の分が、国書刊行会の『近世文芸叢書』第十二日記(伊藤千可良・文伝正興校　明治四十五年二月)に翻刻されている。正月より四月までの宗伯代筆の分は、岡村千曳・洞富雄・暉峻康隆・鵜月洋の校訂により、『早稲田大学図書館月報』(第二十九至三十六号、昭和三十一年一月〜同三十二年六月)に翻刻されている。

さらに旧版刊行にあたって、正月から四月までの分を洞富雄・暉峻康隆・柴田光彦が、前記翻刻をもとに再校訂を加え、五月より十二月までの分は、原本より新たに翻刻した。

以上、前記の事柄をもとにしながら、このたびの『曲亭馬琴日記』刊行にあたって、全体の校訂作業を再度柴田が行った。

凡　例

一、本巻には、文政九年丙戌日記抄・文政十年丁亥日記・文政十一年戊子日記を収めた。各年の見出しの表題は、本日記編集にあたって、仮りに付したものである。

一、翻刻にあたって、原本の形をできる限り忠実にあらわすように心がけた。

一、漢字は原則として新字体を使用した。ただし、特定の漢字については、原本の字体を用いたものもある。

（例＝余・餘・菴・莾・皃・躰・嶋）

一、かなの古体・変体は現行の平がなに改めた。ただし、明らかに片かなの意識をもって記されたものは、原本のままとした。

一、当時の慣用字については、原本のままとした。（例＝ゟ〔より〕・而〔て〕・江〔へ・え〕）

一、原本には、ほとんど句読点は施されていないが、読みやすくするために、私意をもって新たにこれを付し、その際、原本に句読点のある部分には、特に（句読点ママ）と傍注した。ただし、日次・干支・天候を記したところは、句読点を施さず、適宜字間をあけて読みやすくした。

一、原本に記された返り点以外は、これを用いなかった。

一、濁点は、（ダク）と傍注したもの以外は、私意をもって仮りに加えたものである。

一、原本の本文記載中の行間の補記は、これを本文中にくり入れた。

一、当時の慣用を除き、明らかな誤字・脱字・衍字などと認められるものは、原本のままとし、（ママ）と傍注した。その際、頻出するものに関しては、煩雑になることをさけて、適宜（ママ）と傍注したが最初の語のみとし、次では省略して、すべてにわたることはしなかった。また、人名の表記の不統一については、特に（ママ）の傍注を記さなかったところもある。なお、脱字中、意識的に行なわれたと思われるものについては、（アキママ）と傍注したものもある。

一、なお原本が活字本や抄写本の場合、明らかな誤読、誤写と判断できるものについては、注記することなく訂正した。

一、虫損・破損などによって解読不能の個所は、□によって示し、推読したものは□をもってその文字を囲んで、（ムシ）（ヤブレ）（ヨゴレ）などと傍注した。また、傍注のない□及び□で文字を囲んだ個所は、解読不能および推読によるものである。

一、原本亡佚して、翻刻本のみ残存する文政九年丙戌日記抄については、これを原本とみなし、収録にあたって他との統一をはかった。

一、本書編集に際し、旧版の本文に収載しなかったものを該当箇所に挿入した。

文政九年丙戌日記抄

文政九年丙戌日記

○正月廿九日

一昨夕六時比、松前勘定方大野幸次郎ゟ使札。右は、近比駿州へ漂流の唐船事、委細に御聞被成に付、未及聞候はゞ、詳しくたづね可申旨、申来る。宗伯帰宅前に付、予、取斗ひ代筆、巨細の儀、未及聞候間、承り糺し、相知候はゞ、可申旨、返書に申遣す。

一昼後、尾州旅人狂歌師田鶴丸来訪。予、対面。旧冬、六樹園ゟ所望の四谷万徳成文、七年忌追善の歌、六樹園へ届可申よし、被申に付、染筆たのみ遣す。雑談後、帰去。

○二月十四日

一夕七時、谷文二来る。七半時比、文晁幷に門人乾堂来る。宗伯同道にて、杉浦方へ罷越す。予は、関父子をまち合せ候所、夜に入六半時過、関父子来る。予同道にて、杉浦方へ罷越、饗応の上、九時前帰宅。文晁は先へ帰る。関父子幷に文二・予父子、同時刻帰去。乾堂酔臥、明早朝帰去ると云。

十九日

一昼後、狂歌堂真顔来る。小石川菩提所、昨日の近火見舞に罷越候帰路のよし。尤、年来脚痛に付、のり物にて来る。九年来の再会也。杉浦会にて、今日宗伯、可罷越旨、はなしおく。雑談後、帰去。

○三月九日

一昼前、松前内大野藤次《（ママ）》郎より使札。右は、此節紅毛人参着に付、長崎やへ罷越、めづらしき儀も、及承候はゞ、御隠居御聞被成度よし。然る処、一向知人無之に付、及承候も無之趣、予、代筆にて、うけぶみ遣之。

○四月三日

一昨二日暁、五月節に入候間、昨日、星祭可致処、宗伯終日他行に付、今日に延し、昼前、家内一統、奉祭之。尤、備《（ママ）》物等、如例。

一越前屋長次郎、一名為永庄介と申者、二十餘年以前、予著述、ヤケ板三国一夜物語を再板いたし、甚不埒之致方のよし、追〻出板の旨、今日、みのや甚三郎噂にて聞候に付、打捨置がたく、近日、書林中へ此段可申談旨、甚三郎へも申聞おく。

六日

一今日、江の島弁才天祭礼に付、宗伯、此方弁才天へ献供、奉祭之。

八日

一北の梨子の木弁梨子の傍の柿木、稲荷山の□等、虫除ウナギの頭、埋之。

一昨夕、宗伯、釣帰りの鮒十八の内、大小十三、庭の小池へ今朝放之。

一昼後、画工北斎来る。明後十日、画会致候に付、杉浦女、柳新へ案内いたしくれ候様、申に付、お百を以て、案内致させ也。即刻帰去。杉浦方へ扇二本持参のよし。

十七日

一昼後、日ぐらし松屋勘介来る。予、対面。けいせいが窪、松屋清八、たくはへ薬能書の事にて、過日、遣し候下書持参。当人、少ゝ好み有之、其外くはしく談じ遣す。

十八日

一扇面屋伝兵衛たのみ、扇子七本、今朝染筆了る。今夕方、取に参り候様、申候へども、不来。

一向山札の辻、松屋清八たのみ、急病たくはへ薬小袋うら表、細書能書稿之了る。大能書共に、板下書に仲道へ可遣処、無人に付、延引。

十九日

一昼八半時過、渡辺登来る。余、対面。閑談数刻。兎園別集下冊幷に正徳金銀御定書一冊、小ぶろしき共、かし遣す。〇二月廿四日、柳新会の節、□穢にて、引籠居候間、不参のよしにて、銀一匁届くれ候様、被申、持参。宗伯他行中に付、予、うけ取おく。薄暮帰去。

廿一日

一予、今日八犬伝六編二の巻の内、追趣向工夫、日を消し了る。

○五月十二日

みのや甚三郎来。八犬伝六篇潤筆料残五両持参、うけ取置。

十九日

一此節物騒、処〻にて、突れ、或は切られ候風聞、多くは暮六時比、宵の中也。例の先手、加役盗賊改、五人被仰付之。其内、松平安房守組、日〻数人そへ候よし候へ共、今日迄もおだやかならず。日くれては、人〻多く外出せずといふ。

廿日

一早朝、山崎平八来る。今日、みのや甚三郎饗応、漁猟案内の為也。日なみも不宜に付、参まじき旨、断候へ共、達てすゝめ候間、宗伯同道にて、六半時比、出宅。筋違より乗船、汐留住吉やへ罷越、甚三郎同道にて、やね船にのり、築地漁師房州やへ長縄申付候処、なはゝ未宜候旨申に付、綱にいたし、品川沖より、築地前辺、終日あみうたせ、宗伯は、やねぶねにていたし候へ共、不猟也。剰、船頭此方の竿を折り、いと・はり一切流し失ひ了る。夕方、又みのや同船にて、すみよしやへ立寄、尚又、やねぶねにて筋違迄おくられ、夜五時比、帰宅。右漁猟の魚、平八へもわけ遣し、をだはら提灯かし遣す。

○六月六日

一今朝、芝片門前豊広方より使札。巡島記六編三の巻さし絵三丁出来、被差越。但、義秀義盛に対面の処、短刀を太刀に画き候故、右之処直しの為、この一丁はかへし遣す。幷に、四の巻さし絵画稿三丁、返書共、遣之。

十八日

一此節、大暑凌かね、著述暫く休暇。読書消日す。

廿七日

夕方、みのや甚三郎より使札。八犬伝六編五の巻まし金壱両弐分差越、請取返書遣之。

晦日

一宗伯、今日は快方に付、今日より、東の三畳上下さうぢ、両三日かゝるべし。

一筋違、戸田内根岸氏名前失念といふもの、はじめて謁を乞ふ。未見の人に付、他行のよし、取次のもの断りかへす。

○七月六日

金比羅船四編の潤筆請取。

十六日

今朝、霊御棚奉撤之、位牌家廟奉レ移レ之畢。

一御くらまへ船橋屋、今朝又来る。宗伯を以、仔細聞せ候処、引札案文のたのみ也。宗伯へかねて申付置候間、きびしく断り、不承知、手みやげ煉羊肝持参致候へ共、是れ又うけず、かへし遣す。

十八日

一昼時、須田町池田屋、ぶだう払不申哉と申来る。依之、やくそくいたし、直に、宗伯取おろし候処、当年は、出来不宜候に付、彼是手まどり、薄暮比、やうやくとり畢る。凡四百房ほど、池田やへわたし遣す。薄暮、同人来りもちかへる。申年は金壱分弐朱、酉年も壱貫四百文、当年は弐朱と弐百文に相成、段ゝ減少、これ吉祥也。

○八月十二日

一留守中、松平冠山様御出。宗伯御挨拶いたし、御たのみの事共、承りおく。暫時雑談の後、御帰りのよし也。

十五日

一夕七半時過、宗伯同道にて、新橋河岸船宿村田方にて、網船やとひ、暮六時より乗出し、鉄炮洲辺にて、汐まちいたし、九時比より漁猟、明六時、帰宅。えもの相応に有之、大鯔二十六・このしろ六・小けいづ十許・牡蠣廿斗也。牡蠣は船頭取之。病気ゆづり黄瓜、今夕築地海地海岸へ流す。

○九月二日

一八犬伝六編五の上冊の内、四丁稿之。

三日

一八犬伝六編五の巻の内、三丁書おろし稿之。

四日

一八犬伝六編五の上の内、五丁稿之。但し、書おろしのみ也。

五日

一八犬伝六編五の上の内、五丁半稿之。此冊十九丁半、内筆工十七丁半、書おろし斗、今日稿畢。

六日

一予、今日八犬伝六編五の上一冊、十九丁半、つけがな不残つけ畢る。

七日

一八犬伝六編五の上のさし絵、二丁稿畢る。終日也。

十日

一八犬伝六編五の下の内、二丁稿之。

十一日

一八犬伝六編五の下の内、六丁稿之。但し、書おろしのみ也。

十二日

一八犬伝六編五の下の内、四丁餘稿之。但し、十三丁目迄、半冊也。其内、四丁つけがな、附之。

十三日

一八犬伝六編五の下、六十回上一段、十三丁目迄、つけがなつけ了る。其後、書おろし二丁餘、稿之。

十四日

一八犬伝六編五の下の内、三丁半稿之。但し、書おろしのみ也。

十五日

一八犬伝六編五の下の内、六丁稿之。

十六日

一八犬伝六編五の下、三十丁の所迄書おろし、不残稿し了る。

十七日

一八犬伝六編五の下、十四丁目より三十丁終□、つけがなつけ了る。終日也。

廿九日

一夕方、藤堂儒生塩田又之丞、初て来訪。宗伯幷予、対面。雑談後、帰去。

○十月三日

一今朝、宗伯を以、鉄炮洲松平冠山様へ遣す。右は、かねて御頼、著述目録幷に江戸地名考小識一冊進上。その外、お目にかけ候もの少許幷に口上申つけ遣す。八半時比、帰宅。但、冠山公額字認、被遣之。幷、高尾所蔵碁盤の図勘考の為、被遣之。

七日

一予、今日八犬伝六輯壱の巻、序・目・口絵等はり入、且、とぢ合せ、其外板元名前等、書直し、夕七時比より夜に入、続ゝ史記、数巻披閲。俗書也。

九日

一暮六半時比、赤羽辺より参候よしにて、武士一人来る。紹介も無之、且、姓名も不告に付、不及対面。お百とり斗ひ、かへし遣す。ケ様の馬鹿もの、往ゝ来る。尤いとふべし。

廿日

一今夕みまち。弁天祭弁に夷祭献供、例の如し。

○十一月八日

一今朝、八日灸すえ畢。去る子年六月より、初之、今に至て十一ケ年、無怠。月ゝの事故、多く略之。

十日

女西行三冊分の潤筆金三両。

十一日

一昨十日、予他行中、狂歌堂真顔来訪のよし、口上、老妻へ被申置。年来、不行歩にて、駕籠ならでは、外出なりがたき人也。今年七十三歳也といふ。

十三日

一今朝正六時、宗伯同道にて、出宅。両国尾張丁越後屋善兵衛方へ罷越、沖釣舟へ乗船、大森沖ごんせう寺前弁品川前沖にて、終日釣之。但、不猟也。ハゼやキス、八十餘釣之。夜に入、五時前帰宅。

廿四日

一今朝四時過、植木屋金次来る。申付置候うゑ木持参槙也。右うゑつけ、その外、大槙・山茶花・中梨子・中豊後梅・小梨子等うゑかへ、向山さうぢ等にて、終日也。

○十二月十九日

昼後、みのや甚三郎来る。八犬伝七編潤筆内金持参。……達而差出候に付、右金子請取おく。

一谷文二より、昨日たのみこされ候一封、今日、以多七、返之。蝦夷へ文通は禁止に付、外へたのみ可然旨、予代筆にて、手紙そへ遣し、うけ取書とりおく。

文政十年丁亥日記

○文政十丁亥年春正月　家内安全　新年祝義如吉例

元日丁丑　晴　美日

一今朝、正六時比ゟ、家内起出。未明ニ、宗伯、雑煮餅祝之、供人足多七を待合せ、六時過、松前上やしきへ祝義ニ罷出。此節、志摩守様在府ニ付、見参。規式相済、家中へ礼ニ罷越。夫ゟ、下やしきへ罷出、老侯ニ見参。帰路、下谷辺四五軒年始相勤、夕七時前、帰宅。但、昨夜飯田町宅ニ預ケ置候ふろしき包・半畳薄べり等、今朝、多七持参ス。則、請取おく。○一八灸、又今日ゟはじ《ダク》む。去ル子年ゟ十二ケ年、無懈怠。

一宗伯帰宅後、屠蘇酒祝之。其外、如例年、祝義相済。尤、諸神幷ニ家廟御画像、拝礼し畢。

一元日ゟ、年始来客ハ別帳ニ記スニ付、こゝニ不記。その外、要事有之者ハ記之。

一多七幸便ニ、飯田町清右衛門方へ、旧冬かひ取候そバ切代、遣之。昨夕忘れ候故也。幷ニ、昨夕、としまや樽代不引、まちがひの事、帰路、としまやへ立寄、其よし申聞、樽代うけ取おきくれ候様申ふくめ、請取書あづけ遣ス。

一八犬伝六輯四の巻《ムシ》すり本初度校合、昼時ゟとりかゝり、今夕五時迄、廿六丁悉く校し畢ル。

二日戊寅　快晴

一今日、戌年金銭諸出入、下勘定しをハる。終日也。

一宗伯、今日休日也。三ケ日之間、祝義、如例。

三日己卯　晴

一今朝五時ゟ、宗伯出宅、近処所〻年始礼相勤、夫ゟ、本郷辺・小石川・飯田町・麹町・小川町・昌平橋内・神田佐柄木丁辺廻勤、夕七半時過、帰宅。但、供人足弐人之内、壱人は返し、多七一人召連、薄暮ゟ松前家謡初ニ罷出。多七は先へ帰し、宗伯ハ四時前帰宅。

一清右衛門、為年始祝義、来ル。祝義・盃、如例。浅草辺処〻罷越候よしニて、帰去。

一昼後、ミのや甚三郎、八犬伝六輯壱・弐の巻弐ばん校合ずり、幷、五ノ上下乱丁不揃ニて過半、壱番校合、持参。いづれもうけ取おき、四の巻壱番校合出来之分一冊、遣之。雑談後、帰去。但、ある人之蔵板之よし、俳優瀬川路考いかゞ敷風聞、三津五郎妻お《(ムシ)(ダク)》でんとやらんハ密夫を入かハり、番付ニいたし候を、もらひ候よしニて、持参。世にはかゝるゑせ好事の者多し。一笑に堪ざるもの也。

一今夜九時過、さかひ町東町新道ゟ失火、二丁町芝居類焼のよし。明がた、火鎮ル。

一去戊年金銭諸出納勘定、元帳へうつし畢ル。

四日庚辰　晴

一今朝、宗伯出宅、下谷辺年始遣り、相勤。夫ゟ、甚左衛門・小あミ丁・はま丁・本所・深川・油町・馬喰丁・お玉が池辺、年始相勤、夕七時前、帰宅。但、芝屋文七八《(ムシ)》半焼ニ付、途中ゟ使ヲ以見舞、口上書、遣之。如例、供人足二人ニ支度いたさせ、返し遣ス。

一予、八犬伝六輯弐の巻再校・五ノ上初校ニて、消日了。五ノ上、ほり甚あしく、五六丁ヲ校するのミ。然処、夕方ミのや甚三郎罷越候ニ付、右壱の巻・弐の巻再校すり本、わたし遣ス。雑談後、帰去。

一今日、宗伯年始幸便ニ、屋代二郎殿頼水滸伝初編、二通りかひ取候様申遣し候所、間違、初へん・二へん壱組づゝ持参。并ニ、還魂紙料、つるやゟ借受、持参。

一夕方、屋代二郎殿ゟ、以使札、八犬伝二編め借りニ来ル。此幸便ニ、水滸伝初へん・二へん、今日宗伯ゟとり来り候分、そのわけ口上書ヲ以認、遣之。

五日辛巳　薄晴　些許風立　今夜八時比ゟ雪

一今朝、杉浦老母来ル。予、対面。楢原謙十郎ゟ、予へ、とし玉として、白絽一反・かけ河産火入壱、被恵之。雑談後、帰去。〇むら宿、年始として、来ル。如例、とし玉持参。早ゝ帰去。

一今朝四時過ゟ、宗伯、持病之痔症にて、平臥。

一野田や又兵衛ゟ薪差越候へ共、旧冬ゟいたし方甚不宜ニ付、返シ遣ス。依之、予、白川やへ罷越、堅木若干可差越旨、申付おく。其後、野田やゟ、勧解いひ訳ニ来ル。来客中ニ付、此《ムシ》旨承り置、後刻、告之。其後、予、白川や江罷越、薪注文申付。昼頃、堅木八束持来。然ル処、今日わり人不来ニ付、八束ハわり候て、明日昼前迄ニ差越候様、申付遣ス。

一昼前、宗伯、持病癇症差起り、打臥。薄暮ゟ快気。右ニ付、きびしく教訓申聞おく。

一夕方、京や弥兵衛状配り、大坂河太ゟ之紙包持参。うけ取書、遣之。右ハ、十二月廿五日出八日限早便、巡島記すり本五冊づゝ二通り、来ル。壱部改行事ニて差遣ス分、一部ハ校合ずり也。然処、先達而申遣候事共、行届不申、甚不都合ニ付、猶又、早ゝ返書可遣事。

一八犬伝六編五ノ上之内、一・二・三・四・五・六・十四・十七・廿、〆九丁、今夕方、校し了。ほりあしく、両日かゝる。跡、校合ずり、いまだ来らず。

六日壬午　昨夜ゟ雪　終日無間断　夜八時比雪止テ晴　風の吹まハしによりて深サ二三尺に至る

一今日終日、巡島記六編壱・三両巻すり本、入木直し有之処、書入いたし、河太への書状長文壱通認之、夕方、宗伯ヲ以、嶋やへ遣ス。雪中薄暮ニ及び、暮六時比、宗伯帰宅。

一夜ニ入、還魂紙料披閲了。

七日癸未　曇　四時比より晴

一大雪ニ付、予手伝ひ、むら・宗伯、表門前并ニ北之方うら庭の雪掻之、四半時比ニ及ぶ。

一去ル四日ゟ昨日迄、羅文居士肖像かけ奉り、今日ハ見了院殿祥月ニ付、墓表の拓本かけ物、奉掛之。〇還魂紙料下の巻、昼時迄ニ披閲し畢。

一夕方、八百屋日雇、門松撤ニ来ル。宗伯手伝、松竹の枝をおろし、取片付畢ル。

一昼後、清右衛門、為当日祝義、来ル。雑談後、帰去。

一予、雪あたり疝気ニ付、終日倚炉、消日畢。

一今朝七つさがり、祝義、如例。但、大雪ニ付、宗伯、今日、松前家ニ不参。

八日甲申　晴　少シ風　厳寒

一大坂河太、巡島記六編弐の巻壱番校合、旧冬登せ遣し候処、ほり不揃、四丁不足之処、此節、揃ひ候分すり本参り候ニ付、五丁メ・六丁メ・十七丁め・十八丁め、〆四丁校合いたし、并ニ、一昨日六日ニとり落し、不登候壱の巻本文狒ゝの条、入木有之分弐丁、共ニ六丁、長文書状相認、昼過ニ調ひ畢ル。然処、清右衛門罷越、今日小あミ丁へ罷越候ニ付、右壱封、帰路、嶋やへ可差遣旨申ニ付、通帳面さし添、これをゆだね、且、右巡島記すり本五冊、馬喰丁若林清兵衛方へ遣しくれ候様申付、若林へ之手紙認之、是又、清右衛門ヲ以、遣之。右ハ、すり本行事方へ出し、わり印・添章とらせん為也。今日、清右衛門、多七雇ちん書出し、持参。則、金壱両、遣之。宗伯年始の供人足ちん也。

一昼後、渥見次右衛門ゟ、イナダ二ツ被恵之、追付可参旨、案内有之。其後、八半時比、次右衛門初テ来訪。予、幷ニお百も対面。宗伯、同断。祝義勧盃、酒食ヲ以、聊饗応。薄暮、帰去。

一夕七時比、ミのや甚三郎ゟ、使ヲ以、八犬伝六編壱・弐の巻弐ばん直し、三の巻壱ばん直し、すり本到来。客来中ニ付、ふくさと共ニうけ取おく。○今日厳寒、北風ニて、雪さらにとけず、夕方ゟ倚炉のミ。

一当□□《（ム》□□《シ）》□カナアリヤ弐番子極黄雌、旧冬ゟ病気之処、昨夕隕畢。雛の内、巣ゟ落候巣いたミニよつて也。去冬十一月晦日ニ隕候壱番子ブチ《（ダク）》雌も、右様の巣いたミニよつて也。いづれも親かけにさせし故、その子弱し。

九日乙酉　晴　寒厳

一今朝、田村節蔵、為年始祝義、来ル。口上申おき、そのまゝ帰去。日ぐらし、松や勘介、同断。

一八犬伝六編壱・弐の巻三ばん校合、三の巻弐ばん校合、引合畢。夜ニ入、同五の下乱丁ニて十八丁、壱《（ダク）》ばん校合畢。

一夕方、ミのや甚三郎、為年始祝義、入来。とし玉の百代持参。八犬伝六編壱・弐の巻三ばん直し、三の巻弐ばん直し、五の上乱丁ニて九丁壱番直し、稿本わたし遣ス。但、今日、五の上・五ノ下残り壱番校合持参、請取おく。雑談後、帰去。○中橋槇丁善幸坊、万人講帳持参、予が筆を乞ふ。お百、うけ取おく。

一西村や与八、為年始祝義、入来。予、対面。早〻帰去。

一屋代二郎ゟ、使ヲ以、八犬伝二編め五冊、被返之。三編め五冊、かし遣ス。

十日丙戌　晴　節分

一八犬伝六編五ノ上七丁・五ノ下十丁、壱番校合畢。但、入湯・月代等ニて、終日也。

一門前に、柊・いハし頭等、如例、宗伯插之。薄暮、儺、宗伯執行、如嘉例。

一暮六時過、清右衛門、為祝義、来ル。一昨日申付候、若林へ遣し巡島記摺本請取書・嶋や請取帳面・多七人足ちん請取書幷ニつり銭等持参、其後、帰去。

一昼時、嶋や佐右衛門ゟ、新通帳持参、さし置、かへる。

一伊藤半平、為年始祝義、入来。口上、お百ニ被申置、早〻帰去。

一今日　上野お霊屋御参詣、御延引。宿雪未解、道わろき故也。

十一日丁亥　薄曇　終日不晴　厳寒

一巡島記六編三の巻壱ばん《(ダク)》校合、終日校之。

一夕方、ミのや甚三郎来ル。八犬伝六編壱・弐の巻三ばん《(ダク)》直し出来、持参。幷ニ、四の巻弐ばん《(ダク)》校合持参。壱・弐の巻ハ校合相済、すり込可申旨、談じ遣ス。四の巻ハ、夜ニ入、弐ばん《(ダク)》校合、しるしつけおく。一冊之十二丁ハ直シなし。

十二日戊子　明六時比ゟ雨　天明ゟ小雨　但多くふらず　その雨氷レリ　昨今餘寒尤甚　昼之間晴　夕方曇　夜ニ入大風烈

一今日の雨、去年元日の雨のご(ダク)とく、樹の枝に氷りて瑯玕の如く、松の葉みな白くなりぬ。今茲も亦豊作ならん歟。昼前ゟ薄晴テ、夕方又曇、夜半風烈。すべて、去年戊の元日の如し。

一昼時、ミのや甚三郎ゟ、使札ヲ以、八犬伝六編三の巻三度め校合ずり来ル。即刻引合せ、其内二ケ処、直し落有之分、しるしつけ遣し、并ニ、四の巻二度校合一冊、遣之。

一巡島記六編四の巻、不残、今日、初度校合し畢。夜ニ入、同五の巻の内十丁、校之。

一今日、宗伯をして、去歳傭書ニ写させ候兼山麗沢秘策、四ゟ八迄、令読之。多く誤写あるの故也。

一松前内河合藤十郎、為年始祝義、入来。宗伯、対面。早ゝ帰去。

十三日己丑　晴　風烈　夕方風止

一杉浦弟法運来ル。宗伯并ニ予、対面。右ハ、房州へ罷越候ニ付、今夕乗船のよし、暇乞也。雑談数刻、帰去。

一中橋道心善幸来ル。予、対面。右ハ、過日被頼候万人講帳面題書之事也。近日認可遣旨、談じおく。其後、帰去。

一清右衛門弟名張や勝介、為年始祝義、来ル。酒食をすゝめ、雑談後、帰去。主人仲ヶ間参会ニ付、両国河内やへ罷越候よし也。

一薄暮、みのや甚三郎、八犬伝六編三の巻三ばん直し弐丁・四の巻弐ばん直し、持参。三の巻ハ校合相済、四の巻ハ三ケ処直し落有之、しるしつけ遣ス。例の長談、五時前帰去。

一杉浦老母急病のよし、暮六時過、宗伯呼ニ来候ニ付、罷越候処、乾霍乱ニて、急症の様子。薬、遣之。家内、女子斗ニ付、勇躬を呼ニ遣ス。その間しば〳〵服薬致させ候へバ、少ヽ快方の様子ニ候処、四時前、勇躬来ル。宗伯・予、対面。病症くハしく申聞、今夕大便通不申候へバ難治の趣、宗伯、申聞ケおく。然ル処、夜中、大便両度通じ有之。依之、弥順快也。

一予、終日、巡島記六編五ノ巻初校、終日ニてやうやく校し畢。大悪ぼりにて、筆も入れがたく、辛じてあらまし雌黄ヲ施し畢。

十四日庚寅　晴　美日

一早朝、法運幷ニ勇躬来ル。病人望ニ付、年来懇意之高珉と申医、昨夜中招キよせ、薬もらひ候よし也。其後、宗伯、杉浦方へ罷越、様子診候処、弥順快の様子也。高珉薬見せられ候ニ付、見候へバ、半夏瀉心湯也。少ヽ吐有之よしニ付、右の主剤をつけ候哉。昨夕の急症ヲ救ひ遣し候へバ、何事もいハず。右之薬用ひ候故、即刻帰宅ス。但、昨夕、法運未及乗船候而、船宿ニ罷在候ニ付、呼戻し候よし也。

一昼後、お百、杉浦老母病気見舞、同人方へ罷越、即刻帰宅。

一巡島記六編壱の巻初度校合、朝ゟ夕方迄ニ校畢、大坂河太へ之書状、認之。

一夕七半時過、渥見覚重、為年始祝義、来ル。宗伯・予・お百、対面。祝義盃事畢而、又酒食ヲ薦む。但、薄暮ニ付、させる饗応なし。蕎麦出し候へども、嫌ひのよしニ付、供之者へ酒・そばたべ《(ダク)》させ、箱挑灯かし遣ス。暮六半時過、帰去。

一暮六半時過ゟ、宗伯ヲ以、せと物丁嶋やへ、巡島記六編校合四冊幷ニ書状、かけめ八十匁有之紙包壱、差遣ス。大坂河太へ登セ、八日限、ちん、大坂払也。新通帳へ、うけ取書、記之。宗伯、五半時前帰宅。但、校合五冊之内、弐の巻ハ、手廻しの為、旧冬登セ候間、此度ハ壱・三・四・五の巻四冊、登セ遣ス。

一今日、けづりかけ、如例、宗伯掛之畢。十四日とし越、祝義、如例。但、一蓮院様戒名のかけ物、奉祭之。当日、忌日ニよつて也。但、祥月ハ伝らざる故、未詳。見了院様祥月、当月七日たるニよつて、一蓮院殿も当月祭之者也。

十五日辛卯　晴　美日

一午前ゟ、宗伯、松前両屋敷江、為当日祝義、罷出、夕七時比帰宅。

一昼後、清右衛門来ル。おさき事、十一日ゟ癪おきニて、平臥。十二日ニハさし込つよく、頗難義のよし。依之、十四日の小林氏参会ニも断、不参よし。今日ハ大ニ順快の旨、申之。熊胆可遣と存、たづね候へども、知かね候ニ付、外薬、遣之。其後、帰去。

一宗伯、帰宅後、夕七半時頃ゟ飯田町へ罷越、おさきへ薬遣之、小松や・中屋ニてかひ物いたし、夜ニ入、五時前帰宅。但、例年、鏡びらき、飯田町宅ハ十八日ニ候へども、おさき不快ニ付、十八日ニハ此方ニて鏡びらきいたし、廿一日ニ飯田町ニて可致旨、清右衛門へ談じおく。

一予、兼山麗沢秘策、旧冬写させ候分、四の巻ゟ順ミ校合之。悞写し、四の巻・五の巻両冊、今夕迄校之。五の巻少し遣れり。〇飯田町い呂波清二郎、昨日、年始ニ来ル。

十六日壬辰　晴　長閑

一兼山麗沢写本六の巻校正、悞字、補写之畢。八時過ゟ、ミのや甚三郎、八犬伝六編五ノ上すり本弐番校合持参、居さいそくに付、即刻取かゝり、夕方迄ニ再校畢。此内、十一・十二・十三、〆三丁ハ初校也。幷、同書看板之事、筆者相応之もの無之ニ付、五編の看板、予が方ニ有之をとり出し、少ミはり直し、書入いたし、右ヲ以、ほり立可申旨、談じ遣ス。薄暮、帰去。

一昼前、屋代二郎ゟ使札。太郎殿歳旦の歌、幷新刻未央宮古瓦の図一枚、内弐枚ハ松前老侯と大野幸次郎へ遣しくれ候様、被申之。幷ニ、予が哥を求らる。則、春興之哥を認、遣之。幷ニ、八犬伝三編被返之、あと借用いたし度旨申来り、且、旧冬度〻とり次遣之合巻代、二郎殿ゟ直ニつるやへ遣し候処、名前しれかね候よし、申来ル。八犬伝四編め可遣処、宗伯とり違、五編め遣之。つるや之事、彼方ゟ代料直ニ可遣謂無之、いたされ候方、難心得ニ付、已来ハ、取次之事、かたくことわり遣ス。

一其後、屋代二郎兄又太郎殿来ル。先刻つるやニ代料遣し候事、旧冬、宗伯ヲ以、其段申述させ候節、次郎聞ちがへ、直ニつるやニ遣し候事、全く心得違候。已来とても、是迄之通りせ話いたしくれ候様、被申之。予挨拶ニ、合巻類、板元ゟとりよせ進じ候事、御元様のミニあらず、懇意中ゟ無拠たのまれ、遣し候も多分有之。皆一口ニ、板元ニて、私方之分ニ帳面ニとめ置候処、ヌキ〳〵ニ被遣候てハ、間違候節、私方めいわくニ及び候。右うけ取書ニても有之哉之旨、相尋候処、うけ取書取置候よしニて、出され候間、然らバ、此書付暫く借用いたし、つるやニかけ合、此分差引、残り之分勘定可致旨申談じ、右書付預りおく。幷ニ、八犬伝四編、先刻とりちがへ候ニ付、四冊、幷紺新しきふろしきとも、かし遣ス。依之、已来の事くれ〴〵たのまれ、帰去。

一お百、持病積気《(ママ)》ニて、乳の下いたミ候よしニて、日暮ゟ打臥。宗伯ハ如例貪着せざるニより、予、熊胆丸とり出し、服薬いたさせ、寝ニ就しむ。当分の症也。

一薄暮、渥見覚重ゟ、使を以、過日の箱挑灯、被返之。むら、うけ取おく。口上、返事申遣ス。

十七日癸巳　薄曇　四時前ゟ晴　南風

一昼前、清右衛門ゟ宗伯方へ使者、おさき薬とりニ来ル。昨夜亦〻さし込つよく、難義のよし、申来ル。宗伯、薬調合いたし遣ス。

一お百、昨夕ゟ不快、今朝ゟ服薬少〻用之、昼前打臥。半起半臥也。

一昼後、宗伯、飯田町へ罷越。おさき診脉之為也。少〻快方之よし、熊胆遣之。序ニ、中やニてミの紙一折取之、夕七時過帰宅。

昼後、山田平兵衛、為年礼、来ル。宗伯他行中也。予、対面。暫時物がたりいたし、帰去。おそえどの亡日、承り候へバ、文政七年申の三月朔日のよし也。長塩平六惣領、今年廿五ニ成候よし、申之。おそえどの丶所産也。その外、子供多く有之よし也。

一兼山麗沢写本七・八の巻弐冊、今日終日披閲、校正畢。写出来之分、まづ是迄也。

一関源吉ゟ使札。来ル廿日、荻生惣右衛門方ニて、徂来(ママ)百年忌ニ付、遺物品〻展覧いたし候間、参候様申継くれ候様、惣右衛門ゟ申来候。尤、耽奇連も不残参候様子ニ候。同意ニ候ハヾ、正午、この方立寄、同道可致旨、申来ル。返事ハ口上ニて宜敷よし。使塾生ニ付、口上ニて返事申来候。われらハ先日ゟ疝気ニ付、遠方歩行致がたく候間、宗伯のミ可遣旨、申遣ス。

一西野や幸右衛門、為年始、来ル。予・宗伯、対面。其後、早〻帰去。

十八日甲午　晴　夕方薄曇　南風ニて暖気

一今日、鏡開祝義。汁粉餅幷酒肴等、如例、杉浦氏娘之方へ遣し、幷ニ、飯田町宅へ遣之。使むら、夕方帰宅。例年、此方ハ廿一日、飯田町ハ十八日之所、おさき不快ニ付、今年ゟ、十八日ハ此方ニて祝ひ、廿一日ハ飯田町、鏡開ニいたし候。

一去冬十一月廿九日、上野広小路ニてかひ取候大豊後梅、当時玄関脇江仮植いたし置候処、昨今暖気ニ付、今日八時過ゟ、予・宗伯両人ニて、内庭東之方へうへ畢ル。但、甚おもく候間、もち込難義ニ付、むらにも手伝せ、無難にもち込畢。但、小ざくら一本うへかえおく。

一昼比、ミのや甚三郎ゟ、八犬伝六編五の上弐番直し一綴、幷約束之木箱壱ツ、被差越之。甚三郎後刻参候よしニて、使さしおき候ニ付、うけ取置、即刻再ミ校、雌黄を施し畢。但、十一・十二・十三、〆三丁ハ弐番校合也。〇其後、同書校合ずり一ゟ四迄四冊、えりわけおく。二部、校合本出来之つもり也。

一夜ニ入、五時前ゟ、お百、宗伯同道ニて、上野広小路へうへ木見物ニ罷越、五半時前帰宅。但、鉢うへのミニて、地うへもの一向出不申よし也。

一今日、鏡開。如例、成正様・恵正様・羅文様御画像かけ奉り、汁粉汁、備之。

十九日乙未　曇　無程晴　又曇　午ゟ雨　申ノ比雨止　夜中暁方風

一今日、文庫中反故えりわけ、かた付ものにて、消日了。

一中橋槙丁道心善幸来ル。万人講題書催促也。明日可書旨、申遣ス。

一夕七時比、清右衛門来ル。おさき、大便両三度通じ候ニ付、順快のよし。宗伯、薬調合いたし遣ス。

一夜ニ入、荻生惣右衛門ゟ宗伯へ使札。今十九日徂来(ママ)百年忌ニ付、明廿日耽奇会、廿二日音楽会催候由ニ而、出席之事、申来ル。予代筆ニて、返書遣之。

廿日丙申　半曇　今暁七時比より大風烈　天明後晴風止　又忽曇風烈　昼前ゟ晴　大風烈北　夜中猶風

一昼時過、関忠蔵・同源吉・中川準之助来ル。今日徂来百年忌ニ付、荻生惣右衛門方へ宗伯被招候故也。宗伯、直ニ同行ニて、幸橋内郡山侯やしきへ罷越。宗伯ハ、人ミニ先達而、薄暮帰宅。今日之始末、かねて存候とハ相違いたし、来客七八十人有之、畢竟書画会同様之有さまニ付、甚殺伐の為体ニ付、早々帰去と云々。

一昼時比、松前内牧村右門ゟ、宗伯へ奉札。右ハ、内大臣平重盛宇治川にて入水のよし異説有之、実事ニ候哉と、老君ゟ御尋のよし。予代筆ニて、古書・実録ニハ左様事無之旨、うけぶミ進之。後に考るに、右之異説ハ、珍書考ゟ見出して、たづねられしなるべし。

一中橋上槇丁新道に住居候道心者善幸たのミの善光寺門前へ摂待茶常志堂建立の発願文、草稿いたし、万人講連名帳へ清書いたし、彼是ニて、夕七時比ニ及ぶ。外ニ、金百疋施之、右帳面へしるしおく。

一夕七時過、鶴や喜右衛門、為年始、来ル。如例勧盃数献之内、雑談及薄暮、帰去。但、屋代二郎ゟ間違ニて過日指遣し候合巻代の事、かけ合おく。幷ニ、蚕飼の祖神の像賛之事被頼之、右写本預りおく。幷ニ、石魂録嗣刻之事・家相書著述之事等、及相談。

一おさき病症之趣、愚案有之。今夕、宗伯ニ申聞候へバ、同案のよしニ付、お百へも申聞ケ、明日飯田町へ罷越候ハヾ、清右衛門・おさきへ、窃ニ、此趣ヲ以、可致意見旨、申付おく。

廿一日丁酉　晴　今暁風止　朝ヨリ又風　昨今春寒　夕方ゟ風止

一今朝四時過、ミのや甚三郎来ル。八犬伝六編五ノ上の内、九丁メ壱枚出来、持参。即刻校合いたし、過日の五ノ上弐番・三番校合まじりとも一綴遣し、且、大坂河内や太介ぃ紹介の書状認、遣之。八犬伝・巡島記、すり交易之事也。例の長談数刻、九半時比帰去。

一お百、宗伯同道ニて、九半時比ゟ飯田町清右衛門方へ罷越。今日、鏡開によつて也。夕七時過ゟ、右母子、世継稲荷・築土明神・同八まんぃ参詣。且、竜門寺へ墓参。円福寺ハ道ぬかりて難行ニ付、延引。暮六時過、帰宅。

一夕七時比、中橋槇丁道心善幸坊来ル。過日被頼候万人講・発願文両外箱、かき付等いたし、一式わたし遣ス。且、かけ金百疋施入之つもりニて、右之内、今日、金壱朱遣し、其後、帰去。

一薄暮、清右衛門、汁粉餅・煮肴等、持参。お百・宗伯未帰ニ付、見合セ、罷在。今日七時比、西野や幸右衛門、飯田町へ年礼ニ罷越候よし。彼男、田村左京太夫様蔵式用達被申付、扶持米等被下候よし風聞、初而聞之。其後、お百・宗伯帰宅ニ付、早〻帰去。

廿二日戊戌　薄暮(ママ)　無程晴　昼時ゟ雨　無程晴　風南

一宗伯、東の方の庭もぐらぬけ候処、土入レならし、北の方庭雨おち直し、并、東隣界崩込等直し、昼時、雨ふり出し候ニ付、早〻にいたしおく。予、大槇、辰巳の方椿、西の庭に木犀、池の向のねずミもち・木斛等、度〻之大雪ニて枝とれ候分、いとをかけ、是又昼時迄ニ直し畢ル。

一八時過、お秀来。年始礼也。吉兵衛事、寒気当ニて、今以平生体ニ無之ニ付、年始延引いたし候旨、申之。如例勧盃、蕎麦等ふる舞。雑談数刻、夕七半時比帰去。但、来月ニ至り、吉兵衛町宅いたし候よし也。

廿三日己亥　晴　暖気　美日

一棕梠たね、宗伯伏之。予、東の柳枝おろし、右枝ヲ門の脇未申之方へ插之。并、柿たね若干、梅たね壱つ、伏之。

一昼時、おさき、為年始祝義、来ル。供人足ハ多七也先へ帰ス。祝義勧盃、如例。八半時過ゟ、お百同道ニて、おさき、神田明神・妻恋稲荷・湯嶋天神・池之端弁天へ参詣。夕七半時比、此方へ帰り、夫ゟ飯田町へ帰去。

一薄暮、ミのや甚三郎ゟ、使ヲ以、八犬伝六編五ノ上三番直しすり本、校合ニ差越ス。使、さし置、帰去。

一今日初己亥の日ニ付、宗伯、弁才天祭之。

一昼後、二見や忠兵衛、為年礼、来ル。かねて、越後塩沢鈴木義惣ニ書状届来ル。浅草辺へ罷越候よしニて、差置、早〻帰去。

廿四日庚子　晴

一夕七時前、美濃や甚三郎来ル。八犬伝六編三の巻廿四丁メさし絵、入木直し出来、持参。同五ノ上三度め校合、遣之。とかく直りかね、旧臘中旬ゟ今以校合不済、甚めいわくニ候間、精出し直し候様、談じ遣ス。例之長談後、帰去。

一昼後ゟ、読書消日了。○宗伯ハ、東之ぬれ縁框くさり候処、修理之。

廿五日辛丑　今朝六時過地震　天明ヨリ雲立　地震後風烈北　晴　夜中猶風　暁方凪

一越後牧之江、年始状弁当月十日出し書状之返事認之、年玉合巻等一封にいたし、二見や忠兵衛江、添状弁年玉扇子等認候処、無程清右衛門参り、今日油丁江罷越候よし申ニ付、右壱封、二見や江差遣し、脚ちん払候様申付、弁ニ、つるやへ返し候水滸伝合巻廿組づゝ二通り勘定差引、残り百五十二文、書付添、もたせ遣ス。序ニ、旧冬かし候小田原挑灯、受取参り候様、申付遣ス。

一其後、西ノ方ニ出火有之、火元定かならず候へ共、元飯田町通りニ見え候ニ付、宗伯、為見舞、飯田町へ罷越、八半時帰宅。清右衛門も走り帰候よし也。然ル処、右之火事ハ四谷ニて、田安様下やしき・永井下やしき等類焼、四谷塩丁・天王よこ丁辺迄延焼のよし。七時比、火鎮ル。

一昼飯後早〻、お百、深光寺へ墓参。夕七時比、帰宅。

一関源吉ゟ、書状ヲ以、明廿六日、如例廿六夜待ニ付、父子共参り候様、申来ル。使、さしおき、帰去。

直し、遣之。例之長談ニて、夜ニ入、六半時比帰去。

下廿三丁ゟ末弐番校合ずり、持参。五ノ上ハ直し相済、五ノ下廿三丁ゟ末ハ預りおき、廿二丁め迄の弐度め

十ケ処づゝ直し有之、甚手間とれ、夕方ニ及ぶ。然ル処、甚三郎入来、五ノ上三番校合直し出来、幷ニ、五ノ

へる。即刻校合ニとりかゝり候処、右之内、十五丁め・廿丁めハ初度校合ニて、以之外ほり崩し、半丁ニ四五

一昼前、ミのや甚三郎ゟ、使ヲ以、八犬伝六編五ノ下廿二丁メ迄、弐度め校合ずり差越し、使之者、差置、か

廿六日壬寅　晴　今暁正六時比地震

一今日　公方様、上野　御霊屋ゟ御参詣。去ル十日の延び《ダク》也。何方ゟも沙汰無之候へども、火留・そうぢ等、如

例こゝろ得罷在。四時過　還御相済。

一今朝五時前、浅草田原町奴うなぎや辺ゟ出火、頗延焼ニ及ぶ。風無之ニ付、五半時前、火鎮ル。右出火ニ付、

清右衛門来ル。昨日つるやの請取書、持参。残り候鳥目、幷つるやニ返し候ちやうちんハ不持参。急候故也。

御成相済、中通しの節、帰去。

一今朝御成後、宗伯ヲ関忠蔵方へ遣ス。右ハ、今日廿六夜出席之断り也。且、長崎や新兵衛と絶交之処、同席い

たし候事いかゞニ付、已来共、新兵衛出席之節は罷出まじき旨、内ミ申入置候様、申付遣ス。宗伯罷越候節ハ、

中通しの節也。彼是隙取　還御後、帰宅。

一昼飯後早ミ、宗伯同道ニて、予、妻恋稲荷・神田明神へ参詣、夫ゟ深光寺へ墓参いたし、畢而、宗伯は直ニ帰

宅に赴キ、予ハ牛込竜門寺・円福寺へ墓参いたし、築土明神へ参詣。且、今日今日《マヽ》とらの日ニ付、牛込御堀端

へ立より、うへ木見物いたし候処、商人甚少し。茶店ニいこひ、夫ゟ、夕七時過帰宅。

一右他行中、ミのや甚三郎、八犬伝六編五の下廿弐丁め迄、三番校合ずり持参。お百にかねて申付置候ニ付、右すり本請取、五ノ下廿三丁めゟ末三ばん校合、わたし遣ス。

一暮六時比、屋代太郎殿ゟ、伝ヲ以て、日すゞめといふ前句附よこ本被差越、此書の時代、明朝迄ニ考くれ候様、口上ニて頼来ル。依之、燈下にて披閲せし処、享保・元文中印行のものなるべし。そのあかしハ、集中に、傾《キ》城《ミ》が滝ぬれニゆく身の音羽丁〳〵どろ町へはまりてよごす和尚号〳〵どろ町の花火ハ恋のよせ大皷〳〵あゝきのつまる古文真宝、などいふことあり。時代の考ニなるべきよし、書付遣ス。

一お百、今夕、積気《(ママ)》ニて服薬。持病也。

廿七日癸卯　半曇　昼前ゟ晴

一昼飯後早ヽ出宅、日本橋名張や竹芳・尾張町英泉・芝神明前泉市・片門前豊広・かゞ町ミのや甚三郎・すきやがし真顔方へ、為年始祝義として罷《(ママ)》越候処、甚三郎・真顔ハ他行のよし、泉市も同断、新橋ニて行あひ候ニ付、いづれも口上申おき、帰路、室町今川橋ニてかひ物いたし、夕七半時過、帰宅。但、八犬伝五下廿二迄校合、ミのやに今日遣之。

一右他行中、屋代殿ゟ、前句附の古板の時代しれ候ハゞ、本かへしくれ候様、申来ル。家内へ申付候間、認置候書付を添、右之本かへし遣候よし、帰宅後、聞之。

一他行中、清右衛門来ル。一昨日油丁へもたせ遣し候鳥目之残り、幷ニ、つるやゟ返し候小田原挑灯、持参。其後、早ヽ帰去。これ又他行《(ママ)》後、聞之。

一芝泉や次郎吉、為年始、来ル。予、他行中ニ付、口上申述、早ヽ帰去。

廿八日甲辰

一昼飯後ゟ、宗伯、為当日祝義、松前両やしきへ罷出、七時頃帰宅。

一昼後、ミのや甚三郎ゟ、使ヲ以、小魚くさ〴〵被恵之。昨日予罷越候ニ付、他行ニて不逢、早々ニ罷帰候故也。幷ニ、八犬伝六編五ノ下三度め校合来ル。校合すり本ハ留置、返書遣ス。

一右到来之小魚カズ七ツ、地主杉浦氏江遣ス。〇下女之親来ル。早々帰去。

一暮六時比、ミのや甚三郎来ル。八犬伝六編五ノ下之内、十五丁め大直し之分壱丁、持参。十五・廿丁の外、校合相済候趣申聞ケ、右十五丁め、即座に再校いたし遣ス。例之長談ニて、五時過帰去。

一予、打つゞき他行の疲労ニ付、終日保養消日了。但、老学庵筆記一ノ巻、披閲了。

廿九日乙巳　晴　夕方薄曇　夜ニ入四時過地震　夜中風

一昼時過、杉浦氏江為年礼罷越、夫ゟ、宗伯同道ニて、十軒店英平吉方へ立寄候。少々本かひ取、同町丸彦ニてひなかけ物表具キレ類・軸紐等かひ取、さかひ丁焼跡見物いたし、馬喰丁橋際ニて鴨そばたべ《（ダク）》、宗伯ハ先へかへし、予ハ馬喰丁二丁めにし村与八方へ年礼申入、同三丁め若林清兵衛方へ立寄、大坂河太巡嶋記六編わり印・添章之催促いたし、尚又油丁つるや喜右衛門方へ罷越、年礼申入レ、薄暮帰宅。今日松しま伊藤半平方へも可罷越存候処、かひ物ニてひま取候ニ付、其儀ニ不及。

一薄暮、表具師金太郎来ル。則、宗伯対面、今日買取置候表具キレ遣し候処、上下の純子《（ママ）》九寸不足のよし、幷ニ、うらぎぬ・紈等もとゝのへくれ候様申ニ付、先純子二色ニて壱尺五寸ト壱尺二寸遣し、この餘、きぬ地ひなの画一幅・軸ひも等、わたし遣ス。不足之分ハ明日かひ取、可遣旨、予、申談じ遣ス。

一夜に入、お百、地主杉浦氏ニ罷越。当春の礼也。先方ゟも、老母、夜中年礼ニ被参候間、この方も不厭夜分罷越、五時比帰宅。

一今日つるやニてかり受候竜背発秘、今夕播《(ママ)》閲、二冊之内、少ゝ残ル。英平吉方ニても、循環暦五冊、携かへる。披閲の後、宜候ハゞ、可求旨、談じおく。

晦日丙午　天明ゟ小雨 但し多くふらず　昼ゟ半晴 終日日不出

一四時前、宗伯ヲ十軒店丸彦方へ遣し、表具入用の内不足之分、古純子九寸・横しまうらぎぬ・同紈等かひ取せ、昼時比帰宅。昼飯後、同人、右品ゝ携、湯嶋六丁め表具師金太郎方へ罷越候通《(ママ)》り、他行のよしニ付、口状女房へ申おき、右之品ゝ渡之、無程帰宅。

一昼時比、ミのや甚三郎ゟ、使ヲ以、八犬伝六編五ノ下之内、十五丁メ・廿丁メ大直しの分二丁、差越之。使またせ置、校合いたし遣ス。但、十五丁めハ三番直し、廿丁めハ弐ば《(ダク)》ん直し也。

一予、終日、循環暦、披閲之。但、長暦と同様之物ニ而、させる用ニも立かね候ニ付、近日、右之本英平吉方へ可返旨、宗伯へ申付おく。

一夕七半時比ゟ、宗伯同道ニて、上野広小路へ罷越候処、天気不宜故歟、例ゟうへ木あき人少く、望の梅の木無之故、不及買取、暮時帰宅。

一夕方、屋代二郎殿来ル。八犬伝四編・五編、ふろしき共、被返之。但、金ぴら船・水滸伝新板求度よし、被申之。近日、板元ニ幸便有之候ハゞ、とりよせ可申旨、村ヲ以、挨拶ス。余は病ニ托して不逢。早ゝ帰去。

〆

二月朔日丁未 薄曇 朝四時比ゟ晴 夕方より薄暮(ママ) 夜ニ入四時ゟ雨 明暁風烈 雨止

一今朝、為当日祝義、清右衛門来ル。旧冬、おさき方ゟとりよせ置候八犬伝初編ゟ五編迄、幷ニ巡島記五冊、返之。且、今日、飯田町へ罷越候ニ付、とし玉大撫牛、遣之。幷に、節織絹一反、松や権左衛門方へ遣し、ねらせ候様申付、遣之。清右衛門、外ゟ到来之きせる一つ、宗伯江遣之。其後、早ゝ帰去。

一めでたや久兵衛老母、為年礼、入来。お百・宗伯、対面。早ゝ帰去。

一昼後、中村仏庵来ル。蔵刻の崑岡炎餘・燈籠の詩墨本幷ニ小冊、被恵之。且、所望ニ付、合巻稿本願竹糸六冊、遣之。長談後、帰去。

一昼飯後、宗伯、為当日祝義、松前両やしきへ罷出、夕七半時比帰宅。

一夕七時前ゟ、予、飯田町へ罷越、世継稲荷へ参詣。夫ゟ、い呂波清二郎・いせや久右衛門方へ立寄、年始口上申述、飯田町宅江罷越、当春祝義申述。祝義勧盃、如例。宗伯ニは、跡ゟ可参旨申付置候ニ付、暮六時前、飯田町へ来ル。序ニ、正月分薬うり溜勘定いたし、玉川堂ニて筆かひとらせ、中やニて唐紙をとらせ、酒食後、夜五半時比帰去。但、武具訓蒙図彙五冊、入用ニ付、携かへる。

一右他行中、夕七時比、狂歌堂真顔来訪のよし。旧冬ゟ、かけちがひ、不逢。口上老妻江申置、帰去云云。

一今日、宗伯、松前家ゟ帰宅、中井準之助方へ立寄、旧冬うつし物之遺り出来候哉否、可承旨申付置候ニ付、立寄候処、準之助他行ニて不弁。口上、家内江申置候よし也。

一昼後、お鍬ゟ使札。年始祝義の文、幷ニ、別紙ニ、来ル五日六日比、里開ニ参り候てハいかゞ可有候哉、尤、覚重幷ニ娘同道可致旨両親申よし、申来ル。両様共、お百ゟ返事、遣之。但、五日・六日両日之内、日限とり極メ、申越候様、幷、次右衛門内義も一処ニ被参候ハゞ都合宜候間、くり合せ出来候ハゞ、被参候様ニ致度旨、申遣ス。

二日戊申　昨夜より暁まで雨　暁方ゟ風　天明ゟ雨止　五時過ゟ折〻小雨　昼後ゟ小雨無間断　夜中同断

一今日閑寂。五要奇書之内、郭氏元経披閲、消日了。

一宗伯同断、循環暦一・二巻、披閲。

三日己酉　雨　但小雨或ハ降或ハ止　昼ゟ本降　夜ニ入雨止而風

一端午のかけ物画稿あやめ兜の図、画之。昼時、稿し了ル。

一昼時過、ミのや甚三郎来ル。八犬伝六編五ノ下の内、十五丁メ・廿丁メ三番直し、四ばん《(ダク)》直しすり本、幷に、看板すり本校合、持参。即刻、施雌黄、校合いたし遣ス。但、看板の内、第の字直し有之処見おとし、不及其義。甚三郎、例之長談、八半時比帰去。

一夕方ゟ、郭氏元経披閲。夜四時過、就寝。

一昼後、清右衛門来ル。一昨日中やニてかひ取候唐紙持参。借用之合羽等、遣之。

一宗伯、神女湯製薬少〻、今日ゟ剤之。

四日庚戌　晴　風烈

一昼前、ミのや甚三郎ゟ、使ヲ以、八犬伝六編五ノ下の内、十五丁メ・廿丁め再四直しすり本、来ル。即刻校合いたし、幷ニ、看板校合すり本之内、第の字ほりちがへ直し、遣之。其後、八半時比、右直し出来、甚三郎持参。是ニて校合不残相済候旨申聞、すり本ハとめおく。例之長談、薄暮帰去。

一昼前、清右衛門来ル。去ル朔日申付候きせるらをすげさせ、持参。其後、早ゝ帰去。

一夕方、地主杉浦老母来ル。雑談後、帰去。右為挨拶、夜ニ入、宗伯、杉浦方へ罷越、五時帰宅。

一つるや喜右衛門方ゟ、大坂河内や太介年始状届来ル。上封じ其外共、元飯田町滝沢清右衛門様ト宛名有之。清右衛門方へ年始状可受いハれなし。代筆之者之心得ちがへなるべし。彼方の行届ざる事、万事かくの如し。

一宗伯、終日、神女湯薬剤不足之内、製之。

五日辛亥　天明ヨリ雨　五時前ゟ雨止テ不晴　風　昼ゟ晴

一五要奇書披閲、消日了。夕方、宗伯同道ニて、筋違外高崎や江罷越、夜食たべ、暮六時比帰宅。〇杉浦老母ゟ宗伯へ、謙十郎娘星祭之事、たのミ来ル。

一昼後、お百、めでたや久兵衛方へ年始ニ罷越、薄暮帰宅。

六日壬子　今暁七半時比ゟ雨　昼ゟ雨止テ　薄晴　夕方曇

一五要奇書一帙、今夕迄ニ不残披閲、卒業。

一昼後、清右衛門来ル。過日申付候通り、つるやニて合巻水滸伝・金ぴら船取之、持参。右合巻、むらヲ以、屋代二郎殿江遣之。又、清右衛門ニ、田舎みそ少許、幷ニ、八犬伝六編稿本表紙料の厚紙六枚・ひやうしすり本壱枚・外題すり本壱枚、遣之。其後、帰去。

一今夕ゟ、宗伯ト、五要奇書之内陰陽貴吉方くりやう、得之。

七日癸丑　薄曇　昼ゟ薄晴

一檜原謙十郎頼、陰陽貴祭方位・修法等、宗伯認之。終日也。

一昼時、中村仏庵来ル。藤裕墓表拓本一枚、被恵之。且、江嶋大縁起旧文不宜ニ付、書直しくれ候様、予ニたのミ、右旧記、其外二三冊、被為見之。預りおく。今日、同人江両子寺縁起一冊、かし遣ス。雑談後、帰去。

一いせ松坂殿村佐五平書状、伝馬町との村店ゟ届来ル。正月廿六日出之状也。うけ取、遣之。

一杉浦老母ゟ、自然生一把、被恵之。右ハ房州法運ゟ到来のよし也。

一今日、方位便覧再披閲ス。〇予、少ゝ滞食下痢のきミ。軽症也。

八日甲寅　天明ヨリ雨　四時ごろ止　終日不晴　夜ニ入　雨　但多くふらず

一予、下痢ニ付、昨夕ゟ加味平胃散服薬、今日順快。終日読書、消日了。

一檜原謙十郎家内祭星吉方幷月煞等、宗伯書之、昼時、むらを以、杉浦方へ遣之。

九日乙卯　晴

一昼前、清右衛門来ル。過日申付候よれ絹、松や権左衛門方ニてねらせ、持参。藍お納戸茶定紋付に染させ候様申付、紋本幷ニ注文書共、遣之。且、正月分上家ちん持参、うけ取おく。奇応丸大包うれ切候よしニ付、宗伯包置候分、遣之。今日　公方様神田御館へ吹上ゟ急御立寄ニ付、出役のよし申之、早ゝ帰去。儀同様御病気ニ付、急御立寄のよし、風聞。

一昼後ゟ、宗伯ヲ以、尾張町英泉方へ、端午かけ物料あやめ兜の図画稿壱枚、うら打唐紙、幷ニ絵の具代等、もたせ遣ス。八時比出宅、薄暮帰宅。但、武具訓蒙図会一ノ巻、英泉へかし遣ス。

一今日、老学庵筆記再読、六丁半餘抄録之、消日了。

一夕七時比、若林清兵衛ゟ、朝夷巡嶋記六編書林行事添状三通、幷改入用書付、小ものを以、差越之。請取書、遣之。但、右ノ入用金ハ、取しらべ、一両日中ニ可遣事、其節、稿本・すり本共かへしくれ候様、申遣ス。

一昼前、人足ヲ以、炭会所へ炭とりニ遣し候処、舟間ニ付、炭無之よしニて、空しく立帰候間、少ﾐ賃銭遣之。但、杉浦老母世話被致候ニ付、其よし、村ヲ以、右老母方へ申遣しおく。

十日丙辰　今暁ゟ風烈　晴　其後薄曇　春寒昼ゟ風止

一杉浦老母来ル。稲荷のほこら何レ之処へすゑ可然哉之旨、宗伯ニ被問。彼是申談候へども、猶不都合のよしニて、当年ハ見合せ可申候よし、被申之。其後、帰去。

一夜ニ入、宗伯、杉浦方へ罷越。過日ゟ度ﾐ到来の品を贈られ候謝礼也。四時、帰宅。

一予、老学庵筆記写本白文ニ付、昼時ゟ訓点加へ、夜ニ入迄僅ニ十四五丁、加点之。

十一日丁巳　曇　早朝ヨリ雪　無程止　終日不晴　夜五時過雨　無程止

一江嶋岩本院使者群平悴参。御礼鹿尾菜、如例持参。自分のとし玉扇子等、持参。お百、挨拶いたし、うけ取おく。

一今日も、老学庵筆記訓点ニて、消日了。但、弐の巻迄点之、夜ニ入、三の巻少ﾐ点之。

一今日、お百、宗伯同道ニて、妻恋いなりへ参詣、無程帰宅。

一今朝、雨天ニ付、いなり幟等、未出之。

一昼後、節かハり星祭献供等、如例、家内一統祭之了。

十二日戊午　晴

一今日、初午祭。早朝、宗伯、幟・挑灯、如例出之。赤飯・神酒そなへ等、献供如例。家例ニ付、終日茶だち也。
麦湯のミ用之。

一予、今日も、老学庵筆記訓点ニて、消日了。

一昼後、大坂や半蔵幷ニ丁子や平兵へ、養子、半蔵弟也、来ル。石魂録後編之事、丁子や希ひニてほり立候よし、
今年は無相違著述頼候旨、申之。予、対面、談じ遣ス。

十三日己未　晴　夕方ゟ薄曇

一昼前、屋代又(ママ)太郎殿来ル。過日之合巻代持参、和唐紙半切・状袋等、被恵之。予、対面。雑談後、早〻帰去。

一昼後、屋代二郎殿来ル。太郎殿ゟ、宝永中の人杜若と申もの、、(ママ)被尋之。幷ニ、来ル十八日、建部六右衛門殿
ゟ梅見ニ罷越候間、同道いたし度旨、被申越。予、対面、返事申述。其後、帰去。

一お鍬ゟ、使札来ル。十五日、里開ニ参り候てハいかゞ、さし合も無之哉之旨、申来ル。お百ゟ、返書遣之。十
五日・十六日ハさし合有之旨、其外、用事申遣ス。

一予、今日も、老学庵筆記訓点ニて、消日了。

一稲荷幟・挑灯等、宗伯、今朝とり納了ル。

十四日庚申　今暁明六時前ゟ朝五時比迄雨止テ不晴　四時比ゟ晴　夜六半時ごろ　地震　又薄曇

一今暁七時比、小伝馬町ゟ失火、頗及延焼。聞糺候処、鉄炮町辺・牢屋敷辺ゟ石町迄延焼のよしニ付、四時比、宗伯罷越、つるや等江見舞可申よしニて、出宅。右序ニ、過日英平吉ゟ携かへり候循環暦壱部、英平吉へ返し候様申付、もたせ遣ス。

一今朝、むらヲ以、屋代又太郎殿江、昨日之合巻代早ゝ、餘計ニ付、廿八銅返し遣ス。幷ニ、昨日太郎殿ゟ被尋候宝永中の人杜若之事、ばせを七部集之内さるみのニや、杜若といふ名の発句有之候様ニ覚候へども、実名等ハ不詳旨、口上書ニて申遣ス。むら、さし置、早ゝ帰去。

一昼九時比、宗伯帰宅。今暁の火事、伝馬町牢屋敷前町ゟ出火、小伝馬丁弐丁め・三丁目め、大門通りへよほど延焼、鉄炮町辺迄類焼ニ付、鶴や喜右衛門・丁子や平兵へ・二見や忠兵へ江見舞口上申入レ、且、英平吉方へ罷越候処、平吉他行のよしニ付、手代松次郎と申者へ循環暦壱部渡之、無相違帳面へかへりを記し候様申置候よし、申之。但、英ニても、大抵片付候様子のよし也。よほど間有之候へ共、風下なりしによつて也。

一夕七半時比ゟ、宗伯ヲ以、渥見次右衛門方へ、お鍬里開の事申談させ候処、覚重ハ泊番のよしニて、次右衛門夫婦ニ対面、来十七日可然旨、申之。いづれ覚重ニも申聞、明日返事有之候筈のよし也。宗伯、五時前帰宅。

一予、今日も、老学庵筆記訓点ニて、消日了。合巻二冊、第五巻迄点つけ了ル。

一今夕、庚申祭、献供如例。

十五日辛酉　薄曇　昼ゟ薄晴

一昼飯後早ゝ、宗伯、為当日祝義、松前両屋敷江罷出、夕七半時過、帰宅。右留守中、松前勘定所下役七郎左衛

門と申仁、旧冬役所がゝり薬料、持参。お百うけ取、宗伯帰宅後、其段ゝ申聞おく。宗伯、帰路、中井準之助方へ立寄、写し物の内、弐の巻・三の巻出来、携かへる。風呂敷借用。但、壱の巻ハ原本外へ参り居候間、帰り次第、写させ可申よし也。

一昼後、お鍬ゟ使札。明後十七日里びらきの事、申来ル。お百ゟ返書遣し、十七日可然旨、取極メ申遣ス。

一夕方、馬喰丁若林清兵衛ゟ、小ものを以、大坂河太巡島記六編わり印入用、取ニ来ル。他行のよし申聞ケ、かへし遣ス。

一亀や文宝来ル。予、対面。明後十七日剃髪いたし候よし、申之。近来、浅草御先手組やしき三筋町ニ罷在候処、此節、町人隠居、武家地ニ不被差置候ニ付、旧冬引払、親類方へ同居いたし罷在候。然ル処、医者ハ不苦趣ニ付、何分旧所へかへり度願ひにて、不得已剃髪のよし。定而故あるべき事ながら、不自由なる事ニ相聞え、一笑ニ附スべし。

一予、今日も、老学庵筆記訓点ニて、消日了。

一昼前、清右衛門来ル。おさき病症ニ付、ある人のすゝめに付、吉原町質や某甲《かひや》、奇妙之灸点おろし候よしニ付、過日差遣し、此節、毎朝右之灸治致させ候よし、申之。足の甲にて一処づゝ、毎日灸数不同。一壮十二帖迄のよし也。奇応丸、宗伯つゝミ、遣之。其後、早ゝ帰去。

十六日壬戌　早朝小雨　或ハ止又降ル　但多く降らず　夜四時比ゟ本降　暁方小雨

一おさき同道ニて、宗伯、高輪に加持ニ可参処、雨天ニ付、延引。

一むらヲ以、中井準之助へ昨日之風呂敷返却。且、写し物紙数勘定書付、并ニ、関帝籤一冊、過日かし置候ニ付、かへしくれ候様、口上書ヲ以、申遣ス。

一同刻、田村節蔵江、以手紙、明日お鍬里開之事申遣し、正午ゟ被参候様、申遣ス。両所とも、むら差置、無程帰宅。

一昼飯後ゟ、宗伯を以、尾張町辺へ遣ス。弁天神像少〻繕せ度よし申ニ付、厨子を携、須田町仏具師へ右之繕申付、夫ゟ、尾張英泉方へ罷越、あやめ兜の絵之事申談じ、尚又、かゞ町ミのや甚三郎方へ罷越、巡島記わり印入用銀、今明日中ニ若林清兵へ方へ遣し候様申通じ、帰路、嶋や佐右衛門方へ立寄、当月五日大坂道頓堀芝居ゟ出火之書付取之、夕方帰宅。

一清右衛門来ル。明日お鍬致里開候ニ付、処〻へ遣し候赤飯、中村や佐兵へ江申付候様、委細談じおく。其後、帰去。


十七日癸亥　小雨　昼ゟ本降リ　夕方ゟ大雨　夜ニ入風雨　暁方晴テ又曇
一今日お鍬夫婦罷越候ニ付、宗伯、座敷向掃除ス。今朝、中井準之助ゟ、以使札、関帝籤返さる。予、宗伯代筆にて、うけ取回報、遣之。

一四半時比ゟ、日雇人足高間、清右衛門へ申付候通り、赤飯持参。杉浦氏・田村節蔵江右赤飯もたせ遣し、高砂屋にて買物致させ、尚又、渥見次右衛門・根岸彦兵衛等へ、同人ヲ以、赤飯恵之。尤、今朝、山田吉兵衛・田口久吾・いせや久右衛門等へハ、飯田町ゟ、赤飯重ニ入、もたせ遣し、配り物相済候ニ付、多七ハ直ニ返し遣ス。

一九時比、おさき来ル。今日お鍬里開ニ付、勝手向手伝の為也。

一八時過、お鍬幷ニ娘おとみ、同道ニて来ル。草履取ハ直ニ開候而、腰添若党残り居候ニ付、酒振舞、先へ開せ遣ス。夕七時比、覚重来ル。夫ゟ六畳の間にて勧盃饗応。夜ニ入、五時比、お鍬・お富とも開キ畢ヌ。お鍬参り候節、交肴一折・赤飯一重、持参。覚重供之者へ酒たべ《(ダク)》させ、夜食出之、杉浦老母方へ本膳・酒肴等、遣之。

一媒人田村節蔵江、昨日、招請之趣、以手紙申遣し候処、今日返書到来、後刻可参旨申来候得ども、不来。然ども、里開祝義、無滞相済。

一夕方、芝いづミや市兵衛か、法事の重の内大饅頭十五、被恵之。右ハ、市兵衛先妻七回忌・前市兵衛嫁一周忌、当八月之所、とり越候よし也。

一おさきハ、今日、此方へ止宿。昼九時比、やうやく膳碗等片付畢ル。

十八日甲子　曇　夜ニ入雨　無程雨止テ半晴

一おさき名灸、今朝、此方ニてすえ遣ス。○今朝四時比、杉浦老母、昨日之謝礼として被参。雑談後、帰去。其後、田舎みそ一重・胡麻等、被恵之。○今朝、おさき所望ニ付、八犬伝六編三度め校合ミのずり無疵之分六冊、遣之。但、製本ハ清右衛門致候筈ニ付、すり本のまゝ遣之。○今夕甲子祭、献供如例。

一昨十七日夕方、橋本彦兵衛か、旧冬遣し候カナアリヤ少ゝ糞づまりの様子ニて、見せニ来ル。牡蠣末、少ゝ遣之。

一八時比、おさき、飯田町へ帰宅。

一今日、建部六右衛門ぬしへ梅見ニ被招候ニ付、屋代氏待合せ候処、遅刻ニ付、夕七時前、宗伯、則屋代氏江罷越、承合候へバ、今日稽古日ニ付、及遅刻候よし。其後、太郎殿此方江被立寄、予・宗伯同道ニて、建部氏江罷越。饗応を受、夜九時帰宅。但、相客ハ御先手柘植清左衛門殿・建部源右衛門殿、外ニ御家人田村淩太郎等也。今夕、六□□《(ムシ)》寿命湯の法書、被貸之。

十九日乙丑　晴　風

一今朝、お鍬ゟ使札。一過夕差置候衣類、幷水餅・堅餅等遣之、お百ゟ返事遣之。

一同刻、ミのや甚三郎ゟ、使を以、巡島記六編わり印料、昨日、若林清兵へ方へもたせ遣候処、本代十七匁五分遣し候様、申来候。本ハいまだ大坂ゟ下り不申候処、いかゞ可致哉之旨、問合申来ル。是迄山崎平八取斗ひ候間、左様之義ハ不存候。書林仲ヶ間聞合、いづれとも取斗候様、宗伯ヲ以、右之使へくハしく申聞ケ遣ス。

一昼後ゟ、以宗伯、芝神明前いづミや方へ、銘茶一袋、遣之。一昨日法事之返礼也。右序ニ、去冬越後牧之ニ遣し候合巻金ぴら船四編拾五組代金壱両、遣之。但、四へんの代、去正月中うハ端預ケ有之、彼是差引、壱朱ト百六十八文返ル。宗伯、夕方帰宅。

一八時過、屋代太郎殿来ル。昨日致拝談候、当正月中、穂波三位殿、使者ヲ以、真顔・飯盛方へ、已来穂波殿配下ニ罷成候様、彼是むつかしく被申入候一義、書付写し有之候ハゞ借用いたし度旨、被申之。書付ハ写し置不申、文宝方ニ可有之旨挨拶いたし、其節、使者の手引いたし候山陽堂、実名・宿所ハ此方ニ扣有之候ニ付云云、と申聞ケ候へバ、文宝方ゟ書付かり可申由ニて、被返去。

一松前役所ゟ、去ル九月中当主御到着之節、千住迄出迎之節支度金壱朱、被下候。但、持廻りニて、人足ちん十六銅くれ候様、使之者申候ニ付、遣之。

一昼前、清右衛門来ル。一昨日人足多七持帰り之重箱の台、持参。其後、宗伯、神女湯包ミ遣し、雑談後、帰去。

一今朝、お鍬ゟ使札。預り置候衣類・肴台等、遣之。かねて所望ニ付、水餅・堅餅等、一重づゝ遣之。此一事、前ニ既に記し忘失、重出也。

一昼後、湯嶋表具師金太郎、かねて申付候雛かけ物表具出来、持参。右かけ物箱も出来。但、ひも代共三分ましくれ候様申ニ付、箱ハ弐匁三分、幷表具手間ちん、不残払遣ス。
一予、今夕迄ニ、老学庵筆記訓点つけ了ル。句読ハいまだ八・九・十〆一冊遣ル。
一お百、風邪ニ付、夜食後ゟ打臥。宗伯も風邪のよし。いづれも当分の症也。

廿日丙寅　晴

一老学庵筆記、八・九・十〆一冊、昼後迄ニ点つけ了ル。是ニて卒業也。其後、兼山麗沢秘策写本二の巻校之、未畢。夕七時過ゟ、宗伯同道ニて、牛込御門外へうへ木見物ニ罷越。桃台九本かひ取、神楽坂にて食事いたし、暮六時比帰宅。
一右他行中、わかき侍、一包の書ヲ投じ、直に帰り去るといふ。上包ニ、著作堂先生、岩崎両蔵とあり。作り名也。開封して見るに、小冊よこ本三十七丁へ、金ぴら船・傾城水滸伝等の批評をものして、書ちらせし物也。思ふに、去ル申の八月中、予が弟子になり度よしニて、両三度来りし、本郷三丁め裏通りに住居せる御持方同心篠塚吉太郎といふものゝわざなるべし。彼人、戯作執心にて、習ひたきよし頻りニ申入られ候へども、予、きびしく断、不受故に、かく作り名して、予が作を評せしを見せんとて、みづからもて来て逃かへりしなるべし。その書ハ抱腹に勝たるもの也。

廿一日丁卯　晴　少し風アリ

一今朝、宗伯、昨日牛込ニてかひ取候桃だいへ、去ル十八日夜建部殿ゟもらひ候黄金梅の穂、接之。二本也。其後、同人飯田町宅へ罷越、お崎同道ニて、高輪岩尾方へ加持受ニ罷越、帰路、過日須田町仏具師へ申付候弁天神像絵出来の趣ニ付、おさき同道ニて、（アキママ）時ごろ帰宅。其後、おさきハ七半時比帰去。

一神田橋儀同様御逝去ニ付、鳴物停止、今朝ふれらる。但、鳴物ハ三月四日迄、普請ハ二月廿七日まで（ダク）也。尤、停止鳴（ママ）物ハ十四ケ日、普譜ハ七ケ日也。

一四時頃、ミのや甚三郎ゟ、使ヲ以、巡島記六編稿本被返之、并、わり印料金壱両、若林清兵衛ゟ之請取書等、被為之。度ミ人遣し、やう〳〵稿本とり戻し候よし也。予、右使へ対面、金子請取書ハ返し遣し、并、同書出板添章一通江戸の分斗、右使のものへわたし、口上くハしく申遣ス。甚三郎、今に病臥のよし也。

一兼山麗沢秘策写本三の巻、今夕迄ニ校正し了。誤写甚多し。依之、昼夜ニてやう〳〵卒業。

廿二日戊辰　晴　終日風烈　夜ニ入尚風

一今朝、宗伯、須田町仏具師方へ罷越、弁天神像つくろひ直し落し有之ニ付、即刻繕せ、四半時比帰宅。

一橋本喜八郎殿江、村ヲ以、梅の枝乞ニ遣ス。八重豊後弁ニ八重白南部梅也。屋代氏江も唐梅品字ヲ一枝乞遣ス。昼後ゟ、宗伯、不残接之。台七本、梅ハつぎわけともに五種也。内、此方唐梅もつぎわけに用之、ひとへ豊後も接之。夕方、接了ル。

一伝馬町との村店ゟ、紙包届来ル。うけ取書、遣之。松坂佐五平ゟ被恵之貞観政要壱部・天神森の碑文拓本等也。

一昼後、清右衛門来ル。今日、吉原質や江、おさき灸治の数之書付乞ニ罷越候よし。昼飯たべさせ、其後、早ミ帰去。

一お鍬ゟ母へ使札。衣食等之事也。お百ゟ、返書遣之。

一橋本ゟ、カナアリヤ牡蠣末乞ニ来ル。一包、遣之。

一昼後ゟ、予、貞観政要披閲。夜ニ入、三冊よミ了ル。

一今夕、巳まち。弁天祭、献供等如例。

一河越の薪、杉浦方へ参候よしニ付、お百ヲ以、かひ取度よし、申遣し（ムシ）おく。

廿三日己巳　昨夜ゟ今暁迄大風烈　昼ゟ風少止　餘寒甚

一昼後、清右衛門来ル。神女湯等、宗伯包遣ス。明日、おさき、浅草観音参詣ながら、摘草ニ可参よし、母へ申来ル。お百、同道之つもり、申遣ス。其後、帰去。

一同刻、田口久吾来ル。御主人山口勝之介殿、当月十五日忌明のよし。当春初見参也。神田神主殿へ被参候よしニて、早々帰去。

一同刻、文宝来ル。一昨日致剃髪候よしニて、見参の為、来ル。雑談後、帰去。

一予、今夕迄ニ、貞観政要全部十巻、披閲了。

廿四日庚午　晴　夕方曇

一今朝ゟ、宗伯・予両人ニて、庭の花壇鋤かへし、こやし入、菊・桔梗、其外うへ替。東中口戸袋の陰、右同断土ふるひ、三尺ニ弐尺餘、花壇に作る。藤袴・われもかう・女郎花・野菊・鋸草等、せいたかき分うへつけ等、終日也。〇二ノ午ニ付、今日も宗伯茶だち也。

一昼前、おさき来ル。昼飯後、お百同道ニて、浅草観音へ参詣。反畝ニて餅草つミ取、夕七時過帰宅。おさきハ、夕方、飯田町へ帰去。

一昼時前、お鍬ゟお百江使札。右ハ、明日長屋廻りいたし候よしニて、衣類・櫛・笄等之事、申来ル。幷、媒人節蔵取拵へ、虚談のかけ合いたし候よしニて、金子等之事、渥見内義被申旨、くハしく申来ル。甚難心得趣ニ付、云云と返事申遣し候様お百へ申付、此方趣意あらましニ申遣ス。

一明後廿六日、松前家帰国ニ付、宗伯、見送りニ罷越候。供人、例之日雇へ申付おく。但、むらヲ以、申遣ス。

一夜ニ入、お百、杉浦方へ罷越。右ハ、川越ゟ被取寄候薪等之事也。四時前、帰宅。

廿五日辛未　薄曇　四時前ゟ半晴　夕方ゟ風　夜ニ入止　明七時前ゟ風烈

一お鍬一義、媒人節蔵虚談金子之事、幷、家中廻り衣類之事ニ付、今朝、宗伯ヲ以、根岸彦兵衛方へ申遣ス。彦兵衛金瘡ニて引籠り居り候ニ付、今夕、同人妻ヲ以、渥見方へ可申談旨、彦兵衛申ニ付、任其意、九時前帰宅。

一右宗伯他行中、清右衛門来ル。今日小林江参候処、去戌年勘定皆済為祝義、如例南鐐三片貰請候よし、申之。其後、宗伯罷帰り候ニ付、今朝一義、彦兵衛返事等承り、帰去。

一昼時ゟ、宗伯、新花壇の垣結かゝり候へ共、客来等ニて、不果。予も手伝、紫苑新株うへかえ候処、右同断ニ付、不果。

一昼後、おきく来ル。御主人勝之助殿去冬ゟ忌中ニ付、年始祝義延引、当年初而見参也。蕎麦等ふるまひ、長談後、夕七時過帰去。

一八半時比、お鍬ゟ使札。家中廻り衣類、間ニ合不申ニ付、明日に延引いたし候間、ぜひ〳〵衣類遣しくれ候様、いろ〳〵了簡違之事、申来ル。おきく参居候節故、予、あらましニ返事認。今朝、根岸彦兵衛迄、宗伯ヲ以かけ合せ候。最初の約束ちがひ候間、姑いかやうニ被申候共、打捨置可申旨、且、後刻人遣し可申候間、其節可参旨、申遣ス。

一夕七時過、お百ゟおくわへ文遣し、用事有之ニ付、只今可参旨、申遣候処、乱髪ニ付、今日ハ遣しがたく候旨両親申よし、申来ル。依之、又おしかへし、左候ハヾ、明日可参と申遣し候へバ、明日可参旨返事、口上ニて申来ル。むら、薄暮帰宅。

一明朝、松前本国へ帰国ニ付、為見送、宗伯、千住迄罷越。供人足尚又今夕申付候様、村ヲ以、申遣ス。明暁はやく起立候ニ付、家内、五時過就寝。

一お百、今日深光寺へ可致墓参と、支度いたしかゝり候処へ、おきく参候間、墓参及延引。

廿六日壬申　薄曇　今暁七時前ゟ大風烈北　四時比ゟ少凪　其後無程又風烈　夜中或ハ凪或ハ吹

一松前家為見送、宗伯、今朝正六時出宅。千住本陣ニて待受、宿外レ迄《(ムシ)》見送り相済、夫ゟ下やしきへ隠居へ罷出、祝義申上。尚又、上屋敷へも罷出、役人中迄祝義申述、其後、八ツ時比帰宅。供人足ニ、賃銭、遣之。

一昨廿五日昼前、道心善幸来ル。先月認候万人講勧化発願文、彫刻いたし、世話人中へ配り候帳面にとぢ《(ダク)》、持参、見せ候ニ付、一覧之処、券縁ヲ募縁ト書損じ、ぼ《(ダク)》えんと仮名づけ有之ニ付、右之処直させ可申旨、申談じ遣ス。此一条ハ廿五日の遺漏也。

一四半時比、お鍬来ル。此方ゟ送らせ可遣旨、供之者へ申聞ケ、供ハかへし遣ス。昨日、宗伯ヲ以、根岸彦兵衛迄申入候一義、渥見方ゟ、間違之よし、申来る。彦兵衛ゟも同断、手紙差越候。依之、段ゝの趣意申聞ケ、一体、お鍬心得違の段等、くハしく利害申聞候内、宗伯帰宅。清右衛門も参り候間、打寄相談いたさせ候処、衣類之義ハお鍬全く心得違候間、無事ニ相済候様致旨、わび候間、尚又、きびしく向後之心得申聞せ、夕方、村ヲ以、渥見方へ送り遣候処、薄暮、村帰宅。

一夕八半時比、清右衛門来ル。彼岸中ニ付、草餅拵候よしニて、持参。お鍬一義、無難にまづ相済せ候趣承り届、夕方帰去。

一今日ハ、予、お鍬一義にて、消日了。今晩はやく起出候ニ付、皆ゝ、五半時比就寝。

廿七日癸酉　晴　風烈　昼九時過ゟ風止　夜五時地震よほどの震也

一宗伯、今朝、八畳の間掃除、昼時掃了ル。明日ゟひなかけ物かけん為也。昼後ゟ小菜園垣ね結之、夕方、結了。

一予ハ、今朝ハ、玄関脇ニ有之候合歓実ばへ五六本植かえ、山午房、弁ニ北の庭の柳さし木うへかえ、東山の小松・もみぢ(ダク)うへかえ、東の縁の下ニ入置候土のふるひ屑、表へ出し、右門脇低き処へならし、魚こやし両菜園へ掛之、水汲あげ、此節かハき候木の根へ、宗伯と共ニ掛之。薄暮ニ及び、大抵しをハる。

一今日、彼岸をハりニ付、如例草餅こしらへ、地主杉浦方并ニおさきへ遣之。但、飯田町へハ、お百寺参出がけに携行、遣之。

一八半時比ゟ、お百、深光寺へ墓参。お秀・お菊も同断。参詣之帰路のよしニて、伝通院前ニて行合候よし也。位牌堂の位牌、うへの処少ゝ損じ候様子、初春見かけ候間、塗師へ申付、繕せくれ候様、以口上書、和尚へたのミ遣ス。お百、暮六時比帰宅。但、出がけ、飯田町宅江立寄、夫ゟ深光寺へ及参詣云云。

廿八日甲申(ママ)　晴　朝四時前ゟ風　昼後ゟ薄曇

一四時比、仲村仏庵来ル。雑談数刻、八時過帰去。昼飯ふる舞、天神森碑墨本・玄同放言校本五冊、かし遣ス。

一ひなかけ物、今日昼後ゟ、掛之。昼後ゟ、予、疝積気(ママ)ニ付、養生し了ル。

一昼時、清右衛門来ル。当日祝義ニて、させる用事なし。雑談後、帰去。

廿九日乙酉(ママ)　今暁六時前ゟ大風雨　四時前ゟ雨止　其後風少シ和ラグ　昼ゟ凪テ晴

一今朝六時前、御蔵前通り出火。風雨ふり出候比也。火元不知。無程火鎮ル。

一宗伯、先日松前志摩守様御頼、兎園小説抄録。例之遅筆にて、出来かね候様子ニ付、予、手伝、今日、八半時比ゟ筆をとり、夜ニ入、四時迄ニ廿九丁、書之。宗伯ハ僅五丁書之。合せて三十四丁也。此内、孫七天竺物語抄一編・勇婢一編・蓮葉の奇異一編・双生合体壱編・うつろ舟の蛮女一編、予、書之。并、白鶴瑞共ニ六編也。宗伯ハ前後身記事一編・古墳の女鬼一編・瞽女仆賊一編、已上三編也。

一夕方、宗伯同道ニて、上野広小路へうへ木見物ニ罷越候処、今朝之風雨ニ付、あき人一向ニ不出、ひなのいけ花かひ取、薄暮帰宅。

〆

三月朔日丙子　晴　朝五時比ゟ風終日吹　夜ニ入弥風烈

一四時比、清右衛門、為当日祝義、来ル。上巳祝物持参。○お鍬ひなの事、先日、遣すまじき旨とり極め候へ共、遣し度よしお百申ニ付、お百ニ清右衛門差添、十軒店へ遣し、内裡一対かひ取らせ、并ニ、大丸ニて毛氈壱枚買取せ、序ニ、売薬入用白麻一反買せ、いづれも清右衛門携、お百同断、九時過帰宅。

一今朝、下女むら宿来ル。当春ハ暇願申度旨申ニ付、かねて元服致させ可遣旨存居候間、今一ケ年勤させ可然旨申聞候処、宿所江罷帰り、相談之上、挨拶可仕よし申之、帰去。

一おくわ方へ遣し候ひな人形飯田町ニ在之分、昼飯後、清右衛門、飯田町へ走り帰り、携来ル。おくわ遣し置候夜具、つゞらへ入レ、渥見方へ遣之分、

一新七寸内裡ひな　壱対　一古浦嶋小僧　壱　一古上下着禿人形　壱
一古小僧人形　壱　一京女人形　壱　一古小児せおひ候はかた人形　壱
一新膳わん　二人前但、皿猪口付　一新毛氈　壱枚　一新さらさふろしき　壱但、古つゞらへ入つゞら共遣之

〆九品、今日夕方、人足ヲ以、お鍬方へ遣之。清右衛門義ハ神女湯下包へ印をおし、携之、八時比帰去。

一松前家飛脚、明二日罷立候ニ付、御頼之書物校合封之、杉村伝五郎へ添状一通・蠣崎三七家老被申付候歓状一通、宗伯書之、いづれも封じおく。

一九半時比、松前役所ゟ、以書付、病人在之間、只今可罷出旨、申来ル。宗伯かミ月代ニ罷越候程故、請取書、遣之。

一予、今朝ゟ、ひな幷ニ宗伯かき物の世話等いたし、梨の木の柄竹、昨日之大風ニてとれ候ニ付、結ひ直し、お鍬つゞらはなれ候を打付、かれ是ニて、夕方ニ及ぶ。

一八時比ゟ、宗伯、松前上やしきへ罷出、昨日拝領之目録之御礼幷ニ当日祝義申述、過刻申来候病人診脈いたし、尚、下やしき隠居様へ可罷出難斗旨（ムシ）にて、出宅。

一屋代二郎殿来ル。八犬伝六編出板いたし候哉と、被尋之。未為出板旨、及挨拶。早〻、門ゟ帰去。

一夕七時過、宗伯帰宅。松前病人中風之処、桜井小膳療治ニて、さん〲仕損じ、難渋候よし。断候へ共、達而被頼候間、中間同道ニて、薬一帖（ママ）遣之。依之、下やしきへハ不罷出也。

一夕七時過、人足ヲ以、お鍬方へ、ひな一つゞら、遣之。但、先方心得ちがへいたし、つゞらを明ケ、かへし候間、つゞらともとめ置候様、口上ニて申遣し、使之者押かへし渥見方へ遣し、薄暮、使之者、つゞらもさし置、罷帰候ニ付、ちん銭遣之。

二日丁丑　晴　風　夕方ゟ薄曇　同刻ゟ少凪

一いせ松坂殿村佐五平へ遣候年始状、幷ニ、先月来翰之報書尤長文、且、京角鹿清蔵江遣候書状、今朝ゟとりか〻り、八時過、認了ル。折から、ミのや甚三郎来ル。大坂河太ゟ正月廿二日の返書、持参。その已前三度迄登せ候要書の返事ハ不来。添章之事、及示談。金水相生論かし遣ス。例之長談ニて、夕七時帰去。

一昼後、渥見次右衛門ゟ、上巳の祝義菱餅到来。予、宗伯代筆ニて、返書遣之。お鍬方への返書ハ、お百ゟ遣之。且、明日、予并ニお百ニ参り候様、申来ル。足痛ニて、当分行がたき旨、返書に申遣ス。

一昼後、宗伯、松前上やしきへ赴キ、昨日之病人様子承り候処、昨日宗伯申通り、昨夜中死去のよし也。則、役所江罷出、夕七時前帰宅。

一夕七半時比、宗伯ヲ以、せと物丁嶋やへ、松坂との村佐五平へ遣候一封並便ニて、京角鹿江の書状十日限ニて差出させ、脚ちん払、如例、請取印形取之、夫ゟ飯田町宅江罷越候様、申付遣ス。予ハ、七半時過ゟ飯田町宅江罷越、二月中薬うり溜勘定いたし、中むらや・中や、并ニ、清右衛門等江遣し申候諸勘定相済せ、四時過帰宅。宗伯も、暮六時過飯田町へ罷越、勘定諸払手伝ひ、予同道ニて、帰宅。

一杉浦老母世話被致候川越薪、わり人参候由ニ付、わらせ、わりちん遣之。

一昼後、屋代太郎殿入来。宗伯、対面。右ハ、松前留守居藤倉勘吾方ニて出産有之否の問合せ也。先月廿二三日比出産、女子出生のよし、宗伯挨拶。依之、早々帰去。是ハ、此節、松前船頭、浅草かや丁大すミ方ニて筆とゝのへたる節、あやしきの物語の風聞有之によつて也。

三日戊寅　薄曇　風なし　四時比ゟ晴

一今朝、清右衛門来ル。右ハ、今暁七時比、路次内にあやし火有之、中村やと此方居宅の間へ、すみだハらへかんな屑ヲ入レ、附火いたし候もの有之様子ニて、もえ立候折、かみ結五兵へ老母小便に起、見つけ、驚き叫び候ニ付、人々起出、早速けし留候よし。此方居宅の羽目、少々焦候よし也。但、八百やうら口の障子出し置候ヲ、右すみだハらよせかけ置候故、障子へもえうつり候趣、申之。依之、町奉行所江訴申出。帰路、地主小林へも立寄、其段申入置候様、示談いたし遣ス。依之、早ゝ帰去。

一昼前、下女むら親来ル。過日暇願差留候へ共、むら母眼力衰へ、父渡世に出候にさしつかへ候間、永の暇申請度旨、申之。再応之願ニ付、聞届ケ、いづれ代りのもの召抱、見習せ候上ニて、暇可遣旨、申聞おく。其後、早ゝ帰去。

一今日、上巳。祝義、如例、家内祝之了ル。

一昼飯後ゟ、宗伯、松前両やしきへ、為当日祝義、罷出、暮六時比帰宅。夜食後、地主杉浦方へ罷越。但、杉浦老母、昼ゟ、旅かへり之仁ヲ待受ニ罷越候よしニて、他行中ニ付、高橋勇躬と雑談数刻、五時過ニ帰宅。但、松前ゟ先刻帰路之序、広小路うへ木見物致候処、させる物無之よし也。

一予、少ゝ風邪之気味ニ付、昼後ゟ平臥、読書消日了。

四日己卯　薄曇　四時比ゟ晴　風なし

一昼後、御徒目付郡山何某来ル。右ハ、明五日巳ノ下刻、院殿《ソウリン（アキママ）》御出棺ニ付、万事、孝恭院殿御出棺之節之通相心得候様、被申之。宗伯罷出、承りおく。

一八時過ゟ宗伯出宅、田口久吾方へ罷越。当年初而也。白酒ふるまハれ、ひま取、夫ゟ飯田町宅へ罷越、昨日之様子相尋させ候処、先段あやし火之訴状、名主方ニて十七通程出来、八丁堀定廻り方へも早速しらせ候処、速に定廻り同心何某来り、清右衛門・名主代等案内にて、見分有之。右炭俵へかんな屑ヲ入れ、内に堅炭のおき三つ有之。小半畳のふるきうすべり壱枚有之ニ付、此火、盗賊之わざニあらず、と被申、夫ゟ長屋を廻り、中村や佐兵へ方へうら口ゟ入り、家内不残呼出し、一通り被尋候処、主人佐兵へことの外周章之様子也。召仕之内、松太郎と申もの名前聞糺し、夫ゟ自身番へ被立寄、右松次郎《（ママ）》甚あやしく候ニ付、主人佐兵衛呼よせ、吟味可致候へ共、彼ものことの外狼狽候様子ニ付、もし逐電等いたし候ハゞ、家主及難義可申候。依之、先その儘ニいたし候間、松太郎事取逃し不申様、心付可申候旨被申示、被帰候よし。是ハ、此節、音曲停止中ニて、儀同様御出棺前ニ付、遠慮有之と察する也。夫ゟ、組合名主もろ共、飯田町名主訴ニて、南町奉行所江申出、其外へも訴之候。清右衛門事ハ訴ニ不出。然共、多用ニ付、嘉平次ヲ以、地主小林氏江右之段告しらせ候へバ、最初見出し候処、声立候五兵衛老母江、為褒美、金百疋、被恵之。嘉平二（ママ）ゟ相達候ニ付、清右衛門方へ右五兵衛呼よせ、金子遣之候よし。地主ニても、善光寺燈籠仏其外へ参詣いたされ、清右衛門店表長や四軒ニて築土へ参詣、護摩たきあげ別当へたのミ、無異の歓びを述候よし也。今日訴の入用、清右衛門ゟ、南鐐、書役ニもたせ遣し候よし也。八百や長兵へ、障子見分ゆへ、はりかえ候ニ付、見分不相済内、はり替候義、不念之趣、申聞ケ候へバ、其段かねて不承候処、只今ニ至り迷惑のよし、頗不届之事共かげ言に申せしよし。これハ馬鹿ものなるべし。五兵衛母ハ七十餘才也。定廻りも誉候よし也。

一宗伯義ハ、夫ゟ、小松やニて、寿命湯薬剤・黒ざとう等取之、玉川ニて、あつらへ候真書筆壱対取之、薄暮帰宅。但、清右衛門ハ自身番ニ罷出候よしニ付、不逢。おさき申趣、右之通のよし也。

一八半時前、本所松坂丁平林文次郎、嶋岡権六同道ニて、来訪。年始祝義のおくれ也。平林ハ、如例、肴代百疋持参。予、風邪ニ付、不逢。お百挨拶いたし候へバ、口上申置、早ゝ帰去。

一夜ニ入、高橋勇躬来ル。宗伯対面、及数刻、五半時比帰去。奇異雑談集六冊、かし遣ス。

一明日儀同様御出棺ニ付、今朝ゟ度ゝ、むら、門前掃除ス。町方ハ商売休ミ、横丁ハすべて〆切り、今日、暮六時ゟ火どめのよし也。〇予、風邪ニ付、平臥、読書消日了。

一杉浦方へ、昼後、お百を遣し、薪代南（ママ）一片、遣之。老母江わたし、無程帰宅。

一清右衛門方にて、此節奉公人出がハり時に候へ共、前件御吟味済候迄、奉公人壱人も出し申まじき旨、店連判迄とりおき候よし也。但、表店召仕共、不残、定廻り同心ゟ、家主へ預ケられ候よし也。

五日庚辰　曇　昼九ツ時前より微雨風あり　但多くふらず　八時ごろ雨止テ不晴　夜ニ入又小雨　但多くふらず　暁ヨリ風烈　猶曇

一今日、儀同様御出棺ニ付、諸商人不来。此辺店内、商売皆休む。昼九時過ゟ、御送葬御先供衆通行。八時比、御棺御通行。御挑灯しらはり、竹の棒付、但、やねなし八張通行。その後、御棺凡九尺四方程、浅黄羽二重ヲ以、包之。御やね、神輿形・上の○宝珠形迄、みな包之。御長柄・御鎗等、みな白ねりの袋をかけたり。この外ハ見えず（ダク）。御棺舁、白丁。但、烏帽子ヲ不着。エイ〳〵と声を立て引ケり。下ハ地車の如し。御供の衆、装束の体なかバ見えず。これゟ已前九時比、御導師の僧の長柄・沓持等、見えたり。

一右出棺畢て、新大坂丁二見や忠兵衛来ル。予、対面。越後鈴木義惣三（ママ）ゟ之書状幷曲物入塩赤腹子、持参。忠兵衛聾故、言語不通、早ゝ帰去。

一予、昼時比ゟ、兎園小説十二巻の惣目録幷ニ毎巻の目録、書之。夜四時比、大かた書之終ル。

一お百・宗伯、風邪ニ付、昼後ゟ服薬。予風邪、今日ハ快方也。

六日辛巳　曇　風　昼ゟ晴　夕方又曇

一宗伯、風邪ニ付、終日平臥。当分の症也。

一昼前、清右衛門来ル。過日のあやし火一件見分の趣、くハしく聞之、心得の事、示談しおく。其後、早ゝ帰去。

一昼後、本庄近江守様内大嶋七兵衛来ル。予、対面。堀左兵衛の事たづね被申。寛永のころの能書のよし、大宝寺かねの銘のうつし、貸さる。雑談数刻、帰去。

一暮六時比、浅野正親忰某来ル。予、対面。此節、土御門家出府被成、山王社家小川織部方ニ旅宿被成候よし。

右に予が新著の目録を乞ハる。且、八日・十日両日之内、もし手透に候ハヾ、参りくれ候様御頼の趣、被申之。両日の内可参旨、申之。其後、早〻帰去。

一兎園小説写本少〻書直し、まミ穴の編也。その外取しらべ《（ダク）》、今夕迄ニしをハる。

一昼後、むらを以、かまくらがしとしまやへ、醬油幷ニみりん酒の注文書、遣之。夕方持参。代金、遣之。

七日壬午　晴　風なし　昼ゟ風烈南

一昼前、おさき来ル。神女湯無之ニ付、参り候よし申之。宗伯、不快ニ候へ共、包み候て遣。依之ひま取、八時過帰去。

一昼前、越後塩沢鈴木義三治養子勘右衛門来ル。予、対面。今般はじめて出府之よし也。江戸旅宿、当分本町二丁め大黒やと云薬種やのよし。今日ハ同道人有之よしニて、早〻帰去。

一昼八時比、鶴や喜右衛門来ル。右ハ、先達而被頼候蚕の祖神衣笠明神、鹿嶋へたづねニ遣し候所、鹿嶋末社にハ無之、五里程隔り、千手院といふ寺に有之よしニて、神影一枚持参。右之趣ヲ以、近日案文可致旨、やくそくニ及ぶ。幷ニ、水滸伝四編稿本さいそくせらる。且、雑談後帰去。

一地主杉浦老母、酒ニ酔、娘を折檻いたし候様子ニ付、お百を遣し、勧解之。薄暮、お百帰宅。

一昼後ゟ、宗伯風邪、少〻順快也。〇予、来客応対、其外用事多く、消日了。

八日癸未　晴　風なし　美日　温暖　深夜小雨　無程止

一去冬宗伯丸じ遣し奇応丸少〻、今朝ゟ宗伯丸之、昼後、丸じ畢ル。

一昼後、桜田辺失火。鍋嶋隣家のよし、風聞。此辺町火けし不出。

一予、又風邪之気味ニて、寒気有之。依之、服薬。宗伯ハ痊快也。

一昨今南風ニ付、彼岸ざくらひらく。旧冬、梅のよしニてかひ取候大木、二株共彼岸ざくら也。然ル処、彼岸ざくらにあらず、李なるべし。

九日甲申　早朝小雨　無程止多くしめらず　昼前ゟ晴

一奇応丸正味壱匁八分程、宗伯、弁ニ予手伝、四半時前ゟ丸之、夕七半時頃、丸じ了ル。

一昼後、麹町三宅おく女中并ニ老女衆ゟ、お鍬ニ使札。お百ゟ、返書遣之。但、先達而、お鍬ニ申付、認させ候文も、今日、遣之。到来音物うつりの品、少ゝ遣之。

一昨日さくら田の失火、外さくら田松平志摩守殿やしき表長や勝手の方二三軒焼失のよし。南風ニ付、西丸并紅葉山のかたへ吹付候間、定火消五組ハ西丸ニ相詰、其外紅葉山へも詰候よし。御機嫌伺登城の面ゝ、并ニ火消等ニて、さくら田・西丸下、甚混雑と云云。程なく火鎮り候へ共、後れて来つる火消多かりしと也。

十日乙酉　薄曇　昼前ゟ風　同刻ゟ晴　夕方風止又薄曇　夜中又風

一昼前、清右衛門来ル。奇応丸中包黒丸子無之よしニ付、宗伯、少ゝ包ミ、遣之。早ゝ帰去。

一同刻、本郷さゝや伊兵衛来ル。近所通行のよしニて、時候見舞也。口上申置、帰去。

一昼九時過ゟ、宗伯同道ニて出宅、麹町山王へ参詣。夫ゟ、土御門頭(ママ)陰陽頭殿旅館へ罷越、浅野正親・吉川筑前へ対面。且又、土御門家雑掌面ゝへも対面。夫ゟ、土御門殿御逢被成、格別間、酒被下之、夕方退散。帰路、渡部登・田口久吾方へも立寄。尚又、飯田町宅ニ立寄、雲上明鑑・武家系図・源平系図等携之、五時前帰宅。

十一日丙戌　晴　風　夜ニ入風止

一奇応丸正味弐匁程、宗伯、予手伝、終日ニて丸じ了ル。

一昼後、画工国丸来ル。右ハ、来ル廿日、両国柳橋万八楼ニて書画会致し候ニ付、出席たのミ、口上申おき、六哥仙すり物壱枚さしおき、帰去。

一暮六時比、お鍬来ル。右ハ、藩内ニて媒人有之、宗伯媚女書付持参。三浦将監家来医師土岐村元立娘、廿二才のよし。父ハ十五石三人扶持、今川ばし塗師町ニ住宅のよし。次右衛門夫婦世話いたし候ニ付、相命考候処、媚女は坎命にて、生気上去に付、追〳〵相談可致旨、申遣ス。五時前、おくわ、むかひの僕来候ニ付、早〻帰去。八犬伝六ぺん校合ずり壱部、遣之。

一昨日土御門殿雑掌浅野正親被達候京角鹿清蔵手紙、披見之処、土御門家学頭小嶋典膳と申仁、今般参向ニ付、紹介のよし也。田鶴丸小すり物一枚、封中ニアリ。

十二日丁亥　晴　風　夕方頗凪

一昨夜九時過、四谷辺失火。今朝六半時頃、火鎮ル。麹町七丁めゟ十三丁め迄延焼のよし、風聞有之。其後聞合せ候処、麹町は横丁ゟ失火、天王寺よこ丁辺四谷大木戸手前迄、紀州様御屋敷御類焼。火さきハさめが橋辺まで延焼のよし也。

一昼前、戸田越前守様内川西主馬太夫来ル。宗伯幷ニ予、対面。昨夕お鍬参り、申聞候宗伯媚談一義也。媚女、文化三丙寅年六月三日出生のよし、書付持参。委曲示談ニ及び、酒ふるまひ、昼後退出。

一同刻、土御門家来松井臨太と申仁来ル。京角鹿清蔵紹介書状幷ニ浅野正親手簡持参。予幷ニ宗伯、対面。土御

門殿御所望のよしニ付、八犬伝六編校本六冊・傾城水滸伝三編稿本八冊貸進、右臨太ニ渡之。此外、独考論等貸借のよしニ候へ共、取込中ニ付、右之分斗進之。雑談後、帰去。

一八半時比ゟ、お百、深光寺へ墓参、七半時比帰宅。

一夕七時過、駒込失火。火元定かならず。程なく火鎮ル。

一夕七時比、村ヲ以、杉浦老母方へ大工之事たのミ遣ス。西堺垣、たび〳〵犬つき崩し候ニ付、修復可致ため也。杉浦方ゟ、今夕可申旨、返事申越さる。

一夕方、川西主馬太夫ゟ、宗伯へ使札。渥見僕ニて、さしおき候ニ付、不及返書。右ハ、過刻談じ候媚女見あひ之事、明後十四日昼時出宅ニて、神田明神茶や可罷〔ママ〕越よしの案内也。

一薄暮、米や文吉来ル。右ハ、かねて申付置候飯米之事、今日持参可致処、昨日四谷失火ニ、親類のもの類焼いたし候間、今日春出来かね候条、明夕可納旨、申之。お百挨拶いたし、明日致持参之趣、申付遣ス。

十三日戊丑〔ママ〕　薄晴

一昼前、僧善幸勧化之大般若経出来、初分十巻持参。此方志之戒名書入くれ候様申ニ付、第四十六巻初分菩薩品第十二之二・第四十八巻初分摩訶薩品第十三之二、右両巻ニ書入、遣之。折から清右衛門参り候ニ付、右同人寄進、おさき分共弐巻ハ、第四十一巻・第四十二巻ニ志之戒名等、清右衛門へ申付、直ニ書入させ、遣之。但、此方分、米岳様没年月書誤り候へ共、せんかたなく候間、そのまゝ遣之。

一清右衛門ニ、昼飯此方ニてたべさせ、帰路、戸田内川西主馬太夫ニ手紙届くれ候様申付、もたせ遣之。右ハ、明日縁女見合之事、明神かけ茶〔ママ〕にてハ方位ふさがりにて、あしく候間、池の端弁天辺の茶やに可致旨、申遣之。

一昼後、京や弥兵衛状配り、大坂河太ゟノ紙包届ケ来ル。請取書、遣之。開封いたし候へバ、巡島記六編初度校合直しすり本也。此方ゟ登せ候校合すり本も下し不申、其上、肝要之壱の巻序文中の直しも不参、五の巻の内ニも四五丁不足ニて参り候間、近日其段可申遣ため、かりとぢ《ダク》いたしおく。

一夜ニ入、画工岳亭来ル。予、対面。近日上京のよしニて、扇面五本染筆たのまれ、燈下ニ認、遣之。且、去年中被頼候縞の勘十郎の伝、認置候分、遣之。甚長談ニて、四時過帰去。

一今夜四時前、杉浦老母来ル。隣堺垣修覆之事、当年ハ此方ゟ将軍の方ニ当り、方位不宜候旨、かねて存被居候ニ付、取斗、此度ハ伊東常貞方ニて直させ候様かけ合置候よしニ被申之、四時過帰去。

十四日己丑　今暁ヨリ小雨　四半時比ゟ雨止テ不晴　夜半小雨　忽止

一今朝、浅野正親子息某、土御門家御使として来ル。予幷ニ宗伯、対面。所要ハ、一昨日貸進の八犬伝六編稿本六冊幷ニ傾城水滸伝三編稿本八冊、被返之。且、水滸伝稿本ハ甚御懇望のよし、一冊たり共もらひうけ、珍蔵被成度よし被申候ニ付、無拠任貴意、八冊不残進上可仕旨申之、浅野氏ニわたし遣ス。将又、独考・独考論・いハでもの記・奥州ばなし・兎園小説九之十一綴、都合五部貸進、右、同人にわたし遣ス。文晁方へかけ合有之、参候よしニて、帰去。

一山本町内けいあん嗅ゝ、下女奉公人目見つれ来ル。とし廿のよしニ候へ共、大がらにて、廿二三ニ見え、その上、給金望ニ付、かへし遣ス。

一めでたや久兵衛養母来ル。お百、対面。あ[八]《ムシ》びのあら持参、被恵之。雑談後、帰去。四時比也。

一正九時過、川西主馬太夫来ル。かねて約束の通り、宗伯媚女見合之事也。先方も出宅被致候よしニ付、即刻宗伯支度いたし、お百差添、供人足めしつれ、主馬太夫同道ニて、池の端弁天鳥居前茶や迄罷越候処、先方元立夫婦、娘ニ差添、被参居。知人ニ相成、酒食、おの〳〵うち合せ、暫時雑談後、宗伯・お百は八半時比帰宅。

先方ハ上野へ参り、さくら見物被致候よし。八半時過、主馬太夫此方へ立寄、休息いたし、其後ひらかれ候。返事の義ハ、とくと相談之上、一両日中ニ可申旨、示談いたし遣ス。

一大坂河太、巡島記六編校合一義、すり本不来分、一の巻の内一・二・三〆三丁、五の巻の内〆四丁、其外迄くハしく両通ニ認之。其外共要事長文ニ認之、夕七時過、宗伯ヲ以、嶋やへさし出させ候。八日限飛脚ちんハ大坂払ニ可致処、不届時の為に候へバ、飛脚ちん此方ゟ立かへ、江戸払にて出之。薄暮、宗伯帰宅。

十五日庚寅　曇 終日不晴　春寒 昼時并ニばら〳〵雨　程なく止

一カナアリヤ親鳥から玉子うみ候ニ付、今朝、宗伯庭籠二通りこしらへ、昼後仕をハる。然処、昼前、清右衛門、為当日祝義、過日おさきへ約束いたし候ニ付、右から玉子うミ候親鳥一番ヲスブチ、メス極黄、飯田町へ遣ス。籠とも、清右衛門携帰ル。此方大庭籠へハ、去冬屋代氏ゟ参候白中あひ雄、去春此方ニて出生の極黄壱番子雌、放之。跡ニハ去年びな雄斗二羽有之ニ付、まづそのまゝさしおく。

一昼後ゟ、宗伯、為当日祝義、松前両やしきへ罷出、薄暮帰宅。帰路、なでしこたね広徳寺前ニてかひ取、持参。

一今日、関帝籤禱祈、宗伯媚談吉凶を占し候処、第八籤にて、上ゝ也。

十六日辛卯　曇 朝六半時ごろ 地震　五半時比ゟ晴

一今朝の地震、よほどつよく長し。朝飯後、予、朝がほたね并ニなでしこたね・そてつ菜等、蒔之。朝がほハ池のふち、并山ぶふ(ママ)きのまへ、菜園北の垣際等也。

一昼前、川西主馬太夫来ル。宗伯媚談、大抵規定。いづれ今日、土岐村方へ可参旨、示談に及ぶ。主馬太夫ハ、是ゟ上野并ニ深川辺へ罷越候よしニて、帰去。

一早昼飯にて、宗伯出宅。かねて申付候通り、かゞ町ミのや甚三郎方へ、八犬伝六編未売出候へども、壱部所望いたし、ミの甚下男にもたせ、山王社地土御門家旅宿へ罷越、右之本進上。陰陽頭殿へ見参いたし、饗応に預り、帰路、飯田町宅へ立寄、夜ニ入、五半時比帰宅。今日、文晁も被招候而、文二同道、席画有之候よし也。

一予、正午ゟ出宅、今川橋ぬし町土岐村元立方へ罷越候処、元立ハ他行ニ付、内義ニ示談いたし、娘ニも対面。夫ゟ、本町二丁めにて銘酒かひ取、其外ニてもかひ物いたし、渥美次右衛門方ニ罷越、家内不残対面。勧盃過、四半時《ムシ》比帰宅。但、供人足《ムシ》ハ例之日雇めしつれたり。渥美方へ初て罷越候によつて也。

一夕七時前、ミのや甚三郎来ル。予他行中ニ付、待合せ罷在、帰宅後対面。八犬伝うり出し日限、当月廿五日のつもりのよし。并ニ、大坂河太巡島記添章之事、示談に及び《ダク》、添章近ヽ差登せ候様、談じおく。如例長談、薄暮帰去。過日持参の役者評判記、かへし遣ス。

一予他行中、京やゟ、大坂河太ゟ之小紙包、届来ル。右ハ、当月八日出、八日限早便也。先便二番校合ずりの内、壱・五の巻とりおとし不足之分、壱ノ序・目ノ一・同二・同五・同三・同六。〇五ノ廿七・同四・同三、〆九丁也。

一村事、暇願候ニ付、代り之奉公人置着次第、暇可遣よし、申渡し置候へ共、此節、宗伯媚女引取候においてハ、勝手不存奉公人ニてハ不便ニ付、今一ケ年相勤候様、親父ニも可申通、尤給金格別にまし可遣旨、今夕、申渡しおく。

十七日壬辰　晴　昼後ゟ薄曇　風烈　夜ニ入猶風

一宗伯、終日、奇応丸えりわけニて、日を費す。今日にて三日也。

一予、昨日他行の疲労にて、保養ス。草堂、無事閑暇也。

十八日癸巳　薄曇　昼之内少晴　夜五時過ゟ小雨　忽止　不及湿地

一今朝四時過、川西主馬太夫同道ニて、土岐村元立来ル。予、初テ対面。幷にお百・宗伯も対面。媚談之事、予、直かけ合ニ及び、則、熟談。依之、来ル廿二日結納遣し、同廿七日婚姻之つもり、示談に及ぶ《（ダク）》。九時前、ひらき畢ル。

一今朝、飯田町宅ゟ、多七を以、カナアリヤ雌一羽、幷中やゟ取候のり入等、差越之。多七ハよし原へ灸数之書付乞ニ参候よしニて、さし置、九時過又来ル。依之、昼飯たべ《（ダク）》させ、飯田町宅へ、カナリヤ雄去戌ノ弐番子一羽・庭鳥籠壱・奇応丸等、同人江遣之。序に、来ル廿二日人足之事、多七江申付ケ、飯田町宅江も、婚媚縁談之趣、口上書を以、申遣ス。

一夕七時前、お秀来ル。水戸様御大礼御出仕之規式拝見ニ出候序のよし也。宗伯媚談之事物がたり、来ル廿七日ニ可参旨、示談し遣ス。傘一本かし遣ス。夕七半時過、帰去。

一昼後、お百、杉浦方へ帰府之歓びニ罷越、雑談後、帰宅。杉浦ゟ、みやげ物被恵之。此方ゟも、返礼として、両種遣之。

十九日甲午　曇　五半時頃より風立　但大ニ不吹　終日不晴　春寒

一つるやたのミ蚕の祖神の画像の賛、昼後迄ニ稿し了ル。文幷ニ歌二通り認め、昼後ゟ、宗伯ヲ以、もたせ遣ス。

一昼□《（ムシ）》、清右衛門来ル。宗伯、神女湯つゝミ、遣之。廿二日・廿七日之事、予、示談いたしおく。中やにて求候紙の注文幷ニかよひ帳、清右衛門へわたし遣ス。八犬伝六編稿本之事、近日持参いたし候様、申付おく。其後、帰去。

一昼後ゟ、宗伯ヲ以、手紙指添、にし村与八江合巻潤筆借ニ遣ス。右金子不足ニ付、なを又、つるやニて金三両前借いたし、序ニ、同所箔やニて金箔かひ取、八半時比帰宅（ムシ）。

廿日乙未　曇春寒　正午ゟ雨　但大ぶりにあらず　終日□（ムシ）夜ニ入猶不止　暁方大雨

一昼前、川西主馬太夫来ル。結納（ムシ）先方好ミニ付、内談之為也。任其意。勧酒ふる舞、九半時ごろ、開き畢ル。

一八時前ゟ、杉浦（ムシ）老母□□□□宗伯（ムシ）、両国柳橋万八楼国丸書画会ニ罷越、夕□□時比（ムシ）、帰宅。今日雨天気ニて、会不□□□□（ムシ）。

一むら宿次郎八来ル。右ハ、先達而永之暇願候へ共、今に代り之奉公人も無□□□（ムシ）近〻宗伯方へ嫁むかへ等にて、勝手不存ものハ不都合ニ付、今一ケ年勤させ候様、示談ニ及（ムシ）び、給金格別加増いたし、当年ゟ弐両壱分ニ相定め、為取替金、壱両わたし遣ス（ムシ）。

廿一日丙申　昨昏ゟ今暁迄雨　天明ヨリ雨歇　昼ゟ晴　風烈　夕方風止

一四時比□越（ムシ）後牧木悴（ママ）鈴木勘右衛門来ル。予幷ニ宗伯、対面。逗留中、江嶋・鎌倉へも罷越、見物いたし候間、来ル廿四日頃出立、帰国いたし候よし、被申之。依之、牧之江先便之返書認之、勘右衛門へ、餞別として三品遣之。且、茶・くわし・そば等ふる舞、雑談之上、九時比帰去。

一昼後、画工岳亭来ル。上京、今日只今ゟ発足のよし。過日約束之たんざく十五枚、認くれ候様、被申之。即座に染筆。奇応丸中包一、為餞別、遣之。早〻帰去。

一八半時比、土岐村元立来ル。予、対面。媚女里びらきの日限、三日め廿九日ニいたし度よし、幷ニ、衣類等之事、内談せらる。則、及示談、其後ひらき畢。

一夕方、土御門殿内小嶋典膳来ル。宗伯幷ニ予、初て対面。雑談後、帰去。

一今日、納戸幷西之方中の間、宗伯そうぢ(ダク)す。お百・むら、手伝之。終日也。

一今日、度〻之来客応対にて、予、消日了。

一昼前、清右衛門来ル。過日申付候紙類、中やゟ取、幷ニ、八犬伝六編稿本持参。明日結納使、かねて多七ニ申付置候へ共、此方ニて間ニ合候間、其段多七可申旨、申付遣ス。其後、早〻帰去。

廿二日丁酉　曇　四時比より晴　昼後雲立　九半時ごろ遠雷数声　其後風立晴　夕方ゟ夜中風吹(ムシ)

一四半時比、川西主馬太夫、礼服ニて来ル。土岐村元立方へ結納遣し候によつて也。然ル処、過日われらかけ合之趣、主馬太夫心得違ニて、先方へ相違之趣申候由ニ付、主馬太夫先づ元立方へ罷越、其段申とき、九半時前、又来ル。右一義相済候よしニ付、則、人足ヲ主馬太夫ニ差添、土岐村方へ遣ス。人足ハ程なく開キ来ル。祝義十疋被引候よし也。人足ちん此方ゟも遣之。

一八時比ゟ、お百、飯田町宅へ罷越ス。右ハ、来ル廿七日入用衣類すそまハし、おさきへ申付候ため也。清右衛門ハ御能見物ニ出、未帰よし也。お百、七時過帰宅。

一八時過、画工英泉来ル。二月中たのミ置候あやめ兜の画本出来、持参。且、国貞雑□□(ムシ)之事、勧解被申述。右之意味合、予も申述おく。其後、帰去。

一七半時前、主馬太夫又来ル。土岐村氏ゟ之返書幷結納受取、被持参。其後、開畢ル。

一夕方、画工国貞来ル。右ハ、国貞悴孝貞名弘書画会、来ル□□日(ムシ)万八にて催候よし、すり物持参。宗伯罷出、挨拶いたし、廿七日ハ無□□ムキ(ムシ)有之ニ付、出席いたしがたき旨、断(ムシ)おく。□□(ムシ)帰去。

一八半時過、土御門殿内浅□□(ムシ)来ル。土御門殿ニ、過日貸進之□□□(ムシ)独考幷ニ独考論・奥州咄□磯(ムシ)づたひ等被《（ムシ）》返却。但、此内、独考一冊・独考論二冊ハ京都へ持参被致候て、熟読之上、当六月家来差下□節《（ムシ）》かへし候様被成度旨、被申伝之。無拠任其意、右両書、猶又左近へわたし、貸進。且、過日、いハでもの記貸進可致処、とりちがへ、いそづたひを貸進いたし候ニ付、今日いは《（ムシ）》でもの記一冊、右独考・独考論と一処に貸進。都合六冊也。

一今夜五時比、浅草辺失火。風烈中ニ付、殆延焼云云。火元ハ浅草山本□《（ムシ）》のよし。初ハ風東北、其後北西にて、広徳寺前中通りまでやける。四時比ゟ風止テ、火も亦滅留候由。右ニ付、かゞ丁ミのや甚三郎使・長崎や平左衛門使、幷ニ、飯田町清右衛門来ル。清右衛門ハ四時過帰去。

廿三日己戌《（ママ）》　晴　昼後より風

一昼九時頃、予、宗伯同道ニて出宅、浅草観音開帳へ参詣。夫ゟ小梅中村仏庵方へ罷越候。過刻、了阿・京山にさそハれ、牛嶋水神へ罷出候よしニ付、直ニ立去、牛嶋《（ムシ）》開帳へ参詣。尚又、木母寺へ詣。夫ゟ梅わか渡しぶねにのり、真先稲荷へ参詣。帰路、よし原のさくらざ《（ダク）》つと見物いたし、大音寺前田川やにて食事いたし、暮六時前帰宅。

一右他行中、藤堂儒士塩田又之丞来ル。先達而被頼候昔蒔絵などの盃持参、勘考《（ムシ）》を被頼、口上書のこしおかる。帰宅後、披見し畢。

○右の盃ハ、津府佐伯環と申仁、所蔵のよし也。

廿四日庚亥《（ママ）》　天明ヨリ雨　八時ごろゟ雨止テ不晴

一昼前、川西主馬太夫来ル。元立方ゟ差越候親類書、幷ニ縁女道具書也。当日衣類・みやげ物等之問合せ書付、已上三通持参。則、請取。此方ゟも、当日衣類（ムシ）・廿九日里開キ之節みやげ物等之書付壱通、遣之。主馬太夫請取、開キ畢。

一宗伯、終日、北之方三畳そうぢ。夕方、そうぢし畢ル。

一予ハ昨日遠足の疲労ニて、廃業。昼後ゟ、はんじ物の盃考、稿し畢。

廿五日辛子（ママ）　晴　昼前ゟ風　八時過ゟ曇

一今朝、杉浦清太郎来ル。予・宗伯、対面。雑談後、帰去。

一八時前ゟ、宗伯同道ニて、深光寺へ墓参。先月中たのミ置候位牌繕ひ代弐匁、今日、深光寺納所にわたし遣ス。夕七時比、帰宅。

一右留守中、お秀・おきく・お鍬・おとみ、同道ニて来ル。帰宅後、覚重も来ル。今夕、成正様之（ムシ）祥月逮夜ニ付、如例、料供茶飯備之、御画像には神酒そなへ、もち献之、人々へ饗膳。如例、地主杉浦氏にも、二膳ト平一つ、別ニ遣之。覚重・おとみハ五時前帰宅。お鍬ハ、廿七日手伝の為、止宿ス。

一昼前、おさき来ル。料供手伝の為也。薄暮、お秀・お鍬同□□□（ムシ）去。

一暮六時過、飯田町手代来ル。□□（ムシ）日料理の事申付ケ、右かゝり（ムシ）、代金三両わたし遣ス。昨朝の□□□（ムシ）認め、帰去。

一田村節蔵ゟ長文手紙来□□□（ムシ）置かへる。右ハ、お鍬縁談之節、彼□□□（ムシ）拵事いたし、渥見方へ申入候一義（ムシ）也。右いひわ□□（ムシ）一向わからぬ文言也。

廿六日壬丑《(ママ)》　曇　終日不晴　夜ニ入小雨但多くふらず

一今朝、主馬太夫来ル。今夕縁女到来之一義也。土岐村方へ罷越候よしニ《(ママ)》、帰宅。

一今朝、お百、おくわ同道ニて、深光寺へ墓参、九時過帰宅。

一昼後、清右衛門来ル。今日縁女道具被差越候ニ付、為手伝、留おく。夜ニ入、五半時開畢。

一浅見正親来ル。土御門殿今日朝発駕のよしニて、金百疋・きぬ地画一ぷく御めぐみ、右同人持参、被伝之。宗伯とり次、予、対面。雑談後、帰去。

一同刻、つるや喜右衛門来ル。合巻稿本さいそく也。取込中ニ付、早ゝ帰去。

一夕七半時過、土岐村元立方ゟ、縁女道具五荷来ル。宰領一人・人足十人也。清右衛門、請取之。幷ニ、明夕之みやげ物も来ル。問合せ一通来ル。うけ取書・回報共五通、予認之、遣ス。宰領・人足ニ、祝義鳥目、遣之。

一右みやげ物之内、渥見方不足いたし、外ニ扇箱も一台不足ニ付、暮六時比、清右衛門ヲ以、主馬太夫よび《(ダク)》よせ、其旨及内談。主馬太夫、今夜土岐村方へ可申通よしニて、開畢。

一夜ニ入、杉浦老母来ル。右帰宅後、お百ヲ杉浦方へ遣し、宗伯婚姻之事、届おく。お鍬も同道ニて罷越、母子共、五半時比帰宅。

一今日昼後まで《(ダク)》、予、古盃考副本共弐通、稿之畢ル。藤堂内塩田又之丞たのミによつて也。

廿七日癸寅《(ママ)》　小雨但多くふらず《(ダク)》　終日不止　夜ニ入猶小雨

一早朝、主馬太夫来ル。昨日申談じ候縁女みやげ物之事也。もくろく五通、小ふろしき共、かし遣ス。先方不念、幷ニ、此方ニも書あん有之、其旨うち合せ、談じおく。

一四時前、飯田町ゟ、多七品〻持参。直ニ、多七ヲ以、国貞悴孝貞名弘会祝義一包、両国万八方へもたせ遣ス。四半時前、多七帰り来ル。うけ取書持参。

一田村節蔵ゟ手紙来ル。一昨日之返事乞、幷ニお鍬逗留之事、様子承度よし也。取込中ニ付、不及回報、返事、口上にて申遣ス。

一四半時前、料理人弁蔵来ル。四半時比、おさき来ル。

一渥見方へ、銚子幷ニ蝶花がたかりニ、村ヲ遣ス。あの方ゟもたせ可遣よしニて、帰宅。

一四半時比、土岐村元立ゟ、使ヲ以、みやげ物不足之分、扇子二台・はな紙一包・目録六通、被差越之。予、うけ取、返翰遣之。

一九時前、川西主馬太夫来ル。宗伯同道ニて、今川橋土岐村元立方へ罷越ス。為聟入、見参之《(ムシ)》為也。宗伯、供之者若党・草履取、連之。

一八時過、主馬太夫ゟ、以手紙、雨天ニ付、縁女引移夕七時ニ致度《(ムシ)》旨、申来ル。此方手まハりかね候間、七半時にいたし度旨、返書ニ申遣ス。

一昼前、松前内吉井又市ゟ、宗伯に使札。小児風邪ニて難義ニ付、見舞くれ候様、申来ル。留守中ニ付、予代筆、□□□《(ムシ)》伯も風邪ニて、今日ハ見廻がたきよし□《(ムシ)》遣ス。

一昼後、おさき来ル。其後、お秀・おきく来ル。其後、清右衛門来ル。渥見覚重ゟ、使を以《(ムシ)》、当日為祝義、鯛一折被恵之。杉浦□《(ムシ)》鰹□《(ムシ)》一連、同断。吉兵衛・久吾ゟ菓子《(ムシ)》一折、同断。いづれも使に、祝義遣之。

一薄暮、覚重来ル。其後、久吾来ル。杉浦下女かりよせ、給仕ニたのミ、祝義遣之。

一薄暮、縁女引移り、のり物也。元立歩行、同妻ハ駕籠、媒人主馬太夫同道ス。宗伯斗り出むかひ、のり物ヲ玄関にあげ、おさき待女郎にて、東の方座敷ニ誘引、如規式、婚姻盃相済。其後、客座敷にて諸客へ勧盃。八時比、おの〳〵開畢。

一お秀ハ持病頭痛差発候ニ付、此方へ止宿。おさき・お鍬、同断。弁蔵・多七に祝義遣ス。

一夜八半時比、新郎・新婦、房ニ入。家内ハ、明六時前、就寝。

一元立夫婦ハ、九半時比、開キ畢。但、使之者一旦退キ、其後又来ル。酒食をふる舞、元立内義ハ駕籠にて開畢。雨中によつて也。主馬太夫ハ覚重と同道、久吾・おきく・清右衛門、弁蔵・多七と同道ニて、開畢。

廿八日甲《(ママ)》卯　曇　昼ゟ晴　南風　但大風にあらず

一昼前、杉浦老母、祝義として、昨夜、右母子ヲ招候へ共、他行のよしニて不来、依之、おくり膳部三人、遣候也。おみちを引合せ、雑談後、開畢ル。

一媚女の名、これまで鉄と呼れ候へど《(ダク)》も、改名致させ度よし、先方両親被申候ニ付、昨夜相談のうへ、みちと改名いたさせ畢ヌ。真名にハ路と書べし。

一お秀・お鍬手伝、昨夜之碗家具洗浄、おの〳〵箱へ納畢ル。その已前、おさきハ四半時前、飯田町へ開キ畢。宗伯十徳仕立之事、其外之事談じ、右十徳もたせ遣ス。お秀ハ八時過、開畢。八半時前、渥見ゟ、僕ヲ以、お鍬迎ニ被差越。且、昨夜、覚重、宗伯きせるをとりちがへ候よしニて、かへさる。みやげ物・お鍬衣類、もたせ遣ス。但、過日節蔵ゟさし越候手紙二通、お鍬へかし遣ス。

一八半時比、田口久吾ゟ、使札ヲ以、昨夜預置れ候衣類とりニ来ル。予・宗伯入湯中ニ付、お百ゟ遣之。依之、預り置候みやげ物ハ不遣よし也。明日可遣事。

一明廿九日里開進物、宗伯ヲ以かひ取おかせ、もくろくに、予、認之おく。但、婚姻贈答、巨細ハ別帳ニ記之。

廿九日乙辰《(ママ)》　曇　昼ゟ晴　温暖

一杉浦清太郎来ル。予・宗伯、対面。婚姻歓び也。雑談後、開畢。

一藤堂内塩田又之丞来ル。予、対面。過日被頼候古盃考一編、遣之。幷ニ、右盃返却。来月御帰国のよしニて、雑談後、帰去。

一川西主馬太夫来ル。おみち婚姻、今日里びらき案内の為也。時刻少しはやく候間《(ムシ)》、まづ宅ニて相待くれ候様申ニ付、退キ出。

一めでたやへたのミ候交肴とりよせ、其外進物くさ〴〵取揃、雇人足□《(ムシ)》以、土岐村元立方へ遣之。九時比、右之使、返書持参。

一昼時、おさき、多七めしつれ、来ル。おさきハ留守ニたのミ候故也。覚重の遣し返礼として、宗伯江□《(ムシ)》十徳、注文之ごとくぬハせ、持参。

一ミのや甚三郎来ル。八犬伝六編写本二《(ムシ)》部・煮豆一重、持参。丁子や平兵衛をたのミ、来月二日うり出し可申よし、申之。予出がゝり候《(ムシ)》ニ付、早ミ帰去。

一おみちヲお百めしつれ、杉浦清太郎方へ罷越、一礼をのべ《(ダク)》、進物差遣し、無程帰宅。

一川西主馬太夫再来ル。宗伯・おみち、幷ニ予・お百、同道ニて、土岐村方へ罷越し、予《(ムシ)》ハ若党多七・下女むら・草履取一人めしつれ、九半時比、出宅。土岐村方ゟ供人ハかへし、村ハとめおく。其後、土岐村親類宗之助夫婦・子ども三人・川村寿庵妻・水野出羽守殿家来何がし三郎兵衛、其外おち合、対面。夕七半時過、多七幷ニぞうり取、迎ニ来ル。種ミ饗応之上、暮六時過、予、お百・宗伯・おさき、供人三人めしつれ、帰宅。

一暮六半時比、おさき、飯田町へ帰宅。一昨夜遺し置候衣類幷ニみやげ物等、多七江もたせ、罷帰候ニ付、吉兵衛・久吾方へ之みやげ物も遣之。

一右留守中、弁蔵来ル。廿七日料理かい物、かねて渡し置候金三両之外、壱〆百六拾文不足のよしニて、かき付持参。おさき、うけとりおく。

晦日丙巳（ママ）　曇　昼前ゟ晴　夜ニ入風立

一めでたや江頼候交肴代、一昨日金壱朱渡し置候処、五百廿四文のよし申ニ付、今朝四時過、村ヲ以、右うはは銭百十二文、めでたや江遣之。弁、其節之籠も返却之。

一昼前、山田吉兵衛来ル。おみちを近付いたし、酒ふるまひ、雑談数刻、九時過帰去。

一昼後、宗伯、清太郎方過日之謝礼ニ罷越候処、老母・清太郎とも他行ニ付、無程帰宅。

一同刻、宗伯、渥見次右衛門方へ、過日之謝礼ニ罷越。程なく、お百、むらめしつれ、渥見かたへ罷越。はじめて罷越候ニ付、みやげ持参。宗伯もおち合、酒食ふるまハれ、暮六時前、帰宅。但、むらハ供がへりいたし、七半時比迎ニ罷越、お百供いたし、帰宅。廿七日ニ借用の銚子二つ、今日、渥見江返却畢。

一八半時比、土岐村元立来ル。家内他行中ニて、予、対面。酒ふるまひ、雑談数刻。お百、帰宅後対面。宗伯ハ川西主馬太夫宅江立寄、煤妁の謝礼申述、引つゞき帰宅、元立ニ対面。元立、六半時前、帰去。馬上ちやうちんかし遣ス。

一庭東の方青軸梅・紅梅等へ、毛むし多くわき候ニ付、今日、余、集とり捨畢。弁、つりがね草他処へ芽《めを》いだし（ダク）候ニ付、ぬきとり、花壇へうえつけ畢。

〆

四月朔日丙午　曇 今朝靄　昼前ゟ晴

一昼前、清右衛門、為当日祝義、来ル。雑談後、帰宅。

一一昨日、おさきへ申付候通り、今日赤飯配。飯田町ゟ、日雇多七ヲ以、久吾方・吉兵衛方、其外へも遣之。其後、多七、赤飯持参。是ゟ、杉浦方・覚重方、主馬太夫江も、多七ヲ以、遣之。但、主馬太夫江は、金弐百疋・酒壱升差添、遣之。報翰来ル。覚重ハ当番のよしニて、お鍬ゟう(ムシ)け取返事、来ル。昼前多七帰宅之節、清右衛門・おさき衣類此方へ遣し置候分、并ニ売薬板木等、同人ヲ以、飯田町宅へ遣ス。

一昼飯後早〻、宗伯、松前両やしきへ、為当日祝義罷出、暮六時帰宅。

一予、今日、婚姻諸書付取しらべ(ダク)、其後、お鍬方へ遣し候八犬伝六編五ノ下廿二丁、右落丁之分、写之。夕方ゟ飯田町へ売薬勘定ニ可罷越処、入湯月代ニひま入、薄暮ニ及び候ニ付、延引。明日可参事。

一下女むら宿次郎八来ル。祝義申述、早〻退去。

二日丁未　曇 辰ノ比ヨリ 小雨　昼前ゟ本降 風アリ但小雨　終日無間断　夜ニ入猶小雨 五時比ゟ 雨止テ不晴

一今日、冷気。草堂閑寂。繙刻本水滸伝十六回ゟ廿回迄披閲、消日了。けいせい水滸伝四編め著述の為也。

一土岐村元立ゟ、宗伯へ使札。一昨日之挑灯、被返之。予代筆にて、返書遣之。同内室ゟ、おみち方へふミ来ル。是又、おみちゟ返事進之。せんべい一袋、同人方へ来ル。今日、八犬伝六編、丁子や平兵へ方ニてうり出しなるべし。

三日戊申　曇冷気　折々霧雨　夜ニ入小雨　終夜不止

一今朝、川西主馬太夫来ル。一昨日遣し候音物之謝礼。予・宗伯・其外、対面。雑談後、帰去。

一今日閑寂。水滸伝六編稿案、消日了。

一昼後、清右衛門来ル。昨日とりおとし候重箱のふた幷ニ吸物わん等、遣之。昨二日取替銭うけ取、配分。明日小林氏江罷越候よし、申之。其後、早々帰去。

四日己酉　曇折々霧雨　終日不晴　冷気

一予、感冒悪寒ニ付、夕方ゟ服薬。但、当分之症也。水滸伝四編一・二の巻の内、少々稿之。

一表具師金太郎来ル。則、あやめ兜の図、表具注文申付、わたし遣ス。宗伯幷ニ予も対面。代金壱両三匁、来ル廿日迄ニ出来のつもり、申付おく。

一夕七時比ゟ、宗伯、ぬし町土岐村元立方へ罷越。過日饗応之謝礼也。夜ニ入、五時前、土岐村ゟ僕ニ送らせ、帰宅。

五日庚戌　曇冷気　八時ヨリ雨　七時比ゟしバらく雨止　夜ニ入又雨　終日不止　但連日小雨風なし

一朝飯後、宗伯ヲ以、新大坂丁二見や忠兵衛方へ、八犬伝二編壱部もたせ遣ス。かねて約束によつて也。昼時前、代金うけ取、帰宅。但、品川町へまハり、因ニてみそかひ取、持参。

一今朝、丁子や平兵衛悴来ル。予、風邪ニ付、不及対面。石魂録後編稿本さいそく也。お百を以、及挨拶、来月ニ至り稿本わたし可申旨、申之。尚又、内金五両持参、うけ取おく。

一八時比ゟ、宗伯、飯田町宅江罷越、夫ゟ、中やニて、売薬入用紙類吟味いたし、彼是ひま取、夕方ニ及び、夜ニ入、多七めしつれ、上の台《ダイ》火けしきや(ママ)しき同心板すり方へ、注文書そえ、右掛板添、遣之。夜五時過、帰宅。但、今日、料理人弁蔵諸かひ物残金幷ニ多七日雇人足ちん、清右衛門方へ遣し候もミ切代・ろうそく代等、遣之。此三口代金、銭払済。

一予、風邪ニ付、今日平臥。但、半起半臥にて、消日了。

六日辛亥 今暁雨止 五時前後雨 無程雨止テ不晴 又折ゝ小雨 風なし 昼後ゟ夕方迄雨止 夜ニ入又小雨

一過日杉浦老母ゟ到来の塩鰹の図、宗伯写之畢。

一昼後、つるやゟ、唐本水滸伝壱部、被差越。然ル処、李卓吾本ニて、用立かね候ニ付、返之。

一松前内河合藤十郎ゟ、奉札幷ニ河内名所図会合巻一冊、御隠居ゟ被遣之。花山院亜相序文之内、畿世の二字、印章ニ被成候間、上手のものニ写させ候様、被仰越。宗伯、うけぶミ認、進之。藤十郎ゟ、松前海苔一枚、予にめぐ(ダク)まる。

一八半時過、宗伯ヲ以、藤堂内塩田又之丞方へ遣し、過日認遣し候古盃考之内、綉弥勒仏の条、少ゝ直し度所有之ニ付、此方副本と引かへくれ候様、申遣す。幷、綉仏の出所等、問ニ遣ス。則、引かへ来ル。綉仏の出所ハ詳ならざるよし、申来ル。又之丞、在番部屋普請ニ付、中やしき父塩田武太夫方ニ同居のよし。来ル八日出立延引、来ル十二日ニ出立のよし、申来ル。宗伯、夕方帰宅。

一薄暮、渥見覚重ゟ宗伯へ使札。お鍬事、昨日ゟ持病之癪差起り候ニ付、熊胆用ひ候へ共、不宜。依之、黒丸子少ゝ遣し候様、申来ル。大七気湯三貼調剤、幷黒丸子一包、宗伯ゟ遣之、幷ニ返書も遣ス。〇予、水滸伝四編二の巻画わり、稿し畢。

七日壬子　昨夜ヨリ雨無間断　但連日風なし　終日雨　夕方小ぶり　夜ニ入猶小雨　四時頃ゟ雨止テ不晴　気冷

一今日、宗伯、摹字、幷ニ古盃の図、朱ヲ入、増彩色し了ル。

一予、水滸伝四編壱の巻初丁本文少〻かき入、昼後ゟ、他事ニて消日。

一昼後、渥見覚重ゟ宗伯江使札。お鍬事、少〻ハ快く候へ共、今日ハ腹はり、難義のよし、申来ル。依之、宗伯、即刻渥見方へ罷越、診脉いたし候得バ、懐胎之様子之処、一昨日、鮟鱇の腸を汁にいたし、たべ(ダク)候よし也。全く食に傷られ候趣ニ付、服薬せしむ。夕方、宗伯帰宅。其後、渥見僕、薬取ニ来ル。即刻調合いたし、薬遣之。

一今夜五時過、土岐村元立来ル。宗伯、予も、対面。今日、向寄之方へ罷越候処、及空腹候間、湯漬ふるまひ給ハり候へ、といハる。依之、夜食幷ニ酒もふるまひ、例之通長談ニて、九時比帰去。

八日癸丑　曇　朝五時比ヨリ晴　気冷

一四時頃、屋代太郎殿使として、その孫二郎殿来ル。右ハ、今日珍蔵展覧いたし候ニ付、手透候ハヾ、宗伯同道ニて、只今ゟ出席いたしくれ候様、申来ル。依之、宗伯同道ニて、四時過ゟ、右同所江罷越、終日閑話、珍蔵種〻展覧。酒食饗応有之、夕七半時比帰宅。相客二人、何某と美成也。

一松前内河合藤十郎ゟ奉札。老侯一昨日御頼の写物、取ニ来ル。依之、宗伯、昼前帰宅いたし、右返書認、出来居候影写の文字、進之。其後又、屋代殿江罷越候也。

一右他行中、お秀来ル。過日之謝礼ゟ、雑談、後帰去云云。

一土岐村元立来ル。昨日傘、被返之。予・宗伯他行中ニ付、口上申おき、早〻帰去と云云。但、おみちあねおしづゟ、お百方へ差越候ふミ、元立被届之。お百、うけ取おく。

一右他行中、清右衛門来ル。三月分上家ちん持参。幷ニ、小能書少〻、配分持参。且、五郎兵《(ムシ)》衛名主招請いたし候旨、小林ゟ被申旨申おき、帰去云云。

九日甲寅　晴　夕方薄曇

一昼後八時過ゟ、宗伯同道ニて、飯田町宅ㇸ罷越、三月分薬うり溜勘定いたし、万〻年幷ニ中やにてかひ物等いたし、薄暮帰宅。但、宗伯、過日之謝礼として、今日田口久吾方へ両度迄罷越候処、家内他行ニ付、不及其義。

一今朝、六足狗の図説二通り、写之。但、一本ハ松前老公へ進上之分也。

十日乙卯　晴　昼後ヨリ薄曇　夕七時より雨　夜ニ入四時雨止　深夜小地震　子ノ比カト云

一今朝、村ヲ以、屋代太郎へ、過日借用の六足狗図説二通、返却。同二郎殿へ、八犬伝六編稿本六冊、貸進。此使ニ、太郎殿ゟ、古盃図説、被返之。

一昼時、おみち里の旧婢来ル。小児ヲ携候様子也。おみち、対面。其外のもの、食膳中ニ付、不及応接。早〻帰去。〇今朝、苗類、いんげ《(ダク)》ん豆・ふぢ豆・鉈豆・へちま・おしろい苗かひ取、即刻うへつけおく。

一夜ニ入、杉浦老母来ル。宗伯、幷ニ予も、対面。俗談数刻、四時帰去。

一昼後、京や弥兵衛状配り、河内や太介ゟ之小紙包、届来ル。うけ取書、遣之。右ハ、先便申遣候巡島記六編初校合四冊、其外落丁之分ン、幷ニ表紙校合ずり也。とびら校合ずりハ不来。且、二の巻校合本、旧冬登せ候節、手代請取、失念、仕廻おき、太次郎不存候故、さいそくいたし候よし、怠状申来ル。彼もの丶不行届事、言語同断《(ママ)》也。

一予、終日をり〳〵悪寒、風邪之気味也。但、させる症にあらねバ、不及服薬。

十一日丙辰　晴　五半時比ヨリ風烈　昼後ヨリ風止　八時前小地震

一宗伯、牛町岩尾方へ加持受ニ罷越候ニ付、お百同道、今朝五半時比出宅。先飯田町宅江罷越、おさき同道ニて牛町ニ罷越、加持受、増上寺地中出世弁才天開帳へ参詣いたし、おさき同道ニて、夕七半時頃帰宅。おさきハ、暮時比、飯田町へ帰宅。但、岩尾小田原道了へ昨日出立の由ニて、加持不受。

一昼前、松前内河合藤十郎ゟ、宗伯江奉札。往古大内裏の図、御隠居被成御覧度候ニ付、所持之方ゟ借出し、差上候様、申来ル。宗伯他行中ニ付、予取斗ひ、拾芥抄中末一冊、大内裏の図有之所、貸進。此方ニも右之図本有之候へ共、何方ニて所持致候哉、心当り無之、大抵拾芥抄ニて分り候間、入御覧候旨、うけぶミ認め、本ハ封じ候て、遣之。

一昨十日、お鍬ゟ母江使札。右用事、幗の事。覚重泊番之節、差支候間、此方ニ餘分有之候ハヾ、夏中かり申度よし、姑被申候よし也。此方ニも餘分ハ無之候へ共、ぜひ入用ニ候ハヾ、とゝのへ遣し可申候。但、覚重とも相談いたし可然旨、お百ゟ返事遣之。此幸便ニ、八犬伝六編五ノ下ノ廿二丁メ、右落丁、過日認置候分、遣之。お鍬不快、順快のよし也。

一予、庭の梅木江再生じ候毛虫取捨二ケ処ナリ、百日紅へ障り候李の枝おろし、花壇中桔梗一株植かえ等にて、消日了。

十二日丁巳　薄曇　無程晴　夕方又薄曇　夜ニ入晴

一昼時過、ミのや甚三郎来ル。八犬伝七編潤筆内金持参。二度め也。雑談後、帰去。旧冬田村節蔵方へ頼遣候、前の山崎平八江謝礼之事、届候哉否之事、聞合くれ候様たのミ遣ス。并、大坂河太状見せ、且、金水相生論返しくれ候様、さいそくいたしおく。宗伯婚姻祝義として、腰帯一筋、被恵之。

一昼飯後、お百、深光寺へ墓参。夫ゟ山田吉兵衛・田口久吾方へ立寄、飯田町宅へも一寸立寄、暮六時帰宅。宗伯迎ニ出、昌平ニて行あひ、同道。

一昼前、飯田町宅ゟ、多七ヲ以、売薬能書類すり本、幷ニ玉川へ誂置候筆等、差越ス。うけとりおく。多七ハよし原へ灸点書付乞ニ罷越候よしニて、早〻帰去。

一夕七時比、おさきゟ、使ヲ以、三河下笠原ゟ注文之よしニて、奇応丸大包二ツ・黒丸子廿五、取ニ来ル。使またせ置、宗伯つゝミ遣ス。然る処、おさきかぞへちがへ、黒丸子一包不足のよしニて、夕方、清右衛門取ニ来ル。包ミ置候黒丸子九[包]《（ムシ）》、不残遣之。清右衛門、取急ギ、薄暮帰去。

一予、水滸伝四編壱の巻本文、少〻稿之。多用ニ付、未満一丁。

一薪わり人、今日も不参ニ付、杉浦僕、心得ヲ以、少〻わり越よし、小たば十二把来ル。

十三日戊午　天明ヨリ大雨　五時比ヨリ本降ニナル　昼後ヨリ風雨　終日無間断　夜ニ入　五時比ゟ風止　小雨

一今日閑寂。室内薄暗きにより、平臥。折〻窃明而読書、消日了。

十四日己未　曇　五時過ヨリ晴　風夕ゟ風止

一おみち持参の長持類片付かゝり候処、かねて約束ニ付、おさき、浅草詣之つもりにて、昼九時比来ル。依之、片付もの相止メ、昼飯後、家内一統支度いたし、お百、おさき・おみち同道、宗伯差添、むら供ニめしつれ、九半時比ゟ出宅。先、妻恋稲荷へ参詣、夫ゟ浅草観音開帳・牛嶋牛御前開帳へ参詣。便路ニ付、宗伯へ申付、小梅村仏庵方へ立よらせ、先月中かし置候天神森碑拓本とり戻させ候。尚又、新寺町日蓮開帳・東坂下稲荷開帳へも参詣、薄暮帰宅。夜ニ入候ニ付、おさき止宿ス。

一石町四丁め川村寿庵内義ゟ、おみちへ使札。留守中ニ付、予、うけ取おく。

一昼前、川西主馬太夫、娘ヲ同道ニて、来ル。右娘、本郷川勝殿へ奉公ニ遣し候処、此節宿下いたし、神田明神へ参詣致させ候よし也。家内対面、はなかミ一束、遣之。取込中ニ付、早ミ帰去。

一文宝来ル。右ハ、本月廿四日、両国柳橋河内や半次郎方ニて剃髪、幷ニ、剃髪弘メ会興行のすり物・扇子等、持参。昼前の事ニ付、宗伯罷出、うけ取。廿四日はさし合有之、出席いたしがたき旨、断おく。

一松前内河合藤十郎ゟ宗伯へ使札。過日老侯へ貸進の拾芥抄、被返之。宗伯他行中ニ付、予代筆、うけ取返書、遣之。

一薄暮、土岐村元立来ル。家内他行中、殊ニ薄暮ニ及び、予、甚迷惑。しバらく物語致居候内、家内帰宅。夫ゟ元立ニ夜食ふるまひ、宗伯応対いたし、五時過帰去。明日松前家ニ罷出候ハヾ、六左衛門へ書状届くれ候様、宗伯被頼、右状うけ取おく。幷ニ、来ル十六日、田町五丁め山田や宗之介方へ同道致度旨被申ニ付、宗伯承知、やくそくいたしおく。

一今朝、杉浦老母ゟ宗伯方へ、稲荷の禿倉すゑ処方位考くれ候様、頼ニ来ル。宗伯他行前ニ付、予くハしく考、井戸の方位書記し、村ヲ以、遣之。

一終日、家内他行留守中、多用ニ付、予、むなしく消日了。

十五日庚申　晴　昼後ヨリ雲立　遠雷五六声　夕方大雷数声　日暮ゟ大雨　夜半雨止

一朝飯後早ミ、おさき、飯田町ニ帰宅。灸治之数覚不申由ニ付、四時前帰宅也。

一昼飯後ゟ、宗伯、為当日祝義、松前両やしきへ罷出、夕七半時過帰る。六足狗之図説、御隠居へ進上。嶋田近吉方ニて傘借用、日傘を預置候よし也。

一夕八半時過、清右衛門、為当日祝義、来ル。昨日地主小林氏ゟ呼ニ人参候間、罷越候帰路のよし也。右ハ、嘉平二忰不埒ニ付、勘当致候よし申候へ共、偽り之様子ニ付、内ヽ名主ニ問合せくれ候様との事のよし。幷ニ、八百や長兵衛借屋之屋根、しつくい四斗餘、手間四人程かゝり候よし、申之。尚又吟味いたし、申付候様、談じおく。其後、早ヽ帰去。

一今夕庚申祭、献供等如例。

一予、脚気之気味ニて、気分不快ニ付、今日ハ廃業、保養消日了。

一杉浦ゟ、薪の積送り状、被為見之。無益之事也。

十六日辛酉　天明ヨリ快晴　五時比ゟ雲立　過半曇是ゟ晴曇未定　昼前ゟ晴　夕方又曇ばら〳〵雨　無程雨止　昼之内風

一一昨日元立やくそくニ付、宗伯、芝田町宗之介方へ罷越候ニ付、早朝、村ヲ以、例之供人足申付おく。

一予、脚気ニて、少ヽ足痛。依之、今朝ゟ服薬。

一今朝、松前内嶋田近吉ゟ宗伯へ使札。昨日預ケ置候日傘、被返之。幷ニ、昨日近吉頼候小堀遠州尺牘かけ物、よめかね候ニ付、予によみくれ候様、たのミ来ル。かけ物ハふくさ共うけ取おき、昨日借用之傘返却。宗伯ゟ、返書遣之。

一宗伯供人、間ニ不合候ニ付、金沢丁番屋にてやとハせ、九時前、宗伯出宅。土岐村元立方へ罷越候内、元立僕迎ニ来ル。もはや罷出候よし、申遣ス。九時前、宗伯、元立同道ニて、芝田町五丁め山田や宗之介方へ罷越候。途中、元立、高輪二本榎菩提処へ立寄、麻布元治殿へも立寄、長座にて時刻うつり、やうやく薄暮ニ宗之介方へ罷越候よし。供人足にハ宗之介方ニて支度いたさせ、直ニかへし候ニ付、右人足、夜ニ入、五時前帰着ぬ。宗伯ハ夜九時比帰宅。

一宗伯、今日品川町大角方へ立寄、味噌注文申置候ニ付、夕方、大角ゟ持参。且、高輪岩尾方へも立寄候処、道了参詣ゟいまだ帰り不申よし也。

十七日壬戌　薄晴又薄曇　終日不晴

一嶋田近吉たのミ遠州尺牘、今朝、読之。別ニ、読訓一通・略解一通、書記しおく。甚よみにくきものニて、昼後ニ及べり。

一昼時、清右衛門来ル。させる所要なし。雑談暫時、早ゝ帰去。

一宗伯、昨日長途の疲労ニて、休足及終日。昼前、土岐村ゟ、僕ヲ以、宗之介ゟ到来の田舎みそ、被差越之。請取、返事口上にて申遣ス。

一宗伯、夕方ゟ持病之腰痛ニて、腰不立。依之、納戸ニ安寝。予、東六畳ニ安寝。

十八日癸亥　曇　四時頃ゟ小雨終日　夜ニ入猶不止

一宗伯、今朝痊快、起居常の如し。

一宗伯、黒丸子丸じ候ニ付、おみちに手伝せ候へ共、宗伯、持病後ニて出来かね、昼前ゟ休足いたし候間、予手伝、三分二程丸じ、餘ハおみち丸じ、夕七時比、ぐわんじ畢ル。但し、今朝ねり候ハ半剤弱也。

一松前内河合藤十郎ゟ宗伯へ使札。過日謝字(ママ)の御謝礼として、献残昆布五枚、老君ゟ被遣之。予代筆にて、返書認め、遣之。

十九日甲子　今朝迄小雨　四時比ヨリ雨止テ不晴　夕方小雨　暫時にして止　夜ニ入小雨

一宗伯、今日も不快、終日平臥。

一昼後九半時比、ミのや甚三郎来ル。金水相生論返さる。例之長談、七時比帰去。

一予、元経再閲、消日了。〇今夕甲子祭、献供如例。

廿日乙丑　暁方ヨリ大雨　朝四時頃ヨリ小雨ニナル　昼ゟ大雨無間断　夕方小雨　夜ニ入大雨　夜半ニ雨止

一正午の頃、清右衛門来ル。宗伯、黒丸子包遣ス。大雨ニ成候間、見合せ、八時過帰去。

一九半時比、覚重来ル。かねて頼置候、杉戸江画かき可申ため、どうさ可致旨申ニ付、杉戸六枚はづし、宗伯手伝ひ、夕七時過、不残どうさし畢ル。夜食たべさせ、七半時比帰去。〇今日、来客ニて、予廃業、八犬伝初編五冊、繙閲之。彼書中、悞字多し。披閲之間、正誤加筆。〇連日雨天、今夕ニ至テ、池の水、柵の上五六寸、赤平石の上三寸許ニ及ぶ（ダク）。

廿一日丙寅　晴風　夕方曇　遠雷ばら〳〵雨　忽止　夜ニ入又晴

一おみち長持・葛籠類、宗伯、其外のものも手伝ひ、押入内へ納畢ル。

一昼後九半時比、覚重来ル。八畳の間杉戸の画、今日ゟ取かゝり、杉戸障子二枚梅ニ雀、過半出来。夜食ふるまひ、暮六時比帰去。

一昼時、つるや喜右衛門・にし村与八来ル。予、対面。右ハ、宗伯へ、よめむかへの祝義として、森や・泉市・大坂や・丁子や組合、金千疋、被恵之。但、大坂や・丁子やハ両人ニて壱軒前也。雑談後、早〻ひらき畢ル。

一昼後、田口久吾来ル。先月廿七日饗応之謝礼也。雑談後、帰去。

一杉浦老母ゟ、田舎炭到来のよしニて、五俵被差越之。代金壱両、外ニ、水揚・車力わり合かゝり候よし也。取込中ニ付、請取せおく。

一昼後、村ヲ以、お鍬方へ、再もち一重、并ニ、八犬伝六輯五ノ下廿二丁メ落丁写本等、遣之。お鍬方ゟ、糀丁三宅おくへ遣し候文、進物三品之内二品、壱品ハ此方ゟと、のへ遣しくれ候様、たのミ来ル。并、蚊屋の事、尚又、母江、文ヲ以、乞に来ル。

廿二日丁卯　晴　八時比ばら〳〵雨忽止テ又晴

一今朝四時前、覚重来ル。玄関ゟ東へ入口杉戸画取かゝり、彩色半分程出来。夜食後、薄暮帰去。明日ゟ明後日迄、当番のよし也。

一昼前、むら親次郎八来ル。かねて、勝手次第宿下りニ可参旨、申付置候ニ付、迎の為也。今朝おみち髪ゆひ遣し置候ニ付、早ミ支度致させ、九時前、宿へ遣ス。今日ゟ三日下りの旨、申聞おく。

一今日も、覚重終日罷在候ニ付、応対にて、消日了。

一麹町三宅おく女中四人、お鍬ニ対面いたし度よしニて、来ル。今日おく方土井家へ御出、供がへり便路のよし也。お百挨拶いたし、此方ニ不居旨申候へバ、玄関ゟ帰去。

廿三日戊辰　快晴　昼比ゟ雲立　九時過ゟ雨　但多くふらず(ダク)　大雷数十声　八時過ごろ　雷雨止テ晴　夜ニ入風

一伊藤常貞ゟ、僕ヲ以、今日堺の垣修復いたし候旨、届来ル。夕方、垣出来。

一昼前、杉浦清太郎、無拠方ゟ被頼候よしニて、春画折本持参、賛たのミ候旨、被申之。宗伯、対面。右春画類ハ、壮年ゟ手にとり候事も無之、況、賛抔之義ハかたく御断申候旨、及断。其後、予も対面、雑談後、帰去。

一石坂下小松や来ル。長や内、急病人有之、宗伯来診を願候旨、申之。依之、宗伯見舞、丸薬遣之。

一表具師金太郎、先月中申付候兜人形かけ物出来、持参。但、上箱は、職人怪我いたし候ニ付、出来かね候よし、申之。依之、右かけ物手間ちん、其外共請負分金銭、遣之。并ニ、貞継卿書画一ぷく・卓文君一ぷく・天神森碑・十六らかん・朱子の書黒《（ママ）》本、都合五ふく、表具申付、風帯・一文字の切等、遣之。

一雷雨止候て、清右衛門来ル。右ハ、去年中予申聞候旨有之ニ付、駒込へ罷越、ざくろかひ取申度旨申ニ付、八半時過ゟ、宗伯同道ニて、駒込動坂こなた、去秋もざくろ買候うへ木やへ罷越、朝鮮ざくろ一本三百文ニかひとらせ、宗伯たすけ合、夕七半時比帰宅。但、過日、祝儀として、目録金めぐまれ候書林中へ配り候赤飯之事、清右衛門へ談之。右赤飯、本郷さゝやへ申付、来ル廿五日朝四時前、差遣候様、申付遣ス。依之、帰路、清右衛門さゝやへ立寄、其段申付、配り人足多七へも其段申付置候様、申付遣ス。

一今日、巳まち。弁天祭、献供等如例。〇過日之大雨ニて六郷川留、今日川明候よし、風聞。

一清右衛門、今日、扇子二箱之内十四本、持参。右ハ、弟勝介、六月頃、主人売用ニて甲府へ罷越候ニ付、土産の為、染筆たのミ候よし也。則、受取おく。

廿四日己巳　晴

一去戊年春出生カナアリや壱番子雄極黄一羽、昨日隕ル。今朝、知之。最初、巣いたミニて、よハく候処、近来度ゝ糞づまりによつて也。去春出生子五羽之内、是迄ニ三羽隕ル。残り二羽とナル。全体、玉川のキミ実入薄く、よろしからざる故もあるべし。

一今朝、ほとゝぎすの初声、辰巳のかたに数声。今日、立夏後十日ニ及べり。

一宗伯、昼前、杉戸の画色ざし少〻、手伝の為、いたしかゝり候へ共、風邪ニ付、不果。

一杉浦老母ゟ、今日文宝会ニ宗伯罷越候ハヾ、同道いたし度よし、申来ル。其後、用事出来ニ付、参りがたきよしニて、壱朱づゝミ一つ届くれ候様たのミ、宗伯方へゆだねらる。依之、宗伯、八半時比ゟ、両国柳橋河内や半三郎楼上へ出席。此方ゟ之祝義南鐐包、文宝へ遣し、薄暮帰宅。但、風邪之処、押て罷越候間、帰宅早〻、平臥。但、当分之症也。

一昼後、飯田町世継いなり神主吉川筑前来ル。予、対面。渋谷住御用達竹や平兵衛所蔵世継いなり神木炎餘見物之事、紹介被頼之。雑談数刻、帰去。

一昼時比、京や状使、大坂河太ゟ之小紙包、届来ル。請取書、遣之。右ハ、巡島記六編すり本也。近〻うり出し可申旨、申来ル。右序文之内、二字直し度処有之ニ付、序文二丁校合いたし、右返書、幷ニ、去戌九月勘定後立かへ候分、明細認之、〆三通一封にいたし、今夕、予、嶋や佐右衛門方へ差出し、八日限脚ちん払、通帳面へうけ取印形記之、五時帰宅。表紙之事・とびらの事等、くハしく申遣ス。

一昼前、土岐村内義ゟ、おみちへ文通。今夕、おみち兄元祐、京ゟ江戸着のよし。大番頭堀殿供ニて、去夏、上京いたし候故也。

一薄暮、下女むら、宿ゟ帰り来ル。親次郎八おくり来ル。元服いたさせ候よしニて、眉おとし、かねつけ来ル。かねて其義不申届候へども、不行届もの共ニ付、其よし不及沙汰。

一昼後、清右衛門来ル。今日、月並勘定ニ京橋へ罷越候よしニて、帳面持参。一覧之上、直ニ遣之。幷ニ、嘉平二悴条二郎一件、内〻始末物語之。われら意見申ふくめおく。幷ニ、当月廿九日、了海信女三十三回忌ニ付、明日竜門寺へ遣し候廻向料、幷ニ廿八日逮夜料供料、清右衛門方ニて長や中へ施行の分金子、今日、わたしおく。其後、早〻帰去。

廿五日庚午　薄曇　終日不晴　冷

一本郷さゝ《(ママ)》へ申付置候赤飯出来、今朝持参、受取おく。四時比、飯田町日雇人足多七来ル。右赤飯、九寸重ニ入、五軒前、多七にもたせ、通油町つるや・馬喰丁西村や・森や・横山丁大坂や・小伝馬町丁子やに、口上付、遣之。大伝馬町かしまニて、白竜紙かハせ、四半時比帰宅。尚又、芝辺へ遣之ニ付、多七ニ昼飯たべ《(ダク)》させ、かが《(ダク)》丁ミのや・芝神明前泉市へ同断、遣之。帰路、三宅おくへ、お鍬頼もの、多七帰路ニ差遣し、重箱ハ飯田町清右衛門方へさし置候様、申付遣ス。おくわ進物之内、煮豆一重ハ此方ゟとゝのへ、遣之。

一今朝、杉浦出入之大工来ル。則、表門くゞり戸修復いたさせ、勝手口下流し板過半はりかへさせ、杉浦庭口の戸口付かえさせ、辰巳之方大松一本かれ候を切とらせ候而、終日也。尚又、雪隠壺入かえ仕事、申付おく。近日、下そうぢのもの参り候ハゞ、よくとらせ置、しらせ可遣旨、やくそくいたしおく。

一九時前、覚重来ル。玄関ゟ座敷に入口杉戸二枚の画仕上ゲ、終日にて出来。お鍬ゟ、お百かたへ、ふミ来ル。明日用事有之、覚重留守いたし候間、参まじき哉之よし、申来ル。

一昼後、おさき来ル。今日、よし原質やに灸点ニ罷越候処、多七さしつかえ、供人無之ニ付、母ニ参りくれ候様、申之。依之、昼飯後、お百同道いたし、よし原へ罷越、灸点受させ、帰路、浅草観音へ参詣、夕七時過、帰宅。

一昼後、おきく来ル。お百他行中ニ付、しバらく物がたりいたし、相待せ候内、七時比食事いたさせ、其後、お百罷帰候而、対面。夕七半時過、おさき飯田町へ帰宅いたし候ニ付、おきく、同道ニて、帰去。〇但、おさき、竜門寺法事料うけ取書、持参。うけ取おく。

一明日、覚重事非番ニ候へ共、次右衛門外孫女戸田小膳娘、戸田十兵衛方へ引取置候処、同藩戸田何某に縁組いたし、明日婚姻ニ付、次右衛門夫婦罷越候間、お鍬一人留守いたし罷在候間、明日ハ参がたく候よし、申之。

夜ニ入、五時前、覚重帰去。

一今日、処ミ使へ出し、其上大工参り、覚重も昼ゟ参り居候上、宗伯風邪ニ付、予、甚多用、終日応対奔走ニて、消日了。

一杉浦老母来ル。昨日文宝会、祝義一包届遣し候謝礼也。雑談数刻、宗伯、応対。其後、帰去。

廿六日辛未　薄曇　九半時過ゟ小雨　夜ニ入猶雨　但大雨也　暁雨止

一宗伯、かねておさきと約束ニ付、今日、高輪岩尾かたへ、加持受候為、五半時過ゟ出宅、飯田町へ罷越、おさき同道ニて、高輪江罷越、加持受。帰路、青物町ニて梅干かひ取、ぬし丁元立方へも立寄、元祐弥帰府いたし候哉、安否たづね可然旨、申談遣ス。帰路、雨天ニ付、かひ物不致、土岐村へも不立寄よしニて、八半時過、帰宅。

一今朝、杉浦ゟ、八犬伝弐編め五冊、被返之。三冊《(ママ)》め五冊、尚又かし遣ス。

一昨日わらせ候薪取入、物置片付仕舞、其外、昨日伐取候松等、すべて片付終る。お百・おみち、并ニ予手伝、八半時比しをハる。

一土岐村元立并ニ悴元祐、同道ニて来ル。元祐、土産物持参。盃出し、頗饗応。家内一統対面、勧盃。八半時前、帰去。

一おさき夕飯たべ《(ダク)》させ、七半時比、飯田町へかへし遣ス。

一暮六半時前、宗伯、杉浦方へ罷越、西堺垣之事世話ニ成候謝礼、并ニ薪之事・芥溜等之挨拶の為也。雑談数刻、四時前帰宅。

一過日小松やゟ頼之病人、為謝礼、鳥目弐杖頭、宗伯方へ持参。小嶋内きの、トしるし有之。他行中ニ付、予、請取置、宗伯帰宅後、わたし遣ス。

廿七日壬申　快晴　風なし

一四時頃、覚重来ル。お鍬方ゟ母江文差越し、今日、殊ニ寄、次右衛門内義可参旨、申来ル。依之、少〻酒食の儲いたし候処、昼後俄ニ次右衛門使者勤役ニ付、参りがたきよし、八時前、お鍬ゟ又文にて申来ル。右返事ニ、過日三宅おく女中ゟ之返書二通、幷ニ梱の事、勝手次第取ニ人差越候様、お百ゟ申遣ス。

一覚重、東之方杉戸二枚墨がきいたし、蛤粉ぬり立、終日也。夜五時前、帰去。

一本郷さゝやゟ、過日之赤飯の桶取ニ、人来ル。幷ニ、赤飯代請取書、持参。則、代金、右小ものへわたし遣ス。

一宗伯、風邪再感。依之、今夕五時、家内一統就寝。予、今日も多用、廃業也。

廿八日癸酉　晴

一了海信女三十三回忌逮夜、今夕、飯田町清右衛門方ニて料供いたさせ候ニ付、右為手伝、お百、今朝四時前ゟ、飯田町宅江罷越ス。右ニ付、昼飯後早〻、むらをも遣ス。是又同断、手伝の為也。むらハ薄暮帰宅。お百・宗伯ハ五時過帰宅。

一宗伯、此節風邪ニて打臥居候へ共、昼後ゟ起出、八ツ時過ゟ、飯田町へ罷越可申と支度いたし候処、渥見次右衛門、内義・おとミ同道ニて来ル。お百、幷ニむら迄在宿せざるニより、甚不都合。予、かひ物に出あるき、酒肴を出し、頗饗応。宗伯ハ七時前ゟ飯田町へ罷越、渥見内義ハ七半時過迄長談、帰去。

一暮六時過、元立嫁ゟおみちへ使札。右ハ、急ニ別宅いたし、明廿九日、元立夫婦ハ築地江移徙(ママ)のよし、しらせ来ル。おみちゟ返事遣之。

一今日、お百ハ、昼後、飯田町ゟ竜門寺へ墓参。住持勧化に出、留守のよし。円福寺米岳様墓へも花を立候よし。宗伯ハ遅刻ニ付、今日、不詣竜門寺、と云。

廿九日甲戌　晴　夕方曇又晴

一今朝四時比ゟ、宗伯、土岐村元立方へ罷越。今般元祐帰府祝義、挨拶の為也。土産答礼として、酒弐升、切手ニて持参。帰路、瀬戸物丁問やニて梅干かひ取、九時前帰宅。

一昼後ゟ、宗伯、予名代かね、竜門寺〻墓参。飯田町宅〻立寄、夕方帰宅。但、出がけ中途、おさきニ逢、同道ニて墓参いたし候よし也。此節、宗伯、風邪未痊快候へ共、推而両度他行ス。

一予、山礬の出所考索の為、本草綱目・大和本草等披閲、消日了。

一土岐村元立夫婦、今日、築地〻別宅のよし。両三日以来、急ニ存立候と云。但、引移り候先方町名の小名・地主名氏等ハ未定かにしらざるよし也。宗伯、帰宅後、告之。

晦日乙亥　晴

一昼九時過、覚重来ル。少〻風邪のよしニ付、此方有合候煎薬、一両度勧之。中じきり杉戸弐枚、下彩色よほど出来、夜ニ入、六半時比帰去。扁額軌範六冊、かし遣ス。

一宗伯、今日も風邪未痊快ニ付、廃業。予、多用、并ニ覚重応対ニて、消日了。

〆

五月朔日丙子　晴　昨今湿暑

一下庭籠カナアリヤ觳、昨日孚り候哉、今朝はじめて知之。三四羽也。後ニ知ル　但、卵四ツウミ込残らず《(ダク)》カヘル。

一宗伯、為当日祝義、松前家へ出かけ、江戸町かひや灸点受候ニ付、為案内、お百同道ニて、五半時比出宅。依之、過日松前内嶋田近吉たのミ小堀遠州尺牘訓読幷ニ略注一通、今日差遣し候様、宗伯へ申付、もたせ遣ス。お百ハ九半時頃帰宅。宗伯ハ、夫ゟ松前両やしきへ罷出、夕七時前頃、帰宅。

一昼前、関忠蔵・同源吉父子、同道ニて来訪。予、対面。八犬伝六編稿本六冊、及古盃考・同図・六足狗の図等、かし遣ス。幷ニ、覚重ゟ被頼候朱子の書墨本一枚求候様被申候ニ付、遣之。雑談後、帰去。

一昼前、覚重来ル。折から関父子来訪中ニ付、中の間ニ扣罷在、右父子帰去而無程、昼飯たべ《(ダク)》させ、直ニ杉戸さいしきに取かゝり、二枚之内南之方一枚、彩色大てい出来、夜食後、早ヽ帰去。但、お鍬事めまひ致候ニ付、神女湯もらひ度よし、覚重申之。神女湯ハ不宜旨宗伯申ニ付、別ニ煎薬三帖調合、遣之。

一昼前、清右衛門来ル。嘉平二忰一義ニて、地主ゟ呼ニ参り、罷越候よし。当日祝義の為、此方へ来ル。但、過日申付候カナアリヤ、昨年二番子雄ぶち一羽、持参。鳥ハ此方庭籠へ入、籠ハ直ニ清右衛門へかへし遣ス。帰路、としまやへ立寄、せうゆ・みりん注文書とゞけくれ候様申付、遣之。其後、早ヽ帰去。お百帰宅前也。夕方、としまやゟ、かるこ、右せうゆ・酒、持参。代金、遣之。

一吉原町《(ママ)》江戸町かひやにて、宗伯、灸点受之候よし。今日、松前老侯ゟ、国産乾海苔宗伯へ被下之、持参ス。○昨日、お百・おみち、庭の落葉はき取畢ル。

二日丁丑　薄曇朝之内ほどなく晴　昼後ゟ小風立

一昼前、杉浦老母来ル。井戸ほり候ニ付、吉日被問之。来ル十五日可然旨、もし八十日ニても、両日之内吉日の旨、示し遣ス。雑談数刻、帰去。

一四半時比、覚重来ル。終日ニて、東の間じきり杉戸二枚、彩色畢ル。この二枚、今日迄ニて三日也。但、半日づゝ、丸一日半にて出来。

一宗伯、芳流の額ぬり直し。覚重方にて不用の花紺青有之ニ付、下地胡粉よごれ候ニ付、右紺青ニてぬり直し、終日也。但、三べん塗之、畢。

一松前内久下六左衛門ゟ宗伯へ使札。先般婚姻祝義として、鮮魚一折、被恵之。予代筆ニて、返書遣之。

一めでたや老母ゟ、茶飯おくり膳到来。○予、此節、日ゝ覚重来候ニ付、応対等ニて、消日了。○昨今湿暑、蚊頗出。

三日戊寅　薄曇　終日不晴

一昼時、清右衛門来ル。端午の贄持参。暫時雑談後、油丁へ罷越候よしニて、帰去。嘉平二悴粂次郎一義、来ル七日、御番所江、欠落久離願ニ候つもりのよし也。

一昼後、土岐村元立来ル。先月下旬、弥築地へ別宅のよし、あら川小路と申処、桂川筋向と云云。予、入湯中ニ付、不逢。早ゝ帰去。但、過日、元祐帰府祝義として、酒遣候挨拶也。

一夕七半時前、お百、宗伯同道ニて、上野広小路へうへ木見物ニ罷越。且、お百、先月中誂置候珠数繕ひ、もはや出来居候頃ニ候間、取申度旨申ニ付、三枚橋先左り側珠数屋へ立寄候処、未出来ニ付、そのまゝ帰宅。薄暮少しまへなり。

一右他行中、お鉄ゟ使札、手製柏餅一重到来。かやの事・梅干の事、両品共此便りニもらひ度よし申来候へ共、使、さし置罷帰り、且、お百在宿せざるにより、不及其義。

一渥見覚重、今日も非番の筈ニ候へ共、不来。お鉄ゟも、其義不申来也。

一昨二日昼前、昌平橋外ニて、小荷駄放レ馬に蹴られ、即死の車力ハ、妻恋下のもの。廿二才のよし。独身ニて、ある人の許に居候故、早速内済整ひ、金拾両ニて相済候よし。泉店源蔵の話也。左の耳の下ゟ頤をけやられ、上下の歯ばら〱に落、血おびたゞしく出候よし也。寔に災難、あハれむべきもの也。

一寿命湯製薬、宗伯へ申付置候処、今日三剤出来。但、一剤十匁づゝ也。内一剤ハお百ニ遣ス。宗伯、此節、かひ屋灸いたし候ニ付、不及服薬。二剤ハ予が方ニさし置、明四日ゟ服薬、日ゝ用之。

四日己卯　薄曇　終日不晴　気冷

一巡島記六編壱番校合直し出来之すり本五冊、披閲。大抵直り候へ共、直し誤・との字ほりおとし、其外カケ木多し。昼後迄ニ、無拠分のミしるしつけおく。

一昼後、経師金太郎、先月申付置候かけ物五ふく出来、持参。代金わたし、請取印形、取置之。但、ふとしけきぬ地表具二幅・紙表具三ぷく、内大表具一ぷく有之。

一杉浦氏ゟ、河越之薪や、過日之炭代金乞ニ参候よし、案内有之。依之、お百ニ金子・鳥目もたせ遣ス。車力七十六文づゝのよし。炭殊更不宜ニ付、半俵分代金引せ候よしニて、金壱両之内、百六十四文返さる。

一八半時比ゟ、宗伯同道ニて、飯田町宅へ罷越。四月分薬売溜勘定いたし、中屋・松や・中村や、并ニ多七・仕立師半十郎等諸払いたし、夕飯たべ《(ダク)》、薄暮帰宅。

一昼後、お百ゟ、むらを以、お鍬方へ蚊屋一帳但五六遣之。但、先達而ゟ度ゝ所望によつて也。幷ニ、昨日使さし置候柏餅之重箱、返之。うつりとして、こんぶ二枚、遣之。返書来ル。

五日庚辰　晴　四時前ヨリ雲立　冷気　終日薄晴

一端午祝義、膳部等如例、家内一統相祝之。昼飯後早ゝ、宗伯、為当日祝義、松前両やしきへ罷出。且、河合藤十郎約束被致候朱子墨本一枚持参、遣之。序ニ、覚重たのミの大雅堂書画真偽鑑定の為、文晁方へも出がけニ立寄候積りニて、出宅。不及其義、八半時比帰宅。

一昼時前、田村節蔵、此人お鍬媒人ニて、婚姻之節虚談多く、不埒有之ニ付、予、不及対面、お百ヲ以、応答せしむ。疎遠之口上を述、早ゝ帰去。

一昼前、清右衛門、為当日祝義、来ル。宗伯は他行中ニて、雑談数刻、帰去。

一昼後八時比、お鍬、おとミ同道ニて、来ル。夕方迎のもの参候筈ニ付、見合せ、罷在候へ共、夜ニ入候ても迎之者不参ニ付、暮六半時前、むらヲ以さし添、宗伯ニも、途中見送り候様申付、遣ス。戸田表門前ニて、覚重買物ニ出候ニ行あひ候間、直ニわたし候よしニて、宗伯・むらハ無程帰宅。

一予、昨日ゟ外邪ニて、今日昼後ゟ、悪寒有之。依之、昼後ゟ服薬平臥ス。但、当分の症也。

一昨四日、浅草三筋町中の町亀屋文宝事蜀山来ル。右ハ、先月廿四日名弘集会之節、宗伯出席いたし候謝礼也。お百とり次いたし、口上被申置、帰去。

六日辛巳　曇　終日不晴　夕七時前ゟ小雨　薄暮ヨリ本降　夜中無間断

一予、昨日ゟ外邪、薬を用ひ保養。但、平臥に不及。

一昼前、ミのや甚三郎来ル。近所山サキ方迄参候序のよし。させる所要なし。予不快ニ付、如例長談に及ざるのミ。然ども雑談暫時、帰去。

一八時前ゟ覚重来ル。障子・杉戸の画書遣し、竹少ゝ書加へ、彩色いたし、終日也。雨天ニ付、ゑのぐ《(ダク)》乾かね、いまだ全く画キ終らず。夜食後、耽奇漫録中ニ写し置候巧婦鳥・エゾ鳥・杜鵑の図、この他善知鳥の図等見せ、五時比帰去。

七日壬午　雨　昨日ゟ無間断　夕七時前ゟ小雨ニナル　夕方雨止テ不晴　夜中大雨　暁止

一お百、頭瘡之上、外邪ニて、頭痛つよくいたし候よしニて、不起出、今朝ゟ服薬。折ゝ起出、夕方ゟ不臥、少ゝ順快。

一正午の頃、覚重来ル。障子・杉戸の画、竹の上彩色いたし、六畳之間上の方杉戸二枚、今日ゟ画きはじむ。松に鵜、内一枚墨がき、大抵出来。夜食後、早ゝ帰去。〇予風邪、今日ハ多分順快。但、薄暮ゟ少ゝ背寒のミ。

一昼後、杉浦妹来ル。八犬伝四編、被返之。尚又、五編六冊かし遣ス。

八日癸未　晴　昼ゟ風　夜中風烈

一今日、覚重当番のよしニて、不来。予、八犬伝三編・常夏草紙披閲、消日了。

一昼後、ヱゾ鳥其外庭籠の鳥騒候ニ付、立出、見候へバ、大キなる蛇、縁頬へ上り、庭籠へかゝり候様子ニ付、予、棒ヲ以、手水鉢前草中へ払落し候へバ、縁の下へ入畢。

一松前内河合藤十郎ゟ使札。享保中か、家来ニ腕を斫落され候医師の名前、一昨日も御尋候通り、知レ候哉、と申来ル。宗伯返書認、一昨日右之趣被仰越候趣無之、右医師の姓名等不存旨、及返書。此幸便ニ、過日藤十郎約束いたし候朱子の書墨本一枚、遣之。覚重たのミにて、売物也。

九日甲申　晴　風烈北　夕方ゟ曇　夕七時比より　風止　夜四時前より　ばら〳〵雨　程なく雨止

一予、此節、とかく気分引立かね候ニ付、読書消日了。お百、項辺腫物ニ付、頭痛ニ而、半起半臥。

一昼後、土岐村元立、内儀幷ニ芝孫女宗之助長女・石町川村寿庵娘同道ニて、来訪。みやげとして、重之内被恵之。家内一統対面。茶菓子幷ニ夕飯差出し、雑談。宗伯始終欵待ス。夕七半時比、帰去。

一昼後、清右衛門来ル。四月分八百屋長兵衛上家賃、持参。嘉平二忰一義、昨日、町奉行所ㇾ罷出、相済。為右届、京橋小林へ罷越候帰路のよし。来客中ニ付、早〻帰去。

十日乙酉　薄曇　四時より晴

一今日、覚重、非番之筈之処、不来。〇予、終日読書、消日了。

一夕方、清右衛門来ル。三河丁小笠原家注文過刻之奇応丸・黒丸子持参致候処、尚又明日、今日のごとく持参いたしくれ候様、役人衆被申告之。黒丸子無之ニ付、明朝丸じ可申旨、宗伯申之。其後、清右衛門、早〻帰去。

一右已前昼前、おさきゟ宗伯へ使札。奇応丸大包四包、黒丸子金壱両分、是ハ弐包いたし、差越可申旨、宗伯方へ申来ル。依之、使またせ置、如注文包遣ス。三河丁小笠原家ゟとりニ被参候よし也。

一薄暮、槙丁新道善幸坊来ル。先月中、故郷久隆寺村へ罷越、建立之大般若経供養いたし、当月六日ニ罷帰り候よし、土産之品持参。薄暮ニ付、お百立出、挨拶いたし、右之品〻請取候へバ、玄関ゟ帰去畢。

十一日丙戌　晴　終日風烈　夕方少凪　夜ニ入又風

一今日、黒丸子半剤餘、丸之。正味五匁五分程ねり立、十二匁許。宗伯、おみち・予手伝、終日也。宗伯は昼飯ゟ奇応丸箔かけ、其外黒丸子衣かけ、昨日注文之大包六ツ拵候ニ付、予六分、おみち四分許、丸じ畢ル。

一松前内河合藤十郎ゟ宗伯へ使札。右ハ、松前本国にて麦うへつけ可被申よし、麦作之事、予へ問合せ、所持之書籍有之候ハヾ、御隠居被成御覧度よし、申来ル。予代筆にて、うけぶミ認、遣之。右之書所持不致、并ニ、大蔵十九兵衛事など、くハしく申遣ス。并ニ、先日御尋之、享保中手首切られ候医師の名前、しれかね候趣、申進ズ。藤十郎ゟ、朱子書黒（ママ）本代三匁、来ル。尚又一枚所望ニ付、使へわたし遣ス。

一其後、松前役所ゟ宗伯へ、書付ヲ以、病用有之間、早ゝ可相詰旨、申来ル。他行のよし予取斗ひ、請取書、遣之。

一其後、松前内嶋田興ゟ、宗伯へ使札。右ハ、先達而予訓読致遣候小堀遠州書、為謝礼、昆布被恵之。予代筆にて、返書遣之。并、右かけ物、ふくさ共、預り置候まゝ、返し遣ス。

一夕七時前、清右衛門来ル。昨日三河丁小笠原注文奇応丸大包四ツ、黒丸子弐朱包弐ツ、都合六包、清右衛門へわたし遣ス。今日京橋江罷越候帰路之よし。薬うけ取、早ゝ帰去。

一夕七時過ゟ、宗伯、松前役所江罷出、薄暮帰宅。右ハ、御部屋おなか大病ニ付、今日五六人医師被招候へ共、宗伯薬服用いたし度よし也。尚又、明朝罷出、様子診候様、長尾所左衛門申之ニ付、退キ出候よし、帰宅後、告之。

一カナアリヤ雛四ツの内、一羽、巣いたミニ而、今日隕ル。かへりおくれ候片かけ、巣いたミ候故也。三四日已来、此方ニても折ゝ餌かけ遣し候へ共、不届也。村ニ申付、はき溜の脇へ埋させ畢。

一予、今日、黒丸子丸之、四時前ゟ薄暮、丸じ畢。予が分ねり立、七匁許也。

十二日丁亥　晴　風

一朝飯後四時前ゟ、宗伯、松前上やしきへ罷出、御部屋おなか病気、診之。処ゝ医ヲ被招候よし。本方、小膳伏苓補心湯、兼用別煎、杉浦玄孝加減理中湯のよし。まづそれにて可然旨申、薬ハ不進。病症ハ労瘵也ト云云。八時過、宗伯帰宅。

一九半時比ゟ、覚重来ル。画キかけ之六畳の間杉戸、少ゝ画之。夜食後、薄暮帰去。昨日河合藤十郎ゟ差越候朱子墨本一枚代三匁、わたし遣ス。

一夕方、西村屋与八ゟ使札。過日約束いたし候合巻稿本二冊、国貞方ゟとりかへし、被差越之。請取、返書遣之。

一昼前ゟ、下そうぢのものニ、糞桶の土出させ、柿の木の枝つりあげ等いたし候処、昼後ゟ持病の悪寒、背ひえ候ニ付、むなしく消日了。

十三日戊子　晴　昼ゟ風烈南

一今朝、大工来ル。東之方雪隠壺つけかえ申付、取かゝり候ニ付、宗伯ヲ以、油桶買取せ、さがミや金右衛門方ニて丸太・松棒等とりよせおく。桶も先方ゟ持参。代銭遣之。但、昨日、杉浦老母方へ、大工宿所・名前等聞ニ村ヲ遣し候処、杉浦ゟ、夕方大工方へ幸便有之由ニて、通達いたしくれらる。依之、大工今朝来りし也。

一昨夕方、相模作右衛門娘来ル。宗伯ニ療用たのミ候ニ付、見舞遣し、薬今日分、遣之。さがミや老母ハ張満（ママ）、小児ハ外邪のよし。両人共、服薬調進。

一杉浦清太郎ゟ、八犬伝五編、被返之。切鮓十二、妹柳真持参。右三十冊貸進の謝礼也。

一おみち方へ、里ゟ使札。此方へ沙汰なし。村告之によつて知るのミ。

一夕方、本郷笹屋伊兵衛来ル。先般宗伯婚礼祝義として、鰹一連被恵之。家内一統対面。おみち事もちかづきにいたし、雑談後、退畢。

一今日、大工忠八《(ママ)》、客雪隠の壺入かえ、元のごとくとぢ付ケ、今一ツの雪隠キンかくしわく新規作之、終日也。昼飯・夜食此方ニてたべさせ、七半時比帰去。明日も可参旨、申付おく。

一昼後、清右衛門来ル。多七事、店明ケ、牛込御門内御普請役人奉公ニすミ込、長屋もらひ居候よし、女房も同居のよし、告之。明日、日本橋辺へ幸便有之よしニ付、品川因大すみへ、みそ注文書差遣し候様、申付おく。雑談数刻、帰去。

一予、今日、大工指図等ニて、消日了。庭の糸すゝき・小老母草、木かげニ成候間、うへかえ、もぐらの跡へ土ヲ入れおく。昼時迄ニしをハる。

十四日己丑　曇　九時比ヨリ雨折ゝ止　八時比ヨリ本降　夕方雨止　夜ニ入薄晴

一今朝、大工長八来ル。柳扣丸太とりかえ、うらをとめ、東の手水場、桶ほり出し、四斗樽ニ入かえ、本のごと《(ダク)》くとぢ付、雪隠、小便がへし打、杉浦庭入口見かくし板打、折戸うら表ニとり直し、北の小便所わく新規ニ拵、とりかえ、杉戸其外障子類立付直し、門大戸ひぢつぼ一ツ直し、終日也。〇予、右片付、其外いろ〳〵働キ、終日也。但、大工食事、此方ゟ賄ふ。酒ふるまひ、今日落成也。

一八時比ゟ、宗伯、さがみや江見舞、夫ゟ吉原町甲斐屋へ罷越、灸数書付申請、おさき分も同断。夕七時比、帰宅。

一夕七時前、松前内太田九吉来ル。宗伯他行中ニ付、予、応対。右ハ、此度鎌倉辺ニて騒動の風聞有之候よし申者有之、右実説候哉と老公ゟ御尋の旨、被為達之。一向承り不及よし、御返事申。折から宗伯帰宅、対面。夫ゟ雑談数刻、帰去。

一如例年、端午祝義、節句後ニいたし、今日、お百・おみち・むら、昼後ゟとりかゝり、数二三百出来。夕方、清右衛門参候ニ付、飯田町へ一重遣之。其外、杉浦・渥見・めでたや老母へも遣し候。折から、土岐村元立内義ゟおみちへ使札。右幸便ニ任せ、ぬし町元祐子ども・元立内義へも、小重入一つゞ、遣之。右使札ハ、おみち事、築地新宅祝義ニ近〻可遣旨申ニ付、明日頃参候哉と申来候よし。十七・十八日頃可遣旨、おみちへ、かねて申候通り返事ニ可申遣旨申付、右之通、返事認させ、遣ス。

一昼前ごろにや、治右衛門《(ママ)》兄弟、隣家橋本へかり込仕事ニ罷越候間、此方へ立寄、旧冬不沙汰の口上申、お百へ申おき候よし。帰りニ立より候様、予、直ニ金次ニ申付候処、雨天ニ付、昼休ニてかへり候故、不来。橋本、かしの木枝ヲおろしふかせ、丸物ニいたし候よしニて、過半枝ヲおろし畢。其段、治左衛門此方へ申候よし也。かねてハずんど《(ダク)》に切らせくれ候様頼置候処、不及夫迄、中がり也。

十五日庚寅　曇　四半時頃ヨリ晴　今日より薄暑

一昼前、神明前いづミや次郎吉来ル。合巻稿本さいそく也。予、対面。雑談後、帰去。宗伯過日祝義の謝礼、口上申述畢。

一常貞養子伊藤甫庵来ル。お百とり次、口上被申置。

一昼前、清右衛門来ル。かねて申付候赤飯、中村やゟとりよせ、重箱に持参。其後、清右衛門ハ飯田町へ帰宅。日雇人足ヲ以、松前下やしき久下六左衛門へもたせ遣ス。予代筆、手紙認之。返書来ル。

一九半時過ゟ、予、大丸ニ買物ニ罷越、夕七時頃帰宅。かい物、大丸下男にもたせ来ル。受取、即刻、右男ハかへし遣ス。

一予他行中、過日之大蛇、又庭籠へかゝり候ニ付、おみちやうやくうちおとし、杉浦僕幸八ヲたのミ、縁頬下へおろさせ候処、縁の下へ入畢ト云云。

一八時比、宗伯、為当日祝義、松前両やしきへ罷出、暮六時比帰宅。御部屋おなか大病ニ付、出入医者中、三番ニ詰くれ候様、小膳其外頼のよし也。○今夕ヨリ、家内一統蚊帳を垂る。例年ゟ甚遅し。

一地主杉浦方ニて、今日井戸ほり候よし、風聞。○むら宿次郎八来ル。早ゝ帰去。

十六日辛卯　曇　昼前ヨリ晴　夕七半時前ヨリ雨　薄暮ゟ雨止

一宗伯、今日高輪岩尾方へ加持受ニ罷越候ニ付、天気見合、四時比ゟ出宅。飯田町宅へ罷越、九時比ゟ、おさき同道ニて高輪江罷越、夕七半時少前、帰宅。無程雨ふり出し候ニ付、おさきハ夕食たべ《(ダク)》させ、夕七半時過、飯田町へ帰宅ニ付、雨具かし遣ス。

一昼時、杉浦老母来ル。今日、新井戸錐入候処、清水出候よしニて、水初穂持参。雑談後、帰去。

一ミのや甚三郎来ル。過日、大坂河太ゟ、巡島記六編すり本五拾部通り着のよし、被告之。其後雑談数刻、帰去。

一昼後、土岐村元立来ル。しバらく雑談。明日おみちを可遣旨、やくそくいたし、其段かけ合おく。別宅見舞の為也。其後、帰去。

一松前内河合藤十郎ゟ宗伯へ使札。過日遣し候朱子書墨本代三匁、被差越之。宗伯他行中ニ付、予、返書認、遣ス。

一昼前、玄関前其外潦水みちつけ、もみぢ葉少ゝかゝり込いたし、庭の落《(ママ)》、過半むら手伝せ、掃畢。

十七日壬辰　曇　五半時比ヨリ晴

一昼前、清右衛門来ル。申付置候六寸五分重一組、家とも持参。おみち今日築地へ遣し候によつて也。お百此節病気ニ付、おさきを可差越候哉と申候へ共、其義ニ不及旨断候ニ付、不来。清右衛門、早〻帰去。

一昼飯後早〻、宗伯同道ニて、おみち出宅。供人足めしつれ、ぬし丁元祐方・石町寿庵方へ立寄、夫ゟ築地元立方へ罷越。宗伯義は、供人足めしつれ、薄暮帰宅。おみちハ、昨日元立ニ申談じ候通り、築地へ止宿也。いづれもみやげ物差遣し、元立別宅祝義一包、宗伯持参。築地ゟもらひ物のよしニて、重之内うつり品〻来ル。

一薄暮、大工長八来ル。過日之作料十匁五分、払遣ス。

一昼前、杉浦清太郎方ゟ、鍬かしくれ候様、申来ル。則、かし遣ス。とめおかれ、未返。

一宗伯他行中、松前役所ゟ一封被届之。杉浦伝五郎四月十日出之状、松前表ゟ到来。先書之返事也。予、うけ取書認め、遣之。

一予、連日、家事取斗ひ・指図・来客等ニて多用、いまだ著述のいとまなし。

十八日癸巳　薄曇　四時比ヨリ晴　風なし美日

一四時比、めでたや久兵衛方ゟ、昨日頼置候進物交肴十二尾、被差越。同一折五ハ、杉浦清太郎へ、新井戸祝義として、遣之。同一折七ハ、白木の台ニのせ、日用人足を以、本郷さゝやニ遣之、予代筆ニて手紙認、遣ス。さゝやゟ返翰到来。

一昼九時比、築地ゟおみち帰宅。父元立送り来ル。依之、元立幷従僕昼食ふるまひ、其後、元立所要手紙認、従僕ハ外へ使ニ遣し、元立ハ八時頃帰去。

一八時過ゟ、宗伯、さがみや・小松や等病人見舞候序、めでたや久兵衛ゟ今朝の魚代銀、遣之。一旦宗伯帰宅、尚又、食事いたし、松前上やしき御部屋おなか診脉ニ罷越、薄暮帰宅。

一八時前、めでたや老母来ル。過日遣し候柏餅謝礼也。雑談後、帰去。

一昼前、二見や忠兵衛、越後すゞ木牧之書状持参、被届之。宗伯取次候ニ付、さしおき、帰去。牧之状ハ三月中の返書也。孫女ゟ聟養子いたし候よし。させる所要なし。

一夕七時前ゟ、予、日本橋通一丁め近江や作兵衛方へ罷越、お百ニつらせ候五六のかや一帳買取、夕七半時比帰宅。右帰路、同朋町ニて、肥後熊本矢部村牛股武左衛門大男図説二枚、途中ニてかい取畢。

一昨日杉浦へかし候鍬、被返之。物置へ入おく。

十九日甲午　晴　昼前少風

一昼前、西村や与八来ル。予、対面。近所へ罷越候序のよし、合巻稿本さいそく也。早ゝ帰去。

一今日、たま〳〵閑暇無事也。予、とかく気分不快ニ付、読書消日了。お百腫物、昨日ゟ少ゝづゝ順快也。

廿日乙未　曇　昼の内姑く晴又曇　夕方小雨忽止　終日不晴

一お百、今日又不快。昨日推而ぬひはりわざ致し候ニ付、眼病加之。昼前ゟ起出。

一昼後、おさき来ル。お百病気見廻也。夕方帰去。但、昨日、おくわ、飯田町宅ゟ罷越、止宿いたし、今日ハ三宅おくへ罷越候而止宿のよし、おさき告之。明日ハ早ゝ迎の人遣し、可帰旨、利害おさきへ申聞おく。

一今日ゟ、けいせい水滸伝四編一・弐の巻本文、書入はじむ。纔ニ壱丁餘出来。

一上の庭籠カナアリヤひな、今日一ツ孚ル。卵なほ二ツ有之。

一宗伯、今日、水瀉二十餘度也。傷食、且、ねびえによつて也。

廿一日丙申　曇　四時比ヨリ雨　昼後ゟ風雨　夜ニ入猶風雨無間断　夜中大風雨　風大雨少

一今日、雨ふり込ミ候ニ付、雨戸過半引之、薄ぐらく閑寂。読書、消日了。

一お百、眼疾同様。服薬・洗い薬等、用之。

廿二日丁酉　風雨　天明後雨止　四時頃ヨリ風止　昼ヨリ晴

一昼後、大嶋七兵衛来ル。宗伯幷予も対面。扇本二（ママ）本・短尺二枚持参、予が書を求らる。則、詩歌等書之、遣ス。雑談数刻、帰去。

一同刻、芝神明前泉市ゟ、小ものヲ以、神女湯十つぎ（ダク）・虫薬半包十、とりニ来ル。宗伯包ミ候而、遣之。但、近来通帳持参せず（ダク）、手紙も不被差越候得ども遣之、本帳へしるしおくのミ。

一七兵衛帰去後、杉浦老母来ル。過日遣し候交肴、幷、お百病気見舞等也。家内一統対面。雑談後、帰去。

一昨夜中、南大風雨ニ付、安心しがたし。依之、八半時過、お百、東南三畳ゟ、予が居間六畳へ移る。天明後、又三畳へかへり、再寝。但、眼病今猶同様ニて、頭痛つよきよし。服薬幷ニ洗薬、用之。

一予、朝之内、昨夜之風にいたミ候庭の草木をからげ（ダク）、昼後ゟ、来客応対にて、消日了。

廿三日戊戌　薄曇　朝ヨリ晴　昼前ヨリ南風烈　湿熱　深夜ヨリ雨

一昼後早ゝ、清右衛門来ル。お鍬昨朝三宅おく迄迎遣し、昼前、渥見へ帰し候よし、告之。お百目ぐすり、両国むら松丁杉村玄碩ニてかひ取候様申付、代銭遣之。

一昼後、宗伯、本郷さゝやに音物之謝礼ニ罷越、夫ゟ、飯田町小松やニて、神女湯剤・人参其外取之、飯田町宅へ立寄、古文真宝前後三冊、幷ニ、小松やニて取候白黒さとう二斤と共に携之、薄暮帰宅。少ゝ中暑、傷寒之気味のよしニ付、丸薬用之。当分症也。

一予、終日読書、消日了。

廿四日己亥　雨　昼前ヨリ南風烈折ゝ雨　夜ニ入弥風烈雨　深更風雨止　昼八時ごろ地震雨中ナリ

一今日雨風、たれこめて閑寂。読書、消日了。

一飯田町小松や三右衛門ゟ、昨日宗伯注文いたし候神女湯剤薬種、来ル。その内、桂枝ハ半斤づゝかけわけ遣し候様申付、返し遣ス。

一松前内大野幸次郎ゟ使札。老公工夫之馬場、遠路足数ヲはかり候図面差添、被指越、懇意之ものへも見せ候様思召之旨、申来ル。予、宗伯代筆ニて、うけぶミ進呈。

一夕方、関忠蔵父子ゟ使札。本月一日貸進之八犬伝六編六冊、幷ニ古盃図考・六足狗之図等、被返之。且、佐渡之巨亀の碑拓本借され、よミ本の謝礼、茶・羊肝等、被恵之。請取、返書遣ス。

一神女湯剤、今昼後ゟ、宗伯申付、おみち・むら、きざミかゝり候事。

廿五日庚子　曇　終日不晴

一昼後、松前内太田九吉来ル。鷹の図かけ物持参。この画の時代鑑定いたしくれ候様、老公ゟ御頼のよしニて、宗伯対面。予、則、右かけ物披閲候処、画工ハ名なし。款印花王雨司、如此のミ。賛あり。落款、鷲台下三江叟紹益題トアリ。紹益ハ佐野紹益なるべし。紹益ハ云云トくハしく書付、進呈ス。幷ニ佐渡巨亀の事物がたり、御所蔵えぞにしき所望の事、大野氏迄申くれ候様たのミ、頼遣(ママ)ス。其後、帰去。

一夕七時頃、土岐村元立来ル。宗伯ハさがミやへ診脉ニ罷出候程也。予、対面。早ゝ帰去。○お百、少ゝづゝ順快也。○予、読書消日了。

一昼後、清右衛門来ル。四月分店勘定帳持参。如例、披見畢て、早ゝ帰去。うらの柳、昨夕之大風ニて、杪之方七尺許折レ候よし、告之。

廿六日辛丑　曇　昼之間薄明　又曇　終日不晴

一今朝四時前ゟ、宗伯、飯田町宅ニ罷越、おさき同道ニて、高輪岩尾方へ加持受ニ罷越、帰路、秤座ニて大皿秤かひ取候様申付遣し候へ共、存之外存之外(ママ)高料故見合せ、須田町池田やニて、梅し(ママ)之事かけ合置候よし。尤、出がけ、小松やへ立寄、通帳面うけ取、かやり木之事かけ合置候よし也。夕七時前、おさきも如例此方へ帰宅。おさきハ、夕飯後、及薄暮、飯田宅ニ帰去。

一八時前、覚重来ル。杉戸の画、鉄線の葉中彩色いたし、鶫の雌少ゝぬけかけ候のミ、暮六時前帰去。○宗伯、少ゝ風邪のよし也。

一予、今日、読書消日了。○お百いよ〱順快也。○池の小鯉五寸許、一尾アガル(ダク)。

廿七日壬寅　薄曇　四時前ヨリ薄晴

一過日大風ニて、ひかへ縄きれ候樹木類、梅三・りんご一・木刻・柿の木二、悉からげ直し、巻直し、夕七時前に事畢。予一人のわざ也。宗伯、神女湯製薬。おみち・村、手伝之。

一昼後ゟ、お百、深光寺へ墓参、夕七時比帰宅。病中久〱参詣せざるにより、今日推て参詣ス。しかれども恙なし。順快によつて也。帰宅後、杉浦清太郎方へ罷越、夕方帰宅。病中見舞、謝礼也。

廿八日癸卯　快晴　美日ナリ

一四時頃ゟ、宗伯、松前両やしきへ、為当日祝義、罷出、幷ニ、よし原かひやへ灸数書付乞ニ罷越、夕七時前帰宅。但、松前老公先達而御たづね小松内大臣入死之事、考正し、書付一通、宗伯ゟ進覧ニ及べり。

一四時過、清右衛門同道ニて、同人弟勝介来ル。為宗伯婚姻祝義、酒二升、切手ニて持参。昼飯茶づけふるまひ、雑談数刻、浅草観音開帳へ参詣のよしニて、帰去。

一夕七時前、松前内桜井小膳ゟ、白連雀鳩二羽、被差越之。宗伯帰宅前ニ付、予、取斗ひ、カナリヤゟ古二番子二羽、遣之。小膳懇望ニ付、任其望、交易のつもり也。手紙返書うけ取書、遣之。

一夕方、山崎平八後家来ル。門前通行のよしニて、お百、対面。雑談後、帰去。

一杉浦老母、娘ヲ折檻之様子ニ付、お百ヲ遣し、鎮め畢。夕方之事也。

一予、玄関脇《ワキ》の柳、下枝ヲおろし、竿を立畢。其後、客来。夫ゟ読書、消日了。〇おみち・むら、製薬。今日迄九種きざミ畢と云。

廿九日甲辰　曇　昼之内薄晴　昼之内風立　終日全く不晴　夜五時頃ヨリ大雨至暁

一予、今朝ゟ、朝がほの垣四五ケ処、其外とも、昼迄ニ結畢。昼後ゟ、如例、気分不勝ニ付、読書消日了。

一宗伯、終日、神女湯剤製薬。おみち・むら手伝之、大概出来。

一夕方、お百、宗伯同道ニて、上野広小路へ植木見物ニ罷越、へちま苗幷ニ珠数かひ取、薄暮帰宅。

〆

六月朔日乙巳　雨　但小雨也朝五時過ゟ雨止テ不晴　昼ゟ晴

一八時比ゟ、宗伯、為当日祝義、松前両やしきへ罷出、暮六半時比帰宅。

一予、夕七時比ゟ、飯田町宅へ罷越、五月分売薬うり溜勘定いたし、六半時過帰宅。もち物有之ニ付、清右衛門送来ル。然ル処、宗伯、帰宅後迎ニ出、昌平外ニて行あひ、同道帰宅。清右衛門ハ過日之重箱携、即刻帰去。

一予、今朝、昨夕風雨之吹倒し候菊・桔梗等起し、ひかえいたし、其後読書。

一予他行中、丁子や平兵衛養子某来ル。よミ本稿本さいそく也。干ぐわし持参。お百、うけ取おく。

二日丙午　快晴　夕方ゟ少し風立　薄曇

一昼前、宗伯、神田須田町池田やへ罷越、梅二斗五升・紫蘇五わ買取、池田や僕ニ荷せ、昼飯前帰宅。

一其後、予、幷ニ宗伯手伝、庭の梅、野梅・豊後等の実、採之。ぶ《(ダク)》んご三升五合、野梅二升有之。野梅の枝庇へかゝり候分、悉結之。且、もちの木、当年み多くつき、枝しハり候ニ付、予結之、大てい八時過ニ及ぶ。紅梅九・青ぢく二・鶯宿梅二の実も採之。

一右の梅、惣合三斗五升、お百漬之畢。むら手伝之。右已前、物置之薪過半とり出し、縁脇下へおく。予も手伝之畢。

一過日しば／＼出候大草蛇、隣家常貞僕打殺し、此方門前筋向へ捨候ニ付、外へとり捨させくれ候様、宗伯、杉浦僕ニ願候へども、夕方迄打捨、さしおき候様子也。

一お百、又ゝ眼疾ニ付、今夕はやく就寝。○予、読書、如例。

三日丁未　曇　夕方小雨　但多くふらず　夜ニ入雨　終夜間断

一今日、閑寂無事。予、気分不勝ニ付、連日、読書消日了。予が右の上の糸切歯一枚、今夕脱落ス。是迄この歯を入歯の繋ぎにせし処、この歯脱して、入歯をつなぐべきものなし。左の方おく歯上下二つあれども、みな齣《ムシバ》(ママ)ニて、わづかに四分一を存するのミ、用に立がたし。予、今茲六十一歳にして、歯牙皆脱了。故《モト》に復るの義歟、自笑に堪たり。

四日戊申　雨　今朝六半時　地(ママ)　四時過より　雨止　昼内少時晴又曇　暮六時前　地震　昼ゟ風　夜ニ入又雨

一昼後、清右衛門来ル。当月八日、妙貞尼二十七回忌、竜門寺へ遣し候回向料幷ニ逮夜料供、薬代共金百疋、渡之。且、牛込行幸便、入歯師吉田源二郎へ可申通旨、申遣ス。幷ニ、八犬伝六編稿本、おさきへかへし遣し、巡島記六編稿本かし遣ス。

一カナアリヤ、先月下旬ゟ、二番巣ニつき候処、母鳥少〻糞づまりの様子ニて、一両日巣をはなれ畢る。今夕、又巣に入、或ハ不入。全く巣ばなれ也。

一宗伯、神女湯剤製之。予、読書消日了。

一当春予たねまき候朝がほ、今朝ゟ花ひらく。但、るり八重・同茶台等也。

五日己酉　曇　四時比より　晴

一今朝五半時過ゟ、予出宅、牛込神楽坂入歯師吉田源二郎方へ罷越。予、入歯上下共申付、形とらせ、金壱両わたしおく。但、去ル申年五月中、上下共金壱両壱分ニ相定、内金壱分渡し置候処、古入歯片繋ぎニて間ニ合候間、延引。依之、先年下地拵置候入歯、上の方不用ニ相成候ニ付、金弐分ましくれ候様申ニ付、任其意、以上金壱両三分ニ相定之、残金弐分は惣出来之節可遣旨、談じおく。

一右源二郎方ニ罷在候内、清右衛門来ル。今日竜門寺江妙貞尼廿七回忌回向料持参可致旨、昨日申付置、且、吉田源二郎方へ立寄、予が言伝可申旨、昨日申付候によつて也。然共、予、先達而源二郎方へ罷越候ニ付、不及其義。清右衛門ハ暫く休足いたし、竜門寺江罷越。予ハよほどひま取、吉田源二郎方ニて昼飯ふるまハれ、夫ゟ竜門寺・円福寺へ墓参いたし、寺町鍵屋にて茶敷かひ取、九半時比帰宅。

一予帰宅後、おさき来ル。母と同道ニて、浅草観音開帳へ参詣可致ため也。依之、八時比ゟ、お百同道ニて浅草へ罷越、夕七時帰宅。おさきハ、夕七半時過、飯田町江帰宅。

一渥見覚重ゟ宗伯江使札。過日此方ニ差置候絵の具、入用のよしニて、道具とりニ差越し、且、おくわ外邪ニ付、見舞くれ候様、申来ル。依之、七時過、宗伯、渥見方へ罷越、脉診。軽キ温病のよしニて、薬遣之。帰宅後、渥見僕、薬取ニ来ル。ゑのぐ《(ダク)》入ハ、先刻かへし遣し候よし也。

一予、昼後、鼹鼠の穴ヲふさぐ為ニ、瓦ニて右の食指の仲すぢを少し傷る。依之、筆とる事不自由也。

六日庚戌　晴　昼後ゟ風烈　南

一神女湯灸剤、今朝ゟ熬之。おみち・むら、宗伯・お百も手伝。夕七時比、合薬全成就。

一昼後、松前内河合藤十郎ゟ宗伯江使札。先年御隠居へ願候蝦夷のアツシ一領、被下之。予代筆ニて、うけぶみ進之。并ニ、ふろしき返進。但、藤十郎ゟ予が書を乞ハる。昨日指を傷候間、平愈《(ママ)》候ハゞ《(ダク)》認可遣旨、返書ニ申遣ス。

一同刻、渥見僕、おくわ薬取ニ来ル。宗伯調合、遣之。其後、宗伯、渥見方へ罷越、脉胗。おくわ様体同様之内、少ゝ快方のよし也。宗伯、薄暮帰宅。

一予、指を傷候ニ付、終日読書、消日了。

七日辛亥　今暁小雨忽止　朝ゟ曇　昼前ゟ晴　夕方又薄曇

一妙貞信尼廿七回忌逮夜、一ケ月取越、今日執行ニ付、朝四時頃ゟ、お百、飯田町宅ニ罷越、其後、むらをも遣ス。料供手伝の為也。八半時頃ゟ宗伯も罷越。且、飯田町宅ゟ、お百・宗伯、竜門寺へ墓参、再飯田町宅へ立帰る。むらハ夕七半時帰宅、茶飯・汁・菜のもの等持参。お百・宗伯も(ママ)

一松前近習衆ゟ宗伯へ使札。右ハ、戦場馬上の達者、敵を馬蹄ニかけ候仕方、稽古致させ度よし、清水俊蔵へ聞合せくれ候様、申来ル。宗伯、うけぶミ認、進ズ。

一楢原謙十郎娘、杉浦方迄被参、家相さしづ(ダク)により、久病本復の謝礼として、鰹節幷ニ半切紙、被恵之。杉浦老母持参。依之、右為謝礼、宗伯、出がけに杉浦宅迄罷越、謝礼申述之。

一夕方、牛込吉田源二郎ゟ、以使、過日誂置候入歯上下之内、下之方出来、持参。上歯ハ来ル十三日ニ出来候間、罷越くれ候様、申来ル。右下歯、請取おく。

一暮六時比、土岐村元立来ル。予、応対面。且、夜食ふる舞、五時前帰去。

一予、指の傷未愈ニ付、読書消日了。

八日壬子　晴

一昼後、宗伯、中村仏庵方へ罷越、二月中かし置候両子寺縁起とり戻し、且、玄同放言ハ子息弥太夫見かけ置候よしニ付、そのまゝさし置。仏庵ゟ、林道春著述怪談一冊、幷清水観音秘仏うつし、被借之。宗伯持参。宗伯は夫ゟ渥見方へ罷越、お鍬胗脉、夕七時過帰宅。

一夕方、清右衛門来ル。明日予誕生、赤飯いたし候間、おさき共かハる〳〵可参旨申聞、且、日本橋幸便次第、品川丁大すみ角大へ味噌注文可致旨、申付おく。夜食たべ《ダク》、薄暮帰去。

一予、気分とかく不勝ニ付、読書消日了。〇妙貞信尼廿七回忌当日、明日之処、今日ニ取越、料供そなへ、終日潔斎。秋雲信士をも祭る。後なき亡霊なるによつて也。

九日癸丑　晴

一予六十一算賀、今日誕辰ニ付、祝之。依之、四時比、おさき来ル。昼前、祝義の酒肴、家内一統、おさき共、祝之。祝義畢而、八時前、お秀・おきく来ル。昼飯たべさせ、おさきハ飯田町宅へ帰去。其後、清右衛門来ル。是ゟ、勧盃終日。夜ニ入五半時比、お秀・おきくハ、清右衛門同道ニて帰去。四時過、家内就寝。但、今日酒食一式、宗伯・清右衛門等調達。依之、両人江、為祝義、金百疋遣之。おさき・お秀・おきくハ、予算賀詠之扇子、遣之。おみちへ腰帯、むらへハ古帷子、遣之。杉浦清太郎へハ送膳遣之。但、お秀・おきく、祝義として、赤飯・猪口・扇子箱・らくがん等、持参。昨日仏庵ゟかし候清水観音秘仏うつし、お秀・おきく・清右衛門等ニ拝さしむ。

一昼後、渥見治右衛門ゟ使札。玄同放言かりニ来ル。宗伯かひ物ニ出候留守中故、其段使之者江申聞、不及返書。右本五冊、使江わたし遣ス。

十日甲寅　曇　冷甚　終日不晴

一予、今日、読書消日了。夕方、渥見覚重来ル。昨日之残酒ふる舞、雑談数刻、帰去。鋸沙魚の鮓、かし遣ス。

一昼時、杉浦老母来ル。昨日送膳之謝礼也。早ゝ帰去。

一昨日清右衛門中付候角大ゟ、みそ持参。代銀払遣ス。

十一日乙卯　晴　風烈南

一今朝四時比ゟ、宗伯、高輪岩尾方へ加持受ニ罷越。依之、先飯田町宅へ立寄、如例、おさき同道。夕七時前、帰宅。おさきも、如例、此方へ立寄。過日仏庵ゟかり置候清水秘仏観世音木像、おさきに拝さしむ。年来信心によつて也。其後、七半過頃、飯田町へ帰去。

一昼前、杉浦老母来ル。予、於書斎、対面。雑談数刻。清水式部《シキブ》卿様、一昨日夜、卒去。昨日、鳴物停止、被仰付。鳴物ハ七ケ日、普請ハ三ケ日のよし、被告之。御年十九。　上様第廿八の御男子也。実ハ本月四日の比卒去と云。

一先月中清右衛門弟名張や勝介頼の扇子十四本、今朝ゟ染筆。外ニ、進物の扇子二本、短尺七枚共、正八時、書畢。○今日、五雲箋百枚、おみちへ遣ス。是ハ英泉ゟおくられしもの也。

十二日丙辰　今暁小雨　昼後雨止　其後晴　夕方又曇

一お百、此節眼病ニは候へ共、推て深光寺ニ墓参。昼飯後出宅、七時比帰宅。

一昼後、清右衛門来ル。先月中勝介頼ミの扇子、染筆十四本わたし遣ス。且又、勝介方へ遣し候ふろしき・扇・短尺等、委ねおく。明日可遣よしニて、携帰去。

一昨日おみちへ申付置候日向半切二百枚、今日つぎ(ダク)畢ル。

一夕方、つるや喜右衛門来ル。合巻水滸伝稿本さいそく也。予、対面。連日気分不勝ニ付、延引の旨、断おく。

雑談後、帰去。○予、とかく気分不勝ニ付、今日も読書消日了。○宗伯、持病の腰痛、起居不便也。

一今夜八半時、筋違外わら店左官某が家ゟ失火、屋根へやけ抜候へ共、無程消留畢。藤堂・佐竹・立花等の消札有之。五ケ年前、六月十二日八半時、右同所わら店納やゟ失火之節、大ニ延焼。此度も同地主地面のよし、風聞。

十三日丁巳　晴　風烈　夕方曇　其後ばら〳〵雨　但雨ハ無程止

一予、今朝四時前ゟ出宅、牛込かぐら坂吉田源二郎方入歯出来のやくそくニ候処、上の方やう〳〵下地を今朝ゟ取かゝり候ニ付、今日皆出来ニ至らず、夕七時前迄彼処ニ罷在。下地工合極メ、二まめ（ママ）下歯の方当り候処直させ、両様共、明日中、源二郎ゟ人ヲ以、可差越旨申ニ付、代金残り弐両前金ニわたし、夫ゟ、帰路、山田吉兵衛方へ立寄、夕七時過帰宅。但、昼飯等、源二郎方ニて差出せり。

一昼飯後、宗伯、よし原かひや半七方へ罷越、灸点の数書申請、夕七時比帰宅。但、おさき分も取之。其後、表の塀のめ板落候ヲ打付おく。

一夕方、清右衛門来ル。昨日申付候お百目薬、むら松町杉村玄碩ニてかひ取、持参。代銭、遣之。且、昨日之扇弁ニ進物等、今日勝介方へ差遣候よし、告之。夜食たべ（ダク）させ、薄暮帰去。

十四日戊午　晴　風烈南　夜ニ入　向暑甚

一今日閑寂、読書消日了。○宗伯、池のふちの芝、少ゝ刈之。

一昨日吉田源二郎ニ約束いたし候入歯、今日中無相違もたせ可差越旨、議定いたし置候処、来らず。職人の不埒、前金ニ皆済致し置候処、不実之至り、嘆息に堪たり。

十五日己未　晴　夜ニ入少曇

一今朝節がハりニ付、家内一統星祭、献供《ケング(ダク)》如例。○過日、松前内河合藤十郎ゟ宗伯被頼、差越候扇子、認之。但、書そんいたし候ニ付、蕉蓂扇一本此方ゟ差出し、共ニ二本也。今朝染筆、宗伯ニ渡之。

一今朝五半時比、宗伯出宅、松前両やしきへ、為当日祝義、罷出、八時比帰宅。宗伯、八時比帰宅。松前御部屋おなか、本八《(ママ)》月八日死去のよし也。吉祥寺へ葬云云。（注、当項、行間補記）

一昼時、土岐村元祐来ル。家内皆対面。おみちくしかうが《(ダク)》い、するが《(ダク)》台内藤氏娵ゟ借用の事、築地おみち老母ゟ、文ニて申来ル。則、元祐へ渡し遣ス。冷麦ふる舞、雑談後、帰去。

一夕方、中村仏庵来ル。二月中貸進之玄同放言五冊、被返之。幷ニ、越後椎谷磯へ漂着の流木、峨眉山下橋と彫付有之、拓本見せらる。写しおく。且、過日宗伯へかされ候観音像、返却。雑談後、帰去。○今朝、家内一統星祭、献供等如例。

一八時前、牛込かぐら坂入歯師吉田源二郎ゟ、入歯出来、人ヲ以、差越之。受取、則、今日ゟ用之。

一今日客来ニて冗紛。其間、少ゝ読書、消日了。

十六日庚申　今暁小雨　但多くふらず　天明ヨリ晴　四時比ゟ薄曇　又晴　是ゟ晴曇不定　折ゝ小雨　忽降忽止

一今朝四時比、お百出宅、腫物平愈願がけの為、大橋辺へ罷越ス。則、正木稲荷へ参詣、昼前帰宅。

一昼前、宗伯、池のふち芝、少ゝ刈《カル》之。予ハ雪の下花がら刈之。昼後ゟ、宗伯、例之腰痛ニて、平臥。予、読書消日了。

一今夕庚申祭、献供如例。○夕方覚重来ル。予、対面。雑談数刻、五時帰去。鮫の画写出来、見せらる。矢のね石・木のは石持参、則、被恵之。

一過日覚重へかし遣候鋸鮫之鞘、今夕、被返之。則、うけ取おく。

十七日辛酉　薄晴　風烈　夕方薄曇

一昼前、ミのや甚三郎来ル。時候見舞、内心ハ八犬伝七編著述伺之為也。先月中甚三郎へ言伝いたし候山崎平八事、旧冬此間ゟ、お鍬婚姻謝礼、田村節蔵へたのミ遣し置候、いかゞ届候哉、尋くれ候様申置候処、甚三郎、過日平八ニ尋候処、節蔵方ゟ届不申候、全く節蔵横領いたし候半と申候よし、被伝之。此方推察之通り、節蔵不埒、言語同断〔ママ〕也。且、大坂や茂吉頓死、昨日葬送のよし、風聞。幷ニ、巡嶋記六編すり本三百部相届。此節、榎本平吉、甚三郎方へ参り居、仕立いたし候よし也。右、雑談数刻、帰去。

一夕方、土岐村元立来ル。過日おみち内藤某娵へかし遣候櫛笄、持参。宗伯、腰痛ニて、打臥居候間、予のミ対面。早ゝ帰去。

一宗伯、今日も、昼時比ゟ持痛腰〔ママ〕病ニて、起居不自在也。瀬戸物丁いせ六の五香湯、頽疝ニ経験のよし、元立被申之。〇予、とかく気分不勝ニ付、今日も読書消日了。

一昼後、つるや喜右衛門ゟ使札。合巻水滸伝稿本さいそく也。今四五日まちくれ候様、返書ニ申遣ス。

十八日壬戌　今暁小雨忽止　無程晴　風烈

一横山町大坂や半蔵ゟ、伝ヲ以、よみ本石魂録後編さいそく也。お百取次候ニ付、不及対面。とかく不快ニ付、及延引候趣、くハしく返事申述させ候へバ、帰去。四時前の事也。

一昼飯後、お百同道ニて、おみち、飯田町宅ゟ罷越候ニ付、むら供ニて、進物等の包携、従之。先、堀留田口久吾宅ニ立寄、夫ゟ清右衛門方へ罷越候而、むらハ八半時比帰宅。お百・おみちハ饗応うけ、帰路、世継稲荷へ参詣、薄暮帰宅。

一九段坂上うへ木や長吉方へ、木ばさミ幷芝かりばさみの事、口上書ヲ以、たのミ遣。今日、お百立寄候へ共、他行ニ付、女房ニ其段申伝候よし也。

一昼前、清右衛門来ル。油丁行幸便ニ、よこ山丁大坂や半蔵方へ立寄、云云の口上申伝候様、申付おく。後刻おみち罷越候ニ付、早ゝ帰去。

一夕方、土岐村元立ゟ、使ヲ以、昨日やくそくの瀬戸物丁いせ六五香湯一包かひ取、被差越之。則、うけ取おく。

一宗伯、今日、池のふち芝、刈之。昼之内休ミ、朝夕終日也。

一予、読書消日了。

十九日癸亥　晴　風烈

一八時前、覚重来ル。六畳杉戸の画かきかけ、来鳥《(ママ)》雄上彩色等、終日也。薄暮帰去。

一池のふちの芝、宗伯、今日刈了ル。昼之内休ミ、終日也。

一堅炭の粉多く有之候ニ付、お百、炭団製之、数十出来。右之めふち、又ゝ腫物出来。右ニ付、眼疾也。

一予、読書幷覚重応対等ニて、消日了。

廿日甲子　晴　風烈

一九時前ゟ、覚重来ル。六畳杉戸二枚之内一枚、彩色過半出来。但、一日分ほど遺ル。夜食後、薄暮帰去。

一夕方、清右衛門来ル。過日おみち初て罷越候謝礼也。且、過日申付候横山丁大坂や半蔵方へ、今日罷越候処、他行の由ニ付、口上老母へ申置候よし。幷ニ、過日はなし置候五香湯一帖かひ取、持参。代百四十四文、遣之。しかるに、過日、土岐村元立ゟ、早速かひ取、差越候故、八重《ママ》ニ成候也。土岐村ゟ遣し候薬代百四十四文ハ、今日おみちへ渡おく。幸便次第、謝礼申述、右薬代銭差遣し候様、申談じおく也。

一予、今日、水滸伝四編二の巻五丁之内、筆工本文弐丁餘、稿之。春已来永休ミの後、著述、今日ゟ取かゝりぬ。

一宗伯、昼之内、奇応丸中包・神女湯等、少ゝ包之。

一暮六半時比ゟ、宗伯同道ニて、お百・おみち、明神社地内大黒天江参詣。眼病ニ付、風ニ当らざる様、宗伯手当いたし候よし。燈心等かひとらせ、五時比、みな〳〵帰宅。

廿一日乙丑　晴　但早朝ハ曇　微風

一九時過ゟ覚重来ル。六畳杉戸二枚共、彩色過半出来候。半日分程遣ル。夜食後、薄暮帰去。

一夕七半時比、土岐村元立来ル。夜食ふる舞、従僕へも同断。過日之薬代、おみちゟ遣之。雑談後、暮六時比帰去。

一けいせい水滸伝四編二の巻五丁、本文・詞書共、不残稿し了ル。〇お百眼疾、少ゝ快方。

一夕方、鼬、鳩のかご《ダク》へかゝる。宗伯、追ひ走らし畢。

廿二日丙寅　薄曇　昼前ゟ風烈　八時比ゟ大風雨　薄暮ヨリ少静ル　夜中尤大風雨達朝

一今日、昼時迄ニ、水滸伝四編三の巻絵わり五丁、稿了。昼後ゟ、風雨ニ付闇室、廃業。

一宗伯、かねて江のしまへ参詣の心がけ有之ニ付、明朝出立いたし候様談じおき候へ共、今日風雨ニ付、見合せ候様、申談じおく。

一昼前、清右衛門来ル。させる所要なし。早ゝ帰去。風雨前也。但、飯田町之カナアリヤ二羽かへり、今日三日ニ成候処、庭籠ニ蟻入候間、親鳥を出し、水あみせ候故か、巣ばなれいたし、餌をかけず候よし、申之。育ざるなるべし。

廿三日丁卯　折ゝ雨　大風烈 終日なり　夜ニ入右同断　但暮六時過ゟ風少しやハらぐ《(ダク)》　又大風　暁ゟ風止

一昨夜中大風雨、安寝せず。今日、猶大風、折ゝ雨あり。闇室せんかたなし。

一昼前、つるや喜右衛門ゟ使札。為予不快見舞、鮮魚七ツ、被恵之。水滸伝四へん一の本文弁二の巻五丁、わたし遣ス。

一九半時比ゟ、覚重、東の杉戸彩色遺り画き候へ共、風雨ニて立籠、うすぐらく、且、ゑのぐ乾かね候間、手間どり、皆出来に至らず、尚又遺り候へども、早仕舞にいたし、夜食後、夕七半時前帰去。

一東隣堺へさし候大柳、大風ニてひかへちぎれ、且、そえ柱もゆるミ、橋本池の上へ倒れかゝり、せんかたなく候間、予・宗伯・お百・むら、惣がゝりニて、やう〳〵此方へ引起し、地ゟ六尺許上ゟ伐りとり、枝ヲおろし、からげ《(ダク)》畢。

一宗伯、少ゝ持病腰痛之気味ニて、五香湯ふり出し用ひさせ候へバ、相応之様子也。

一今日風雨、南へ当、雨ふり入候故、たれこめ、闇室中、水滸伝三の巻本文筆工三丁餘、書之。五丁之内、壱丁ほど《(ダク)》遣ル。〇宗伯、江のしま参詣七月へ延し、此度ハ延引也。〇清水様御出棺ハ明廿四日のよし、風聞。但、此方へハいづ方ゟも沙汰なし。

一当夏枝切つめ候朝鮮ざくろ、此節、つぼ《(ダク)》ミ出る。南の枝へ五七見えたり。〇昨今の大風雨ニて、植木のひかえゆるミ、就中、大門東の方の大松ひかえの釘、宗伯、打直しおく。

廿四日戊辰　風なし　曇　昼前ゟ半晴

一今朝辰刻過、清水様御出棺、よこ丁御通り相済。

一昼前、ミのや甚三郎来ル。お伝評ゑせ番付類二枚持参、被恵之。山サキ方ニて、自分市有之よしニて、帰去。

一昼前、清右衛門来ル。村松丁杉村ニてめぐすりかひ取、持参。帰路としまやへ立寄候様申付、みりん酒注文書、遣之。但、五月分店勘定持参。一覧之後、かへし遣ス。

一今日、水滸伝四編三の巻筆工五丁、不残稿し畢り、其後、四の巻絵わり五丁、稿し畢。

一今夕、巳まち。弁才天祭、献供等如例。風雨ニ付、宗伯江のしま参詣延引ニ付、家内一統別而奉祈念。献供も二くさ餘計、献之。

一連日之大風ニて吹はなち候松・梅等のひかへ釘・縄、宗伯、修繕し畢。

廿五日己巳　曇　四時比より晴　風なし

一宗伯、池の向合歓伐すかし、つき山前通り掃除いたし、幷ニ、花園の菊の杖こと〴〵くむすびつけ等ニて、終日也。

一予、水滸伝四編四の巻本文五丁、詞書共、不残稿し畢。

一昨日清右衛門へたのミ、としまやへ申付候みりん酒、今日、人足持参。代料直ニわたし遣ス。

廿六日庚午　曇　朝四時過より小雨　終日なり　夜ニ入雨止

一今朝、宗伯、花園の菊の杖しをハリ、そうぢ《(ダク)》し畢。

一今日、恵正様祥月逮夜ニ付、如例年、御画像・位牌共、奉祭之。料供、如例。

一八半時比ゟ、覚重来ル。東六畳之杉戸点若、夕方迄ニ二枚皆出来也。

一九時前ゟ、おさき来ル。料供手伝之為也。今夕、止宿。

一夕七時過ゟ、むらヲ以、おとみ迎ニ遣ス。七半時比、お鍬、おとミ同道ニて来ル。

一薄暮、土岐村元立来ル。いづれも茶飯并ニ酒ふる舞、夜ニ入、五時退散。覚重并ニ元立江ちやうちんかし遣ス。

一今日、予、水滸伝四編五の巻絵わり五丁、稿し畢。

一予、深光寺江参詣可致処、雨天ニ付、延引。今朝、飯田町ゟ、清右衛門墓参いたし候よし也。

一茶飯おくり膳、杉浦方并ニめでたや老母江、遣之。

廿七日辛未　薄曇　終日不晴　冷気　夕方ゟ湿暑　今日ゟ土用之入

一今朝、屋代太郎殿ゟ、口上書ヲ以、来月朔日、耽奇会催し候間、八時比ゟ二人共出席いたしくれ候様、申来ル。使さしおき、かへる。

一四時ゟ、お百、宗伯・おさき・おみち同道ニて、深光寺江墓参。おみちヽ(ママ)はじめて参詣也。香けん進上。住持対面ス。九半時比、帰宅。おさきハ、帰路、伝通院前ゟ、飯田町江帰宅。但、おみち、出がけに神田明神下へ参詣、是又はじ(ダク)めて也。

一昼後、清右衛門来ル。酒并ニさうめん、遣之。昨夕の茶めしの代り也。其後、帰去。

一めでたや老母来ル。昨日茶飯の礼也。杉浦老母来ル。右同断。家内他行中ニ付、予、対面。雑談後、帰去。

一夜ニ入、ゆしま経師金太郎来ル。今日帰路、宗伯立寄候故也。久ゝ熱病ニて打臥居候ニ付、かねて申付候かけ物の箱延引、一両日中ニ出来のよし、申之。天神の森の碑大かけ物、表具うすく候間、今一ぺん裏打いたし候様、申付おく。紙代・手間共、弐匁のよし也。箱出来の節、かけ物わたし可遣旨、宗伯ヲ以、かけ合せおく。その後、帰去。

一予、水滸伝四編五の巻五丁、筆工不残稿し畢。但、いまだ校合・書そん改ニ不及。

一夕方、宿所不知大沢権之助といふ人来ル。不知人ニて、紹介無之ニ付、他行に托して不逢。音羽ニ而学問はじめ候間、ひろめくれ候様、取次むらへ申おき、その内可参よし申のべ、帰去。一笑に堪たり。

廿八日壬申　今朝小雨　無程止　終日曇　冷気　夕方小雨　無程止

一お百眼病、つま恋稲荷神主御封申請、用之。使、むら罷越畢。

一夕七時過ゟ、杉浦清太郎来ル。宗伯幷ニ予、対面。雑談数刻、帰去。

一水滸伝四編六の巻絵わり五丁、稿之。本文筆工弐丁餘、稿之。

一土岐村氏ゟ、先夜の挑灯返ル。

廿九日癸酉　曇　朝霧雨忽夕止　夜ニ入晴　冷気袷にてよし

一今日、宗伯、兎園小説一・二冊、付そろひいたし候へ共、紙もめ候故、不果。今夕下痢の気味ニて、少ゝ不快。食過、且寝冷故なるべし。

一予、水滸伝四編六の巻五丁、筆工・詞書共、不残稿し畢。夕方、七之巻絵壱丁半、稿之。此節出精、片時も不休、如此速也。

一お鍬ゟ使札。先夜の挑灯、被返之。且、お百やくそくの沢庵、少ゝ来ル。

晦日甲戌　曇　朝四時前地震　終日不晴夜ニ入　暮六時過ゟ小雨　但多くふらず止

一宗伯、兎園小説製本、下とぢ《(ダク)》畢ル。

一予、水滸伝四編七の巻五丁、画わり稿之。昼後ゟ入湯、月代。夕七時前ゟ、宗伯同道ニて、飯田町宅ニ罷越、六月分薬うり溜勘定いたし、暮六時前帰去。

一宗伯、今日、飯田町序ニ、田口久吾方へ暑中見舞罷越。○今夕、宗伯、家内同道、広小路へうへ木見物ニ罷越可申と出かけ候処、雨ふり出し候ニ付、延引ス。

一お百眼疾、少ヽ順快也。

〆

閏六月朔日丁《(ママ)》亥　薄晴　但此節晴曇定《(ママ)》且冷気也

一朝飯後、宗伯、為当日祝義幷ニ暑中見舞、松前両やしきへ罷出、八時帰宅。

一昼前、清右衛門、為暑中見舞、来ル。早ヽ帰去。○中川金兵衛同断、口上被申置。

一昼後、ミのや甚三郎、為暑中見舞、来ル。例之長談、著述の邪魔、いとふべし。数刻にして帰去。

一今日、屋代輪池堂耽奇会ニ付、八半時比ゟ先宗伯ヲ遣し、予、夕七時比ゟ出席。相客、出羽大沼大行院隠居・関氏父子・美成・蜀山等也。夜ニ入、四時前退散。○右留守中、土岐村元立、暑気見舞ニ来訪。

一水滸伝四編七の巻本文書おろし五丁、夕七時前ニ稿し畢ル。詞書未稿。且、落がな等、不及補正。

二日戊子（ママ）　晴　昼後より曇

一水滸伝四編七の巻詞書且補正等、今朝四時過、稿し了。夫ゟ、八の巻五丁画稿、夕方迄ニ稿し畢。〇屋代氏ゟ恵借之鸚鵡車写本一冊、披閲畢。当三月、鷹司右大将殿御逗留中の事をしるせしもの也。

一薄暮、渥見覚重来ル。四月中かし遣候扁額軌範、被返之。五時前、帰去。

一今日、白梅二桶之内、一桶ほさせ候へ共、曇り候故、不果。

三日己丑（ママ）　曇　終日不晴　夕七時ゟ小雨　但多くふらず　冷気　夜中ゟ本降

一昼時前、鶴やゟ使札。水滸伝四編一・二の巻、画写本六丁半出来、被為見之。此方ゟ、稿本三ゟ七迄五冊、遣之。且、水滸伝唐本借用の為、青盧（ママ）方へ手がみ認之、つるやゟ新ばし金ぱるやしきへ届くれ候様、たのミ遣ス。画写本ハ預りおき、即刻、むらヲ以、中川金兵衛方ニ、稿本差添、筆工書ニ遣之。尤、手紙も遣し候へ共、返書不来。

一昼後、むらヲ以、品川町[因]すみへみそ注文書遣之、かまくらがしとしまやへせうゆ・焼酎等注文書、もたせ遣ス。夕七時前、むら帰宅。夕方、[因]ゟみそ持参。代金払遣ス。

一宗伯、今日、兎園冊つき揃へ、下とぢ畢り、夕方、おしをおく。

一予、水滸伝四編八の巻本文書入四丁餘、稿之。昼前多用ニ付、壱丁半遣ル。

四日庚辰（ママ）　昨夜ヨリ雨　五半時比ゟ雨止テ不晴終日なり　夜ニ入晴

一昼後、清右衛門来ル。今日、渥見次右衛門方へ初て罷越候処、次右衛門・お鍬、対面。次右衛門内義ハ物あたりニて病臥、覚重ハ当番のよし。尚又、浅草山田や吉兵衛どのへ、暑中見舞客ある由ニて、帰去。夕七時前、浅草ゟ又此方へ立寄、其後帰去。

一宗伯、今日、兎園小説製本八冊、たち廻し畢ル。

一予、水滸伝四編八の巻、本文・詞書共、稿し畢。其後、壱の巻口絵三丁、画賛共稿之。○河合藤十郎ゟ、宗伯ニ使札。扇面の謝礼、えぞ細工物被恵之。

一としまやゟ、昨日申付候醤油・酒、持参。代金、遣之。

五日辛巳(ママ) 天明晴 無程曇 昼前ヨリ晴 昼ゟ風 夕方又曇 風

一宗伯、兎園小説八冊、表紙かけ・とぢ共、不残製し畢。

一昼前、土岐村元立弁ニ外孫根津(ママ)三六郎、同道ニて来ル。昼飯ふるまひ、従僕ニも同断。雑談数刻、帰去。

一予、水滸伝序文、稿之畢。四編全八冊稿本、今日満尾也。昼後ゟ、にし村板白女の辻占、旧冬の作りかけ三の巻、本文筆工三丁半、稿之。

一昼前、ミのや甚三郎来ル。大くまの皮細布(ママ)うら付一枚持参、被恵之。いそぎ候よしニて、早〻帰去。めづらしき事也。

六日壬午(ママ) 天明ヨリ雨 五時過ヨリ雨止 昼前ヨリ薄晴 夕方又曇 少風

一兎園小説八冊、宗伯外題はり、皆出来也。夕方、宗伯、地主杉浦氏ニ暑中見舞ニ罷出、夜食前帰宅。

一築地土岐村氏ゟ、蜆弁ゆでかに二ツ到来。うつりとして、こんぶ遣之。

一昼時、清右衛門来ル。薬うれ切候分、包遣ス。こんぶ五枚、先日おさきやくそくニ付、遣之。其後、早〻帰去。

一予、にし村合巻白女辻占三の巻、本文・詞書共五丁、稿畢。昼後ゟ、四の巻絵わり五丁、稿之。

七日癸未（ママ）　晴　昼ヨリ風　今暁浅草かや丁辺失火　無程鎮ル　甚暑

一合巻白女辻占四の巻五丁、本文・詞書共稿了。

一昼前、芝神明前いづミや次郎吉、暑中見舞ニ来ル。且、合巻稿本催促也。予、対面。当月十五日過ニ三冊わたし可遣旨、やくそく候て、其後帰去。

一今朝五半時比、宗伯出宅。為暑気見舞、築地土岐村元立方へ罷越候処、無程さそハれ、奥平侯家中へ蘭物見ニ罷越、大ニ手間取。夫ゟ、今川ばし元祐方・小川丁山本啓春院法印・渥見次右衛門方へも暑中見舞罷越、夜ニ入、五時前帰宅。

八日甲申（ママ）　晴　風　甚暑

一今日ゟ、書籍類少ゝむしぼしを始む。○宗伯、昨日之つかれニて足痛、半起半臥也。

一昼後、中井準之助来ル。かねてたのミ置候うつし物兼山秘策壱の巻残り出来、持参せらる。壱・弐・三、〆四（ママ）巻分二百五枚、代弐朱ト廿四文、わたし遣ス。但、料十一帖之内、九十二枚過分有之、右之紙ハ、かへし候ニ不及旨、談じおく。

一夕方、中川金兵衛、つるや合巻水滸伝四編一の巻壱丁半・弐の巻五丁、筆工出来、校合ニ持参。稿本共うけとりおく。

一夕方、松平冠山様御入来。予罷出、しバらく御物語。其後、御帰り也。

一白女辻五の巻絵わり五丁稿之、本文かき入三丁半、稿之。

一世継稲荷神主吉川筑前、暑中見舞入来、口上被申置。

九日乙酉（ママ）　晴　風なし　大暑甚

一今朝、土岐村元祐、暑気見舞ニ来ル。宗伯・予、対面。早ゝ帰去。

一昼前ゟ、覚重来ル。杉戸の画残り、八畳・六畳建合せ東之方二枚、墨書出来、終日。但、左右とりちがへ、画不合。あとにて見出ス。書そん也。覚重、薄暮帰去。

一昼後、中川金兵衛、水滸伝四編一・二の巻写本、書そんの有無問ニ来ル。今早朝校合いたし、尚又、宗伯ニも再校致せ置、書そん三ケ処有之、直し候様申談じ、遣之。夕方、直し出来、写本持参。則、金兵衛、つるや江持参可致旨申ニ付、右写本之内、一の巻四丁めハ一丁此方へ残し、其餘六丁、遣之。幷ニ、八の巻稿本、序・口絵稿本共ニ弐冊、つるや江届くれ候様申談じ、もたせ遣ス。幷、西村や与八江立寄、合巻白女辻稿本六の巻迄、不残、明後十一日ニ出来致し候間、十一日昼後、人遣しくれ候様可申通旨、是又、金兵衛江たのミ遣ス。

一今日、庭の林檎、宗伯少ゝ採之。杉浦氏・覚重・清右衛門へも遣之。今日とり候分、七十八九許也。

一昼後、清右衛門来ル。六月分八百や長兵衛上家金（ママ）持参、請取おく。勝介主人名張や聟養子、当主人也。先月下旬死去のよし噂也。勝介は過日甲府へ出立のよし也。火地炉之事、清右衛門へ申付遣ス。其後、帰去。

一予、白女辻五の巻本文・詞書共、不残稿し了。其後、六の巻絵わり五丁、稿之。

一今日、大暑甚し。当夏はじめての大暑也。

十日丙戌（ママ）　薄曇　今朝モヤ立　其後薄晴　四時比ヨリ　快晴　少し風アリ　大暑

一今日、宗伯、少ゝ中暑之気味、昨夜中ゟ下痢ス。当分之症也。家内一統、暑気ばらひ清暑益気湯、用之。

一白女辻六の巻、本文五丁おろし（ママ）稿し畢。其後、よみかへし、校正二丁半遣ル。

一昼時、清右衛門来ル。昨日申付候火地炉の事也。尚又、申付遣ス。早ミ帰去。


十一日丁亥（ママ）　薄曇　今朝六時ごろ地震　風なし　昼後ゟ晴　少し風アリ　大暑

一西村や合巻白女辻六の巻、今朝四時過、稿之。満尾也。

一四半時比ゟ、お百、深光寺江墓参、八時頃帰宅。

一夕方、つるやゟ使札。水滸伝四編三・四の巻十丁、画写本出来、見せらる。即刻、村ヲ以、中川金兵衛方江、稿本差添、為筆工、遣之。つるやへハ返書遣之。

一薄暮、西村与八ゟ使札。一昨日中川氏ヲ以案内いたし候合巻白女辻、稿本乞ニ来ル也。則、六巻取揃、遣之。

一昼後、清右衛門来ル。火地炉三百五十銅ニてかひ取候よし、申之。しつくいつけさせ、上張候様申付、反故遣之。夜食此方ニてたべ（ダク）、帰去。

一泉市合巻金ぴら船五編著述之為、唐本西遊記二・三回読之、消日了。


十二日戊子（ママ）　薄曇　風なし　昼前ゟ晴　風少ミアリ　大暑　夕方ゟ風なし

一泉市合巻金ぴら船六編絵わり、一・二の内六丁半、稿之。一ノ本文壱丁、稿之。

一夕七時ゟ、お秀来ル。暑中見舞也。夜食ふる舞、夕方帰去。放言五冊かし遣ス。

一今夕五時前、門前脇江毎夜出候辻駕籠之者のよし、新五郎・豊二郎同朋町住と申もの罷越、門前近所ニて渡世いたし候謝礼のよしニて、西瓜壱持参いたし候へ共、不受之。地主杉浦・隣家伊藤常貞方へも持参いたし候所、被受候よし申ニ付、明日外ミ聞合せ、其上ニてともかくも可致旨申談じ、西瓜ハ返之。

一山本町代地骨董さがミや金右衛門へ申付置候石臼、出候よし申ニ付、求之。その已前、金右衛門近所商家ニも挽臼有之、直段つけ候へ共、高料ニ付、これをやめ、金右衛門方ゟ買取畢。

十三日己丑（ママ）　曇　昼ゟ晴　風なし

一去戌冬、屋代太郎殿ゟ被贈カナアリヤ間白雄、昨夜中死ス。糞つまり、鳥屋中ニよつて也。

一夕七時過、田口久吾、暑中見舞ニ来ル。予、対面。其後、早ゝ帰去。

一今夕、外神田松永町源兵衛店新五郎・神田明神下伊兵衛・豊二郎来ル。尚又、昨夕之西瓜持参。昨夕断候へ共、地主杉浦氏ニて被受候よしニ付、無拠とめおく。

一金ぴら船五編、壱の巻本文一丁半・二の巻五丁、筆工・詞書共、稿之畢。

十四日庚寅（ママ）　晴　風なし　大暑　昼後ゟ少ゝ風出

一昨十三日薄暮、浅野正親、名越秡（ママ）如例持参、うけ取おく。

一四半時前、渥見覚重来ル。杉戸の画書そんの処補ひ、彩色少ゝ出来、暮六時比帰去。

一夕方、大坂や半蔵、丁子屋平兵衛悴、為暑中見舞、来ル。予、対面。其後、早ゝ帰去。

一金ぴら船五編三の巻画わり五丁幷本文筆工弐丁半、稿之。

十五日辛卯（ママ）　晴　大暑　夜中四時前ヨリ雷遠立　七ッ三分立秋

一四半時比ゟ、覚重来ル。例之杉戸画彩いたし、泊番のよしニて、七時帰去。

一同刻、おさき来ル。暑中見舞也。夕方、清右衛門方ゟ、火地炉出来、人足ニもたせ来ル。右之もの供ニめしつれ、おさき帰去。

一書籍むし干、今日迄ニ而、此方ニ有之分、大抵晒畢。刀剣、今日、風ヲ入畢。

一金ぴら船五編三の巻、筆工・詞書共、不残稿し畢。幷ニ、四の巻画わり五丁、稿之。

一此節、大暑ニ付、宗伯、今日、松前家江不出。

十六日壬辰《（ママ）》　曇　暑今朝ハ少しさむ　終日不晴

一朝飯後、宗伯中暑の気味、且、持病癇症ニて、終日平臥。

一昼前、川口村知人忠山悴次郎蔵事医師真中昌順来ル。予、対面。先年養子離縁後、江戸ニ住居致候処、本所江引籠候よし。売薬能書案文、被頼之。雑談数刻、帰去。

一昨日迄むし干いたし候本類少ゝ、予、箱へ納め候内、使来ニ付、昼後ゟ、金ぴら船五編四之巻本文、稿之。やうやく三丁出来、弐丁程遺ル。

十七日辛卯　晴　大暑　昼後風　（注、閏六月十七日、以下九月廿三日まで、宗伯代筆）

一朝飯後　家君俄霍乱。御腹痛、劇御煩悶。早速拝診仕候所、外感より御内傷重被為有候故、加味平胃散、加楪熿指上、備急円六七粒両度上候得ども、御吐瀉無之ニ付、加味理中湯指上申。其後、度ゝ御乾嘔。御食気無之、何も被召上ず《（ダク）》。夜ニ入壱度、少ゝ御水瀉。

十八日壬辰　晴　大暑　昼後風

一家君御不快御同扁。今朝両度、少ゝ御水瀉。四ツ時過、御腹痛劇、御中脘より以下御小腹纏繞強、御煩悶被為

成候ニ付、厚朴を生姜の汁を付、炙研、細末ニて、白湯ニて、両度指上候所、早速御痛減。

一昼前、多紀安叔殿見舞之義、英屋平吉近所ニ付、同人ニ、使ヲ以、頼遣ス。序ニ、土岐村元祐へも、見舞候様、申遣ス。

一九ツ時過、安叔殿見舞ハれ候ニ付、朝今之御容体申述。則、被致拝診、黄連湯三貼調合いたされ候。今日より、多紀氏御薬被召上候。籠之者ニ、為酒代、南鐐壱片、遣之。英平吉依頼也。

一夕七ツ時過、土岐村元祐見舞、拝診仕候。医案承知致度旨申聞候へバ、順気剤ニ莪述木香を添、上候ハヾ、早速御快方之由申といへども、宗伯存寄とは殊之外相違故、薬貰不申候。

一四ツ半時より、覚重来ル。例之杉戸菊之画彩色ニて、終日消日。七ツ半時、帰去。

一今朝、杉浦老母、御病気見舞として来ル。暫時雑談、帰去。

一七ツ半時過、飯田町御姉様来ル。為御介抱也。今夜止宿。

一今朝、清右衛門様、御病中為伺、来ル。草々《（ママ）》帰去。

十九日癸巳　晴　大暑　昼後少々風

一早朝、多紀氏ニ薬取遣ス。後刻被見舞候ニ付、前法三貼調進いたし候由ニて、五ツ半時比、使帰ル。

一今日も　家君御不快御同扁、昨夜より早朝迄、五度御水瀉。昨夕より、被召上候御薬のミ通じ、小便御通無御座候。

一五ツ半時比、土岐村元祐見舞、拝診。少々御快方之由、申候。

一朝四ツ時比迄、七度御水瀉。昼比、大なる虫壱御吐被為成候。御吐瀉度々被為在、殊ニ御口中燥、黄胎も被為有候故、安叔殿見舞ハれ候迄、黄連・香薷散、兼用別煎指上申候。

一七ツ半時、御姉様御帰被成候。昨夕より止宿、為御介抱なり。

一同刻過、多紀安叔殿見舞、拝診之上、理中湯加儲、二貼調剤。

一夜ニ入、覚重来ル。即刻帰去。

一夜五ツ時前、おくわ来ル。御病中伺也。五ツ時帰去。

廿日甲午　晴　大暑　朝より少し風あり

一家君御不例、少ミ御宜敷方ニ御座候得共、昨昼より御小水御快利無之、御小腹御痛被為成候ニ付、兼用別煎、陶氏五苓散調剤、指上候。

一早朝、多紀氏江、御容体書認、薬取遣ス。要決春沢湯調剤、加減致候由、申来ル。

一昨夕、鶴喜より使来ル。水滸伝四編口絵三丁、五・六之巻十丁、画写本出来、指越候。　家君御病気之趣、宗伯より返事遣ス。今朝壱之巻稿本とぢ《ダク》合せ、口絵三丁、五・六、十丁、画写本幷稿本相添、中川金兵衛方江持せ遣ス。留守之由、返事不来。

一今朝、清右衛門様御出。終日御介抱申上、夕七ツ時過、帰去。

一今朝、御薬指上候後、小水御通じ、御小腹御痛宜敷方ニ被為有候。

一昼後、英泉来ル。時候見舞也。無程帰去。

一夕方、鶴屋喜右衛門来ル。御病中為御見舞、かたくり麪一折持参。

一同刻過、多紀安叔殿弟子、為代診、来ル。拝診後、帰去。

廿一日乙未　天明ヨリ曇　四時前晴　大暑　四ツ時過ヨリ風烈　夜ニ入止

一御不例、今朝、少ゝ御快気。今朝、始而粥弐匁被召上候。昼夕両度、かたくり麪少ゝ被召上候。

一今朝、お久和方より使来ル。御容体伺也。家母君より返書被遣。

一早朝、中川金兵衛、水滸伝四編四之巻写本書そん有無問に来ル。昼後、校合致置。

一築地土岐村元立より使来ル。御病中為御見舞、浮世団子小重壱、被恵之。久ゝ眼病ニて引込、殊に、家内芝山田江逗留ニ遣し置、無人ニて、御見舞延引之由、申来ル。

一いづ（ダク）ミや市兵衛、御病中為見舞、切鮓片木折持参。今日、英泉方ニて御病気之趣承り候由、申之。

一朝四ツ時過、美濃屋甚三郎来ル。近所通り候由、させる所要なし。

一松前祐翁様御使、大田（ママ）九吉来ル。宗伯十五日ニ不罷出候故、如何致候哉、安否承り候様ニ被申付候趣也。此方病人御座候義、委細演説。且、過日屋代氏より祐翁様江貸進之鸚鵡車、今日、大田九吉を以、河合藤十郎迄、手紙相添、持せ遣ス。尤、御覧相済次第、屋代氏江返進被致候様、申遣ス。〇今日、和泉屋市兵衛、御不例為伺来ル節、金ぴら船壱・弐・三稿本出来分、依仰、渡シ遣ス。壱之巻は本文壱丁半のミ也。口絵・序文は、六冊（ママ）御書おろし之上、被為成御稿段、申遣ス。雑談暫、帰去。

一多喜安叔殿弟子、為代診、来ル。拝診後、帰去。

一今朝、水仙之根を掘取、終日日ニ晒シ、夕方、糞汁江漫置。

一目出度屋老母来ル。時候見舞也。

一夕方、森屋治兵衛来ル。女西行、校合頼也。

廿二日丙申　晴　大暑　昼前より風　夜ニ入曇　雷五六声　五ツ時過晴

一今朝、多紀氏江薬取遣ス。御薬弐貼指越、御容体書返事不来。

一御不例少〻ヅヽ、御順快。昨今大小用御快通無御座候得共、大便弐度、小水三度程ヅヽ、被為有。御食気無之候へ共、粥五匁弐度、かたくり麪九匁程、被召上候。

一今朝、中川金兵衛、水滸伝四編序文・口絵筆工出来、書そん有無問に来ル。草〻（ママ）校合致し候（ムシ）。直し弐ケ所有之、直し候様、申談。昼前、直し出来、持参。昨日校合致置候四之巻、写本とも、鶴屋江持参可仕旨申ニ付、則、弐冊共届くれ候様申談、金兵衛江渡ス。

一近日、おくハ鎮帯ニ付、今日、いハた帯弐筋代金弐朱・肴一折代金弐朱、祝儀御文相添、持せ遣ス。此節、御病中取込故、其方ニて宜敷取斗候様、別紙申遣ス。

一昨朝より、御姉様御止宿。今朝四ツ時前、御帰被成候。

一杉浦老母、為御見舞、白玉壱器持参。雑談数刻、帰去。

一夕方、多紀安叔老見舞。拝診後、御薬弐貼調剤、帰去。

一山田宗之助内義より、御病中為御見舞、葛粉一袋、被恵之。

一夜ニ入、お久和来ル。為御介抱、今夜止宿。

一昨夕糞汁江漫置候水仙之根、今朝、花圃江植付終。

廿三日丁酉　晴　昼前より風　大暑

一御不例、被成御替候義無御座、兎角小水御快利無之、御心下痞悶被為成候。粥三匁程ヅヽ、両度、索麪九匁程、被召上候。

一今朝、多紀氏に薬取遣ス。御薬、前方三貼調剤、指越。

一今朝、清右衛門様御出、御伽暫時、帰去。

一同刻、土岐村元祐見舞。拝診後、雑談数刻、帰去。

一同刻、関源吉来訪。門前通行之由、草〻（マヽ）帰去。

一同刻、美濃屋甚三郎、御病中為御見舞、福貴餅一折持参。雑談数刻、帰去。

一夕七ツ時過、田口重治郎来ル。御病中御見舞也。無程帰去。

一杉浦老母、為御見舞、煮染一重持参。草〻帰去。

一目出度屋老母、御病中為御見舞、梅びしほ一器持参。暫雑談、帰去。

一お久和、昨夜より止宿。今薄暮、むらを以、送り帰ス。むら、無程帰来。


廿四日戊戌　薄曇　昼過より晴　九ツ半時過又曇　夕七ツ時過又晴
一今朝、多紀氏に、御容体書認、薬取遣ス。御薬転方弐貼調剤、後刻見舞候趣、中来。

一御不例御同扁、兎角御小水御快利無之。朝、粥三匁餘、昼、索麪八匁程、昼後、仙台糒少〻被召上、其後何も不被召上。

一覚重来ル。御病中為御見舞、かたくり粉小袋二袋持参。雑談数刻、帰去。

一夕方、多紀安叔老見舞。拝診後、御薬弐貼調剤。今朝より柴苓湯加減也。其後、草〻帰去。

一今朝、清右衛門様入来。終日御伽申上、夕七ツ時過、帰去。

一夜ニ入、土岐村元立入来。拝診後、雑談数刻、帰去。久〻眼病ニ而引込、今日始而他出致候由。御病中始而見舞申候。

廿五日己亥　晴　四ツ時前より風　大暑

一御不例御同扁。朝、粥弐匁程、昼、粥清少〻、夕、粥清少〻、被召上候。一体、昨今御不出来ニ而、夕方御腹痛被成、昼夜五度、少〻ヅ、御水瀉。御小水御快利無之、昼夜七度ニ壱合餘、御通じ被為成候。

一関忠蔵、御病中為御見舞、入来。草〻帰去。

一下女むら宿より、御病中為伺、白砂糖半斤持参。

一真中昌順来ル。過日頼候能書案文催促也。則、宗伯、対面。家君十七日より御大病ニ付、過日被頼候能書、とても急ニは認候事相成候間敷候間、無拠断申候。其内出府被成候ハヾ、当年中、或は来年などニても宜敷候ハヾ、御相談申、認可申候。此段仰付られ、演説。預リ置候能書、返し遣ス。雑談暫時、帰去。

一渥見覚重より、使ヲ以、御容体伺ニ来ル。御久和、少〻中暑之由。

一夕方、御姉様入来。今夜、為御介抱、止宿。

廿六日庚子　晴　当七日ヨリ今日ニ至而雨不降　残暑如烙

一今朝、御容体書認、多紀氏江薬取遣ス。少〻加減之由、御薬三貼指越。

一早朝、御姉様被成御帰候。安叔殿薬、九日御用被為成候へ共、兎角御同扁ニ付、転医被為成候御思召も被為有。私共御同意奉存候間、医師之事聞合之為也。

今朝存付候《(ママ)》は、宗伯小児之時、何人ニ候哉、咄申候。其人之親哉、子哉、小便閉ニて、五日程も通じ不申、以之外難渋致候所、或人申候は、近在ニ奇妙之守御符御座候。懐中致候得バ、早速通申候。戴候へ、と教申候。

即日人遣し、戴候所、使之者不為存候故、懐中致候所、度〻小水通じ、歩行難儀仕候。守懐中致候故と心付、竹之先ニ結付、持候ヘバ、子細なく、帰府し候て懐中為致候所、早速快利、全快仕候由。何人咄候哉、覚不申候間、種〻考候へ共、思出シ不申候。思ひ寝之夢ニも哉と存候。

一杉浦清太郎、御病中為見舞、入来。今朝存付候懐中致候守を出し申、名所聞及候哉と尋候得バ、高橋勇覚居候由。承り可申と帰去。即刻被参、申候は、勇も委細之義は覚不申候。先年、懇意仕候水野壱岐守様家中豊田井兵衛と申者、小水閉候節、用候由承り及候間、其仁江尋候様申候而、草〻帰去。昼飯後、清右衛門様、西丸下屋敷江罷越、承り候所、守ニ而は無御座、散薬ニて、相州大磯南茶屋町裏通り藤森八郎右衛門製法ニて、取次所江戸日本橋釘店長谷川庄八方ニて弘メ候趣。直ニ罷越、薬買求候而、七ツ時前帰来。早速酢ニテとき候而、度〻御小腹江引候へ共、即功も無御座、暫過候て、小水少〻通申候。

一御不例御同扁。朝、粥壱匁程、昼、粥清少〻、夕方、かたくり麪少〻、被召上候。朝より兎角御小水不利。今一昼夜ニ、大便壱度、小水三度弐合程、別而昼後、両度餘程通じ申候。

一朝五ツ半時、小石川伯母様御入来。御病中為見舞、水飴壱器・落雁少〻、持参。

一四ツ時過、田口伯母様御入来。御病中為見舞、吉野葛一器・樹木桃八ツ・麦こが《(ダク)》し壱袋、持参。御両人共、終日御伽申上、夕七ツ半時過、帰去。

一夕七ツ時、安叔老弟子、為代診、来ル。拝診後、帰去。

一今日、杉浦老母世話ニ而、和泉橋通三枚橋小峰宗祐見舞。拝診後、医案承り置度段申演候所、猪苓湯・五苓散之内、指上可申旨申ニ付、既ニ五苓散此迄相用ひ候へ共、的中不致、兎角同扁ニて御座候故、貴公江療治御頼申ニて候。猪苓湯ニは、河膠滑石方中第一ニ御座候故、呑兼可申哉と存、扣候趣申演候へバ、小剤ニ仕候ハヾ、召上り兼候程ニは有間敷候。小剤仕候共、壱盃半を五匁ニも六匁ニも煎詰候へバ宜敷御座候と、先猪苓湯二貼調剤、外ニ、兼用調胃承気湯指上可申と申候得共、十日も絶食同様ニて、御疲も被為有候所ニ、左様之薬指上候而は、御疲極可被為成候御儀故、兼用別煎断、本方猪苓湯のミ申請。雑談数刻、帰去。

一浅野正親忰浅野左近、土御門家御使として来ル。所要ハ、当春三月中貸進之独考論三冊・独考二冊・伊波伝毛之記一冊、此節、名越使者参府ニ付、返上被致候趣。右為答礼、外山修理権大夫光施卿・飛鳥井中納言雅光卿染筆大色紙弐枚・星図歩天歌三冊、別ニ、時候為見舞、団扇三本拝受。外ニ、宝暦十年土御門東行記壱冊恩借。蔵書之本も候へば、態ゝ遠国より御借(ママ)被成候事故、蔵書之本と校合之為、借用致置。雑談暫時、帰去。

一同刻、大田九吉、松前祐翁様御使として来ル。御病中尋問之使也。過日屋代氏より貸進之鸚鵡車壱冊、今日、河合藤十郎より屋代氏ニ返進致候由、申之。雑談暫時、帰去。

一今朝、清右衛門様、四ツ時過入来、終日御伽申上。昼後、小水快利之散薬等被求候事ニ付、使等致シ、夜ニ入、四ツ時前帰去。

一夜ニ入、多紀安叔老見舞。拝診後、千金瀉心湯指上。御心下之御痞ひらき候ハヾ、御小水御快利可有之存候段、相談之上、今夜、瀉心湯壱貼宗伯調剤、指上候。其前、草ゝ帰去。

廿七日辛丑　晴　昼前より少ゝ風

一今朝、多紀氏ニ薬取遣ス。昨夜談ジ候千金瀉心湯即半夏瀉心湯・古棗加橘皮括蔞根調剤之由ニ而、三貼指越。

一御不例、今朝少ゝ御宜敷方ニ而被為有候。御熱気兎角退兼、御口中乾燥、度ゝ御湯被召上候。朝、粥五匁程、昼、粥四匁程、昼前後、醴両度ニ七匁程、夕方、かたくり麪五匁程被召上候。七ツ半時比より御熱気強、折ゝ御腹痛被為成候。大便壱度、小水四度壱合餘。

一清右衛門様入来。昨朝持参之胡瓜煎、昨今指上候へ共、兎角召上り兼、両日ニ五度程御用被為成候。今日終日

御伽申上、夕方、浅野正親方ゟ遣し候名越雛形、届くれ候様、頼遣ス。無程帰去。〇昨夕、お鍬来ル。為御介抱、止宿、今夜六時過、帰去。

一真中昌順来ル。御病中見舞也。近日発足之趣申ニ付、為餞別、京製団扇壱本・掌蓂扇壱本・星図歩天歌壱冊・経(マヽ)引横本壱冊・細字書筆弐本、五品遣之。其後、帰去。

廿八日壬寅　朝五ツ時過より風　夜ニ入四ツ時過より曇

一今朝、御容体御同扁。今日は宗伯御薬指上、本方大柴胡三貼・兼用猪苓湯弐貼、被為成御用ひ候。夕方、御熱気退、夜ニ入、八ツ半時比より又御熱気強被為有、天明より御熱気退、少ゝ御宜敷被為有候。朝昼、粥清少ゝヅヽ、夜ニ入、粥五匁程被召上。大便四度、溏瀉。小水六度、弐合五勺程御通じ被為成候。

一早朝、築地土岐村内室、御病中為見舞、入来。終日雑談。夜ニ入、土岐村元立、御病中為見舞、入来。五ツ時前、両人同道帰去。

一早朝、土岐村元祐見舞。〇今朝、重次郎、為御見舞、樹木桃梨等持参。御逢後、草ゝ帰去。

一昼後、御病中為御見舞、お久和、梨一籠持参。為御介抱、今夜止宿。

一八ツ半時、覚重、為御見舞、来ル。転医之事相談致し候所、川村宗旦致懇意候。早速罷越、頼可申旨ニ而、草ゝ帰去。暫過、又来ル。次右衛門ゟ相談仕候所、川村宗旦、見舞候度、供之者ゟ酒代弐百疋ヅヽ、遣候事一統之由。餘り物入多候間、如何可仕哉之相談也。此段申上候へバ、何レ手軽之人ゟ頼可然。林玄曠、西ニて方位も宜敷、薬取都合旁ゝ、何れ玄曠ニ被為成候間、今夜、飯田町ゟ罷越、清右衛門ゟ可申談旨、被仰付。覚重ハ、雑談数刻、宗伯飯田町より帰り候後、五ツ時帰去。

一夜ニ入、姉様御帰被成候間、送りが(ダク)てら飯田町ゟ罷越、玄曠ゟ明朝見舞之義申込候様申談、五ツ時帰宅。留守

中、土岐村夫婦帰去。覚重ハ、宗伯帰宅之後、帰去。

廿九日癸卯　薄曇

一御不例少〻御宜敷被為有候。林玄曠昼後御見舞候趣、清右衛門様、今朝被参、申ニ付、玄曠罷出候迄、本方大柴胡・兼用猪苓湯調剤、指上候。朝、粥三匁程、昼、粥清少シ、夕、粥清少〻被召上。大便三度、少〻水瀉。小水、昼夜弐合餘御通じ被為成候。昼後八ツ時過、林玄曠見舞。拝診之上、申上候ハ、御食傷ニ相違ハ有間敷候。霍乱ニ候ハヾ、吐瀉之後、早速御平愈可被為成ニ、連日御同扁、殊ニ右ノ脉緊、食傷之証ニ御座候。大柴胡可然旨申、則、三貼調剤。兼用別煎五苓散、此方ニ而宗伯調剤、指上。玄曠、雑談暫時、帰去。玄曠申上候ニ付、犀角壱匁を今日度〻被召上。

一朝四ツ時比、仏菴より使来ル。御病中見舞也。老人も少〻中暑之由。昨日関ニ逢、御病気之趣承候由。昼後、屋代太郎殿入来。御病中見舞也。御容体尋候間、十七日より之御様子申演候所、御病症ニ□□□□□（ムシ）哉。湊町ニ湊屋金兵衛と申者、筑波山信仰ニて、神人より伝来之由、灸点を施申候。此者之灸治いたし候者、一人として治せざる（ダク）事無之趣、承り及び候間、当月十日、始而呼寄、家内不残灸点請候所、早速快気仕候。尤、病症ニより、灸穴定らず（ダク）、若御頼も被成候思召も候ハヾ、早速呼ニ遣シ可申旨、被申。暫時対話、帰去。

一夕方、屋代氏より使来ル。為御見舞、甜雪糕壱包・かたくり之粉壱包、被恵之。

一関源吉、御病中為見舞、煉羊肝箱入弐棹持参、草〻帰去。

一橋本喜八郎殿より使来ル。御病中為見舞、葛麪壱器、被恵之。

一清右衛門様入来。終日御伽申上、夜ニ入、帰去。

一お久和、今夕も止宿。御不例少〻御快気迄、致止宿候由也。

〆

七月朔日甲辰　薄曇　夕八ツ時過より晴

一御不例御同扁。兎角、夜中、別而暁、御熱気強、御口中御乾燥被為成候。朝、粥三匁程、昼、粥弐匁程、夕方、葛麪壱匁程。夜ニ入、御胸痛強、度ゝ御煩悶被為成候。大便五度、水瀉。小水度ゝ、壱合七勺程御通じ被成候。

一林玄曠江薬取遣ス。前方三貼調剤、指越。

一早朝、中川金兵衛来ル。御病中為見舞、煉羊肝箱入壱棹恵(ママ)。水滸伝四編五之巻筆工出来、為校合之、持参。請取置。其後、草ゝ帰去。

一昼後、西野屋幸右衛門来ル。近所通行之由。暫時雑談、帰去。

一土岐村元立、御病中為見舞、来ル。拝診後、帰去。

一今朝、土岐村元祐見舞。拝診後、帰去。

一夕方、林玄曠見舞。拝診後、帰去。今日も犀角五分、紀伊国屋より取寄、度ゝ御用被為成候。

一四月中泉床源兵衛方江誂置候剃刀損ジ、直し候由ニて、今日請取。磨減シ候故、四月中遣シ置候代料弐百穴之内、百穴返シ候間、請取置。

二日乙巳　晴　五ツ時過より薄曇　昼前より晴

一今日、御不例少ゝ御宜敷、朝、かたくり湯少ゝ被召上、粥清も少ゝ被召上候。昼、粥清少ゝ、夕、粥清少ゝ被召上候。大便、昼五度、夜弐度薬水其儘通じ、赤キ葛湯ノ如き者、清穀五七粒まじり(ダク)、通じ申候　小水壱合餘通じ申候。

一今朝、玄曠江昨夜より之御容体委細認、薬取遣ス。御薬、転方達原飲三貼指越、無程見舞候由、申越。四ツ時、

玄曠見舞、拝診。今朝ハ少〻御宜敷由、申。昨日調剤之大柴胡、壱貼餘残り御座候故、兼用ニ、残候大柴胡指上候様ニ申候ニ付、今日も大柴胡兼用ニ指上申候。

一今朝、飯田町組合中豊八・善兵衛・松兵衛・十兵衛・栄助五人来ル。御病中御見舞也。今日、治助ハ公用他出ニ付、不参。六人連名ニて、片木小折入之菓子持参。宗伯対面後、帰去。

一屋代氏より使来ル。御病中見舞也。丁亥艮命八位之書付・古易病断壱冊留置、見候様被遣候間、則、借用致し置。

一今朝四ツ時、田口伯母様御入来。終日御伽申上、夕七ツ時過、御帰被成候。

一覚重来ル。御容体為伺候。御逢後、草〻帰去。

一飯田町家主清次郎来ル。御病中為伺、白砂糖持参。対面後、草〻帰去。

一今朝、御姉様御入来。今夜、為御介抱、止宿。飯田町より使来ル。到来之由ニて、大西瓜壱ツ大森梅びしほ壱壺指越。

三日丙午　晴　残暑如烙　夕七ツ時過曇　雷二三声　無程晴

一御不例御同扁。朝、粥壱匁五分程、昼前、醴少〻被召上。舌上御乾燥被為成候故、水度〻被召上候。昼、粥清少〻、夕、粥清少〻被召上候。夜ニ入、御心下ニ度〻上衝、御煩悶被為成候ニ付、大柴胡指上。暁、御水瀉、上衝候事相止。

一屋代太郎殿、為御見舞、入来、草〻帰去。

一飯田町有馬や与惣兵衛、御不例為伺、羊肝壱棹持参。宗伯対面後、帰宅。

一小石川伯母様、御入来。終日御伽、夕方七ツ時、御帰被成候。

一先月七日以来旱魃。池水渇、中段より下七寸程出候ニ付、今日、水汲ニ申付、夕方、三拾荷汲入候様、申付候得共、黄昏ニ及候間、二十荷汲入、相仕舞申候。尚又、明日も汲入候様、申付候。二十荷汲入、中段江五分程水上り候。

一昼後、林玄曠見舞。拝診後、相談之上、御乾燥強被為有候故、竹葉石膏湯三貼調剤、指置。雑談暫時、帰去。

今朝、御薬取遣シ、前方達原飲三貼・兼用生脈散壱貼、指越候ニ付、以上七貼也。

一夕方、飯田町中村屋佐兵衛・八百屋長兵衛、御不例為伺、来ル。宗伯対面後、帰去。

一七ツ半時過、お久和帰去。為御介抱、先月廿八日より止宿。今夕帰候様、依仰也。

一夜ニ入、覚重来ル。御容体為伺也。暫時雑談、帰去。

四日丁未　晴　昼前ヨリ薄曇　八ツ時前　暫時大雨　忽止快晴

一今早朝、御容体書委細認、御薬取遣ス。後刻見舞候趣。御薬、前方竹葉石膏湯三貼・兼用生脉散壱貼調剤、指越。朝四ツ時比、見舞。拝診後雑談、帰去。

一今朝、御不例餘程御宜敷被為有候。久敷御穀気薄キ所江、石膏入候故、噎逆之御気味ニ而、御胸被為成御痛候。御熱気も餘程退、御舌上御乾燥も軽ク相成、御舌上少ゝ潤ひ、御諸症御平穏ニ御座候。朝、粥弐匁程、四ツ時比、仙台糒四匁餘、昼、粥三匁程、白玉を薄汁ニて少ゝ指上候所、白玉三ツ被召上、八ツ時過、西瓜少ゝ召上り、夜ニ入、五ツ半時、粥三匁程被召上候。大便五度御通じ被為成候得共、御快通無御座候間、大黄指上度奉存候へ共、御噎逆之上、大黄ニて御心下江上衝候而は、御凌難被為成可有御座奉存候間、玄曠御薬のミ指上申候。

一四ツ時過、飯田町伊勢屋久右衛門、御不例為伺、干菓子小折持参。雑談暫時、帰去。

一今朝、お久和来ル。御容体為伺也。昼前、積（ママ）気ニて上衝候ニ付、熊胆用候所、早速快気。夜ニ入、帰去。

一朝四ツ時比、覚重来ル。御逢後、帰去。○夜四ツ時過、土岐村元立来ル。拝診後、草ゝ帰去。

一一昨日より御姉様止宿、今朝御帰被成候ニ付、後刻清右衛門様被参候節、浅野正親方ゟ立寄、序次第、明神下ゟ参り被呉候様申遣ス。四ツ半時比、清右衛門様入来、浅野正親方ゟ立寄、申通候由。夜ニ入、五ツ時帰去。

五日戊申　晴　天明ヨリ北風　冷気

一御不例御同扁之内、諸症御平穏。噎逆御同扁。朝、粥四匁程、仙台糒四匁餘、八ツ半時比、西瓜少ゝ被召上、七ツ半時、冷索麪三匁程被召上。夜ニ入、悪寒之気味被為有、暁御発熱、御口中御乾被成候。大便弐度溏瀉。小水壱合八勺程御通じ被為成候。

一四ツ時、浅野左近来ル。此節、土御門家名越使者出立前、取込罷在、正親罷出兼候故、為名代罷□□□□（ムシ）宗伯、対面。　家君御不例御同扁、殊ニ御厄年ニ被為有候間、防星厄祈当十七日、□□□□（ムシ）栗樹之法、御当病御平愈応験之法ニ御座候間、御星祭幷ニ栗樹之修法、可然旨申ニ付、両様とも頼候趣、申遣ス。其後、雑談暫時、帰去。

一今朝、玄曠方ゟ御薬取遣ス。御容体委細申遣候得共、前方竹葉石膏三貼・兼用生脉散壱貼、指越。玄曠、今日見舞無之。昼後、為代診、弟子来ル。拝診後、草ゝ帰去。

一昼前、本郷笹屋山城、御不例為伺、小折入白砂糖持参。雑談暫時、帰去。

一夕方、目出度屋老母、為御見舞、来ル。雑談暫時、帰去。

一今朝、清右衛門様入来、終日御伽。夜ニ入、帰去。

一薄暮、小石川伯母様御入来　公方様御上り之黄金水一陶・御膳米壱袋、持参。今夜御止宿。

一夜ニ入、お久和来ル。今夜止宿。

六日己酉　曇 八ツ時前より小雨無程止

一早朝、玄曠ニ薬取遣ス。兎角、噎逆御同扁。御容体書委細認、見舞之義申遣ス。御薬、前方竹葉石膏壱貼・兼用生脉散壱貼調剤、指越。四ツ時、玄曠見舞。拝診後、相談之上、本方柴胡清燥・兼用大柴胡、決定。今日、薬箱為持不申由。押付、薬取遣し候様申置、帰去。無程、薬取遣ス。本方弐貼・兼用壱貼、指越。

一御不例、少ゝヅ、御順快。朝、粥三匁程、昼、三匁餘、八時過、仙台糒四匁餘被召上、其後、何も不被召上候。今夜暁ニ及び、大便壱度溏瀉、小水弐合八勺程御快利。

一朝飯後、小石川伯母様御帰被成候。

一浅野正親来ル。今朝より星祭修行之由。御札・御供米、持参。栗樹之法、当七月九日壬子朝四時乙巳、壬之方ニ栗丸太壱本打込、数四十九槌之由。一七日、星祭御供米、毎朝戴候節、取ニ遣候様申置。星祭修法料百疋、栗字修法丸太料南鐐壱片、直ニ渡シ遣ス。其後、草ゝ帰去。

一美濃屋甚三郎、為御見舞、窓之月一折持参。度ゝ見舞候故、御逢被為成候。暫御咄、其後帰去。

一昼前、姉様御入来。七夕為御祝儀、索麪廿五把・鯵干物五枚、持参。昨夜、御不例為御見舞、梨十三、飯田町宅ニ中村屋佐兵衛持参之由、御姉様、今日御持参被成候。今夜御止宿。

一下女むら宿次郎八、御不例為伺、冬瓜壱ツ持参。

一芝泉市より使来ル。為御見舞、仙台糒壱袋、被恵之。

一夜ニ入、渥見次右衛門内義、おとミを同道ニ而来ル。御不例為御見舞、白砂糖壱袋持参。雑談数刻、五ツ時、お久和同道、帰去。お久和、昨夜ヨリ依止宿也。

一夕方、築地土岐村元立ヨリ使来ル。御不例伺也。

一夕方、大嶋七兵衛より使来ル。八丈嶋鹹草同種之鹹草、下野より到来。一覧候様、一枝指越。伊豆日記一冊相添、留置、緩ゝ見候様、申越。宗伯より返事遣ス。鹹草・伊豆日記留置、今夜お久和帰候節、一枝覚重江持せ遣、写し置、此度御在所へ被下候ハヾ穿鑿致シ、見出シ候ハヾ植付、被恵候様、申遣ス。

一今朝、嘉例之通、短ざく竹、出之。

七日庚戌　薄曇　冷気　昼後晴　折ゝ雲立

一今朝、玄曠方江御薬取遣ス。本方三貼・兼用壱貼調剤、指越。使帰来候後、浅野正親江御供米取ニ遣ス。無程、使之者、御供米持参。〇夕方、林玄曠見舞。拝診後、草ゝ帰去。

一御不例御同扁之内、少ゝヅヽ、御順快。朝、粥四匁餘、昼、粥四匁餘、八ツ時過、西瓜少ゝ被召上、夕、粥三匁程被召上候。大便両両（ママ）、御気味合ノミ三（ムシ）而、御通無之、小水弐合八勺程御通ジ被為成候。夜ニ入、九時前より少ゝ御発熱、御舌上御乾燥。暁ニ及び御熱気退、御乾燥潤ひ、御宜敷被為有候。

一今朝、御姉様被成御帰、昼後、清右衛門様入来。到来之由ニ而、西瓜壱ツ御持参。今朝、有馬屋与惣兵衛より、為御見舞、餅小重ニ入、飯田町宅迄指越候由、則、御持参被成候。夜ニ入、六時過、御帰被成候。

一昼後、和田源七来ル。美玄香とやら売薬、弘メ候由ニて、合巻ニ書入被下候得と之頼也。雑談数刻、帰去。

一田村節蔵来ル。時候見舞之由申置、帰去。

一鶴屋喜右衛門来ル。御不例御見舞、幷、女水滸伝四編七・八之巻画写本出来、持参。家君御覧後、中川金兵衛江喜右衛門持参可致旨申ニ付、渡シ遣ス。雑談暫時、帰去。女水滸伝五之巻筆工出来、過日、金兵衛致持参候得ども、日ゝ客来多用、今夜燈下校合了。

八日辛亥　晴　残暑　七ツ時より黒雲満天　雷五七声　小雨暫時止　薄ク晴　無程又曇

一今朝、林玄曠ニ御薬取遣ス。昨夜之御容体委細認、大柴胡用ひ候得ども、大便通じ不申、小水ハ度ニ少ニヅヽ通候故、御腹満も無御座候間、大柴胡休ミ、兼用は、相応仕候生脉散用候而は如何、ト申遣候所、昨夜少ニ御発熱、御乾燥も被為有候由。矢張、前方可然旨申越、本方三貼・兼用壱貼、指越候。使帰り来候後、浅野正親ニ御供米取ニ遣ス。則、御洗米例之通七粒、并、明日打込候栗樹杭弐本指越、壱本ハ壬之方、壱本ハ丁ノ方ニ、中宮を五六尺はなし、打込候数四拾九槌、方角ニ麻宇之結目を向ケ、九日巳時打込候趣、申来。〇今日、玄曠見舞無之。

一杉浦老母、御不例為伺、来ル。雑談数刻、帰去。

一夜ニ入、お久和来ル。御容体伺候後、暫時御介抱、帰去。

九日壬子　曇　四半時より晴

一御不例、昨昼後より御咽喉痛、御薬被召上。御唾御呑被為遊候而も、御痛被為成候。全ク大黄御不相応之故、御噎逆ニ而、度ニ胸ニ上衝。少ニ御不出来ニ而、朝、粥弐匁餘、昼、粥壱匁、夜ニ入、仙台糒少ニ被召上候。大便壱度も御通無之、小水ハ度ニ御通御座候故、御腹満無之。夜中御乾燥もなく、始終御舌潤ひ、悪寒之気味少ニ被為有候。今暁少ニ御快気。早朝、玄曠方ニ御容体書認、御薬取遣ス。後刻見舞候趣申越、御薬、前方三貼、兼用転方之由ニ而、矢張前方を小剤ニ致、壱貼調剤、指越候ニ付、兼用御薬は、宗伯調剤生脉散指上、本方は、玄曠御薬御用被為成候。

一今朝、御不例追ニ少ニ御順快。朝、五分程ニ握り飯六ツ被召上、昼、同弐ツ被召上、夕、粥壱匁餘被召上候。

御病発以来、始而本飯被召上候。夜中、御寒熱之気味少ゝ被為有、暁、御口中少ゝ乾申候。大便御通じなく、小水度ゝ御快利。

一朝四時、栗樹之杭、清右衛門様、宗伯手伝、杉浦之僕を雇ひ、壬ノ方を打込、四拾九槌ニ三尺程土江入、丁ノ方ハ四十九槌ニ不残打込、四時過、畳敷込、掃除了。

一伝馬町殿村より、松坂本店篠斎之書状届来ル。所要は、貞観政要落丁弐丁、并ニ、当三月下旬、伊勢・大坂・紀州江降候豆之やうなもの、三粒被恵候。御病中故、貞観政要落丁封之儘、豆ハ書状之中江巻込、調合之間書物箱江入置。

一今夕清右衛門様油町江被参候ニ付、女水滸伝四編五之巻写本校合致シ置候ニ付、鶴屋江届遣ス。并、大坂屋半蔵・丁子屋平兵衛江も立寄、十七日より御病気ニ而、被頼候御著述延引之趣、申遣ス。

一明朝、清右衛門様三田江被参候ニ付、和泉屋市兵衛方江立寄候様、被仰付。御用之儀は、次郎吉内儀病気之趣、過日申越候ニ付、為見舞、かたくり麪一折、被遣之。并、金ぴら船四編稿本渡シ候分、潤筆ノ義申入候様、御直被仰付。其後、夕七時過帰去。○夕方、林玄曠見舞。拝診後、雑談暫時、帰去。

十日癸丑　晴　昼ヨリ曇　霧雨両度　止不晴

一今朝、玄曠方江御容体書認、御薬取遣ス。御薬、前法三貼・兼用転方生姜瀉心壱貼、両三日御不大(ママ)便ニ付、御通じ御丸薬壱包調剤、指越。使帰来後、浅野正親江御洗米取ニ遣ス。例之通、七粒指越。

一今朝、屋代氏より使来ル。御不例尋問、并ニ、過日恩借いたし置候古易病断壱冊、入用之由申越ニ付、則、使江渡シ遣ス。○同刻、大坂屋半蔵・丁子屋平兵衛悴、御不例為伺、煉羊肝箱入壱棹・曝温麪壱包、持参。宗伯対面後、草ゝ帰去。○同刻、松前老侯より、中元之為嘉例、百疋ヅ、弐包、大野幸治郎奉札ニ而、来ル。則、返書遣ス。

一御不例、追日御順快。今朝、御湯漬弐匁餘、八ツ時過、温飩三匁、被召上。其後、何も不召上。夜中、少ヽ御寒熱。天明後、御口中御乾燥被為有候。大便御通不被成、小水壱合八勺程御通被為成候。

一昼後、清右衛門様入来。今朝、芝和泉屋市兵衛江罷越、潤筆請取、指上候由。御伽申上、薄暮帰去。

一八時過、不忍池弁才天参詣。五月中より飼養置候白連雀鳩一番（雄白、左之羽少シ斑之黒紋有、雌、白き事如雪）家君御当病平愈、為御寿命長久之、弁才天社前江奉納。神拝後、帰宅。不忍池迄、清右衛門様同行、鳥を壱羽ヅヽ抱参り、放生会之後、先江帰宅被成候。

一夜ニ入、覚重来ル。明日、六畳之杉戸、蝦夷鳥彩色致シ候由、届也。雑談数刻、帰去。

十一日甲寅　天明ヨリ小雨　昼ヨリ晴　八ツ時過ヨリ又曇

一今朝、御容体書認、玄曠江御薬取遣。本方転方竹茹温胆湯三貼・兼用前方壱貼、御通ジ丸薬弐包調剤、指越。使帰来後、浅野正親江御洗米取ニ遣ス。例之通、七粒指越。昼後、玄曠見舞。拝診後、申上候は、兎角、大黄御不相応故、芦薈御用ひ被為成候様申置、帰去。

一御不例少ヽヅヽ御順快。朝、本飯四匁餘被召上、夕八時過、同壱匁程被召上候。御大便御通無之、御腹満少ヽ被為有候故、御食気無御座候。暁六時、少ヽ御大便通じ被為成候。御小水、昼夜壱合七勺程御通利。当六日後御大便御通無之、大黄丸、両日、玄曠指上候得ども、御応ジ不被為成、今夕、芦薈壱匁御用被為成。暁ニ及び、少ヽ御通御座候。

一朝四時、覚重来ル。六畳杉戸、楓・蝦夷鳥彩色、七時過出来終。於御寝所、雑談数刻、夜ニ入、六時過帰去。

一昼後、清右衛門様入来、終日御伽。夜ニ入、六時過帰去。〇（夕方、勝助来ル。御不例為伺、氷砂糖一曲持参、無程帰去。当月上旬甲斐より帰府之由、申之。）

十二日乙卯　小雨　夕七時比ヨリ晴　夜中九時ヨリ大風雨　無程雨止　風

一今朝、御容体書認、玄曠ゟ薬取遣ス。本法三貼・別煎壱貼調剤、指越。使帰来後、浅野正親ゟ御洗米取ニ遣ス。

今日、星祭修法満願也。例之御洗米七粒、指越。

一御不例、追日御順快。朝、本飯四匁餘、昼、温飩三匁程被召上。其後、何も不召上候。昼過より、御足逆冷御凌難被為成、火燵ニ被為入、暫過、少ゝ御足温御宜敷被為有候。今昼夕両度、芦會被為成御用候得共、兎角、御通無之、御小腹御張之気味ニ而、御穀気薄被為有候。御大便御通無之故、御小水迄御不利ニ而、昼夜ニ壱合五勺程御通被為成候。

一田口重次郎、御不例為伺、梨五ツ持参。折節御睡被為成候故、御逢無之。雑談暫時、帰去。

一昨夜、松前役所より、今朝五時過扶持代金渡候間、印形持参候様申越ニ付、昨夜、清右衛門様ゟ頼置候故、今朝五ツ半時、清右衛門様入来。為名代、松前役所ゟ罷越、金子請取、四時帰来。雑談暫時、帰去。

一先月中虫晞ニ而取散置候書物、昨昼後より取調、今昼迄ニ本箱ゟ蔵了。

一夕方、屋代太郎殿より使来ル。御容体尋問也。

十三日丙辰　昨夜ヨリ南大風　曇不晴　四時ヨリ大雨　昼後雨止　風少シ和らぐ　夕八時過快晴　風変北大風　二百十日

一今朝、御容体書認、玄曠ゟ御薬取ニ遣ス。昨日御足冷、毎朝御乾燥も被為有候由、最早内補之御薬可然旨にて、本方前方三貼、別煎転方生脉散壱貼、広東人参三匁ヅ、加入候様、外ニ、御通じ丸薬弐包指越候得共、大黄丸ニ而、大黄御応不被為成候間、御用不被為成候。夕方、玄曠弟子、為代診、来ル。拝診後、早ゝ帰去。

一御不例、追ゝ少ゝヅ、御順快ニ趣、今朝、御通ジ御餌薬之思召ニ而、赤小豆粥被仰付。右赤小豆粥五匁程、小

鯵干物三枚、被召上候。御発病後、始而魚類被召上候。昼、入麺四匁餘被召上、夜ニ入、赤小豆粥弐匁被召上候。夜中御熱気も不出、御乾燥軽ク、餘程宜敷被為有候。御大便御通じ無之、御小水ハ御快利、昼夜ニ而四合程御通御座候。

一今朝、御薬取帰来、直ニ多紀安叔老薬服、謝礼持セ遣ス。返事来ル。并ニ、土岐村元祐江も、度〻見舞候為挨拶、肴代遣之。請取書指越、返事不来。四時、使帰来。

一昨日、杉浦清太郎江地代遣候様、被仰付候得共、夜ニ入、草市買物ニ而、四時ニも相成、今朝も霊棚ヲ拵、所〻使等指出、用多ニ而漸〻相済、昼飯草〻可持参ス存候所、狼ば《ダク》〻、於居宅、御不例中取込をも無推察、盆前ニ而延引と申にも無之所、地代延引之由、理不尽ニ高声ニ罵、難成堪忍候得共、御病中仰重御座候故棄置、地代金六ケ月分、外ニ、閏六月ト索麪壱台、持参候所、清太郎留守之由、狼ば《ダク》〻隠而不逢。勇対面ニ付、平生之通り挨拶申置、地代・索麪渡之。小峰宗祐見舞候為挨拶、金壱封届呉候様指置、帰宿。薄暮、勇来ル。請取帳持参之節　家君、御不例中推而御逢、先刻之義、趣意被仰聞。理之当ル所、勇恐入、帰去。

一土岐村玄立《ママ》来ル。御容体伺、拝診後、雑談暫時、帰去。

一大坂河内屋太助より書状着。朝夷巡嶋記校合之節、度〻指登候飛脚賃勘定残、油町鶴喜江、薄暮請取候様、頼越。〇新蜀山、御不例為伺、来ル。雑談暫時、帰去。

一御霊棚、昼前、餝出来。今夜六時、御迎火等、例之通、宗伯、名代相勤申候。

十四日丁巳　晴

一今朝、御容体書認、玄曠江御薬取并薬礼弐方金、外ニ金弐朱、供中江遣ス。御薬弐貼・兼用壱貼、指越。今日ゟ、御薬、本方兼用ニ而三貼ヅヽ、用可然由、申越。四時、玄曠見舞。拝診後、帰去。

一御不例、追〻少〻ヅ、御順快。朝、赤小豆粥五匁餘、昼、麦飯四匁被召上、夕、赤豆粥三匁被召上候。昼後、御大便少〻御通じ、御小水は昼夜ニ三合餘御通利。

一昼前、清右衛門様入来。閏六月薬売高金壱朱ト四貫九百八文、七月分十三日内取弐貫五十弐文、持参。請取置。昨日大坂河太より申越候為替、鶴屋より請取候様被仰付、請取候銀拾三匁弐分八厘。此所ニ此方より壱匁七分弐厘、此銭百八拾六文渡シ、金壱両可請取旨、御直ニ被仰付、壱匁七分弐リン請取、帰去。

一昼後、長崎屋平左衛門来ル。薬種料払遣ス。通帳・判取帳、印形取置、其後帰去。

一屋代太郎殿使来ル。御不例尋問也。罷出候而、御取込中御邪魔ニ相成候而ハ如何と存、指扣、使ヲ以伺候由、演説。委細挨拶申遣ス。

一昼後八時過、宗伯、飯田町ニ罷越。売薬閏六月売高、当七月十三日迄盆前内取、本帳ニ写シ、勘定後、小松屋三右衛門ニ罷越、薬種料払遣ス。通帳・判取帳ニ請取印形取置、御薬ニ加入候□□□□□□□□(ムシ)買取、帰路、田口重治郎ニ立寄、御不例御順快ニ趣候間、案事不申候様、小石川ニも達候様□□□□□□□□□□(ムシ)六時過、帰宅。

一今朝、杉浦清太郎来ル。所要は、昨日、愚母義、酒狂之上、不埒之事共高声ニ申散、御耳ニ立候段、奉誤入□□□(ムシ)御病人様御寝所迄洩聞候由、重〻奉恐入候。何卒酒狂之義、御堪忍被成下候様奉願候趣、申述。則　家君之仰を請、委細演説。此方ニ而心ニ残候義無之趣承り、難有段種〻話言申演、帰去。

一夕方、大工寅吉来ル。去冬十月、作事申付、道具箱持参後、一両日近在ニ罷越、帰候而取掛り申候由ニ而、十一ケ月不来、今日始而来ル。一昨日、越後より帰府仕候由。障候義有之、暫在所ニ引込居候由。西瓜持参。取込居候間、明日道具箱渡シ可申旨申聞。雑談後、帰去。

十五日戊午　雨四時過止　不晴夕七時前ヨリ晴

一今朝、御容体書認、御薬取ニ遣ス。御本方弐貼・別煎壱貼調剤、指越。

一御不例、追ミ御順快。朝、麦割飯四匁餘被召上、昼、入麵九匁程被召上、夕、蓮飯之粥四匁餘被召上候。夜中度ミ御目覚、御寐兼被為遊候。御大便兎角御通無之候。御小水は御快利。○今朝、牧村右門より奉札。所要は、植木土之美悪之事、農業全書之外、右様之書御座候哉、尋也。地錦鈔之事申遣ス。

一目出度屋老母、御不例為伺、来ル。無程帰去。○大工寅吉来ル。去年中より預リ置候道具箱渡遣ス。雑談後、帰去。

一松前老侯御使大田九吉来ル。御不例御見舞也。雑談数刻、帰去。○御不例中御用多ニ付、中元為御祝儀、下女村ゟ御単衣物青梅嶋新物壱、被下置之。

一昼後、清右衛門様入来。昨日被仰付候為替、鶴屋より今日被指上候由。覚重ゟ被下候袷嶋、大丸ゟ申付、明日持参致し候由申置、雑談暫時、帰去。○関源吉ゟ使遣ス。所要は、五月中、覚重より被頼候朱子墨本壱枚、遣被置候所、今ニ沙汰も無之、覚重立前ニ候間、今日手紙認遣し候所、在宿ニ而、返事指越、墨本代料三匁、使之者ゟ附し、被指越、預り置。○築地土岐村より使来ル。為御見舞、京索麪一折、被恵之。○浅野正親来ル。御不例伺也。無程帰去。

十六日己未　曇四時過ゟ晴

一今朝、御容体書認、玄曠ゟ御薬取遣ス。本方弐貼・別煎壱貼調剤、指越。

一御不例、愈御順快。朝、蓮飯粥六匁、昼、赤小豆粥八匁、夕、白玉汁粉三椀、白玉十八被召上候。昼後、大便少ミ御通被為成候。小水、昼夜ニ壱升程御快利。

一今朝四時過、御霊棚を仕舞、九時前出宅、深光寺江参詣。於同所、御姉様御参詣なさるゝニ逢。御同道ニて、竜門寺・円福寺江参詣。帰路、築土町柏屋太兵衛方ニて、名物之由三色柏餅を整、飯田町江立寄、中屋ニ而買物いたし、尚又、多町池田屋江立寄、明日葡萄採おろし置可申候間、夕刻迄之内、取ニ参り候様申付、薄暮帰宅。食事後、昼前大丸より持参候青梅袷地幷裏地共弐反、覚重江画之挨拶ニ被遣ニ付、包之、幷ニ、発足前餘日無之故、餞別物等包之、今夜、渥見江持参。覚重ニ対面、御口上演説、二品□（ムシ）遣之、五時前帰宅。其前昼比、お久和、御容体為伺、来ル。今夜、同道帰去。○昨日関より指越候朱子墨本之代三匁、幷ニ、売残り候朱子墨本三枚、大雅堂之山水壱枚、預り置候画、覚重江、今夜、不残渡シ了。

一昼後、屋代太郎殿、御不例為御見舞、入来。宗伯留守中ニ付、申置、帰去。○今夜他出前、御送火、例之通。

一同刻過、西村屋与八、御不例為伺、求肥弐棹持参。宗伯留守中　家母君御逢後、帰去。

十七日庚申　雲（ママ）四時過ゟ晴　風　九時前地震

一今朝、御容体書認、玄曠江御薬取ニ遣ス。前方本方弐貼・別煎壱貼調剤、指越。昼後、玄曠弟子、為代診、来ル。拝診後、帰去。

一御不例、愈御順快。朝、蓮飯粥八匁、昼、入麵十八匁程、夕、赤小豆粥十匁程被召上候。

一今朝より葡萄採おろし、七時、漸ゝ終る。今夕池田屋不来ニ付、座敷ニ其儘指置。葡萄、数凡六百程。其内、所ゝ江例之通遣ス。

一今朝、二見屋忠兵衛、越後鈴木牧之之書状・寒晒之粉一袋、届来ル。宗伯対面　家君先月十七日より御不例之事申演　家君御直筆口上書渡シ、右ニ付、返事延引之趣、越後表江申通候様、頼遣ス。其後、帰去。

一昼後、美濃屋甚三郎来ル。御逢暫時、雑談、帰去。○夕刻、蜀山人、御不例為御見舞、干温飩片木折入、持参。

宗伯対面後、帰去。○屋代氏弟子岩治郎、御不例為御見舞、来ル。申置、帰去。

一昨朝、中川金兵衛来ル。水滸伝四編六之巻筆工出来、書そん有無問ニ持参、請取置。今日、御不例中、押而御覧被為成候所、小口、四編を三編と、五丁共書違有之ニ付、直し候様、持せ被遣候。

一昼前、御姉様御入来。終日御伽申上、夕七ツ半時、御帰被成候。

一昼前、中村仏庵、御不例為御見舞、来ル。宗伯対面後、帰去。

十八日辛酉　雲（ママ）四時前晴　風　夜八時過地震

一今朝、御容体書認、玄曠ニ御薬取ニ遣ス。本方前之通四貼・別煎弐貼、両日分調剤、指越。昼前、玄曠見舞。拝診後、雑談暫時、帰去。

一御不例、追ミ御順快。朝、粥七匁程、昼小豆粥九匁、七時過、赤小豆飯七匁程、夜ニ入六時過、入麵十八匁程被召上候。昼後、大便御快通、小水御快利。夜中、御口中少ミ御乾燥。昼夕両度鰹被召上、御気血共薄キ所ニ、熱物入候故也。

一早朝、池田屋来ル。昨日採おろし置候葡萄見繕、代金壱方指置、帰去。無程、小者取ニ来ル。葡萄之出来殊之外宜敷、数も五百五十餘有之。朝貟籠二ツニ入、十八分目有之、一人ニ而持兼候。夜ニ入、池田屋又来ル。葡萄出来宜敷、今朝見繕候より売上候趣。金壱朱持参、無程帰去。

一今朝、中川金兵衛来ル。昨日持せ遣し候水滸伝四編六之巻、小口直シ出来、持参。鶴屋ニ持参可致旨申ニ付、届呉候様申談、渡遣ス。

一今夕、清水俊蔵使来ル。所要は、弟子之中、妹、松前藩江口源吉と申人ニ婚姻世話致候者、当人勘定方相勤候由、人品・禄秩・家内之様子、媒口斗ニ而は委敷知兼候間、委細申越被呉候得、との頼也。返事認遣ス。

一お久和鎮帯為祝義、赤小豆飯・一汁三菜祝膳被贈之、家内一統、祝之。幷、夏中貸置候放言初編・二編五冊、日光御成道掌故年代記一冊返弁、請取。

一清右衛門様入来。万屋善兵衛より指上趣、砂糖漬小折入、持参。雑談暫時、帰去。

一夕方、築地土岐村氏来ル。雑談数刻、薄暮帰去。

十九日壬戌　雲（ママ）今暁ばら〳〵雨天明止

一御不例、益〻御順快。朝、赤小豆粥六匁餘、昼、赤小豆粥七匁餘、夕、汁粉五椀・白玉廿壱被召上候。昼後、御大便少〻御通被為成候。

一昼前、美濃屋甚三郎使来ル。為御見舞、鮎壱皿、被恵之。宗伯、返事遣ス。

一昼後　家母君深光寺御参詣、夕七半時帰宅。〇昼後、覚重来ル。画之酬・餞別等被下候御礼申上、其後雑談、帰去。

一昨夜より宗伯泄瀉ニ而、昼後より平臥。昨夜より今暁迄廿四度、今昼夜七十度餘水瀉。早速、胃苓湯・加乾姜相用。口中乾燥、夜中別而寒熱。

廿日癸亥　雲（ママ）四時前晴

一今朝、御直ニ御容体書認、玄曠江御薬取ニ被遣。本方・別煎共、前方両日分調剤、指越。

一御不例、追〻御順快。朝、御汁椀ニ粥二膳半、昼、赤小豆粥五膳、夕、入麺六膳被召上候。昼後、御大便少〻御通被為成候。

一昼前、いせ屋伊兵衛方より使来ル。羊肝半棹・干菓子少〻、重箱ニ入、被贈之。宗伯、病臥中、返事不遣。

一今朝、清右衛門様入来。雑談暫時、帰去。◯宗伯泄瀉、同篇。今昼夜ニ四十五度水瀉。

一御不例、御順快。朝、粥二椀半、昼、赤小豆粥四膳、夕、雑炊三椀、被召上候。今朝御大便少〻御通じ被為成候。

廿一日甲子　快晴　昨今秋暑如烙

一今暁、宗伯大瀉。腹脇虚滞、脉虚煩渇、四肢逆冷。早速、独参湯三椀用ひ、元気復。早朝　家君御直〻御書被為成御認、玄曠ゟ見舞之義、被仰遣。

一今朝、清右衛門様入来。御容体伺之後、草〻帰去。◯築地土岐村より使来ル。手作之唐なす壱ツ、被贈之。

一夕七半時、覚重来ル。明日、供ニ而、在所ゟ発足ニ付、暇乞之為也。首途為祝儀、吸物・酒肴出之、饗応。雑談数刻、薄暮帰去。◯昼後、清水俊蔵悴太郎、御不例為見舞、来ル。宗伯病臥ニ付、不逢。申置、帰去。

一七半時過、玄曠見舞。拝診後申上、諸症御順快、御気力御不足故、明朝、転方補中益気指上可申旨、演説。宗伯病症診脉、治中湯三貼調剤、人参三匁づゝ加入之由、申之。雑談暫時、帰去。

廿二日乙丑　晴　秋暑

一今朝、御容体書・宗伯容体書認、玄曠ゟ御薬取ニ遣ス。　家君御薬、補中益気湯両日分六貼、人参弐匁ヅヽ加入致候趣、申越。宗伯薬、猪苓沢瀉茯苓湯両日分六貼、人参弐匁ヅヽ加入用様、申越。

一昼前、築地土岐村玄立来ル。雑談数刻、昼飯振舞候後、帰去。

一松前河合藤十郎奉札。所要は、清朝宮殿・民屋・風俗之事、何之書ニ御座候哉之尋也。則、清俗紀聞之事、申遣ス。別紙　家君御不例尋問、委細返書認、宗伯病気之趣、申遣ス。

一宗伯、追ゝ順快。今日も折ゝ水瀉、疲労致候へ共、御不例中故、押而起出候得共、半起半臥。

一明朝用候人参無之ニ付、今朝、下女むらを小松屋三右衛門方江取ニ遣ス。使之事故、弐両目取寄、其内撰候而一両目帰ス心得ニ而、弐両目注文申遣ス。序ニ、先達而田口御伯母様より御見舞ニ御上ゲ被成候御所索麪、至極宜敷候故、出所尋候様、申遣ス。承り合せ候所、万屋清右衛門より暑中見舞ニ到来之由。則、万屋尋候所、売仕舞候由。並索麪、田口御伯母様より上ゲ候由、下女持参、昼比帰来ル。

一今日、蝦夷鳥籠掃除、砂入替遣ス。○昨日、下女むら宿次郎八、干瓢壱包持参。此間被下置候単衣物御礼之由、申之。

廿三日丙寅　雲（ママ）　風　夜中九時過ゟ大雨　七時前ゟ微雨　二百二十日

一御不例、益ゝ御順快。御気力御復兼、退屈被為成御座候。朝、本飯三膳、昼、五膳、夕、五膳被召上候。夜中、大便少ゝ御通御座候。

一今朝、清右衛門様入来。御伽暫時、帰去。○昼前、松前老侯使北村仙太郎来ル。所要ハ、例之無薬体（ママ）。清朝北京動乱風聞、天文台阿蘭陀通詞より、御隠居江申上候由。実説承り候ハヾ知らせ候へ、との口上也。此節、看病引込居候所、ケ様之事度ゝ也。宗伯病症之事申演、同苗病中、餘事不存趣、申遣ス。○昼後、同人より使来ル。帰候而御隠居江御病症申聞候所、蝦夷地姥百合之粉、痢病妙薬候。ゆるくねり用候様、被申付候趣、姥ゆり少ゝ、被恵之。宗伯、返書遣ス。○夕方、大嶋七兵衛、御不例為御見舞、来ル。雑談数刻、帰去。

一植木屋治左衛門、隣家橋本氏江参り居候故、帰りニ立寄候様、申遣ス。薄暮、治左衛門、去冬中より之不埒段ゝ誤入、託（ママ）候ニ付、致宥免遣ス。九月節句前後ニ植替候木有之間、両人とも参候様、申付。

一夜ニ入、お久和、御不例為伺、来ル。雑談暫時、五時前帰去。

廿四日丁卯　雨　昼八時前止

一今朝、御容体書認、玄曠江御薬取遣ス。御食後御腹痛之趣、依申遣スニ、御薬転方、平胃散両日分六貼調剤、指越候間、右平胃散、別煎兼用ニ被為成御用、御本方補中益気三貼、手製御用被為成候。宗伯用ひ候玄曠薬は休薬申遣シ、手製薬相用候。

一御不例、愈御順快。昨日、女西行御校合被為遊、今朝より、金ぴら船五編四之巻、於御寝間、押而御草稿被為遊候。未ダ御気力復不申、御病臥中ニ候得共、発板延引気之毒ニ被思召候義ト奉存候。御食事等日増ニ御進ミ被為遊候。朝、御本飯四膳、昼、同四膳餘、昼後、寒晒・白玉・牡丹餅被召上、夕、赤小豆粥四膳被召上候。夜中、大便少ゝ溏瀉。其前、御腹痛。

一今朝、松前老侯御使大田九吉来ル。所要は、大野幸治郎家製速退散、痢病水瀉之妙薬ニ而、応験之黒焼薬候間、用候様被申越、壱包拝受。雑談暫、九吉帰去。老侯より拝受速退散、用試之。

廿五日戊辰　曇　四ツ時前晴　天明より南風烈　夜中別而大風　暁止

一御不例、御順快。昨日、金ぴら船四編四之巻、御稿了。今日も、於御病床、五之巻御稿被為遊候。朝、本飯四膳、昼、同四膳半、夕方、餅粉・掛温飩二膳餘、夜ニ入、御茶漬御飯四膳被召上候。

一朝四時、清右衛門様入来。明日油町江序御座候由申上ニ付、女西行壱番校合相済間、森治江届候事、并、水滸伝四編七之巻写本校合被為遊候間、鶴喜江致持参候様、御口上等御直ニ被仰付候。将又、廿二日ニ小松屋より取寄候広東人参、弐両目之内壱両目、用立兼候故、通帳面添、帰シ被呉様、清右衛門江頼遣ス。

一昼前、松前老侯御使大田九吉来ル。宗伯不快御尋、蝦夷地大葉百合之粉少ゝ・鶏肉丸少ゝ、被恵之。雑談暫、帰去。

一今夕、巳待。弁才天祭、献供等例之通。御不例中、心願之義有之、一七日、斉戒《(ママ)》沐浴して、池之端なる御社に詣しに、満願之夜、あらたなる感あつて、明る朝より御穀気出、粥三匁被召上、日増御食進ミしかバ、祈念益浅からず《(ダク)》、献供二種餘計献之、別而奉祈念。

一昼後　家母君、不忍池弁才天参詣、無程御帰宅。

廿六日己巳　晴　五時過ゟ風北東　昼後薄曇

一御不例、益御順快。今日も、於御病床、金ぴら船五編五之巻、昨日御認残り四丁、被為遊御稿之。昼後御稿成、其後、六之巻画割五丁、御稿。〇御食気日増御進ミ、御平穏。夜中、両度御溏瀉。

一今朝、御薬取ニ不遣。益気湯手製被召上候故、玄曠調呈平胃散弐貼ヅヽ、御用《(ムシ)》ひ残り未弐貼有之故也。昼前、玄曠見舞、拝診。雑談暫、帰去。

一昼後、清右衛門様入来。昨日被仰付候女西行校合、森治江届、稿本請取、鶴喜江水滸伝四編七之巻写本届、御口達申通、并、小松屋江人参壱両目返シ、白砂糖壱斤・氷砂糖半斤取之、持参被成。雑談暫、帰去。

一樹木泡雪梨壱ツ、昨夕採之、弁才天江献供。今朝又壱ツ採之、仏殿江備之《(ママ)》。

一夕方、目出度屋老母来ル。先日葡萄遣し候謝礼也。雑談暫、帰去。〇夕方、駿河茶師、中付置茶七斤、持参。

廿七日庚午　曇　冷気

一今朝、御薬取ニ遣ス。前方平胃散六貼調剤、指越。本方手製補中益気壱貼、兼用は玄曠調剤平胃散弐貼ヅヽ、御用被為成候。

一御不例、追ゝ御快気。今日、金ぴら船六之巻、於御病床、御稿成。

一今朝、美濃屋甚三郎来ル。御逢。雑談数刻、帰去。○昼前、松前老侯使大田九吉来ル。宗伯出勤可然旨、催促也。雑談数刻、昼後帰去。○今朝、宗伯、屋代氏ニ、度ゝ見舞候為挨拶、罷越候所、留守中故、岩治郎ニ委細申置、帰宅。○昼後、屋代太郎殿入来。御病床ニ通り御逢、暫御対話。出羽大沼大行院、近所久保平十郎方ニ致逗留居候。此人、一千人致祈禱度旨心願ニ而、最早八百餘人相済候由。殊之外験者ニて御座候間、不苦思召候ハゞ、御祈禱被成御頼候而は如何、御尋申由。其外、鉄炮洲湊町湊屋金治郎灸点応験等之事也。其後、帰去。○夜ニ入、土岐村玄立来ル。夜食前之由申ニ付、そば《ダク》を取、振舞候後、五時帰去。

廿八日辛未　晴　冷気

一御不例御順快之所、昨今少ゝ御腹不和、昼夜ニ五度御溏瀉。今日、於御病床、金ぴら船口絵弐丁半・御序文半丁、御稿全成。

一今朝、屋代氏より使来ル。　家君御不例御平愈御祈禱之事、大行院ニ昨日申遣候哉、大行院より屋代氏ニ其返書被見せ。右書中之趣は、御祈禱之義承知、修法仕、自此方可申上由。且、久保平十郎取込候義有之間、明日頃、新石町新道柄木町家主藤兵衛店秀山方ニ同居之趣、并、供物料請取候事共也。然ば、供物料屋代氏より立替遣し候哉、逢候而委細承り、右供物料返進候様、被仰付候。

一今昼後、泉床源兵衛呼寄、於御病床、初而御月代を被為遊候。御月代後、無御別儀、益御平穏。

一夕方、清右衛門様入来。御召袷地御用、大丸ニ申付候由、申之。一昨日御直被仰付候哉。無程、帰去。

廿九日壬申　晴　昼前より風南

一御不例、御順快。四五日於御病床御著述、御疲労被為遊候故、今日、御平臥、御読書。御腹兎角不和、今朝御腹痛。乍然、昨日より餘程御快気。御溏瀉も昼夜両度。

一今朝、御直ニ御書被為成御認、泉市江、金ぴら船四・五・六、幷、口絵・序文三丁半、合而四冊持セ被遣。使、夕方帰来ル。

一今朝、大丸屋より、御袷地表裏共致持参候所、御注文ト違、摺柿壱反・打木綿壱反為持遣候ニ付、御注文書被為成御認、木理柿壱反・花色木綿壱反、明朝持参候様、申付被遣。

一今朝、田原貞之進事直八より使来ル。来八月朔日、住要院十三回忌相当ニ付、志申付候由ニて、重之内、被恵之。本所阿部家致退身、当四月上旬より浜町水野出羽守様中屋敷隣大久保四郎右衛門殿江致勤仕候由、申越。宗伯より両名ニ而返事遣ス。　家君四年以前より御同居・御改名之事、閏六月十七日より御不例之趣、少こヅ、御順快ニ趣候得ども、此節、甚取込居候。別段使遣し兼候間、略義使之者江附之、煎茶壱袋進申、御霊前江備被呉候様、別紙申遣ス。

一夕方、清右衛門様入来。近日序之節、鉄炮洲湊町金治郎方江罷越、序次第此方江参り被呉様申通べく旨、御直こ被仰付、其後雑談数刻、帰去。〇昼後、本郷笹屋山城、御不例為御見舞、来ル。宗伯対面、無程帰去。

晦日癸酉　晴　大風北　夜ニ入止

一今朝、御容体書認、玄曠江御薬取ニ遣ス。前方三日分六貼調剤、指越。

一御不例、御順快。今日、於御病床、水滸伝外題・とびら、被為遊御稿。夕七時前、御稿成。

一昨夕、金兵衛、水滸伝四編八之巻写本書そん有無、問ニ来ル。晩景故預り置、今朝、御校合被為成候。四時過、金兵衛来ル。昨日、泉市より、金ぴら船五編壱・弐・三画写本出来、届来候由。未被為成御覧候故、右画写本持参。当番出掛之由、指置、帰去。夕七時、又来ル。水滸伝、鶴屋〻持参可致旨申ニ付、八之巻写本壱冊、今日御稿被為遊候外題・とびら共、御手紙添、鶴屋〻届被呉候様渡シ遣ス。泉市、金ぴら船草ゝ認候様、画写本渡ス。并、大丸〻昨日被仰付候御注文之品、持参不致候ニ付、御手紙壱封、通り道ニ候間、届被呉候得と頼遣ス。○水滸伝四編写本惣上り故、改方〻出シ候様、袋等例之通り、御稿本八冊入、鶴屋喜〻届候様、金兵衛〻渡ス。

一夕七時前、清水俊蔵、御不例為御見舞、仙台糒壱袋持参。雑談数刻、帰去。

一夕七時過、屋代氏より案内ニ而、湊町松ひら金治郎来ル。家内一統容体申聞せ、灸点を請　家君、御背五ケ所・御腰三ケ所、家母君、御えり壱ケ所・御臂壱ケ所ヅヽ・御足弐ケ所ヅヽ、宗伯、背五ケ所・腰三ケ所、お路、腰三ケ所、下女むらニ至る迄、不残今日、灸点を請。灸壮七ツヅヽ、三日四日〆一日休ミ、残リ四日九ヅヽ之趣、申之。筑波山〻鎖奉納致候由、南鐐壱片合力頼候ニ付、任申旨、南鐐壱片致寄進。無程、帰去。

一薄暮、金兵衛又来ル。鶴屋〻罷越、不残渡候由。被仰下候水滸伝、穿鑿仕候所、七十回本のミニ而、百回本無御座、延引仕候趣、明日中仲間穿鑿仕、愈無御座候ハヾ、通俗本指上可申上、此段申上被呉候様被頼候由申置、帰去。

〆

八月朔日甲戌　晴　風烈南

一御不例、益ゝ御順快。於御病床、金ぴら船外題・とびら、御稿被為遊候。

一昼飯草ゝ宗伯出宅、当日為祝義、松前両屋敷ニ罷出。閏六月御病発後、為御看病引込、今日出勤久ゝ故、ひま取、七半時過帰宅。今日出勤為祝義、中鯛壱尾、被下之。○昼前、大丸、御注文之品持参。請取、代料済渡ス。

一昼後、御姉様御入来。久ゝ御不例不伺候間、御容体為伺候。宗伯帰宅後、薄暮御帰被成候。

一今暁六時前、上野広小路出火、無程消留。幸ひ無風、殊ニ上野近キ故也。天明前、近火御機嫌為伺、清右衛門様入来。草ゝ帰去。○夜ニ入、お久和来ル。御容体為伺也。六半時、帰去。○夕方、川西主馬太夫来ル。御不例伺也。申置、帰去。

二日乙亥　暁ば(ダク)ら〳〵雨無程晴　昼後薄曇八時前晴　秋暑

一御不例、益ゝ御順快。今日、於御病床御読書。昼前、少ゝ許御水瀉。

一昼後、宗伯出宅、飯田町ニ罷越、薬売溜勘定致シ、小松屋ニ而、広東人参・白黒砂糖等、取之。

一今日、松ひら金治郎、飯田町ニ参り候約束も有之候故、対面之上、灸治後　家母君・宗伯とも、不出来之事申聞セ、様子尋可申存、薄暮迄待合せ候得共、参り不申候間、夜ニ入、六時帰宅。

一昼後、美濃屋甚三郎来ル。被為成御逢候由、宗伯留守中なり。○昼比、下女むら宿治郎(ママ)八来ル。当七日、御床上御祝義赤飯被下候間、昼比参り候様申付。○(ママ)

三日丙子　晴　秋暑　夜ニ入曇　風南

一御不例、益ゝ御順快。玄曠御薬壱貼残り、手製胃苓湯被召上候間、今日御薬取ニ不遣。

一昼前、清右衛門様入来。被仰付候富士艾三千挺、御持参。代料百四字渡ス。無程、帰去。

一夕方、林玄曠見舞。拝診後、帰去。

四日丁丑　晴　四時より風西北　夜中曇　秋暑

一今朝、御容体書、并、追ミ御本復ニ趣候間、今日限御休薬之事、別段手紙遣ス。則、御薬前方六貼御休薬之事承知候趣、返書来ル。

一御不例、愈御順快。御腹兎角不和、昨日より両三度ヅ、御水瀉。今日、於御病床、松浦さよ姫後編、御稿被為興。

一今朝四時前、明神楼門前伊勢嘉隣家出火之所、早速消留。屋根ニ少ミ焼抜候得ども、風少シも無之、即刻鎮ル。

一今日彼岸之中日、慈正様御祥月忌日ニ御相当ニ付、今朝、牡丹餅を拵え、御霊前ニ奉備(ママ)、目出屋(ママ)・渥見等ニ施之。飯田町ニは　家母君御出掛ニ御持参被為遊候。

一昼後、家母君、お路を召連、御出宅、飯田町ニ御立寄、竜門寺・深光寺ニ御墓参。薄暮、御帰宅。

五日戊寅　曇　朝五時過より小雨　北風　冷気

一御不例、益御順快。今日、御水瀉無之、御本便御快通。於御病床、松浦左用姫(ママ)、被為遊御稿。

一明後七日、御床上ゲ被仰出候ニ付、三十弐軒前胡麻塩包、今日拵之。〇今日、閑暇無事。宗伯、灸治後、連日気分不勝。

六日己卯　微雨　夕八時過より止　曇不晴　冷気

一御不例、愈御本復ニ被為趣(ママ)。今日、松浦左用姫本文廿二丁、御稿成。昼後より、かな十丁、御付被為成候。

一昼比、清右衛門様入来。明日御床上為御祝儀、赤飯米ニ而三斗、中村屋佐兵衛ニ申付候様、御直被仰付。将又、御不例中御見舞到来之方江被贈候祝重、飯田町組合六人・田口重治郎・小石川山田・磯浪清治郎・伊勢屋久右衛門・中村屋佐兵衛・清水俊蔵・名張屋勝助・英泉・美濃屋甚三郎・築地土岐村・和泉屋市兵衛・林玄曠・有馬屋与惣兵衛等・飯田町宅、以上廿軒は、飯田町より使指出候様、被仰含。胡麻塩包廿、外ニ熨斗包添、渡シ遣、無程帰去。

七日庚辰　曇　折々微雨　夕八時過　薄晴　薄暮又曇

一御不例御本復、今日吉日良辰、御床上ゲ目出度相済。昼後、御入湯、御月代被為遊、益御機嫌能。家内一統礼服着用、恐悦申上、御祝儀無滞相済、千秋万歳。

一今日御改名、同様恐悦奉存候事。今日処々江被遣候御祝之重江、口上書相添、御改名御弘、是又御同様相済候事。

一今朝、磯浪清治郎より、当日御床上ゲ為御祝儀、鮮魚一折、以使、被贈之。

一昼比、飯田町より、赤飯弐樽為持、指越。昨日被仰付候通、飯田町向寄之分弐拾軒、御祝之重贈り済候ニ依て也。

一即刻、赤飯・御酒等献供。其後、杉浦清太郎・橋本喜八郎・目出度屋、屋代太郎殿江は御手紙添。留守之由、返書不来。笹屋山城同手紙添。返書不来。中川金兵衛・関忠蔵、御返書来ル。蜀山、同口上書返書来ル。渥見治右衛門・鶴喜・西村与八、大坂屋半蔵同人江は、石魂録後編壱之巻御稿本出来、画割被遊、御渡可被成候間、両三日中ニ参り候様、被仰遣。返書不来。薄暮、使之者帰り来ル。○下女むら宿江は、治郎八呼寄、御祝之御重被下之。委敷ハ別張(ママ)ニ記之、目出度相済畢。○夕方、屋代氏使岩治郎来ル。今日御床上ゲ御祝儀、御細書被成下候御挨拶申置、帰去。

一今日、石魂録昨日御付残り仮名十丁餘、被為遊。昼後、壱之巻本文御稿全ク成。

八日辛巳　微雨　昼前止　折々小雨

一今朝、屋代氏より使来ル。兼而頼置候滋枕（ママ）、昨日猶又被仰遣候ニ付、弐ツ指越。壱ニ付、代料金壱朱之由。弐ツ共請取置、即刻、近所指物屋徳治郎江、滋枕之台申付。明後日出来之由、申之。

一今日、石魂録画割、さし画三丁御稿成。夕方より水滸伝御読書、女水滸伝五編目為御稿也。

一昼後、伊勢屋久右衛門来ル。御床上ゲ為御祝儀、鰹節十本、中村屋佐兵衛・有馬屋与惣兵衛・八百屋長兵衛、四人連名ニ而持参。御逢後、無程帰去。〇夕方、清右衛門様入来。飯田町上家賃持参。雑談数刻、帰去。

一八半時、宗伯、屋代氏江罷越、対面。今朝指越候滋枕弐ツ、代料渡ス。御不例中日々見舞候挨拶申述。所持被致候石針、一両日用ひ候様、借被呉。高尾初代之年代被尋候ニ付、帰宅後申上、御書付為持被遣候。

一昼後、むらを豊嶋屋江遣し、醤油・味淋注文、申遣。夕方、豊嶋屋より持参、代料払渡ス。

九日壬午　曇　不晴　夜中ばら〳〵雨　風北

一昼後、傾城水滸伝五編壱之巻画割、被為遊御稿了。〇今日、朝良之実を採蔵メ、東之庭掃除いたし畢。

一昼比、大坂屋半蔵、御床上ゲ為御祝儀、干菓子折持参。兼而依招也。則、御逢、石魂録後編壱之巻、画割共被為成御渡候。書画等之事、御談被遣候。其後、帰去。〇同刻、杉浦清太郎来ル。御床上御祝儀御祝御重之内被下候謝礼等也。雑談数刻　家君御逢、無程、帰去。〇目出度屋老母来ル。御床上ゲ御祝儀御祝之御重被下候御礼也。鮑腸・かすこ鯛等持参。無程、帰去。〇田口重治郎来ル。御床上ゲ御祝儀御礼也。御逢被為成、暫時雑談、帰去。

一夜ニ入六時過、宗伯、杉浦清太郎ゟ罷越。盆前一件後、両度、清太郎来候故、為挨拶也。雑談暫時、五時帰宅。

一昨昼後より、傾城水滸伝五編御画割被為遊、三冊御画割稿了。壱之巻本文壱丁半・弐之巻過半、御書入、御稿被為遊候。

十日癸未　快晴　天明後颪烈北　昼前止

一今朝、杉浦老母来ル。御床上ゲ為御祝儀、かすこ鯛一皿持参。御逢後、雑談数刻、帰去。○昼後、英泉来ル。御床上ゲ為御祝儀、醬油切手持参。於御書斎、御逢暫時、帰去。○一昨日申付候滋(ママ)枕台出来、今夕より御用ひ被為成候。小之方は宗伯ゟ被下之。同職人ゟ、掛物雪之若松一幅・兜一幅・卓文君一幅、三幅箱三ツ誂之。十五日比出来之由、申之。

十一日甲申　微雨　昼後止　折ゝ小雨

一今日、傾城水滸伝五編弐之巻詞書、朝、被為遊御稿。其後、三之巻本文、詞書共、薄暮、全御稿成。夜ニ入、四之巻画割、被為遊御稿。

一今日、羅文様祥月逮夜ニ付、如例年、御画像、御位牌共、奉祭。料供、如例。

一昼前、鶴屋嘉兵衛来ル。被為遊御逢候。所要は、水滸伝当年袋入ニ仕度由。御床上ゲ為御祝儀、銘茶一袋持参。委細御示談被遣候。雑談暫、帰去。○昼後、御姉様御入来。料供為手伝也。今夜御止宿。

一夕七時、屋代太郎殿ゟ、送膳遣之。無程、以使、伽羅一炷、被恵之。外ニ　家君御床上ゲ・御改名を寿ぎ奉る詠草一葉、被恵之。

一昼後、むらを以、おとみ夕方参り候様、申遣。雨天ニ付、おとみ不来。夕方、お久和来ル。今夕止宿。○七時

前、田口伯母様御入来。樹木葡萄三房持参。茶飯振舞候後、薄暮被成御帰候。○夕方、杉浦清太郎江、送り膳二膳遣之。

十二日乙酉　小雨 夕八時止 薄晴 無程又曇

一今日、水滸伝四之巻四丁、被為遊御稿候。○朝四時　家母君、御姉様・宗伯同道出宅、深光寺墓参。帰路、伝通院前より、御姉様、飯田町江御帰。家母君・宗伯、八時過帰宅。○宗伯出宅後、無程迎来り、お久和帰去。○美濃屋甚三郎来ル。御床上ゲ為御祝儀、鮮魚一折代金一方持参。雑談数刻、帰去。○昼後、中川金兵衛来ル。金ぴら船壱ノ本文壱丁半・弐之巻一冊、写本書そん有無、問ニ来ル。受取置、夕方、被為遊御覧候所、直し有之、明朝持セ被遣候趣、被仰付候。○屋代太郎殿使来ル。閏六月中、讃岐国阿野郡南羽床下村敵打始末書一冊、明朝迄一覧候様、被借呉、預り置。

十三日丙戌　曇 天明微雨 無程曇 不晴 夜中小雨

一今朝、昨夕屋代より借抄敵打一件書、被為遊御写、本書、屋代氏江返遣。其後、傾城水滸伝四之巻本文壱丁詞書、御稿了。昼後より、口絵三丁・序文半丁、被為遊御稿、夜五時前、御稿了。

一松ひら金治郎より請候灸治、当七日迄ニ而一廻り相済、八日より昨日迄休ミ、今朝より又家内一統灸治はじ(ダク)む。

一金ぴら船五編壱之壱丁半・弐之巻写本直し、金兵衛方江持セ遣ス。夕方直し出来、持参。請取置。

十四日丁亥　天明前より雨　終日無間断　但連日北微風大ニ不吹　冷気　猶雨　至明朝不止

一今日、傾城水滸伝五編五之巻御画割、被為遊御稿。昼後、本文・詞書五丁共、御稿成。夜ニ入、六之巻御画割五丁、御稿了。

一今朝、清右衛門様入来。一昨日茶飯不遣候ニ付、右代りニ酒一陶遣し候謝礼也。将又、小松屋注文申遣候白砂糖弐斤、持参。明日油丁幸便之由申ニ付、傾城水滸伝五編四冊、御手紙添、鶴喜江届候様、御稿本渡シ遣ス。其後、無程帰去。

一指物屋徳次郎江申付候掛物箱三通り、昨夕出来、持参。今日、紐を付、箱書付等被為遊、蔵弄了。

十五日戊子　昨晩より雨無間断　今天明前より風烈北　夜ニ入猶暴風雨　夜九時前雨止　暁ニ及び風止　晴

一水滸伝六之巻本文・詞書共五丁、御稿成。○昼後、清右衛門様入来。昨日被仰付候稿本四冊、今日、鶴喜江届候由。雑談数刻、帰去。

一今日、八幡御祭礼ニ付、例年之通御酒備等、如例奉祭。○今夕月見、如例年、家内一統祝之。都而如嘉例。

一雨天故、今日、松前家江不罷出。一両日中、快晴後、途中乾候而罷出候様　家君依被仰也。○当夏中より旱魃ニ而、池之水減候故、三四度、弐三十荷ヅ、汲入させ候得共、乾キ強候而、一夜明候へば(ダク)、前日之如ク減候故、其後、棄置候所、中段之下板弐枚出候。連日雨ニ而、一向水不増、昨今之雨降強、六寸程漸ヽ水増。

十六日己丑　快晴　朝五時比より風烈北

一今朝、傾城水滸伝七之巻、被為遊御画割五丁、昼前、御稿成。其後、本文・詞書とも御書入五丁、成。

一今日、無事閑暇。池之水、今日ニ至り、中段之上壱寸餘上ル。

十七日庚寅　曇　朝四時より風北東　但大ニ不吹

一今朝、水滸伝八之巻御画割五丁、被為遊御稿、昼後より、本文・詞書とも御書入五丁、全御稿了。

一今夕、節がハリ。家内一統星祭、献供如例。○夜ニ入、土岐村元立来ル。夜食振舞候後、雑談暫、帰去。

一昼後、築地土岐村使来ル。栗小重ニ入、被恵之。但、お路ふる夜着壱ツ、指越。○昼前、飯田町宅より使来ル。御床上ゲ為御祝儀、鮎一籠被献之。清右衛門様、今日、公用ニて、他出被致候由、申越。○今日、奇応丸剤半剤、細末し了。

十八日辛卯　快晴　秋冷　朝四時前より風北

一今日ゟ石魂録後輯二之巻御筆を興させられ候所、度ミ客来、御逢ニ而妨られ、夜ニ入、漸ミ無事、被遊御稿候。

一巳刻、宗伯出宅、油丁鶴喜江、傾城水滸伝五編五・六・七・八稿本四冊、持参。御意之趣申通、潤筆残請取。猶又、横山町大坂屋半蔵江立寄、被仰付候趣石魂録経（ママ）わく、八日以来今ニ彫出来不申哉、沙汰無之ニ付、様子尋候所、今日摺出来、押付罷出候趣、申之。それより、本町鰯屋ニて麝香見候所、直段高直故、長崎屋平左衛門ニ而外江出シ置候麝香、態ミ取寄見候得共、不宜候間、鰯屋ニ而麝香求之。鎌倉岸（ママ）豊嶋屋ニて、足袋求之。飯田町江罷越、御床上ゲ之節、芝江指出し候日傭賃、払候。御床上ゲ之節、祝呉候磯浪清治郎・伊勢屋久右衛門、其外万屋善兵衛立寄。田口重治郎昨日本役被申候由、清右衛門様申ニ付、重治郎方江罷越、祝儀申述。帰路、渥見江立寄。覚重出立以来、無沙汰申候故、右為挨拶也。薄暮帰宅。○昼後、築地土岐村内儀、養女杉と申女同道、来ル。夕飯振舞候後、杉女ハ先江帰去。土岐村内儀は、夜ニ入六時前、帰去。供之僕、お杉を送り、下谷江参り候故、待合僕帰来、夜食給させ、其後、土岐村内儀、召連帰去。○同刻過、林玄曠来ル。御床上ゲ御祝儀被遣候謝礼也。数刻雑談、七時過帰去。○夕方、大坂屋半蔵来ル。御逢、委細御所談被遣候。無程、帰去。

十九日壬辰　晴

一新製奇応丸半剤之内、今日　家君御手伝被成候而、正味弐匁弱丸之、薄暮、丸ジ了。夜ニ入、石魂録二之巻、被為遊御稿候。

一今日、草堂無客。丸薬終日、消日。

廿日癸巳　快晴　美日　夜ニ入曇

一今日、奇応丸正味壱匁九分程　家君御手伝、夕八半時、全丸じ了。其後、石魂録御稿被為遊了。

一昼前、松前大野幸次郎より奉札。盤珪と申僧、何寺之住持ニ候哉之尋也。丸レ薬中故　家君御代筆、返事被遣候。

一昼過、大坂屋半蔵来ル。昨日英泉方江罷越、委細談候由。且、英泉江貸被遣候石魂録前編持参、返ル。

一昼後、清右衛門様入来。田口久吾、本役(ママ)被申候為祝儀、肴代金壱封、御書添、帰路、久吾江持参、御口演申通遣し候様、被仰付。其外、富士艾求候事等、御直被遣仰付候。無程、帰去。○昼前、中川金兵衛方江、合巻催促御手紙為持被遣候所、留守之由、御返事不来。○昼後、下女むらを日本橋因江味噌之注文申遣、無程帰来。○駿河茶師佐野儀右衛門来ル。晩(ママ)茶七斤之代料払渡ス。○夜ニ入、屋代太郎殿使岩治郎来ル。所要は、加藤清正丈ヶ七尺五寸、ト申説、何之書ニ御座候哉之被尋問也。委細申遣ス。

廿一日甲午　快晴　美日

一朝四時前、御姉様御入来　家母君御同道、浅草観世音ニ参詣。　家君御病気御平愈為御礼、今日、御堂廻り致候由。夕七時前、御帰宅。其後、下女むらを渥見ニ遣し、兼而約束有之由、子猫を取寄、夕飯後、猫を懐被成、御帰候。

一今日、石魂録被為遊御稿候。〇昼前、森屋治兵衛使、女西行弐番校合持参。請取置。〇九時前、小石川伯母様御入来。御床上ゲ御祝儀等也。駒込旧宅、此節売居ニ出候ニ付、旧宅買取、転宅致度由、被申之。委細御示談被遣候。昼飯振舞、被成御帰候。〇八時比、関源吉来ル。御床上御祝儀候。家君御逢、数刻雑談、帰去。〇夕方、松前役所広瀬三右衛門より、奉札来ル。若殿様御病気之処、御養生不被為叶、当月八日御逝去之段、為知也。返事遣ス。

廿二日乙未　晴

一今日、石魂録本文御書おろし御稿成、仮名被遊御付、二之巻過半御稿成。

一早飯後、宗伯、松前家両屋敷ニ、喪中為伺、罷出。上屋敷相済、下屋敷ニ罷出候跡ニて、宅ニ人指越候所、屋敷ニ罷出、未帰趣依被仰遣、下屋敷ニ迎指越候間、猶又、上屋敷罷出候所、新井田周治僕熊蔵と申者、陰症之疫ニて、江さし文長療治之由。致診脉候所、最早難治之症故、薬不遣、断。帰路、関忠蔵ニ立寄、御不例中見舞候礼申述、雑談後、七時帰宅。

一昼後、二見屋忠兵衛、越後牧之書状持参。先達而忠兵衛より御不例之儀申遣候故、為御見舞、菓子料被贈之。　家君御逢。無程、帰候由。〇夕方、鶴屋喜右衛門使来ル。傾城水滸伝五編壱・弐之巻、画写本出来、指越。御覧後、御手紙添、使之者中川金兵衛に持参候様申付、渡シ遣ス。先達而指越候通俗水滸伝之内、不足有之。今日、中編十三之上三十弐冊為持、指越候へども、未闕本ニ而、全不残先請取置。○夕方、清右衛門様入来。被仰付候富士艾、此節売切候由、漸ゝ弐千挺持参。代料渡シ、雑談暫、帰去。

廿三日丙申　曇　夕七時前より折ゝばら／＼雨　早朝より南風　夜九時過風止　雨　至暁大雨

一石魂録二之巻、昼前、仮名御付了、二十七丁半御稿成。昼後より、二之巻さし画三丁、御稿成。

一八時過、田口久吾来ル。過日祝遣し候謝礼也。御逢後、草ゝ帰去。○奇応丸新製之節はえりわけ候得共、此度より、大粒・中粒・小粒、出来不出来之無差別、丸ジ之儘ニ而、えりわけず《(ダク)》。依厳命なり。

廿四日丁酉　大雨　四時前ゟ小雨　夕七時過より止　不晴

一今朝、女西行弐番、被為遊校合、四時過より、石魂録後輯三之巻、被為遊御稿候。

一昼前、中川金兵衛来ル。金ぴら船三之巻写本出来、書そん有無、問に来ル。　家君御逢、御示談被遣候。

一昼後、小石川伯母様御入来。駒込旧宅買戻シ候代金五方、恩借被成下候趣、格別之御憐愍、当廿一日御入来之節、被仰聞候ニ付、先方相談被極、当廿八日引移り候間、愈恩借願候趣也。九月節句前渡シ可遣間、其節参候様被仰聞、無程、御帰被成候。○夕方、鶴屋喜右衛門使来ル。傾城水滸伝五編三・四之巻、画写本出来、被指越。御覧後、中川金兵衛に持参候様、使之者に被仰付、御渡被為成候。○夕方、芝山田宗之助家内之文、近所岡田昌益、お路方に届来ル。

廿五日戊戌　小雨　夕八時過より晴　又折ゝ雲立　七時過か晴

一昼前迄、石魂録三之巻本文十丁、被為遊御稿。右十丁、昼後、仮名被為付、後、夕方より又、本文被為遊御稿候。

一今朝、中川金兵衛、金ぴら船壱巻序・口絵書入三丁半、持参。書そん有無、為校合也。指置帰ル。序文ニ直シ有之候得共、御直被為遊候。昼後、又来ル。泉市江可致持参旨申ニ付、壱より三迄写本三冊、届呉候様、渡シ遣ス。

一昼前、松前家長尾所左衛門より奉札来ル。廿七日朝五時、駒込於吉祥寺ニ、見広院殿初七日御法事被成執行候間、当朝罷出、焼香有之様、申来ル。則、請書指遣ス。〇今朝、杉浦老母申越候は、会所江炭置候由。即刻、日傭を雇、取ニ遣シ候所、最早売切候由ニ而、空手ニ而帰り来。日傭賃少ゝ遣之。〇昼後、清右衛門様入来。当月十四日被仰付候御箸之銀、薄ク相成候所、銀細工人近所無之故、飯田町之職人江申付様御示談被遣、今日出来、持参。代銀渡遣ス。勘定之帳持参、入御覧。其後、無程帰去。且又、明日幸便之節、女西行弐番校合本、森屋治兵衛江届候様、御渡為成候。〇今日、奇応丸中包略能書、摺之。

廿六日己亥　晴　朝五時過　忽曇　朝四時　薄晴　風北　又無程曇　夜九時前より大雨

一石魂録三之巻、被為遊御稿候。〇昼後、清右衛門様入来。女西行弐番校合本、今日届候由申之、即刻帰去。

一昼後、御出宅　家母君深光寺墓参、夕七時御帰宅。今日、草堂、無客無事。

廿七日庚子　大雨 昨夜中より無間断 但夕七時前より小雨ニナル　風北　吹降 夜ニ入 風雨猶不止

一石魂録三之巻、今夕迄、付仮名とも廿四丁半、御稿了。

一今日、見広院殿初七日法事ニ付、罷越可申支度之所、今暁大雨ニ付、御意ニ而、毎夜門脇江出候籠屋豊治郎江申付、乗輿ニて、朝六半時出宅、駒込吉祥寺江五時過着。無程、法事執行。至八時、法事了。斎後、帰路、籠之者未致食事候由申ニ付、於途中、中食為給、一休。吉祥寺ニて食事為致候様申談置候得（ママ）、取込故、間違候事と存候。夕七時、漸ゝ帰宅。

廿八日辛丑　曇 朝五半時比より 薄晴　風烈北 四半時過より晴

一石魂録三之巻、さし画三丁御稿了。夕方より、四之巻被為興御稿候。

一東北之隅ニ有之候梨之木ニ虫付、葉悉如蟬羽相成候故、葉不残むしり採了。〇昼後、清右衛門様入来。昨日、小石川伯母様、飯田町宅江被成御出、被申聞候は、旧宅買戻シ候五方金、拝借候而は、吉兵衛義甚気之毒ニ存候間、一円拝借候て、不足之一方金は、兎も角も仕候間、此趣被仰上候様、御頼之由。御意ニは、伯母様事御老年ニ及び、被成苦労、気之毒ニ被思召候故、旧冬より続、御物入多之処、御貸も可被遣被仰聞候也。吉兵衛事、いたし方不宜敷候。一向御構ひ被成候義無之、伯母様事、老年之苦労笑止ニ被思召、格別之御憐愍之所、此間、伯母様御入来之節、旧宅買戻候代金請取書、此方江致持参置候様。然上は、金子ニ而貸候義ニ無之間、返さぬト（ママ）とても宜敷、此後、如何様之義有之候共、家之義は吉兵衛ニ為構間敷候。其方江貸遣候家なれバ、吉兵衛わが（ダク）まゝ、中間敷候など、被仰聞候所、家を買請候証文指上置候而は、勝手ニ転宅致兼候。金子ニて借用候へバ、自身之家ニて、又ゝ転候事都合よし。殊ニ、金子は自身借用ニ無之、伯母御江御貸、返上ニ不及など、

致了簡候事ト被察候。左候而は、先方存寄、此方思召と違候事故、断候様、被仰遣。将又、閏六月中御貸被遣候放言五冊、飯田町宅迄持参候由、今日、清右衛門様持参、請取。其後、無程帰去。

一午後、美濃屋甚三郎来ル。御逢数刻、雑談帰去。

廿九日壬寅　晴　朝五時前より風　連日北風但大ニ不吹　夜ニ入風止

一石魂録四之巻、被遊御稿候。○今朝、中川金兵衛来ル。傾城水滸伝五編壱之巻筆工持参、指置帰ル。直し有之候へども、御直筆ニて被直候。○大坂屋半蔵、昼比来ル。画工より画写本出来参り居候哉、伺ニ罷越候由。未出来不参候間、被致催促候様被仰遣、御逢無之。即刻、帰去。○夕方、宗伯、油丁江金箔求ニ罷越。此節、諸所金箔御用ニ付、小売御指留之由。然ども、年来同所ニて求候事故、内〻ニ而廿枚買取。序ニ、鶴喜江水滸伝五編壱之巻写本持参、渡ス。薄暮、帰宅。

晦日癸卯　晴　美日

一石魂録、過半被為遊御稿候。○中川金兵衛来ル。昨日之水滸伝五編壱之巻、鶴喜江持参致べく《(ダク)》哉と申来ル。昨夕幸便御座候而、為持遣候由被仰聞。即刻、帰去。○今日、新製奇応丸半剤之内四匁餘、箔をかけ了。残り壱匁弐分、未箔をかけず《(ダク)》、夏目中《(ママ)》、蔵之。○夕方　家君御供ニ而、上野広小路江植木見物ニ行。注文之木無之、鶏頭壱本求之、薄暮、帰宅。御病後初而御他行、殊之外御草臥被為遊候得共、益御機嫌能、恐悦奉存候事。

〆

九月朔日甲辰　晴　朝五時薄曇　昼後八時晴　忽曇

一石魂録四之巻廿四丁、昼迄御書おろし相済、昼後より仮名御付被遊候。

一今朝より、宗伯、風邪悪寒強、終日平臥。○昼後、西村与八、森屋治兵衛同道ニ而来ル。御床上為御祝儀、金弐百疋、泉市・鶴喜・西与・森治、連名ニ而持参。外ニ、来子年潤筆前金、森治弐円、西与弐円持参、御請取被遊候。女西行とびら《(ダク)》年号御書入、森治江御渡被為遊候。無程、帰去。

二日乙巳　薄曇　朝五半時より快晴

一石魂録四之巻廿四丁、昼迄、付仮名等全御稿了。昼後、同四之巻さし画三丁、御稿了。

一早飯後、美濃屋甚三郎来ル。八犬伝七編目潤筆五円持参。雑談数刻、帰去。○昼前、祐翁様御使太田九吉来ル。今日快晴故、不快等ニも無之候ハヾ、罷出候様、演説。此間風邪之由申之、一両日中可罷出旨申。無程、帰去。○昼後、蜀山人来ル。過日御床上ゲ之節被遣候赤飯之礼也。大空武左衛門写真大図、被為見。渡辺登写候をすき写候由。一枚写シ呉候様、被為成御頼。則、紙・画之具料として、南鐐壱片被遣之。雑談数刻、帰去。○同刻、牧村右門使来ル。清朝動乱所ゝ戦之子細書、聞出候ハヾ、九日罷出、咄候様申越。返書遣ス。○昼後、清右衛門様入来。昨日御姉様ち之道ニ而御平臥、今日は御快方之由。薬遣候。無程、帰去。○橋本ゟ使来ル。所要は、心願御座候ニ付、為成就、家君御光駕之上、家相被下御覧候様頼也。　家君被成御歩行兼候間、宗伯罷出可申旨、返書遣ス。

三日丙午　薄曇　朝五時過より晴　風北　夕八時薄曇　無程晴

一今朝より、石魂録五之巻、被為遊御稿候。〇今朝、屋代より使来ル。讃州羽床村復讐記、過日被為見候残編被為見、明晩迄返進候様、申越。要用は、此節、親友急難救候ニ付、老拙力及候丈調達候得共、黄色五円不足ニて迷惑候間、懇意中之内、用立呉候者御座候ハヾ、致世話呉候様頼也。家君、御病気後、兎角歩行不自由之事、宗伯、流行之風邪ニて、引込居候趣、金談之事、両人とも不得手ニて、心当り無之候へども、他行致候様相成候ハヾ聞合可申旨、あらまし断之、返書遣ス。

一昼後　家母君御出宅、飯田町江被為赴候。御姉様不快、為見舞候。薄暮、御帰宅。〇夕方、中川金兵衛、石魂録壱之巻五丁写本出来、持参。

一夕方、上野広小路江植木見物ニ、宗伯致御供、被為赴。御病後、御足すくミ、難被為遊御歩行故、御足ならし之為なり。注文之木無之、薄暮、御帰宅。〇今日　公方様王子辺江被為成候由、家母君、飯田町より御帰宅後、被為仰候。

四日丁未　晴　風北但大ニ不吹　夜ニ入曇

一石魂録五之巻、追ゝ被為遊御稿候。〇今日吉辰、新製奇応丸、夏目（ママ）中ニ蔵之。〇昼前、英泉来ル。石魂録壱之巻さし画弐丁写本出来、持参。此間合巻落合、延引之由申之、二・三・四三冊分さし画御稿本渡ス。帰路、横山丁大半江被立寄、両三日以前、四之巻迄稿本出来居候間、右三冊之さし画稿請取来候由被申、為見候様被仰遣。且又、英泉近所之貸本屋弟ニて、筆工いたし候者有之、過日鶴喜申上候者ニ御座候。今明日中上り候間、御教諭、御取立被成下候様、申之。雑談数刻、帰去。〇昼後、森屋治兵衛使来ル。女西行とびら直し持参。直

ニ御覧、被遣候。〇昼後、屋代氏江、昨日借抄讃州羽床村復讐記上・過日借用之石針、手紙添、返進了。〇同刻、小石川伯母御御入来。此間清右衛門様より被仰上候心得違ひ之段、去冬より続、御物入多之所、憐愍之御意ニ違ひ、我儘申条、御腹立之趣被仰聞、恐入候由、申之。宗伯取斗ひ、節句前少ゝ金子貸進候様、御内意ヲ以、申進。此節指懸迷惑之様子、気之毒被思召、格外之御憐愍也。〇小石川伯母御御入来中、筆工仙吉来ル。鰹節一連持参。被為遊御逢、書体一ゝ御教諭、石魂録筆工被仰付候間、節句前後参り候様、被仰遣。数刻御教諭、七時比帰去。其後無程、伯母御被成御帰候。〇夕方、大坂屋半蔵来ル。潤筆四円持参。石魂録六冊之内、引分、七冊致度由申ニ付、五之巻引分、五之上下ト二冊ニ致し可遣旨被仰聞候所、大悦ニ而、薄暮帰去。

五日戊申　今晩六時前より大雨　終日無間断　風東但大ニ不吹　夜ニ入小雨　五時前雨止　風烈南　至暁凪

一石魂録五之巻、被為遊御稿候。昨日、終日客来、御用談続、夜ニ入迄妨れ、一向不被遊御稿。今日無事、追ゝ被為遊御稿候。

一昼前、鶴屋喜右衛門使来ル。傾城水滸伝四より八迄四冊、外題弐枚画写本出来、指越。請取置。一両日中筆工仙橘参り候節、渡シ、認させ候間、先預り置。〇昼後、鶴屋嘉兵衛来ル。子年潤筆之内金三円・泉市分同三円、持参。御逢、御請取被為成候。泉市家内出産御座候由。右故取込居、不罷出候。宜敷申上候趣、申之。出生は女子之よし。無程、帰去。

一下女むら江、昼後、給金被下之。〇当月二日、霜降之節ニ入、百日紅之花、未散。当晩秋之温暖、推而知るべ(ダク)し。

六日己酉　晴　朝四時前より風南但大ニ不吹　夕七時凪

一石魂録五之巻上冊・下冊、押続本文、被為遊御稿候。○今朝、中川金兵衛、水滸伝五編弐之巻筆工写本出来、持参。請取置、被為遊御覧候所、直し有之。昼後、むらを以、直しニ遣ス。幷、同書外題写本書入ニ為持遣ス。二之巻直し出来、下女むら持帰来ル。夕八半時、又来ル。傾城水滸伝写本、当番出掛、鶴喜江持参可致、申来ル。先刻幸便有之、為持遣し候趣申聞、即刻帰去。○午後草ゝ　家母君、お路同道、御出宅、大橋正木稲荷江、腫物御平愈願ほどき之為、御参詣。順路、鶴屋喜右衛門江立寄、水滸伝五編二之巻御届被成様被仰付、写本御渡被為成、夕七時過、住吉町松本ニて元結油等御求、御帰宅。○昼後、清右衛門様入来、被仰付候富士艾四千五百挺、持参。代料渡之。雑談数刻、帰去。

一夕七時前、山下御門外筑波町筆工仙橘、合巻手見せ持参。則、書かた御教諭。水滸伝五編五・六画写本弐冊、稿本添、松浦佐用姫・石魂録後輯稿本二之巻、わく紙添、渡シ、草ゝ認候様被仰付。其後、無程帰去。

一薄暮、植木屋金治郎来ル。当月節句前後、植木植替・松手入等之事、被仰付置候ニ依而、来ル十日比より罷出候而は如何、御指合等無之哉、聞ニ来り候也。十日は指合候間、十一日より罷越候様、申付遣ス。○家母君、大橋より御帰宅後、直ニ杉浦江被成御出候。御床上ゲ後、不被為成御出候故、昨夜、参り候得と御沙汰御座候ニ依て也。薄暮、御帰宅。

七日庚戌　晴　天明より風烈北　夜ニ入五時前凪

一石魂録五之上下三十一丁、御書おろし相済、今朝より仮名被為遊御付候。○今朝、林玄曠江薬料為持遣ス。七月十四日迄之薬料は、盆前遣之。盆後被為成御用候薬、宗伯服薬とも六十貼、為酬金三百疋、為代診三五度参候弟子江金壱朱、被遣之。返書来ル。〇昼前、英泉使来ル。過日御約束御座候六樹園訳本排悶録三冊被見せ、銅板煙草入地壱枚、被恵。石魂録さし画、清水舞台之所不安内《(ママ)》、認兼候間、その、雪拝借之事、頼来ル。則、二之巻壱冊、御貸被遣候。

一中川金兵衛、昼前来ル。今日、急ニ番替りニ出、今夕泊番仕候間、水滸伝外題・とびら、明朝迄認兼候趣、申来。　家君御逢被為遊候。即刻、帰去。〇昼後、美濃屋甚三郎来ル。雑談数刻、帰去。

八日辛亥　晴　夜ニ入薄曇

一石魂録五之上下三十壱丁、付仮名等迄御稿、昼前了。昼後、五之上下さし画三丁被為遊御稿、内、壱丁残ル。

一今朝傾城水滸伝四編とびら被為遊御稿、中川金兵衛江、下女むらニ為持、被遣。〇今朝上野御霊屋御参詣被為成、例之通、四時過、還御相済。〇昼後出宅、飯田町江罷越、八月分薬売溜致勘定、松屋権左衛門・中屋惣助払遣之、玉川堂江御筆二十対誂之、小松屋ニ而砂糖求之、夜ニ入、五半時帰宅。〇昼後、中川金兵衛来ル。水滸伝四編袋・とびら筆耕出来、持参。幷、石魂録後輯壱之巻五丁、筆工出来、書そん有無問ニ来ル。則、水滸伝四編袋・戸びら、石魂録、被為遊御校合。石魂録は此間五丁出来、合而初丁より十丁、内壱丁さし画はり入レ、右十丁、大坂屋半蔵方江、金兵衛ニ為持遣ス。水滸伝袋・とびら、鶴喜江届候様談、渡シ遣ス。

一宗伯留守中、小石川伯母御御入来。此節、旧宅買戻シ、指懸り迷惑ニ及び、気之毒ニ被思召、金弐百疋合力被進之御内意ニ付、申置候故　家母君より被成御渡候。実ニ背御厚意、一向不相成義なれども、格別之憐愍也。雑談数刻、御礼被仰置、被成御帰候由。

一八時過、柏屋半蔵ニ勤居候柏屋喜兵衛来ル。所要は、今日、御成道経師掛物売買候者、不如意ニて商売物払候ニ付、見ニ参り候所、過去帳一本有之、此方之名前有之ニ付、不成御求候哉之旨、申之。右過去帳之義は、山崎平八取次ニて、一昨年、御成道掛物売買候者ニて、宜敷経師有之由ニて、誂候所、平八不取斗ニて、長〻棄置、間ニ合不申候。其後断候所、注文ニ違候得ども、有増出来合せ候事故、直段付遣候所、夕方、喜兵衛又来り、右直段ニて指上可申旨、中買道具屋請取書持参。則、代料渡し、猶又、柏屋喜兵衛よりも、請取書・住所等委敷書付、取之了。右過去帳は、深光寺ヘ納候約束有之、間ニ不合、断候後出来合せ、三年ニ而誂候本主之手ニ落、志を至す事、奇といふべ《(ダク)》し。○昼後、医者体之如何敷風俗之者、名は宗《(ママ)》と申由、御弟子之魁蕾子、此節病気ニ付、御目ニ懸り度由申ニ付、御留守之由、取次申之。右魁蕾子ト申者、無之人ニ而、昔年、御弟子之名ニ代作被為成候作名なり。元来、魁蕾子ト申人無之を知らず《(ダク)》、偽り而掠取悪者なるべ《(ダク)》し。○夕方、清右衛門様入来。重陽之為嘉例、栗一台被献之。今日勝助より致献上候趣、甲州葡萄中籠壱持参。無程、帰去。○宗伯、飯田町ヘ出掛、渥見方ヘ留守見舞ながら、樹木之石榴、おとみヘ遣之。治右衛門弟東菴願候由、家蔵之書物借用致度趣、治右衛門申之。七時前渥見を出、飯田町ヘ赴。

九日壬子　曇　不晴　夜五時過　風北

一今朝、石魂録五之巻ノ下さし画一丁、御稿了。昼後、水滸伝五編戸びら・袋、被為遊御稿候。○昼後、英平吉来ル。所要は、御飜訳水滸伝、角丸屋より板買請、此節、摺掛候所、板木三十枚程不足ニ付、御蔵本拝借、彫足シ度由。且、跡之所御飜訳被成下候様、申之。御逢有之、水滸伝二編御貸被遣候。雑談数刻、帰去。○昼後出宅、宗伯、両屋敷ヘ、重陽之為祝儀罷出、老侯より懐中めがね壱、拝受。暮六時、帰宅。○昼後、当日為祝儀、清右衛門様入来。八月分上屋賃、昨日預置候売溜銭、持参。無程、帰去。

一八半時過、筆工仙橘来ル。傾城水滸伝五編五之巻筆耕出来、書そん有無、問ニ来ル。明朝御覧被遊候趣被仰聞、雑談後、帰去。

一八半時過、おく和、おとみ召連、来ル。在所表より到来之由、日光蕃椒・白胡麻等、持参。昨日治右衛門頼候奇異雑談集六冊、貸遣。幷、甲州葡萄、為移、被遣之。夜ニ入、六半時迎来り、両人共帰去。

十日癸丑　晴　美日

一今朝　家君、大丸ゟ御買物ニ被為赴候ニ付、宗伯御供ニて、五時過御出宅。夕八時、買物整、大丸下男ニ品ゝ為持、宗伯御先ゟ帰宅。家君は、鶴屋ゟ被為御立寄、深光寺ゟ納候大過去帳入用之金箔、鶴屋ゟ頼、同店ニて為整、八半時過御帰宅。買物数種之内、歌賃（ママ）熨斗目紋為縫候而、明日為持越候様、一種残置、餘は不残為持、帰宅。

一留守中、大坂屋半蔵来ル。わく紙不足故、美濃紙二帖為摺、差越候様、過日被仰遣候所、不心得事申参候由、即刻帰去候趣、帰宅後、家母君被仰候。○宗伯帰宅、無程、浅草辺出火。遠火之趣、何方ニ哉不相分。無程、火鎮ル。

○今夕、宗伯、杉浦清太郎方ゟ罷越。所要は、明日より植木屋参り候間、一両日之中、西境垣直シ候故、申通候様依被仰付也。当夏常貞方ニて拵、無間候得ども、手薄下直ニ申付、犬破候によりてなり。雑談数刻、四時帰宅。

十一日甲寅　晴　朝四時前薄曇　薄暮晴

一今朝、排悶録御読書被為遊。昨日之御草臥有之、殊ニ日次之宜（ママ）候故、八犬伝被為興御稿ず（ダク）候。

一今日、植木屋治左衛門、両人不来。呉ゝ申付、今日より罷越候様約束之所、不沙汰なり。○朝四半時、土岐村元祐来ル。家君御逢。雑談、帰去。○昼前、美濃屋甚三郎、潤筆残り一円、持参。八犬伝七編目潤筆皆済也。

先達而入御覧候妖物本六冊、今日御返シ被為成候。例之通、雑談数刻、帰去。○昼比、清右衛門様入来。玉川堂江誂置候筆、廿対之内五対出来、持参。日本橋江序有之由申ニ付、角松江味噌注文之事、頼遣ス。去年八月渡辺登江貸候兎園冊、今ニ不返候故、今日御手紙御認、幸便次第人遣候様被仰付、催促御手紙、并、登より入御覧候耳食録、御返被為成候間、両種被為遊御渡候。其後、帰去。○家母君、昼後御出宅、深光寺墓参被為成、夕七半時、御帰宅。○画工英泉使来ル。貸遣候その丶雪壱冊、返ル。并、石魂録壱之巻末之さし画瀬川采女打る丶所壱丁、写本出来、指越候所、人物大きく、不宜候故、認直し候様、返シ遣候。○夕方、林玄曠来ル。重陽祝義被進候為謝礼、入来。数刻御対話。宗伯、風邪之気味ニて平臥故、不逢。但、当分之事也。七半時、玄曠帰去。

十二日乙卯　晴

一石魂録六之巻壱冊残りニ而、今朝より八犬伝七輯壱之巻被為興御稿候所、合巻校合等ニて、漸ゝ弐三丁被遊御稿候。

一朝四半時、仙吉、水滸伝五編六之巻筆耕出来、書そん有無、問ニ来ル。鶴喜江持参可致旨申ニ付、為待置、被為遊御校合。直シ弐三ケ所有之、御直ニ御直シ被為遊、御渡被為成、昼比帰去。○夕七時前、中川金兵衛、水滸伝五編三之巻筆耕出来、書損有無、問ニ来ル。外ニ、金ぴら船後編三冊画写本漸ゝ出来、持参。水滸伝請取、金ぴら船草ゝ認候様、御渡被為成、帰去。直ニ水滸伝被為遊御校合候所、直し有之、為持被遣。無程直し出来、金兵衛持参。被為遊御覧、直ニ鶴喜江可致持参旨申ニ付、届候様御談、金兵衛江御渡被成候後、帰去。

一深光寺江納候大過去帳、上下江、金箔二編《(ママ)》置之了。今夕、包候為紙、四ツ手拵候得共、過去帳之為不宜候間、鬱金木綿取之風呂敷ニ仕立、包之、明日箱申付、包候儘箱ニ入納候様、被仰付。○昼後、植木屋治左衛門来ル。

祭過迄日延願也。十八日より参り候由、聞済遣ス。

十三日丙辰　晴　微風北

一八犬伝七輯壱之巻、被為遊御稿候。〇月見祝儀之団子、如例年之製之、家廟ニ献之、家門一統祝之、賞翫。

一八時過、渡辺登より使来ル。兎園別集弐冊、去秋八月貸遣し候所、長〻沙汰無之、昨日、耳食録返シ、催促被仰遣ニ付、今日、二冊被返、干菓子小折壱、被恵之。則、御返書被遣候。〇八半時、清右衛門様入来。被仰付候耳食録・御手紙、渡辺登ニ届候所、当番、留守之由、申之。雑談数刻、帰去。〇米屋文吉来ル。代金弐方半、払遣ス。〇今日、指物屋徳次郎ニ、大過去帳之箱、誂之。蕨手を打、提候様ニ、小口ニ引蓋ニ六分板ニて拵候様、申付。十六七日之比出来之趣、申之。

十四日丁巳　晴　今夜子ノ五刻月蝕九分　暮六時過地震

一八犬伝七輯壱之巻、追〻被為遊御稿候。〇今朝、蠣崎民部より使来ル。所要は、小児不快ニ付、家製奇応丸大包申請度由、代料指越。返書認、大包壱、遣之。〇家君、昨日より御風邪ニ而、御薬被召上候。御床上ゲ後、始終御風気去兼、今ニ被為遊御薬用候。〇明日神田明神祭礼ニ付、今夕、桟敷為見物之、夕七時、お路、下女むらを添、銘酒しら菊を為持、惣客より被遣之旨申含、先ニ飯田町ニ遣し、夜食後、家母君御供ニて、薄暮出宅。飯田町宅ニ赴、勧盃後、町内桟敷見物、直ニ帰路ニ赴。お路は初而故、飯田町ニ止宿。家母君、宗伯・下女むら召連、四時過帰宅。御餌薬拵之、御酒被召上候後、八時、家内一統就寝。〇夕七時過、大坂屋半蔵来ル。させる用事なし。筆耕・画工等之義被仰聞、無程帰去。

十五日戊午　晴　折〻雲立

一八犬伝七輯壱之巻、昼後、本文書おろし、夕方より仮名被為遊御付候。○今暁六時、宗伯、飯田町ぇ赴。祭礼為見物之なり。宗伯は飯田町宅ニ而早飯を給、於栈敷見物ス。　家母君は御朝飯相済後、むらを被召連、五半時、飯田町栈敷ニ被為入候。当年より御用祭相止候得ども、踊屋台・引物等、年番附祭之外、橋本丁・三河町・永富町数町有之。夕八時、相済。昼飯したゝめ　家母君、宗伯・お路・むらを召連、八半時帰宅。留守中、草堂無客無事。昨夕、清右衛門様ぇ被下候銘酒柄樽、明候ニ付、為持帰り、直ニ玉川店ぇ返シ了。○夜五時過、小川丁阿部備中侯屋敷中失火、四時火鎮ル。類焼無之。

十六日己未　曇　五半時より微風北

一今朝四時過、八犬伝七輯壱之巻本文廿三丁、全く御稿了。昼後、同巻さし画三丁、被為遊御稿候。

一夕方、渥見次右衛門使来ル。覚重書帖（ママ）・菓子豆壱袋、在所表ゟ指越候趣、届来ル。次右衛門返事、認遣ス。

十七日庚申　薄曇

一今朝より、八犬伝七輯二之巻、被為遊御稿候。○朝四時前、植木屋治左衛門・金治郎来ル。治左衛門直ニ筋違外今福屋ぇ竹を注文ニ赴、無程、人足両度ニ五束運び、代金払遣ス。右玄関前西境建仁寺垣竹拵、金次終日取掛り、未竹拵終。治左衛門八門之左右弐本之松葉掃除、薄暮終、両人帰去。○昼前、美濃屋甚三郎来ル。八犬伝七輯壱之巻・同さし画御稿本、被為成御渡候。其後、雑談数刻、帰去。○昼後、大坂屋半蔵、石魂録壱之巻さし画壱丁・弐之巻さし画三丁・三之巻同三丁、画写本出来、持参。筆耕書入させ候間、請取置、無程帰

去。○七時過、鶴屋喜右衛門使来ル。水滸伝五編戸びらわく・袋画写本、出来、指越。御返書可被遣候。○同刻、中川金兵衛、水滸伝五編四之巻筆耕出来、書そん有無、問ニ来ル。御逢被為遊、則、水滸伝五編袋・とびら、早〻認候様、御渡被為成。四之巻写本御請取、万事御示談被為遊、無程帰去。

十八日辛酉　薄曇　今暁より風北　昼後凪　夜ニ入六時ゟ微雨　五時過より本降　四時止　不晴

一八犬伝七輯弐之巻、被為遊御稿候。○昨夜子刻、立冬節ニ入。今朝、家内一統星祭、献供如例。○植木屋治左衛門・金治郎、四時前来ル。今日、西境建仁寺垣、両人ニ而、取付之。中門之内垣は、犬之破候所、繕之。中貫弐丁、相模屋ニて求之。下之壱間江《マ》胴貫ニならべ打《(ダク)》、押縁等、犬之不破様拵之、終日ニて漸〻出来了。薄暮、帰去。○昼後、西村与八使来ル。白女辻上編三冊、画写本出来、持参。則、御返事被遣、使帰候後、右画写本御稿本、御手紙添、中川金兵衛江、むらを以、為持被遣畢候由。返事不来。

一昼後、大坂屋半蔵来ル。筆耕仙橘罷出候哉ノ旨、申之。させる要用なし。無程、帰去。○同刻、清右衛門様入来。過日被仰付候ニ付、今日、湊町金治郎江罷越候所、留守故、隣家江申置候由、申之。金治郎事、七月晦日ニ来候儘、久〻不参候ニ依て也。雑談数刻、帰去。

一夕方、筆耕仙橘、水滸伝五編七・八之巻弐冊、筆耕出来、書そん有無、問ニ来ル。明朝御校合被為遊候旨、被仰聞、無程帰去。

一夜ニ入、泉市使来ル。手製醴壱重・葉生姜、被恵之。　家君御逢、口上被仰遣候。○指物屋徳治郎江申付候大過去帳之箱、昨夕出来、持参候得共、寸法取違、入兼候ニ付、直し候様、申付。今夕、直し出来、持参。代銀払遣ス。

十九日壬戌　快晴　昼後雲立 無程晴

一八犬伝七輯二之巻、追ゝ被為遊御稿候。○朝五半時、植木屋治左衛門来ル。無拠義有之、金治を外ニ遣し候由。今日は壱人ニ而、表庭中之黒松一本・東之門脇ニ有之黒松壱本・赤松弐本・池之淵（ママ）小松三本、拵之、薄暮帰去。○昼後御出宅、家母君大丸ニ買物ニ被為赴。鶴喜ニ御立寄、水滸伝五編昨日筆耕出来候分、今朝被為遊御校合四之巻・七・八之巻三冊、被成御届、八半時過御帰宅。直ニ、天神前紺屋ニ木綿糸染させニ被為赴、無程帰宅。○今朝、飯田町ニ、昨夕到来之醴・生姜配分、むらを以、為持被遣。昼前、むら帰来ル。

二十日癸亥　薄曇　八半時過霧雨　無程止　不晴　夜ニ入六時過小雨　五時前本降暫時　四時前止

一八犬伝七輯弐之巻、被為遊御稿候。今日、庭木植替御指図等ニて御稿妨、夜ニ入、始而無事、御筆を立され候。

一昼前、松ひら金治郎来ル。一統容体申聞、宗伯眼気悪敷趣承り、足弐ケ所ヅ、灸点施し、其餘は前之通なり。筑波御宮ニ有之神仙遊娯之時、摩ら迦陵笛ト申者持参、被為見。其製如此所抜さしニ応じ音を出ス　此長サ弐尺弐三寸、丸ミ三寸廻り程、末ニ至て壱寸五分廻り程、木理・製作之美事なる、譬ニ物なし。木ハ埋木之やう也。中之摩ら木ハ樫也。抜さしに音を出ス。其美音なる、実ニ迦陵鳥之啼如し。雑談数刻、帰去。○同刻、清右衛門様入来。玉川堂ニ中付置候真書二十対之残り十五対出来、持参。価御払被遣候。明日、御姉様、高輪岩尾ニ家母君誘引、神明祭礼参詣ながら、被成御出候御約速（ママ）有之、此方ニむけ、御姉様明早朝御出被成候趣、申之、無程帰去。○今朝四時前、植木屋両人来ル。治左衛門は池之淵小松四本・五葉松弐本拵之、池之向山掃除等荒増出来。金治郎は李壱本・柳弐本・玉垣梅壱本、終日ニて漸ゝ植替、全不終。薄暮、帰去。

一夕方、関忠蔵使来ル。煮肴・切鮓、小重ニ入、被恵之。八犬伝六輯、外ニ壱弐部、拝借頼来ル。則、八犬伝六輯・三勝前後十四冊貸進、御返書被為遣候。

廿一日甲子　晴　朝五半時より颪烈北　夜ニ入五時前凪

一八犬伝七輯弐之巻、昼後、御書おろし済、夕方より仮名付被為遊候。〇今日、高田筋御成有之、清右衛門様被成出役候故、御姉様不被成御出候。〇朝五半時過、植木屋両人来ル。治左衛門は納戸庭浄水前甕を堀入、水抜等拵、四ツ目墻・調合間椽前砂利どめ・向山裏土留、拵之。金治郎は小木之梅弐本・椶櫚植替、柳ニ竹を立添。薄暮、帰去。〇今朝、杉浦清太郎義弟高橋勇来ル。御台所人某ニ養子媾談整、押付引移候由、申之。無程帰去後、鰹節一連台付、祝之被遣。使ニ指遣候下女に、祝義鳥目出候由。〇昼前、為悦、清太郎方に宗伯罷越、無程帰宅。

廿二日乙丑　晴　風北

一八犬伝七輯弐之巻廿七丁半、夕方御稿了。〇昼後、清右衛門様入来。昨日御成、御延引相成候得共、雨後道之程難斗、御姉様高輪行見合せ候由、申之。雑談後、帰去。〇八半時、和泉屋市兵衛来ル。為手土産、樽柿持参。御逢後、無程帰去。〇同刻、美濃屋甚三郎来ル。例之通雑談数刻、薄暮、仙橘同伴、帰去。〇夕方、仙橘、石魂録弐之巻七丁、筆耕出来、持参。書かた御教諭。其後、甚三郎同伴、帰去。

一朝四時前、植木屋金治来ル。昼前、芝を刈、昼後、地境東墻外に刈込候木枝葉芥等埋了、薄暮帰去。未果。〇夜ニ入六時前、土岐村元立来ル。夜食振舞。雑談数刻、五時帰去。

廿三日丙寅　晴

一八犬伝七輯弐之巻さし画三丁、被為遊御稿候。○朝四時、植木屋金治来ル。門前低所ニ木之枕材木等埋之、少ゝ道普請補之。昼後、李を抜、梅を植替。八時比、右李之樹、飯田町宅ニ金治ニ為持、御手紙を添、被遣。薄暮、帰来。柳を堀取、李之樹植候由。今日、高田筋ニ、御成有之。火留故、夜食振舞兼候趣ニ而、酒代遣候由、金治帰来、御礼申上候。夜ニ入候故、夜食振舞、挑灯貸遣し、六時前帰去。植木屋壱人ニ而、昼迄出来兼候間、宗伯終日手伝、薄暮、掃除了。○今朝、中川金兵衛、金ぴら船四之巻筆耕出来、書そん有無、問ニ来ル。御逢、御請取被為置、無程帰去。○林玄曠弟子某、過日御目録被下候為謝礼、来ル。取次ニ申置、帰去。

一昼後、田中正蔵懇意之筆耕書之由、姓名も不通来り候故、御留守之趣申之、帰去。此節御著述最中、不案内之者ニ、御教諭被成遣され候御暇無之依御意也。○明後廿五日、巳待ニ付、御病気御本復為御礼、明朝発足、江之嶋ニ参籠、今夕、支度ス。

廿四日丁卯　晴 風なし 美日　（注、九月廿四日以下、同月廿八日見出し「辛未　薄曇」まで、馬琴自筆）

一宗伯、江の嶋参詣ニ付、今朝五時前、出立。但、今日かな川泊のつもり也。

一昼時、清右衛門来ル。宗伯出立明日と心得、餞別壱朱、持参。無用のよし申断候へ共、強てさしおき候ニ付、請取おく。且、今日油丁へ罷越候ニ付、さよ姫二の写本七丁、大坂やへ届来候様、申付遣ス。

一昼後、大坂や半蔵来ル。さよ姫板下少ゝも出来候哉と尋候ニ付、先刻もたせ遣し候旨申候へバ、玄関ゟ早ゝ帰去。依之、予、対面ニ不及。

一八犬伝七輯三の巻、今日ゟ稿之、やうやく五丁餘、書おろし出来。

廿五日戊辰　曇　四半時比ゟ晴

一四時過ゟ、お百、深光寺江墓参。妙岸様祥月によつて也。八時前、帰宅。

一昼時、大坂や半蔵来ル。雑司谷辺ニ筆工之有由ニて、手見せ持参。一覧候処、筆工不宜、且、あまり遠方ニ付、不便ニ可有之候間、無用たるべき旨、断ニ及ぶ。其後、帰去。

一今日、妙岸様祥月。料供如例。〇巳まち献供、如例おみち承り、祭之。

一お百、深光寺ゟ帰宅後、池之端弁天江参詣、八半時比帰宅。

廿六日己巳　今朝六時すぎ(ダク)比ばら〱雨　無程止　曇　四時前より薄晴

一今朝五時過、お百出宅、飯田町宅江罷越、おさき同道ニて、高輪岩尾方江加持受ニ罷越、帰路、伊皿子台町清正公明神へ参詣。夕七時比、飯田町宅江おさきをおくり届ケ、しバらく休息いたし候よしニて、薄暮帰宅。

一夕七時過、後の蜀山人来ル。過日頼ミ置候大男大空武左衛門肖像うつし出来、持参。今日関《セキ》氏集会ニ罷越候哉と相尋候ニ付、不罷越旨挨拶いたし候へバ、口上取次之者江申置、早ゝ帰去。但し、右大男図うつし、前ゝゟ被頼候間、蜀山うつし候趣、沙汰無之様、申おかる。

一同刻、ミのや甚三郎来ル。干菓子持参。八犬伝七輯弐之巻一冊・同さし画三丁、稿本わたし遣ス。例之長談、薄暮帰去。

廿七日庚午　晴

一今暁八時、枕辺ぼや。火入之上江、予襟の袖かゝり、少ゝ焼損。早速目覚候ニ付、おみちよび(ダク)起し、けさせ畢ル。依之、今日、右之襀袖、お百つくろひ畢ル。信心之効、この節ニあり。可賀ゝゝ。

一夕七時比、中川金兵衛、金ぴら船五へん五の巻五丁筆工持参。六の巻、一両日中ニ出来のよし、差おき、帰去。

一同刻、宗伯、江のしま詣帰宅。廿四日ゟ脚気ニて足いたミ候ニ付、往来共、馬・駕ニてやうやく凌候旨、申之。今朝、程ケ谷ゟ出立のよし也。但、脚気当分の症也。

一お鍬ゟ使札。手製醢、小器ニ入、到来ル(ママ)。所望ニ付、沢庵づけ遣之。

廿八日辛未　薄曇　昼後晴　夕七時過より曇　（注、九月廿八日見出し「昼後晴」以下、十二月廿九日まで、宗伯代筆）

一昨日、宗伯帰宅前、杉浦清太郎、江戸川御普請出役、只今発足之由、暇乞参り候間、今朝、清太郎留守宅ニ、為悦罷越。昨日、近所他行途中、脚気痛強、歩行致兼、夜ニ入、帰宅延引之由演説、無程帰宅。○四時過、植木屋金治郎来ル。貸遣し候挑灯、持参。則、手間十一人・去冬払後之手間弐人半・椿壱本之代・椶櫚縄四把之代、今日、金治郎ニ払渡ス。并、飯田町宅袖墻大破ニ及候間、来月十五日前、治左衛門罷越、拵候様、申付遣ス。○昼後、蜀山、蔵前坂倉屋治兵衛通番頭坂倉屋金兵衛同道、来ル。家君御逢。金兵衛短冊三葉持参、御染筆御願為菓子料、一方金持参。則、御認被遣候。其後雑談、帰去。○夕方、鶴喜使来ル。水滸伝四編外題写本、仙橘ニ認させ、被為見。此方ニ下書も不願認させ、誤字有之、書かた不宜候故、認直し候様、被仰遣。○夕七時前、美濃屋甚三郎、八犬伝七輯壱之巻さし画三丁、画写本出来、持参。御覧後、御渡被成候。其後、雑談数刻、薄暮帰去。

一今夕、八犬伝七輯三之巻廿三丁、御稿了。夜ニ入、さし画壱丁、被為遊御稿了。

廿九日壬申　薄曇　風北

一今朝、中川金兵衛、金ぴら船五編六之巻筆工出来、持参。指置、帰去。即刻、被為遊御校合。四時、又来ル。筆工皆済ニ付、写本三冊・稿本六冊添、泉市江届候様申談、御渡被遣候。〇四時前、清右衛門様入来。江之嶋為土産、窓之月一折・柚五ツ、贈之。雑談数刻、帰去。

一杉浦清太郎致世話候河越薪、昨日金沢丁薪割伝吉江申遣、今朝来り、割之了。其外、枯梅等も序ニ為割置。

一八時過、小石川伯母御御入来。節句前御合力之御礼也。餅菓子小重ニ入、御持参。御茶菓子・そば振舞。其後雑談、被成御帰候。

一同刻、江嶋岩本院内片山郡平・忰源平両人連名使、御札箱・書状持参。請取書、遣之。御祈禱御札、神廟江納之。

一夕方、筆耕書仙橋、石魂録弐之巻十九丁メ迄筆耕出来、持参。御逢、被為御請取。其後、無程帰去。

一今日、八犬伝七輯三之巻さし画残り弐丁、被為遊御稿候。〇昨昼後、松前牧村右門より奉札。楠公・藤房卿、朝廷之政事を諫奉る書二巻、上杉家ニ伝りしが、何者か盗去し、と遺老物語之内、太田道灌自記を引、有之。此本、蔵書之内ニ有之候ハヾ、見度との事なり。大田（ママ）道灌随筆は偽書之事、遺老物語ニ白石先生之古キ太平記ト引れしハ誤ニて、太平記ニ新古無之事、此事太平記評判か綱目ニ有之しと存候趣　家君被仰聞候趣、委敷返書認、道灌随筆所持仕候間、近日可御覧入旨、脚気ニて引込居候事迄申遣ス。

〆

十月朔日癸酉　晴　八時前地震　七時前又地震　但両度共大ニ不震　微風北　夜ニ入五時過凪

一今朝、石魂録弐之巻写本御校合、来客ニ而妨られ、昼後より、八犬伝四之巻、被為興御稿候。〇四時過、美濃屋甚三郎、八犬伝七輯壱之巻さし画三丁書入筆耕出来、持参。御覧後、筆耕出来之節、はり入レ候様、被成御渡候。弁、三之巻稿本・同さし画稿本、今日、御渡被為成候。雑談数刻、昼時帰去。〇昼飯後草ゝ出宅、宗伯、松前両屋敷江罷出、脚気痛未宜候得共、節句後久ゝ不沙汰致候故、押而出勤。祐翁様より御懇意之事共被仰下、送り之人被下候得共、途中より返シ、漸ゝ六時過帰宅。家母君、為迎、むら被召連、三橋辺迄被為赴候処、帰路ト御迎ノ道違ひ、宗伯帰宅後、六半時過、家母君、被成御帰宅候。

一夕七時、大坂屋半蔵来ル。石魂録弐之巻十九丁メ迄、写本被為成御渡候。其後、無程帰去。〇夜ニ入、植木屋金治郎、樹木之柚十、持参。為移、樽柿・餅菓子少ゝ、子共之方江遣之。過日指上候柚、殊之外宜敷故、望候ニ依て也。

二日甲戌　晴　風北

一八犬伝七輯四之巻、被為遊御稿候。〇昼後出宅、宗伯、飯田町宅江赴、九月分売薬致勘定、玉川堂江立寄、過日出来、指上候細字書、出来不宜、用立兼候得ども、先十対取置、残り十対返し可申候間、少シ強毛ニ而、毛先揃宜敷筆、一二対結立、見セ候様申付、小松屋ニて黒砂糖求之、六時前帰宅。

三日乙亥　晴　寒冷

一八犬伝七輯四之巻、被為遊御稿候。〇今日弁才天御祭礼ニ付、御酒備等、例之通献供、奉祭之。

一今日、上之亥日。炉びらき祝義、如例年之、牡丹餅、家内一統祝之、渥見・杉浦・目出度屋・飯田町宅ぃ被遣之。

一今朝、田中正蔵引付筆耕書小石川鷹匠町加藤伴内来ル。両度参り候故、御逢。当年は最早遅相成、指当り頼申筆耕無之旨御挨拶、猶又追ミ頼可申由、被仰聞。雑談数刻、帰去。○昼後、御姉様、御機嫌為伺、御入来、樽柿十被献之。雑談数刻、薄暮　家君広小路より御帰宅前、被成御帰候。○昼後、岡田昌益、筑地(ママ)土岐村よりお路ぃ之文、届来ル。指置、帰去。○七時過、杉浦老母来ル。今夕、夜食振舞候間、宗伯・お路両人参り候様申之、雑談後、帰去。○夕七時過　家君・宗伯、上野広小路ぃ植木見物被為赴、大もくこく壱本求之、植木屋ニ為持込候ニ付　家君、人足被召連、先ぃ御帰宅。宗伯、御跡より、薄暮帰宅。

一夜ニ入、宗伯、杉浦方ぃ赴。無程、お路来ル。吸物一種・肴一種、勧盃数刻。五半時、一汁弐菜、茶漬出。食後草ミ、お路先ぃ帰宅。四時、宗伯帰宅。○今夜四時前、青山辺出火、無程鎮ル。

四日丙子　曇朝五時過ばら〳〵雨無程止　不晴夕七時過より風北　暁凪

一八犬伝七輯四之巻、被為遊御稿候。昨今御腹不和、六七度ヅ、御水瀉。右故、御気分不被為勝、折ミ、暫時御平臥。御当分之御症也。御薬、平胃散加減、指上候。○昨夕求候大もくこく　家君御手伝、稲荷山之右、木犀之並ニ植付了。其後、落葉掃除、薄暮了。

一今朝、中川金兵衛、水滸伝五編袋・とびら筆耕出来、持参。今夕・明朝之内、鶴喜ぃ持参可致旨申置、帰去。即刻、被為遊御校合候。夕七半時、金兵衛又来ル。右袋・とびら、鶴喜ぃ届候様申談、渡シ被遣候。○夕方、大坂屋半蔵来ル。石魂録筆耕出来、参り居候哉尋候ニ付、取次、其趣申上候所、未出来不参段、被仰遣候所、玄関より帰去。○杉浦方ぃ、昨夕之為挨拶、樽柿壱台、被遣之。

五日丁丑　曇　夜四時ばら〳〵雨　無程止　不晴

一八犬伝七輯四之巻、被為遊御稿候。御不例御順快、御腰少ゝヅ、御痛被為有候。今日、御薬加減、奉指上候。

一昼後、中川金兵衛来ル。昨夕、水滸伝五編袋・とびら、鶴喜ニ届、御口達之趣申通候所、四編外題最早彫ニ出シ候由、申之。先達而、筆耕仙橘ニ認させ、被見せ候節、下書を不願、認候故、誤字有之、書かた不宜。直し候様申遣候後、沙汰依無之、被仰含候御返事也。申置、帰去。

一夕七時前、筆耕仙橘、石魂録弐之巻廿丁メより終迄九丁半出来、持参。并、三之巻末之さし画直し出来、英泉より指上候趣、持参。両種、御請取被為遊候。外ニ、傾城水滸伝五編外題筆耕出来、持参。御覧後、鶴喜ニ持参可致旨申ニ付、届候様、御渡被為成候。無程、帰去。

一夕七半時、鶴屋喜右衛門使来ル。傾城水滸伝四編壱・弐之巻十丁彫立、校合指越。御請取、御返事被遣候。

六日戊寅　曇

一八犬伝七輯四之巻、追ゝ被為遊御稿候。御不例御順快、御薬、前方指上候。○四時前、清右衛門様入来。玉川堂ニ誂置候細字書、手見セ二対出来、持参。近日幸便之節、秤座ニ而、壱貫目掛り秤求候様、被仰付。雑談数刻、帰去。○朝四時過、大坂屋半蔵来ル。昨夕御校合相済候ニ付、石魂録弐之巻廿丁メより末八丁半、写本御渡被為成、御逢無之、玄関より帰去。○松前牧村右門より奉札。当月朔日入御覧候大田(ママ)道灌随筆壱冊、被返。返書認、遣ス。○夕方、深光寺より、十夜仏餉袋持参、請取置。○過日、清右衛門様、屏風はり交ニ相成候書画、頂戴致度旨被願候ニ付、今日取出之置、品ゝ御染筆。短冊三枚・屋代氏書壱枚・外山修理権太夫光施卿染筆大色紙壱枚・椒芽田楽画曾我五郎少将之図壱枚・琴嶺画信州名産海老之図壱枚・同駱駝之図壱枚・冠山侯之書一行物壱枚・波響画鱒図壱枚・地紙布袋画壱枚・菊盟之書地紙弐枚・素絢之画扇子壱本・国貞国丸国直寄合書之扇子壱本、合而十五種なり。

七日己卯　晴　朝五時過より微風北　夕八時過凪

一八犬伝七輯四之巻、被為遊御稿候。御不例益御順快、御薬、前方指上候。〇今日、草堂、無客無事。

一夕七時過、筆耕書加藤伴内来ル。　家君御留守之旨ニ而、宗伯対面。手見せ弐三行認、持参、請取置。無程、帰去。

一夜六時、鶴喜ゟ、水滸伝四編壱・弐之巻校合、問ニ来ル。今朝、御校合相済候ニ付、弐冊渡之。

八日庚辰　晴　昼後より南風　夜六時過凪

一八犬伝七輯四之巻、昨夕御書おろし相済、今朝より仮名被為付、夕方迄仮名御付了。凡廿六丁御稿了。夜ニ入、同巻さし画二丁、被為遊御稿候。〇昼前、目出度屋老母来ル。豕子祝義牡丹餅被遣謝礼也。雑談、無程帰去。〇同刻、美濃屋甚三郎来ル。させる用事なし。雑談数刻、八犬伝四之巻御稿本幷さし画御稿共、明後日御渡可被成旨被仰聞、九半時、漸ゝ帰去。

一昼後、松前老侯使大田九吉来ル。宗伯病気御尋也。雑談数刻、帰去。

九日辛巳　晴　昼後八時前風北　夜ニ入四時前凪

一今朝、八犬伝七輯四之巻さし画残り壱丁、被為遊御稿。昼後、五之巻被為興御稿候。御不例、愈御平愈。

一四半時、清右衛門様入来。取調置候屛風はりまぜ書画、今日、被遣之。貸家庇少ゝ損候由、此節、飯田町宅

庇・雪隠屋根葺替、職人序有之趣申ニ付、八百屋長兵衛貸屋庇為直候様、被仰付。無程、帰去。○昼後、蔵前坂倉屋金兵衛使来ル。過日御逢有之候故、右御礼也。近所より到来之由、大柚弐十一、被贈之。御返書御認、被遣候。

十日壬午　薄曇　朝四時前晴　風　夕八半時凪　夜ニ入曇　無程晴　四時前曇

一八犬伝七輯五之巻、被為遊御稿候。○御病後、寒気ニ向、御養生之為、帰脾湯被為用候ニ依、一昨日より取掛り、今日製法出来、練之了。○今朝、中川金兵衛、石魂録壱之巻六丁筆耕出来、持参。指置、帰去。○五半時、英平吉使来ル。飜訳水滸画伝闕候所彫立、廿八丁御校合願候趣也。御請取、御返事被遣候。○昼前、美濃屋甚三郎来ル。八犬伝七輯四之巻・同さし画御稿本、被為遊御渡候。雑談数刻、九時帰去。○昼後、大坂屋半蔵来ル。中川金兵衛ニ罷越候所、筆耕出来、指上置候趣ニ付、罷出候由、申之。石魂録壱之巻之内六丁、今朝中川金兵衛持参後、被為遊御校合候故、御渡被遣候。過日預り置候番傘、今日、渡シ遣ス。○昼後八時過、築地土岐村来ル。　家君御逢。当十五日、お路鎮帯為致、内祝ひ致候間、御夫婦之内壱人、被参候様、被仰含。雑談数刻、七時過帰去。

十一日癸未　今暁七半時より　風烈北より　六時大雨終日無間断　風雨　夜ニ入六時凪　雨猶不止但大ニ不降小雨

一八犬伝七輯五之巻、被為遊御稿候。○終日大雨。閑寂、無客無事。

十二日甲申　晴　美日

一八犬伝七輯五之巻、被為遊御稿候。○昼後御出宅、家母君、深光寺御墓参。夕七時過、御帰宅。

一米屋文吉ニ申付候当月分注文之内、当三日、弐斗持参、残り之分持参不致候ニ付、催促申遣。昼後、四斗七升五合持参、代金三百疋払渡ス。○今日、草堂、無客無事。○今夜八半時、紺屋町三丁目出火、無程鎮ル。家数弐三軒焼失之よし。

十三日乙酉　晴　夜中九時より風烈　至暁不止

一八犬伝五之巻、追ヽ被為遊御稿候。○今朝、中川金兵衛、石魂録壱之巻廿八丁メ終迄五丁、筆耕出来、持参。指置、帰去。即刻、被為遊御校合候。夕方、金兵衛又来ル。右写本、大坂屋半蔵方ニ届候様御談、御渡被遣候。并、石魂録四之巻御稿本、紙を添、御渡被為成、草ヽ認候様、御示談被遣候。○昼前、美濃屋甚三郎、八犬伝壱之巻十四丁メより十七丁メ迄四丁、筆耕出来、持参。過日、同人罷越候節、十三丁メ迄筆耕出来、持参候ニ付、昨日、被為遊御校合。書かた不宜敷、或は誤字、御教諭之為、不残付札被為遊候。御自身被為遊御直シ候方、御手軽ニ候得共、跡ヽ之為、被思召候而也。今日、右直シ有之写本、直させ候様御渡被為成、今日持参之五丁は、被為留候。例之通長談、八時比帰去。○昼後、鶴喜使来ル。傾城水滸伝四編三・四之巻弐冊彫出来、校合願来ル。御返事被遣候。

一昼後、清右衛門様入来。無程、飯田町宅より使来ル。所要は、清右衛門様罷出候留守跡ニ、神田橋外小笠原家より、黒丸子弐朱包八包、注文申来候間、包候而、清右衛門様ニ為持遣候様、申越。使者直ニ返シ、早速黒丸子包ミ候所、四包出来、跡不足ニ付、先弐方金分渡之、跡は十五日過迄製法、指出可申旨、被仰含。其外、十五日、お路鎮帯祝候間、御姉様・清右衛門様罷出候様、并、田口伯母御ニも参候様被仰聞、七時帰去。○七時前、高橋勇来ル。媚談之節、祝遣候謝礼也。折節、宗伯、黒丸子包掛り、立兼候ニ依て　家君御逢、無程帰去。○八時、家母君より渥見方ニ、当十五日、内室・お久和・お登美ニ参候様、被仰遣。むら御使ニ罷越候序、品

川丁味噌注文書、為持遣ス。薄暮、帰来ル。〇薄暮、植木屋金治郎来ル。飯田町宅江、十五日・十六日両日之内、可罷出旨、申之。十五日留守ニ有之候間、十六日ニ参候様被仰付、畏候旨申之、帰去。

十四日丙戌　晴　風烈西北六時前　夜ニ入凪

一八犬伝七輯五之巻、昨夕御書おろし相済、今朝より仮名被為付、廿餘丁、付仮名被為遊候。

一今朝、築地土岐村より、お路方江、いハた帯弐筋・肴一折代、明日鎮帯為祝儀、被恵之。則、お路方より返書認、遣ス。

一昼後、美濃屋甚三郎来ル。昨日御渡被遊候八犬伝七輯壱之巻、十三丁メ迄直し出来、持参。御覧後、昨日被為留置候四丁とも、御渡被為成候。雑談数刻、帰去。〇八時過、画工英泉使来ル。石魂録四之巻さし画三丁・五之上同弐枚・五之下同弐丁出来、持参。指置、帰去。〇明日祝儀調理之下ごしらえ、鱠等製之。誂者(ママ)等、昼前申付置、夕方、宗伯、目出度屋江赴、明朝之魚類誂之、代金渡置。〇夜ニ入、お久和来ル。明日手伝旁ゝ、今夕止宿。過日貸遣候奇異雑談集六冊持参、返ル。

十五日丁亥　薄曇　無風

一八犬伝七輯五之巻廿七丁、昨夕仮名御付残り、今朝被為付、昼前御稿了。昼後、同巻さし画一丁、被為遊御稿候。八時前より、客款待被為成候。〇四半時過、御姉様入来、御手伝。九時、祝儀膳部出来終。家君奉始、家内一統、御姉様・お久和、并、昼前おとみ参り候ニ依て、不残、目出度祝之、相済。〇同刻、杉浦清太郎方江、膳部被遣之。〇同刻、築地土岐村内儀来ル。無程、子安ば(ダク)ゝ来ル。共ニ本膳為給候所、引続き小石川伯母様・田口伯母様御入来。同様本膳相済後、お路鎮帯無滞畢る。無程、土岐村元立来ル。是より、勧盃数刻。子安ば《ダク》ヽ、用事有之趣ニて、七時過、先に帰ル。夕方、元立ニも本膳給させ、饗応終日、薄暮畢。築地より迎参り候ニ付、本膳振舞、薄暮、土岐村夫婦帰去。其前、山田伯母様被成御帰、引つゞ《ダク》き、田口伯母様・御姉様被成御帰候。○夕方、お久和積気《ママ》上衝煩悶、熊胆相用、早速快方。夜ニ入、渥見迎参り候ニより、酒食振舞、お久和・おとみ夜食給させ、六時過帰去。

一夜ニ入六時、清右衛門様入来。本膳後、饗応如昼之。無程、不招ニ杉浦老母来り候故、酒・吸物等、同様振舞之、家君始終款待。清右衛門様、五時過帰去。杉浦老母、四半時漸ゝ帰去。九時、祝儀目出度畢、家内就寝。

十六日戊子　晴　美日

一今朝、傾城水滸伝四編三・四之巻彫立、御校合被為遊候後、昼過より、八犬伝七輯五之巻さし画残り弐丁、被為遊御稿候。

一今朝四時過、飯田町に使被遣候。所要は、今日飯田町宅に植木屋治左衛門参り、墻拵させ候ニ依て、鉢前ニ立候丸太、昨夕被願候故、赤松皮付大木壱本、為持被遣候。○築地土岐村使来ル。菜漬・嘗物、被恵之。お路より返事遣ス。○昼後、大坂屋半蔵来ル。石魂録三之巻筆耕出来、参り居候哉之旨、申之。御逢有之、未出来、不参旨、被仰聞。鑑板下書直ニ被遊、被成御渡候。後、帰去。

一鶴喜使来ル。傾城水滸伝四編壱・弐之巻とびら弐番校合指越。御請取被遊、三・四壱番校合、御渡シ被為成候。

十七日己丑　曇　夕七時前より　雨　夜五半時過より　風烈　至暁風雨共猶不止

一今朝、傾城水滸伝四編壱・弐之巻、再校合被為遊、昼後より、飜訳水滸画伝彫足シ之分、被為遊御校合候。

一昨日、黒丸子剤細末出来、昨夕、有合熊胆七分湯煎ニ致、掛置候所、お路取落し、皆無ニ相成候ニ依て、今朝、

紀伊国屋ゟ赴、熊胆出させ、見候所、掛目壱匁ニ付、七十五匁之由。依之、不求、帰宅。此節、熊胆屋金右衛門出府時節故、四時前出宅、馬喰丁ゟ赴、尋候所、三丁目福嶋屋ト申宿屋ニ旅宿致居候由。尋行候所、留守ニ付、今日中参候様、手紙認置。帰路、横山町大坂屋半蔵ゟ立寄、昨日、為待置、鑑板下書被遊、落字有之、同人帰去後、被思召出候間、其趣申入。鶴喜ゟ、水滸伝四編壱・弐之巻とびら弐番校合届之、昼前帰宅。今日、熊胆不間ニ合。依之、黒丸子製延引ス。

一朝四時前、清右衛門様来ル。昨日植木屋、一日ニ而仕舞候由申之、無程帰去。○昼比、浅野正親、冬至星祭之書付持参、指置、帰去。

十八日庚寅　風雨昨夜より無間断　夜五半時凪　雨止晴

一今朝ゟ、八犬伝七輯六之巻、被為遊御稿候。○昼前、美濃屋甚三郎来ル。八犬伝七輯壱之巻六丁筆耕出来、持参。先達而被仰遣ニ依、安藝半紙見せ紙十帖、是又持参。残り、近日持参之由、申之。八犬伝七輯五之巻御稿本、同さし画御稿共、被為成御渡候。雑談数刻、帰去。○昼後、英屋平吉使来ル。水滸画伝彫足廿八丁之内十五丁、被為遊御校合候分、御渡被為成候。

一家母君、一両日御風邪之所、昨夕より少〻御腰痛、今日御平臥。御当分之御症也。

十九日辛卯　晴　微風北　夕七時過凪

一八犬伝六之巻、被為遊御稿候。○家母君、御不例御順快。○昼前、清右衛門様来ル。先達而被仰付候富士艾弐千挺、持参。価渡。雑談、無程帰去。○昼後、中川金兵衛、石魂録四之巻筆耕五丁出来、持参。指置、帰去。○夕方、関源吉使来ル。先達而貸置候三勝前後十四冊・八犬伝六輯六冊、被返。小魚三尾、為謝礼、被贈之。御返書被遊遣ス。〇今朝節替り、家内一統星祭、献供如例。

廿日壬辰　晴　夕七時過曇

一八犬伝七輯六之巻、被為遊御稿候。〇昼前、美濃屋甚三郎、八犬伝弐之巻さし画出来、持参。被留置セ候。六之巻被為遊御稿御見合せ之為、五之巻御稿本拝見済候ハヾ、指越候様、被仰含候ニ依、今日、是又持参、被為留候。例之通長談、九半時帰去。〇昼後、熊胆屋金右衛門来ル。熊胆丸テ壱、掛目十匁壱分、価三方半ニ相極、来春出府之節、代銀可渡旨、例之通、書付渡之。雑談、帰去。〇同刻、鶴屋喜右衛門使来ル。傾城水滸伝四編壱・弐之巻三番校合、三・四弐番校合、指越。三番校合直ニ被為遊御覧、被遣。新暦壱冊被恵、御返書被遣候。

一家母君、御不例御平愈、御薬被為休候。

廿一日癸巳　晴　美日

一八犬伝七輯六之巻、追ゝ被為遊御稿候。〇早朝、渥見使来ル。今暁お久和安産之趣為知ニ付、五半時、宗伯、渥見に赴、容体承り候所、今暁七半時、男子出生。母子健ニ而、血之道之様子無之、一統安堵。四半時、帰宅。　家母君も、悦旁ゝ被為赴、様子御覧被為遊度思召候得共、御足痛故、今日御延引被為成候。〇早朝、中川金兵衛、石魂録四之巻六丁筆耕出来、持参。指置、帰去。

一昼前、石魂録四之巻さし画書入為持、中川金兵衛に被遣候所、当番、留守之由。指置、使むら帰来ル。

廿二日甲午　晴　四時過より颪烈　夜九時前凪

一八犬伝七輯六之巻被為遊御稿候。日ゝ写本校合・客来等妨有之、両三日御筆を立させられ候御暇無之、漸ゝ壱

弐枚ヅ、被為遊御稿候。○昨夜六時比、仙橘、石魂録三之巻十一丁、筆耕出来、持参。被遊御請取。傾城水滸伝四編三・四之巻弐番校合、并鑑板下書、鶴喜ニ届候様、御渡被為成候。帰路、鶴喜ニ立寄候趣、依申也。無程、帰去。○今朝、中川金兵衛ニ、昨夕被遣置候石魂録四之巻さし画書入取ニ、むら被遣。無程、請取、帰来ル。○昼後、大坂屋半蔵来ル。御逢有之。石魂録三之巻十一丁、四之巻六枚ヅ、、両度出来、十二丁、今朝御校合被為遊置候ニ依、御渡被為成候。雑談、無程帰去。○夕七時過出宅、宗伯、渥見産婦為見舞、赴。今日替義無之、益平穏。神女湯壱包・つき虫薬壱包持参、遣之。薄暮、帰宅。○夜ニ入六時、土岐村玄立来ル。当十九日、鉄炮洲奥平中屋敷横丁多賀左近長屋ニ転宅之由、申之。夜食振舞候後、雑談数刻、帰去。○昼後、清右衛門様入来。無程、帰去。

一昨廿一日より、黒丸子製之。宗伯、お路手伝、両人ニ而、昨今両日ニ、八千餘丸之。

廿三日乙未　晴　朝五時前より風　夕七時前　凪

一八犬伝七輯六之巻、今朝御書おろし相済、四時より仮名被為付候。○昼後御出宅　家母君、渥見産婦為見舞、被為赴。切餅壱重・大根味噌漬、御持参。夕七時過、為迎、下女指遣候所、渥見より御送り被申由。下女、薄暮帰来。夜ニ入六時、渥見僕御供ニ被召連、御帰宅。送り之者、門前より帰去。○八半時、美濃屋甚三郎来ル。八犬伝五之巻画割、被為成御渡候。柳川方ニ持参致旨、依申也。無程、帰去。○昼前、杉浦より、読本拝借願来ル。常夏草紙六冊、貸遣ス。

一黒丸子四匁程、丸之。今日ニ而三日め也。小笠原家注文之内四千八百粒、昨夕丸了、今日包之。

廿四日丙申　晴　美日

一八犬伝七輯六之巻御書おろし被遊候所、板元依願、六之巻上下弐冊ニ被為成候ニ付、六之上冊十七丁、今朝御稿了。六之下、昼前より御稿被為続候。

一昼比、清右衛門様入来。鴨肉少ﾐ持参、被献候。渥見ﾚ祝被遣候きれ地ニ添、鰹節可然旨被仰含、大鰹節弐本、被遣候。祝遣之品被伺候ニ依也。今日、小笠原家注文黒丸子大包八包之残り四包、渡シ了。雑談数刻、帰去。

○今朝下掃除之者、納大根弐百弐十五本持参。残り廿五本、明日持参之、申之。当年沢菴三樽被為漬候思召故、明日廿五本納候外、別ニ買入候間、大根宜敷所百本持参候様申付、例之通、祝義・支度代、遣之。

一夜六時前、英屋平吉使来ル。水滸画伝十五丁再校合、持参。残り、明日御校合被遣べく《タク》旨、被仰遣。

廿五日丁酉　晴　美日

一今朝、石魂録写本御校合被為遊、其後、水滸画伝十三丁、昨夕直し参り候十五丁、再校合被為遊、夕方より、八犬伝七輯六之下巻、被為遊御稿候。○早朝、中川金兵衛、石魂録四之巻終迄十三丁、筆耕出来、持参。御逢有之。無程、帰去。

一朝四時、掃除之者、昨日納残り干大根廿五本・誂候干大根百本、持参。代料払渡。昼後、沢菴壱樽百本ヅ、三樽、目出度漬之了。

一夕七半時過、美濃屋甚三郎来ル。安藝半紙壱〆、被恵之。先達而宜敷半紙有之趣依申、御頼被遣故也。八犬伝三之巻さし画壱丁出来、持参。御覧後、御渡被為成候。雑談数刻、薄暮帰去。○七半時過、岡田昌益母来ル。　家母君御逢、お路雑談。薄暮、帰去。

一夕方、植木屋治左衛門来ル。当月下旬参り候様申付置候故、日次為伺也。来月二日より参り候様、申付遣ス。

一昼後、鶴喜使来ル。鑑板板下校合也。即刻御覧、被遣候。○黒丸子、今日、四匁程丸之。○夕方、杉浦より常夏草紙六冊返ル。猶又拝借願候ニ付、裏見葛の葉五冊貸遣ス。

廿六日戊戌　晴　夕八半時より曇

一八犬伝七輯六之下巻被為遊御稿候所、終日所ゝ使・客来等ニ而、御筆取せられ候御暇無之、夜ニ入、漸ゝ無事。

一今朝、中川金兵衛来ル。昨日、取違ひ、経紙《(ママ)》指上不申哉、之問なり。此方ゟ不参旨申遣、帰去。○昼後、子安ばゞ《(ダク)》来ル。療治之後、帰去。

一昼後、大坂屋半蔵、石魂録三之巻七丁、筆耕出来、持参。為待置、御校合被為遊。書損有之候得ども、御直ニ被為直、昨日御校合被為遊候四之巻十三丁共、御渡被為成候。四之巻ハ、筆工惣上り也。七時前、帰去。○七時前、美濃屋甚三郎来ル。八犬伝六之上巻御稿本、持参。昨日御渡被為成候得ども、下之巻御稿被為遊候御見合セ之為、拝見済候ハゞ指上候様、被仰含候故也。させる所要なし。雑談数刻、薄暮帰去。

一昼後、田口久吾使来ル。当月晦日覚源居士十三回忌相当之趣、重之内被贈之。返書遣ス。

一今朝、英平《(ママ)》使来ル。水滸伝壱番校合十三丁・弐番校合十五丁、御渡被為成候。○昼後、清右衛門様入来。店勘定帳面入御覧候後、帰去。

一八時前御出宅、家母君、深光寺御墓参詣被為成候。薄暮、御帰宅。○夕方、鶴喜使、傾城水滸四編五・六之巻、持参。御返事被為遣候。

一今日、度ゝ客来ニ而被妨、黒丸子漸ゝ五匁程、丸之。

廿七日己亥　曇 朝四時前地震 大ニ震ひ、暫時ニ止 近来之大地震也　昼前晴 美日暖き事春之如し

一今朝、渥見出生乳名撰、祝寿御雅章被為遊候。八犬伝七輯六之下巻、昨夕御書おろし相済、今夕より仮名被為付候。

一今朝、渥見使来ル。所要は、当日七夜ニ付、内祝致候間、参り呉候様、且、出生之男子乳名願置候。今日被下候ハヾ、公儀・当屋敷指合等無之文字ニ致度旨、申来ル。則、御直ニ返書御認被遊、乳名御認、被遣。無程、又使来ル。当屋敷指合無之候間、御清書願度旨也。指置、帰去。

一今日、渥見七夜ニ付、出生之男子に、名を渥見祖太郎と賜、奉書三折に、文政十年十月二十一日。(句点ママ、本項以下同)寅中刻即属卯初刻誕生。八字生来丁亥辛亥癸巳丁卯。六十甲子納音屋上土。西四命稟受坤命。渥見祖太郎。外壻所令生男児与。大父老翁及予同甲子。也因。取名如右昔人父子同甲子。者名曰同語見左伝蓋亦。是意己(ママ)。外祖滝沢――撰、其外、御雅章一葉・襁褓代二方金・鮮魚一折・南鐐一片、宗伯持参。家母君并御姉様、昼後御入来。草々、八時前出宅、渥見に赴、祝之遣ス。飯田町よりは、表地・鰹節持参、今日、祝遣ス。勧盃、本膳後、夕七時過、帰宅。御姉様同伴、此方に立寄、薄暮、御帰被成候。

一昼後、画工英泉来ル。氷砂糖壱曲、被恵之。八犬伝口絵御注文。御要談数刻、帰去。

廿八日庚子　晴 折々雲立

一八犬伝七輯六之下巻、なつぼ共弐十丁半、昼後、御稿了。

一昼後、清右衛門様入来。昨夕為持被遣候、田口久吾に被為賜候野菜代金壱封、今朝届候所、厚御礼申上候由、申之。猶又、巣鴨竜泉寺には明朝墓参致候由申ニ付、香奠被遣之、明日参詣之節、可遣段被仰付、無程帰去。

一昨夕、御菓子被召上候節、上之御入歯、糸切候而、二枚とれ候ニ付、今日、清右衛門様ゟ被仰付、今夕吉田源二郎ゟ持参、直させ候様、御渡被遣候。

一昼後、むらを品川丁ゟ遣し、角大ゟ味噌注文申遣。夕方、角大より持参。○過日杉浦ゟ貸遣候裏見葛葉五冊、今夕返ル。

一昼後八時御出宅　家母君、お路被召連、浅草ゟ御参詣。お路致鎮帯候ニ付、御腹帯拝借之為なり。薄暮、御帰宅。

一夕方、鶴喜使、傾城水滸伝五・六之巻校合取ニ来ル。未出来候間、明昼後参り候様、御返事被遣。

廿九日辛丑　晴

一今朝、傾城水滸伝四編五・六之巻校合被為遊候後、八犬伝七輯六之上巻画割二丁、被為遊御稿候。

一今朝、中川金兵衛来ル。所要は、石魂録五之下巻さし画壱丁、直し有之、近日英泉方ゟ為持遣候ニ付、今日持参。指置、帰去。

一昼後出宅、宗伯、飯田町宅ゟ赴、十月分薬売溜致勘定候後、玉川堂ゟ立寄、細字書筆注文申付。昨日清右衛門様ゟ被仰付候御入歯、源次郎ニ為直、出来候ニ付、携、帰路、小松屋ニて砂糖求之、薄暮帰宅。○昼後、大野幸次郎、老侯為御使、来ル。宗伯痛所如何様体、御尋被下候趣也。宗伯飯田町ゟ赴候留守中故　家君御逢、宜敷被為遊御挨拶、雑談数刻、帰去。○幸次郎来候後、入違、美濃屋甚三郎来ル。八犬伝七輯六之下巻御稿本、御渡被為成候。八犬伝七輯七冊御本文御稿本、目出度不残御渡相済。雑談数刻、夜食振舞候後、夜ニ入六時、帰去。

〆

十一月朔日壬寅　朝六半時より風烈　夜ニ入五時凪

一八犬伝七輯六之下巻画割二丁、被為遊御稿候。〇昼後、大坂屋半蔵、石魂録三之巻仙橘筆耕、六丁半出来、持参。為待置、被為遊御校合、被遣候。無程、帰去。〇八時過、芝泉市使、金ぴら船四編十五丁彫出来、校合願来ル。明後日取ニ参り候様、被仰遣。

一昼後、清右衛門様、当日為御祝義ニ来ル。昨日玉川堂ゟ申付候細字書、亭主留守故、申置候得共、取次ニ而注文間違而は不宜趣、御意有之候間、断候様出宅前申付置候所、申通候由。無程、帰去。〇八時過、鶴喜使来ル。傾城水滸伝四編五・六之巻壱番校合、御渡被為成候。

一九時前出宅、宗伯、当日為祝義、松前両屋敷ゟ赴。下屋敷殊之外長談ニて、日暮、漸ゝ帰宅。

一夕方、中川金兵衛ゟむらを被遣。所要は、石魂録五之上巻、今朝筆耕出来之趣申候故、取ニ被遣候所、用事有之、仮名付残り候趣、申之候由。使之者、空手ニて帰来。

二日癸卯　晴　曇

一今朝、金ぴら船四編十五丁、壱番校合被為遊候後、石魂録五之上巻写本、被為遊御校合候。

一今朝、大坂屋半蔵来ル。石魂録、中川金兵衛筆耕出来、参り居候哉之旨申ニ付、未来趣申候後、帰去。

一昼前、中川金兵衛来ル。石魂録五之上巻九丁出来、持参。残り、明日出来之由申之、指置、帰去。〇夕八時、芝泉市使来ル。金ぴら船校合出来候哉之旨、申之。明朝取ニ参り候様被仰遣、帰去。〇同刻、大野幸次郎来ル。例之通、珍説被尋候得共、昨夕帰宅後足痛ニ而、今日見合セ、他出不致候故、新聞無之旨、申之。雑談後、帰去。〇夕方、鶴喜使来ル。鑑板校合摺、被見セ。直し一ケ所有之、被仰遣。

一夜六時、泉市、金ぴら船十五丁、音羽町板木師より取ニ又来ル。御校合相済候故、御渡被遣候。

三日甲辰　晴　微風東

一石魂録六之巻被為興御稿候所、客来・校合等ニ而、漸〻弐三枚、被為遊御稿候。○朝四時前、植木屋治左衛門・金治郎来ル。両人ニ而、終日庭掃除。夕七時過、仕舞。治左衛門は納戸庭口之戸を直し、金治郎は納戸庭掃除。未果、薄暮帰去。

一朝四時、美濃屋甚三郎来ル。八犬伝六之上巻・同下巻画割四丁、被為成御渡候。今日、甚三郎不埒之事致自慢、申上候ニ付、被遊御腹立、被為御呵候事ハ、八犬伝七輯第一之御趣向、犬村大角、鮮血明証、父之真偽を知る事を、芝居ニ取組、狂言ニ致候様、尾上菊五郎ニ勧候由。未開板前、大切之事を不顧、二年之御苦労を無ニし、戯場より思ひ付しなど被思候事、御心外故也。既ニ当顔見セニ、髑髏ニ鮮血滴り、父を知る事を、狂言致候由。歎息之外なし。甚三郎恐入、帰去。○昼前、中川金兵衛、石魂録五之上残り六丁、筆耕出来、持参。五之上十五丁壱冊、筆耕上り也。指置、帰去。○夕七時前、泉市使来ル。金ぴら船十五丁、弐度目校合也。為待置、御引合セ、御校合被為遊、被遣候。○同刻、清右衛門様入来。無程帰去。○夕七時過、鶴喜使来ル。鮑三貝、被恵之。御返書被遊、被遣候。

一七半時、大坂屋半蔵、仙橘筆耕石魂録三之巻六丁出来、持参。昨日金兵衛持参之五之上巻、今日出来共丸壱冊、被為成御渡候。

一夜ニ入　家君・宗伯、六時比出宅、上野広小路植木見物ニ赴。広小路ニ赴候節、不及寄　家母君、跡より被為成御越候而、御同道。木こく弐本・槇一本求之、持込セ候ニ付、人足召連、宗伯、御先ニ帰宅。　家君・家母君、跡より水仙其外御買物被為成、無程御帰宅。

四日乙巳　夜六時前より風烈北風　四時前より愈大至暁凪

一今日、植木屋御指図・客来等ニ而、終日御暇無之。夜ニ入、石魂録壱弐丁、被為遊御稿候。○早朝、植木屋治左衛門、道具箱持参。昨夜、小笠原ニ止宿之由。持参之箱指置、宅ニ帰去。四時前、治左衛門、金治郎同道ニて来ル。金治郎は、昨夕求候槇・木こく植付、掃除ニ而、消日。治左衛門、庭東門笠木取替、玄関脇中門屋根笠木板取替之、母屋瓦留南之方打直し、東門土台入直し、薄暮、荒増仕舞候ニ付、昨今両日手間料四人分十弐匁、今夕、治左衛門ニ渡之。印形持参不致候故、請取書不取置。薄暮、両人帰去。

一昼前、英屋平吉来ル。水滸画伝御校合被遣候為御礼、かすていら一折持参。先達而御貸被遣候水滸画伝之内、此度彫足候廿八丁抜取、模刻可致所、其儘原本はり入、彫候由。不埒ニ候得共、御堪忍被遣候。雑談数刻、帰去。

一夕方、加藤伴内来ル。　家君御逢、雑談数刻、薄暮帰去。○今夜四半時、赤城下出火、九時過、火鎮ル。其外、本所辺出火有之候得共、無程鎮ル。

五日丙午　曇　冬至　未八刻夜六時比より小雨

一石魂録六之巻、被為遊御稿候。○昼前、英屋平吉使来ル。中条流産科全書壱冊・産科指南弐冊、持参。御返書被遣候。

一昼後、和泉屋市兵衛使、金ぴら船壱・弐・三之中十丁、三度目校合、持参。為待置、被遊御校合候所、直り兼候間、其分印を付、被遣候。

一八時時(ママ)、清右衛門様入来。序有之節、三河丁渋屋ニ立寄、天気宜敷節、朝より参り候様可申通旨、被仰付。此

度修復致候東門玄関脇、中門之外表通り大門迄、為塗候思召故也。無程、帰去。○八半時、鶴喜使来ル。傾城水滸伝四編外題五之巻弐度目校合、持参。直し有之、為待置、御直シ被遣候。○同刻、馬場忠蔵来ル。例年之通、中柱暦大本新暦壱冊持参、被恵。御逢有之、雑談後、帰去。

一今日、冬至ニ付、如吉例、雑煮餅家内一統祝之。并、北辰祭・諸神祭、献供如例。夜ニ入、拝礼畢ル。

一夜ニ入、宗伯、浅野正親方ニ、星祭初穂持参。赤飯被振舞、御札請取、五時前帰宅。

六日丁未　雨 昨夜より無間断

一石魂録六之巻、被為遊御稿候。○終日、無客無事。

七日戊申　朝五時過 晴 朝四時前より 風烈北 夜五時過 凪

一石魂録六之巻、追ゝ被為遊御稿候。○昼前、英屋平吉使来ル。水滸画伝弐度目校合願来ル。一両日中御覧被遣べく旨、被仰遣。

一昼後御出宅　家母君、渥見ニ産婦為御見舞、被為赴。煮豆壱重、御持参。薄暮、御帰宅。

一夕方、大坂屋半蔵来ル。石魂録六之巻催促なり。御逢有之。御示談後、薄暮帰去。○昼後、岡田昌益老母より、お路方ニ使来ル。到来之由ニて、麦引割少ゝ被恵。○夕方、鶴喜使来ル。傾城水滸伝四編六之巻校合摺、持参。請取置、御返事被遣候。

一昼前、むらを以、米屋文吉ニ、当月分注文申遣ス。無程昼後、持参。代金、渡之。七斗五合之内、三合餘致不足候ニ付、来月注文之節、持参候様、申付置。

八日己酉　晴　美日 今朝厳寒初而之氷 其厚キ如鏡

一石魂録六之巻、未終御稿候得共、中川金兵衛、五之巻下、明後日筆耕出来之由。依之、先一段、今日仮名被為付候。

一昼飯草〻、お路、築地土岐村江遣ス。玄立転宅致候ニ付、家見舞旁〻、餅菓子壱重・鯏昆布巻壱重、例之番屋之男ヲ傭ひ、供ニ為持遣ス。順路ニ付、今朝御校合被為遊候水滸画伝、英屋平吉店江届させ、供之者、帰路、英泉方江持参候様、排悶録三冊御返シ被遣、御手紙添、為持被為遣候。所要は石魂録六之下巻さし画壱丁直し有之、過日被遣置候ニ付、直り候ハゞ使江渡候様、万一直シ出来ず候《（ダク）》ハゞ、其儘帰シ候様、被仰遣候。夕七半時、供ニ遣し候男帰来ル。お路、築地ニ止宿為致候ニ依て、送り届ケ、画工英泉返事持来ル。石魂録さし画、未直し不申、明日中ニ直し、指上べく旨、申来ル。娘之祝ひニて、取込居候趣也。有合セ之由ニて、羊肝壱棹、被恵之。

一昼後、中川金兵衛来ル。石魂録五之下巻八丁、筆耕出来、持参。残り、十日之朝出来之由申之、帰去。

一今日、庭植木類霜除、終日搾了。

九日庚戌　晴　夕八半時より大風南 夜五半時凪

一石魂録六之巻一段十五丁半、昼後、仮名被為付了。夕方より、残り被為遊御稿候。〇今朝、英屋平吉使、産論翼弐冊持参、指置帰去。昨日被為仰遣候ニ依て也。〇昼前、画工英泉使来ル。石魂録五之下巻さし画壱丁、直し出来、指越。御返書被遣候。

一昼後、中川金兵衛江、石魂録五之下巻さし画壱丁、為持被遣。指置、使帰来ル。〇夜六時過、お路、築地より

帰宅。弥助供ニ来ル。夜食振舞候後、送り之者帰去。お路、帰路、石丁河村寿菴・今川橋土岐村元祐方江立寄候由、申之。〇夜五時前、四ツ谷辺出火、無程鎮ル。

十日辛亥　晴　美日七半時夕地震

一石魂録六之巻、被為遊御稿候。〇今朝、中川金兵衛、石魂録五之下巻終迄九丁、筆耕出来、持参。御逢有之。同六之巻一段半冊十五丁半、御稿本被為成御渡候後、帰去。〇夕八半時、美濃屋甚三郎より宗伯迄使札。所要は、過日心得違之義申上、御苦心を水ニ致候との御意、誤入候而、上堂可申上様無之、何卒宗伯より御託（ママ）言申上呉候様、頼也。内ミ御案文被成下、返翰認、遣ス。〇同刻、大坂屋半蔵来ル。石魂録五之下巻壱冊、さし画御はり入、今朝御校合被遊被為置候間、直ニ写本御渡被為成、御逢無之、玄関より帰去。〇昨九日昼後、安野ばゞ来ル。お路留守中故、即刻帰去。

十一日壬子　晴　夕八半時地震　美日

一石魂録六之巻、追ミ被為遊御稿候。〇昼前、雪麿事田中源治来ル。先達而、英泉より、志賀随翁真跡所持之人有之、同藩雪麿ト申者持参、入御覧度旨、私迄頼候間、罷出候ハヾ、御逢被下候様申上候ニ付、今日、御逢有之。随翁書翰御覧後、御留被為成候。御写し置被遊候為なり。雑談数刻、帰去。〇昼後、清右衛門様入来。十月分上家賃持参。銅板百人一首煙草入地、名張屋勝助江被下候旨、届候様御渡被為成候後、帰去。〇昼前、鶴喜使札。春中被遊御稿、被遣候蚕神写本、校合願来ル。即刻、被遊御校合。幷、御校合被遊置候水滸伝四編五之巻、御渡被遣候。

一夕八半時過、安野ばゞ来ル。お路按腹後、帰去。

十二日癸丑　晴　昼前より薄暮（ママ）夜五時過より風

一石魂録六之巻、被為遊御稿候。○昼後、目出度屋老母、時候為見舞、来ル。家母君御留守中故、お路挨拶。無程帰去。

一昼飯草ゝ御出宅、家母君、深光寺御墓参。御帰路、飯田町宅江御立寄、薄暮帰宅。○昼後、岡田昌益母より、お路江使札。菜漬少ゝ被贈。為移、沢菴遣之。

十三日甲寅　晴　朝五時前より風烈

一石魂録六之巻昨夕御書おろし、今朝より、仮名被為付候。○昼後、後之山口屋藤兵衛来ル。御留守之趣申之、御逢無之候所、玉川酒切手持参、指上呉候様渡候ニ付、留守中預り置可然哉難斗旨、取次之者返候得共、近日罷出候間、預置呉候様指置、帰去。山口屋藤兵衛事、殺生石弐編之義ニ付、不埒之事有之、御著述願候共、御承引被遊間敷勿論故、追而罷出候節、右酒切手返候思召なり。

一兼山写本八冊、表紙かけ候ニ付、今日、下とぢし了。

十四日乙卯　晴　美日

一石魂録六之巻末之半冊十三丁半、なつぼ迄、昼前、御稿了。昼後より、同巻さし画弐丁、被為遊御稿候。

一夕八半時、三河丁渋屋嘉兵衛来ル。塗セ候所、表通り板塀ノ七間半・大門戸屋根、其外少ゝヅ、之所二三ケ所、見斗ひ十一坪程、南鐐壱片ニて可致旨依申、任其意、申付了。明朝塗候趣申之、帰去。○七時、大坂屋半蔵来ル。石魂録七冊、揃売出シ候而は、其価高直ニ相成、本出方難斗候間、来正月松之内三冊売出シ、残四冊引続開板致度旨、申之。　家君御意ニは、三冊先ニ致開板候而は、御趣向仕ミ之所のミニて、場之所跡ニなり、評判之所第一之事故、不得止事候ハヾ、四冊先ニ開板可然候。左候得バ、四之巻、切より大場ニなり、跡売出シ諸人待候事故、此趣、丁子屋ニ談候様、御示被遣候。尚、六之巻さし画、明朝御稿了候間、明日参り候様被仰含候後、帰去。

一中川金兵衛家敷婚礼有之、勤向繁多ニ相成、石魂録残り半冊、筆耕出来兼候趣、今日大半ニ赴、申候旨、半蔵申之。依之、六之巻半冊は、仙橘ニ明日持参、草々認させ候様、此又、半蔵ニ御示談被遣候。○兼山麗沢、表紙かけ候ニ付、今日、八冊たち廻し了。

一七半時過、仙橘来ル。門前通行之序之由、申之。石魂録六之巻筆耕之事御示談後、帰去。

十五日丙辰　晴　美日

一石魂録六之巻さし画壱丁、被為遊御稿候後、御月代・御入湯被為遊候。○昼前、大坂屋半蔵来ル。石魂録六之巻・同さし画三丁、御稿本御渡被為成候後、帰去。○昼後、英平使、被為貸置候水滸画伝十冊、持参。指置、帰去。右十冊之内、弐十八丁抜取、原本はり入、彫セ候故、其分、此度足丁ニ而見苦敷成候儘、持参。書翰も不添来、不埒之事、歎息。○昼後、山口屋藤兵衛来ル。　家君御入湯御留守中ニて、帰去候由。○昼後、清右衛門様来ル。させる所要なし。無程、帰去。○夕八半時、渥見使札。宇都之宮覚重より、約束之鹿肉、昨夕着之由、被届之。但、書状なし。　家母君より被為遊御返事候。○昼九半時、渋屋嘉兵衛来ル。表通り板塀塗了。但、大門之屋根塗残り候ニ付、明日罷越候趣ニて、七半時帰去。○昼飯草々出宅、宗伯、当日為祝義、松前両屋敷ニ赴、薄暮帰宅。

一松前志摩守様嫡孫隆之助様事、願之通、明十六日被仰付候御内意有之候趣、宗伯、今日承之。

一夜五時過、屋代太郎殿来ル。於玄関、宗伯対面。尾張侯医師著述之養生訣、明日入御覧可申旨、幷、七十算賀催候ニ付、御作願候趣、申之。急用ニて帰宅之由ニて、即刻帰去。

十六日丁巳　晴　美日

一石魂録口絵三丁・目録壱丁、被為遊御稿候。○昼前、屋代太郎殿使岩次郎来ル。昨夕被申置候養生訣・算賀詠草二枚被指越、内壱枚は、松前老侯ニ指上呉候様、被申越。幷、小野於鶴之伝、被尋。宗伯取次、委細返事申遣。

一夕八時過、渋屋嘉兵衛来ル。昨日之残り塗掛候所、大岡ノ仕事被頼候由、急候趣ニて、仕掛候儘、向屋敷ニ赴。薄暮、大岡より仕舞来り、見ニ兼候得共、草々塗仕舞。暮候ニ付、夜食振舞。渋・手間代弐朱、外ニ、庭口戸追注文之料百字、払渡之。

一昼後、森屋治兵衛使、女西行弐部、売出し之由ニ而、持参。指置、帰去。○夕八半時、山口屋藤兵衛来ル。御逢有之。御示談後、帰去。

一兼山麗沢八冊、今日、表紙かけ了。渋屋指図等ニて、未《ヒ》外題経(ママ)引未果。

十七日戊午　曇終日不晴　夜五時過晴　無程又曇

一石魂録、袋・外題・とびら等、被為遊御稿候。○昼前、大坂屋半蔵来ル。未御稿被為遊最中故、為待置、袋・戸びら・外題・なつぼ、御稿本御渡被為成候後、九時過、帰去。○同刻、清右衛門様入来。昨日秋葉ニ参詣之由、御札・御幣持参。玉川堂細字書廿対、出来合せ候趣ニ而、入御覧候由、持参。御誂ニは無之候得共、被留置、追而御沙汰可被為成段、被仰含後、帰去。○夕方、鶴喜使札。傾城水滸伝四編上製本出来、壱部被恵。外

ニ、注文被仰遣候分十部持参。御返翰被遣候。〇夜ニ入、杉浦老母来ル。房洲より至《(ママ)》来之由、薯蕷持参。雑談数刻　家君歎待ス。

十八日己未　曇　朝五時前小雨　暫時止　不晴　朝四時前より風　夜六時過晴　至暁凪

一石魂録序文、被為遊御稿候。〇早朝、宗伯、屋代太郎殿江赴。所要は、太郎殿七十算賀ニ付、依被望御短冊、被為染七十を賀す御狂歌一首、外ニ、銘酒剣菱切手、為祝義、被遣之。屋代より、亀甲寿之字大饅頭弐ツ、被恵之。数刻対話、四時前帰宅。

一屋代氏江赴候節、傾城水滸伝四編上帙壱部・女西行壱部、約束ニ付、持参候所、二郎留守中故、岩次郎ニ預置、帰宅。

一夕七時前、泉市使、金ぴら船三之巻ゟ終迄四冊校合、持参。明後日取ニ参り候様、御返翰被遣候。〇今日、年玉黒丸子半剤、細末之了。

一兼山麗沢全部、外題迄、製本終。

十九日庚申　晴　朝五時過より風　但大ニ不吹　凪　夜五時前　地震　暁八時過より雨

一金ぴら船三之巻より終迄四冊、被為遊御校合候。〇早朝、松前藤倉一郎使札。所要は、老侯より被為見候御品有之候趣、昼迄ニ罷出様、申来ル。近所他行之由、請取書、遣ス。〇今朝、年玉黒丸子、丸之始候所、松前より呼ニ越候故、昼前迄少ゝ丸之、昼飯草ゝ出宅、千束下屋敷江赴候所、徒然堪兼候ニ付、呼寄候由ニ而、例之通長談。夜ニ入、帰宅。〇夕方、屋代二郎来ル。至来之由、小魚弐尾持参。被頼候由ニ而、傾城水滸伝四編上帙三部被望候ニ依而、任其意、渡之。無程、帰去。〇屋代より被頼候算賀摺物、松前老侯江指出之、委曲、藤倉一郎江示談置。
一今夕、庚申祭。献供、如例。
廿日辛酉　小雨（終日無間断）　風（但大ニ不吹）　夜ニ入雨止　晴
一石魂録序文御再考、被為遊御稿候。○今日快晴ニも有之候ハヾ　家母君・宗伯、花畑村鷲大明神江参詣之心得之所、雨天ニ依而、延引ス。
一今日、終日雨天ニ而、草堂、無客無事。○昨日丸じ残之年玉黒丸子半剤、お路手伝、夕八半時、丸之了。
廿一日壬戌　曇（不晴朝四時前）薄晴（四時過）雲立（是より晴曇不定）　忽晴忽曇　夜ニ入晴（六半時より）風（至暁）凪
一石魂録四之末ニ附候なつぼ、并附言等、被為遊御稿候後、昼過より御読書。○昼後、清右衛門様入来。幸便之節、富士艾求、持参候様　家母君御示談後、帰去。○八半時、鶴喜使札。傾城水滸伝四編六之巻弐番校合、持参。直ニ御引合セ、被為御校合候間、使之者、中川金兵衛江赴、無程立帰候節、御返翰御認、御渡被遣候。○同刻、芝泉市使札、密(ママ)柑一包、被恵之。金ぴら船四冊、被遊御校合被為置候故、直ニ御渡被為遣候。○夕方、大坂屋半蔵来ル。石魂録序文・同附言御渡被為成候後、無程帰去。
廿二日癸亥　晴（美日）
一石魂録五之巻口絵壱丁・同巻序・袋・戸びら、被為遊御稿候。○今朝、中川金兵衛江石魂録六之巻催促ニ被遣候所、未付仮名残り候由ニ而、筆耕壱枚も不来。四之巻附言・名坪壱丁半御稿、金兵衛江筆耕被仰付候間、今日、為持被遣候。

一今朝、屋代太郎殿入来。寒中見舞、過日祝被遣候謝礼、取次ニ申置、玄関より帰去。

一昨夕より　家母君御持病気ニて、今朝御平臥、四半時御起出させらる。○夕八半時御出宅　家母君、渥見ニ被為赴。此間被為縫候祖太郎衣類弐ツ、今日、御持参、依被遣也。夜六時、御帰宅。

一今日、渥見覚重ニ之書翰・杉浦二男法運ニ之書状、認置。法運ニ之所要は、里見系図之事、申談遣ス。

一夕七半時過、岡田昌益老母来ル。お路ニ対面。例之通、薄暮煩多之砌、長座。日暮、帰去。

一家母君為御迎、薄暮、下女むらを遣候ニ付、宇都宮ニ被遣候御書、幷宗伯書状、一封ニ致し、進物相添、為持遣ス。　家母君致御供、帰去。○夜ニ入、泉市使札、金ぴら船廿丁弐番校合持参、板木師同道ニ而来ル。直し落有之候ハゞ、此方ニ而直し度旨、申之。則、直し御引合セ、被為遊御校合候所、直し落四ケ所有之。玄関ニ而直し候得共、壱ケ所よめかね候字有之。弐三度直させ候得共、同様ニ付、其儘宜敷旨申聞、五時前、両人帰去。金ぴら船校合、今日ニ而皆済也。

廿三日甲子　晴　美日

一八犬伝七輯口絵二丁、被為遊御稿候。○昼後、名張屋勝助来ル。過日百人首煙草入地被下候謝礼也。甲州打栗五ツ、ミ、被恵之。近日又ゝ甲州ニ発足之由、申之。　家君御逢、醴振舞候後、帰去。○八時、大坂屋半蔵来ル。於御書斎、御逢有之。中川金兵衛筆耕未出来、日ゝ御催促被仰遣候趣、当月中改ニ指出候様、委細御示談後、五之巻口絵壱丁・序・袋・戸びら御渡被成候後、帰去。

一七時、美濃屋甚三郎来ル。八犬伝二之巻筆耕残り、終迄出来、持参。外ニ、柳川写本五之巻さし画三丁出来、此又持参。七輯開板之儀、早春四冊売出シ、残り三冊、押続開板可然旨、石魂録之例も有之間、此趣勘考之上、御請申上候様被仰聞候後、草ゝ帰去。当月三日一件後、初而来り候故、用向のミニ而、草ゝ逃るが如く帰去。○昼後、安野ばゞ《(ダク)》来ル。按腹後、草ゝ帰去。○下女むら宿次郎八来ル。手製醴少ゝ持参。

一夕方、松前藩河合藤十郎、為寒中見舞、来ル。取次被申置、帰去。○今戸慶養寺、寒中為見舞、来ル。納豆壱曲、被恵之。

一夕方、中川金兵衛ゟ石魂録筆耕催促御書被遣候所、留守之由ニ而、帰来ル。○志賀随翁書翰、模写之。凡出来、名書一行未果。

廿四日乙丑　晴　美日　夜五時過地震但餘程大地震なり　夜九時前風烈至暁不止

一八犬伝七輯口絵壱丁・目録壱丁、五之巻口絵壱丁、被為遊御稿候。○昼後、鶴喜使札。傾城水滸伝四編六之巻弐番校合・七之巻壱番校合、持参。御返翰被為遣候。○岡田老母より、お路ゟ使札。築地土岐村、同所紀伊国橋ゟ転地之由、為知也。指置、帰去。

一昼前、御姉様、寒中御機嫌為伺、入来。昼飯早ゝ　家母君御同道、門跡報恩講見物、浅草寺参詣、夕七時過、此方ゟ帰宅。其後、御姉様、飯田町ゟ被成御帰候。○早昼飯ニ而出宅、宗伯、寒中見舞廻勤出掛、杉浦清太郎・橋本喜八郎、中村仏菴ゟ立寄候所、先月亀井戸ゟ別宅之由。それより、築地紀伊国橋土岐村新宅ゟ赴、暫雑談。帰路、土岐村元祐へ立寄、渥見治右衛門ゟ立寄。一昨日、宇都宮覚重ゟ之書翰之内、被仰遣候御用有之、今日添御状持参、誂置。暫雑談、薄暮帰宅。

一仏菴より、借置候林道春著述怪談壱冊、今日返候様被仰付候ニ依て、中村弥太夫宅ゟ持参候所、仏菴、先月、亀井戸天神橋之先根来某屋敷跡ゟ致別宅候趣、手代山本徳兵衛、申之。弥左衛門《(ママ)》より可届旨申ニ付、任其意、渡之。請取書取置、帰宅之節　家君ニ指上之。○今日、帰路、十軒店於鋳物師宅　弁才天香炉御腰高壱、求之。此料、不入勘定。

一勢州松坂殿村佐五平ゟ之御状、今日、瀬戸物丁嶋屋佐兵衛（ママ）ゟ、宗伯持参、通ゟ請取、取置之。

廿五日丙寅　晴　昨夜より大風夜ニ入

一八犬伝二之巻写本御校合・石魂録六之巻末御校合等、消日。○四時、大坂屋半蔵来ル。御潤筆残り持参。御逢有之、数刻御示談。改割印・江戸大坂取引直段等之事也。来子年も読本願候趣にて、内金壱枚持参候得共、此は御返被成候。諸事御教諭御咄中、九時前仙橘、引続美濃屋甚三郎、追〻来ル。其後、先ゟ半蔵帰去。○仙橘、石魂録序・附言、同六之巻末一段半冊、不残筆耕出来、持参。寒中御機嫌為伺、鶏卵壱箱、被恵之。御示談後、帰去。○美濃屋甚三郎、八犬伝二之巻写本御校合被遊置候分、被成御渡候後、仙橘同道、帰去。○昼後、清右衛門様入来。被仰付候富士艾・蠟燭等、持参。価、渡之。越後牧之ゟ御状、今日、二見屋ゟ指出候旨、申之、帰去。

一今日、越後鈴木牧之ゟ傾城水滸伝上帙五部、御書翰添、被遣候ニ付、今日、二見屋迄、指出之。○七時前、芝泉市来ル。於広座敷、御逢有之。殺生石御稿本之一件也。御示談後、無程帰去。○夕方、林玄曠来ル。寒中見舞也。養生訣壱冊、被恵之。清談数刻、薄暮帰去。

一今暁七時前、小石川水戸殿御家敷（ママ）出火、御殿不残焼失之由、今朝五時前鎮火之趣、清右衛門様、申之。

一今□（ムシ）、志賀随翁書翰全写了。○伊勢外宮御師岡村又太夫より、如例年、大麻・新暦等、至来（ママ）。

廿（ムシ）六日丁卯　晴　風辰巳但微風也

一□□伝（ムシ）序文、被為遊御稿候。○昼後、大坂屋半蔵来ル。石魂録六之巻末半冊、被為遊御校合置せられ候間、御渡被為成候後、帰去。○鶴喜使札。傾城水滸伝四編五之巻弐番校合・七之巻壱番校合、持参。御返翰被遣候。

一昼過、清右衛門様、寒中御機嫌為伺、入来。宗伯留守中也。無程、帰去。○早昼飯草ゝ出宅、宗伯、寒中廻勤。山本啓春院様江赴候所、御父子共留守ニて、不逢。林玄曠江罷越候所、在宿ニて、暫雑談(ママ)。それより、田口久吾・清水俊蔵、中屋惣助ニ而障子美濃紙、求之。飯田町宅江赴、持帰り候蔵書取調居候所、下谷辺出火ニ付、不取敢小川下迄帰り候得バ、山崎丁之由急度相知候ニ付、小石川山田吉兵衛帰路、本郷いせ屋伊兵衛江立寄。右二軒、土産物遣之、薄暮帰宅。供ニ召連候番屋男、於途中、用事不便、不埒之事有之候ニ付、以後傭ひ申間敷事。○帰宅之節、中屋ニ而取候美濃紙、改候得バ、四帖之所一帖不足ニ而、通のミ四帖ト記候ニ付、不埒之致方故、即刻中屋江赴、腹立之趣、商人ニ不似合致方申聞候得ば、段ゝ誤候ニ依て、美濃紙請取之、五時帰宅。

○昼後御出宅　家母君、深光寺御墓参、七時過御帰宅。

一夕八時、下谷山崎町二丁目出火、風も無之候得共、及大火、薄暮鎮火。○今晩七半時、京橋筋遠火、無程鎮ル。

廿七日戊辰　薄曇　夕七時前より雨　夜五時前より雪　薄雪漸ゝ一寸程　夜四時前ゟ大風　至暁雪晴　凪

一八犬伝序文、被為遊御稿候。○己巳待、献供如例、家内一統祭之。○今朝、屋代太郎殿入来。　家君・宗伯、対面。養生訣弐冊持参、壱部宗伯江被恵、壱部松前老侯江届候様申之、無程帰去。○夕八時、土岐村玄立、寒中為見舞、入来。　家君御逢。雑談、無程帰去。○七時前、英泉使札、寒中為見舞、雄鴨壱羽被恵之。石魂録口絵三丁・袋とびら・外題目録わく模様、出来、持参。使之者根津迄罷越、帰路立寄候節、御返翰幷口絵以下、仙橘江筆耕認候様、御書翰添、届候様御示談、御渡被遣候。

一今暁出火、芝神明前之由、土岐村玄立申之ニ付、英泉使之者ニ尋候所、神明丁ニ相違無之、泉市は残り候由。依之、籠屋豊二郎ニ日傭申遣候所、豊二郎は外江罷越候故、人代指越候ニ付、玉川ニ而銘酒壱升、樽共求之、口上書付添之、夕七時過、見舞泉市江為持被遣候。使、外江廻候由ニて、夜五時過、帰来。日傭賃、払渡之。○今夕、仕舞之巳待ニ付、茶飯炊之、杉浦老母に施之。

廿八日己巳　晴 甚寒 風烈 夕七時過凪

一石魂録御稿本・さし画御はり入袋等、被為拵。改方に指出候ニ依て也。其後、傾城水滸伝四編五・七之巻弐冊、被為遊御校合候。

一今朝、中川金兵衛、石魂録六之巻前之半冊、御稿本持参。今日改ニ出候趣、兼而申置故也。本文のミ漸ゝ筆耕出来、未仮名付ず《(ダク)》。跡ニ而仮名之分認候由也。御逢有之、無程帰去。○昼後、大坂屋半蔵来ル。然ル処、五之巻上御稿本、仙橘方に指置、失念之由。依之、今日改方に指出候間ニ合ず、草ゝ取ニ参り候様、御示談。直ニ罷越候由申之、帰去。○雪後別而道悪敷、殊ニ遠路故、松前家に不罷出、今日、延引。

廿九日庚午　晴 夜六時より 風

一八犬伝附録、被為遊御稿候。○今朝、大坂屋半蔵来ル。石魂録五之上巻御稿本、仙橘方に罷越、請取、持参。則御取調、袋入御稿本七冊、被為成御渡、一両日中改ニ指出候様御示談後、帰去。○松前尾見直司奉札。来ル朔日、老侯上屋敷に被赴候ニ付、罷出候ニ不及。其前、今明日中罷出候様、申来ル。両三日風邪之所、少ゝ快方ニ付、明日可罷出旨、返翰遣ス。

一昼後、清右衛門様入来。させる所要なし。鴨肉被遣之、無程帰去。○今日、すゝ取・下そうぢ、始之。北之方三畳家苗・弁天祠等、掃除終る也。○宗伯、昨夕より風邪、頭痛・悪寒強候得ども、押而起出。○夜四時過、白銀町四丁目出火、早束《(ママ)》消留、鎮ル。

晦日辛未　晴　美日

一八犬伝附録、被為遊御稿、石魂録六之巻前半冊、被遊御校合候。○今朝、関忠蔵、寒中為見舞、来ル。申置、帰去。

一昼後、二見屋忠兵衛、越後鈴木牧之書状・味噌漬・歳暮祝儀等、届来ル。折節　家君御月代ニ被為赴候御留守中ニて　家母君御請取、被遊御挨拶。無程、帰去。○今朝、中川金兵衛、石魂録六之巻前半冊十五丁半、筆耕出来、持参。当番出掛之由、指置、帰去。

一今朝、杉浦清太郎母、此方下女を寄込、清太郎不致帰府、小遣指支、難渋之由。右ニ付、地代之内、拝借願候趣申上候様、頼候由。自身来らず《(ダク)》とも、以使頼越べく《(ダク)》所、不礼之仕方、不埒之至也。依之、任其意、金弐両、むらを以為持被遣、貸之遣し、請取取之置。

一昼後、上槇丁善幸ト申者来り候由。上槇丁ニ知人無之故、留守之趣申之、帰去。跡ニて考出候所、幸助事なるべし《(ダク)》。

一夕方、大坂屋半蔵来ル。石魂録袋・外題・戸びら、筆耕出来、持参。為待置、被遊御校合。六之巻前半冊とも被為成御渡候後、薄暮帰去。

一朝四時出宅、寒中為伺、宗伯、松前両屋敷に赴、夕七半時過、帰宅。今日、老侯手づから大鴨一番給之、宗伯帰宅以前、届来ル。

一今日、宗伯、両屋敷廻勤。帰路、関忠蔵・屋代太郎殿等、寒中見舞廻勤。○屋代より届候様被頼候養生訣、今日、松前老侯に指出之。

一夜五時過、鶴喜使札。傾城水滸伝四編七之巻弐番校合・八之巻壱番校合、持参。御返翰被遣候。

〆

十二月朔日壬申　晴　朝四時前より大風北夜九時過凪

一八犬伝七輯五之巻附録三丁・同口画壱丁・四之巻おく書名坪壱丁半・戸びら袋弐通ヅヽ・表紙外題等御稿、今日、皆出来了。

一今朝、清右衛門様入来。当日祝儀なり。無程、帰去。○昼前、中川金兵衛に、八犬伝七輯三之巻御稿本、わく紙添、為持被遣。留守之由、指置、使帰来。昼後、番帰り之序、金兵衛来ル。過刻為持遣候趣、申聞候ニ付、直ニ帰去。

一昼後、松前牧村右門奉札。平家物語「薩摩がた澳之小嶋にわれありと」云ゝ之歌、読人・出所・書名問ニ来ル。家君、別紙ニ被為認候。外ニ返翰添、委細申遣ス。○夕八半時、高橋勇来ル。宗伯掃除中ニ付　家君御逢。養子願、昨日相済候風聴(ママ)なり。無程、帰去。○昨日松前老侯より被下候鴨、調理致候所、雄鳥見事ニ候得共、雌之方は日増ニ而、臭有之候ニ依て、食療ニ不相成、植木こやしニ致候様、被仰付候事。○北之三畳下掃除、宗伯壱人ニ而掃之、未果。今日、二日め也。

二日癸酉　曇　夜五時より風　五半時過より雪　終夜無間断

一今日、御読書終日。依甚寒也。○昼後、鶴喜使札。傾城水滸伝四編七・八之巻、校合取ニ来ル。被遣御渡候。

一夕八半時、美濃屋甚三郎来ル。八犬伝七輯四之巻英泉さし画三丁・五之巻重信さし画壱丁出来、持参。雑談数刻、帰去。

一昼後、山口屋藤兵衛来ル。取次、心違ニ而、御留守之旨申之、帰去。夜ニ入、又来ル。於座敷、御逢有之。所

要は、殺生石御稿本泉市より買戻し候由、右御潤筆残り持参。外ニ、為絹代七百疋、被恵之。御示談後、無程帰去。

一北三畳、昼後、掃除了。夕八時過より、調合之間・本箱類、掃除之。○昨日之ふる鴨、今夕、林檎之根を穿、埋ミ了。

三日甲戌　昨夜より雪無間断　昼九時雪止凡七八寸積夕八時前快晴　昨夜より風烈夕七時ゟ愈大風夜(ママ)

一雪天甚寒ニ付、終日御読書。○昨夕、むらを以、品川丁角大江味噌注文依申遣、今夕、角大より持参。代料、渡之。

一今日、雪止候後、調合之間掃除ス。然れ共遅ク始之、半にして、未果。○雪天、無客無事。昨夕清太郎帰府之由、村申之。然共、未来。

四日乙亥　晴　美日

一殺生石御稿本、巻数四冊ニ被為直候。此度、山口屋藤兵衛依頼也。○夕方、安のばゞ(ダク)来ル。按腹後、帰去。

一夜ニ入、宗伯、清太郎方江、帰府之為悦赴、雑談。五時、帰宅。○巽調合間、昼前掃除了。昼後より納戸天井掃之。

五日丙子　晴

一殺生石御稿本御直し、御稿了。昼後、御読書。○昼前、鶴喜使札。水滸伝四編八之巻、校合取ニ来ル。御返翰御認、御渡被遣候。

一昼前、山田伯母様、寒中為御見舞、御入来。昼飯御振舞。無程、被成御帰候。○夕八半時、清右衛門様入来。雑談数刻、帰去。

一今日、台所下掃除。家内不残手伝、夕七時、し終る。○夕七半時過、笹屋伊兵衛、寒中為見舞、来ル。　家君御逢。雑談数刻、帰去。

六日丁丑　晴

一朝夷巡嶋記六編、摺本直し落之分、朱墨ニ而被為補候。飯田町御姉様ニ被為遣候ニ依てなり。

一昼後、松前勘定方嶋田興奉札。明七日、御箸揺祝儀、熨斗目着用、朝四時罷出候様被達　家君御代筆被成下。雪中りニて持病差起、平臥、歩行致兼候趣、断り遣ス。○同刻過、松前老侯近習尾見直司・久山六次郎奉札。過日、屋代太郎殿ゟ老侯ニ被上候算賀摺物・養生訣、為答礼、小鴨三羽届候様、為持指越。則、宗伯より、書翰添、使之者ニ為持、屋代ニ遣之。無程、太郎殿返翰被来ル。宗伯請書之中ニ、右返事も封入、遣ス。右両通とも　家君御代筆被成下候。宗伯掃除中ニ依て也。

一夕七半時、鶴喜使札。水滸伝四編五之巻三番校合、五編壱・弐之巻壱番校合指越。五之巻直し済・五編弐冊は、明夕取ニ指越候様、被仰遣。○今日、納戸掃除。夕七時前、し終ル。お路・むら、手伝之。其後、中之間天井、掃之。

七日戊寅　風立 夜六半時 及深夜 凪

一巡島記六編、摺本直し落、被為補候。○昨夜四時前、堀江町二丁目出火。弐三軒焼失之由、無程鎮ル。

一今日、中之間掃除。七時過畢ル。お路手伝之。○昼後、岡田老母より、お路ニ使札。芝山田内儀産有之候由、知らせなり。

八日己卯　晴　美日如春

一巡嶋記六編、摺本壱部・同校合壱部、製本可被遊、御取調之所、校合本之内、四枚不足ニ付、今日、筆耕・さし画共、模写被為遊候。

一昼後、清右衛門様入来。先月分売薬うり溜、宗伯掃除中ニ而未罷越故、致勘定、持置可致旨依申、任其意、勘定帳・鍵共渡之、帰去。

一夕七時、美濃屋甚三郎使札。八犬伝四之巻十二丁、筆耕出来、指越。留置。朝夷六編売出し之由、弐部至来(ママ)。寒中為見舞、肴代被恵之。御返翰被遣候。一体、巡嶋記六編、外ニ五部可取、御掛合有之候得共、今日、沙汰なし。

一同刻、鶴喜使札。傾城水滸伝四編八之巻、五編壱・弐之巻校合、取ニ来ル。則、御渡被遣候。○今日、事始め、六質汁、如例、家内一統、祝之。

一今日、玄関掃除。お路・むら、手伝之。夕七時過、はき了ル。○今日、清右衛門様、熱田大神宮大麻持参。神棚に奉納之。

一伊勢内宮八幡太夫、例年之通、大麻・新暦等至来(ママ)。○七半時、両国柳橋出火、暫ニして鎮火。

九日(ムシ)庚辰　曇　夕八半時より小雨　七時過暴風《ハヤテ》南　忽凪　薄暮雨止　快晴　夜五時過より大風烈　終夜不止

一朝四時　家君、家母君御同道、大丸に買物ニ被為赴候。夕七時、買物整、大丸下男ニ品ゝ為持、御同道、御帰宅。

一今日、御書斎掃除、はき了ル。終日也。○夕七時前、杉浦清太郎来ル。帰府後始而也。宗伯対面。雑談数刻、帰去。

一夜ニ入、鶴喜使札。傾城水滸伝四編下帙壱部至来。外ニ十部約束之分指越、同八之巻弐番校合来ル。御返翰被遣候。

十日辛巳　晴　朝五時過より薄曇　昨夜より大風烈　夜ニ入猶不凪

一今日、御読書消日。○美濃屋甚三郎、夕八時、八犬伝七輯四之巻廿丁目迄八丁、筆耕出来、持参。外ニ、柳川画五之巻口絵壱丁等也。いづれも請取置。四之巻初丁より十二丁、御校合相済候写本御渡被成候後、雑談数刻、帰去。○昨日大丸ニ而整候反物類、家母君・お路、裁之畢。

一夕七時過、大坂屋半蔵、石魂録五之巻序一丁・同口絵壱丁・七之巻さし画壱丁、持参。為待置、御はり入レ御渡被為成候後、薄暮帰去。今日、寒中為伺、肴代被恵之。○昼前、深光寺、以使僧、寒中為見舞、例之通納豆弐曲、被恵之。

一昨日掃除残り御書斎、昼前、はき畢。昼後、広座敷天井挨、払之。○目出度屋老母、寒中為見舞、鮒昆布巻一器持参。家母君御逢。無程、帰去。○夕方、屋代二郎江約束之趣、傾城水滸伝四編下帙四部、以むらを、為持被遣。指置、使、帰来。

十一日壬午　薄曇　一昨夜より大風烈　昼後八時過凪　夜五時地震　風立

一御読書終日。○昼前、鶴喜使札。傾城水滸伝四編八之巻校合取ニ来ル。則、御渡被遣候。

一昼後、清右衛門様入来。一昨日・昨日すゝ払致候由。節弁(ママ)昨日長屋より至来之菓子等、持参。此方よりも、節

平鱠等、被遣之。且、幸便之節、二見屋江届候様、傾城水滸伝四編下帙壱部、御書状添、越後牧之江被遣。外ニ一部、忠兵衛江被遣。将又、一昨日大丸御買物之内、白紬七尺五寸之処、六尺五寸有之。一尺不足ニ付、請取書添、一尺取候様被仰含、御渡被成候。朝夷巡嶋記六編割印摺本壱部、御姉様江被下様、今日御持せ被遣候。○夕七時前、松前河合藤十郎奉札。長崎奉行御下りニ付、清朝動乱様子相知候ハヾ、御聞被成度趣也。　家君御代筆、返翰被遣被下候。○夕方、橋本喜八郎殿、寒中為見舞、来ル。申置、帰去。

一今日、すゝ払竹入、如例年、昼節、家内一統祝之、広座敷等掃除全畢ル。○十一月分薬売溜致勘定、清右衛門様今日持参、請取。

十二日癸未　晴　風夕七時凪　夜ニ入少シ風立

一御読書終日。○昼前、山口屋藤兵衛来ル。於御書斎、御逢。殺生石御稿本四冊、被為成御渡、御示談後、帰去。

一昼飯草ゝ御出宅　家母君、深光寺御墓参。夕七時、御帰宅。○昼後、大坂屋半蔵来ル。仙橘より筆耕出来参り居候哉之旨、申之。未来趣、被仰聞。看板下書御認、仙橘ニ為認候様、御渡被成候後、帰去。○夕方、鶴喜使札。水滸伝五編壱之巻弐番校合摺、持参。使、下谷迄赴候由。帰路立寄候節、御校合相済、御渡被遣候。○昼比、松前藤倉一郎奉札、鮭塩引弐尺被下之。返翰、認遣ス。○今暁八時過、小石川伝通院前失火。今朝六半時、火鎮ル。えさし町辺二丁程、類焼之由。

一昼後より、宗伯、障子入用美濃紙たち合せ、つぎ《ダク》置。

十三日甲申　晴　風烈夕方少止　夜ニ入又風

一傾城水滸伝、御校合被為遊候。○夕七時前、鶴喜使札。傾城水滸伝五編弐之巻二番校合、袋・とびら等校合也。

指置、帰去。夜ニ入、又来ル。同五編三・四弐冊壱番校合摺、持参。御請取置。過刻之弐之巻袋・とびら御校合相済、御返翰添、御渡被遣候。

一昼後、渥見使札。祖太郎宮参り祝儀、赤飯一重被恵之。外ニ、国産薯蕷二・約速（ママ）之朱子真跡墨本壱枚、被指越。河合藤十郎頼ニ付、依申入也。　家母君より御返事被遣候。〇宗伯、八畳障子四枚・巽調合之間四枚・六畳御書斎四枚之内弐枚、都合十枚、張之。　家母君・お路手伝、剃之。終日なり。〇今日杉浦清太郎方すゝ、取ニ付、埃可致旨、今朝、届来ル。

十四日乙酉　晴　風　夕七時過凪

一今日より金ぴら船五編、被為興御稿候。〇昼後、鶴喜使札。傾城水滸伝五編三・四弐冊、とびら御校合相済、御渡被遣候。いづ（ダク）れも一番校合也。夜ニ入、又来ル。弐之巻・八之巻三番校合、持参。為待置、御直し被遣候。〇昼後、米屋文吉、飯米七斗五合持参。内、四斗は俵ニ入、三斗五合袋ニ而来ル。依申付也。俵入、玄関ニ指置、代金払渡。印形持参不致候間、十七日餅米持参之節、請取判可取旨、申付。

一宗伯、六畳御書斎障子残り弐枚・玄関弐枚・引窓弐枚、切張之分、納戸障子二枚・北三畳三枚、都合十一枚、張之。家母君御手伝、剃之。〇夕七半時過　家君、筋違高砂屋江、鯉可被召上、被為赴候。宗伯御供ニ而、薄暮帰宅。

一夕七時過、安野ばゞ来ル。按腹、草ゝ帰去。

十五日丙戌（ママ）　晴天明比より曇　夕八時霙　暫其後雨　夜ニ入吹　夜中猶雨　四時過より八時前迄大雷雨数十声　宵より暁迄大風

一金ぴら船五編、被為遊御稿候。〇昼四時過出宅、松前上屋敷江、当日為祝儀、罷出。朱子墨本、河合藤十郎江

持参。それより下屋敷江赴、老侯見参。例之通、九時より七時前迄長談。帰路、雨降り出候ニ付、傘・下駄借用、送り之人召連、夕七時帰宅。傘・下駄は、帰宅之上、送り之者ニ直ニ為持、返之。〇昼比、土岐村玄立来ル。　家君御逢。昼飯振舞候後、雑談暫、帰去。

一昼後、清右衛門様入来。過日被仰付候越後書状・傾城水滸伝四編下帙弐部、二見屋江遣候趣、幷、大丸白紬不足之切レ請取、持参。無程、帰去。〇夕八半時、本郷笹屋山城使来ル。所要は、過日、伊兵衛、寒中為見舞罷越候節、炭之事約束被遊候ニ付、当九日、本湊丁松本三郎治、炭一駄八俵来ル。右代金弐両四匁弐分八厘、今日、取ニ来ル。御払被遣候。尤、松本三郎治請取書、笹屋より持参、取置。〇夕七時前、田口久吾、寒中為伺、来ル。於御書斎、御逢。宗伯帰宅後、七時過帰去。

十六日丁亥　晴　朝四時前より大風烈　夜ニ入猶終夜風烈

一金ぴら船五編、被遊御稿候。〇夜ニ入、鶴喜使札。傾城水滸伝五編六・七之巻二番校合、指越。為待置、御引合セ、御校合被遣候。

一今日、宗伯、神棚小障子四枚・御燈籠一対・仏殿小障子四枚・襖障子切張・台所障子切張、方燈迄、不残張替畢。

十七日戊子　晴　昨夜より大風烈　夜六時過少し止　夜中又大風

一傾城水滸伝五編、御校合。金ぴら船五編、御稿被為遊候。〇今朝、鶴喜使札。昨夕持参六・七之巻弐冊、弐番校合被遣御覧候。外ニ、被為残候分、三之巻弐番・五之巻壱番校合、取ニ来ル。御校合相済、御渡被遣候。夕七時前、鶴喜使又来ル。水滸伝五編二之巻弐番校合、持参。為待置、御覧被遣候。〇昼後、嶋屋佐衛門より子年新通、持参。請取置。

一昼九時過、清右衛門様来ル。　家君御病後、遠方御歩行難被遊之。依之　家母君御名代、宗伯・清右衛門様同道ニ而、浅草市江罷越、如例年致買物、夜ニ入、六時帰宅。清右衛門様、草〻帰去。

一昼前、米屋文吉、餅白米五斗、持参。代金払渡ス。○昼九時、本郷笹屋より僕三人、もち米取ニ来ル。則、五斗渡遣之。○夕七時前、駒込辺遠火、暫して鎮ル。

十八日己丑　晴　大風烈　夜ニ入曇　九時凪　暁七時雪

一金ぴら船五編、被為遊御稿候。尤、画割御稿也。○昼前、鶴屋嘉兵衛来ル。所要は、傾城水滸伝、来春三組願度旨、潤筆之内金弐枚、持参。御請取。其後、水滸伝、当年より袋入ニ相成候ニ付、殺生石之例も有之候間、来春より一組金壱枚増ニ致候趣、当年八合巻並ニて宜敷旨、御示談後、無程帰去。○朝四時過、むらを以、本郷さゝや江、水餅取ニ遣ス。暫相待、昼前持参。如例年、飯田町宅其外近所江も遣之、家内一統祝畢ル。○昼比、本郷さゝやより、餅持参。七升大鏡壱双・八寸同・六寸同・四寸同・小備十二・のしもち廿二枚也。右請取候後、使帰去。○昼後、山本啓春院殿弟子中より、廻章来ル。右は、昨十五日、依御奉書、今十六日登城之所、年来出情勤労ニ付、御番料四百俵高ニ被成下候由、達也。幷、右為御歓、進上物堅断之趣也。右廻章、一両日之内、本郷金助丁須賀三琢江、幸便之節、順達可致事。薄暮、同所持廻り廻章、又来ル。所要は、進上物之事、御断申候得共、相談之上、指上可然旨、内意有之候間、二百文指出候様、申越。留守之趣　家君より被仰遣。

十九日庚寅　雪 終日無間断 夜中猶雪 但大ニ降らず(ダク) 至暁雪止 凡二三寸薄雪也

一今日、御読書。雪天依甚寒なり。○夕七時前、美濃屋甚三郎来ル。八犬伝七輯四之巻残り・六之巻十丁、外ニ序文、筆耕出来、持参。御請取置。幷、御潤筆残金、持参。雑談数刻、帰去。○今朝、中川金兵衛、八犬伝五之巻十二丁筆耕出来、持参。指置帰ル。

一昨日、宗伯、奇応丸包之。終日也。今日、雑記弐冊・朝夷六編一部ノ合巻一冊、製本終日。巡嶋記二番校合本也。

一夜ニ入、鶴喜使札。水滸伝五編四之巻二番校合摺、指越。為待置、御校合被遣候。一昨日御頼被遣候あぶ(ダク)りこ、被指越。代料四匁之よし。四百四十銅、直ニ為持、遣之。

廿日辛卯　晴　美日

一今日、御校合・客来等ニ而消日。○今朝、豊治郎ニ申付、紀伊国橋土岐村玄立江、歳暮両種遣ス。お路より祝儀文、遣之。帰路、尾張丁英泉江、御書翰被遣。所要は、殺生石さし画注文也。使、昼前帰来。英泉、今日此方江罷越候趣、御返事不来。土岐村は、内儀より返事来ル。一昨日之山本順達廻章、豊次郎を以、本郷金助丁須賀三琢江、為待(ママ)遣ス。人足賃百七十二銅、渡遣ス。

一門ゝ江柊・いハし頭等、如例、宗伯插之。薄暮、儺、宗伯執行、如嘉例。○昼後、大坂屋半蔵、石魂録七之巻さし画弐丁出来、持参。御覧之上、御張入。御渡被遣候後、帰去。○夕七時前、清右衛門様入来。自在餅壱重、持参。今日もちつき之よし。十七日市買物、飯田町より代料払候分勘定残り三百七十七文、今日、返之。其後、帰去。掃除金持参。御請取被為遊。

一夕七時過、英泉来ル。為手土産、白砂糖一袋・かも折詰、持参。於御書斎、御逢。殺生石さし画御示談後、薄暮帰去。

一筆福硯寿帳弁ニ亥年日記一冊、一昨日　家君弐通被為折候分、今日、綴之。○夜ニ入、鶴喜使札。水滸伝五編五之巻、二番校合也。請取置。

廿一日壬辰　晴　夕八時過より薄曇　夜四時過　雨

一今日、筆福硯寿見出し小札、数〻被為張之。○昼後、美濃屋甚三郎来ル。八犬伝七輯六之巻末迄、筆耕出来、持参。御請取置。

一昨日持参之分、四之巻残り・六之巻十丁・五之巻十二丁・序文等、さし画御はり入、御校合相済、御渡被為成候後、雑談数刻、帰去。○昼後、土岐村玄立より、歳暮為祝儀、鏡餅二筋・塩鰹一尾至《(ママ)》来。お路、返書遣之。

一宗伯、年玉黒丸子五角、折之。薄暮　家母君、宗伯同道、明神之市ゟ買物罷越、六時過帰宅。

一昼後、鶴喜使札。水滸伝五編五之巻校合、遣之。○夕方、目出度屋老母来ル。　家母君、御対面。無程、帰去。

廿二日癸巳　今暁より風雨　夜ニ入雨止　凪　不晴

一御読書、終日。○七時過、鶴喜使札。傾城水滸伝五編三之巻四丁弐番校合、直し済。十五丁メ直しくづ《(ダク)》し、以之外ニ付、直し候様被仰遣。

一夜ニ入、松前勘定方四人、連名奉札、明廿三日扶持方代金渡シ候趣、達也。請ぶミ遣ス。

一宗伯、年玉黒丸子五角外題・熨斗包等摺之、名札百枚、認之。終日也。

廿三日甲午　晴　今暁より大風烈　夜ニ入少シ止　至暁全凪

一御読書、終日。○朝四時出宅、松前上屋敷江、宗伯、歳暮為祝儀、罷越。屠蘇二包、広間江指出シ、志摩守様・祐翁様江進呈。役所ニ而、扶持代金請取、九時帰宅。○今朝、飯田町清右衛門様より、如例年、鏡餅・塩引鮭至来。幷、被仰付候史記、指越。此序ニ、同人過日指置候わらかざり・海老等、右使江渡遣ス。昼後、御姉様、歳暮為御祝儀、御入来。銘酒白酒一陶、被為献。　家君より、傾城水滸伝四編・五編二組弐番校合本、被為進之。夕飯後、七半時、被成御帰候。

一今朝、渥見治右衛門方江歳暮祝儀、大弓はま一・乾鯷二袋　家母君御ふミ添、為持被遣。おくわより御返事来ル。

一昼比、東山本丁宮戸屋久五郎より、療用申来ル。無程見舞候所、病人は則久五郎ニて、当九月より病気之由。診脈之所、肺痿、不治之症也。先医療治違ニて、尤、大切危急。依之、薬之義断候得ども、同人親類、玄関江罷越、再三再四歎候ニ付、不得止事、薬遣之。○夕方、鶴喜使札。水滸伝五編上帙売出し之由、一組至来。外ニ十部、約束之分、指越。昨夕御直シ被遣候十五丁メ、直し出来、被為見。校合、今日ニ而皆済。○薄暮、水滸伝上帙四部、屋代二郎江、むらを以、為持被遣候。

廿四日乙未　晴　朝五時過より薄曇　昼前快晴　夜ニ入曇　九時小雨　暫ニして止不晴

一朝四時前御出宅　家君、買物ニ被為赴大丸。御整物、大門通りニ而真ちう手燭燈皿、日本橋黒江屋ニて肴台・肴箱・もんぱ《ダク》足袋、今川橋ニて瀬戸物類、杉浦江被遣候鮭塩引等、被為求、夕八半時御帰宅。

一昼飯草ゝ出宅　家母君・宗伯、深光寺墓参。先年、和尚ニ御約速《ママ》有之候諸檀大過去帳、欝金木綿風呂敷ニ包ミ、棚・引蓋・蕨手付箱ニ入、寄進之。右ニ付、代ゝ諸尊霊法諱一綴、過去帳箱書付下書持参、新過去帳江写取候様申達、筆墨料南鐐一片、被遣之。今日、和尚対面。示談之上、渡之。和尚歓悦。それより　家母君、竜門寺江御墓参。宗伯は、供人足召連、御先江帰宅。今日歳暮参詣ニ依て、鏡餅一筋・白米壱升・青銅十疋、過日飯田町より深光寺歳暮指越置候付、此序、一処ニ今日為持参り、同様遣之。家母君は、竜門寺・円福寺歳暮御墓参。帰路、飯田町宅へ御立寄、夜ニ入、六時御帰宅。○昼前、山口屋藤兵衛来ル。為手土産、片木折菓子、持参。依御留守中ニ、宗伯対面後、帰去。

一昼比、美濃屋甚三郎、八犬伝七輯表紙・戸びら、五之巻柳川さし画壱丁写本、持参。御留守中ニ付、宗伯、請取置。六之巻末写本御校合済、渡之。無程、帰去。○昼後、屋代次郎、蘭一鉢・梅一枝持参、被恵。家内不残依留守中、申置、帰去。

一宗伯、深光寺より帰宅草ゝ、杉浦清太郎方江罷越、地代金遣之。十一月晦ニ貸金弐両有之候故、指引、今日、金壱両、渡之。請取帳江、弐両壱分之致請取候様申談、貸手形返之。歳暮祝儀鮭塩引壱尺、遣之。清太郎、留守之由。依之、老母江示談、草ゝ帰宅。○昼前、宮戸屋久五郎江見舞、今朝薬、遣之。

廿五日丙申　天明より雪　朝四時過雪止　快晴　薄雪 夜四時より大風烈

一御読書、終日。○昼四時、清右衛門様入来。今日、店勘定ニ、京橋小林江罷越候よしニ付、五ケ年前小林より借財十両之内、去暮五両返済、残金五両之内、弐両返済候様、被仰付、右金子為持被遣。尤、伴頭与市・庄五郎両人之内江渡し、請取書を取、持参可致旨、被仰付。今日帰路、三田長運寺江参詣之よしニて、草ゝ帰去。

一昼前、芝和泉屋市兵衛来ル。近火見舞被遣候謝礼也。金ぴら船四編摺本、表紙共出来之処、近火之節、摺本穢、間ニ合兼候ニ付、来秋開板之よし申之。依之、金ぴら船五編御稿、暫御延引。其後、無程帰去。

一夕八半時、土岐村玄立来ル。　家君・宗伯対面。雑談数刻、帰去。〇七時、美濃屋甚三郎、八犬伝七輯外題・五之巻戸びら出来、持参。御請取。雑談数刻、帰去。〇夕方、宗伯、宮戸屋久五郎ゟ見舞、帰宅。

廿六日丁酉　晴　風烈　夜ニ入少シ止

一御読書、終日。〇宗伯、昨今餝下拵終日、今夕拵畢。〇昨夕、八犬伝七輯目録、中川金兵衛ゟ為持被遣。今昼前、筆耕出来、同人持参。御逢後、帰去。〇英屋平吉使、書出シ持参。産科指南二冊・仲（ママ）条流産科全書一冊、返之。請取書直し、序之節、持参候様、申遣ス。〇昼前、美濃屋甚三郎来ル。歳暮為祝儀、南鐐一片被恵。八犬伝序幷戸びら被成御渡候後、早ゝ帰去。〇籠屋豊治郎来ル。右所要ハ、過日年始供申付置候所、人替り指出度旨、且、年始廻勤中日傭賃、晴雨共被下様、申之。天気之処難斗間、断遣ス。〇明神八百屋来ル。当年も不相替門餝被仰付様依申、廿八日、例年之通可立旨、申遣ス。〇番屋親仁呼ニ遣候処、風邪之由。依之、宗伯出掛ニ立寄、年始之事、申付。宮戸屋病人見舞、今日より、本方別煎五貼、遣之。

廿七日戊戌　晴　夜ニ入曇

一八犬伝七輯三之巻写本御校合、水滸伝四編・五編校合本下とぢ等、被為遊候。

一昼前、中川金兵衛八犬伝七輯三之巻、筆耕出来、持参。御逢後、早ゝ帰去。〇杉浦清太郎、昼前来ル。明日、例之川普請御用ニて出立之乍暇乞、歳暮被遣候礼ニ来ル。　家君・宗伯対面。雑談後、帰去。

一昼前、渥見使来ル。昼後、於久和、歳暮祝儀ニ罷越候由。依之、抱守ニむら指越候様、申来ル。承知之旨、申遣。昼後、下女むらを渥見ゟ遣し、無程、お久和来ル。むら、祖太郎を抱帰来ル。夕刻、汁粉餅振舞候後、夜六時迎来、帰去。

一夜ニ入、籠屋新五郎来ル。歳暮為祝儀、桜炭壱俵、持参。○夕方、番屋親仁来ル。年始供可勤旨、申来ル。宗伯逢、委細掛合候後、帰去。○昼後、清右衛門様入来。小林返済金請取書持参、指上。今日、歳暮炭代として、金壱朱被遣之。幷、小石川山田・田口久吾・大久保・飯田町宅等、屠蘇、例年之通、遣之。

一山本啓春院殿、結構ニ付、弟子中一統ゟ肴代進上之由。右割合二百銅、手紙添、山本江届被給候様、今日、清右衛門様江頼、渡遣ス。○昼前、明神八百屋来ル。今日手透ニ付、為手廻之、餝杭可立旨依申、宗伯、指図之。昼前、杭立畢、帰去。○夕方、鶴喜使札。水滸伝五編下帙売出シ之由、壱組至（ママ）来。外ニ、約束之十部指越。御請取、御返翰認させられ、巡嶋記六編壱部預ケ被遣。○今日、中川金兵衛、八犬伝七輯三之巻持参之節、七之巻御稿本被為成御渡候。

一昼後、松前大野幸治郎奉札。歳暮為祝儀、老侯より、家君・宗伯江、金百疋ヅヽ、被下之。宗伯、返翰認、遣ス。

廿八日己亥　今晩七時ゟ大風雨　終日無間断　夜ニ入猶小雨　至深夜凪

一傾城水滸伝四編・五編、金ぴら船四編校合本、今日、製本被為遊候。

一如例年、鏡餅幷ニ蓬莱餝付、昼前、造之。○昼前、英平使来ル。産論翼代料六匁、渡し遣ス。

一夕七時前、明神八百屋来ル。折節小雨ニ相成候ニ付、宗伯差図いたし、門松立させ、祝儀鳥目二十疋、遣之。

一今日大雨、終日。依之、松前老侯江、歳暮祝儀ニ不罷出。　家君依仰也。○土岐村玄立内儀より、お路江使札。お路ゟ返事遣ス。○夕八時過、安野ばゞ来ル。按腹後、草々帰去。

田（ムシ）九（ママ）庚子　曇　折々昼時小雨　八時前より大雨　夕七時より雪

一早朝、宗伯、うら門処々之小松を立、輪餝等、如例。四半時立畢。

一昼九時、美濃屋甚三郎、八犬伝七輯口絵弐丁出来、持参。過日出来、御請取被為置候。二丁とも四丁御はり入、被為成御渡候後、帰去。

一昨日御入歯糸切レ候ニ依て、昼後八時、吉田源次郎ニ持参。相待、直させ、薄暮、飯田町宅ニ帰来。十二月分薬うり溜致勘定、且、小松屋三右衛門・中屋惣介・玉川堂ニ諸払金、遣之。小松屋ニて黒白砂糖三斤ヅヽ、現金ニ求之。清右衛門様ニ、節句銭壱貫九百四拾八文之内、うら之分九百文、遣之。夜四時、帰宅。

一今日、飯田町宅ニ赴候節、田口伯母御病気見舞ニ立寄　家君より被為進候御見舞、南鐐壱片持参、相渡。

一長崎屋平左衛門・さゝや伊兵衛、薬種代・もちつきちん、渡遣ス。○昼前、大田九吉より使札。塩鰊鯑壱重・鮭鮓壱重、被恵。宗伯、返書認、遣ス。○昼後、屋代次郎来ル。傾城水滸伝五編四部被遣之後、帰去。

一昼後、清右衛門様入来。歳暮祝儀なり。無程、帰去。○昼後、関忠蔵来ル。歳暮祝儀、取次ニ申置。

一今夜四時、宗伯、飯田町宅より帰宅。八時、年内之事目出度畢。八半時比、家内一統寝ニ就く。


（天理大学附属天理図書館本翻刻第一〇六九号）

文政十一年戊子日記

文政十一戊子年春正月　家内安全　新年祝義如吉例

（注、以下、二月廿二日八行目「御染願候ニ依て」まで、宗伯代筆）

元日辛丑　晴

一今朝正六時比より家内起出、未明ニ、宗伯、雑煮餅祝之。供人足を待合セ、六時過より松前上屋敷ニ祝義に罷出、規式相済、家中ニ礼ニ罷越。夫より下屋敷ニ罷出、老侯ニ見参。帰路、下谷辺四五軒年始相勤、夕八時過帰宅。○宗伯帰宅後、屠蘇酒祝之。其外、如例年、祝義相済。尤、諸神并家廟御画像拝礼し畢。

一元日より、年始来客ハ別帳ニ記スニ付、こゝに不記。其外要事有之者ハ記之。

二日壬寅　快晴　少許風立　夜ニ入曇

一今日、亥年十二月金銭出入勘定、越後鈴木牧之ニ之御状等、被為遊候。

一今朝五半時出宅、近所所ゝ年始礼相勤、夫より、今川橋・十軒店・日本橋・加賀丁・芝神明前・紀伊国橋辺廻勤。日暮六時、帰宅。○三ヶ日之間、祝儀、如例年。

一夕八時過、磯浪清二郎、年始為祝義、来ル。於玄関　家君御逢後、無程帰去。

三日癸卯　今朝六半時比より暫時雪　無程止不晴　昼後薄晴　夜ニ入又曇

一今日、亥年金銭諸出入下勘定　家君・宗伯合算しをハる。終日也。

一宗伯、今日休日也。今朝之雪後、晴曇不定に依て也。薄暮より松前家謡初ニ罷出、五時過帰宅。

四日甲辰　晴　夕八時両度ばら(ダク)〳〵雨　七時過雪　暫ニして止夜ニ入晴

一家君、今日売薬売高仕入下勘定、被為遊候。〇今朝五時過出宅、本郷辺・小石川深光寺墓参、竜門寺・円福寺参詣。且、築土明神八幡・世継稲荷江参詣。夫より、飯田町・小川丁、年始礼廻勤。昌平橋内迄帰来候所、雪大降リニ相成候ニ依て、供之者を帰し、合羽を取寄、其間番処ニて相待、合羽持来候後、薄暮帰宅。〇昼後、清右衛門様、為年始祝義、入来。盃如例、祝義相済後、帰去。

一八犬伝袋・外題・戸びら筆耕出来、昨日中川金兵衛持参。然処、戸びら二枚之内壱通、隷書以之外不出来ニ付、認直し候様、御書翰添、以むらを、為持被遣、今朝認直し、同人持参。御請取被為置。

一昼後、美濃屋甚三郎、為年始祝義、入来。於御書斎、御逢有之。八犬伝七輯袋・戸びら・外題被為成御渡、後帰去。

一屋代二郎殿入来。福寿草一鉢被恵。於座敷御逢、石魂録前編・朝夷巡嶋記六編合本御貸被遣候後、帰去。

一昼後、土岐村元祐、年始為祝義、来ル。　家君御逢後、草ヽ(マヽ)帰去。

五日乙巳　晴

一今朝出宅、宗伯、下谷辺年始遣り相勤、夫より、本所・深川・甚左衛丁・小あミ丁・浜丁・馬喰丁・油丁・佐柄木丁・昌平橋内、年始礼相勤、夕七時前帰宅。供人足江支度いたさせ、元日より今日迄四日分、日雇賃払遣ス。

一今日、宗伯年始幸便ニ、屋代二郎殿頼、今戸土産二通リかひ取候様、被仰付候ニ付、森屋治兵衛江申入候所、

合巻三部・奉書摺一冊、為年玉、被恵。且、去暮同人頼、水滸伝四編上下二帙・五編上帙壱部取寄候所、間違ニて不用ニ相成候故、今日持参、鶴喜江返之。将又、越後鈴木牧之江被遣候御状、傾城水滸伝五編上下十帙、外ニ二見屋忠兵衛頼、同二帙、大坂丁二見屋忠兵衛江持参候所、留守中ニ付、同人悴江渡シ、代料請取之。

一昼比、二見屋忠兵衛、年始為祝義、来ル。一両日中、越後江幸便有之候間、水滸伝五編出板候ハヾ、指遣し度旨、申之。家君《ムシ》御逢有之。今日、為持被遣候趣、被仰聞、無程帰去。

一昼後、山田吉兵衛殿、為年始祝義、入来。盃如例。其後帰去。

六日丙午　晴　美日

一昼後、清右衛門様入来。今日、浅草今川橋辺、年始遣リ相勤候由ニて、早ゝ帰去。

一昼後、大坂屋半蔵、為年始礼、来ル。玄関江申置、帰去。〇むら宿次郎八、年始礼ニ来ル。如例、年玉持参、草ゝ帰去。

一屋代次郎殿江、去暮被恵候駿河蘭為酬、唐毛董法筆一枝・赤軸真書二枝、被遣之。幷、同人頼、今戸土産合巻一組、為持、被遣。〇家母君、妻恋稲荷・神田明神江御参詣、無程御帰宅。

一夕八時過、土岐村玄立《ママ》、為年始礼、来ル。家内一統対面。祝義勧盃、七時過帰去。

一薄暮、山口屋藤兵衛、為年始礼、来ル。客来中ニ付、於玄関、御逢後、早ゝ帰去。〇中橋善幸坊来ル。同断。

一七時過、蜀山、為年始祝義、来ル。於座敷、御逢有之。雑談数刻、薄暮帰去。

一今日、伊勢外宮岡村又太夫、御初尾取ニ来ル。則、鳥目百銅、遣之。昨日、内宮八幡太夫同断、御初尾二百銅、遣之畢。

一歌川豊国、為年始祝義、来。玄関江申置、帰去。当時、本郷春木町二丁目ニ住居之由、告之。

七日丁未　晴　朝四時前より薄曇　夜六時雨　暫ニして止　風

一七くさ、如例年。今朝、宗伯囃之。粥、如例、家内一統、祝之。

一去ル四日より昨日迄、羅文居士御肖像奉掛、今日は見了院殿祥月ニ付、御墓表之拓本御掛物、奉掛之。

一今朝、明神八百屋某来リ、兼而申付置候門松、撤去之。宗伯、松竹の枝をおろし、取片付畢ル。

一昨夜四時過、先年召仕候下女せん、中間同道来ル。所要は、当時勤居候中おかち町天野金次郎伯父要之助、去暮より病気ニ而、此節多紀安叔老療治之所、断申入候ニ付、宗伯薬用ひ度旨、頼也。依之、見舞診察之上、再三断申入候得共、達而依頼候、任其意、送リ之者召連、帰宅之上、薬遣之。陰症之傷寒、尤難治也。

一昼後より、宗伯、当日為祝義、松前両屋敷江罷出。年始遣リ蜀山江立寄候所、留守故申置、薄暮帰宅。

一今朝、天野金次郎より薬取ニ来ル。則、三貼調進。松前家江出掛、見舞候所、夜中用ひ候薬不足之由、依中、今夕帰宅之上、可致調進旨申置、帰宅之節、薬取来ル。猶又二貼調剤、遣之。

一昼後、和泉屋市兵衛、為年始祝義、来ル。勧盃如例。供之者江も酒・そば《(ダク)》等振舞、数献之上、帰去。

一八時過、岡田昌益老母、為年始祝義、来ル。年玉被恵。お路、雑談数刻、帰去。

一屋代次郎殿使札、朝夷巡嶋記恩借頼也。則、初編・二編御貸被遣候。

一今暁七時前、富山丁出火、天明前火鎮ル。浅野正親江宗伯近火為見舞、赴。六時帰宅。

八日戊申　晴　風烈　夜ニ入尤大風烈　達朝　猶不止

一夕八半時前、渥見治右衛門、為年始祝義、来ル。家君奉始、家内一統対面。祝儀勧盃、聊饗応、七時過帰去。

一七時過、蔵前坂倉屋金兵衛、為年始祝義、来ル。家君御対面、宗伯同断。祝義勧盃、数献之内、夜ニ入。扇子弐本持参、御染筆依被願候、即坐ニ御認被遣候。後、六半時帰去。小田原挑灯御貸被遣候。

一今朝、天野金次郎ゟ、薬乞ニ来ル。本方三貼・兼用弐貼、遣之。昼前見舞候後、薬用ひ尽し候由ニ而、薄暮又薬乞ニ来ル。三貼調進。夜中猶又見舞、愈難治之趣、断申入置。

一今夜九時、浅草花川戸辺より出火、頗延焼ニ及ぶ。右出火中、山崎丁辺又出火、大風烈中、飛火所ゝニ燃付、広徳寺前・三味線堀・三筋町・鳥越・蔵前・天王橋・天文台辺迄延焼。天明前火鎮ル。右出火ニ付、清右衛門様今暁入来。浅草山田屋吉兵衛江見舞ニ赴候よしニ而、早ゝ帰去。

九日己酉　晴　風烈　夜ニ入凪

一今朝出宅、為近火見舞、宗伯、松前上屋敷江赴。表門前組屋敷・裏門前織田家類焼有之候得ども、松前家幸無恙。夫より、千束村下屋敷江、為悦、罷出、老侯ニ見参。猶、三筋町蜀山・蔵前坂倉屋金兵衛江も見舞、八時帰宅。

一昼後、清右衛門様入来。早春四日、田口より持参之金陵之画掛物、田口久吾江返候様被仰付、為持被遣候。右掛物之義、先達而田口久吾御約束申上、金陵山水大幅ニ而、不用之趣。依之、指上度旨、被申上候間、去暮宗伯罷越候節、右掛物不用ニ候ハヾ、序之節、飯田町宅迄遣し置候様、代金、或者画之掛物之内、望次第、可被遣旨、御意申通置候所、早春、清右衛門様、被参候節、右掛物之義は、先久吾秘蔵之品故、指上候事致兼候。当分御貸申上候由ニ而、清右衛門様より被届候。依之、今日御返シ被遣候。其後雑談、帰去。〇当六日、土岐村玄立年始祝義ニ罷越候節、飯田町宅江年始祝義ニ可参所、今日下谷辺江罷越候ニ付、飯田町、其外ニ、序無之候間、届候様、お路江申置、為年玉、南鐐壱片・扇子壱本、同人江預置、早春依御意、清右衛門様、玄立宅江年始祝義ニ被参候間、右為答礼、早束(ママ)可罷越所、尤不実之仕方、御立腹被為遊候得共、穏便ヲ以、其儘被指

置、今日清右衛門様江お路より届候由、御趣意は被仰聞候。

一夕七時、お久和、祖太郎を携、お登美同道、為年始祝義、来ル。祝義盃饗応後、夜ニ入、迎来リ、お登美は帰去。お久和は今夕止宿。明朝上野御成ニて、小児は指置がたき故、止宿為致度旨、治右衛門被参候節、依申なり。

一林玄曠、年始為祝義、来ル。　家君御対面。無程帰去。

一夕八半時、天野金治郎江見舞候後、薄暮薬乞ニ来ル。其前ニ調剤申付置候所、宗伯折節神拝中、申付候事失念。暫為待置候故、使帰去。依之、むらを以、為持遣ス。

十日庚戌　晴　長閑

一昼前、森屋治兵衛、年始為祝義、来ル。　家君御対面。当年つゞ《(ダク)》き物願候旨、申之。御示談、帰去。

一大坂屋半蔵、石魂録後輯校合摺、筆耕斗四冊持参。御請取被為置。其後、帰去。

一夕八半時、お久和帰候ニ付、むらを以送リ遣ス。むら、無程帰来ル。

一本郷さゝ屋山城、為年始祝義、来ル。家母君御逢、炭之事御頼被遣候。即刻帰去。

一伊藤半平、為年始祝義、来ル。取次江申置、帰去。○今朝、天野金次郎より、薬乞ニ来ル。五貼調進、昼前見舞、今夕大切之趣、申聞置。○今朝例刻　公方様上野御霊屋御参詣、昼前、無滞、相済。

十一日辛亥　晴　長閑

一今日、石魂録後輯三之巻迄、摺本被為遊御校合候。○昼後、安野ばゝ、為年始祝義、来ル。例之通、按腹後、帰去。

一昼飯草〻出宅、家母君、宗伯御同道、今戸慶養寺墓参。夫より同所八幡宮境内梅園見物。帰路、観世音に参詣、例之すミやニ而、致食事、薄暮帰宅。○関源吉、為年始祝義、来ル。取次に申置、帰去。

一昼後、本郷笹屋山城に、猶又炭之事、御書翰ニ而被仰遣。留守之由、返書不来。使むら也。

十二日壬子　晴　長閑昼前より薄曇無程晴　夜中大風烈

一石魂録四之巻摺本・八犬伝七輯七之巻写本、被為遊御校合候。

一今朝、中川金兵衛、八犬伝七之巻十一丁メ迄筆耕出来、持参。　家君御逢後、早〻帰去。

一朝四時御出宅　家母君、深光寺御墓参。夫より、牛込竜門寺・円福寺御墓参被遊、築土明神に御参詣。夕八時御帰宅。○早春、深光寺に宗伯参詣之所、和尚対面。去暮、被為成御寄進候、諸檀大過去帳見台造、万代供養致度旨、被申候ニ付、帰宅之上、申上候ニ依て、右大過去帳見台、可被為成御寄進、以書札、今日被仰遣候。

一昼後、清右衛門様入来。させる所要なし。雑談数刻、帰去。

一昼後、酒井雅楽頭殿家中浅見魯一郎来ル。宗伯対面。赤堀通珉親類之由。　家君御逢被下候様、申之。御留守之趣申聞、近年癇症ニて御来訪之方に、乍失礼、一統御断、不被為成御逢趣、断候得共、何卒御逢被下候様、繰返〻〻数度申置、帰去。○坂倉屋金兵衛使札。過日貸遣候挑灯被返、指置、使帰去。

一七時過、大坂屋半蔵来ル。石魂録後輯壱より四迄四冊、壱番校合本、被成御渡候後、帰去。

十三日癸丑　晴　大風烈　夜ニ入凪　春寒

一昼前、清右衛門様入来。昨夜依大風烈、御機嫌伺なり。昼飯振舞候後、帰去。

一昼前、杉浦老母、為年始祝義、来ル。　家君御対面。雑談数刻、帰去。

一昨夜九時前、青山辺出火。至暁、火鎮ル。今朝、自身番屋ニ而聞セ候処、赤坂紀州御屋敷うら之よし、申之。

一夜五時前、小石川三百坂下出火。暫ニして鎮ル。

十四日甲寅　晴　風南　夜ニ入止

一今日、けづりかけ、如例、宗伯掛之畢。十四日年越祝義、如例。但、一蓮院様御戒名掛物、奉祭之。当日依忌日也。祥月ハ伝らざる故未詳。見了院様祥月、当月七日たるニ依て、一蓮院様も当月祭之者也。

一昼後、西村屋与八、為年始祝義、来ル。御逢有之。無程帰去。○昼前、浅見魯一郎来ル。於玄関、宗伯対面。家君御留守之趣、申之。雑談数刻、帰去。○夕方、仙橋、為年始祝義、来ル。於御書斎、御逢、無程帰去。

一今朝、御成道河村屋より療用申来ル。無程、見舞薬遣之。病人は小児也。昼後、天野金治郎より療用申来ル。無程見舞。同人内義幷妹也。両人とも薬遣之。

一夕方出宅、宗伯、紺屋丁ニ赴。稲荷御宮絵図持参。宮屋両三軒ニ木手間料つもらせ候所、何れも弐分弐朱、或ハ三分弐朱位ニ而出来之由、依申、薄暮帰宅。近所指物屋徳治郎ニ、絵図之通、木手間任申旨、誂之。

十五日乙卯　晴　折〻雲立　夜中風烈　九時過止

一昼後出宅、当日為祝義、宗伯、松前両屋敷ニ赴。帰路、御成道河村屋ニ見舞、薄暮帰宅。

一昼前、清右衛門様入来。昨日、京橋小林参会ニ赴候由、引物肴持参。今日、妙儀ニ致参詣趣ニて、早〻帰去。

一昼後、名張屋勝助、為年始祝義、来ル。　家君御逢、雑談暫、帰去。今日、御きせる、勝助ニ被遊御注文候。

一夕八半時御出宅　家君、本船町ニ御買物ニ被為赴。然所、鰹節早春価引上候由、至而高料ニ付、先両三月分被為求候。追〻価引下ゲ可申哉之旨、依申也。御帰路、駿河丁・今川橋等ニて、被為遊御買物、七時過御帰宅。

一夕七半時、雪麿事、田中源治来ル。　家君御逢有之。去冬持参之志賀随翁書翰外書付二通、今日、被為遊御返候後、雑談数刻、薄暮帰去。○今朝、天野金治郎内義・同人妹・河村屋小児等、薬調剤、遣之。

十六日丙辰　晴　風烈　夕七時過凪

一昼飯後、御姉様、為年始御祝儀、御入来。供人足ハ直ニ帰ス。其後、祝義勧盃、如例。夜食振舞候後、七半時、供人足御迎ニ来ル。無程、被成御帰候。○昼前、西野屋幸右衛門、為年始祝義、来ル。　家君御対面。無程帰去。

一八時過、美濃屋甚三郎、八犬伝七輯五之巻十一丁目迄筆耕出来、持参。其外、牛之角合セさし絵写本、袋・戸びら彫上ゲ、校合摺持参。中川金兵衛筆耕七之巻十一丁御校合相済被為成、御渡候後、例之長談、七時過帰去。

一夕方、渥見お久和使札。此節老母風邪之所、一両日一身痛候由。尤、被申付候義ニは無之候得共、門前通行之節、見舞被下候様、頼也。　家母君御返事被遣候。手医者薬用ひ候趣故、明日出懸、見舞可然旨　家君被命。

十七日丁巳　曇　朝四時過小雨　九時より雪　至暁止　風之吹廻しニ依て深サ七八寸□□□(ムシ)

一今日、宇都宮渥見覚重ゟ之御状、伊勢殿村・京角鹿等ゟ之(ママ)被為遊御状候。

一去冬、八犬伝さし絵為見合セ之、英泉ゟ御貸被遣候越後闘牛之図、昨日、美濃屋甚三郎を以、被致返上、被遊御請取候。

一昼後、清右衛門様入来。如例年、明十八日鏡開ニ付、皆〻参候様、申之。其後、早〻帰去。

一八時出宅、宗伯、御成道河村ゟ見舞、渥見内方病気ニ付罷越、診脈。病症痛風之趣申聞。依被尋、薬方示之。雑談暫、夫より十軒店丸彦ニ而、進物駿河半切、求之。瀬戸物丁嶋屋ゟ殿村・角鹿ゟ之御状持参。薄暮帰宅。

渥見覚重江之御状・紙包等、今日持参、治右衛門江頼置。

一七時過、紀伊国橋土岐村よりお路江使札。お路返事遣候よし。

十八日戊午　晴　風　薄暮凪

一昼飯早々　家母君、杉浦方江、為年始祝義、被為赴、無程御帰宅。夫より宗伯御同道ニ而、むら召連、飯田町宅江罷越。今日鏡開ニ依て也。祝義相済　家母君、田口久吾方江、為年始、被為赴。七時過、飯田町宅江被為帰候後、勧盃、酒食後、薄暮帰宅。其前七時、むらは先江帰ス。今日、小石川伯母御、於飯田町宅、対面。七半時過、宗伯退去前、被成御帰候。

一七時、大坂屋半蔵来ル。石魂録後輯四之巻校合摺・表紙摺本持参。御示談後、帰去。

一夕方、中川金兵衛八犬伝七輯七之巻終迄、残リ九丁筆耕出来、持参。指置、帰去。

十九日己未　晴　昼後薄曇 夜ニ入晴　春寒

一昼後、小石川伯母御、為年始祝義、入来。祝義勧盃、如例。七時前、被成御帰候。

一同刻、清右衛門様入来。雑談数刻、帰去。○今朝、植木屋治左衛門、為年始祝儀、来ル。養老梅一鉢、為年玉、持参。無程帰去。○八半時、山口屋藤兵衛手代来ル。殺生石二編表紙見せ本持参。然所、いづ(ダク)れも出来合之さらさ紙ニ而、間ニ不合。殊ニ遅からざ(ダク)る事故、追而被遊御稿、可被遣旨、宗伯取次ニ而申遣ス。

一八半時出宅、宗伯、御成道河村屋・天野金治郎等江見舞。帰宅後、須多丁(ママ)江赴、密柑(ママ)求之。無程帰宅。

廿日庚申　曇　朝五時過晴　風烈　夜中猶風

一早春来御披閲被為遊候、史記評林、昨今、被遊御抄録候。

一昼前、新大坂丁ニ見屋忠兵衛使札。越後鈴木牧之、去暮十二月十日出延着書状一通・早春出之書状壱通、届来ル。忠兵衛ゟ之御返翰被遣候。○昼後、屋代次郎殿来ル。家君御対面。所要は、栗原孫之丞罷出、合巻類願候共、御渡被下間敷旨申之、帰去。○昼前、旧婢せん来ル。家母君御逢、飯田町御姉様ゟ指上度旨、半切書翰袋一包持参。御届被下候様願置、帰去。

一今夕庚申祭。献供如例。○昼後、本郷笹屋伊兵衛使、請取書持参、炭之代取ニ来ル。則、金弐分壱朱五十六銅、御渡被遣候。○今日、御入歯上下共糸切レ、御下歯壱枚紛失。依之、近日源二郎ゟ持参候様、被仰付。

廿一日辛酉　曇　朝五半時地震

一屋代ゟ被進候、建氏梅品、被為遊御筆記候。○今日鏡開ニ付、例之通、持仏堂御位牌ニ汁粉餅備奉れり。（ママ）

一昼時、御姉様入来。今日鏡開、打揃祝之、勧盃。膳部・餅・肴、如例年畢而、夕七半時迎来リ、御姉様被成御帰。其後夜ニ入、清右衛門様入来。餅・膳部・肴等、如昼、勧盃、饗応数刻、五半時帰去。

一鏡開祝義、汁粉餅・酒肴等、渥見・杉浦ゟ遣之。○御入歯、明日、吉田源治郎（ママ）ゟ持参、直させ候様、清右衛門様ゟ被仰付、先御下歯為持被遣候。御下歯出来候ハヾ、引替、御上歯可被遣旨、御示談被遊候。

廿二日壬戌　朝五時過晴　春寒　少許風立

一今朝、屋代太郎殿ゟ、建部梅品・甲州柿之霜、為持被遣候。○昼前、殺生石筆耕之義ニ付、中川金兵衛呼ニ被遣候所、当番留守之由、不来。〇昼時、画工英泉、為年始祝義、来ル。於広坐敷　家君御対面。雑談暫、帰去。殺生石口絵・さし画二十丁之内、七丁出来、持参。御請取被為置候。

一昼飯後　家母君、むら被召連、渥見治右衛門方江、為年始祝義、被為赴。御年玉、銘〻江御持参。但、むらは供がへり致シ、夕七半時、御迎ニ罷越。薄暮　家母君御帰宅。治右衛門内義、少〻順快之趣、御咄有之候。

廿三日癸亥　晴　風烈　春寒　夜ニ入凪

一今朝　家君、大丸江御買物ニ被為赴、昼前、御買物携させられ、御帰宅。

一夕八時過、入歯師吉田源治郎来ル。昨日、清右衛門様持参被致候御下歯、壱枚取替、繋出来、持参。　家君御対面。猶又、御上歯御渡、明昼迄直候様、被仰付、且、御替歯上下共、今日被仰付、形とらせられ、其後、勧盃、聊饗応。北風春寒之所、遠路参リ候ニ依て也。右、勧盃数献之内、田口久吾、為年始祝義、来ル。依之、同人ニも酒振舞、七半時、両人共引続帰去。〇昼比、中川金兵衛来ル。　家君御逢被遊、殺生石御稿本・画写本、被遊御渡、書かた御示談。并、山口屋江持参、見せ候様被仰含、無程帰去。〇夕八時出宅、宗伯、天野金治郎・渥見等江見舞、七時帰宅。

一今朝、星祭、献供如例。家内一統、奉祭之。〇今暁七時、根津惣門内出火、無程鎮火。

廿四日甲子　晴　風烈　春寒　薄暮凪

一昼前、清右衛門様入来。させる所要なし。無程帰去。〇昼飯早〻、お路出宅。供人足召連、ぬし丁元祐方・石丁寿菴江立寄、夫より紀伊国橋土岐村玄立方江、為年始祝義、赴。芝山田宗之助内義ニ至る迄、銘〻年玉物、被遣之。薄暮、供人足召連、帰宅。〇今日、お路召連候人足、供待之間、加賀丁美濃屋甚三郎方江、八犬伝七

輯五之巻十一丁・七之巻末九丁、為持被遣。五七日風邪之由、返書来ル。

一夕方、大坂屋半蔵、石魂録後輯二之巻二番校合摺、持参。被為御請取、四之巻一番校合、被為成御渡候後、早ゝ帰去。

一八時過、土岐村玄立来ル。家君御対面。雑談暫、帰去。〇同刻過、安野ばゝ《(ダク)》来ル。お路留守中故、早ゝ帰去。

一今夕甲子。献供如例、奉祭之。〇昼後、以むらを、牛込吉田源治郎方江御入歯取ニ被遣。七時、むら帰来。御入歯上壱枚、取替繋出来、請取来ル。〇夜六半時、家母君、宗伯御同道、明神社内大黒天江参詣。燈心等買取、五時過、帰宅。〇今朝、大丸より、昨日、御注文被遊被為置候ほうれいわた三朱分持参、請取置。

廿五日乙丑　晴　春寒　薄暮雲立　忽晴

一八犬伝七輯五之巻写本、被遊御校合候。〇昼後、美濃屋甚三郎、八犬伝七輯五之巻之末、仙橘筆耕出来、持参。御請取被為置。例之通、長談数刻、帰去。

廿六日丙寅　晴　春寒　夜ニ入雲立　忽晴

一昼前、清右衛門様入来。今日　家君、被為御立寄候哉之旨、被伺。過日、今廿六日、深光寺・竜門寺御墓参。御帰路、飯田町宅江御立寄可被遊旨、御沙汰依有之也。然処、今朝ゟ、少ゝ悪寒被為有候故、今日、御延引可被遊旨、被仰聞、無程帰去。今夕より被為遊御薬用。尤、当分之軽御症なり。

一昼後、大坂屋半蔵来ル。於御書斎、御対面。石魂録後輯四之巻残リ持参。二之巻校合被為成御渡、御示談後、帰去。夜ニ入、又同人、壱之巻二番校合摺持参。指置、帰去。

一夕八半時、鶴屋喜右衛門、為年始祝義、来ル。如例勧盃之内、雑談、及薄暮、帰去。

一七時前、安野ば《(ダク)》、来ル。按腹後、雑談暫、帰去。

廿七日丁卯　晴　夕八時雲立　夜六時過晴　春寒

一石魂録後輯一之巻、二番校合被為遊候。御風邪御順快。〇今朝、屋代太郎殿来ル。宗伯神拝中故、早速家君御対面。所要は松前老侯ニ指出呉候様、算賀亀甲寿之字饅頭壱ツ重箱ニ入、持参。且、老侯御染筆、被下候様頼也。　家君御示談、其儘預置、無程帰去。

一昼前、西村与八来ル。　家君御対面。当年、水滸伝大評判ニ付、何卒、続物御著述願度旨、早春被参候節《(ムシ)》、依被願、御趣向之事、得相談、其外、殺生石一件之事等、御示談後、帰去。

一昼後、侗蒡来ル。　家君御対面。兼而御約速《(ママ)》有之候、江島石鳥居記・南無仏龕記、二碑搨本、被恵。当時居宅、亀井戸天神橋川岸之由、申之。無程帰去。〇昼後、家母君より渥見ニ以使札、病人容体御尋被遣。覚重事、為看病、一昨日帰府之趣、病人少ゝ順快之由、申来ル。〇夕七時、大坂屋半蔵来ル。石魂録一之巻二番校合、御渡被遊、御示談後、帰去。〇同刻、屋代次郎殿来ル。貸置候読本二通被返、請取置。

一夜ニ入、宗伯、渥見方ニ為病気見舞赴、五時帰宅。久ゝニ而覚重ニ対面。看病暇二十日願済候由、申之。

廿八日戊辰　晴　風　南夜ニ入止

一今朝、山口屋藤兵衛、殺生石二編二之巻画写本出来、持参。御一覧後、中川金兵衛ニ遣候様御示談、被成御渡候後、帰去。

一昼後、中川金兵衛、殺生石筆耕、書かた問ニ来ル。御教諭後、帰去。

一昼前、美濃屋甚三郎来ル。八犬伝七輯御稿本七冊、五之巻之末写本被成御渡候。写本、今日惣上リ也。例之通、長談、帰去。○同刻、清右衛門様入来。神女湯無之由、依申、包有合候分、遣之。無程帰去。

一昨日、屋代太郎自身持参、被頼候松前老侯ヘ被致進上候寿饅頭、何分但壱ツ重箱ニ入、酔狂らしく宗伯持参、披露難成。依之　家君御代筆ニ而、牧村右門迄、昨夜より少〻持病気ニて、今日不罷出趣、屋代太郎被頼候無拠意味共、委細以使札、申遣。昼後之事也。八半時、使帰来ル。寿饅頭為移、鰊鯑一重来ル。老侯染筆之事、以紙面、致披露候所、承知(ムシ)之旨、返事申来ル。依之、尚又、御代筆ニて、屋代太郎ヘ右門返事添、昨夕より持病之上、重箱、依難携参、以使札、申遣候旨、申遣。取込之由ニて、返事不来。

一八時過、京都土御門殿為使者、浅野正親来ル。　家君御対面。年始祝義・時候為見舞、掌蓂扇、被賜之。其後雑談、帰去。

一夕七時過、大坂屋半蔵来ル。石魂録三之巻一番校合、被成御渡候後、草〻帰去。

一今夕巳待。弁才天祭献供、如例、家内一統、奉祭之。初巳待ニ付、茶飯炊之、杉浦等ヘ施之。

廿九日己巳　曇　夕八時より雨　夜中猶雨　至暁雨止

一今朝より水滸伝六編、被為興御稿、一之巻、被為遊御画割候。

一今朝、屋代太郎殿より昨夕之返書并早春詠草、被為見、指置、使帰去。梅花鑑定頼越ニ付、昼後　家君御返書被遣。○渥見治右衛門内義、病気ニ付、今夕夜食遣ニ依て、早朝より煮染物等、調理之。夕七時出来畢。　家母君、渥美ヘ為見舞、被為赴。夜食茶飯・煮染物、切溜ニ入、むら両度ニ渥見ヘ運送之。薄暮　家母君、むら被召連、御帰宅。

一今日、杉浦より赤飯一重、被恵。去冬、高橋勇、養子ニ罷越候節、祝遣候答礼也。夕方、同所より重箱借リニ来ル。八寸之重一、貸被遣。

晦日庚午　晴　風烈薄暮止　夜中又風

一傾城水滸伝、被遊御稿候。○昼後、渡辺登来訪。　家君御対面。所要は、両国加賀屋某と申書林　家君御著述願候趣、同人懇意候三木某、筆耕いたす人之由、兼而登旧識之旨、及聞、以三木某、登方迄被頼候趣、依申之、委細被遊御示談。其後、雑談数刻、夕七時前帰去。

一同刻、大坂屋半蔵、石魂録後輯一・二之巻二冊、三番校合持参。為待置、御引合、直し落有之候故、尚又、直させ候様御示談後、帰去。○伊勢殿村より去秋頼越候、芙蓉山水掛物之事、今日、渡辺登江御咄有之候所、七時過、御成道帰耕堂と申知音之店ニ而見当リ候趣、手紙添、店之小もの持参。指置、帰去。

一七時過　家君、家母君御同道、宗伯御供ニ而出宅、上野広小路江植木見物ニ罷越。注文之植木無之、薄暮御帰宅。宗伯ハ帰路、帰耕堂江立寄、芙蓉墨画之山水折中ス。然共、価引ケ《(ダク)》ざる趣、申之。依之、返べき旨、申置、帰宅。

一昨日、杉浦江貸遣重箱、今夕被返、請取置。○当春、植木屋治左ヱ門より到来之養老梅、今日庭江移し、植付畢。

〆

二月朔日辛未　曇　折々ばら〳〵雨　夜ニ入本降リ

一傾城水滸伝六編、被為遊御稿候。○昼前、関忠蔵来ル。　家君御対面。所要は、外より被頼候由、青砥藤綱二編・八犬伝六編迄求度旨、申之。朝夷六編校合本、御貸被遣、無程帰去。

一昼後、帰耕堂より昨日之掛物取ニ来ル。　家君御自身被為出、価御折中被為成候所、使之事故、否不分明ニて帰去。無程又来ル。価引ケざ《(ダク)》る趣依申、任其意、買入可申間、請取書持参候様、申付遣ス。

一夕八時過、清右衛門様、為当日祝義、入来。無程帰去。〇西丸御老中酒井殿御死去ニ付、今朔日より三日鳴物停止之旨、清右衛門様申之。然所、昼比より杉浦愚母・娘等打寄、三味線・小唄大騒ニ付、鳴物停止中、気之毒ニ被思召、以むら、杉浦方に酒井殿御死去ニ付、云ゝ之趣、御知らせ被遣。然ど《(ダク)》も三味線も止メず《(ダク)》、愈騒候事　公儀為御家人　上を不恐段、軽き者とハ乍申、傍若無人、不埒至極也。

一土岐村縁者、板倉家中伊藤宇左衛門内義、杉事おみね来ル。　家母君・お路対面。無程帰去。

一宗伯、今日悪寒之上、雨天ニ付、松前家に不罷出、過《(ママ)》病気断指出置候間、快晴次第、出勤之心得也。

二日壬申　曇　朝五時より風烈　夜ニ入大風烈

一傾城水滸伝六編、被為遊御稿候。〇昼後、西村与八使札。漢楚軍談一部、被指越。右は、当年御新案合巻御用ニ付、依被仰遣也。御返書被遣。〇七時、大坂屋半蔵来ル。石魂録四之巻、不揃ニて二番校合持参。新板元ニ而、万事不行届、格別御世話被遊、諸事御示談後、帰去。

一七時過、指物屋徳治郎より申付置候、稲荷御宮出来、持参。存之外、手間懸リ候由、依之、増手間料申来ル。夜ニ入、宗伯、徳治郎方に罷越、定之外、増作料払之。明キ折持参、いづ《(ダク)》れも蓋にさん打候様、誂置、帰宅。

三日癸酉　晴　大風烈　夜ニ入少シ止

一傾城水滸伝、被為遊御稿候。〇昼後、美濃屋甚三郎、八犬伝七輯下帙袋・とびら持参。無程帰去。

一昼後、松前河合藤十郎使札。去暮遣候、朱子搨本料三匁、被指越、返翰遣之。

一昼前、目出度屋老母、為年始祝義、来ル。　家母君御対面、早ゝ帰去。

一夕七時出宅、宗伯、十軒店に赴、帳面買取、夫より飯田町宅に罷越、薬売溜致勘定、其後、源平盛衰記取出シ携、夜五時、帰宅。○夕八時、御出宅　家母君、浅草反畝に餅草摘ニ被為赴、七時過御帰宅。

一夕方、安野ば《(ダク)》ゝ来ル。例之通、按腹後、帰去。○夜六時、石魂録後輯一之巻四番校合揚《(ママ)》持参。御逢後、早ヽ帰去。

四日甲戌　晴　風

一傾城水滸伝六編、被為遊御稿、昼後、石魂録一之巻、被為遊御校合候。

一昼後、山口屋藤兵衛、殺生石二編三・四之巻、画写本出来、持参。御一覧後、仙橘方に御手翰添、持参候様、御示談後、帰去。○同刻過、中川金兵衛、殺生石一之巻筆耕出来、持参。指置、帰去。

一八時過　家母君、宗伯御同道出宅、植木屋治左衛門方に罷越。所要は、此度稲荷御宮出来ニ付、稲荷山直させ候[三]《(ムシ)》依て、治左衛門兄弟、初午前迄ニ罷越候様、同人親仁ニ申談、薄暮、御同道ニて帰宅。

一夕七時、土岐村玄立来ル。所要は、ひな棚拵させ候由ニ而、寸法被尋、宗伯留守中ニ付　家君御書付、被為成御注文、其後、玄立幷供之者にも夜食振舞、宗伯帰宅後、六半時帰去。○今日彼岸、草餅例之ご《(ダク)》とくこしらへ、渥見・杉浦・飯田町に遣之。

一今朝、帰耕堂より、芙蓉山水掛物之代取ニ来ル。代料御渡被遣、請取書、取置之。

五日乙亥　晴　夜ニ入曇

一水滸伝六編、被為遊御稿候。○昼後、中川金兵衛来ル。昨日持参之殺生石一之巻写本、山口屋に可致持参旨、依申、御校合相済候間、届候様御示談、御渡被遣候。○八時、大坂屋半蔵来ル。石魂録後輯一より四迄、残リ乱丁御校合被為成御渡、御示談後、帰去。○八時過、宗伯出宅、出掛、天野金治郎江見舞、夫より松前下屋敷江赴、先月廿八日・当朔日、依不罷出ニなり。老侯見参、雑談、及薄暮。帰路、暮六時、上野迄帰来候所、昌平橋辺出火ニ付、急ギ帰宅、其前　家君近火ニ付、火元見ニ被為赴、無程御帰宅。佐柄木丁湯屋火元之由、東南之風ニ而、渥見風下ニて、病人も有之ニ付、即刻罷越、諸道具仕舞候を手伝、夫より山本法印江罷越候所、最早、其前類焼ニ付、近所尋、弟子中江見舞申置、帰宅。夜食給候後、又ゝ渥見江赴。然所、四時過より北風ニ相成、渥見は別条無之故、八時帰宅。追ゝ風立、及延焼。依之、今川橋土岐村江見舞ニ罷越候所、最早類焼立退候跡故、石丁河村寿菴宅江罷越、尋候所、元祐一家・玄立迄、同所ニ立退居候ニ付、見舞申入、暫致世語、暁六時帰宅。

一近火為見舞、肴屋市五郎・むら宿次郎八来ル。清右衛門様は渥見江罷赴、手伝、其後立寄、猶又、三河丁江罷越候由ニて、早ゝいづ《(ダク)》れも帰去。

六日丙子　今晩七時霧雨　暫ニして止天明前晴　風昨夜より達今朝尚不止

一昨暮六時、佐柄《(ママ)》丁より出火、多丁壱丁目・弐丁目・新石丁・大工丁・塗師丁・鍛冶丁・鍋丁・三河丁四丁不残、鎌倉丁・本丁一丁目、鎌倉河岸ニ而、豊嶋屋本店のミ一軒残リ、其外、三河丁より本丁迄、河岸不残延焼。今朝五時前、漸ゝ火鎮ル。○朝四時出宅、宗伯、石丁四丁目河村寿菴宅江罷越、土岐村父子ニ対面、為見舞、南鐐一封、元祐江遣之。帰路、渥見江立寄、河合藤十郎江取次候朱子搨本代三匁、届之、九時過帰宅。

一昼前、清右衛門様入来。昼飯振舞候後、早ゝ帰去。○傾城水滸伝六編、被遊御稿候。

七日丁丑　晴

一朝四時、植木屋治左衛門・金治郎両人来ル。治左衛門は、稲荷山作リ直シ、昼後、筋違今福屋江罷越、丸太買取、稲荷御鳥居、拵之。夕方出来畢。御宮居之了。金治郎は花畑植替、終日ニ而し畢ル。薄暮、両人帰去。

一今日、植木屋御指図等ニ而、日を消させらる。○今日、宗伯、稲荷御宮、塗之。終日なり。

一昼後、江嶋岩本院代、為年始祝義、来ル。例年之通、御祈禱御札、被恵之、申置、帰去。

一今朝　家君、相模屋金右衛門方江被為赴、木石六ツ、被為求、以金治郎、取寄、稲荷山江用之。

八日戊寅　曇 夕七時より 雨 至暁止不晴 南風春暖

一今日も植木屋御指図ニ而、日を消させらる。○朝四時、植木屋金治郎来ル。注文之桜二本持参。内壱本浅黄桜、壱本は長崎なでんなり。　家君御指図被為成、梅一本・桜壱本植替、其跡江右桜二本植付畢。終日也。七時雨降り出候ニ依て、早ゝニして帰去。今日庭之霜除、宗伯、取払之。

一今日吉日良辰、新宮江両社稲荷、奉遷之、御酒・備《(ママ)》等献供。○稲荷旧宮壊之、神田明神江納畢。

一昼後、清右衛門様入来。彼岸をハリニ付、拵候由、牡丹餅持参。今日油丁江罷越候趣、依申、松坂殿村より被頼候、芙蓉山水御手ニ入候ニ依て、伝馬丁殿村店江届候様、御示談。紙包御渡被遣候後、帰去。

一夕七時前、仙橘、殺生石筆耕書かた問ニ来ル。御示談後、無程帰去。○今昼飯、六質汁、事納め祝義、如例祝之。

一同刻、大坂屋半蔵、石魂録後輯一之巻・三之巻残リ、口画三丁、校合搨《(ママ)》持参。為待置、御引合、御校合、被遣候後、帰去。○今暁六時前、鳥越佐竹壱岐守殿家敷中出火、暫ニして、火鎮ル。

九日己卯　曇　春暖 夜五時過より細雨 至深更止

一傾城水滸伝六編、被為遊御稿候。○昼前、関源吉使札。当朔日忠蔵被参、頼候青砥・八犬伝催促也。御返翰被遣候。

一昼後、牛込吉田源八郎小者来ル。明日、源八郎罷出候而も宜敷御座候哉之旨、申之。指合無之候間、参べ《(ダク)》く旨、被仰遣。

一夕方、宗伯、天野金治郎江見舞、薄暮帰宅。○薄暮、長崎屋平左衛門来ル。近火之節、見舞遣候謝礼也。申置、帰去。

一今日、金雀、庭籠江巣籠、二ケ所江懸之畢。

十日庚辰　曇 昼前より晴 連日温暖 南風昼前風烈 夜ニ入凪 曇

一傾城水滸伝六編、被為遊御稿候。○今朝五時　公方様、上野御霊屋御参詣、昼九時還御。依御法事也。明日は、西丸様御参詣之趣、被仰出□《(ムシ)》。○西丸御老中酒井殿跡、牧野豊後守殿、一昨日被仰付候由、極老之人也。

一昼後九半時、入歯師源八郎来ル。御替歯喰合セ、形取候為也。　家君御対座、夕七時前相済、夫より勧盃数献、七半時帰去。

十一日辛巳　曇 昼四時過晴 早朝より大風烈 北夜ニ入少シ止 夕七時過雲立

一傾城水滸伝六編、追ゝ被為遊御《(ムシ)》稿候。○明日初午、今日宵宮ニ付、晴候後、昼前、幟・挑灯、出之。御洗米・備《(ママ)》等献供。

一昼後、大坂屋半蔵、石魂録後輯四之巻、三番校合摺持参。為待置、御一覧。直し相済。依之、無程帰去。
一夕七時御出宅　家母君、渥見江病気為見舞、被為赴。見舞物むらニ為持、被召連、むらは無程帰来ル。　家母君、薄暮御帰宅。覚重、明日宇都宮江発足之由　家母君、御咄被為成候。二十日看病引之内、一度も不来。

十二日壬午　晴　風　夜ニ入凪

一家君、少ゝ御風気ニ付、今夕より被為遊御薬用、御当分之事也。○今天明、無程、覚重来ル。只今出立之由、家内未起出　家母君被為出、御対面。覚重草鞋故、不罷通、玄関より帰去。

一今日、初午祭礼ニ付、昨日より幟・挑灯、出之。如例、赤小豆飯・魚類・神酒・備等献供。家例ニ付、終日茶だち也。麦湯のミ用之。○昼前、清右衛門様入来。稲荷江奉納之絵馬持参、無程帰去。

一昼後八時御出宅　家母君、妻恋稲荷江御参詣。夫より深光寺御墓参。薄暮御帰宅。

一八時、土岐村元祐、出火之節見舞之為謝礼、来ル。　家君・宗伯対面、無程帰去。

一八半時、土岐村玄立来ル。雑談数刻、帰去。○夕方、宗伯、妻恋稲荷江参詣。無程帰宅。

十三日癸未　晴　昼九時風烈南　夜ニ入凪

一傾城水滸伝六編、被為遊御稿候。御風邪御順快。○昼前、目出度屋老母来ル。　家母君御対面。無程帰去。

一昼比、深光寺より指物屋来ル。所要は、去暮、深光寺江諸壇（ママ）大過去帳寄進被遊候節、右見台之事、確ニ訴詔いたし候ニ付、早春　家母君御墓参之節、御手翰被遣、見台御寄進可被遊候間、右様之事心得候職人有之候ハヾ、つもらせ候様、被仰遣候故、和尚注文之絵図持参。弐歩弐朱懸り候趣、申之。　家君御逢、御示談被遣候。

一昼後、芝泉市使札。金ぴら船御稿催促也。并、神女湯十包注文申来ル。宗伯留守中故、包有合セ候分、被遣。

○八半時、清右衛門様入来。外より到来之由、雉子肉少ヽ持参。無程帰去。

一四半時　家母君、宗伯御同道、出宅、王子稲荷・滝之川弁才天等参詣。薄暮帰宅。

一夕方、安野ば《(ダク)》ゝ来ル。例之通按腹後、早ヽ帰去。

十四日甲申　曇　昼前か雨　無間断四時過　夜雨止　大風烈　達朝尚不止

一傾城水滸伝六編、被為遊御稿候。○今日雨天、草堂無客、無事。

一昨日、泉市使ニ、美濃甚ゟ届候様、御手紙被遣。所要は関忠蔵頼之八犬伝之事也。

十五日乙酉　晴　大風烈南　夜ニ入凪

一傾城水滸伝六編七之巻、被為遊御稿候。○昼前、渥見使札。過日之重箱被返、請取置。

一昼後、清右衛門様入来。屋代治郎《(ママ)》殿頼、傾城水滸伝二編か五編迄、鶴喜より請取、持参。過日被仰付候関忠蔵頼、青砥之義ニ付、平林ゟ昨日被参候所、庄五郎留守之由、用事不便、雑談暫、帰去。

一夕方、相模屋金右衛門呼寄、不用之道具、小袖櫃壱・鳥之古籠桶壱・丸方燈壱・たんけい壱・矮鶏籠壱・真鍮薬鑵壱・同小鍋壱・鉄び《(ダク)》ん壱・弁当外箱壱、いづ《(ダク)》れも不用ニて、置場無之、邪魔ニ相成候故、遣之畢。

一屋代治郎殿頼、傾城水滸伝弐編より五編迄、今夕、為持被遣。

一今日、釈迦涅槃会ニ付、再餅擣候て、持仏堂ゟ奉備之《(ママ)》。

十六日丙戌　曇　昼前晴

一傾城水滸伝六編八之巻、被為遊御稿候。○早朝、清右衛門様入来。先日、一橋御屋形ゟ小買物出入、願之通被

申付候、為礼、長者町掛リ役人何某江罷越候由、立寄。其後、帰路又立寄、無程帰去。昨日、御入歯糸切レ候ニ付、今日、牛込源八郎方江持参候様、御意有之候所、外江廻り□《(ムシ)》由、依申、不被遣候。○昼前、松前河合藤十郎奉札。一昨十四日、浅田斧八小田原江遠馬、無滞乗帰り候書付、為見らる。宗伯、請書遣之。○昼後、中井乾斎来ル。　家君御対面。絹地横物ニ墨水を雪山と申絵師認候を持参、新宅開ニ祝ひ遣候趣、外より無拠被頼候由、御染筆被願、近日御認被遣べく《(ダク)》旨、留被為置。且、去年同人世話ニて、兼山麗沢写させ候節、美濃紙弐帖餘慶《(ママ)》遣シ過、今日、右残り美濃紙二帖、被返。其後、雑談暫、帰去。○昼後、平林庄五郎使札。注文之青砥初編・二編、弐部指越、御返事被遣。

一八時、関忠蔵江、以むらを、青砥初編・弐編、為持被遣。無程、むら帰来ル。

一七時過、仙橘、殺生石三之巻筆耕出来、持参。然所、小口書違候間、直し候様御示談。御渡被遣、無程帰去。

一金雀四羽、一所ニ庭籠江追込置候所、巣を争ひ、今日、親雌喰殺され候ニ依て、庭籠江は一番入置、壱羽は今日籠江上ゲ置。

十七日丁亥　晴　長閑

一傾城水滸伝六編八之巻、昼前御稿了。昼後より一之巻口絵、被為遊御稿候。

一今朝、入歯師源八郎方江御入歯繫ニ為持被遣。使むら也。暫待合セ、繫出来、昼前、むら帰来。

一昼前、御姉様入来。昼飯早ゝ為年始祝義、被為赴レ渥《(ママ)》見江。無程、御立帰り　家母君御同道、御出宅。出掛、本郷笹屋江為年始祝義、御立寄、夫より小石川山田江被為赴、夕方御帰宅。夕飯、供之者江振舞、薄暮ニ被為成御帰候。○今朝、植屋《(ママ)》治左衛門、植木手間料取ニ来ル。払御渡被遣、印形失念之由申ニ付、序ニ致持参候様申付、白萩被遊注文候。○昼後、屋代治郎殿、傾城水滸伝弐編より五編迄、一昨日被遣候代料持参。指置、帰去。然所、五十弐銅過候ニ付、被遣返。

一傾城水滸伝六編序・戸びら・袋、被遊御稿了。○昼前、仏蒡来ル。吉原巻物題跋、催促也。楽翁様被成御覧旨、度〻被仰越候間、急ニ仕立度旨、申之。家君御対面。近〻御稿之趣、御示談。雑談暫、帰去。

十八日戊子　薄晴　昼後風南

一昼前、山口屋藤兵衛、殺生石二編三之巻、小口直し出来、持参。御逢後、無程帰去。
一九時過　家母君・宗伯出宅、亀井戸吾妻森妙見江参詣。薄暮帰宅。

十九日己丑　曇　大風烈南昼前　暴風雨暫ニして止其後折〻　ばら《(ダク)》〳〵雨昼後風北ニ変益大風夜ニ入　凪　晴

一今日、仏蒡願之吉原巻物跋、被為遊御稿候。○昼後、清右衛門様入来。させる所要なし。奇応丸中包・小包遣之、無程帰去。

一昼後、つる屋喜右衛門来ル。家君御対面。傾城水滸伝六編八冊、御稿本被成御渡候。当月六日、中橋茶屋より和田源七、以使、鶴喜江錦絵水滸伝之義ニ付、申談候趣有之由、呼ニ越候間、喜右衛門罷越候所、源七、錦絵之事申談候後、水滸伝三編、寅右衛門髻をきられ愁歎之段に賄賂目録之事有之、不可然候。つけ届目録ト申所、明朝迄直し為見候様申ニ付、急之事ニ而、先生江伺申間無之、詞書一ケ所はかき取、本文壱ケ所は入木ニて直し、見せ候而相済候趣、申之。其後、雑談暫、帰去。○昼後、松前大野幸治郎《(ママ)》奉札。小田原遠馬書付、俊蔵江も見せ候様、申越、宗伯、請書遣之。

一薄暮、大坂屋半蔵、石魂録後輯口絵弐丁、校合摺持参。為待置、御直し被遣、無程帰去。

廿日庚寅　晴　風南

一仏葬願之北里雑纂、跋被遊、御清書、昼後早〻、和泉橋中村弥太夫迄、御手紙被添、亀井戸隠宅ニ届候様被仰遣。折節人足無之、以むらを、為持被遣、請取書取之。むら、無程帰来ル。

一八時前御出宅　家君、飯田町宅田口久吾ニ為年始祝義、被為赴。去夏御病後、始而也。よろづ屋善兵衛・磯浪清治郎・吉川筑前等ニ立寄らせられ、夜ニ入、無程御帰宅。宗伯御迎ニ罷出、玉川之前ニ而奉逢、致御供、帰宅。

一夜六時、飯田町宅より　家君御膳之御下タさかな等、為持被指越、使ニ器物直ニ返之。

一昼前、中川金兵衛、殺生石弐之巻筆耕出来、持参。指置、帰去。

一八時過、植木屋金治郎来ル、手作之菜・注文之白萩持参。御留守中ニ付、宗伯致指図、植させ、其後帰去。

一同刻、美濃屋甚三郎、八犬伝七輯一之巻校合搨《(ママ)》持参。　家君御留守中ニ付、宗伯対面、請取置。且、関忠蔵頼、八犬伝・朝夷之事、度〻御手紙被仰遣候所、無沙汰ニ付、尋候得バ、本払底ニ而延引之由、製本ニ取懸リ候間、一両日之中指上候由、申之。此節、弟不埒ニにて、家出いたし、其上甚三郎妻病気之由、申之。雑談数刻、帰去。

一一昨日、仏葬罷越候節、御成道道具屋ニて、永真之画ニ木下順葬之賛いたし候懸物見懸候趣、申上候由、依之、被成御覧度旨被仰付、宗伯罷越、尋候得共、不見当。帰路、帰耕堂ニて、芙蓉之山水見せ候間、携帰宅、為可入御覧也。

一今夜九時過、本所辺出火、八時過火鎮ル。津軽侯家敷之由、風聞。

廿一日辛卯　晴　風　夜ニ入曇　四時過大雷数声　ば《(ダク)》ら〳〵雨　忽雨止暁暫時　至大風雨

一今朝、中井乾斎願絹地横物墨水画之賛、被遊御染筆。其後、八犬伝七輯一之巻、被遊御校合。

一今朝、中井準之助ゟ御染筆出来ニ付、以むらを、為持被遣、御返翰来ル。

一昼後、御成道河村屋利兵衛より病用申来ル。早速、見舞薬、遣之。病人は手代なり。

一昼前、中川金兵衛来ル。昨日持参之殺生石、山口屋ゟ届可申哉之旨、依申、金兵衛筆耕二之巻・仙橘筆耕三之巻、其外袋・表紙之下書添、届候様、御渡被遣候。

一八時　家君、家母君・宗伯御同道出宅、妻恋稲荷・湯嶋天神参詣、同所芝居一幕見物。夫より上野彼岸桜一見、山下浜田屋ニ而食事後、家母君は直ニ御帰宅。　家君・宗伯は関ゟ立寄、忠蔵父子在宿ニ而対面。帰路　家君は屋代ゟ被為立寄。然所、太郎殿留守ニ付、玄関ゟ被仰置、七半時御帰宅。宗伯は帰路天野ゟ見舞、引続キ帰宅。

廿二日壬辰　曇　折〻ば《(ダク)》ら〳〵雨　夕七時晴　今朝より大風烈　（注、二月廿二日八行目「認之遣さる」以下、同月廿三日四行目「薬調合、遣之」まで、馬琴自筆）

一今朝四半時、お路安産、男子出生。今朝より催生腰痛有之ニ付、四時過、穏婆呼寄セ、無間も分娩、母子安泰、殊之外軽産也。

一昼後早〻、明キ之方未申之間、玄関砂利之下深ク堀之、胞弁初湯を徳リ弐ツニ入、同埋之畢。

一昼飯早〻、紀伊国橋土岐村玄立ゟ以使札、お路安産之事、為知遣ス。八半時、土岐村内義、使之人足供ニ召連、来ル。其後、和泉橋元祐方ゟ用事有之由ニ而、右人足を遣ス。夕方、使帰来ル。右日傭賃も此方より払之了。土岐内義、今夕止宿。

一昼後、入歯師源八郎、御替歯出来、持参。代金御渡被為成、増金願候得共、兼而約束定之外故、不被遣。外よ

り被頼候由、御染願候ニ依て、認之遣さる。

一嶋岡権六来ル。白扇二本持参。当月廿七日、浮世小路百川ニて、書画会いたし候ニよつて也。右同人、去年九月ゟ、駒込御書院組やしきへ転宅。養子和田鋭之助同居のよし也。

一鶴や喜右衛門ゟ使札。金五両、被差越之。返書幷ニ水滸伝通俗本初編十五冊、被遣之。

廿三日癸巳　晴朝風　程なく凪　夜ニ入小雨　（注、二月廿三日五行目「一昼前、杉浦老母来ル」以下、三月廿四日まで、宗伯代筆）

一出生衣類之義ニ付、今朝大丸ㇾ御出、衣類御かひ取、小ふな町二丁めさのや平右衛門方ニて、鰹節御かひ取、夫ゟ室町辺ニて、せつた御かひ、茶碗等御求、昼時御帰宅。

一土岐村元立老入来。おみち安産よろこびの為也。昼飯ふる舞ひの後、帰去。

一昼後、治右衛門殿来ル。おさき殿風邪のよしニ付、薬調合、遣之。

一昼前、杉浦老母来ル。お路安産之悦也。今朝、為知遣候ニ依て也。雑談暫、帰去。

一夕七時、宗伯、御成道河村屋ㇾ見舞、無程帰宅。右留守中、土岐村元祐来ル。右同断悦也。家君御対面。無程帰去。

一紀伊国橋土岐村より大工来ル。ひな台、座敷床之間ニ合せ、寸法取之、帰去。

一土岐村内方、今夕も止宿。今日、大丸より被為遊御携候出生男子衣類、縫之。

廿四日甲午　曇　終日不晴　夜六時雨　無間断　至暁止

一廿二日ニ金ぴら船六編、被為興御稿候所、産婦御用多ニて両日御休筆。今日より又被為遊御稿候。

一今朝、大坂屋半蔵、石魂録序校合摺持参。口絵も来ル。然所、初度校合取落し不持来候。依之、新ニ御直し被遣候。

一昼前、岡田昌益老母来ル。お路安産之悦也。雑談数刻、帰去。○昼比、御姉様入来、同断悦也。今夕御止宿。

一昼後、穏婆安野来ル。今日三ツめニ付、出生を湯ニ入、祝義相済、雑談数刻、帰去。

一昼前、松前老侯御使大田九吉来ル。宗伯対面。久ゝ不罷出ニ依テ、御尋也。少ゝ眼病之由、申之。無程帰去。

一今夕も土岐村内方止宿。出生之衣類、縫之。○今朝、渥見使、お鍬より家母君ゟ之ふミ持参。お路安産悦也。

一今夜八時、西之方ニ出火、暁七半時過、火鎮ル。宵より無間断、雨中之火事、珍事也。

廿五日乙未　曇　昼前晴

一金ぴら船六編、被為遊御稿候。○今朝四時、姉君、飯田町ゟ被成御帰候。

一早朝、松前牧村右門奉札。衣川歌集之事也。　家君御代筆、請ぶみ被遣。

一昼後、紀伊国橋土岐村氏より使札。男子出生為祝義、襁褓一かさね・夜食品ゝ、被祝恵。　家君御代筆被成下、返書遣之。

一昼後、御成道帰耕堂より、芙蓉山水懸物之事きゝに来ル。価折中之上、懸物は先返之。

一昼比、大丸より注文誂之出生衣類、紋縫出来、持参。うけ取置。○今夕も土岐村内方止宿、出生之衣類、縫之。

一七時前、京都角鹿清蔵書状、瀬戸物丁京屋より届来ル。請取置。

一目出度屋老母、お路安産之為悦、来ル。　家母君御対面。無程帰去。

一向町大和田庄兵衛、今朝呼寄、大小拵申付。研なしニ代金弐分弐朱壱朱也《（ママ）》。文政戊寅、白銀丁拵師ゟ申付候節より、十弐匁程高料也。然ども近所と申呼寄候事故、申付、来月十三四日之比、出来之由、申之。

一今夕、御成道帰耕堂ゟ宗伯罷越、昼後、返候芙蓉之山水懸物、求之。価折中候得共、引ざる旨、依申、任其意、料払之了。

廿六日丙申　今朝五時地震　晴　美日　夕方雲立

一金ぴら船六編、被為遊御稿候。○今朝、中川金兵衛、西与合巻白女辻うら、壱之巻筆耕出来、持参。指置、帰去。

一昼後、芝田町山田宗之助内義使札。お路平産悦也。土岐村内義より返事遣之。宗之助ニは内〻使指越候由、使之者ニ昼飯振舞候後、帰去。○昼後、紀伊国橋土岐村使札。毛氈弐枚被指越、内壱枚は見合せ之為貸遣候毛氈也。昨日之重箱類、返之。宗伯、返翰遣之。今夕も土岐村内方止宿。

一夕七時過、美濃屋甚三郎来ル。八犬伝七輯壱之巻、被成御渡候。一番校合也。無程帰去。

廿七日丁酉　薄曇　夕七時過折〻小雨　夜ニ入大雨　無間断至暁

一金ぴら船六編四之巻、被為遊御稿候。○今朝、大坂屋半蔵、石魂録口絵、其外校合摺、持参。上帙四冊、今日ニ而校合相済。無程帰去。○今朝、御成道帰耕堂より、芙蓉画襖はがし八枚、鶴之群集之図見せニ来ル。預リ置。

一昼後、清右衛門様入来。今日一橋御屋形初御用、腰時計被申付、所〻尋候所、無之趣、申之。御示談後、帰去。

一土岐村玄立、同刻来ル。雑談暫、帰去。○同刻、河村寿葊使札。お路平産為悦、肴被恵之。返書遣之。

一七時出宅、宗伯出懸、目出度屋ニ立寄、明日祝義来客入用之焼物肴・吸物肴等、注文頼置。夫より嶋岡山鳥書画会、日本橋百川ニ出席、帰路、鎌倉岸豊嶋ニ罷越、酒・味淋酒注文申置、和泉橋土岐村元祐ニ罷越、明日参リ候様、申置、夜六半時帰宅。○夕方、田口久吾来ル。お路平産之悦也。雑談暫、帰去。

廿八日戊戌　晴　早朝より大風烈　夜中猶不止

一金ぴら船六編、被為遊御稿候。○今朝、紀伊国橋土岐村より、ひな台出来、持せ被指越、請取置。

一四時過、御成道帰耕堂より、昨日持参之芙蓉画取ニ来ル。不用ニ付八枚共、返之。使永吉と申者也。

一四時過、目出度屋庄兵衛、注文之魚類持参。指置、帰去。○昼前、渥見使札。当日七夜之為祝義、守巾着祝ひ被越。家君御代筆被成□（ムシ）返事、返之。○同刻、田口久吾使札。同断巾着・小魚壱折、為祝義、被恵。返書同断。

一今日七夜ニ付、出生ニ名を滝沢太郎と賜。○昼後、土岐村元立来ル。和泉橋土屋長三郎殿迄用事有之由、一旦退キ、待合候所、暫間有之、其内小石川伯母御・元祐等入来ニ付、為迎、宗伯、長三郎殿ニ罷越候途中、行違、玄立は此方ニ罷越候跡故、無程帰宅。八半時、穏婆来ル。玄立内義は致逗留居故、これら之諸客ニ勧盃数刻、薄暮おの〳〵帰去。土岐村内義は今夕も止宿。○朝四時、御姉様入来。料理手伝、饗膳後、七半時過、被成御帰候。

一夜ニ入、田口久吾来ル。其後、清右衛門様入来。饗応如昼也。四時前帰去。

一渥見は老母病気ニ付、おくり膳一人前、其外酒肴取揃、遣之。杉浦老母も招候得ども、不来。依之、おくり膳酒肴、同断遣之。

一今朝、和泉床源兵衛呼寄、産毛すらせ候ニ付、おくり膳一人前、酒肴添之、遣ス。

一今朝、西村屋与八来ル。雅文手紙文言御草案願度旨、申之。手板一九案手紙文言小冊壱巻持参。　家君御対面。御示談後、帰去。○夕方より　家君御風邪、被遊御薬用。御当分之事也。今夜八時過、家内就寝。

一小石川伯母御、犬張子・真わた、当日為祝義、被恵。其外、穏婆、犬張子・扇子一対、同断。飯田町宅より犬

張子・金百疋、同断。杉浦より守巾着壱、同断。

一金ぴら船六編、被為遊御稿候。御風邪御同篇。〇今朝、鶴喜使札。傾城水滸伝六編画写本壱・弐出来、持参。被遣御返書候。

廿九日己亥　晴

一今朝、中川金兵衛、白女辻うら二之巻筆耕出来、持参。指置、帰去。夕方又来ル。白女辻うら、西与ニ可致持参旨、依申之、届候様御示談。白女辻うら写本弐冊、被為成御渡。尚又、今朝鶴喜より指越候傾城水滸伝画写本御渡、早ヽ認候様、是又御示談、被遣候。

一昼前、土岐村内義、宗伯手伝、雛立之畢。〇八半時出宅、宗伯、飯田町宅ニ赴、二月分薬売溜致勘定、帰路、中屋ニ而、駿河半切、取之。夜六半時帰宅。〇七時過、鶴屋喜右衛門・西村与八来ル。男子出生之為祝義、泉市・森治四人名前ニて、金弐百疋被恵。家君御対面後、無程帰去。〇穏婆来ル。昨日之謝礼申置、帰去。

一昼後、生原勾当来ル。新歌文句頼候趣也。御風邪之趣、申之、断遣ス。

一昼前、杉浦老母来ル。昨日之祝義幷おくり膳遣候謝礼也。雑談数刻、帰去。

〆

三月朔日庚子　曇　昼後より雨

一金ぴら船六編、被為遊御稿候。御風邪御順快。〇今朝、関忠蔵、青砥弐部之料持参、申置、玄関より帰去。

一昼後、土岐村内義、紀伊国橋宅ニ帰去。雨以前之事也。去ル廿二日より今日迄止宿、当五日雛仕舞候節、為手伝、尚又罷越候由、申之。其後、土岐村元立使札。内義迎之為也。途中行違候故、使、早ヽ帰去。

一八時過、清右衛門様入来。節句銭持参、内壱貫六百四十八字被為取、残リは例之通被遣候。節前払紙屋のミ、外ニ無之ニ付、四百八字御渡、中屋江払、請取書取置候様、被仰付。今日油丁江罷越候趣、依申、青砥弐編之代、平林江届候様、是又、被為成御渡候後、帰去。

二日辛丑　雨　昼後晴

一金ぴら船、被為遊御稿候。〇今朝、中川金兵衛、傾城水滸伝六編壱之巻筆耕出来、持参。今日当番ニ付、出掛候。鶴喜江持参致べく哉之、依申、為待置、早刻御校合、御渡被遣候。

一昼九時、紀伊国橋土岐村江上巳為祝義、菱餅五・煮染物一重、遣之。玄立留守之由、内義より返事来ル。依申遣、餅□□□（ムシ）は台共帰ル。煮染物之重は先方江留置、今日幸便ニ白酒之陶箱共、返之。

一八時前、美濃屋甚三郎使札。男子出生之為祝義、青平籠詰鮮魚、被恵。返書御認被遣、甚三郎妻、一昨廿九日出産、女子出生之由、使之者申之。〇夕方、仙橘、殺（ママ）石四之巻筆耕出来、持参。御逢後、無程帰去。

三日壬寅　晴　昼後風南　無程凪

一金ぴら船六編、被為遊御稿候。〇昼九時出宅、宗伯松前両屋敷江上巳為祝義、罷出、薄暮帰宅。帰路、杉浦江立寄、太郎江祝ひ被呉候一礼申述、即刻帰宅。此間中、宗伯眼病ニ而、先月五日後、松前江不罷出、今日初而出勤。

一昼九時、宗伯出宅前、山田屋宗之助、始而来訪。挨拶後、宗伯は直ニ出宅。其後、家君御応対、酒食饗応、勧盃数献之内、土岐村玄立入来ニ付、同人江も酒を振舞、雑談数刻、七時、両人同道帰去。

一右来客中、清右衛門様、当日為祝義、入来。於（ママ）同席ニ而、白酒等振舞、無程帰去。

一今朝、山口屋藤兵衛使札。殺生石弐編四之巻写本・同稿本四冊、袋入御渡、改等之事、被仰遣候。

一夕七時過、美濃屋甚三郎、八犬伝七輯壱之巻弐番校合、序・口絵不揃ニ而、校合摺持参。雑談、無程帰去。

一岡田昌益来ル。お路平産之悦也。無程帰去。

四日癸卯　薄曇　昼後風南　夜ニ入大風烈　折〻ばら〱雨

一金ぴら船六編、被為遊御稿候。○昼後、穏婆安野来、太郎ニ浴させ、其後、白酒振舞、雑談暫、帰去。

一夕八時過、熊胆屋金右衛門来ル。然所、去冬渡置候買入書付不致持参。依之、去冬買入候熊胆代金、書付持参次第、渡シ遣べ《(ダク)》き旨、申談遣ス。

五日甲辰　雨　昼前晴　忽曇折〻小雨　夜ニ入晴　無程又曇

一金ぴら船六編八冊本文、今夕御稿了。○昼前、中川金兵衛、傾城水滸伝六編二之巻筆耕出来、持参。指置、帰去。即刻、御校合被為成候後、無程、又来ル。水滸伝写本、鶴喜ニ持参致べ《(ダク)》く旨、依申、御渡被遣候。

一昼前、土岐村内義来ル。雛仕舞候を手伝之為也。七時前、長持ニ不残納め了。今夕も尚又止宿。

一昼後、伝馬丁殿村店より、松坂佐五平之書状届来ル。先月中、被遣候芙蓉山水之代料、指越候也。請取書、遣之。

六日乙巳　曇　風北

一金ぴら船六編口絵・序文、被為遊御稿候。○昼後、以むらを、鎌倉岸豊嶋屋ニ醤油注文申遣候序、足袋店ニて足袋求之させ、使、日暮前、漸〻帰来ル。○同刻、土岐村内義、帰去。むら、豊嶋屋ニ使ニ赴候ニ付、今川橋迄同道、罷越候よし。

一八時過、清右衛門様入来。二月分上家賃持参。奇応丸小包無之由、依申、十五包、遣之。無程帰去。

一今朝より雛懸物、掛之。○昼後、杉浦下女、下宿之暇乞ニ来ル。家母君御逢後、帰去。

七日丙午　曇　昼後晴　長閑

一金ぴら船六編戸びら、被為遊御稿候。○今朝、松前牧村右門奉札。近日、小金井江遠馬ニて、桜がりニ遣候由、七里之道、桜花持帰候節、風之為ニ散《(ダク)》ざる手当、問ニ来ル。則、返書認、竹之筒ニ桜枝を入候事、申遣ス。

一八半時、熊胆屋金右衛門来ル。去冬買入候熊胆代金、三分弐朱、払之。買入候節、遣候書付請取。今日、尚又現金ニ而、熊胆掛目七匁買取、代金弐分弐朱、渡之。然所、印形不致持参、依之、判取帳江請取書、取之。序次第、印形持参候様、申付遣ス。○昼後、京屋より、大坂河内屋直助名前之状届来ル。右は河太弟之由、御著述願候旨、親太助より之書状也。

一下女むら、当年永之暇遣候ニ付、右代リ奉公人之事、近所口入之者江今日　家母君被為赴、被仰含、無程御帰宅。

八日丁未　薄曇

一今朝より傾城水滸伝七編、被為興御稿。○今朝、芝神明前和泉屋市兵衛江、以使、金ぴら船六編八冊御稿本、為持被遣。先達而、神女湯十包注文之所、包合セ無之、五包遣候間、今日、残り五包、遣之。市兵衛他行之由ニて、手代より返事来り、潤筆残金弐両、被指越、請取。○昼前、大坂屋半蔵来ル。石魂録後輯上帙昨日《(ムシ)》売出し之由、壱部、外ニ前編壱部持参、売出し為肴代百疋・男子出生之為悦肴代南鐐壱片、被恵。石魂録後輯上帙、外ニ壱部被恵候様、被仰遣、校合本弐部取候事、諸板本一統之例也。雑談、無程帰去。○昼前、川西主馬太夫来ル。お路平産之悦也。申置、帰去。

一昼後、飛脚所より、松坂殿村年玉、稲木煙草入紙三枚、外ニ唐本小説二部、いづ《(ダク)》れも紙包届来ル。書状は先達而着、紙包は並便りニ依て、今日延着。○夕方、熊胆屋金右衛門、印形持参。判取江印形、取之置。

一夕方、天野金次郎使札。病人全快、休薬断也。請取書、遣之。

九日戊申　晴　風南

一傾城水滸伝七編、被為遊御稿候。○今朝、清右衛門様入来。早春、名張屋勝助江被為誂候御きせる弐本内、壱本吸口銀也。出来、持参。代金三拾匁八分六厘届候様、御渡被遣候後、無程帰去。

一昼前、鶴喜使札。傾城水滸伝六編三・四弐冊、画写本出来、持参。御一覧後、御手紙添、使小者を以、中川金兵衛江為持被遣候。

一昼後、目出度屋老母来ル。時候見舞也。無程帰去。○昼後、屋代次郎殿来ル。読本恩借之事也。　家君御逢、御貸被遣候。

一八時過、以むらを、関忠蔵江石魂録前編・後輯上帙弐部御貸被遣候。留守之由、返書不来。

一薄暮、美濃屋甚三郎、八犬伝七輯弐之巻壱番校合摺、序・口画残り持参。壱之巻弐番、御渡被為成候後、無程帰去。

一家君、昨朝より御風邪、御当分之事也。○昨夜、杉浦清太郎帰府之由、風聞。然ども、未来。

十日己酉　薄曇　夜ニ入雨　無間断

一傾城水滸伝七編、被為遊御稿候。御風邪御順快。○今朝、蔵前坂倉屋金兵衛使札。扇子数本頼越、大ひらめ壱尾、被恵。御返翰御認、被遣候。○昼前、以むらを、飯田町宅江ひらめ一皿、為持被遣、九時前、むら帰来ル。

一今朝、嶋岡権六使札。書画会之節、致出席候謝礼也。近所ニ而摘候由、よめな被恵、宗伯、返翰遣之。

一昼後、関忠蔵使札。昨日之返事也。指置、帰去。

十一日庚戌　雨　朝四時過雨止　終日不晴　風烈　今朝より昼後愈大風烈北　夕七半時凪

一傾城水滸伝七編、被為遊御稿候。○今朝より宗伯風邪、悪寒強、終日平臥。尤、当分之事也。

一穏婆安野孫、はゝ之乳不足之由、当月四日よりお路之ちゝ貰ひニ来る事、日ゝなり。

一夕方、大坂屋半蔵来ル。丁子や平兵衛孫、半蔵之為には甥也。此節、疱瘡ニ而、平兵衛初孫と申、不案内ニて、家内取込居候故、石魂録上帙売出し延引之由、兼而平兵衛引請、売候約束故也。半蔵は素人ニ而、人頼ミ、扱ゝ不自由之事也。今日、石魂録上帙壱部、五之上巻校合摺、持参。御示談後、帰去。

十二日辛亥　昼前薄晴　風北　夜四時過より雨

一傾城水滸伝七編、被為遊御稿候。○昼前、関忠蔵使札。御貸被遣候石魂録前編のミ被返。家君、御返翰被遣候。

一昼後、御出宅　家母君、深光寺御墓参。去年御寄進被遊候、諸壇(ママ)大過去帳見台、尚又、被遊御寄進候ニ依て、深光寺望之指物屋江、被仰付候間、右作料金弐歩弐朱、家母君御持参之処、金壱歩弐朱ニ而、塗迄出来之由、百疋被返、和尚、請取書、取之。七時御帰宅。

一昼後、山口屋藤兵衛、殺生石表紙写本出来、持参。御示談後、帰去。

一同刻、美濃屋甚三郎、八犬伝七輯壱之巻弐番校合摺、持参。例之通長談、帰去。

一今朝、中川金兵衛、傾城水滸伝六編三之巻筆耕出来、持参。指置、帰去。即刻、御校合被遊候。夕八半時、又来ル。三之巻写本、鶴喜ニ持参致べく《ダク》旨、依申、届候様、被為成御渡候後、帰去。

一夕七時前、田口久吾来ル。七夜之節、饗応之謝礼也。雑談暫、帰去。

十三日壬子　雨昼後止不晴　風北

一八犬伝七輯壱之巻弐番校合・石魂録後輯下帙五之上巻、御校合被遊候後、傾城水滸伝七編、被遊御稿候。

一昼後、清右衛門様入来。させる所要なし。一両日、姉君指頭腫痛之由、依申、薬調剤、進之。雑談暫、帰去。

一夕七時過、本郷弐丁目けいあん嗅ゝ、下女奉公人目見、連来ル。年廿三之よしニ候へ共、大がらニて、三十位ニ見へ、人品も不宜、依之かへし遣ス。〇米屋又吉《ママ》ニ、兼而申付置候飯米、昨夕三斗三升、今夕三斗三升持参。代金三方払渡ス。

一宗伯風邪、追ゝ順快ニ趣候得共、眼病、兎角不宜。書見・執筆、尤難儀也。

一今日、お路枕直し、目出度相済。母子益健なり。

十四日癸丑　曇

一傾城水滸伝七編五之巻、被為遊御稿候。〇昼後、大坂屋半蔵来ル。石魂録五之上巻壱番校合、被成御渡候後、帰去。

一昼前、関忠蔵使札。石魂録後輯上帙、返さる。御返翰被遣。昼後又、使、先刻取落し候由ニ而、朝夷六編、被返。指置、使、帰去。○夕方、けいあん嚊ゝ、下女奉公人目見、連来ル。とし十六之由ニて、給金望候間、かへし遣ス。

十五日甲寅　雨　終日無間断

一傾城水滸伝七編、被為遊御稿候。○昼前、杉浦清太郎、帰府之礼ニ来ル。宗伯平臥ニ付　家君御逢、雑談暫、帰去。○昨日より宗伯夥しく水瀉、今日平臥、不食。当分之事也。

一昼飯草ゝ　家母君、杉浦江帰府為悦、被為赴、無程御帰宅。直ニ御出宅、飯田町宅江被為赴。姉御、依不快也。尤、当分之事なり。みなとや金治郎より申請置候由、筑波山疱瘡守御携、夕七時過御帰宅。

一昼後、清右衛門様入来。させる所要なし。無程帰去。

十六日乙卯　晴

一傾城水滸伝七編、被為遊御稿候。○昼前、山崎平八事、当時両国尾上丁家主藤兵衛後家江致入夫、貸本渡世始メ候よし。一昨年、山崎屋離縁後、初而来ル。　家君御逢、節蔵一件御示《（マヽ）》後、帰去。

一昼飯早ゝ、御出宅　家母君、小石川馬場根岸氏江被為赴、疱瘡守護御守、被成御請。其後、山田江御立寄、暫時雑談。御帰路、経師金太郎江御立寄、用事有之候間、参り候様、被仰置、七半時御帰宅。金太郎、当時本郷壱丁目江転宅之由。

一昼後、金兵衛、傾城水滸伝六編四之巻筆耕出来、持参。指置、帰去。○即刻、水滸伝、被遊御校合、直し有之、以むらを、中川金兵衛江為持、被遣。夕七時前、右直し出来、金兵衛持参。直ニ鶴喜江可致持参旨、申之。

家君御覧後、御逢有之、届候様、水滸伝写本、被成御渡。国安に御伝言有之、御用は、当年西与・森治とも被仰付候間、出情認候様、被仰遣候也。薄暮、金兵衛又来ル。国安に之御伝言申通候趣、申之、帰去。

一七時前、美濃屋甚三郎、八犬伝七輯表紙色摺持参。弐之巻校合、被成御渡候後、雑談暫、帰去。

一七時過、清右衛門様来ル。被仰遣候白黒砂糖弐斤ヅ、持参。奇応丸大包、遣之。夜食振舞、薄暮帰去。

十七日丙辰　曇　小雨昼後止

一傾城水滸伝七編、被為遊御稿候。○宗伯不快、順快。眼病、兎角同篇。

一昼後、経師金太郎来ル。　家君御逢、芙蓉山水・江島鳥居記搨本二枚、表具被仰付、代銀弐十壱匁なり。

一薄暮、杉浦老母来ル。外より到来之由、鶏卵少ゝ持参。即刻、帰去。

十八日丁巳　曇　昼後晴

一傾城水滸伝七編八之巻、被為遊御稿候。○今朝、飯田町宅より使札。昨日、清右衛門様、大師河原に同伴有之、参詣之よし、土産被指越、返書遣之。○昼後、大坂屋半蔵、石魂録後輯下帙五・六之巻弐番校合搨（ママ）、持参。後輯上帙、一昨十六日売出し候趣、申之。御示談後、帰去。

一今日、再餅餡製拵候ニ付、以むらを、八時過、飯田町宅に為持遣ス。此序ニ、神女湯・奇応丸小包、今日、包ミ□□□（ムシ）為持、遣之。日暮前、むら帰来ル。

一今夕、帰耕堂より、芙蓉之画絹地山水之懸物、為持指越。先其儘留置。

十九日戊午　晴　夕七時前より曇

一今夕、傾城水滸伝七編、全御稿了。〇昼後、大坂屋半蔵来ル。石魂録下帙五・六之巻弐番校合、被為成御渡候後、帰去。

一昼後、田口伯母御、為年始祝義、入来。腫物平愈後、始而也。御対話暫、汁粉餅振舞、勧盃後、日暮前、被帰。

一田口伯母御、入来。無程、山田伯母御、明神江罷越候序之由ニ而、入来。依之、御同人江も汁粉餅振舞之。七時前、田口伯母御より先江被成御帰候。〇薄暮、宗伯、杉浦清太郎江、帰府為悦、罷越、雑談暫、六半時帰去。

二十日己未　朝五時過　晴　夕八時より曇

一今日、坂倉屋金兵衛頼候扇子、数本被為遊御染筆。其後、松坂殿村・大坂河内屋直助江之御状、被遊御認候。

一昼後、鶴屋喜右衛門来ル。傾城水滸伝七編御稿本下帙四冊、宗伯拝見。残リ候間、先上帙四冊、被成御渡、下帙四冊は落字等御改、可被遣為め、被為留置候。今日、六編五之巻画写本出来、御一覧後、直ニ被成御渡候。金兵衛江持参致べく旨、依申也。其後、無程帰去。〇昼前、土岐村玄立来ル。例之通、昼飯振舞、雑談数刻、帰去。

一昼後出宅、宗伯、松前下屋敷江赴。然所、老侯、上屋敷江被為入、御留守中故、尚又、上屋敷江罷出、日暮前帰宅。此間中不快ニ而、十五日ニ罷出ざる《(ダク)》ニ依て也。

一八時過、亀井戸仏葬使札。北里雑纂跋、催促也。右跋之義は、当春仏葬両度も参り頼候事故、御多務中、万事被指置、先月二十日被遊御稿、即日、子息弥太夫迄、御書翰被添、老人之性急被思召、御繰合セ御認被遣候。早束(ママ)隠宅江届候様、被仰遣候所、返事不来、徳兵衛と中者より請取書指越候間、右之趣、御返翰御認、取置候請取書添被遣。

廿一日庚申　曇　夕七時過　雨風

一今早朝六半時、南八丁堀出火。朝五時前、火鎮ル。

一朝五時過、仏葬来ル。昨夕、御返翰拝読、驚入、即刻本宅江罷越べ《ダク》く存候所、使之者外江廻り、夜ニ入帰り候故、今早朝、本宅江罷越、穿鑿之所、徳兵衛義は不埒有之、二月廿六七日之比、暇指遣し候由、右御使被遣候事、家内一向不存、請取候者無之趣、申之。然共、徳兵衛請取書有之候ニ付、同人宿江吟味ニ人遣候所、仏葬老妻江渡候ニ無相違之由、申来ル間、段ゝ老妻吟味いたし、家内不残尋候所、座敷額之裏ニ有之、初而拝受之趣、詫言申之。

右北里雑纂題跋、大巻物・小巻二本共、御直筆ニ被成下御認候様、達而頼之、被成御断候得共、後世之宝ニ相成候事故、是非ゝゝ願度旨、再三依申、御承引被為成候。一両日中、紙指上候趣、申之。雑談暫、帰去。

一昼後、清右衛門様来ル。させる所要なし。今日、油丁江罷越候由、依申、伝馬丁殿村店江指出候様、十八日ニ帰耕堂より指越候絹地芙蓉山水懸物、松坂表江届候様、可申入旨、為持被遣。右之趣、被仰遣候御状、外ニ大坂河内屋直助江之御返翰ハ、瀬戸物丁嶋や江指出候様、被成御渡候後、帰去。〇昼前、屋代二郎殿来ル。御貸被遣候本、被返。昨日、戸田川より携候由、桜草、被恵。

一昼後、越後之旅人何某来ル。御風邪之趣御断、御逢無之、先達而来り候節、同断かへし遣ス。

一昼後、帰耕堂ゟ、芙蓉山水買上ゲニ相成候哉之旨、きゝニ来ル。代廿匁ニ御折中被遣候所、金壱歩弐朱ニ御買□《ムシ》被下候様、尚又申来ル。宗伯罷越、代金可遣旨、申遣ス。〇今夕、庚申祭。献供如例。

廿二日辛酉　曇　折々雨　今朝より風

一西与上本、漢楚賽みたて軍談、被為興御稿候。

一昼前、鶴喜使札。傾城水滸伝六編六之巻画写本出来、指越。御返翰被遊御認候間、右写本、中川金兵衛江使之以小者、為持被遣。右使、帰来リ候節、七編下帙御稿本四冊、御約束之通俗水滸伝中編・下編、為持被遣。

廿三日壬戌　雨　昼後止　不晴

一漢楚賽ミたて軍談、被為遊御稿候。〇夕七時過、大坂屋半蔵、石魂録下帙七之巻弐丁不足、壱番校合摺、五・六之巻弐番校合摺、持参。御示談後、帰去。〇今日雨中、草堂無客、無事。

廿四日癸亥　晴カ　早朝大風烈　夕七時過凪

一漢楚賽ミたて軍談、昼後より被遊御稿。昼前、石魂録下帙五・六・七之巻、被遊御校合候。

一今朝、清右衛門様入来。一昨日被仰付候、嶋屋請取帳・殿村請取書持参。夫々江渡候由、申之。無程帰去。

一昼後、鶴喜使札。傾城水滸伝六編七之巻画写本出来、被指越。御一覧後、使小者ニ中川金兵衛江為持被遣。今日御潤筆五両、被指越、御返翰被遣、八編迄十五両、皆済也。

一八時過、宗伯、御成道帰耕堂江赴、十八日同人持参、芙蓉絹地山水代料、払之。請取書取置。右は殿村頼ニて、

一昨日、松坂表江指登セ畢。〇今朝、中川金兵衛、傾城水滸伝六編六之巻筆耕出来、持参。指置、帰去。即刻、被遊御校合、昼後、鶴喜使江被為成御渡候。〇夕方、大坂屋半蔵来ル。昨夕持参之石魂録五・六弐番校合、七之巻壱番校合、被為成御渡後、暫御示談、帰去。

廿五日甲子　曇　昼之内暫時晴　其後又曇風　（注、三月廿五日以下、同月廿六日まで、馬琴自筆）

一昼前四時過ゟ、宗伯同道ニて、日本橋通壱町目（ママ）黒江屋太兵衛方ニ罷越、重箱類三通リ買取、江戸橋升屋、昼食いたし、猶又、通壱町（ママ）近江店、松やニて、畳表・同縁・母衣・幟等、買取之。白木屋ニて、守袋付錦刀袋買取、駿河町越後屋ニて、白麻かひ取、八時過帰宅。

一今夕、成正居士様祥月逮夜ニ付、茶飯料供、備之。御画像には、神酒・そなへ等、奉祭候。右ニ付、おひで来、夜食ふる舞て後、早ゝ帰去。已前、おさき来ル。勝手向手伝ひ、止宿。

一今晩、辻駕之者左兵衛呼よせ、明朝、茗荷谷迄、駕壱挺申付おく。

一昼後、森や次兵衛来ル。余、対面。先日申遣し候合巻入用金翹伝、仲ヶ間中せ（ムシ）り候へ共、無之旨、申之。此方ニてかりよせ置、間ニ合候旨、申聞候へバ、早ゝ帰去。

一今夕、甲子ニ付、家内三ヶ所大黒天、そなへ餅、供之、如例。

廿六日乙丑　曇　風　昼後夕七時比ゟ風止
一今朝四時前ゟ、お百、深光寺に墓参。おさき同道。帰路、お百も飯田町宅に立寄、八半時比帰宅。

一余、去年病後ゟ、遠出ニ難義ニ付、今日、駕ニて深光寺へ罷越、年始ニ付、惣墓拝礼。和尚ニ対面可致処、松平之（ムシ）舎人様七回忌法事中ニ付、不及其儀、帰宅。本郷笹屋山城方へ立寄、明後廿八日、祝義赤飯申付おく。正九時帰宅。

一昨廿五日昼後、田口久吾ゟ使札。養祖母妙喜信女二十七回忌、来ル廿八日相当ニ付、牡丹餅被恵之。返書遣之。

一日本橋松やニて、買置候畳表、人足持参、請取おく。是ハ昨廿五日の事也。

一今日、黒江やゟ、昨日買置候重箱三通り持参。然処、重ニ少ゝ疵有之ニ付、む《(ムシ)》らにもたせ、宗伯、黒江やㇾ罷越、無疵之重と引かへ来ル。

一宗伯他行中、杉浦清太郎来ル。在役ニて、上州高崎近在ニ罷越候ニ付、只今出立のよし、暇乞被申述。お百ヲ以、右歓びニ遣ス。

一お百、飯田町ゟ帰宅後、めでたやㇾ罷越。年始也。近所奉公人口入方へも立寄、下女奉公人之事、申付おく。

一宗伯、先日中ゟ、眼疾ニ付、今日ゟ、三黄湯を造り、洗ひ候よし。洗薬也。

一伊藤常貞悴来ル。久ゝ在所表ㇾ罷越居候処、昨日帰府のよし申述、帰去。

一余、墓参中、みのや甚三郎来ル。八犬伝七編めの二之巻、弐ばん校合すり本、并ニ、序・目二度め校合持参、さしおき、帰去。

一今夕、駕之者新五郎よびよせ、明後廿八日、赤飯配リ人足申付おく。

廿七日丙寅　晴　（注、三月廿七日以下、四月廿九日まで、宗伯代筆）

一漢楚賽ミたて軍談、被為遊御稿候。〇今朝、仏葬使札。北里雑纂跋、御染筆願来ル。大・小巻物之紙指越、来月十日比迄ニ願候趣也。御返翰被遣。〇昼比、中川金兵衛、傾城水滸伝六編六之巻筆耕出来、持参。指置、帰去。其後、被遊御校合。〇昼後、山口屋藤兵衛来ル。殺生石表紙、水滸伝表紙之如く、うらを張申べく哉之旨、申之。はり様御示談後、帰去。

一八半時、むらを飯田町宅ㇾ遣し、重箱之台取寄ス。むら、七半時過帰来ル。明日くば《(ダク)》り物、両人指出、台足リざるニ依て也。

廿八日丁卯　曇　終日不晴

一漢楚賽ミたて軍談、被為遊御稿候。○朝五時過、本郷笹屋より、申付置候赤飯持参。指置、帰去。

一朝五半時、兼而申付置候日雇人足新五郎、外ニ壱人同道、来ル。依之、壱人之日雇ニは、近所杉浦清太郎・岡田昌益・穏婆安野・土岐村元祐・渥見治右衛門等江、赤飯為持遣ス。新五郎ニは、河村寿莽・大坂屋半蔵・森屋治兵衛・鶴屋喜右衛門・西村与八等江、遣之。鶴喜江は、水滸伝六編六之巻写本遣ハさる。然所、喜右衛門・嘉兵衛共、留守之由、状箱とも指置、返事不来。西与江は、漢楚賽、当月晦日比ニは、四冊、来月八日比ニは、八冊共御稿本出来之趣、被仰遣候所、同人も留守之由、回報不来。九時過、新五郎帰来。其前、外壱人之日雇は、四時帰来候へ共、重箱之蓋、不残出し、切候間、新五郎帰り候を待合、同人帰候後、赤飯・煮染物添、両人江振舞。夫より新五郎は、紀伊国橋土岐村手紙添、美濃甚三郎□赤《ムシ》飯之外、八犬伝七輯二之巻二番校合、序・目弐番校合、幸便ニ被遣。夫より芝泉市江遣ス。外壱人は、飯田町宅・田口久吾・山田吉兵衛殿江、赤飯為持、遣之。八半時、右日雇配リ物相済候ニ付、帰シ遣ス。新五郎は、七時過、土岐村返事、みの甚請取書持参、帰来ル。配リ物赤飯、十六軒不残相済。依之、両人日雇賃、今夕新五郎江払之、渡了。

一今日、太郎宮参りニ付、元立内義、被参候約束故、昼過迄待合セ候所、不来。昼比、飯田町姉御、被参。依之、内人数のミニて、八時前出宅。　家母君、太郎を抱き、姉御は、守袋附錦之袋ニ入候守刀、持之。襁褓は、むら持之。妻恋於御神前、拝礼後、御守・神供等出され、拝受。尚又、虫封相頼、御初尾三百三十三銅・箱代三十六銅、納之。明後日、虫封御守受ニ被参候様、申之。夫より、神田明神江参詣。於内陣、神酒被出。今日、宮参御初穂、妻恋江納之。神田明神江も初穂、納之。夫より、渥見治右衛門方江立寄、帰路、穏婆安野・杉浦江立寄、七時御帰宅。右いづ《ダク》れ江も千歳飴弐袋ヅヽ、土産遣之《ムシ》。其後、夜食振舞、姉御は、七半時、被成御帰候。今日、宮参リ礼(ムシ)・赤飯配リ物等迄、無滞、目出度相済畢。

一昼後、鶴喜使札。傾城水滸伝六編八之巻画写本出来、持参。御一覧後、中川金兵衛ゟ持参候様、御渡被遣候。

一八半時、西村与八代之者来ル。先刻被仰下候漢楚賽、晦日比ニは、御稿本四冊御渡被成下候趣ニ御座候得共、一刻も早く、画工ゟ相渡申度間、一冊ニ而も、御渡被下候様、申之。幷、奥目録下書願候事、先達而与八罷越候節、願候用文章催促等、申之。宗伯取次、漢楚賽、未読合セ相済、殊ニ下書と申者無之故、書留候ハでは、難渡候間、いづれ晦日ニ、四冊御渡被成べき旨、奥目録も、其節迄ニ御認被成、御渡候趣、用文章御潤筆之事等、申談遣ス。

一七時過、辻駕佐兵衛来ル。昨夕、以むらを、駕賃取ニ罷越候様、申遣候ニ依て也。折節、両替ニ遣候間、暫待候様申付候所　家母君、赤飯・煮染物被遣候を持、帰去。夜ニ入、見知らざ(ダク)る男を指越、駕賃取ニ越候間、明日、佐兵衛罷出候様申付、払不遣。門脇ゟ夜駕ニ出ながら、代り之者指出参り候ても、少シ之間待ざる段、不埒之至極也。

一向町大和田庄右衛門(マヽ)ゟ申付候大・小刀拵、出来、持参。拵料金弐分三朱払。昨廿七日之事也。

廿九日戊辰　曇　昼後小雨　忽止夜九時過より雨

一漢楚賽ミたて軍談、被遊御稿候。〇昼前、清右衛門様来ル。此方ニ有之候春慶七寸之重箱、遣之。飯田町宅ニ有之、春慶九寸之重箱と取替可遣旨、被仰含、今日、右重箱壱組幷取寄置候重之台、被遣之。無程帰去。

一今日、巳待。弁才天祭献供、如例、家内一統、奉祭之。〇七時過、辻駕佐兵衛来ル。廿六日之駕賃五百文、払渡之。

晦日己巳　雨 昼後止不晴

一漢楚賽ミたて軍談、被為遊御稿候。〇今朝、中川金兵衛、傾城水滸伝六編七之巻筆耕出来、持参。指置、帰去。其後、被為遊御校合候。昼後、金兵衛又来ル。水滸伝写本、鶴喜江持参致べき旨、依申、被為成御渡候。

一昼後、西村与八使札。白女辻うら三之巻画写本出来、指越。御約束ニ付、漢楚賽御稿本御渡被成下候様、申来ル。依之、壱より四迄、御稿本被成御渡候、用文章御潤筆、三両ニ而御認被成下候様、申来ルニ付、五両ならでは不被成御認趣、被仰遣。

一昼後、本郷笹屋より、赤飯之代取ニ来ル。然所、印形不致持参。依之、桶弐ツ持帰リ、無程、印形持参候ニ付、代金払之。

一昼後　家母君、御供米之袋被為携、妻恋江御参詣。一昨日頼置候、虫封神符、被為受。無程御帰宅。太郎に頂セ、封之、神棚江納之置。

〆

四月朔日庚午　晴　風南

一漢楚賽ミたて軍談、被為遊御稿候。〇昼前、西村与八使札。白女辻うら四之巻画写本出来、指越。且、用文章御潤筆之義、承知仕候間、何分御稿奉願趣、申来ル。御回報御認被遣、昨日持参之三之巻共、弐冊、白女辻うら画写本、中川金兵衛江持参候様、使之者江御渡被遣候。

一昼後、つる喜使札。傾城水滸伝七編壱之巻画写本出来、持参。写本留置、御回報被遣。

一八半時、清右衛門様入来。させる所要なし。無程帰去ニ付、宗伯同道、飯田町宅江罷越、三月分薬うり溜、致勘定。帰路、忍屋久兵衛方ニ立寄、畳替之事、申談、新床十一くだり四畳申付。○天気《(マヽ)》都合ニて、三日より職人指上べく旨、依申、市五郎指越候様申置。尤、久兵衛留守故、女房ニ申聞置。夜ニ入、六半時帰宅。

一今日、四月朔日之初鰹、被為求候ニ付、さしミ・煮附共、今日、清右衛門様ニ被遣。

二日辛未　晴　昼後薄曇

一今暁六時、御成道唐人飴屋之裏通新地出火、折節風なく、穏なれども、半丁四方焼失。天明後、火鎮ル。右ニ付、為見舞、早速大坂屋半蔵、外ニ壱人同道、来ル。其後、追ゝ来リ候近火見舞、名前別帳ニ記之。清右衛門様知らざ《(ダク)》るよし、参られず《(ダク)》。

一漢楚賽、被為遊御稿候。○朝五時過、大坂屋半蔵又来ル。石魂録後輯五之巻弐番校合摺持参。指置、帰去。

一四時過、鶴屋喜右衛門来ル。近火見舞也。傾城水滸伝七編壱之巻画写本、中川金兵衛ニ持参致べ《(ダク)》き旨、依申、御渡被遣候。其後、暫御示談、帰去。○昼前、土岐村元立使札。二女清心院七回忌相当之由、重之内被恵、回報遣之。

一昼前、姉御入来。昼飯草ゝ　家母君御同道、浅草観音ニ御参詣。お路拝受御腹帯、今日納之。御礼参詣なり。

一昼後、経師金太郎、申付置候江島鳥居記・芙蓉山水表具出来、持参。芙蓉山水画之上下を壱寸ヨ裁切、殊ニ表具絹色等、甚見ぐるしく不出来ニ候得共、其儘請取、手間料廿壱匁、払之。尚又、仏葬記表具申付、渡之遣ス。

一出入水汲之世話ニて、下女奉公人目見来ル。年廿壱之よし。殊之外給金望候ニ付、かへし遣ス。

一七半時過　家母君・御姉様、浅草参詣より御帰宅。御姉様は、直ニ飯田町宅ニ被成被帰候。

三日壬申　雨

一漢楚賽ミたて軍談、被遊御稿候。〇朝四時過、杉浦老母来ル。宮参リ赤飯祝遣候謝礼也。雑談数刻、九半時過、帰去。

一九時前、土御門御家来松井舎人来ル。　家君御対面。一昨日、土御門殿御着之由、大石良雄指料刀之由、被為見。銘有之ニ付、御写被為置。其後、無程帰去。〇昼後、大坂屋半蔵来ル。昨日、被遊御校合候石魂録後輯五之巻弐番校合、被成御渡、即刻帰去。

一昼後、豊治郎ゟ日傭人足申遣、宗伯眼病ニ付、以使札、土岐村元立ゟ亡女七回忌相当之趣ニ付、野菜料壱朱并香奠粒銀壱包、遣之。取込之由ニて、返翰代筆ニ而来ル。

一八半時、清右衛門入来。させる所要なし。雑談暫、帰去。

一夕八半時過、中川金兵衛、傾城水滸伝六編八之巻筆耕出来、持参。　家君御逢後、帰去。

四日癸酉　晴

一漢楚賽みたて軍談、被為遊御稿候。〇今朝、西村与八使札。白女辻うら五・六画写本出来、指越。中川金兵衛ゟ御廻し被成下候様、申越。折節、金兵衛罷越候ニ付、御覧後、被成御渡、其趣、西与ゟ御回報被遣候。

一同刻、中川金兵衛来ル。昨夕持参之傾城水滸伝六編八之巻、鶴喜ゟ持参致べ《(ダク)》き旨、依申、今朝御校合相済候ニ付、御逢、御渡被遣。并、白女辻うら弐冊共、被成御渡、御示談後、帰去。

一昼前、鶴喜使札。傾城水滸伝七編弐之巻画写本出来、指越。金兵衛、此節、西与合巻落合候間、仙橘方ゟ遣し度旨、申来ル。依之、御覧後、御渡被遣候。〇昼後、小網丁塩崎某隠居より、お路ゟ使札。男子出生之為悦、

巾着・扇子被祝越、お路、返事遣之。一向知らざる人ニ而、此方江使札失礼也。里方懇意ならバ《(ダク)》、土岐村江遣し候事也。

一八時過御出宅、家母君、植木屋治左衛門方江被為赴。所要は、兼而申付置候太郎初之節句ニ付、幟竿幷杭等同人江申付候事也。両人共留守ニ付、十五日比迄ニ罷越候様、被仰置、薄暮御帰宅。

一薄暮、蜀山来ル。家君御対面。雑談暫、帰去。

五日甲戌　晴　風南

一漢楚賽ミたて軍談、被為遊御稿候。○今朝、大和田庄兵衛、申付置候太郎小脇差鞘塗替出来、持参。代料払渡ス。

一七半時、中川金兵衛、白女辻うら壱之巻筆耕出来、持参。為待置、即刻、被遊御校合、御渡被為成候。夫より西与江右写本持参、届べき為也。

一薄暮、大坂屋半蔵、石魂録後輯七之巻弐番校合摺持参。被遊御校合、内絵付半丁直し落、有之。其外、口絵色摺等、校合残りニ而、其外皆済、御示談暫、帰去。

六日乙亥　晴

一漢楚賽ミたて軍談、被為遊御稿候。○朝四半時、清右衛門様入来。当月二日より、御姉様、被成薬用、宗伯調進之。今日六貼、致調進、幷奇応丸中包、遣之。其外、去年玉川堂より指越候真書筆赤軸、一向用立兼候間、白軸と取替候様、被仰付、被成御渡候。○昼前、名張屋勝助来ル。一昨日、甲州より帰府之由、申之。家君御逢、家母君銀御きせる御注文被遊、銀御きせる被成御渡。其後、暫雑談、伊勢稲毛烟草入紙地壱枚、勝助江被遣。九時、清右衛門様同道、帰去。

一昼後、大坂屋半蔵、石魂録後輯七之巻絵付壱丁、昨日之直し出来、持参。指置、帰去。

一八時比、浅野正親、土御門殿為御使、来ル。宗伯対面。此節参向之由、為土産、絹地藤波三位光忠卿画、箱ニ入持参、被致進上之候趣、申之。玄関より帰去。○昼後、飯田町畳屋久兵衛より、十一行新床四畳、為持、指越。明日より市五郎指上候趣、申之、受取置。四日比より罷越べき所、一向沙汰無之ニ付、今朝、清右衛門様ニ被仰付、催促依申遣也。

一八時過、紀伊国橋土岐村玄立、孫三六郎同道来ル。当三日より三六郎滞留、今日帰し候ニ付、送りながら罷越候趣、申之。餡懸餅、振舞之。雑談暫、帰去。○夕七半時、飯田町中村屋佐兵衛、為年始祝義、来ル。家母君御逢、草々帰去。

七日丙子　早朝より大雨　終日無間断　夜中止

一漢楚賽八之巻戸びら共、今夕、全御稿畢。○今朝、畳屋市五郎来ル。然ども、大雨ニ付、さし台預置、帰去。

一昼後、植木屋治左衛門来ル。宗伯逢、初之節句ニ付、幟竿杭、廿日比迄ニ出来候様、注文申談、兼而被仰付候事故、畏候趣、申之、帰去。

一夜ニ入、岡田昌益、紀伊国橋より届物之由、持参。早々帰去。土岐村内方より、お路ニ之ふミ也。

八日丁丑　曇　折々小雨

一昼飯早々　家君、宗伯御同道、大丸ニ被為赴、太郎幟、唐木綿ニ而被為誂、大幟弐本・吹流し付四半壱本、鍾馗之大吹流し付、被遊御注文。くゝり猿緋太織鯉、黄繻子、其外御召物、太郎衣類御買取、宗伯携之、直ニ帰宅。　家君は、夫より西与江御立寄、漢楚賽初編御稿本、五之巻より八之巻迄四冊、被成御渡、御潤筆残金被為請取。御帰路鶴喜江被遊御立寄。然所、喜右衛門留守故、早〻御立遊され、宗伯帰着、無間、七時御帰宅。途中、存之外宜敷、依之、御下駄ハ鶴喜江預ケ、雪踏借用、御帰宅。〇今朝、蔵前坂倉屋金兵衛使札。三月中願候扇、数本御染筆相済、今日御渡之、回報被遣候。

一昼後、紀伊国橋土岐村内方、お路江使札。此幸便、先日山田宗之助内義より、為産婦見舞、煮豆指越候為返礼、京製団扇弐本・雁皮弐百枚、宗之助内義江届候様、使弥助江申談、遣之。

一八時、清右衛門様来ル。神女湯二十包、遣之、早〻帰去。　家君・宗伯共留守中なり。

一八半時、岡田昌益老母来ル。宮参リ赤飯遣候謝礼也。雑談暫、帰去。〇昼前、経師金太郎、誂置候仏葬之記、表具出来、持参。代払之。

一昼九時、鉄炮洲松本三郎治注文之炭、八俵一駄、極上天印指越。請取之、駄賃遣之。

九日戊寅　晴　向暑

一今日、仏葬願北里雑纂跋、柳川江遣スとも、大小弐通、被遊御認候。尤、終日也。

一朝四時出宅　家母君・宗伯、麹町山王江赴ニ付、先飯田町宅江立寄、支度後、於同所、人足雇之、進物持セ、供ニ召連、山王江参詣。　家母君は茶屋ニ御待、宗伯は供之者召連、土御門殿旅館ニ赴。然所、正親父子留守ニ付、松井舎人を以進物指出候て、同人江も進物、遣之。供之者は直ニ帰ス。今日取込之由、弐半時程待セ、七時、土御門殿見参後、早〻罷出。　家母君御同道、帰路、渡辺登江立寄、夫より飯田町宅ニて、暫休足。夜ニ入、六半時帰宅。

一朝四時前、畳屋市五郎来ル。中之間四畳・納戸替畳共、弐畳出来。薄暮帰去。

一今朝、大坂屋半蔵、石魂録後輯五之巻口絵校合摺、持参。為待置、御覧被遣、無程帰去。

一本郷笹屋内義、為年始祝義、来ル。　家君御逢後、早ゝ帰去。　家母君、御留守中なり。

十日己卯　薄曇　冷気

一今朝より、森治新板、風俗金魚伝初編、被為興御稿候。

一昼前、中川金兵衛、白女の辻うら三之巻筆耕出来、持参。指置、帰去。即刻、被遊御校合、昼後又来ル。白女辻うら写本、西与江持参致《(ダク)》べき旨、依申、被遣御渡候。○昼後、本郷笹屋より、一昨日之炭之代取ニ来ル。則、御払被遣候。

一昼後、亀井戸仏葬使札。北里雑纂跋、被成御渡、御回報被遣候。

一今朝、畳屋市五郎来ル。玄関三畳・中之間残リ半畳・納戸弐畳出来。薄暮帰去。

一宗伯、昨夜、麹町より帰宅後、痢病ニ而腹痛強、昼夜ニ六七十度下痢、裏急。依之、薬用之。

十一日庚辰　晴

一風俗金魚伝、被遊御稿候。○今朝、畳屋市五郎来ル。納戸残リ壱畳半・御次三畳、表をかへし、其外、上敷四枚・下座敷壱枚、さし畢ル。床畳、存之外宜敷故、新床弐畳残リ候間、今日返之。市五郎、七半時帰去。

一宗伯病症、同様之内、腹痛益急なり。

十二日辛巳　晴

一風俗金魚伝、被遊御稿候。○昼前、清右衛門様入来。昨日、御能御菓子配分、持参。今日、油丁江罷越候由、依申、此間太郎〻巾着祝被越、小網町塩崎(伊)《ムシ》助母〻為返礼、紗頭巾・扇子遣スニ付、届候様、為持被遣。伊助方ニも出生有之候趣、申越候故也。其後、清右衛門様帰去。○昼後、鶴屋喜右衛門、西村与八・蓬莱山人、同道来ル。右は蓬莱山人、立川焉馬と改号、為披露、来ル廿一日、両国柳橋河半ニて書画会催候由。家君御逢後、早〻帰去。

一八半時御出宅　家母君、深光寺御墓参。薄暮、御帰宅。

一昼前、仏葬使札。北里雑纂題跋、為謝礼、五種入銘茶一折・振出し箱入菓子・茶椀五、被恵。御回報被遣。

一土岐村元祐子息祐太郎、病気ニ付、紀伊国橋〻引取、養生之所、追〻不出来之由。岡田より為知ニ依て、お路より見舞之。帰之岡田昌益を頼、遣之。日〻昌益、紀伊国橋〻罷越候幸便也。

一宗伯病症、今朝順快之所、昼後より又〻下痢、裏急同篇。

十三日壬午　晴

一金魚伝、被為遊御稿候。○昼前、中川金兵衛、白女辻うら四之巻筆耕出来、持参。指置、帰去。昼後又来ル。御校合相済候ニ付、御渡被遣候。西与〻届候ニ依て也。○昼後、二見屋忠兵衛、越後鈴木牧之書状届来ル。家君御逢後、早〻帰去。○昼後、むらを以、豊嶋屋〻味淋酒求ニ遣し候序、飯田町宅〻、姉君薬為持遣ス。七半時、むら帰来。

一七時、渥見使札、覚重之書状届来ル。明日、返翰取ニ罷越候由。指置、使帰去。

一七半時、大坂屋半蔵、石魂録後輯五之巻口絵・さし画弐へん黒校合摺、持参。全御校合済、其後、御示談暫、薄暮帰去。○夜五時、紀伊国橋土岐村使弥助来ル。祐太郎事、今夕七時昏倒気絶、今ニ蘇生ざる《ダク》趣、申之。早〻帰去。

十四日癸未　晴　昼前風夕方止

一風俗金魚伝、被為遊御稿候。〇昨昼後、以日傭人足、松前下屋敷大野幸次郎方江痢病之薬、速退散弐包、求ニ遣ス。家君御代筆被成下、薬料為持遣ス。留守之由、返翰来らず《(ダク)》、薬弐包指越。

一朝四時前、御出宅　家母君、紀伊国橋土岐村江祐太郎病気見舞ニ被為赴。宗伯引込居候ニ依て也。見舞物携させらる。病人、昨夜五時蘇生之由、然所、今九半時、養生かなハず《(ダク)》死去之趣　家母君、八時過御帰宅、被仰聞、依土岐村頼、むらを以、岡田江知らせ遣ス。無程、昌益来ル。只今より、きの国橋江罷越候よし、申之。早ゝ帰去。

一昨日、渥見覚重書状、所要は、宇都宮炭殊之外下直之由、依申、頼遣候所、炭は十弐貫目有之、壱朱ニ候得ども、船賃・駄賃、壱朱相かゝり、壱俵弐朱づゝ之由。右ニて宜敷候ハゞ、金子廻候様、申越。然所、当地四匁之炭、六貫目程有之、格別相場之違なく、殊ニ置場も依無之、断之御返翰御認置せらる。昼後、右返翰取ニ来ル。依之、被遣御渡。　家母君御留守中ニ付　家君御代筆、お鍬江之返事、被遣。祖太郎、明日喰初内祝いたし候間、七時過　家母君御出下され候様、依申来也。

一昼後、鶴喜使札。通俗水滸伝中編、被返。傾城水滸伝七編弐之巻、仙橋筆耕出来、指越。明日、三之巻出来之由。依之、請取置。過日預ケ置候下駄、被指越、尚又、借用之雪踏、返之。御回報被遣候。

一昼後、飯田町宅江むらを以、御書翰被遣。所要は、祐太郎死去之趣、明日五時葬送ニ付、宗伯罷越、送るべ《(ダク)》き所、不快故、為名代、寺迄送り被呉候様、頼被遣。其外、清右衛門様被願候扇子、御染筆被遣。并、越前雲丹壱器、被為進。委細畏リ候趣、御請書携之、むら、七時帰来ル。〇宗伯不快、今日少ゝ順快之趣、昼夜三十度瀉。

十五日甲申　晴　風烈南夜ニ入尚不止

一風俗金魚伝、被為遊御稿候。〇今朝、植木屋治左衛門来ル。明後日より罷越候由、申之。　家君御逢、幟竿幷杭之事、委敷、被遊御注文候。〇昼後、飛脚所より、大坂河内屋直助書状届来ル。御新著願候ニ付、御状被遣候返翰なり。

一八時過、清右衛門様入来。今朝五時、紀伊国橋ゟ罷越候所、最早天明前葬送相済候趣故、直ニ飯田町ゟ帰宅之由、勘定づく《(ダク)》ニて、人之送り候を厭候ハヾ、時日を触ぬが《(ダク)》よし。小児之事故、送るニも及間敷存候得共、玄立方ゟ引取候而の事ゆへ、其人ゟ対し、宗伯不快中、人頼之心配、無之也。　家君之御懇音、宗伯名代、飯田町宅ゟ頼被遣候御深志、赤面之至り也。

一同刻、土岐村玄立来ル。寒製白玉振舞、雑談数刻、宗伯胗脉後、帰去。

一七時前、御出宅　家母君、渥見ゟ被為赴、進物むらニ為持、被召連。むらは供がへりニ而、無程帰来ル。今日、祖太郎喰初、治右衛門内義床上ゲ祝義之由。赤小豆飯・一汁一粎《(ママ)》、ざつとしたる料理也。薄暮御帰宅。渥見之僕、おくり来ル。

一宗伯不例、追ゝ順快。昼後より水瀉二十度。

十六日乙酉　曇昼後雨

一風俗金魚伝、被為遊御稿候。〇昼前、中川金兵衛、白女辻うら五之巻筆耕出来、持参。指置、帰去。昼後又来ル。御校合相済、西与ゟ届候様、御示談、被成御渡候。〇昼後、伝馬丁殿村使札。先月指登セ候、芙蓉山水懸物代、指越。尤、書状は不来。〇宗伯不例、替候義無之、昼後益大瀉。

一夕七時過、西村与八使札。漢楚賽壱・弐、絵写本出来、指越。然所、国安心得違有之候ニ付、直し候様、被仰遣。

十七日丙戌　曇　朝四時薄晴

一風俗金魚伝、被為遊御稿候。○昼後、西与使札。昨日之漢楚賽絵写本、直し出来、指越、被為請取。

一宗伯不快之義ニ付、お路文通を以、元祐江見舞之事申遣、留守之趣、申来ル。依之、昼後　家君御代筆被成下、尚又、帰宅次第見舞候様、被仰遣。七半時、元祐見舞、胗脈、芎薬湯然《(ダク)》べき旨、申之。然ども、今昼後より加味五苓散相用ひ、下痢相止候得ども、任其意、今夕、芎薬湯用之。其後、元祐江夜食振舞、雑談暫、薄暮帰去。

一昼後、清右衛門様入来。奇応丸小包無之由、依申、十五包遣之。無程帰去。

一夕方、植木屋治左衛門両度来ル。幟竿・杭等之事也。　家君御逢、寸尺等御示談、帰去。

十八日丁亥　曇　朝四時晴

一風俗金魚伝、被為遊御稿候。○朝四時前、植木屋治左衛門・金次郎来ル。治左衛門は材木屋江罷越、五寸角杉弐間物三本・大貫等、人足ニ而運び、幟杭下拵、終日。金次郎は庭掃除、終日。薄暮、両人とも帰去。

一当十四日朝、鳥に水を飼候節、家母君、あやまちて金雀白雌壱羽逃し、飛去、行方知れず《(ダク)》。

十九日戊子　晴

一金魚伝、被為遊御稿候。○明神表門前、金物屋江、今朝、幟杭之竿留鉄丸喚三ツ、誂之。壱ツ壱匁八分ヅヽ、之由、明後日出来之趣、申之。○朝四時前、植木屋治左衛門・金治郎来ル。治左衛門は幟杭拵之、出来了。金治郎は庭掃除、未果。両人共、薄暮帰去。○昼後、清右衛門様入来。今昼前、治左衛門申付置候今福屋より竹指越候所、不宜故、返遣。依之、清右衛門様・治左衛門両人、筋違ニ罷越、竹求之。其後、清右衛門様帰去。○昼比、中川金兵衛、白女辻うら六之巻出来、持参。指置、帰去。昼後、又来ル。御校合相済、被成御渡、西与ニ届候様、御示談、被遣候。○昼後、善幸坊来ル。過日、冠山老侯より、紋付帷子、其外両三種、拝受之由。家君御蔭ニ而、ケ様之賜拝受、難有趣、礼謝申述、無程帰去。
一今日、土岐村元祐忰初七逮夜ニ付、野菜料金壱朱・香奠粒銀壱包、岡田老母、今朝紀伊国橋ニ罷越候幸便ニ頼、遣之。夕方、同人帰路、土岐村両名返翰、届之、草々帰去。

二十日己丑　薄曇

一金魚伝、被遊御稿候。○今朝五時　公方様、上野　御霊屋御参詣。四時前、還御相済。
一朝五半時、植木屋治左衛門来ル。四時、金治郎来ル。治左衛門は幟竿一式拵之、其外竿懸拵畢、幟杭立之。金治郎は庭掃除漸々出来、両人ニ夜食振舞之。手間料十八匁、今日直ニ渡之。治左衛門幟竿・杭拵候、為祝義、酒代金壱朱遣之。竿留大かぎがね、明日出来候間、廿四日迄ニ治左衛門罷越、打候事、来月七日後、勝手之節、金治郎罷越、幟杭取納候事、申付遣ス。○昼後、鶴喜使之趣、下女むら取次、依申、水滸伝写本、被成御渡候所、無程、右使之者立帰リ、森治使之由、申之。依之　家君御逢、金魚伝御稿本、六之巻迄最早被遊御稿候間、近日、八冊揃被成御渡べき旨、御示談被遣候。

廿一日庚寅　晴　薄暑

一金魚伝、被為御稿候。○昼前、鶴喜使札。傾城水滸伝七編三之巻画写本出来、指越、筆耕何方ニ遣べき哉、問ニ来ル。仙橘方江遣候様、御示被遣、其外弐之巻御校合相済、是又御渡被遊候。

一昼後、山田伯母御来ル。霊性大姉廿七回忌志之重之内持参。依之、為野菜料、南鐐壱片、被遣之。夫より飯田町江赴候由ニて、草ゝ被成御帰候。○昼後、清右衛門様来ル。今日、蓬莱山人書画会ニ付、為御名代、罷越候ニ依て也。昨日、池上ゟ十一才ニ罷成候小者召抱候由、今日召連来ル。夫より両国河内屋江罷越、両人酒食之後、七半時帰来、奇応丸大包弐・中包五・小包十五、遣之。其後、無程帰去。○七時、土岐村元祐見舞、菓子壱包遣之。胗脉後、雑談暫、帰去。

一宗伯下痢、当九日より昨日迄、兎角同様之所、今日初而下痢止、順快ニおもむく。

廿二日辛卯　曇　朝五半時大雨

一金魚伝、被遊御稿候。○今朝、植木屋治左衛門来ル。貸遣候挑灯、返之、早ゝ帰去。

一昼前、渥見使札。治右衛門内義床上ゲ、赤飯一重被指越、回報不遣。

一夕方、泉床安野、宗伯為病気見舞、来ル。雑談暫、帰去。

廿三日壬辰　晴　夕七時前ばら《（ダク）》〳〵雨　雷数声　薄暮止　不晴

一金魚伝、被為遊御稿候。○朝四時、御出宅　家母君、飯田町・田口江被為赴、山田・田口両伯母、御同道、白金二本榎保安寺江御墓参、霊性大姉廿七回忌ニ依て也。帰路、愛宕下ゟ両伯母御は飯田町江被成御帰。　家母君は、加賀丁美濃屋甚三郎・紀伊国橋土岐村江御立寄、薄暮御帰宅。甚三郎、三月廿六日後、依不参、病人有之由、御聞ニ達、御深切之思召ニて、帰路立寄、様子尋候様、被仰含ニ依て也。然所、甚三郎夫婦共留守之趣、御帰宅之節、被仰。

一渥見使札。為宗伯見舞、岩茸汁、被恵。お路、返事遣之。

一昼前、中川金兵衛、漢楚賽壱之巻筆耕出来、持参。指置、帰去。昼後又来ル。御校合相済、西与ニ届候様、御示談、被成御渡候。

一昼比、土岐村玄立来ル。兼而申談置候下男弥助、下女替リニ傭候約束之所、今日断也。皆むら之所為也。尤悪むべし。昼飯振舞、帰去。〇昼前、下女目見、明神丁けいあん嚊〻連来ル。とし廿三之由。取極候所、むら所為ニて、是も来らず《(ダク)》。

一下女むら、不相済重〻不埒有之、急度被遊御呵、格別之思召を以、其儘被指置。

廿四日癸巳　晴

一金魚伝、被為遊御稿候。〇朝四時過、土岐村玄立内義幷宗之助二女、同道来ル。家内一統、対面。昼飯・茶菓子幷夕飯振舞、夕七時過、帰去。〇昼後、松前老侯御使大田九吉来ル。宗伯久〻依不参也。　家君御対面。宗伯病症御話被遊候後、帰去。〇清右衛門様、昼後入来。させる所要なし。無程帰去。

一夜ニ入、植木屋治左衛門来ル。幟竿留大かぎがね打べ《(ダク)》き為也。依之、壱ケ所打込候所、治左衛門寸法取違、小ク間ニ不合、依而新キ拵直させ候趣、被仰聞。治左衛門は帰去。即刻、明神前金物屋呼ニ遣候所、明朝罷出べき旨、申来ル。

一幟、今日出来之趣、兼而申付置候所、今日大丸より不指越。黄ぬめ鯉、宗伯画かき了ル。

廿五日甲午　晴　大風烈南　夜中猶風

一金魚伝、被為遊御稿候。〇今朝、山本丁けいあん嚊〻、下女奉公人目見連来ル。とし廿壱之由、給金高料といへども召抱畢。無程、宿書持参。今夕、宿見請状可遣旨、申渡。

一今朝、明神前金物屋来ル。　家君御逢、幟竿留、間ニ不合ニ依て、新キ被遊御注文、今日中拵候様、被仰付。

一昼九時、越後黒田玄鶴来ル。　家君御対面。暫雑談、帰去。此度、病人同道出府、品川ニ旅宿之趣、申之。

一昼飯早〻、御出宅　家母君、大丸屋江幟之催促ニ被為赴、八半時御帰宅。今日中出来、明朝指越候趣、被仰。

一昼後、鶴喜使札。傾城水滸伝七編四之巻画写本出来、指越。御一覧之後、使小者を以、中川金兵衛江為持被遣。指置、帰候節、御回報被遣候。〇今夕、奉公人請状ニ清右衛門様を被遣候ニ付、右之趣、むらを以、御書翰被遣。然所、今日三田長運寺江墓参、留守中之由、帰宅次第、罷出べき旨、申来ル。

一夜ニ入、清右衛門様来ル。　家母君御きせる出来、持参。代金、名張屋江届候様、被成御渡。夫より、神田旅籠町七右衛門店嘉助方江罷越、下女奉公人とめ請状、印章取之、無程帰来。其後、早〻帰去。

廿六日乙未　曇　折〻ばら《(ダク)》〳〵雨

一風俗金魚伝、序・口絵、被為遊御稿。今夕、全御稿成。〇昼比、明神前金物屋誂置候幟杭金物出来、持参。代金払之。

一今早朝、大丸屋甚三郎、幟弐本・四半吹流し・鍾馗、誂之通出来、持参。代金九十匁六分、払之渡ス。

一昼後、飯田町宅より、三田長運寺法事ニ付、志之牡丹餅壱重指越。依之、金壱朱、被遣之。

廿七日丙申　晴

一今日、金魚伝戸びら弐枚、被遊御稿。〇今朝、植木屋治左衛門来リ、幟杭金物、打之。今日より幟立之。幟竿壱丈九尺ニ申付候所、金尺ニ而拵候ニ付、幟布鯨尺壱丈三尺五寸故、竿殊之外不足也。依之、幟竿弐本、明日捹直し候様申付、治左衛門、早ゝ帰去。

一昼後、清右衛門様入来。明日手廻し之為、被仰付、筋違ニて、幟竿九寸廻り弐本買取、人足持込セ、代金払之。清右衛門様は、油丁ぶ罷越候由ニて、早ゝ帰去。〇昼後、鶴喜使札。傾城水滸伝七編四之巻絵写本出来、指越。御請取、御回報被遣候。

一八時前、御出宅　家母君、深光寺御墓参。七時御帰宅。〇薄暮、下女奉公人とめ引移。

一太郎初之節句、為祝義、杉浦老母、白馬に松之細工物持参、被恵。雑談暫、帰去。

廿八日丁酉　曇　今暁雨　天明後止終日不晴

一今朝、植木屋治左衛門、四時前来ル。幟竿、金尺弐丈四尺ニ弐本捹之。四半之竿は其儘用ゆ。九時前、出来畢。昼飯振舞、帰去。残リ仕事は、節句後罷越候様申付。〇昼前、中川金兵衛、漢楚賽弐之巻筆耕出来、持参。家君御逢、昨日鶴喜より指越候、水滸伝七編四之巻御稿本添、絵写本被成御渡候後、帰去。

一昼後、本郷笹屋山城より、太郎初之節句為祝義、鷹細工物巾着等、被祝越、返翰遣之。

一夕七時過、松前老侯御使大田九吉来ル。宗伯不快為御尋、塩鶉、被下之。　家君、宗伯名代ニ御対面。雑談暫、帰去。

廿九日戊戌　朝五半時雨止　晴

一今朝より、西与願用文章、被遊御稿候。〇今朝快晴ニ付、太郎大幟、立之。

一朝四時、山田伯母御入来。初之節句為祝義、太郎ぶ菖蒲刀一腰、被恵。煎茶・菓子等指上候後、明神ぶ被参候由、早ゝ被成御帰候。

一昼前、飯田町姉君入来。同断、為祝義、太郎江単物、被恵。渥見江も祝遣候趣ニ而、被召連候以小者、為持被遣、返事を取、帰来候節、茶・菓子振舞、其後、飯田町江帰し遣ス。八半時、為迎、小者又来ル。七半時、姉君、小者江も夜食振舞被成、被帰候。

一昼前、下女むら親次郎八来ル。願之通、今日永之暇指遣ス。是迄度ゝ不埒・不義、不相済事有之候所、格別難有思召を以、金弐百疋・小杉壱束・手拭弐筋、被下之。昼飯喰はせ、荷物残らず引渡畢。

一昼前、森屋治兵衛使札。風俗金魚伝上編八冊、御稿本被成御渡、右潤筆残金三枚指越、御回報被遣候。

一昼後、中川金兵衛、傾城水滸伝七編三之巻筆耕出来、持参。指置、帰去。即刻、被成御校合候後、八時過、又来ル。家君被遊御逢、水滸伝写本・昨日之漢楚賽写本、被成御渡、鶴喜・西与江届候様、御示談後、帰去。

一八時前　家母君御出宅、牛込竜門寺御墓参、八半時御帰宅。其後、杉浦江被為赴、無程御帰宅。

〆

五月朔日己亥　曇　昼後ばら〳〵雨　夜ニ入大雨　（注、五月朔日以下、十二月廿九日まで、馬琴自筆）

一予、昼後より、大丸江小児きぬ単物買取ニ行。祖太郎へ可遣ため也。此餘《ヨ》、白さらし切・鈴等かひ取、帰宅。

一中川金兵衛来ル。昨廿九日、西村やゟ、漢楚賽三の巻画写本五枚、つるやゟ、水滸伝七編六の巻画写本五枚、受取来候よしニて、見せらる。即刻一覧、両写本共わたし遣ス。

一渥見次右衛門ゟ、宗伯へ使札。祖太郎初節供内祝ひ、柏餅一重来ル。余代筆、返書遣ス。

一其外、祖太郎方へきぬひとへ物壱・金百疋、為祝義、遣之。宗伯代筆、余、認之。使とめヲ以、遣之。次右衛門方ゟ返書来ル。〇清右衛門来ル。かひ物申付、并売薬の鍵帳、遣之。

一今日昼前ゟ幟立候処、雨少ゝふり出し候ニ付、八時過とり入レ畢ル。

二日庚子 昨夜ヨリ雨夕方止

一土岐村元立老ゟ使札。太郎江単物壱、為端午祝義、被恵之。宗伯代筆、余認之、遣ス。使弥介也。〇大坂大蔵十九兵衛来訪。古画模刻二枚持参、帰去。昨一日之事也。

一清右衛門来ル。昨日申付候名酒壱升づゝ、二樽但まきだる入かひ取、持参。弐朱の外、上端銭、遣之。

一としまやゟ、みりん酒弐樽持参。代金、遣之。昨日、清右衛門を以、注文かき付遣之によつて也。

一今日、手製の柏餅内祝いたし、おさき方・お久和へも少ゝ遣之。

一明日、処ゝへ遣之かしハ餅、お成道つるや江あつらへおく。清右衛門を以、取極させおく。但、本郷さゝや江粽幷ニ柏餅之注文、清右衛門ヲ遣し、談じさせ候処、高料ニ付延引、つるやへ申付ル。今日宗伯病気、少ゝ不出来ニ付、終日平臥。

三日辛丑　曇

三日、昼前少ゝ晴候ニ付、太郎のぼり立之。（注、この三行、欄外に書入）

今日、処ゝへの使、新五郎やとひおき候ニ付、昼前ゟ来ル。

田口久吾来ル。太郎方へ、座しき幟建物壱つ持参、被恵之。やり・立がさ等五本立之。

一つるや江申付候柏餅出来。右遣し候分、壱重三十五入、元立・清右衛門・久吾・次右衛門・山田吉兵衛・本郷さゝや・杉浦氏・穏婆・元祐、〆九軒也。此内、元立幷ニ杉浦へは、銘酒広瀬川壱升づゝ、巻樽入共ニ弐種、遣之。笹やハもちやニ付、みりん酒二升樽ニ入、遣之。穏婆へはとめヲ以、遣之。元立方江は、余代筆ニて、手紙添、遣之。

一めでたや久兵衛方ゟ、茶飯一汁三菜おくり膳ニて、被恵之。

一清右衛門方ゟ、小ものヲ以、四月分売溜銭勘定いたし、金壱分弐朱ト二〆五百廿四文、小ものヲ以、差遣之。但、五百五十六文引おとし候よし、帳面并ニ手がミ来ル。請取書付、遣之。且、八つ時比ニ付、小ものに食事致させ、帰し遣ス。

一宗伯病気、今日ハ快方ニて、朝ゟ起出。〇つるや小もの柏餅の代金取ニ来ル。則、売上ゲ請取書持参。右代金わたし遣ス。〇新五郎へも今夕人足ちん、遣之。

一渥見ゟ、太郎へ腹がけ壱・鰯十枚、被恵之。お久和ゟふミ来ル。おみち、返書認遣ス。

一とりあげ婆ゝ来ル。過日、柏餅一重遣し候謝礼也。早ゝ帰去。

四日壬寅　曇　昼之内薄晴

一今日も太郎幟立之。土岐村元立老ゟ、弥介を以、昨日の返翰到来。并ニ、座敷幟・かざり弓・□《ムシ》物一具、被差越。右ハ両御番久世斧太郎殿ゟ被《ムシ》恵之のよし也。

一鶴屋喜右衛門ゟ使札。右ハ太郎初之節句ニ付、金弐百疋、西村・森やハつるやと組合、被恵之。請取書遣之。

〇英泉方ゟ、京都丸や善兵衛年始状届来ル。さしおきかへる。

一西村与八ゟ使札。漢楚賽初編四の巻画写本出来、被為見之。返翰遣之。

一夕方、太田九吉、松前御隠居御使として来ル。宗伯病気御たづね也。予、対談。且く物がたりの後、帰去。〇御成道つるや江柏餅追注文誂おく。

一先月下旬ゟ、予、連日西村与八頼、雅俗要文、稿之。十二ケ月往来三十餘丁、稿之。

一むら親、次郎八来ル。過日、ふろしきかし遣候ニ付、持参、返却。鮓一包手みやげ持参。ふろしき受取おく。

早〻帰去。○明日処〻江の使人足、たのませおく。

五日癸卯　曇　八時比ゟ雨　夜ニ入猶雨

一今朝、太郎幟立之。○今朝、中川金兵衛来ル。右ハつるや水滸伝七編五の巻筆工出来、持参。幷ニ、昨日泉市ゟ被差越候よしニて、金毘羅船六編三・四の巻画写本十丁、稿本添持参、被為見之。一・二の巻ハいまだ此方へ見せず(ダク)。仙吉方へ筆工ニ遣し候哉、泉市すべ(ダク)て行届不申事、如此也。昨日、にし村ゟ差越候漢楚賽四の巻画写本、金兵衛江わたし遣ス。幷ニ、金毘羅船写本も直ニ一覧之上、金兵衛江遣し、水滸伝七編五の巻ハ預りおき、後刻校合ス。

一土岐村元立老内方、外孫女宗之介二女同道ニて来ル。祝義酒食ヲ以、饗応之。

一昼時御成道つるや江申付置候柏餅出来、持参。九時過ゟ、油町・馬喰丁・芝江人足ヲ以、遣ス。

一伝馬町殿村店ゟ、松坂表佐五平ゟの書状持参。使差置帰る。先月中の返翰也。

一今日、下町幷ニ芝江遣し候使人足、夕方帰来ル。途中ゟ雨ふり出し候ニ付、傘かひ取さし候よしニ付、定賃之外百文まし、遣之。且、夕膳たべ(ダク)させ、帰し遣ス。

一夜ニ入、土岐村元立来ル。遅刻ニ候へども、酒食饗之。四時比帰去。但、土岐村内義・宗之助娘は、雨天ニ付、此方へ止宿也。

一昼後、中川金兵衛来ル。水滸伝七編五の巻写本校合済、わたし遣ス。幷、いせ松坂との村ゟ頼之石魂録後集一部、大坂や半蔵へ注文之事、たのミ遣ス。

六日甲辰　小雨 朝四時比ゟ 雨歇テ不晴 終日同断

一清右衛門来ル。宗伯服用御種人参幷ニ白砂糖、かねて申付候間、今日持参。然共、お種人参無数、小松やニ無之よしニ付、同人ヲ紀伊国へ遣し、相場為承候処、以之外高料ニ付、尚又小松やニて、広東人参注文之通りかひ取、持参可致旨申付遣候間、八半時比、清右衛門尚又右人参持参。三種之内二種留置、一種ハかへし遣ス。清右衛門ニ夕膳たべさせ、夕方帰去。

一八時過、土岐村氏内義幷ニ宗之助二女帰去。お百羽折かし遣ス。冷風なれば也。

一同刻、お久和幷ニおとみ、祖太郎同道ニて来ル。宗伯病気見舞也。夕膳たべさせ、薄暮帰去。

七日乙巳　曇 終日 夜ニ入雨 無程止

一宗伯病容、連日同様。数痢の疲労ニて、元気虚弱。依之、人参の補剤用之。

一昼後、つるやゟ使札。水滸伝七編三の巻、筆工自仙橘方、漸出来のよしニて、校合ニ被差越。幷ニ、同編七の巻画写本五丁被為（ママ）之。三の巻ハ留置、七の巻ハ仙橘方へ遣し、筆工書せ候様返事ニ申遣し、写本・稿本かへし遣ス。

一夕七時比、自（ママ）土岐村元立ゟ使札。為宗伯病気見舞、煮染物、本形小重ニ入、被恵之。余、報翰遣之。幷ニ、昨日同人内義へかし候羽織其外、被返之。履等、おミちゟ返却。

八日丙午　曇 朝五時比 雨 無程止 四時前ゟ又雨 夜ニ入 大風雨

一今日　公方様、上野御霊屋江　御参詣之御沙汰有之、雨天ニ付御延引也。

一朝五半時比、うへ木や治左衛門幷ニ弟金次来ル。則、幟杭抜とらせ、竿仕舞所等拵させ候処、無程雨ふり出し候間、雨やミの間、しひいたし候へども不レ果、昼飯後正九ツ比帰去。手間半人づゝ、両人ニて一人前たるべし。

一昼後、おさき方ゟ、小ものを以、宗伯病気たづ《(ダク)》ね来ル。清右衛門、祭礼要談ニて多用のよし也。然レども用事仕廻次第、可参旨、申遣ス。

一夕方、清右衛門来ル。昨日、小松やにかへし、取かへさせ候人参少許持参。明日、林玄曠方へ罷越、宗伯病気之義、申入候様申付遣ス。夕方帰去。

一つるやゟ使札。水滸伝七編八之巻画写本五丁出来、金兵衛方へ筆工ニ遣し度由ニ付、とめ置、同三之巻写本、校合いたし置候分、つるやへ遣之。

一右已前、中川金兵衛、にし与漢楚まがひ三の巻筆工出来、持参。うけとりおく。

九日丁未　昨夕より風雨　五時過ゟ雨少し止　猶大風　無程大雨終日　夜ニ入少止

一昼後、清右衛門来ル。昨日申付候通り、今朝林玄曠方へ罷越、宗伯病気来診候様申入候処、後刻見舞可申旨、被申候よし、告之。其後帰去。

一八半時比、林玄曠来ル。宗伯容体委細ニ物がたり、診脉之上調剤、本法伏苓建中湯三貼・別煎銭氏白朮散、人参三分づゝ入、本法には水飴一匁づゝ入、煎用可然旨、被申之。則、薬調合、已上五貼也。何分大病ニて、脉症も不宜趣、被申之。是迄、宗伯自療、補中益気湯・別煎正脉散也。益気湯尤相応之様子ニ付、折ヽ兼用可然旨、今夕宗伯へ談じおく。明日ゟ薬取手当、金沢町角番太郎へ申付おく。

一昼後、中川金兵衛来ル。昨日之西村や漢楚賽三の巻筆工、校合いたし置候間、わたし遣之。昨日つるやゟ差越候水滸伝七編八の巻画写本ハ、今夕泊番のよしニ付、尚又明日迄預りおく。

十日戊申　曇（今朝靄甚）昼前ゟ薄晴

一今朝、玄曠方へ薬取ニ遣ス。昨日の残り有之間、三貼被恵候様申遣ス。宗伯様体、昨夜中ゟ腹内雷鳴甚しきよしニ付、其段申遣ス。下痢は昨日昼四度也。

一昼後、おさき来ル。宗伯病気見舞也。夕方迎の小もの来ル。則、おさき帰去。

一同刻ゟ、お百、小石川馬場のこなた、某寺閻魔へ参詣。宗伯眼疾当病平愈祈願の為也。立願之節蒟蒻ヲ供ス。ゑんま眼病ヲ祈るに必験あり、近年流行のよし。過日お秀物がたりによつて也。夕七時前帰宅。

一林玄曠弟子、為代脉来ル。則、様体申聞ケ、診脉之後、早ゝ帰去。

一下女とめ宿ゟ、茄子十籠、廿一入小持参。〇早朝、土岐村元祐来ル。宗伯診脉の為也。

一昼前、中川金兵衛来ル。一昨日、つるやゟ差越候水滸伝七編八の画写本わたし遣ス。

十一日己酉　薄曇　其後薄晴　夜中大雨　無程止

一昼後、清右衛門来ル。薄暮帰去。宗伯服用帰脾湯剤、小松やへ注文申付候様、談じ遣ス。

一山下町筆工仙吉来ル。泉市板金毘（ママ）船六編壱・弐の筆工出来、持参。為校合、請取おく。先達而同人かり出し、持参いたし候金翹伝、全部今日返却。見料先方聞糺し、追て可遣旨、談じおく。

一夕方、林玄曠来診。帰脾湯・ねり薬、少しづゝ、用ひ可然旨、被申之。七時比也。診脉後、帰去。

一夕七半時比、土岐村元立来ル。宗伯病気見廻也。診脉後、帰去。

一右以前、中川金兵衛、つるや水滸伝七編六の巻筆工出来、持参。明朝迄校合可致旨申聞ケ、写本預りおく。然処、追ゝ来客、多用ニ付、校合未果。

一夕方、大坂や半蔵来ル。石魂録後帙、明日うり出し候よしニて、弐部持参。過日注文申遣し候上帙、同人方ニ無之、丁子やﾆ不残わたし置候間、近日とりよせ可申候よし、申之。上方登せ不済ニ付、丁子や拒み候よし也。

一奇応丸剤人参、おみちこれヲ粉にしをハる。餘剤長崎やへ申付おく。

一薄暮ゟ、宗伯、瀉有之。其後三四度引つゝ（マヽ）少ゝづゝ、瀉ス。晩迄六七度也。小便頻促ニ候間、玄曠被転薬、小便弥遠く候故、又瀉し候也。その餘は替事なし。今日も昨日と同容、一昨日ゟ動気少ゝ静候よし。玄曠被申之。

十二日庚戌　今朝大雨　其後或ハ止　或ハ降　冷気

一今朝、玄曠へ宗伯容体くハしく申遣ス。小便通じかね候趣、昨日申遣《ヲトシ》候故、此義も申遣ス。

一今朝、中川金兵衛来ル。然処、昨日多客ニて、校合いたしかね候ニ付、またせおき、校合いたし遣ス。且、つるやﾆ宗伯大病ニ付、水滸伝八編著述、やくそくゟ及延引候趣、伝言たのミ遣ス。今朝校合の写本ハ、水滸伝七編六の巻、昨日持参之分也。

一昨日仙吉持参の泉市金毘羅船六編一・二の巻、今朝校合いたしおく。

一今朝、清右衛門方ゟ、小ものヲ以、おろし鮫板、小松やかりよせ候而差越之。并、髭人参・五味子・麦門冬、遣之。是ハ間違ニて、おさき服用之薬剤に付かへし遣ス。

一夕七時比、渥見次右衛門来訪。宗伯病気見舞也。余、対面会晤。其後帰去。

一夜ニ入、岡田昌益方ゟ、紀の国土岐村ゟ届物のよし、団子持参。おみち受取之。

一長崎や平左衛門ﾆ申付候奇応丸剤、麝香・沈香持参。その内えらミ、かけめ云ゝ持参可致旨申、かへし遣ス。夕方持参、代金わたし遣ス。

一宗伯病症、今日も同様。粥二椀づゝ、三度、食之。小便五度、少し瀉ス。夕方ゟ動《ドウ》気よほど増升、折ゝ煩悶。四時〻就寝、この它《ママ》かハることなし。

十三日辛亥　薄晴　半晴半曇

一今朝、林曠《ママ》薬取、如例。宗伯様体くハしく申遣ス。

一土岐村元立内義、宗伯病気見舞として入来。宗之助二女同道也。此夕止宿、無心の至り歟。

一昼後、西村与八来ル。予、対面。雅俗用文本文百丁出来ニ付、明後日、可渡遣旨、談之。幷ニ、漢楚賽表紙の形等之事、及相談。其後帰去。

一屋代二郎殿ゟ、先月十七日借遣之石魂録後集上帙四冊、被返之。手札もなし。なめげ《ダク》歟。

一夕七時前、林玄曠来診。予、応対如例。宗伯療薬転方之事、被申之。其後帰去。

一右已前、土岐村元祐来ル。宗伯様体申聞候へバ診脉。させる益なし。早〻帰去。

一夕方清右衛門来ル。過日申付候帰脾湯剤、小松やニて粉薬いたさせ持参。尚又、竜眼肉壱両、小松やニてかひとり候様申付、其外、須田町池田やニ梅の注文等申付おく。其後帰去。

一奇応丸剤揃候ニ付、今日、おみち沈香ヲおろし、夕方出来。

一雅俗要文本文百丁、今夕迄ニ稿之了。序・目注文等、又可稿之。

一昨日、長サキ屋へ麝香不足之分申遣候処、今日不来。等閑の仕方歟。

十四日壬子　薄曇　昼後小雨　須臾ニし止

一今朝、玄曠方へ薬取如例。宗伯様体くハしく申遣ス。別ニ粉薬来ル。

一奇応丸正味壱匁餘ねり上ゲ、弐匁餘今日予、丸之。今朝宗伯煉合せ了。病中不得已わざ《ダク》也。

一昼八時前、元立内義・宗之介二女帰去。其後無程、土岐村元立来ル。予、奇応丸製丸中故、断り候而不及応対。宗伯様体診脉せられ、其後帰去。

一奇応丸正味壱匁余ねりあげ、弐匁五分許、余、終日ニて丸じ了ル。

一今朝、飯田町清右衛門方ゟ、小ものヲ以、小松やゟ取よせ候蜜もたせ来ル。則、帰脾湯ねり合せ、宗伯今日ゟ服用。但し、泥し候ニ付、少ヽづヽ、用之。

一夕方、長崎や平左衛門ゟ、小厮、昨日不足の麝香持参。則、代銀遣之。

十五日癸丑　曇　今朝きり雨

一林玄曠方へ宗伯薬取、遣之。如例、様体申遣ス。

一西村屋たのミ雅俗要文、本文百丁、昨夕迄ニ脱稿。今朝とぢ《ダク》合せおく。

一今朝、清右衛門来ル。其後、早ヽ帰去。

一昼前西村屋与八ゟ使札。一昨日約束之雅俗要文本《ママ》百丁稿本、為請取、手代差越、潤筆金五両、差越之。幷ニ、同書筆者見せ本、漢楚賽六の巻画写本五丁持参。余、対面。右金子請取、稿本わたし、漢楚写本ハ預りおく。幷、先日見合の為、被差越候手紙の文言一冊返却、手見せも直ニ返却。その外用談返書ニ認、尚又手紙の外、口上ニてもくハしく返事申遣ス。

一須田町池田やゟ、梅の注文聞ニ来ル。則、三斗申付、即刻梅三斗・紫蘇四把持参。代金遣之。

一余、今日庭の梅のミとりおろし候処、今年甚少く、とり集メ壱升五合許ニて、右之梅とおなじく、お百、漬之了ル。〇今日、雅俗要文之略解四丁、稿之。

一夕方、林玄曠来診。予、対面。診脉後雑談、其後帰去。

一屋代太郎殿ゟ、塾生山路岩次郎を以、宗伯病気見廻口上被申越。予、対面、返事申遣ス。

一下女とめ、湿瘡有之ニ付、今夕ゟ石坂下小松や薬湯江遣ス。一廻り入湯可致旨、申付おく。

十六日甲寅　曇　午後ゟ雨 終日不止　同刻地震　夜中大雨　無程（ママ）

一林玄曠へ薬取。如例、様体くハしく申遣ス。

一奇応丸一昨日之餘剤、今日、終日丸之。カケ目弐匁七八分、三匁ニ及。未の中刻、丸ジ了ル。

一神明前泉や市兵衛来ル。肴代持参。過日仙橘持参の金毘羅船六編壱・弐の写本渡し遣ス。去冬すり込候五編序文作りかへ之事、六編表紙之事等、被頼之。同人妻異父の姉、崩漏ニて死去。先月中ゟ取込、疎遠ニ及び候よし、被告之。其後、早ゝ帰去。

一今朝、土岐村元祐来ル。宗伯診脉後、帰去。余、製薬中ニ付、断候て、不及対面。

一午牌（ママ）、おさき、来ル。今日おさき、小石川閻魔へ参詣いたし候ニ付、よびよせたる也。八時比ゟ、為宗伯眼病・当病平愈、お百、小石川馬場閻魔へ参詣、夕七時比帰宅。

一夕方、飯田町ゟ、おさき迎として、小もの来ル。依之、おさき帰去。夕七半時過也。

十七日乙卯　雨　昼前ゟ雨止　終日曇

一林玄曠へ薬取遣ス。如例。昨日廿度許瀉ス。夜中両度、小便ハ甚稀也。食ハすゝむかた也。右之容体くハしく申遣ス。先日ゟ五令散ニ転方、白朮散・正脉散合方、安神散も兼用、ねり薬也。帰脾湯も兼用、益気湯も夜ニ入折ゝ兼用ス。しかれども病容先ヅ同容なり。

一昼後、林玄曠来診。容体委細及演説。昨日数度下痢之事、連日紅豆ヲたべ候故にもや可有之歟。今夕之様子ニより、可致転方旨、被申之。同人たのミの扇面持参、預りおく。

一雅俗要文略解、半丁十行のもの、今夕迄ニ本文書おろし十丁、稿間ニ傍訓いまだをハらず。

一今朝飯田町ゟ、昨日おさきへ申付候白砂糖、小松やゟかひ取、持参。使、早ゝ帰去。

十八日丙辰　今朝五時前ゟ　雨　昼ゟ雨止　不晴

一林玄曠へ薬取如例。宗伯昨昼後ゟ之様体申遣ス。今日ゟ転方、本方千金酸、豊仁湯人参三分づゝ、加入、別煎兼用、家方分清飲共ニ三帖（ママ）、此段申来ル。

一昼後、松前内牧村右門ゟ宗伯へ手札。古今名馬の画図説等、御隠居、被成御覧度候間、われら所持いたし候ハゞ、御めにかけ候様、余代筆ニて、所持不致趣、うけぶミ進之。

一清右衛門来ル。油丁へ罷越候よしニ付、大坂や半蔵方へ立寄、過日注文之石魂録前集、いかゞ候哉承り、届可申旨申付遣ス。

一宗伯、不堪（ママ）胃熱に不堪、葛水服用のよし。この故歟、夕方ゟ腹痛煩熱、夜中七八度瀉ス。其外ハ替る事なし。

一雅俗要文略解、十丁傍訓かき了ル。其外、附言二丁、稿之。

十九日丁巳　曇　昼前ヨリ快晴　当月めづらしき晴なり

一林玄曠へ薬取如例。宗伯容体くハしく申遣ス。水瀉夕方ゟ七度也。

一お秀来ル。神田柴崎参の序のよし、宗伯病気見廻也。昼飯ふる舞、其後帰去。

一めでたや久兵衛養母、為宗伯病気見舞、来ル。早ゝ帰去。

一昼後、清右衛門来ル。昨日申付候石魂録前集一部、大坂ゟ受取、持参。中やへのり入之事可申旨、申遣ス。

一昼後、林玄曠来診。様体くハしく演説、診脈後帰去。

一夕七時比、つるや喜右衛門ゟ使札。水滸伝七編七の巻、筆工仙吉認候分、五丁校合ニ差越ス。使、浅草へ罷越候間、校合いたしくれ候様申来ル。医師入来等ニて取込ミ候へ共、あらまし校合遣之。幷、八編之著、出来日限問ニ来ル。此義は先日中川金兵衛ヲ以、宗伯大病ニ付、可及延引旨、申遣置候処、宗伯病気見舞之口上も文中ニ無之、著編のミ催促、無心之至、薄情ニ付、其段返書江申遣ス。

一西村や板雅俗要文、凡例・惣もくろく・附録十五丁、今日稿し了ル。夜ニ入、序文稿之。未脱稿。

廿日戊午　曇　今暁七時比地震　四時前ゟ快晴　向暑

一今日、上野　御霊屋江　御参詣。御成・還御共、例刻相済。

一今朝御成ニ付、薬取及遅刻、還御後、遣之。夕方ゟ瀉九度、夜中四度。朝ハ動気甚しく、気息を□□□《(ムシ)》程之よし。其段申遣ス。

一夕方、森や治兵衛ゟ、使ヲ以、金魚伝画写本十丁出来、見せニ被指越。一・二の巻口上書認、右使ヲ以、筆工中川金兵衛方へ遣之。

一飯田町宅ゟ、小もの定吉来ル。明日、伝馬町殿村店へ注文之石魂録可遣間、定吉差越候様申遣ス。但、定吉ハ、昨日清右衛門へ申付候のり入、中やゟかひとり持参。早〻帰去。

一四時過ゟお百出宅、高輪道了江参詣。宗伯宿願之旨有之ニよつて也。幷ニ、岩尾加持請、八半時比帰宅。日本橋辺ゟ辻駕ニのり可申旨、申付遣し候処、右ニ不及、始終歩行のよし也。

一雅俗要文の序幷ニ表紙つきとびら《(ダク)》下書、今夕迄ニ稿し了ル。皆出来也。

廿一日己未　快晴

一今朝、林曠《（ママ）》江薬取如例。宗伯様体大便昼十三度、夜四度瀉、動気腹鳴等替事なし。

一昼時、西村や与八ゟ使札。為宗伯病気見舞、干温飩一包、被恵之。漢楚賽表紙模様下書、幷ニ要文一直し書ヌキ一枚・同惣もくろく・略解・序文・とびら等、稿本二綴、遣之。但、漢楚六之巻写本五丁到来。右使ヲ以、過日之五の巻写本共、中川金兵衛方へ遣之。夕方、金兵衛、漢楚賽四の巻筆工出来、持参。今夕、校合いたしおく。

一昼後、おきく来ル。宗伯病気見舞也。夕飯ふるまひ、夕方帰去。

一今朝、いせ松坂殿村佐五平江の返書、長文一通、昼前迄ニ認之。幷、同所江遣し候石魂録後集上下二帙封じおく。夕七時比、清右衛門来ル。かねて申付候白竜香、大伝馬町鹿島やニてかひ取、持参。代銭遣之。且、大伝馬町との村両替店江出し候書状幷ニ紙包渡し遣し、尚又、多紀安淑《（ママ）》老江見舞之事、以手紙申遣ニ付、口上申ふくめ、右二ケ処へ可参旨、申付遣ス。玄曠薬用ひ候□《（ムシ）》二廻りニ及び候へども、功無之によつて也。

一夕七時比、林玄曠来診。宗伯様体委細演説。尚又工夫之上、転方可致旨、被申之。

一夕方、土岐村元立入来。宗伯様子物がたり診脉。雑談後、帰去。

一宗伯終日賽《（ママ）》ギつよく、昼之内も不眠。腹中水気雷鳴甚ニ付、今夕、加味五令散調合、自療ニて煎用。

廿二日庚申　曇　昼前ゟ薄晴 夕方又曇

一今朝、林玄曠江薬取如例。但、人足町用ニて遅刻也。宗伯様体ハ、昨夕ハ終夜不寝、昼も不眠。大便昼四度、夜一度瀉ス。小便稀にして少し、終日塞ギつよく元気なし。今朝ハ手足麻痺、胸痛も有之よし。動渇も同断之旨申遣ス。

一早朝、中川金兵衛来ル。昨夕校合致置候、西村板漢楚賽四の巻写本五丁わたし遣ス。

一林玄曠弟子、為代診、来ル。様体ハ申聞、診脉後、早ゝ帰去。

一昼後、清右衛門来ル。先日飯田町玉川堂江引かへニ遣し候、真書筆白毛廿対七本出来、持参。且、昨日伝馬町殿村店江書状・紙包持参の請取書持参。右店之者、当月廿五日出立ニて、松坂へ帰候ニ付、持参致候よし申之候旨、返命ス。并ニ、多紀安淑老罷(ママ)越、手紙差出候処、他行ニ付、弟子中へくハしく口上申演候よし、申之。帰脾湯剤小松や江注文書并通帳、清右衛門へわたし遣ス。其後帰去。〇今夕庚申祭、如例。

一おみち事、宗伯江心得違之挨拶いたし候由ニて、賽(ママ)ギ強く候ニ付、申寛め、尚又お百ヲ以、おみちへも意見加候様申付おく。下女とめ不精ニて用立かね、此節間ニ不合。

一夕七時過、多紀安淑老来診。宗伯最初ゟ之病症并ニ是服薬の名目くハしく演説いたし、其後診脉。安淑老医案、一体火性ニハ候へ共、宿水之冷ニよつて数瀉有之と覚候。とく考候上、調剤可致よしニて、帰去。甚元気虚乏、尤かろからざる大病の旨、被申之。明朝薬取可遣旨、やくそくいたしおく。

一予、今日風邪之気味、背冷寒気。依之廃業、水滸伝中編五六冊披閲。明日ゟ著述のため也。

廿三日辛酉　曇

一今朝、多紀安淑老江薬取、遣之。宗伯様体、大便昼五度、夜四度、寝後一度瀉ス。昨夜ハ熟睡、今朝も同断、動気腹鳴、其外くハしく申遣ス。右薬申請候へ共、玄曠薬も、一両日とりニ可遣旨、人足江申付おく。玄曠薬ハ取よせ候のミにて不用也。但、玄曠薬ハ本法柴胡姜桂加麦冬門湯煎用、金櫃酸棗仁湯。安淑薬ハ不知。茯苓・芍薬・髭人参等見之候。未詳。

一昼後、過日玄曠頼扇面六本染筆、尤悪扇也。昼後、玄曠来診、右扇遣之。

一暮六時比、土岐村元立来ル。此節、宗伯療治頼不申候故、不足ニ存候哉、不遜之放言申ちらし、早ゝ帰去。

一鶴や板水滸伝八編、今日ゟ稿之。壱の巻本文一丁半書画出来、二の巻五丁絵わり出来、本文半丁、稿之。

一渥見ゟ、使来ル。お鍬ゟ、宗伯様体尋、ふミ来ル。お百ゟ、返書遣之。

一飯田町ゟ、定吉来ル。糟漬茄子一ツ、宗伯方へ到来。其後、定吉早ゝ帰去。

一杉浦老母ゟ、宗伯病気平癒の為、薬研堀聖天別当之加持を受候よしニて、神符一包、被差越之。今日の十二支ゟ、三つめの方へ当り候井戸の水を以、服し候様申来ル。亥の方ニ井戸無之ニ付、右之方へ向ひ水を写（ママ）し、用ひ候様申付おく。

一暮六時、四谷辺出火。火元定らず、麴町十丁め辺と申、風聞のミ。

廿四日壬戌　雨 但天明ヨリ小雨也　今暁地震　昼後雨止　不晴

一今朝、安淑老へ薬取、遣之。宗伯昨日之様体、昼大便六度瀉し、薄暮ゟ四時過迄十八度、一度ニ壱合程づゝ瀉し候。夜中就寝候而両度也。右ニ付、今朝ハ少し衰、眩暈の気味有之、其外ハ替事なし。其段くハしく申遣ス。

一林玄曠へも薬取、遣之。但、玄曠は不用、兼用薬転方のよし申来ル。

一飯田町おさき方ゟ使札。清右衛門へ用事有之、小松や薬注文可申遣処、定吉かへり候ニ付、不及其義。

一帰脾湯剤挽かゝり候処、雨天ニ付湿り多く、挽かねて不果。

一昼後、お久和、祖太郎同道ニて来ル。宗伯病気見舞也。暮六時、迎之男来り、帰去。石魂録前集幷ニ後集四冊かし遣ス。次右衛門方へ田畝里程考一冊かし遣ス。

一夕方、安叔老来診。様体くハしく演述、診脉後、早ゝ帰去。

一水滸伝八編二の巻、筆工かき入ことばがきとも五丁、稿之了。

廿五日癸亥　曇　折こばら〱雨程なく止

一今朝、安叔老へ薬取、遣之。宗伯様体、大便昼八度、夜五度、胸張候気味、其外替事なし。

一林玄曠薬断り之手紙幷ニ謝礼、供人支度代、代診果子（ママ）料共ニ三包、遣之。他行のよしニて、弟子山上玄真ゟ請取書来ル。

一安叔老ゟ粉薬来ル。炙厚朴末、生姜汁製の様ニ見え候。用ひ候へバ悪心之気味有之よしニて、不尽、そのまゝ有之。

一昼後、おさき来ル。宗伯病気見舞也。無人ニ付、今夕止宿。

一下女とめ不精ニて、間ニ不合候上、不足ヲ構、虚病ニて昼時比打臥、終日不起。

一屋代太郎殿入来。宗伯病気見舞也。余、対面。しバらく物語之上、帰去。

一夕方大坂や半蔵来ル。為宗伯病気見舞、砂糖漬、被恵之。且、石魂録後集下帙壱部持参、もはや登せ済候ニ付、右之本ハかへし遣ス。長談後、帰去。

一水滸伝八編三の巻画わり五丁、幷ニ一の巻口絵画わり三丁、稿之。

廿六日甲子　雨昼ゟ止　夕七時比大雨又止

一今朝、多紀安叔老へ薬取遣ス。宗伯昨日之様体、大便昼夜ニ七八度瀉ス。其餘替事なし。胸はり動気ハまし候様ニ覚候よし也。粉薬難用旨、申遣ス。

一中川金兵衛、つるや水滸伝七編八之巻筆工出来、持参。後刻迄ニ校合可致旨申聞、預りおく。

一今日節替りニ付、星祭献供等如例。宗伯病臥ニ付、おみち名代として拝礼。其外如例。

一昼後、土岐村元祐来診。宗伯様体同様、脉症直りかね候様、申之。其後帰去。

一田口久吾来ル。宗伯病気見舞也。予、対面。其後帰去。

一下女とめ、今日も打臥罷在、虚病之様子、致方不宜ニ付、宿よびよせ引渡し可遣と存、其段当人ニ申聞候処、わび候ニ付、差ゆるしおく。○渥美ゟ使札。宗伯病気見舞也。

一昼前、飯田町ゟ、おさき迎として定吉来ル。則、おさきハ帰去。小松やニ粉薬製候事申付候様談じ遣ス。下女打臥居候ニ付、定吉は留置、勝手元働せ、夕方帰し遣ス。

一とめ義、昼後ゟ起出候得ども、用立かね候。乍去、定吉居候間、其分ニて差おく。

一夕七時前、多紀安叔老来診。宗伯病症とかく同様之よし、被申之。粉薬少しづゝ用ひ候様被申勧候ニ付、明日ハ服用可然旨、宗伯ニ申聞おく。其後、安叔帰去。

一土岐村元立ゟ、下人弥介ヲ以、宗伯病気安否、被尋之。おみちゟ返事申遣ス。

一水滸伝八編一の巻序文・口絵等、稿了。壱・弐の巻稿本出来ニ付、今夕方、中川金兵衛幸便ニ、つるやニ遣之。夕方、中川金兵衛来ル。七編八之巻校合いたし候ニ付、遣之。幷ニ、七編稿本八冊・八編稿本二冊、つるやニ慥ニ届くれ候様、たのミもたせ遣ス。

一夜ニ入、お百、神田明神社内大黒天ニ参詣、五時前帰宅。

廿七日乙丑　曇　終日不晴

一安叔老へ薬取、遣之。宗伯昨日之様体、大便昼十二度、夜三度瀉し候事、夕七時ゟ動気つよく覚、今朝も同断、其外ハ替事無之趣、申遣ス。

一昼後、お百深光寺江墓参。夕七時前帰宅。〇昼前、飯田町ゟ定吉来ル。留置使ひ候様、おさき方ゟ申来候ニ付、任其意、夕方迄留置、夜食後返し遣ス。

一昼後、清右衛門来ル。店勘定帳持参。則、一覧。京橋へ罷越候よしニて帰去。但し、小松やゟ差越候帰脾湯剤粉持参、請取おく。同所江白砂糖之事申付、尚又、通帳遣之。

一米や文吉手代、帳面江請取印形いたし、持参。則、代金わたし遣ス。

一お成道英や江、懐巻食性・救荒本草等、申遣候処、無之故歟、持参せず。依之、十軒店英や江、食類本草・懐巻食性等注文書、清右衛門幸便ニ申付、差遣ス。

一夕七時比、林玄曠来診。過日薬礼之謝、被申述。并ニ、約束之養生訣一冊、被恵之。宗伯様体とかく同様之由、被申之。薫臍英之事及相談、其後帰去。

一予、今日著述の心すゝミかね、少〻悪寒の気味有之。昼後ゟ読書、緑牡丹・擣杌間評等繙閲、消日了。

廿八日丙寅　薄曇ゟ五半時比薄晴　夕七時過ゟ雨夜中雨　風南　至明旦

一今朝、安叔老江薬取、遣之。宗伯様体大便昼十二度、夜一度瀉し候。此外替事なし。昨夜半口中ことの外疼痛、終日不寝のよし。此症持病ニて折〻有之、久しく不起候処、昨夜再発、胃熱逆上之故也。此段安叔江くハしく申遣ス。

一杉浦老母江、薪代弐朱ト七十二文、遣之。お百持参。〇水滸伝八編三の巻、今夕稿し了ル。三ノ巻（ママ）也。

一飯田町ゟ定吉来ル。帰路、としまや江味林（ママ）注文書付差遣候様、申付遣ス。夕方、としまや人足持参。

一昼後、清右衛門来ル。昨日申付候薫臍薬艾之事、本町辺処〻尋候処、不知候。然ル処、飯田町に右之艾取次うり有之、弘所日本橋通四丁目、福田や文次郎と申者之よし、能書一枚持参。尚又医師江聞合、追而求可申旨、談じおく。其後、清右衛門帰去。

一麻布間部儒士、大郷金蔵ゟ使札。右ハ文昌星之事所要有之、穿鑿いたし候処、五雑俎・異山堂咎学府全編・元史・三才図会等は渉了いたし候へ共、此他所見も有之候ハヾ、しらせくれ候様申来ル。幷ニ、越前鯖江門徒証誠寺住持、予が著したる烹雑記中、非人の説非なるよし、証書をあげ批評申来ル。尚又相届候様申来ル。此義は既ニ玄同放言中へ書直し置候処、右之書見られざる故と存じ、此段御伝可給旨、申遣ス。文昌星の事も、別ニ所見もなし、何分此節悴大病中ニ付、異日無事の時見出し候ハヾ、可致注進旨、返書遣之。

一夕方、安叔老弟子代診ニ来ル。宗伯様体申聞、診脉後、帰去。一向之小児輩也。

一同刻中川金兵衛、森や合巻、金魚伝一の巻筆工出来、持参。即刻校合いたし、遣之。右幸便ニ、先達而もりやゟ差越候金子之内、歩判一ツ不通用有之、取かへくれ候様たのミ遣ス。幷、金魚伝表紙之事も言伝申遣ス。薄暮、金兵衛又立寄、右之歩判壱朱判ニ引替持参、幷、金魚伝三の巻画出来、持参、見せらる。写本金兵衛へ直ニわたし、金子ハ請取畢。

廿九日丁卯　昨夜ヨリ風雨　四時前ヨリ雨止　昼之内薄晴　夕方又曇

一今朝、安叔老ニ薬取遣ス。宗伯容体、昨日大便昼十二度、夜五度、終日煩悶。夕方ゟ歯ことの外いたミ候ニ付、咒いたし遣し、四時過ゟ睡眠。今朝も歯いたミ候よし、右之疲労也。少ゝ不出来、此外は替事無之旨申遣ス。

一昨夕稿し了候水滸伝三の巻とび《(ダク)》ら、今朝稿本へかき入畢ル。

一昼時お秀来ル。神田神主柴崎ニ、為縫刺、罷越候ニ付、宗伯病気見舞也。昼飯たべさせ、其後早ゝ帰去。

一鶴や喜右衛門ゟ使札。為宗伯病気見舞、鯵廿五、被恵之。然ル処、昨今之南風雨ニて、腐臭候もの也。食ニあたハず《(ダク)》、下女にたべ《(ダク)》させ畢ル。

一昼飯《ママ》、多紀安叔老来診。是迄利水之剤功験無之ニ付、烏梅丸料之温剤ニ転方可致旨、被申之、二貼調合、被差置之。人参三分づゝ也。厚朴・山椒等も入有之、宗伯いかゞ可有之哉と申候へ共、為試、一帖《ママ》服用致させ候処、腹熱し、夜中眼中いたミ候よし。全く薬不相応故と存候ニ付、其後、不用之。彼老の療治思之外ニて、甘心しがたきことかくの如し。但、薫臍薬事、可否問合せ候処、可然旨、被申之。依之、屋代太郎殿ニ右之方問ニ遣ス。

一屋代氏ニ、薫臍薬方之事、手簡ヲ以、問ニ遣之。写本万病回春四の巻壱冊、并多紀桂山翁手簡一通借さる。今夕、写置之畢。売薬ゟも手製の方、慥ニ可有之よし、安叔申之ニよつて也。右之写しハ雑記三十ニアリ。

一つるや板水滸伝八編四の巻、画わり五丁、稿之。

晦日戊《ムシ》辰　曇　昼後ヨリ雨　夜中止

一今朝、安叔老ニ薬取、遣之。宗伯昨日之様体、大便昼十四度、夜六度瀉ス。夕方ゟ又歯痛ミ、且夜中ゟ今朝も眼中いたミ候よし、昨日之転方、温剤ニて不相応歟、尚又加減之事、様体書ニくハしく認め、安叔老ニ申遣ス。返書ニ、薬迚も相応致まじきよし、申来ル。則、転方湯名定かならず、牡丹皮・薏仁等、入有之。

一昼比、お百池の端弁天ニ参詣。今夕巳待ニ付、弁天献供、如例、奉祭之。

一今朝、屋代氏ニ昨日恩借之写本回春一冊、并ニ多紀桂山手簡、風呂敷共、返却畢。

一長崎やニ申付候麝香、其外散薬持参。麝香代銀遣之、夕方ニ及ぶ《ダク》。依之、其儘差措。

一昼後、清右衛門来ル。薬うり溜勘定申付、帳面・鍵等渡し遣ス。明日油丁ニ罷越候。

一過日、英平吉へ申付候書籍、巻懐《ママ》食鏡薄葉摺、外ニ飲膳正要写本三巻・飲膳摘要小冊壱冊、被差越之。則、留置一覧、宗伯も閲之。いづれもさしたる物ニあらず。近日、可返遣旨、申之。

一去秋、池の端弁天江納候白土鳩雌雄、今日、右弁天堂屋上に集候よし。お百帰宅後、告之。去年来一度見《（マヽ）》かけ不申処、今日はじめて見出し候也。彼処ニ栖事相違なし。

一今日多用、且、昼後ゟ読書ニて、著述廃業也。

六月朔日己巳　曇　昼前ヨリ晴　夕方又曇

一多紀安叔老江服薬断之手紙認之、謝礼南鐐三片、遣之。他行のよしニて、塾生佐藤元順ゟ、受取書付到来。彼仁療治心得がたく、寸功無之ニ付、先当分自療いたし可然旨、及相談候によつて也。○右序ニ、英平吉ゟ為見せ候、昨日之本三部、返之。但、右之内飲膳摘要ハ、弐匁ニ引ケ候ハヾ、求置べく旨申遣し候処、則、弐匁可致旨申来り、本差越候ニ付、請取おく。安叔薬、先月廿三日ゟ粉薬共三十一帖《（マヽ）》也。

一薫臍方薬、今日調合、宗伯薫蒸、予も薫蒸《（抹消カ）》せんと欲ス。但、宗伯、昨日ハ大便昼六七度、夜中七度程瀉ス。今朝ハ宿水上升之気味ニて不出来也。

一昼前、飯田町ゟ、定吉を以、五月分薬売溜勘定いたし、帳面・鍵差添到来、金壱分弐朱ト三〆六百四拾文、外ニ六百八拾文ハ引おとし候よし申来ル。受取おき、宗伯へ渡ス。

一薫臍薬、今日調合いたし候ニ付、昼後宗伯ニ薫蒸せしむ。腹透、快然のよし、申之。

一夕方、清右衛門来ル。昨日申付候金箔幷艾買取、持参。上は廿四文、遣之。薫臍薬、おさき病症ニ可然存候ニ付、今夕薫蒸いたし候様、修法、清右衛門江申聞ケ、薬一□槐《（ムシ）》皮覆共、遣之。但、清右衛門謝礼ヲ述ず《（ダク）》。前ゝかくの如し。市井の俗人礼義をわきまへず、嘆ずるに堪たり。○今日ゟ宗伯自療、服薬・煉薬共三剤也。

一昼後、お百、湯嶋天神近辺江買物ニ罷越。幷、明神地内、富士の神江参詣、無程帰宅。○予、製薬幷自療剤等ニて無寸暇、筆研廃業也。

二日庚午　曇　昼ゟ薄晴

一宗伯昨日之様体、大便昼十四度、夜七度瀉ス。小便稀にして少乏也。其外替事なし。自療服薬、用之。

一今朝、土岐村元立来ル。宗伯病気見廻也。雑談後、帰去。

一大坂旅人、江戸止宿大蔵徳兵衛来ル。予、対面。雑談数刻、尤長坐。九時過帰去。堀田原奥やしき、酒井左近殿門番所ニ当分偶居のよし也。

一昼後、松前家臣駒木根千之丞来ル。同人亡兄戸沢淡嶺十七回忌追善の為来ル。十八日不忍弁天別当所ニ於て、書画小集興行のよし、報条持参。且、予が詩歌ヲ乞ハる。餘日無之ニ付、白紙ヲ表装いたし候間、是へ書くれ候様、被頼之。此節宗伯大病、冗紛中ニ候へ共、十五六日比迄ニ染筆可致旨申聞ケ、則、右表装の巻軸預りおく。

一薄暮、渥見覚重来ル。昨日朔日、宇津野宮ゟ、総駕ニて参着のよし。土産物、数珠幷ニあした草根つき壱株、被恵之。予幷ニ家内、対面。勧盃用意、薄暮ニて、且、宗伯病中ニ付、追て可進旨申断り、飯・茶・くわし等ニて薄饗。暮六半時比帰去。小田原挑灯かし遣ス。

一宗伯薫臍、今日ハ数十双薫蒸。昨日ゟたしかニ通じ候よし也。明日ハ休可然旨、申聞おく。

一今日、度ゝ来客ニて対応、冗紛。依之、水滸伝八編四の巻、僅に壱丁餘書入いたし候のミニて、消日畢。

一紀国橋土岐村内義ゟ、祐太郎三十五日志牡丹餅到来。おみちゟ返書、遣之。

三日辛未　薄曇　昼前ゟ快晴

一宗伯容体、昨日昼前大便不瀉、昼後ゟ夕方迄六七度、夜中六七度瀉ス。自療、本方益気湯・兼用正脉散・別煎五令散加麦門冬也。

一昨夕、覚重持参のあした草、今朝、庭東向北之方、大林檎の辺へ植着畢。

一今朝、中川金兵衛、西村合巻漢楚賽五の巻、筆工出来、持参。預り置、即刻校合シ畢。

一昼後、関忠蔵・同源吉ゟ使札。宗伯病気安否訊問、煮染物一重、被恵之。予、返翰遣ス。此幸便ニ、石魂録後集下帙三冊、上袋共借進。かねて約束によつて也。

一薫臍艾、予、今日昼後薫蒸、百挺餘ニ及ぶ(ダク)。○お百、近所買物ニ罷出、序ニ処ゝ、奉公人下女奉公人(ママ)之事申付おく。当年の下女とめ用立かね、且、湿瘡有之故也。

一夕八半時比ゟ、中川金兵衛来ル。漢楚賽校合いたし置候間、わたし遣ス。

一宗伯下痢、今日ハ昼五六度、夜宵の内五六度。少ゝ快方歟。奇応丸金箔めかた一匁かけ畢ル。

一水滸伝八編五の巻、本文・詞書、大抵今夕稿畢ル。明日、校正ニ及ぶべし。

四日壬申　曇　昼前ヨリ快晴　向暑

一西村や与八ゟ使札。合巻白女辻表紙画写本出来、筆工入かた問ニ来ル。使またせ置、右下書いたし、外ニとびら三本稿本認、遣之。

一飯田町宅ゟ、定吉を以、外ゟ到来之赤飯差越。おさき方へ槐皮灸ふた、遣之。

一多紀安叔入来。過日之薬礼の謝也。宗伯診脈、少ゝゆるミ候よし被申。自療之故也。薫臍薬方不案内のよしニ付、伝達之。其後、早ゝ帰去。

一昨日、お百談じ置候湯嶋三組町奉公人入口(ママ)、下野屋某婆ゝ、下奉(ママ)公人目見つれ来ル。則、及相談、給金一年弐両之わりニて、外ニ前かけ代弐朱可遣旨申聞ケ、宿書持参。同所幸助店徳兵衛と申者、請人也。明夕方、請状ニ可遣旨申聞おく。

一水滸伝八編四の巻かき入、落字補之、稿本了ル。同五の巻画わり五丁、稿之。

一宗伯薫臍、凡百挺ほど蒸之。通じ不申候よし也。邪熱有之故なるべし。

五日癸酉　曇　五時比ゟ快晴　南風終日

一宗伯、昨日は昼瀉十壱度、夜中ハ弐度のよし也。○昨四日、杉浦老母ゟ見せられ候、清ノ嘉慶板拓本五百羅漢画像折本十本、外ニ子昂書拓本・定恵禅師碑拓本等也。木食上人長崎ニ罷越、来舶人ニもらひ候ものゝよし。五百羅漢画像の折本ハ望ましく候間、価たづね候処、不残ニて金拾三両のよし。高料不企及、跋文のミ写しおく。今日返却。○唐定恵禅師碑文・農休絵謄写ス。磨滅破裂多有、匆ゝニし(ママ)写了ル。いづれも雑記中ニ有之。

一今日、清右衛門可参存候処、不参ニ付、夕七時過、金沢町角番屋男某を傭ひ、奉公人請状・印形取、遣之。取替金三分弐朱也。明後七日昼過、引移可申旨、申遣ス。則、請人金・印形、取之。家主ニ届、夕方帰来ル。請人ハ湯嶋三組町幸助店徳兵衛と申者也。

一夕七半時比、清右衛門来ル。奇応丸売尽候よし、申之。明日可遣旨、宗伯申之。雑談数刻、暮帰去。○今日、太郎幟乾之而仕舞おく。○今日、謄写物終日。依之、不及著述稿ニ、消日。

六日甲戌　晴　八時過大雨雷鳴　八半時比ヨリ又晴　夕七時比ゟ小雨雷鳴　巳前ゟ甚　夕七半時比雷雨止　不晴

一昨日、宗伯下痢、昼八度、夜弐度瀉ス。この餘替る事なし。

一夕方、飯田町ゟ、定吉ヲ以、申付置候白砂糖かひ取、差越之。おみち、包置候奇応丸、遣之。

一中川金兵衛、泉市金ぴら船六編三の巻、筆工五丁出来、持参。校合いたしおく。

一昼後ゟ、緑牡丹壱・弐両冊披閲。消日了。

七日乙亥　薄曇　昼後小雨無程止　終日不晴

一宗伯、昨日、下痢昼七度、夜弐度瀉。如例、昨日薫臍。少〻腹痛のよし。是その効験也。

一予、今日ゟ、帰脾湯煉薬、服用之。暑中養生の為也。

一昼後、清右衛門弟、名張や勝介事浅一郎来ル。宗伯病気見舞也。予、対面。雑談後、帰去。

一昼後、林玄曠来ル。宗伯様体尋問、診脉而後、帰去。

一夕八半時比、清右衛門来ル。下女とめ湿瘡不癒。依之、暇遣候ニ付、右請人、旅籠町壱丁め七右衛門店嘉介方へ遣之、其段申述、給金八日わりニいたし可遣間、金子持参、夕方引取候様申付ニ遣ス。夕方、とめ兄金子持参。引取一札ニ印形取之、当人引渡遣ス。昼食後、清右衛門帰去。明日、油丁へ罷越候よしニ付、水滸伝八編三・四の稿本二冊、つるやニ差遣し候様申付、右稿本封候而、渡之。幷ニ、小松やゟ人参とりよせ候事、瀬戸物丁寒晒粉之事等申付おく。

一夕方、下女とみ引移り畢。とみと申名、渥見ニ差合有之ニ付、むらと改名申付畢。

一昼前、元立僕弥介、同人内義ゟ之文持参。おみち請取之。其後、元立、弥介を尋来ル。おみち出迎、罷帰候よし申候へバ、直さま帰去、云〻。

一水滸伝八編五の巻、本文五丁稿了。詞書遣ル。明日ハ脱稿也。

八日丙子　早朝ヨリ雨小雨ナリ　昼前ゟ止　不晴冷　申刻土旺入

一宗伯昨日之様体、大便昼七八度、夜三度、大抵日〻同様也。其外替事なし。

一水滸伝八編五の巻、五丁稿之畢。六の巻絵わり五丁、夕方迄ニ稿し畢。

一亀戸中村仏庵ゟ使札。昨日、関氏訪問ニて、宗伯病気伝聞のよし、見廻使札也。序ニ当三日、柳川行北里雑纂巻物、亘ゟ差出候よし、申来ル。則、返翰遣之。

一夕方、清右衛門来ル。油丁ニ罷越候ニ付、水滸伝八編三・四の巻、昨日申遣候通り、つるやニ差遣候。喜右衛門・嘉兵衛共ニ他行のよし。依之、喜右衛門悴ニわたし候よし、申之。并、金箔過日不足の三枚、取之。瀬戸物(ママ)しら玉粉聞合せ候処、壱升ニ付弐百文のよしニ付、不買。小松やゟ、広東人参三四本、三通り請取、持参。その内一両めニ付、壱匁七分と申口留置、外ニ通り返之。清右衛門、夜食後帰去。

一夕方、お久和、祖太郎同道ニて、宗伯病気見廻ニ来ル。夜ニ入、五時帰去。

九日丁丑　曇　冷　未時比地震　夕方小雨多くふらず(ダク)止

一宗伯様体、大便瀉度数等、替る事なし。昨日ハ小便四合程づゝ、八九合通候よし也。

一早朝、中川金兵衛、泉市合巻金ぴら船六編四の巻、筆工出来、持参。即刻校合いたし、過日之三の巻と共ニ遣之。則、六の巻表紙模様、先月泉市と約束ニ付、今朝急ニ認之、金兵衛、泉市へ罷越候ハヾ、届くれ候様たのミ、もたせ遣ス。昼前、同人再来り、是ゟ泉市へ罷越候よし申ニ付、口上いひふくめ、右写本三通りわたし遣ス。

一勇躬事相沢虎吉、為宗伯病気見舞、入来。杉浦ニ来候序也。改名之事不知、やうやく心付、お百ヲ以挨拶。口上申置、帰去。

一水滸伝八編六の巻、本文・詞書等、今夕稿了。未及改落字。

十日戊寅　曇　終日不晴　蒸暑

一宗伯様体、下痢等大抵連日同様也。今日ゟ、加減六名子加減服用。相応ニて、本便少ヽ通じ、下痢遠く成候よし也。

一大坂今河太ゟ使札。六月二日出、八日限早便也。神女湯五十・奇応丸大包弐・中包廿・小包五十・扇面五十枚、注文申来ル。幷ニ、先達而注文いたし候巡島記初編ゟ三編迄、三部通り、つるやにつミ候よし、申来ル。壱部通りの処、間違、三部通り差下し、迷惑限りなし。扇面ハ此節取込ニ付、断候て不遣つもり、奇応丸・神女湯ハ、近日登せ可申旨、宗伯・おみちへ談じおく。

一昼時、中川金兵衛来ル。昨日之表紙下書幷ニ口上等、泉市へ達し候よし、申之、帰去。

一水滸伝八編六の巻、今朝稿了。七の巻絵わり五丁、幷ニ本文かき入壱丁半、稿之。

一暮六時比ゟ、覚重来ル。那須の碑墨本、被恵之。飜刻なるべし。去冬、法運ゟもらひ候京花混《(ママ)》布一折、遣之。雑談数刻、五時比帰去。

一飯田町ゟ定吉来ル。此方ニ要事なし。早ヽ帰去。

十一日己卯　快晴　大暑

一早朝、関忠蔵、暑中尋問入来。口上、取次之ものへ被申置。

一宗伯様体、昨今替事なし。少ヽ快復之気味也。然ども胃熱甚しく、渇亦甚。

一山口や藤兵衛来ル。暑中見舞也。殺生石二編表紙・袋すミ板彫工出来、為見之。色さし等之事及相談、幷、看板之下書の事、被頼之、其後帰去。この餘、暑中尋問入来之名簿は別帳ニ記之。

一前の下女むら親、次郎八来ル。むら事、杉浦氏老母引付ニて、下谷辺御普請役方奉公ニ罷出、年中之給金不残かり請候由、申之。すべて右老母のなせしわざ(ダク)なるべし。

一今の下女むら、とかく返詞不致ニ付、返詞可致旨申付候へバ、立腹いたし、夕七時過ゟ出奔。薄暮、右請人幸助妻参り、むら事先刻私方へ参候、子細不申候ニ付、右届ニ参候よし、申之。并ニ、当人故郷行徳へ参度旨申候よし、申之。一旦差越、当分勤させ、其上代り之奉公人たづね出し、人代出来候上、暇可致旨、談之、其後帰去。

一今日大暑ニ付、昼之内仰臥、読書。依之、水滸伝八編本文かき入、七巻め未果之。

十二日庚辰　薄曇　四時前ヨリ晴　大暑

一今朝、下女今のむら請人、幸介妻、右むら同道ニて来ル。当人何分在所へ引込申度由申候間、人代り出来次第暇くれ候様、申之。其段承知いたし遣し、人代り出来迄勤候様申付、当人は留置く。依之、右妻は帰去。

一宗伯様体、追ゝ大暑ニ付、邪火盛ニ成、火気上升、息だハしく、渇甚しく候ニ付、薬湯之外、葛湯并素湯十七碗のミ候由、申之。依之、益気湯ニ地黄麦門冬ヲ多くいたし、服用いたし候よし、申之。

一今朝お百、品川町大角へ味噌申付ニ罷越候よしニ付、大坂河太ゟ之返書急ニ認之、嶋やゟ差出候様申付、もたせ遣ス。右ハ先便、神女湯・奇応丸注文申来候へ共、此節宗伯大病ニ付、少ゝ可及延引之旨之断、并ニ注文之扇面は手廻りかね候間、不指登趣、并ニ先月中、河内や直介迄注文申遣候、巡島記初編ゟ三編迄壱部通り之処、三部通り、つるや喜右衛門ゟつミ附候よし申来り候。右ハ間違ニて、三部通りは入用ニ無之、一部通り差下候様申遣ス。嶋やかよひ帳、代銭請取之印無之、お百不案内ニて、不及其義、追而右印形押せ可申事、此序ニ宗伯食用、瀬戸物白玉(ママ)ニて寒晒粉五合かひとらせ候代百文也。お百昼前帰宅。

一今朝中川金兵衛、西村や漢楚賽六之巻筆工出来、持参。請取置。昼時興《（ムシ・ママ）》行いたしおく。其後夕七時比、金兵衛、西与白女辻外題かき入、戸びら筆工、出来、持参。即刻校合いたし、已前之六の巻と共ニ遣之。序ニ水滸伝八編五・六の稿本、つるやに届くれ候様たのミ、もたせ遣ス。且、小笠原門前紙屋《（ママ）》、日向賽《マガヒ》と申、百廿四文之半切之事たのミ遣ス。

一夕方、杉浦清太郎方ゟ罷越候侍体之男罷越《（ママ）》、予ニ対面いたし度旨申ニ付、お百を出し姓名聞せ候へ共、名のらず候。依之、不及対面、灸治ニ託し、帰之。彼者、書画会ふれニても候哉、人に面謁を乞て、名のらざるハたハけもの也。

一水滸伝八編七の巻かき入、本文・詞書共稿了。幷、八之巻絵わり五丁、稿之。

一屋代太郎殿入来。暑中見舞、口上取次之ものニ申おかる。

十三日辛巳　曇　昼時前四時過ヨリ折ゝ小雨　昼後本降一時許　又雨止

一宗伯様体、替る事なし。但、盛暑ニ付、邪火升進、折ゝ煩悶、渇有之。気力ハ替事なし。益気湯・地黄麦冬門《（ママ）》沢山加入服用。正脉散兼用也。

一今朝、中川金兵衛来ル。昨日の届物、つるやに遣之。幷、西村やにも口上申達候由、告之、帰去。

一昼後、お百、渥見治右衛門方へ罷越。右ハ覚重帰府祝義也。宗伯病気ニ付、お百罷越、魚代一片持参。右序ニ飯田町宅に罷越、彼町内山王附祭揃ニ付、今朝、おさきゟ、定吉ヲ以、案内申越候によつて也。薄暮帰宅。○右他行中、下女奉公人目見ニ来ル。相談不整。

一水滸伝八編八の巻書画共、今夕燈下ニ稿了。つるや頼の二編是ニて卒業也。

十四日壬午　曇　四時比ゟ薄晴　夜八時前ゟ大雨

一宗伯様体、替る事（ママ）、昨日は小便八九合通じ候よし。邪火盛升、折〻煩悶。

一朝飯後、予、大丸にかひ物ニ罷越、四半時過帰宅。

一麻布間部儒臣大郷金蔵来訪。予、対面。放言校本五冊かし遣ス。

一昼後、本郷さゝや伊兵衛、為暑中見舞、来ル。予、対面。長談後、帰去。

一芝神明前泉市ゟ使札。過日やくそくの金ぴら船四編、本文三十丁・表紙すり本等差越之。序文書かえ、年号等入木之為也。返書遣之。

一大坂や半蔵、為暑中見舞、来ル。予、対面。其後帰去。

一今日、他行幷ニ度〻来客ニて、廃業。但、松前内駒木根千之丞たのミ詩歌、書之。白紙ヲ懸物ニいたし来候間、甚書がたく、尤煩し。夕七時比、染筆了。其後、漢楚軍談二の冊、披閲之。○今朝他行中、清右衛門来ル。早〻帰去候よし也。

十五日癸未　昨夜ヨリ雨　八半時比ヨリ雨止　夜ニ入晴　暁又曇　冷気

一宗伯様体、替事なし。同様也。○今日雨天、山王御祭礼有無いまだ定かならず。渡し候よし也。

一昼前、杉浦老母来ル。宗伯病気見舞也。余、対面。雑談数刻、帰去。

一昼後、田口久吾ゟ使札。右ハ養祖父道隆信士五十回忌、来十七日相当のよしニて、饅頭壱重、被恵之。返（ムシ）翰遣之。

一関忠蔵ゟ、使ヲ以、過日借□□□（ムシ）石魂録後下帙三冊、袋共、被返之。謝礼之書状無之、使さし置、帰去。

一渥見覚重ゟ、宗伯へ使札。為病気見舞、手製枇杷様葛団子、被恵之。お百ゟ返書、遣之。

一昨日、泉市ゟ頼申来候金毘羅船五編、自序綴り易、右稿本幷表包之内、年号入木之印つけ、中川金兵衛方へ筆工に遣し候処、当番のよし也。使むら、状箱とも差置、帰宅。右序ニ、漢楚七・八の巻二編、綴り見合せの為、一寸差越しくれ候様申遣ス。金兵衛当番ニ付、用事不弁。其後、金毘羅船六編上帙・下帙の袋画稿、稿之。且、通俗漢楚三の巻披閲。夜ニ入。

一今日、山王御祭礼。雨天ニ候へども、為　上覧、渡候様子也。近来、祭礼ハ当日雨天ニ候へども、延引ニ不及。ねり子共其外、迷惑限りなかるべし。

十六日甲申　曇　今朝六半時比ヨリ小雨　無程止テ不晴　冷　昼前ゟ終日又雨　夕方止

一宗伯様体、同様也。昨日は癇気発り、煩悶短気、其外連日ニ替事なし。

一今朝、中川金兵衛、漢楚賽七・八の稿本持参。七の巻ハ直ニかへし、八の巻ハ止おく。

一昼後、おさきゟ、定吉ヲ以、使札。薫臍ニ用ひ候槐皮、乞之。幷ニ、久吾方へ進物遣候ハヾ、此便ニ可遣旨、申来ル。依之、定吉ニ申付、内田やニて醤油買取、久吾方[へ][手][ガ][ミ]（ムシ）認め、飯田町ゟもたせ遣候様申付、もたせ遣ス。幷ニ、小松屋ニて、砂糖・人参とりよせ、差越候様、口上書おさき方へ遣之。

一昼前、多紀安淑殿ゟ、弟子ヲ以、過日物語いたし候薫臍方、くハしく書付くれ候様、頼来ル。則、巨細ニ書付、遣之。

一今日、漢楚賽第二編、序文壱丁、口絵・画賛共三丁、稿之。

○十七日乙酉　早朝薄晴　又曇　昼之内薄晴
一宗伯様体、同様ニて替事なし。折ゝ煩悶登せ候よし也。昨日、髭中ずり、剃之。但、昨今下痢十五六度、今日は十八九度也。塞強く、元気なし。

一昼後、駒木根千之丞殿使札。過日頼之染筆かけ物取ニ来ル。則、遣之。

一清右衛門、為暑中尋問、来ル。京橋辺へも罷越候よしニて、過日もらひ候うなぎ切手、引かへ可申旨申付、もたせ遣ス。

一つるや喜右衛門か、嘉兵衛代筆ニて使札。水滸伝八編壱・弐の巻画写本十丁出来、筆工何方へ遣し可申哉、差図いたしくれ候様申来ル。金兵衛方ニは多く支有之、仙吉方へ遣し可然旨、返事ニ申遣之。右写本・稿本共、返之。幷ニ、水滸伝八編七・八之巻稿本二冊、遣之。此一編八冊潤筆、去九月幷ニ十二月中差越候前金と差引、帳面消しおき候様申遣ス。且、通俗水滸伝中編十七冊、返之。当分入用無之ニよつて也。此等の趣、喜右衛門・嘉兵衛連名名あてにて、くハしく書面ニ認之(ムシ)、遣之。

一夜ニ入、渥見覚重来ル。宗伯病□(ムシ)見舞也。うつの宮清岩(ママ)寺鉄碑拓本持参。去年やくそくによつて也(ムシ)。六半時(ムシ)比帰去。

一薄暮、土岐村元立来ル。暑中見舞也。早ゝ帰去。○浅野正親、夏越雛形持参。

一今日多用、漢楚賽壱の巻本文壱丁半、書稿之。
○十八日丙戌　曇　終日不晴　冷
一宗伯様体、替る事なし。少ゝ気分宜様子ニて、庭逍遥す。

一下女むら、今朝起出候処、眩暈いたし候よしニて、又打臥ス。ねむき故也。当年之下女、両人ともに如此。言語同断（ママ）之くせものども也。

一昼後、お百、飯田町宅ゟ罷越。右ハ下女むら虚病平臥ニ付、定吉ヲ召よせ候半為也。夫ゟ、処〻奉公人口入方ニ罷越、下女奉公人申付、夕方帰宅。定吉ハ外へ使ニ罷出候よしニて、薄暮ゟ来ル。則、此方止宿せしめ畢。○下女むら、食事不致候ニ付、其段申聞候へ共、不用。夜食たべ、又〻打臥。○西野屋幸右衛門来ル。口上申置、帰去。暑中見舞也。

一漢楚二編二の巻、絵わり五丁、稿之。本文壱丁半、稿之。

○十九日丁亥　薄曇　冷　昼後ゟ薄晴

一今日もむら不起出、玄関ニ罷在候間、中之間へ罷越、打臥候様、并ニ虚病のいたし方愚なる趣、理解申聞候へ共、愚にして頑故ニ不用之。依之、そのまゝさしおくのミ。

一宗伯様体、今日も替事なし。昨日、下痢少〻遠く成候様子、昼夜十七八度也。

一昼時、おさき来ル。暑中見舞也。夕方、定吉召連、帰去。槐小枝、遣之。但、入歯繋の為もたせ遣ス。

一下女むら、昼時ゟ起出。今朝きびしく理解申聞候故也。依之、夕方定吉ヲ帰ス。

一昼後、中川金兵衛、漢楚七之写本出来、預り置。即刻校合、夕七時過又来ル。即、渡し遣ス。且、同書二編之内、一・二の巻出来、明後日人遣し候様、西村やゟ言伝頼遣ス。

一田口久吾来ル。暑中見舞、予、対面。雑談帰去。お百、定吉召連、向嶋へかひ物ニ罷越。

一漢楚賽二編二の巻、書画共五丁、今夕稿し了ル。

一菜壇茂り合候ニ付、秋海棠過半抜取、所〻ゟうつし了ル。

○廿日戊子　曇　昼ゟ快晴　暑

一今朝　公方様上野御霊屋江御参詣、火留等、如例相心得申付之。

一宗伯様体、替事なし。下痢昨日も十餘度也。今日ハ賽癇（ママ）症つよく、不出来也。

一紀国橋土岐村内義ゟ、おみち方へ使札。同人ゟ返書、遣之。

一飯田町おさきゟ、母江使札。昨日申付候入歯、牛込吉田源二郎方へ、今朝清右衛門持参。即刻直させ候由ニて差越ス。幷ニ、昨日おさきへ談じ置候なつめ入物、遣之。昨日夏越ひな形、忘念取遺候よし申来ル。右両品は請取、ひな形、遣之。お百打臥居候ニ付、不及返書。

一夕方、芝泉市ゟ使札。過日頼之金ぴら船五編序文、書直し候分共取ニ来ル。右之使ヲ中川金兵衛方へ遣し、序文筆工取よせ、校合いたし、六編ふくろ下書幷ニ五編表紙入木板下等、遣之。尤、返書右心得之事くハしく申遣ス。

一昼後、お百積（ママ）気ニ付打臥、黒丸子等、用之。

一橋本喜八郎殿、暑中見舞ニ御出、口上被申置。宗伯大病不知様子也。

一漢楚二編三の巻絵わり五丁、稿之。二の巻かき入稿了。宗伯□□□□（ムシ）。

○廿一日己丑　曇　四時比ゟ晴

一宗伯様体、替る事なし。昨日も夕方ゟ度ゝ下痢、昼夜十餘度也。

一文宝事蜀山人来ル。宗伯病気見舞、口上取次之ものへ申置、帰去。

一西村与八ゟ使来ル。一昨日、金兵衛江言伝申遣候故也。漢楚弐編壱・弐の巻稿本渡遣ス。幷ニ、右表紙ふくろづけ、立まハしニ致候てハいかゞ候哉と問ハる。可然旨、申遣ス。

一飯田町清右衛門店ニ当分居候、天満やゟ使来ル。暑中見舞芋一籠、被恵之。

一林玄曠来訪。暑中見舞也。宗伯様体申聞、診脈之後、帰去。

一松前御隠居御使太田九吉来ル。予、対面。宗伯病気御尋也。雑談後、帰去。

一おひで《（ダク）》来ル。来ル廿五日、満介事鈴木平次郎廿三回忌ニ付、寺へ遣し候様、心付金一朱、遣之。雑談後、帰去。

但、御本膳御結米・献物等、持参。

一鶴や喜右衛門来ル。宗伯病気見舞也。家相之事、被問之。長談後、帰去。

一宗伯、昼後、舌のうら右之方に、俄ニ小指の頭程之瘀血塊出来、家内之もの驚き申聞候ニ付、一覧。その後、上皮を噬切候へバ、血夥しく出、あをち黒焼・寒の紅等、附之。させる事なし。

一今日、度〻来客多用。漢楚二編三の巻本文のミ五丁、あらまし稿之。

○廿二日庚寅　曇　五時過ゟ晴　南風

一宗伯様体、替事なし。夕方ゟ大便瀉度〻、例の如し。但、今日ハ瀉多からず。

一清右衛門来ル。下谷辺得意に暑中見舞ニ罷越候序のよし也。鼠糞幷砂糖之事申付おく。是ゟまみ穴へ罷越候よしニて、早〻帰去。

一橋本喜八郎殿ゟ使札。為宗伯病気見舞、葛麪、被恵之。返書遣ス。

一夕方、渥見覚重来ル。桂川氏ゟ画写させ、被差越候よしニて、環海異聞三冊携来ル。宗伯枕辺ニて読聞せ、四時前帰去。宇津宮絵図持参、被恵之。先月、次右衛門へかし候本、被返之。養生訣一冊、同人に遣之。

一今日、漢楚二編二の巻書画共、稿之了。三の巻之内一丁半、書画稿之。

一今日、つけ梅とり出し、干之。三日ばかり乾候つもり也。

○**廿三日**辛卯　曇風　昼前ゟ薄晴　夕方風止　甚暑

一今朝、宗伯舌之下ゟ血多く出候ニ付、あをぢ黒焼つけ候へバ血止り候。其後、又舌之下右之方へ黒血塊出来。
但、一昨日之所也。大サハ一昨日之半分程ニて小也。この餘替る事なし。

一今朝、中川金兵衛、金魚伝二之巻筆工出来、持参。請取置、朝之内校合了。其後、金兵衛又来ル。右写本わたし遣ス。

一昼後、土岐村元立来ル。冷さうめん饗膳。供人足弥介へも同断。下女奉公人有之よし被申候ニ付、早ヽ遣しくれ候様たのミおく。夕方帰去。

一漢楚二編四の巻（四の巻）（抹消カ）画わり五丁、本文壱丁、稿之。大暑ニ付、夕方ゟ廃業。

一夕方、前の下女むら、宗伯病気見舞ニ来ル。下谷楢原謙十郎方ニ勤罷在候よし也。但、主人の姓名詳ニ不致よし。杉浦老母ハ御普請役高橋氏といへり。未詳。夜食たべ（ダク）させ、かへし遣ス。

一庭のゆりの花切とり、筒花いけニ立之。宗伯慰の為也。夕方、米や文吉店ゟ、白米残り分持参。代金遣之。

○**廿四日**壬辰　曇　薄暮ゟ小雨　四時比止　夜中雨　又止

一宗伯様体、替事なし。昨日は下痢七八度のよし。大暑ニ付、邪火上升、渇甚し。この外替事なし。

一漢楚賽二編四の巻、書画共稿了。幷ニ、同編三の巻とびら、稿之了。

一飯田町ゟ、定吉ヲ以、中付置候白砂糖幷鼠糞、差越之。請取おく。

○廿五日癸巳　今暁雨天明ヨリ雨止　不晴　夕方ゟ夜中又雨
一宗伯様体、替る事なし。○画工国満、すり物持参。来月一日之会ふれニ来ル。未知もの也。

一夕方、伊藤半平、暑中見舞ニ来ル。口上取次之もの江申置、帰去。宗伯病気しらざる歟。

一漢楚二編五之巻絵わり五丁、并ニ筆工本文弐丁半餘、稿之。

一庭の桔梗并とらの尾、少ゝ花咲候ニ付、切取、活之。宗伯慰の為也。

一飯田町宅ゟ、以定吉、昨日申付候帰脾湯材粉薬九種、差越之。請取おく。且、お百ゟおさき方へ、明日、恵正様祥月逮夜料供、手伝ニ可参旨、申遣ス。
○廿六日甲午　小雨　四時前雨止テ不晴　薄暮ゟ夜中小雨　其後又止
一宗伯様体、日ゝ様体《(ママ)》替事なし。只、朝之内煩悶、昼後ゟ少ゝよろしく覚候よし也。昨夕ゟ癇症賽《(ママ)》ギ気力無之、出来《(ママ)》也。

一西村与八殿ゟ使札。漢楚賽初編壱の巻彫刻出来、被為見。校合は廿丁づゝ揃ひ上《(ママ)》ニて、出しかゝり可致旨申遣ス。但、右同書二編三・四の稿本二冊、遣之。

一鶴や喜右衛門ゟ、嘉兵衛筆ニて使札。水滸伝八編壱の巻五丁筆工出来、校合ニ被差越。并ニ、ふくろ画稿・看板等の事頼来ル。并ニ、勘定差引相済候旨も申来ル。則、使またせおき、右写本校合いたし、返書認、遣之。

一夕七時過、芝泉市ゟ、金ぴら船六編五の巻写本校合并ニ五編の表紙ほり立校合、六編のふくろ写本表紙の筆工等出来、被為見之。使、本郷へ罷越候由ニ付、其間右写本校合いたし、其外五編表紙再校共、一切遣之。

一四半時過、おさき来ル。恵正様御祥月逮夜、如例料供手伝のため也。夕方、定吉迎ニ来ル。則、定吉ニも夜食たべ《(ダク)》させ、おさき、薄暮帰去。但、今日調合の薫臍薬、遣之。予、入歯直させ候様申付、もたせ遣ス。

一今夕、恵正様祥月逮夜ニ付、如例御画像・御位牌共、奉祭之。料供残、渥見家内・杉浦老母・めでたや老母等江遣之。清右衛門方へハ、おさきかへり候節、定吉ニもたせ遣之。

一漢楚賽二編五之巻五丁、書画共稿了。今日多用、六の巻画半丁、稿之。

○廿七日乙未　天明ヨリ終日雨降　夕方雨止テ不晴　連日冷気

一宗伯様体、連日同様、替る事なし。本文《(ママ)》益気湯・兼用胃りやう湯、加麪用之。

一山口屋藤兵衛来ル。殺生石二編表紙・袋画さし、持参、見せらる。一覧之上、わたし遣ス。

一昼後ゟ、お百、深光寺江墓参、帰路、小石川ゑんまへ参詣。夕七時比帰宅。

一清右衛門来ル。今日深光寺江参詣之処、お秀も参り候よし、申之。店勘定帳持参、一覧の上、返之。是ゟ京橋へ罷越候よしニ付、浅野正親へ名越ひな形遣し候様申付、此方分并杉浦分共、初穂差添、遣之。清右衛門方分《(ムシ)》も一処ニいたし持参。昨日申付候入歯つなぎ直し出来、持参。賃銭百八文、遣之。○今朝、星祭如例。

一漢楚賽二編六之巻絵わり五丁、筆工二丁弱、稿之。其間、兎園小説五六一冊、閲之。

一今夕暮六時過、飯田町茶屋町桶屋ゟ失火。東北風ニて、九段坂下之方へ延焼、茶町《(ママ)》ゝ屋不残焼失。万や二間土蔵造りニ付残ル。その間之八百や残ル。東横町畳や久兵衛あたり迄やけ候様子也。五半時比火鎮ル。余、即刻飯田町宅江罷越。夫ゟ堀留山口殿長屋下へ出し候荷物之番いたし遣之。九時過、覚重同道ニて帰去。覚重ハ此方迄送り届、帰去。

一今晩、清右衛門方へ罷越働候者、西野や幸右衛門小もの一人同道・土岐村元立侍一人同道・吉田宗甫、右三人は内ニて働く。鶴や喜右衛門召仕一人・西村や与八召仕一人・森や次《(ママ)》兵衛召仕一人、右三人は荷物出し入、外ヲ働く。竜門寺ゟも僧二人来ル。渥見覚重もはやく来り、内ニて働く。山口中間荷物之番いたし罷在、本郷さゝや・京橋小林等ゟ夜食来ル。無難ニ付荷物運かへし、四半時比各帰去。於門前、余、久吾・おきくニ対面。おきく、茶・こしかけ等持参。芝泉市ゟも召仕一人・小もの一人、これハおそく来ル。荷物少ゝ残り候分入レもどし、帰去。

一余留守中、屋代氏ゟ岩蔵ヲ火元へ見せニ遣し、旧宅無難之よし、家内へ告らる。

○廿八日丙申　小雨 尤冷気　昼前ゟ薄晴　又曇　夕方ばら〳〵雨　又止

一宗伯様体、日ゝ替る事なし。昨日飯田町失火ニ付、深夜迄不睡。依之、今日ハ不出来也。

一昼後八半時比ゟ、お百、飯田町宅ニ罷越、夕方帰宅。昨夕近火見舞之為也。田口久吾ゟ、清右衛門方へ酒一升到来。土岐村元立ゟも同断。鶴や喜右衛門ゟまくの内にしめやきめし等到来のよし也。此外、清右衛門懇意之方ゟ、到来もの甚多しと云。

一中川金兵衛、今朝、金魚伝三之巻筆工出来、請取置。昼後、同人又罷越候ニ付、校合いたし置候右写本五丁わたし遣ス。○前の村親次郎八来ル。飯田町出火見舞也。

一漢楚賽二編六之巻、本文五丁、稿之。但、書おろしのミ也。詞書等、未稿之。

○廿九日丁酉　曇 天明小雨無程止　昼ゟ薄晴 残暑甚

一宗伯様体、替ることなし。今日終日癇症発り、家内一統心配。

一漢楚賽二編六之巻書画、昼比迄ニ稿了。大暑ニ付廃筆、読書、消日了。

一鶴やゟ使札。水滸伝八編二の巻、仙吉方筆工出来、幷ニ同編三・四の巻の画十丁出来、被為見之。二の巻ハ即刻校閲いたし、三・四の巻ハ筆工仙橋方へ遣し候様、返翰ヲ以申遣ス。依之、写本三冊・稿本二冊返し遣ス。

一清右衛門来ル。一昨夕、近火之節之謝礼也。浅野正親ゟ、清右衛門へわたし遣候、夏越祓小守十持参、内二ツハ清右衛門へ遣之、八ツは此方へとめおく。奇応丸、おミち包之、定吉ニわたし遣ス。清右衛門ハ先へ帰去、定吉ハ夕方帰去。

一下女むら、今朝五時比ゟ打臥、不快のよしニて、終日食事不致、例之虚病なるべし。昼比うら口ゟぬけ出、金沢町番太郎方へ罷越候よし。其後昼過、同人兄体之もの罷越、外ニて久しく物がたりいたし帰去。此節無人、難渋限りなし。

○**晦日**庚戌（ママ）　曇　五時半比ゟ小雨　忽降忽止　昼前ゟ風雨　夜中大風雨　無間断

一宗伯、今朝も癇症同断。家内及迷惑。

一下女むら、今朝も不起出、食事すゝめ候へ共不食、玄関脇ニ打臥居、すべて主人申事ヲ不取用、尤不埒之至、言語同断（ママ）也。かくて昼後ニ至り、宿ニ参り度よし申ニ付、快候ハヾ、夕方一寸参り、代之奉公人之義申談候而、早速罷帰り候ハヾ、可任其意旨、云聞せ候処、其後髪ヲ結、夕方ニ到り、宿ニ参候様申ニ付、病気之体ニて連日打臥居ながら、髪ヲ結、雨中宿迄被参候ハヾ、虚病たるべし。勤候上ニて候ハヾ、可遣候へ共、右体之仕方重ゝ不埒ニ付、宿ニ遣候事不相成旨、申聞候へバ、又打臥罷在、此已前宿ゟ人参り候様子ニ候へ共、此方へは何之沙汰もなし。依之、そのまゝ打捨置く。

一昼前、定吉来ル。小要事ニ遣ひ、夕方かへし遣之。遺尿の癖有之ニよつて也。

一今日、風雨南ニあて、雨戸立籠くらく候ニ付、著述不便也。漢楚賽二編七之巻絵わり五丁、稿之。其後、兎園小説十ゟ十三迄披閲、消日了。

七月朔日己亥　今暁マデ大風雨　天明ヨリ雨止テ不晴　大風南大風

一宗伯様体、替る事なし。昨日ハ渇甚し。依之、冷水ヲ飲ニ付腹痛、今朝ハ痛癒。

一下女むら、今日も不起出候ニ付、理解申聞候へ共、不用之。不埒限りなし。其後、無程裏口ゟ出奔。其後、昼前右請人幸介妻来ル。予、対面。三日之間人代り可出、事相済候迄、奉公人は預置候旨申渡し遣ス。○昼前ゟ定吉来ル。今日ゟ止宿。

一昼後、清右衛門来ル。過日之近火見舞之礼ニ処ゝ罷越候よしニて、帰去。小松やニて砂糖とりよせ可遣旨申付、かよひ通《(ママ)》もたせ遣ス。

一昼後、中川金兵衛、漢楚賽初編八之巻筆工出来、持参。請取おき、即刻校正。夕方、同人又来ル。右写本わたし遣之。幷ニ、同書二編五・六の稿本二冊、西村へ届くれ候様申談じ、且、初編八之巻の内の画、少ゝ直し有之趣も伝言頼ミ遣ス。

一定吉、今夕止宿致候。遺尿の用心ニ南椽側へ臥させ候様申付おく。

一漢楚賽二編七の巻、筆工・詞書迄不残、稿之。但、書おろしのミ也。未及校補。

○**二日**庚子　晴　南大風昼夜　昼時ばら〳〵雨　忽止テ又晴

一宗伯様体、替る事なし。昨日昼前ゟ癇症少ゝ鎮り候様子也。昼時又発る。家内迷惑限りなし。

一今日、梅干、再乾之。昼時、ばら〳〵雨ふり出し候ニ付、とり入レ、不果。

一定吉ヲ以、品川大角へ味噌注文申付、としまやニてみりんかひとらせ、無程帰宅。

一昼後、清右衛門来ル。昨日申付候小松やニて砂糖かひ取持参、其後帰去。

一漢楚賽二編七之巻全稿了。其後、八の巻絵わり五丁・筆工半丁、稿之。
○三日辛丑　薄晴　大風南　夜中風止
一宗伯様体、替る事なし。

一今日大風、玄関角柳之ひかへ切レ候ニ付、両度修復。

一昼後、土岐村元立来ル。先日内義約束之下女奉公人小児片付候間、進じ可遣旨、規定之、被申之。依之、取替金三分弐朱、元立殿ニ渡遣ス。

一漢楚賽二編八之巻書画共、今夕稿了。七の巻とびら同断、皆出来也。
○四日壬寅《トラ》　晴　昼前地震　今日風なし美日　残暑甚　夜ニ入同断
一宗伯様体、連日同様也。漢楚賽二編八之巻弁ニとびら、今朝再校補。

一昼時前、土岐村元立内義、下女かね同道ゟ(ママ)、右下女此度抱入候ニよつて也。土岐村内義は夕方帰去。○今日、梅干再乾之。過半ほし了ル。

一夕方、清右衛門来ル。則、下女むら請人、湯嶋三組町幸介店徳兵衛方へ遣し、請人参候様申遣ス。薄暮、右徳兵衛妻来ル。明日給金納、荷物引取候様申付遣ス。其後、清右衛門帰去。定吉ハ明日可返旨、談じおく。

一先月分薬うり溜、清右衛門ニ勘定致させ、今日持参。金壱分弐朱ト三〆四十□(ムシ)文之処、五百五拾文飯田町ニ遣し、残り金銭持参、宗伯へ渡之。

一つるや水滸伝六編ゟ八編迄、ふくろ書画稿弁ニ看板稿本、書之。終日也。○酒井雅楽頭殿内浅見魯一郎来ル。病ニ托して不逢。未見人ニて也。

一松前家内大野幸次郎ゟ使札。鎌倉勝概図致所持候ハヾ、御隠居、被成御覧度旨、申し来ル。予、宗伯代筆ニて、右之書蔵弃不仕候。かまくらの図[二][候][ハ][ヾ][御][ざ]（ムシ）候旨、請ぶミ進上。其後何之沙汰なし。

○**五日**癸卯　晴　但早朝半曇　風なし　夕方ばら〳〵雨　暮六時過ゟ小雨　一時にして止

一宗伯様体、替事なし。水瀉連日、昼夜十餘度也。

一今日、過日の大風ニ吹倒し候菜園茄子、其外共杖ヲ致し、不残引起し、幷ニはんとの朝皃の垣いたし、其後にし村漢楚まが（ダク）ひ袋の画稿、二丁稿之。

一昼前、西村や与八ゟ使札。漢楚賽第二編の画壱丁出来、見せらる。右使ヲ以、筆工中川金兵衛方へもたせ遣ス。且、右二編七・八の稿本二冊、西与へ遣之。

一昼後、下女とミ事むら請人、湯島三組町幸助店徳兵衛妻来ル。則、取替金受納、受取之。幷ニ、引取一札へ同人印形、取之。荷物等不残わたし遣ス。但、過日むらはき逃之下駄持参、受取おく。

一夕方、芝泉市ゟ、金毘羅船六編六・七の巻筆工出来、校合ニ被差越。夕方ニ付、明日取ニ可参旨、及挨拶、受取おく。但、ふろしきハ返し遣ス。稿本不参候ニ付、明日持参可致旨申遣ス。

一夕方、定吉ヲ飯田町宅江返し遣ス。此方ニ下女出来によつて也。

○**六日**甲辰　曇　四時前晴　涼

一宗伯様体、替る事也（ママ）。残暑甚敷故、少ゝづゝ不出来、下痢も同断也。

一地主杉浦清太郎へ、六月分迄の地代金幷さうめん、遣之。清太郎在勤ニ付、虎吉代印請取書来ル。

一飯田町宅ゟ、定吉ヲ以、七夕祝義として、さうめん・ひもの到来。差置、早ゝ帰去。

一夕方、芝泉市ゟ使札。昨日之金ぴら船六編写本校合取ニ来ル。使外へ罷越、しバらくして板木師同道、右六・七の巻、十丁幷ニ返翰、使ニわたす。市兵衛眼病のよしニ付、つくば山仙人伝灸点全治之事、巨細ニ書付、遣之。

一今朝、泉市金毘羅船六編六・七の巻、十丁写本校合いたしおき、其後、西村や漢楚賽看板・山口や殺生石第二編看板稿本、書之。終日也。但、合巻類著述、是ニて大抵相済、もりや表紙・袋・看板下書等のミ、いまだ也。

一家内之もの、如例七夕たんざく出之。

○七日乙巳　晴

一宗伯様体、連日替る事なし。残暑中ニ付不出来、下痢も同様也。昼後、亦復舌之裏、右之方へ悪血塊出来、夕方破り血多く出、よほど痛ミ候よし也。

一昼比、中川金兵衛、森や金魚伝四の巻筆工出来、持参。請取置、校合し畢。夕方、同人又来ル。右写本校合わたし遣、序ニ、傾城水滸伝六・七・八編袋画稿幷ニ看板稿本、鶴屋へ遣し候分、又殺生石看板稿本、山口や藤兵衛へ遣し候分、右両様とも夫々へ届くれ候様、たのミもたせ遣ス。

一清右衛門、為祝義、来ル。其後、定吉過日申付候木巻竹幷白砂糖・ろうそく等持参、請取おく。且又、節句銭も来ル。弐〆百文の内、弐朱八百廿四文ハ清右衛門へ遣し、壱〆弐百七十六文此方ニ請取。其後、清右衛門・定吉帰去。

一昼後、きの国ばし土岐村や《(ママ)》ゟ使来ル。おミちゟ返書、遣之。

一今日、半切三百枚、継之。其後、北之方珊瑚樹たれ枝引上ゲ、結之。八半時比ゟ、小説黒牡丹、過日之見かけ披閲。よミ本著述の為也。

○八日丙午　晴

宗（ママ）伯様体、替事なし。昨日之舌之疵、今日はいたミ平和のよし也。しかれども不癒。今日、衣類之内夜着類少ゝ、乾之。○予、黒牡丹披閲。其間俗事、弁之。

一松前御隠居附、大野幸次郎ゟ奉札。為七夕御祝義、金百疋づゝ、父子ぇ被下之。予、代筆ニて返書、遣之。

一松前役所勘定方四人ゟ奉札。明九日四時、扶持米代金わたし候間、印形持参可致旨申来ル。予、代筆ニて返書、遣之。

一昼時、おさき来ル。今早朝、池の端弁天ぇ参詣。夫ゟ浅草観音ぇ参詣。為宗伯病気平癒、百度参りいたし候よし、夫ゝ迄手みやげ持参。供人定吉ハ先へ返し、おさきハ夕方迄憩息、日入候比帰去。松前之事、清右衛門へ頼ミ遣ス。

一西村やゟ手代ヲ以、漢楚賽二編潤筆、金五両、被差越之。予、対面。右金子請取、袋画稿幷看板稿本わたし遣ス。

○九日丁未　薄曇　四時過ゟ晴　残暑甚

一昨日、宗伯痌症つよく、家内一統及迷惑事、如例。○舌之疵跡不癒、食物不便ニ付、粥食之。この餘替る事なし。

一四半時比、清右衛門来ル。則、宗伯印形もたせ、松前役所ぇ遣之。扶持代金請取候様、申聞遣ス。

一九時前、清右衛門、扶持代金請取、持参。昼食たべさせ、ろうそく代一昨日之分、遣之。但し、六月分八百屋上家ちん、南鐐三片持参。両様とも請取之。其後、清右衛門帰去。右扶持代金・上家ちんとも、為小遣、宗伯へわたしおく。

一昼前、おきく来ル。残暑見舞幷ニ宗伯病気見舞也。昼食幷ひや麦・くわし等、饗之。夕方帰去。

一屋代二郎殿入来。太郎殿ゟ、為宗伯病気見舞、手製白玉餅壱重、被恵之。幷、するが茶一鉢・雁皮半切二百枚、これハ過日度ゝ借書の礼のよし也。予、対面。其後帰去。〇薄暮、同人又入来。宗伯舌の痛所、家方名《ムシ》薬のよし、粉薬・丁子・石膏等のよし、被恵之。

一予、緑牡丹披閲、三の巻ゟ五の巻の口ニ至ル。其餘、来客ニて消日了。

〇十日戊申　薄曇　昼後ゟ雨　夜ニ入尚小雨　冷

一宗伯様体、替事なし。但、今朝ハ気分少ゝ快方気味也。

一松前御隠居附、大野幸次郎ゟ奉札。牧民忠告と申書、板倉重昌ぬしゟ会津家江被進候物、被成御覧度、思召候ニ付、所持致候哉之旨申来ル。予、代筆ニて、所持不致旨、うけぶミ進之。昼後之事也。

一昼前、鶴や喜右衛門ゟ、嘉兵衛筆ニて使札。水滸伝八編三の巻筆工出来、五の巻画写本五丁出来、校合ニ被差越。使またせ置、三の巻校合いたし、五の巻ハ仙吉へ筆工ニ可遣旨、返翰ニ申遣ス。但、仙吉江書かた伝達一札差添、遣之。

一昼後、中川金兵衛、西与漢楚賽二編壱の巻筆工出来、持参。請取置、即刻校合了。夕方、同人又来ル。則、右之写本わたし遣ス。

一緑牡丹五・六之巻披閲了。今夕卒業也。

○十一日己酉　小雨 冷　昼比ゟ雨止テ不晴　折ゝ霧雨
一宗伯様体、連日同様ニて替る事なし。

一昼飯後ゟ、お百、今戸慶養寺へ参詣。盆供持参、致墓参、夫ゟ浅草観音へ参詣、おみち納手拭、納之。途中ニてかひ物いたし、夕七半時前帰宅。

一松前内、大野幸次郎ゟ奉札。昨日御隠居御尋之牧民忠告と申書の事、宝暦五年奥州飢饉之節、かの地の人の著述、民間備荒録中ニ有之、予ニ聞糺し候様申来ル。予、宗伯代筆ニて返書、遣之。右牧民忠告ハ、元人の著述ニて唐本ニ有之、只今世ニ稀のよし、巨細ニ注進。

一飯田町ゟ定吉来ル。右ハ今日清右衛門深光寺へ致参詣候ニ付、此方盆供持参可致旨、おさきゟ書面ヲ以申来ル。如例、白米壱升・青銅十疋、定吉ニわたし遣ス。序ニ小松や通帳、締高少ゝちがひ候間、直させ候様申付、右通帳も定吉にわたし遣ス。

一下女かね、単物ふるび《ダク》、あまり見ぐるしく候間、お百古着木綿単物遣し候様申付、遣之。

一予、今日、擣杌間評弐冊披閲。
○十二日庚戌　曇 今暁雨 其後雨止　冷　昼後ゟ薄晴 夕方ゟ 蒸暑
一宗伯様体、替る事なし。舌の疵今以癒かね、言語幷食事不便也。

一飯田町ゟ定吉ヲ以、勝介事浅一郎、甲州みやげ焼鮎届来ル。

一同町小松や三右衛門手代、通帳持参。過日勘定少ゝ違候旨、申遣候へ共、相違無之よし申、帰去。

一夕方、中川金兵衛、森屋合巻金魚伝五の巻筆工出来、持参。明日校正可致旨、及挨拶、預りおく。

一昼後八半時前ゟ、お百、深光寺江墓参。住持江施餓鬼之事かけ合、夫ゟ、牛込竜門寺・円福寺江墓参。帰路、飯田町宅江立寄、暮六時前帰宅。

一きのくにばし土岐村やおみち(ママ)へ使札。返事口上ニて申遣ス。暮六時比之事也。

一隣家伊藤常貞方ゟ、此方門前脇へ死狗捨候よしニ付、今夕取片付候様、門前脇辻駕之ものへ申付おく。

一夜ニ入、渥見覚重来ル。宗伯病気見舞也。五時比帰去。

一今夕、近所草市ニ付、かね召連、お百罷越。如例、盆棚入用かひ物いたし、四時前帰宅。

一擣杌間評六之巻の口迄披閲。夕方ゟ蒸暑、凌かね候ニ付、納涼。

○十三日辛亥　晴　昼ゟ残暑甚

一昼前、如例盆棚修理、惣位牌、奉移之。宗伯病臥ニ付、予、修行。夕方、手製小豆団子・煎茶、奉備之。暮六時過燎火、一統拝礼。

一昼前、清右衛門来ル。越後や甚介ゟ、請取候そうぢ金持参、請取之。并ニ、明日油丁へ罷越候よしニ付、伝馬町との村店へ、五月中為登本代差出し、代銀わたし候ハヾ、その内わけ書、大坂や半蔵へわたし、請取候様申付遣ス。清右衛門、夕方帰去。

一夕七時比、林玄曠来診。宗伯様体申聞、診脉之後、帰去。

一擣杌間評少許閲。今日多用、夕方蒸暑ニ付、納涼。

一昼時、中川金兵衛来ル。今朝校正いたし置候、金魚伝五の巻写本わたし遣ス。

○十四日壬子　曇　昼後ゟ晴　夕方ゟ又薄曇
一宗伯様体、替る事なし。舌瘡とかく癒かね、附薬用之。

一今朝盆祭料供三度づゝ、其餘、如例年、奉供之。

一今朝、中川金兵衛来ル。昨夕用事有之、芝神明前泉市方へ罷越候処、被頼物有之由ニて壱封持参。幷ニ、金毘羅船五編も袋入ニいたし度旨、泉市伝言申来ル。壱封ハ金毘羅船六編八の巻写本也。則、請取置、其後校正し了ル。

一昼後、つるや喜右衛門ゟ、水滸伝八編四の巻筆工出来、幷六・七・八編の袋画写本・看板写本も出来、校合之頼、嘉兵衛ゟ書翰を以申来ル。看板ハ直ニ校正、袋の画の内、李逵の画像、きせるヲ筆ニ誤写し、暖帽ヲあミ笠ニ誤画キ候間、此分直させ候様、回書ニ申遣ス。四の巻写本ハとめ置、其餘ハ返し遣ス。

一夕方、長崎や聟平左衛門賒取ニ来ル。端銀まけ候様申談じさせ候処、不引由ニて、端銀つけ出しニ致候。此方へ一応かけ合ニも不及、不埒之取斗ニ付、今日払不遣、請取印形消させ畢。取次お百也。これ亦行とゞかず、遺憾限なし。

一昼前、英平吉手代、食膳提要本とりニ来ル。請取印形取之、代銭払遣ス。

一小松やゟは賒取ニ不来。明日、飯田町宅幸便ニ可遣旨、宗伯ニ談じおく。

一今日多用、水滸伝八編四の巻写本校正、其外、擣杌間評七之巻披閲了。

十五日癸丑　薄曇
一宗伯様躰、連日替る事なし。

一今朝、深光寺ゟ、如例年、棚経所化来ル。布施、如例遣之。且、過日及示談候施餓鬼之事申来ル。いづれ明日、お百参詣之節、くハしく書付ヲ以、可申進、多分来ル十八日ニ執行致し度旨申遣ス。

一昼時、清右衛門、為当日祝儀、来ル。小松や薬種代、昨日取ニ不参候間、可遣旨申付、金子・通帳もたせ遣ス。且、来ル十八日、於深光寺、施餓鬼修行之事談じおく。

一山田吉兵衛《ムシ》来ル。為宗伯病気見舞、手みやげ持参。予、対面。早ゝ帰去。

一昼後、松平豆州内、中井準之助来ル。右同断。予、対面。雑談後、帰去。

一飯田町宅ゟ、かねて申付置候蓮飯、定吉ヲ以差越。并ニ、西瓜半分、外ゟ到来候由ニて差越之。定吉早ゝ帰去。蓮飯代銭、家内之者失念、追而可遣之。

一昨日、清右衛門へ申付候、いせ松坂との村佐五平頼ニて、五月下旬為差登候、石魂録本代、金壱分弐朱ト百三十三文、昨日、伝馬町殿村店支配人ゟ請取、右之内金三朱ト八拾文、横山町大坂や半蔵方へ持参、遣之候由ニて、半蔵請取書并右金銭、此方分金三朱ト四十九文持参。両様請取、勘定相済。

一夕方、長崎や平左衛門手代、半兵衛と申者来ル。右ハ昨日主人平左衛門、不重法之義申候而恐入候、薬種代御わたし被下候様、申之。予、対面。此方へ不申談、少ゝの端銀つけ出しニいたし、帳面へ印候事、差付ケ之致方、不埒之旨、申聞之。右帳面引直し、明日、平左衛門可致持参候。左候ハヾ代金可渡遣旨申聞、通帳遣之。

一擣杌間評八・九両巻、披閲之畢。
○十六日甲寅　曇　昼前ゟ晴　残暑
一宗伯舌之血毒、亦復両所へ出来、全く肺毒のわざ《ダク》ニ可有之間、当分薫臍灸を止メ、肺癌《ママ》之心得ニて、薬別煎転法可然旨、談じおく。

一今日四時比、盆棚奉撤之。夜ニ入、六半時比送火、一統拝礼、如例年。

一四半時比ゟ、お百、飯田町宅江罷越、おさき同道ニて、竜門寺・円福寺江墓参。夫ゟ深光寺江墓参、来ル十八日施餓鬼料住持江進上、冷索麪被出。帰路、小石川ゑさし町源覚寺閻魔江参詣、夕七時過帰宅。おさきも此方へ立寄候ニ付、夜食たべさせ、供人定吉へも同断。其後、おさき帰去。

一今日幸便に、本郷さゝやにお百ヲ以、炭代金もたせ遣候処、伊兵衛他行の由ニて、わかり《(ムシ)》かね候間、金弐分内義江わたし候よし、申之。経師金太郎方へも立寄せ、用事有之間、手透次第可参旨、申遣おく。

一今日、納戸夏そうぢいたし、太郎幟のくるま・大竹・兜・人形等片付畢ル。其後、菜園茄子ニ肥いたし、幷ニ庭江水を打。依之、予消日了。

一薄暮、長崎平左衛門手代万蔵と申者、平左衛門手がみ持参、段ゝ詫候ニ付、薬種代金不残払遣ス。上端引可申旨、申候へ共《(ムシ)》、不及其義旨、理屈申聞、不残わたし遣ス。

一駿河茶師、佐野儀右衛門注文聞ニ来ル。如例年、七斤《(ムシ)》申付遣ス。

一昨日清右衛門ニわたし候、小松や通帳幷判取帳、今日定吉持参。請取おく。

○十七日乙卯　薄曇　無程晴　終日南烈《(ママ)》風

一宗伯舌の腫物、亦復舌の裏江ちひさく多く出来。依之、解毒の剤可用旨、談じおく。昨日深光寺住持被恵候三年糂粏づけ茄子黒焼、昨夕ゟ右瘡所江附之。

一昨□□□《(ムシ)》二見屋忠兵衛来ル。右ハ越後蒲原郡岩淵村、大脇丈左衛門、俳名春嶺と申者、養伯母八十歳・父七十歳・母六十歳・春嶺四十歳、右算賀の歌願候趣、口上書ヲ以、被申入。此節、宗伯大病ニて、無寸暇候間、急ニは出来かね候へ共、何レ其内考候而、詠可遣旨返事、取次ヲ以申遣しおく。此義、昨日の条下へ記しもらし候ニ付、追而記之。餘ハみな十七日之事也。弁、山崎吉兵衛母、近所通行のよしニて来ル。お百、対面。早〻帰去。是モ十六日の事也。〇今日、予衣類虫干也。

一今日、台所夏そうぢいたし、予手伝、おみち・かね、昼前ゟ夕方掃畢ル。

一中川金兵衛、もりや板下金魚伝六の巻筆工、出来、持参。即刻校正。夕方、同人又、鶴や水滸伝袋かき入筆工持参。またせ置、即刻一覧、右両様写本わたし遣ス。序ニ、去ル十四日、つるやゟ校合ニ差越候、水滸伝八編五の巻写本校正いたし置候分、届くれ候様、同人ニ委ね遣し、且、山口や殺生石、板元名坪かき入度旨、藤兵衛養《ヤウ》父忠助申よし、金兵衛申之。板元名坪入候而は、却テ不宜わけ有之候へども、板元好ニ候ハヾ、勝手次第ニ可致旨、談じ遣ス。

〇十八日丙辰　晴　風アリ　残暑酷　夕方ゟ風止　夜中蒸暑

一宗伯様体、替る事なし。舌之腫物、深光寺ゟ差越候薬附候へバ、ことの外いたミ候よし也。此節、連日蓮肉粥、食之。

一昼前、おさき来ル。正九時ゟ、予弁ニお百・おさき、深光寺江参詣、墓参いたし、夫ゟ施餓鬼興行、所化四人、住持共ニ五僧也。法事終日、大施餓鬼の飯弁ニ水少許申請、携へ、夕七時帰宅。右飯水、宗伯ニたべ《ダク》させ、夕七半時過、おさき帰去。但、おひでへも、過日吉兵衛来訪之日、案内申遣候ニ付、今日深光寺江参詣、寺門前ニて落合、法事終而、おひでハおたんす町ゟ別レ、帰去。

一右他行中、山口屋藤兵衛来ル。殺生石二編上帙廿丁彫刻出来のよしニて、校合ニ持参。且、乾ぐわし一折、被恵之。小ぶくさ共おみち請取置、予、帰宅後一覧、請取之。

一夕七半時過ゟ、予、屋代太郎殿江罷越候処、他行ニ付、山路岩次郎江口状申置、夫ゟ関忠蔵方へ罷越候処、父子共在宿ニ付、対面及長談、蕎麦・酒等、被恵之。夜ニ入、五時比帰宅。

一予、帰宅後、須田町池田や来ル。葡萄此節宜候間、払候哉と申来ル。一両日中ニとりおろし可遣旨、申遣ス。
○今日、宗伯衣類虫干也。

○十九日丁巳　晴　昼後ゟ夜ニ入風なし　残暑尤酷

一昨今大暑ニ付、宗伯少ヽ不出来。此餘ハ様体替る事なし。但、昨日ハ水瀉屢卅度也。

一昼時、西村や与八ゟ、手代ヲ以、雅俗要文惣目録幷ニ（ムシ）凡例仲道認候板下（ムシ）、幷ニ漢楚賽袋画写本・同ふく□□（ムシ）板斗ほり□□□□□□□□（ムシ）。

一夫ヽしかたさしづニ及び、要文もくろく写本ハ為校□□（ムシ）おく。

一昼後、泉市ゟ使札。過日中川金兵衛幸便ニ差越候、金ぴら船六編八之□□（ムシ）写本校合取ニ来ル。則、写本幷稿本八冊袋ニ入、遣之。但、五編も袋入ニいたし度候間、右袋画稿認くれ候様、申来ル。返事ニ、五編ハ冊数も不宜候間、袋入ニいたし候事、無用ニ可致旨、きびしく申遣ス。尤、袋入ハ、潤筆も違候趣も、あらまし申遣ス。
○擣杌間評五十巻、合本十二冊、今日、披閲卒業。
一昼前（ムシ）、お百、須田町池田やニ罷越、葡萄今日取おろし可申哉之旨、申遣候処、今朝相場不宜候間、四五日中見合せ、案内可申上旨、申来ル。

一昼後、お百、上野町ニ罷越、蓮肉少ヽかひ取、帰宅。池の端へ罷越、無之によつて也。

一今日も衣類虫干也。○今日の残暑尤甚、今年之中第一のあつさ也。

○廿日戊午　晴　残暑甚

一宗伯、少〻暑気中り、不出来、下痢も屢也。其餘ハ替る事なし。

一今朝、中川金兵衛、漢楚賽二編二の巻写本出来、持参、請取置。後刻校正、夕方金兵衛又来ル。右写本わたし遣ス。但、昨日西村やゟ、袋書入・表紙書入の為、右写本持参之筈、定て請取候半と相尋候処、請取候よし、申之。

一中川金兵衛、夕方又、殺生石看板写本幷ニ漢楚賽袋、筆工かき入出来、持参。即刻校正、わたし遣ス。右序ニ、過日、山口や藤兵衛、校合ずり持参之節、差置候ふくさ返却。同人ゟ届くれ候様たのミ、もたせ遣ス。然ル処、漢楚の袋写本、とり遺し不遣候ニ付、かねヲ以、追かけさせ候へ共、不及。依之、右ふくろ写本ハ留おく。○衣類虫干、今日迄ニてほし終ル。

一昼後、御勘定衆、滝沢佐太郎殿初て来訪。予、対面。同姓之事故、承り合せ候へ共、彼家先祖幷ニ家の紋菩提所等、古来之事一向不知、紋ハ実家のもんを用ひ蝶のよし。滝沢のもんニあらずといふ。菩提所ハ浅草誓願寺ニ候へども、これも四十年来の旦那のよし也。かねて思ふ所とたがひて、大ニ望をうしなへり。

一松前内勘定方、長尾長左衛門《(ママ)》ゟ奉札。見広院殿御一周忌、来ル廿九日ニ候処、御差支有之、依之、来ル廿九日、於吉祥寺、法事御執行被成候間、当朝参詣可仕旨、申来ル。予、代筆にて返書、進之。但、此節大病ニて、打臥罷在候事申遣ス。

一夕方、本庄殿内、大嶋七兵衛幷ニ同藩の医師、同道ニて来訪。予、対面。返魂餘紙別集披閲懇望ニ付、為見之畢。扇面六本染筆、被頼之。夕方帰去。但、扇面はあづかり《(ダク)》おく。○今日度〻来客、応対等ニて、消日畢。清右衛門来ル。蓮肉・白砂糖注文、小松やへ申遣ス。

一深光寺住持ゟ使札。右ハ去ル申年《(ママ)》、於彼寺、改葬いたし候無縁仏、其節鏡《(ママ)》空《(ムシ)》容現大姉と戒名つけ候へ共、容現ハ景容の容にて、習気残り候意味有之、未至解脱候㒵に候間、当鉢即《(ムシ)》空幻《(ママ)》夢大姉と戒名改候よし。この義去ル十九日看経中、不斗心附候旨申来ル。沙弥使ニ付、返事口上ニて申遣ス。

○廿一日己未　晴　残暑甚

一宗伯様体、替る事なし。○今日ゟ書籍□《(ムシ)》干、これをは□□□□□《(ムシ)》。

一早飯後、お百、池の端江蓮肉かひ取ニ罷越、昼前帰宅。

一薄暮、大嶋七兵衛ゟ使札。昨夕之挑燈、被返之。幷ニ、おんな・をんなのかなづかひ、歌書を引て是非ヲ問ハる。　曛昏ニ付、あらまし返事ニ申遣ス。

一同刻、渥見覚重、祖太郎ヲ抱キ来訪。暮六時過、お鍬も来ル。五月中かし遣候、石魂録前集幷ニ後集上帙、被返之。後集校合すり本七冊分、遣之。五時比、ミな〳〵帰去。○楢原謙十郎、帰府のよしニて、来訪。口上取次之ものへ被申置之。

一今日、擣杌間評第一冊よみかへし、緑牡丹半冊是亦よみかへす。残暑尤甚、凌かね候ニ付、連日廃業。

一清右衛門ゟ、定吉ヲ以、昨日申付候白砂糖幷蓮肉、小松やゟ取よせ、遣之。宗伯かけ合、引かへの南鐐も来ル。蓮肉ハひねニてむし入候ニ付、五両め来ル。直段、過日ハ壱斤ニ付、壱匁五分のよし、書付来候処、五両ニ付三分のよし、通帳面ニしるし参候。左候へバ壱斤ニ付弐匁四分ニ相成、高料ニ付かへし候様申付、返書、予認遣ス。幷ニ、中やニて、するが半切とりよせ候様、通帳遣之。此序ニ、昨日清右衛門へ遣候、鉢うへ朝顔一鉢、定吉ニもたせ遣ス。○昼後、五元集幷ニ形影夜話、再閲。

○廿二日庚申　曇　退暑
一宗伯様体、替る事なし。昨日ハ大便五六度、尤本便通じ候よし也。昨夕、お久和へ遣し候校合すり本、お百へ預ケ置ニ付、不分処、筆ヲ入レ遣ス。

一おさきゟ使札。定吉ヲ以、奇応丸とりニ来ル。おみち遣之。右序ニ、石魂録後集校合すり本七冊分、おさきに遣之。

一おみち事ニ付、宗伯、内ゝ予ニ告る事有之、右書付、お百には為心得、内ゝ見せ候て、秘しおく。

一今日、忽退暑、為保養、読書消日了。

一きの国ばし土岐村ゟ、おミちへ使札。畳だこはれ候故、元立老禁足不音のよし也。

一今日庚申祭、献供如例、奉祭之。
○廿三日辛酉　曇　冷　今日二百十日也　風少許有之　尤冷気也
一宗伯様体、替る事なし。下痢或ハ止、或ハ瀉ス。昨日ゟ又ゝ下痢・下血両度、夜中腹痛、中暑故なるべし。

一昼後、大坂や半蔵来ル。丁子や平兵衛、当月七日ニ病死、五十三歳、内損のよし。語次この義ニ及ぶ。兼約之よミ本著述、近日取かゝるべき旨談じ遣ス。長談後、帰去。

一本郷壱丁め、もちやのうらニ居候経師金太郎来ル。則、先月覚重持参之鉄碑幷ニ永昌古墓碑拓本、表装申付遣ス。右金太郎持参之かけ物、雪舟・雪山・常信・探幽等、いづれも横幅、はらひものゝよし。真偽不定候ニ付預りおく。明廿五日ニ取ニ可参よしニて、帰去。

一今日、殺生石二編上帙廿帙（ママ）初校、細字ニ付、三四丁残ル。

○**廿四日**壬戌　晴　冷

一宗伯様体、替る事なし。昨夜も壱両度、深更ニ下痢ス。舌瘡ハ少ヽ愈《ママ》たり。夜ニ入、虫積《ママ》さし込有之、奇応丸両度、用之。□《ムシ》時比快方、就寝。

一昼時、土岐村元立内義来ル。夕七時比、供人足弥介《ムシ》迎ニ来候而、帰去。

一昼前、すだ町池田やゟ、今日葡萄取おろしくれ候様、申来ル。承知之旨《ムシ》申遣ス。

一昼飯後ゟ、予、庭のぶだうとりおろし、夕七時過採畢。四百三四十房有之。その内、上房百廿房・中房二百五六十房あり。餘ハ小房等也。夕方、須田町池田や来ル。お百・おみち、右ぶだうえりわけ、四百房遣之、代金請取畢。

一右ぶだう十一房程、土岐村氏内義みやげニ遣之。地主杉浦氏へも一盆、大小十五六房、遣之。

一夕方、中川金兵衛、森や板金魚伝七の巻写本出来、持参。明朝又ゝ可参旨、申之、さし置、かへる。○昨今、山口や殺生石後日二編上帙廿丁校合畢。今日、書籍虫干也。

一鶴や喜右衛門ゟ、嘉兵衛筆にて使札。水滸伝八編五の巻筆工出来、幷六の巻画写本出来、被為《ママ》之。画写本ハ仙吉へ筆工ニ可遣旨、返書ニ巨細認、かへし遣ス。五の巻ハ明日校合可致候間、明日人可遣旨、返事ニ申遣ス。

廿五日癸亥　晴　冷

一今朝、金魚伝七の巻・水滸伝八編五の巻、写本校正畢。幷ニ、殺生石二編すり本上帙廿丁、校合遣り校正、書ぬき等、不残畢ル。今日も書籍虫干也。

一飯田町清右衛門ゟ、宗伯ニ使札。鮎七ツ幷ニ浦賀水飴、被恵之。返書おミちニかゝせ、右うつりとして、葡萄小房壱籠、遣之。小松やゟ薬注文、帳面も遣之。

一飯田町使定吉ヲ以、渥見ゟ遣ス。お鍬先ニ預置候、石魂録後集すり本幷ニぶだう《ダク》一盆・朝皃一鉢、遣之。お百ゟ口上書、遣之。取込のよしニて、返書不来。尚又同人ヲ以、屋代二郎殿幷ニめでたや老母へも、ぶだう一盆づゝ遣之。屋代ゟハ請取書付来ル。定吉にハ昼食たべさせ、帰路、としまやゟ立寄、醬油・みりん注文書遣し候様申付、右書つけもたせ遣ス。〇今日も書籍虫干也。

一日雇人足ヲ以、文晁子へかけ物品ミ見せニ遣ス。右之内、雪舟山水幷ニ常信竹雀は贋物也。常信の方ハ新井甚之介などにて、名印ハ後人のわざなるべきよし也。又、常信の枯蓮ニ鶺鴒ハ正筆、又、探幽騎馬人物も宜候。但、一両時其筋之粉本ニて有之候を、後ニ印ヲ押候物歟。印ハ正印のよし也。又、雪山の山水も宜候。これも印ハ後人の押候ものゝよし、返書ニ申来ル。此序ニ、関忠蔵ゟ、過日借用の小挑燈返却。其節、団扇二柄、遣之。これも返書来ル。こハ昨廿四日の事也。

一夕方、飯田町宅ゟ、定吉ヲ以、先刻たのミ遣候、小松やへ注文の薬種来ル。うけ取畢。

一同刻、経師金太郎来ル。過日預置候かけ物返却。直段つけ遣ス。雪山山水金百疋・探幽騎馬金百疋・常信せき鴒三朱ニ成候ハゞ、求可申旨、申遣ス。

一鶴や喜右衛門ゟ、嘉兵衛筆ニて使札。水滸伝八編七之巻画写本出来、被為之《ママ》。筆工仙吉方へ可遣旨ニ付、任其意、写本・稿本共返却、昨日之五の巻写本ハ校合いたし、先刻、中川金兵衛幸便ニもたせ遣候趣、返書ニ申遣ス。

一右已前、昼後、中川金兵衛、漢楚賽表紙篆字《ムシ》幷ニ袋筆工書直し出来、持参。昨日之金魚伝七の巻、校合いたし置候ニ付、遣之。序ニ、山口やゟ、殺生石二編上帙廿丁すり本校合、右店ゟ届くれ候様たのミ遣ス。且、鶴やへ校合写本上包いたし、是又届くれ候様、たのミもたせ遣ス。八編五の巻也。右にし与表紙・袋写本共四種、同人江わたし遣ス。〇今夕多用、少〻読書、消日華。

一薄暮、としまやゟ、せうゆ・酒、大角久四郎ゟ味噌持参。いづれも請取、代金払遣ス。

〇**廿六日**甲子　晴　夜中曇

一今日、予、庭そうぢ日、昼休ミ、夕七半時前畢。お百、手伝之。

一大坂登せの売薬、宗伯・おみち手伝、大抵包之畢。然ル処、昼後、清右衛門来ル。三河丁小笠原家注文、奇応丸代金三両分、差遣候様、申之。出来候奇応丸不多ニ付、大坂登せを延引いたし、右包ヲ解候て、宗伯・おみち・清右衛門も手伝、包わけ候処、弐朱包十二出来、半分不足ニ候へ共、まづ右十二包清右衛門ニもたせ遣ス。京橋小林へ勘定ニ罷越、帰路、小笠原家へ可差出よしニて、夕七時前帰去。但、昨日申付候入歯直し出来、持参。

一昼時、とし増女、経師金太郎かけ物持参来り候ハ《(ダク)》ずやと尋ニ来ル。不来旨、申遣ス。

一夜ニ入、お百、明神地内大黒江参詣。おかね召連、五時前帰宅。

一今日甲子ニ付、大黒天三処献供、如例。〇今日、築地沖にてのろし昼夜有之、不見。

一夕方入湯。帰路、元祐ニあふ。小児抱キ、明神地内大黒江参詣のよし也。此方ニ不立寄。

〇**廿七日**乙丑　薄曇　五半時前ゟ白露の節也　終日不晴　夜ニ入小雨　無程止

一宗伯様体、替事なし。下痢とかくとまらず。度数不同ニ有之。

一昼前、太田九吉来ル。自分見舞也。予、対面。蛇の日傘かし遣ス。雨ふらんとして、終ニ不降也。

一今日読書、消日了。書籍出候へども、日てらざるニ付、はやくとり入レ畢。

一朝飯後、お百、深光寺へ墓参。昼時帰宅。〇小松やゟ人参取よせ、定吉持参。不宜ニ付、返し遣ス。

○廿八日丙寅　曇　終日不晴　冷気　深夜地震　引続キ揺かへし　共ニ両度也

一今朝、中川金兵衛、漢楚賽三の巻筆工出来、持参。請取置、校正。其後、金兵衛又来ル。右写本渡し遣ス。

一昼後、清右衛門来ル。小松やゟ取よせ候人参持参。不宜候ニ付引かへ候て、為見せ候様申し付遣ス。薄暮、定吉ヲ以、人参両種、尚又小松やゟ取よせ、見之。夕暮ニ付、請取おき、即刻定吉ヲかへす。

一今朝、長崎や平左衛門ゟ、注文之麝香・人参、小ものヲ以、差越之。直段少ゝ引候様申遣し、其上両種とめおく。夕方同店手代、右うり上げ請取書持参。則、代金銭、遣之。但、沈香かけめ九匁と有之候へ共、八匁五分有之、跡ニてかけ候故、不儘（ママ）差おく。不埒也。

一今日不霽ニ付、書籍虫ぼしせず。依之、読書消日了。

○廿九日丁卯　晴　風烈南　夕七時過忽曇　又無程晴　残暑甚

一宗伯様体、替る事なし。今日書籍虫干、一昨日之分再晒乾了。但、宗伯昨日少ゝ粥食の気味歟。下痢昼夜四十六度に及ぶ云ゝ。今日ハ終日十餘度。快方也。

一昼後、林玄曠来診。予、対面、宗伯様体申聞、診脉。其後、雑談畢而帰去。

一今日残暑甚。且、風烈ニ付、終日読書消日畢。

一飯田町宅ゟ、定吉ヲ以、昨日小松や取よせ候人参之事聞ニ来ル。則、壱両ニ付五匁と申候、壱両分留置、其外ハ不残返し遣ス。尤、清右衛門へ口上書遣之。七月分薬勘定、清右衛門ニ申付、帳面幷ニ鍵、定吉ニもたせ遣ス。

一昨夕・今夕、奇応丸剤沈香、下女かね、鮫ニてこれをおろす。今夕大抵おろし畢る。

〆

八月朔日戊辰　朝曇　四時比ゟ晴　薄曇　地震少許

一宗伯様体、替る事なし。暮六時比しやくり多く出、如例砂糖湯用之而治ス。

一昼時、鶴や喜右衛門ゟ、小厮ヲ以、大坂河内や太助船積幸便着候よしニて、巡島記初編ゟ三編迄三部通り、三包ニわけ候まゝ、届来ル。右ハ四月中、河内や直介江、壱部通り三部注文申遣候処、間違ニて三部通り九部、つる（ママ）喜右衛門ニ付候よし、太介ゟ六月中案内状到来、依之、注文ハ壱部通り三部ニ候間、餘分六部ハ追て積返し可申旨、六月中返書ニ申遣之畢。右之通、今日つるやへも申遣し、六部ハ預りおき、売捌候とも、幸便ニ積返しくれ候とも、いたし候様たのミ、右之内本六部、使へわたしあづけおく。

一昼後、清右衛門、為当日祝義、来ル。薬うり溜勘定いたし、帳面・鍵共持参。則、請取、金銭・鍵ハ宗伯へわたしおく。定吉義、今日宿下りニ遣し候よし、一宿ニて、明夕方可罷帰趣、申之。其後、清右衛門帰去。

一今日も書籍虫干也。少ゝ読書いたし、消日了。但、今日清右衛門、小松やゟ取らせ候人参、十六七本持参。そのまゝあづかりおく。

一夕方、お百、池之端弁天江参詣。広小路ニて蓮肉かひ取、暮六時比帰宅。

一今日戊辰ニ付、如例弁才天献供、今夕奉祭之。庭のぶだう五ふさとりおろし、弁才天幷ニ家廟江供之。

○二日己巳　今暁ヨリ小雨　但多くふらず　四時前ゟ雨止　薄霽　夕方ゟ終夜雨

一宗伯様体、連日替事なし。下痢も度数不同也。

一昼時、つるや嘉兵衛来ル。水滸伝六編六の巻、紫苑が竹世をすくハんとする段、口ゟ三丁程之文言に、賄賂の事有之、耳立候故、綴かへ見せ候様、改名主和田源七申候よしニて、稿本持参。幷ニ、同八編六の巻筆工出来、八之巻画写本持参。右六編稿本・八編六の巻写本ハ請取置、同編八之巻写本ハ、中川金兵衛方へ遣之、筆工かゝせ候様談之、嘉兵衛ニかへし遣ス。其後、右六編禁忌の段、三丁程、少〻文言の中綴りかえ、幷ニ八編六之巻筆工、校正之。近来肝炙（ママ）名主、役義ヲ権弄して、さま〴〵なるたハけをつくし、かれら賄賂を旨とする故、文言ニ賄賂の事あれバ、おの（ママ）身に覚ある故に、忌之。小人之用心すべてかくの如し。尤笑ふニ堪たり。

一昼時、清右衛門来ル。有馬や与惣兵衛ゟ、為宗伯病気見舞、鮎八つ到来。幸便ニ届くれ候様、被頼候よしニて持参。尚又赤坂ニ売用ニて罷越候よし也。早〻帰去。○奇応丸剤、今日大抵出来。依之、明日ゟ、予、丸之候つもり、宗伯ニ申聞おく。但、今日来客幷ニ水滸伝六編六之巻の直し、校合等ニて、消日了。その間少〻読書。○大坂河太ゟ下し候巡島記、注文外六部ハ、つるやニ預置、売捌せ候つもり、今日嘉兵衛ニ談じおく。幷ニ、嘉兵衛金三両持参。右は水滸伝九編□□（ムシ）年分内金ニわたしおき申度よし、申之といへども、予、固辞して不請取、そのまゝかへし遣ス。但、かの文言直し、校正写本ハ明日可渡間、人遣し候様談じおく。喜右衛門妻久〻大病の処、此節痊快、喜右衛門も少〻腫気有之、不快のよし、申之。

○三日庚午　雨 昨夜ゟ無間断 久〻ニての本降也　終日無間断　夕方ゟ小雨　夜中同断　冷気　深夜雨止

一宗伯様体、替る事なし。今朝宗伯、奇応丸剤壱匁餘、煉之。予、終日独ニて丸之。正味壱匁二分許、夕七時過丸じ畢。○宗伯、昼後ゟ腹痛下痢、此節食すゝみ過候故歟。或ハ時候不順之故なるべし。

一昼前、つるや喜右衛門ゟ使札。嘉兵衛代筆にて、水滸伝六編六之巻廿六丁・廿七丁共、幷ニ五の巻廿五丁めほり立、すり本差越之。昨日直し置候、同編稿本六之巻、幷ニ八編六之巻、筆工校合写本五丁、遣之。且、今日差越候すり本へ入木候処、朱ヲ以しるし付、遣之。幷ニ、旧板絵本漢楚軍談序文、支干ちがひ居候間、入木いたし、再刷いたし候様、くハしく返書ニ認。幷ニ、昨日嘉兵衛にかけ合候、大坂河太ゟ差下し候巡島記、餘計之分六部預り置、売捌の上、勘定ハ此方へ可致旨、申遣ス。

一昼後、飯田町ゟ、定吉ヲ以、奇応丸とりニ差越ス。宗伯手伝、おみち包ミ候て、大包・小包等、遣之。右序ニ、小松やゟ差越候人参、壱両め留置之。残りハ小松やへ可返旨、清右衛門へ申遣之。右人参幷ニ通帳面、遣之。定吉、昨日夕方、宿ゟかへり候よしニて、唐茄子一ツ持参。

○四日辛未　天明ヨリ雨終日　夜ニ入猶雨

一宗伯様体、替る事なし。○予、今日も奇応丸正味壱匁三分、丸之。終日也。八半時比丸じ畢ル。

一今日、慈正様祥月忌日ニ付、料供幷道明寺もちひ等を以、奉祭之。

一お百、深光寺へ墓参。昼飯前帰宅。

一清右衛門来ル。相模殿橋辺、奇妙之医師有之よし、及聞候上、昨日罷越候旨、告之。まづおさき療治うけ、よろしく候ハヾ、宗伯ニもすゝめ可申よし、申之。余、又談ずるよしあり。且、中やニて、小ぎく紙十帖とりよせ候様申付、通帳遣之。尚又ふじ艾之事、小笠原平兵衛殿ニて、うへ木や治左衛門事可尋義など申付遣ス。其後帰去。

一昼後、西村や与八ゟ使札。漢楚賽二編画写本出来。幷看板ほり立、校合等、被為之（ママ）。右画写本ハ稿本ヲ添、中川金兵衛江、にし村や使ヲ以、遣之。看板ハ板下ニて見せ不申故、落字有之、その外校合、入木等しるしつけ、委細返書ニ申遣ス。看板すり本二枚之内、一枚ハとめ置、直し見おとしあり、追て又申遣スべし。

一松前内、太田九吉ゟ、宗伯江使札。過日、予、約束いたし候、蓮肉十六両、幷ニ過日かし遣候傘、被返之。予、代筆ニて返書、遣之。

一右已前、お百、上野町へ蓮肉買取ニ罷越。かねヲ召連、程なく帰宅。雨中也。

一宗伯様体、替る事なし。予、今日、奇応丸正味壱匁五分、丸之。校合其外少ゝづゝ、用事有之ニ付、少ゝ遣ル。右残り之分、燈下ニて丸之。六半時前丸じ畢。

○**五日**壬申　曇　終日不晴　夕方ゟ夜ニ入小雨　夜中無間断　天明ゟ雨止テ不晴

一早朝、中川金兵衛、水滸伝八編八之巻筆工出来、持参。請取おき、早速校正ス。昼時、金兵衛又来ル。右写本五丁渡し遣ス。序ニ、西村や看板校合、昨日見遣之分ヌキ、外ニ大坂や半蔵江、管領九代記、丁子やニてかりよせくれ候様頼、口上書右二通、夫ゝ江届くれ候様たのミ遣ス。但、西村や江は、要文筆者之事、別紙口上書も遣之。

一今夜六半時比、駿河台火消やしき近処、旗本方宿所失過(ママ)。はじめハ飯田町辺或ハ小川町といふ。後ニするがだいのよし、定かに聞ゆ。五時比、清右衛門、為見舞、来ル。飯田町辺ニてハ明神下と見え候よし也。雨中ニ土足ニ付、玄関ゟ帰去。火鎮りて後の事也。帰路、渥見へ立寄可申旨、申之。火ハ程なく鎮り候。一軒やけ、一棟のよし也。

○**六日**癸酉　曇　折ゝ小雨　四時前ヨリ本降　終日無間断　夕方小雨　夜ニ入同断　冷風　七日天明ニ至ル

一宗伯様体、替る事なし。○予、今日も奇応丸正味壱匁壱分、丸之。今日ニて皆出来也。今日閑寂。但、昼後お百ヲ以、地主杉浦方へ、過日法運来訪の答礼申入させ、小菊十帖、遣之。過日上総ゟ帰府、近ゝ上京のよしによつて也。

一昼前、飯田町ゟ、定吉ヲ以、一昨日申付候小菊十帖、中やゟ取よせ、被差越之。且、おさき所望ニ付、たくあんづけ両三本、遣之。

○**七日**甲戌　曇有雨気　冷気　終日不晴　薄暮ゟ雨暮六半時比ゟ雨止

一連日、宗伯様体、替ることなし。下痢不同あり。

一昼時、大坂や半蔵来る。過日、中川金兵衛幸便ニ申遣候管領九代記之事、心得ちがへいたし、北条九代記持参。鎌倉管領九代記持参いたし候様、申談じ、北条九代記ハ返し遣ス。美少年録外題弘の為、他板中本とびら付半丁へ、報条多くさし入度候間、下書認くれ候様、半蔵申之。明日、昼後迄ニ出来可申間、明日可参旨、談じおく。其後帰去。

一大坂河太、此節出府。重板一件所要のよし風聞、今日大坂や半蔵ゟ聞之。此方へ不立寄、薄情不実、言語同（ママ）断のもの也。

一昼後、つるや喜右衛門ゟ使札。嘉兵衛代筆ニて、水滸伝六編ゟ八編迄の外題、筆工出来見せニ、且、過日六編の六の巻の直し、早速改方和田源七へ差出し候処、今以沙汰無之よし申来ル。右返書ニ、河太江戸旅宿しらせくれ候様、幷ニ畸人伝の事申遣ス。

一予、今日月代。入湯後、大坂や半蔵頼ミ、美少年録報条稿本半丁、綴之。彼是にて消日了。右報条の文言くハし過候ニ付、夜ニ入、つゞり直しおく。

一お百、入湯後、池の端幷ニ広小路へ蓮肉買取ニ罷越候処、無之ニ付、いたづらに帰宅ス。

一今日、長崎や平左衛門、小ものニ麝香注文申遣候ニ付、夕方右麝香持参。然処、直段過日かひ入候ゟ高料ニ付、そのわけくハしく申聞せ、且、書付ニもいたし、わたし、代金先日之通りニ勘定いたし、払遣ス。○奇応丸剤、人参末五分有之ニ付、宗伯せわいたし、沈香正味二分五リ□（ムシ）おろさせ、今夕、熊胆ゆせんニいたしおく。明朝、宗伯煉之。予、丸じ候旨、談じおき候によつて也。

一奇応丸正味壱匁弱、今朝、宗伯煉之、予、丸之。客来等ニて、夕七時過丸じ畢ル。

○八日乙亥　曇　昼時前ヨリ晴　冷気

一今朝、中川金兵衛、もりや板金魚伝八の巻筆工出来、持参。請取おき、即刻校正。昼時同人又来ル。右写本五丁幷ニ稿本八冊、袋ニ入渡し遣ス。序ニ、大坂や半蔵方へ立寄、美少年録報条稿本壱丁、遣しくれ候様たのミ、もたせ遣ス。且、森や金魚伝、ふくろ・表紙等之事、沙汰無之ニ付、内意申ふくめ遣ス。

一昼前、西村与八ゟ手代ヲ以、漢楚賽看板直し出来、持参。幷ニ、雅俗要文奥書十丁、仲道筆工出来、持参。漢楚賽四・五の巻絵写本十丁持参。看板ハ直ニ改遣ス。要文奥書写本ハ預りおき、漢楚絵写本ハ、筆工金兵衛方へ持参いたし候様、申ふくめ、もたせ遣ス。予、丸薬丸じ候ニ付、不逢。おみち取次ニて、口上応対相済。

一昼後、清右衛門来ル。油町ニ罷越候よしニ付、金箔かひ取候様申付、南鐐一片、宗伯わたし遣ス。且、天満や事、昨日神田永富町新宅ニ引移り候よし申ニ付、かねて示しおき候進物之事、引移り已前ニ可遣存候へども、清右衛門不行届候間、無是非、追て可遣旨、談じおく。其後、清右衛門、早ゝ帰去。

一昼前、画工英泉来ル。予、対面。彼仁親類ニ不埒之もの無之（ママ）、借財等引請、甚困窮之上、大坂書林河内や茂兵衛と談じ置候事、間違、河茂今以江戸へ不来候ニ付、弥難儀のよし。彼是長談、ミのや甚三郎噂等、聞之。其後帰去。

一夕方、お百、池之端幷広小路へ、蓮肉かひ取ニ罷越候へども、無之よしニて帰去。

一昼後、土岐村元祐、為宗伯病気見舞、入来。予、製薬中ニ付、不逢、宗伯対面。其後帰去。

一予、奇応丸丸じ候後、要文奥書十丁校正、誤写甚多く候ニ付、不残付札いたし、夜ニ入、校し畢。再案書入等、猶追て認之。仲道子へ可遣旨、心がまへ等いたしおく。

一予、今朝ゟ、雅俗要文口おく筆工、十丁餘校正、誤写悉付札いたし、再考之分壱丁、稿本江書入等、昼後八時比畢ル。

九日丙子　晴

一朝四時比、飯田町宅江（ママ）定吉来ル。おさきゟ、今朝清右衛門事、相模殿橋医師方へ罷題候処、かけちがひ、右医師過刻見舞候。此方へも昼比可参よし、案内申来ル。定吉留置、関忠蔵方へ巡島記三部幷ニもくず等書状差添、遣之。他行のよしニて、ふろしき共留置候のミにて、定かならず候ニ付、尚又、定吉ヲ遣し、請取書とらせ候。夫ゟ神田永富町天満や庄兵衛方へ、進物もたせ遣ス。飯田町清右衛門、店ニ罷在候節、度ゝ音物の返礼として、新宅祝し遣せし也。

一昼前、麻布さがミ殿橋卜筮医師昌寿来ル。宗伯様体申遣ス。様子見せ候処、只手のすぢを見て、脉を見ず。宗伯は不承知のよし候へ共、すゝめ候て、試ニ薬用ひ候様申示し、薬所望のよし、やくそくいたし遣ス。壱帖廿四文づゝ、先方ゟもたせ遣し候よし也。時分ニ付、昼食ふる舞、其後帰去。

一同刻、お秀来ル。是又、昼食ふる舞、予不断着太織布子仕立候様申付、もたせ遣ス。

一八時過ゟ、予、出宅。定吉を倶し、渥見次右衛門方へ罷越、宗伯病気度ゝ見舞くれ候挨拶等申述、姑く物語。覚重当番のよしニて不逢。其外ハ皆在宿、対面。夫ゟ飯田町宅江罷越、書籍類見わけ、都合十三箱ほど、近日軽子ニもたせ、差越候様申付おく。折から清右衛門方へ、久吾来居候ニ付、対面。本とりしらべにひま入、［夜］（ムシ）ニ入、四時帰宅。清右衛門送り来ル。定吉ニ急用の本背負せ来ル。四時過、清右衛門・定吉帰去。

一右他行中、松前内駒木根千之丞来ル。先月中展覧会之節、所望ニ付、かけ物江染筆いたし遣候、謝礼口状、とり次之ものへ申おく。〇めでたや久兵衛養母も来ル。過日遣し候、樹木ぶだ《(ダク)》うの謝礼のよし也。

〇十日丁丑　今暁驟雨無程止　終日曇冷気　夕方雨夜中同断　大風雨暁ヨリ晴

一昼後、大坂や半蔵来ル。過日たのミ置候、鎌倉管領九代記全部十五冊持参。代銀十七匁五分のよし。昔年、柏や半蔵ゟ、十一匁ニかひ取候本ゟ宜候へども、よほど虫入有之、尤高料ニ候へども、当用之品ニ付、かひ入可申存、請取おく。弁、あこぎ物語前後編持参、見せ候ニ付、そのまゝかりおく。弁、美少年録報条の画、美少年国安ニ画せ出来、見せらる。画がら不宜候得ども、そのまゝにいたし、筆工へ可遣旨申聞ケ、返之。其後、半蔵帰去。にし与へことづけたのミ遣ス。

一昼前、お百上野広小路へ罷越、蓮肉十一本かひ取、帰宅。なほ四十本有之候よしニ付、夕方かねをとりニ遣し、代銭わたし、不残持参。

一夕方、表具師金太郎、かねて申付候表具一ぷく、返魂餘紙別集上巻末へ、鉄碑摺本はり入等出来、持参。一覧之上、代金弐朱わたし遣ス。

一予、終日読書、読史《トクシ》餘論・鎌倉大草紙等也。美少年録為著述のミ。

〇十一日戊寅　今暁マデ風雨暁ヨリ晴

一今日、書籍むしぼし、多くよみ本類也。宗伯、奇応丸箔、目方壱匁ほどこれをかくる。

一今日、羅文居士祥月忌日ニ付、如例昼飯、御画像江御酒・粢等、供之。家廟へ茶飯料供、備之。右料供残、近所江遣し候様、家内江申付おく。

一昼前、おさき来ル。料供調理手伝のため也。昼後、おきく来ル。夕方料供備へ奉り候て後、おきく・おさきへ茶飯ふるまひ、近所両三軒へ送膳、遣之。日暮テ、定吉、おさきむかひとして来ル。今日さがミ殿橋平野章二ゟ、宗伯薬差越候よしニて、清右衛門方ゟ、定吉ヲ以、右薬、差越之。薬料・人足ちんとも二百五拾文、清右衛門立かへおき候よしニ付、右之代おさきにわたし遣ス。且、一昨夜、予、飯田町宅ニて、書籍取しらべ之節、定吉ニもたせ帰宅之節、謀野集刪とりちがへ候間、右之本遣之候様、おさきゟ申付、且、英平吉へ本注文書付、大角へみそ注文かき付等、委ね遣ス。○今日、書籍むし干也。

一昼後、大坂や半蔵来ル。美少年録報条の画、国安方ニて出来かね候旨、国貞弟子画□（ムシ）出来のよし、持参、被為見之。筆工金兵衛殿へ、たのミ可申旨（ムシ）申ニ付、任其意、且、管領九代記代金、遣之。

一今日多用、朝之内少ゝ読書。

一松前内牧村右衛門ゟ、宗伯へ奉札。其蜩と申もの、俗称等存居候ハヾ□□（ムシ）可致旨申来ル。右、予代筆ニて、不知よし、うけぶミ認、遣之。但、其蜩庵と申ものハ、宝永年（ママ）有之、翁草ヲ著し候人之よし、申進ズ。

一章二薬、今夜ゟ一貼づゝ宗伯用之。少し動じ候哉、丑三比ゟさし込有之。お百・おみち介抱、かねも起し、七半時比鎮ル。翌日ハ、例のごとく快方。

○十二日己卯　天明ヨリ薄曇　其後無程晴　昼時ゟ風烈　夜中同断

一宗伯、今日は、平日之様体ニ替事なし。○今日も書籍虫ぼし也。此方有之候分、今日ニて大抵ほし畢ル。

一今朝、中川金兵衛、漢楚賽二編四の巻筆工持参。後刻迄ニ改置可申、挨拶いたし、右写本あづかりおく。

一四時前、大坂や半蔵来ル。美少年録報条筆工出来、持参、被為之（ママ）。にし村かんそまがひ写本校合済候ハヾ、西村やゟ届可申よし、申候へ共、多用ニて未得校合之間候ニ付、不及其義。

一つるや喜右衛門ゟ、嘉兵衛代筆ニて使札。水滸伝八編七の巻、仙吉筆工出来、校合ニ差越ス。且、過日申遣し候畸人伝十冊、被差越之。幷ニ、八の巻金兵衛筆工出来いたし候哉と尋ニ来ル。返書ニ、八之巻ハ七八日已前早速出来、中川氏その方へ被致持参候。いかゞ間違候哉。糺候様、申遣ス。且、今日の写本校合ハ、後刻金兵衛幸便可有之候間、届可申候。もし幸便無之候ハゞ、明日人差越し候様、申遣ス。

一昼前、お秀来ル。過日申付候、予ふとり布子仕立出来、持参。尚又、宗伯不断着羽折、仕立候様申付遣し、昼食ふる舞、八時比帰去。

一漢楚賽二編四の巻・水滸伝八編七之巻、写本校之。書損此方ニて直しおく。

一昼後、麻布古川、間部儒士大郷金蔵ゟ使札。先月かし遣候玄同放言五冊、被返之。且、遊嚢　《（アキママ）》賸廿四之巻、猪早太之事有之条、考の一助ニもなるべく哉と被貸之。菓子小折一到来。幷ニ、ちか比の小説ニ、混股之戯といふ事有之、混股の股は骰ニて、博奕の事なるべく哉と被問之。右返書長文認之、此方ゟ、兎園別集中・下之巻二冊かし遣ス。名茶二袋、遣之。遊嚢全部見たきよしも申遣ス。

一昼前、お久和ゟお百へ使札。昨日茶飯の答礼として、さつまいも一盆、被恵之。幷ニ、金魚五つ、池へ放くれ候様申来ル。もたせ来ル。則、池へ放之。序ニ、次右衛門方へ手簡ヲ以、過日被頼候うつし物、東之春三十六丁、壱丁四文づゝニて写し□□□《（ムシ）》申遣し、原本二冊、料紙・中あて板そえ、こんふろしきにつゝミ、遣之。

一八半時比ゟ、お百同道ニて深光寺江墓参、和尚ニ対面いたし、薄暮帰宅。右已前、清右衛門来ル。昨日、おさきへ申付候謀野集刪持参。且、英平吉方へ本注文書、大角へみそ注文書届候よし申之。おさきも薬少〻動候哉、今日ハ不快のよしニて、早〻帰去。

一中川金兵衛、夕方可参筈ニ付、多用中校合いたし、参候ハゞ写本わたし遣候様、おみちニ申付置、出宅之処、帰宅迄金兵衛不来。右ハ大坂や幸便幸便《（ママ）》ニて、用向弁じ候と、心得ちがへしなるべし。

一昼前、杉浦弟法運来ル。為宗伯病気見舞、三輪さうめん三把持参。予、対面。宗伯も病床ニて対面。里見の系図之事など被為談之。長談数刻、帰去。

○十三日庚辰　早旦ヨリ雨　程なく止　其後終日曇　冷甚

一鶴や嘉兵衛来ル。過日、改名主和田源七故障申候、水滸伝六編之内の直し、尚又ひとやハ衣食をおくるなどいふ、不宜旨申由ニて、直しくれ候様、申之、右稿本持参。愚なることなれども、渡世の為なれバ不及是非、其くだり少〻直し、且、昨日校合いたしおき候、八編七之巻写本幷八編稿本八冊、嘉兵衛へわたし遣ス。

一今日、読書消日了。○宗伯、一昨夜ゟ章二薬用ひ候処、又下痢のきミにてしぶり、滑のごとくのもの下り候よし、申之。しかりとも、先姑く服薬いたし試候様、教示いたしおく。

○十四日辛巳　曇　四時前ヨリ薄晴

一早朝、杉浦清太郎老母来ル。相沢虎吉、権家ゟ被頼候よし、けいせい水滸伝初編ゟ五編迄、求申度候、可有之哉之旨、被問之。初編も当春すり出候間、板元つるやヘ被申遣候ハヾ、調可申旨、示談に及ぶ。其後、老婆帰去。

一今日、予、辰巳の方三畳掃除いたし、連日曝虫の書籍箱へ納了。終日也。

一めでたや久兵衛養母来ル。過日遣候茶飯の謝礼也。手みやげニよだれ懸壱、被恵之。

一田口久吾来ル。宗伯病気見舞也。予、対面。雑談後、帰去。

一宗伯下痢、昼夜廿五度也。章二薬用ひ候故也。其外替る事なし。

○十五日壬午　薄曇　終日不晴　夜艾（ママ）四時前ゟ雨　但多くふらず（ダク）

一今日、鎌倉鶴岡八幡・深川富岡八幡、両神影、如例辛（ママ）神酒・粢、備之祭奉る。

一過日、大嶋七兵衛頼白扇四柄、并ニ同人同道之医師頼白扇二柄、并ニ西村屋与八頼桜画扇二枚、都合八柄、詩歌題之。昼前染筆畢。

一昼前、中川金兵衛、漢楚賽二編五の巻筆工出来、持参。請取おき、即刻校正、誤写二三ケ所あり、此方ニて直しおく。夕方同人又来ル。右写本、并ニ過日校正しおき候四の巻写本、共ニ二綴わたし遣之。序ニ、扇面二枚、西村や与八へわたしくれ候様頼候て、もたせ遣ス。前条之画賛扇也。

一昼後、清右衛門、為当日祝義、来ル。明日晴天ニ候ハヾ、過日見わけ置候本箱、かるこにもたせ差越候様申付おく。并ニ、扇六本・手簡一通、本庄近江守殿内、大嶋七兵衛宅迄届候様申付、もたせ遣ス。定吉ニ申付遣し候て、為念、うけ取書とらせ候様申付、其後帰去。

一おみち事、平日心得ちがひの事有之。明日里へ逗留ニ遣し候ニ付、内ゝ意見申聞せおく。依之、太郎はじめて罷越候ニ付、めでたや久兵衛江交肴等たのミおく。もたせ遣すべき為也。

一暮時、つるや喜右衛門ゟ、重編応仁記廿冊、小ものを以、差越之。過日、嘉兵衛に応仁記の事たのミ候故也。然る処、此方注文之応仁記にあらず。依之、古板二巻の応仁記吟味いたし、買出しくれ候様、嘉兵衛へ返書ニ申遣ス。但、今夕之応仁記も姑くとめ置。可致一覧ためとめおく。委曲返書ニくハしく申遣之。

○十六日癸未　天明ヨリ雨　無程止テ不晴　五半時比ヨリ薄晴んとす　四時過ゟ快晴

一めでたや久兵衛、昨日頼置候進物交肴持参。右之内一折五、土岐村元祐方江人足ヲ以、遣之。近日おみち参候故也。其後めでたやに、右交肴代金、下女ニもたせ遣ス。

一昼前、おさき使として、飯田町ゟ定吉来ル。小松やゟ、人参・砂糖とりよせ持参。但、右人参三両之内、一両めとめ置、二両めは返之。并ニ、今日不人ニ付、昼飯後ゟ、定吉ヲ遣し候様、おさき方へお百ゟ申遣ス。○平野章二、今日飯田町へ見舞候よし。此方へも参り可申よし、おさきゟ案内有之候へども不来。後刻、本箱可遣旨も、同人ゟ案内申来ル。

一昼九時過ゟ、おみちヲ為保養、きのくにばしへ遣ス。太郎同道、供人かねハ太郎をせおひ、外ニ供人足一人、きがえ衣類・進物魚類等、持之、右おくりとゞけ、かね并ニ人足は夕七時比帰宅。おみちハ五六日も逗留いたし候様、申付遣ス。

一夕七時過、飯田町ゟ、かるこ多七ヲ以、本箱十三但書籍入・床板一具、差越之。かるこ両度ニ持参。予、うけ取、かるこちん遣之。其後、右本箱書斎に直しおく。

一昼後ゟ、予、疝癪気ニて、中脘いたミ難義、夜ニ入同断。但、当分の症也。

一夜ニ入、宗伯為保養、お百同道ニて、昌平橋辺迄罷越、五時前帰宅。

一昼時過、定吉ゟ（ママ）来ル。則とめ置、夕飯後、飯田町へかへし遣ス。但、今日かるこ多七に、よみ本類若干、鶯籠桶二ツに入有之候処、右之外、糸桜よミ本合八冊、定吉ニもたせ遣之。よみ本類、弓張月全部・八犬伝・巡島記・胡蝶物語は此方ニあり、其餘は今日不残、飯田町宅に遣しおく。本箱へ納らざる故也。

○十七日甲申　曇終日不晴　風アリ　冷気

一予癪気、今朝も未瘥。依之、宗伯調薬、今朝ゟ服用之。

一するが茶師儀右衛門来ル。則、晩茶七斤代金、遣之、うけ取書とりおく。

一中村仏庵来ル。予、対面。白石与安積覚兵衛手簡の写見せらる。書中泊船門の事也。今のさくら田御門の事也。雑談数刻、帰去。右手簡の写かりおく。

一長崎や新兵衛事、美成、名前ヲ幼児にゆづり、その身ハ立花家浪人組といふ家来分ニ成り、帯刀いたし候よし。仏庵の噂也。且、美成著述、文きやう何とやらいふ書、いづミや庄次郎方ニて、此節出板のよし。これも仏庵の話也。（新兵衛、山崎久作と改名のよし、珍説也。）

一杉浦弟法運来ル。予、対面。当月廿日上京、九月下旬帰府のつもりニて、暇乞ニ被参候也。宗伯も於病床、対面。当夏中房州ニて、草刈の農民、蝮蛇を生捕候よし。太さ八寸まハり許、長サ九尺餘あり。私に見せ物にして、銭をとり候間、無程、領主ゟとがめられ、蛇は元の山へはなちたりといふ。法運の話也。

一お百、上野広小路へ蓮肉かひとりニ罷越、廿九本かひ取、帰宅。今日限ニて、彼処ニは無之よし也。

一予、今日疝癪痛ニ付、折ゝ平臥、読書消日了。今日ゟ綿入衣服用。

○十八日乙酉　薄曇（終日不晴）

一昼前、飯田町宅ゟ使札。使定吉也。おさきゟ母江消息。ひがんのをハりニ付、牡丹餅出来、壱重、差越之。右序ニ、大坂や半蔵ゟ借置候、あこぎ物語二編、おさきに見候様示し遣し、右之本、定吉ニもたせ遣ス。幷ニ、小松やニて、蓮肉の新とりよせ可申事、本箱上おき薄板之事等、口上書ヲ以、申遣ス。

一昼後お百ヲ以、杉浦清太郎方へ遣ス。法運、近ゝ上京祝義、且、過日度ゝ被参候、答礼也。其後、法運ゟ使ヲ以、前後漢書かし本ニて、かり申度と申もの有之、所ゝ尋候へども、無之候間、世話いたしくれ候様申来ル。右之書ハ、かし本ニ致候もの無之趣、申遣ス。

一夜ニ入、宗伯、為保養、上野広小路うへ木見ニ罷越候ニ付、お百同道、五時比帰宅。

一昼後、渥見次右衛門ゟ、過日遣置候、東の春二冊、三十六丁謄写出来。原本とも使ヲ以、被指越之。返書認、右筆料も一処ニ遣之。

一予、疝癪痛少ヽ快方、只下部へ下り、腰痛有之。依之、読書消日了。

○**十九日**丙戌　天明ヨリ雨　五時過細雨　或ハふり或ハ止　又本降　昼時ヨリ晴

一昼前、西村や与八ゟ、小厮ヲ以、漢楚賽看板ほり立校合直し、全出来、被為見之。よろしき由返事、口上書ニて申遣し、右すり本一枚とめおく。且、過日初編改名主故障の事、沙汰無之哉と申遣ス。

一昼後、中川金兵衛、漢楚賽二編六之巻筆工出来、持参。請取置、早速校正。夕方同人又来ル。即、右写本わたし遣ス。

一昼前、飯田町宅ゟ、定吉ヲ以、本箱のしきり板、差越之。右返事ニ、中やニてとりよせべき、いハきがみの事、注文認之、かよひ帳、遣之。

一昼後、清右衛門来ル。過刻申遣候岩城五帖、中屋ゟとりよせ、通帳差添、持参。幷ニ、昨日、甚左衛門町かし本や、芝や文七、清右衛門方へ参り、中本類の稿本持参、此作者は古人ニ成候、何とぞ、この序文ヲ予にたのミ度よし。おなじくハ作とも予が作ニいたし、出板いたし度候間、たのミくれ候様、申入候旨、告之。けしからぬ事ニて、不及沙汰、昔年より他作の草紙へハ、序文ヲ不書、況、他作ヲ此方名前にて、出板などいたし候事、あるべき事にあらず《(ダク)》。かた〴〵かたく断候趣、屹度可申断旨、談じ遣ス。右稿本ハ清右衛門失念、今日不致持参よし、申之。右之稿本見るニ不及、そのまゝ文七江返し候様、申付遣ス。宗伯、奇応丸包遣し、其後、早ゝ帰去。

一予、管領九代記十五冊・重編応仁記廿冊、連日再読、今日卒業。

○廿日丁亥　薄晴　夕方又薄曇　夜中晴

一今朝ゟ、宗伯、奇応丸へ箔かけ候ニ付、予、六枚屛風出し遣し、右之上戸棚そうぢいたし、うちのもの悉く入れかえ、かた付畢ル。

一今朝、松平冠山様御入来。宗伯病気御見舞也。予、拝見。早〻御帰なさる。

一飯田町宅ゟとりよせ候書籍、虫干今日ゟはじむ《(ダク)》。今日、三箱干をハる。

一昼後、かねヲ以、渥見次右衛門方へ、写しものたのミ遣ス。遊覊臏《(ママ)》記廿四之巻壱冊、右料紙いハき紙九十二枚差添ニ、有合候細字書筆五本、遣之。尤、返書ニ不及旨、申遣ス。序ニ、お久和方へ沢庵漬三本、遣之。覚重弟嫁、此節病気ニ付、西丸下本田総州邸ニ罷在候、次右衛門孫両人とも、当分引取養育、右之小児当歳のものにハ、お久和乳ヲ以、孚し候処、此節疱瘡ニて迷惑至極のよし。お久和ゟ返書ニ、母江申来ル。

一夕方、かねヲ以、地主杉浦方へ遣し、今朝法運上京、首途之祝義、申遣ス。

一予、終日読書ス。続畸人伝、再閲也。

○廿一日戊子　曇　爾后薄晴　又薄曇　夜中晴

一昼前、飯田町宅ゟ、定吉ヲ以、初茸小籠入到来。右定吉ヲ以、関忠蔵父子江使札、遣之。過日恵借之東の春二冊、返却之。幷ニ、ぶんきやう何とやら新著物、伊豆移山の御届書写し等かりニ遣ス。忠蔵・源吉共、他行のよしニて、返書不来。

一つるや喜右衛門ゟ使札。過日頼遣し候、応仁記・明徳記、いづれも合本ニて、二冊、指越之。承久記ハ添不申、三板之内一板端本ニ候へ共、見せ候趣、申来ル。請取返書、遣之。

一芝泉屋市兵衛ゟ使札。金ぴら船六編表紙彫刻出来、すり本校合幷ニ右六編一ゟ五迄彫立、壱編校合ずり、被差越之。且、過日之神女湯・つぎむしの薬、遣しくれ候様申来り、通帳、被差越之。表紙ハ入子幷いろ合等之事、注文申遣し、校合すり本廿五丁ハ、そのまゝ請取おき、幷ニ、神女湯・つぎ虫薬、遣之。是迄かよひ帳面ニ不記も多く有之ニ付、元帳引合せ、不残記し、其段申遣ス。

一旧婢むら父、次郎八来ル。さつまいも一盆持参。右移りとして、晩茶一袋、遣之。

一今日、飯田町宅ゟ、とりよせ候書籍之内、二箱餘虫干。快晴ニ無之候へども、是迄飯田町ニて、おさき大抵虫干いたし候よしニ付、再乾ニ不及。今日のミにて止ム。

一昼後、おみち・太郎帰宅。土岐村元立内義、同町宗之助二女同道ニて、おくり来ル。従者弥助也。いろ〳〵土産物被恵之。宗之助内義・元祐ゟも同断。夕膳等ふる舞、土岐村内義・宗之助二女、七半時前帰去。

一今夜、四半時比ゟ、上野凌雲院失火。右近火ニ付、清右衛門幷ニ同人弟名張屋浅一郎・神田永富町天満屋庄兵衛等、見舞として来ル。此方無難ニ付、早ゝ帰去。

一予、今日も読書。但、昼後ゟ来客ニ付、多くよまずして止ム。

○廿二日己丑　天明マデ晴　早朝ヨリ薄曇　四時比ヨリ晴

一飯田町宅ゟとりよせし書籍、今日も三箱許虫干。予、終日読書。但、夏休之内、管領九代記十五冊・重編応仁記廿冊・畸人伝十冊・応仁記二冊・明徳記三冊、通計六十冊披閲。今日卒業。

一覚重倅小児、渥見方へ引取候処、此節疱瘡之よし。右為見舞、夕七時比、お百ヲ渥見次右衛門方へ遣ス。供人かねハ、先方送り届、即刻帰宅。お百は、夕七半時過帰宅。

一きの国橋、土岐村氏ゟおみちへ使札。同人ゟ、返書遣之。

○廿三日庚寅　曇　四時前ヨリ晴　風烈南　夜中弥風烈

一今朝、中川金兵衛、漢楚賽二編七の巻筆工持参。請取置、早速校閲。後刻同人又来ル。即、右写本わたし遣ス。

一雪丸事、田中源治来ル。榊原家臣也。名前聞違ニて不逢。近日又可参よしにて、帰去。

一夕方、大坂屋半蔵来ル。美少年録ちらしすり本持参。雑談数刻、薄暮帰去。

一今日も書籍虫干。飯田町宅ゟとりよせ候分、今日切ニて、不残ほし畢。

一予、読書等ニて消日了。○宗伯、当月中旬より痫症大発なし。様体ハ不替。

○廿四日辛卯　晴　風烈南　昼後ゟ弥烈し　夜五半時ヨリ風止曇　ばら〳〵雨　忽止　爾後不降

一飯田町宅ゟとりよせ候書籍、予、不残つめかえ、六畳の間へ箱つミ合せ、其餘□□(ムシ)等ニて消日了。

一杉浦老母ゟ、使を以、川越之薪少ゝ参候間、弐束分わけ可進哉之旨、申来ル。可申請旨、申遣ス。

一昼前、飯田町宅ゟ、定吉ヲ以、過日申付候鮎六尾、差越之。大鮎子もち也。代料遣之。右序ニ、尾張みそ、幸便ニ取よせ可申旨、母ゟ、おさきへ文通ニて申遣させおく。

一昨日ゟ南風烈ニ付、宗伯弁ニお百、持病頭痛眩暈ニて、半起半臥也。

○廿五日壬辰　曇　夜四時比(ムシ)ヨリ雨

一宗伯口痛、昼後ゟ尤甚し。昨日大雨風ニて逆上故也。依之、昼後ゟ、お百、為立願、本所歯神へ参詣。夕七時比帰宅。夜ニ入、予、むし歯咒等、貼之。しかれども痛ミ不止、今夜苦痛不寝也。且、昼後ゟ水瀉、夜中共数十度云ゝ。

一昼前、鶴や喜右衛門ゟ使札。先月中、嘉兵衛来訪之節、物語有之候、絵本漢楚軍談十冊、袋入合巻にいたし、再刷製本出来。依之、壱部、被恵之。右序文之支干間違有之、寛政壬戌とあり。壬戌ハ享和二年にて、寛政に壬戌なし。寛政中の作、享和二年に至て、絵彫刻出来候ニ付、序文之支干のミ書かえ、年号を直さゞる故なるべし。いづれニも入木ニて直し候様、其後手がミを以、つるやニ申遣し候処、不及其義、やはりその儘再刷、これ遺憾の至なり。且、傾城水滸伝六編、四十丁とびら共、彫刻出来候間、校合ずり被指越之。此内、口絵壱丁半不足也。過日、改名主和田源七ゟ、故障申候直しも相済、入木いたし候よし也。然処、右之稿本とめ置、今日不差越候ニ付、よみ合せ出来かね候。依之、右之稿本一冊、近日差越候様、返書ニ申遣ス。

一昼時、渥見次右衛門ゟ、使ヲ以、茶飯一重、被恵之。庶孫疱瘡、今日酒湯祝義のよし也。

一昼後、森や治右（ママ）衛門来ル。予、対面。かの店ニて出板の金魚伝ハ、やはり並合巻にいたし、袋入ハ本かへの為、弐百許製本いたし候つもりのよし、申之。依之、表紙ハ有合之表紙、可用之旨、申之。右ニ付、外題画ぐミ注文幷ニ袋入の方、中外題下書等、即座に認、遣之。

一昼後、清右衛門来ル。店勘定帳持参。今日、小林へ勘定ニ罷越候よし也。一覧いたし遣ス。有合せ候、樹木の梨、遣之。且、旧宅ニ遺し置候本箱の事等、談じおく。其後、早〻帰去。

一昼前、お秀来ル。手作の芋壱包持参。宗伯半口羽折のうら、足切レ八尺程入用よし、申之。其後、早〻帰去。其後、清右衛門罷越、となりの店ニふる着や有之よしニ付、見つくろひ、かひとり候様申付遣ス。尤、先刻おさきゟ、定吉ヲ以、申付置候尾張みそかひ取、差越候節、お百ゟ返事ニ、その事申遣し置候へ共、尚又清右衛門へ直ニ申付之。

一予、今日ゟ、美少年録下拵、年代・人名等捜索、書抜、壱の巻本文少〻、稿之。

○廿六日癸巳　昨夜ヨリ雨　昼之内小雨　或ハ止　八時比ゟ夜中雨　無間断　冷気
一宗伯下痢、今朝も同断。但、疼痛少許薄らぎ候よし也。昨夜九時比ゟ、おみち・かねハいねさせ、お百看病。暁ニ至り聊臥眠のよし也。

一予、美少年録今日も稿之。趣向未全。依之、工夫之上少ゝづゝ、稿之。

一芝泉市ゟ使札。金ぴら船六編表紙幷袋校合ずり見せらる。ふくろの方、外題筆工□□□（ムシ）かね候間、つやずミにてすり候様、注文くハしく申遣ス。幷、過日申遣候売薬代金壱分弐朱、被差越之。則、請取書、遣之、且、金ぴら船二のとびら未参候間、早ゝ遣し候様、返書ニ申遣ス。

一榊原殿内、田中源治事、雪丸来ル。予、対面。右藩中の朋輩ゟ、志賀瑞応之神書巻物写し見せらる。此義、過日大郷金蔵ゟ申来り、粗承知候処、右之写し珍らしく覚候間かりおく。右の報ひとして、志賀瑞応事迹再考之一編、記し遣ス。長談数刻、帰去。

一昼前、つるや喜右衛門ゟ、嘉兵衛代筆にて使札。水滸伝六編直し相済候稿本一冊幷ニ七編稿本八冊、改済候よしニて、被指越之。則うけ取、六編すり本校合ハ、両三日中可致旨、右返書ニ申遣ス。

一夕方、清右衛門来ル。一橋御用聞合せ候事有之、此辺に参候よし、申之。明日　公方様、御浜御殿（ママ）ゟ、九段坂うへ木や御通り抜、中坂通り、南横町・茶や町通り、俎橋御渡ニて、還御のよしニ付、多務の趣、申之。早ゝ帰去。○予、今日昼後ゟ、美少年録壱の巻本文、昨日分廿二丁餘、稿之。
○廿七日甲午　雨　昼之内小雨　或ハ止　夜中又雨　深夜止　冷甚
一宗伯口痛、今朝ハ快方。一昨日ハ水瀉六十餘度のよし。昨日ハ度数減じ候よし也。時候あたり、逆上の症也。

一屋代太郎殿ゟ、侍使ヲ以、宗伯病気、被尋之。予、対面、返辞ニ及ぶ《(ダク)》。

一屋代二郎殿来ル。七月上旬貸進候、石魂録後集三冊、被返之。予、対面、請取畢。

一昼後、中川金兵衛、漢楚賽二編八之巻筆工出来、請取おく。其後、夕七時前、同人又来ル。未及校合ニ付、またせおき、一覧、改方名主、嫌忌も可有之哉と心附候処、本文少ゝ直し、則、金兵衛に書直させ、幷ニ口の半丁の画の進物類、御散書ニ直し候様、書付ヲ以、西村やへ申遣ス。右稿本八冊添、写本共、金兵衛へわたし遣ス。今日、英泉書画会のよし、金兵衛申之。この方へ、沙汰無之ニ付、祝義不及遣。宗伯病中、遠慮被致候もの歟。

一夕七時比、林玄曠入来。宗伯様体申聞ケ、脉診の上、帰去。予、対面。及雑談。

一美少年録壱之巻七丁め迄、本文稿之。但、書おろしのミ也。未及附仮名等。

○**廿八日**乙未　曇　朝五時前ヨリ小雨　昼前ヨリ晴

一宗伯口痛、弥順快。水瀉も遠く成候へども、其外、様体替る事なし。

一深川手習師匠、文知《(ママ)》堂、西村や与八紹介手紙持参。雅俗要文筆工板下廿枚程持参。認方被問之。一向文字をしらぬ人ニて悪書なれども、板下好ニ付、書かた種ゝ指南之上、雌黄を施し返し遣ス。雑刻《(ママ)》之後、帰去。

一同刻、大坂や半蔵来ル。昨日、中川金兵衛幸便ニ申遣候、美少年録料紙のわく、早速小口書入、中川氏ニたのミ、入木ニ遣し候よし、申之。右けわくのすり出来次第、此方稿本出来分、六七枚也とも、筆工金兵衛方へ可遣旨、談之。但、濡《(ママ)》筆之事も、近ゝ持参可致旨、半蔵示談之上、帰去。○杉浦江薪代金、お百持参、老母江渡之。

一昼後、お百、深光寺江墓参。序ニ、笹屋江立よらせ、鉄炮洲松本三郎治炭之事、頼之。代金前渡しニ、弐分遣之。然処、伊兵衛ハ越後の父死去ニ付、当月上旬彼地へ罷越、廿日餘留守宅のよし、女房申之。依之、炭の事、伊三郎承知のよし也。夕七時比、お百帰宅。

一今朝、おさきゟ、定吉ヲ以、過日かし遣し候あこぎ物語前後十冊、返却之。幷ニ、清右衛門へ申付候、昔語質屋庫五冊、遣之。客来中ニ付、お百うけとりおく。

一昼後、本庄近江守殿内、大嶋七兵衛来ル。予、対面。雑談数刻、尤久し。七兵衛、本歌詠草持参、被請添削。則、右詠草あづか《（ママ）》おく。夕方帰去。

一今日、朝ゟ度ゝ来客、多用。依之、美少年録一の巻の内、六丁餘かなづけ、夜分ハ休息ス。

一所蔵のかけ物類、昼時ゟ少ゝ虫干ニ出ス。かけ物ハ今日、初日也。

○廿九日丙申　薄晴　無程快晴

一昨夕節がハりニ付、今朝、星祭献供。如例、家内一統、拝祭之畢。

一早飯後、お百、予着用ヒフ仕立誂の為、小石川阿部あげ地山田吉兵衛方へ罷越、お秀へわたし、夫ゟ駒込堂坂、うへ木や治左衛門方へ罷越、用向申入レ、八半時前帰宅。

一昼後、鶴や嘉兵衛来ル。予、対面。水滸伝六編校合之事等、申談之。其後帰去。

一西村や与八来ル。予、対面。雅俗要文とびら筆工幷ニ総もくろく写本直しも持参。一覧之上、とびら・もくろく写本ハ、為彫刻、わたし遣ス。但、もくろく四丁めハ、半丁序文つき候ニ付、とめ置、自序稿本ハ関氏江書せ候ニ付、預りおく。其後帰去。

一新大坂丁、二見や忠兵衛来ル。予、対面。越後鈴木義惣二ゟ之書状四通幷寒ざらしの粉・しその葉みそづけ・石ずり物紙包等、届来ル。則請取、且、忠兵衛先達而たのミの算賀狂歌、此方短尺江認、遣之。

一今日かけ物類幷宗伯文庫中之もの、虫ぼしス。

一美少年録壱の巻本文之内三丁、稿之。是迄第一回終ル。丁数十丁餘也。

一伊藤常貞方ゟ、使ヲ以、普請いたし候ニ付、埃立可申旨、使ヲ以、届来ル。

一本郷笹屋ゟ、小ものヲ以、昨日たのミ候炭、早速、鉄炮洲松本三郎治方へ申遣候処、此節上物直段引上げ、両ニ十五俵替のよし。右三郎治返書、被為見之。依之、謝礼口上書認之、上端銀代弐百廿文、右使ニわたし遣す。

○**晦日**丁酉　今暁ヨリ雨　昼後ゟ止テ不晴　夜中又雨　無間断
一夕方、大坂や半蔵、美少年録けわくがみ、うすみのずり二帖、外ニ石魂録けわく紙、残り少ゝ持参。依之、美少年録壱の巻本文、壱回分十丁餘、一綴わたし遣ス。今夕筆工、中川金兵衛方へ致持参候様、談じ遣ス。但、十一丁の内、さし絵の処、一丁白紙也。

一美少年録壱の巻第二回の条四丁半、内さし絵入壱丁白紙、三丁半、稿之。但、書おろしのミにて、不附仮名。

一太郎、少ゝ一両日風邪、お百も風邪候へども、いづれも軽症也。

一今日雨天、めづらしく来客なし。大坂や半蔵来候のミ。

一鉄炮洲、松本三郎治ゟ、炭壱駄送リ来ル。請取、駄ちん遣之。

〆

○**九月朔日**戊戌　昨夕ヨリ雨　今朝卯七刻ゟ日蝕雨天にて不見　夜中弥大雨　昼夜無間断
一昼後、お秀来ル。昨日、芝崎氏江わた入物ニ罷越、止宿いたし、只今帰宅ニ付、過日申付候ヒフの身はゞ、承り合せ候為、立寄候よし、申之。雨中ニ付、早ゝ帰去。

一昼後、清右衛門来ル。両三日多用ニ付、不沙汰の旨、申之。薬うり溜勘定いたし、持参可致旨申付、帳面幷鍵、遣之。且、小松やニて砂糖かひ候様申付、帳面遣之。其後帰去。

一お百風邪、今夕発熱。其外、家内不残風邪ニ候へ共、皆軽症也。お百のミ服薬ス。

一今日雨天ニ付、来客なし。美少年録一之巻本文四丁半、稿之。但、書おろしのミ也。

○二日己亥　昨夜（ムシ）ヨリ大雨　天明ヨリ雨止て不晴　昼之内薄晴　又曇

一昼時、西村や与八ゟ使札。漢楚賽袋いろさし、為相談、見せらる。外題ほり方の事也。幷ニ、表紙すミ板校合来ル。表紙の方ハ二枚とめ置、いろさしハ返却、委細返書ニ申遣ス。

一同刻過、つるや喜右衛門ゟ使札。過日嘉兵衛来候節、約束之文教温故壱部・国性爺伝壱部、被貸□（ムシ）。幷ニ、漢楚絵本序文、支干入木不致分、引かへ候様申来ル。漢楚の方引かへニ不及旨、申遣之。本ハそのまゝ返之。餘は二部共とめおく。水滸伝六編校合とりニ来候へ共、風邪ニて出来かね候間、来四日夕迄ニ可致旨、申遣ス。

一八時過、ミのや甚三郎来ル。不逢。甚三郎、当三月下旬ゟ不実之いたし置、堪がたく、殊ニ此節ニ至り、八犬伝校合等、致遣し候いとま無之故也。目録持参いたし候へども、推返し、不受之。お百ニあひ申度よし申候へ共、出かゝり故不逢。空しく帰去。

一お鍬方ゟ使札。祖太郎事、先月晦日ゟ疱瘡之よし。巨細母方へ申来候ニ付、お百風邪ニ候へ共、為見舞、渥見方へ罷越候ニ付、進物三種、遣之。覚重弟の小児、今夕千駄谷へ迎ニ遣し候よし也。祖太郎よほど痘数多キ様子のよし。お百、薄暮帰宅。

一昼前、飯田町宅ゟ、清右衛門口上書ニて、定吉、薬うり溜銭・帳面・鍵、幷ニ小松やよりとりよせ候砂糖・蓮肉等、差越之。右定吉ヲ以、中川金兵衛方へ使ニ遣し、美少年録わくぐミ見出し、小口・外題書かたの事、注文くハしく申遣ス。当番のよしニて、請取書来ル。清右衛門へハ、予、口上書認候而、尚又砂糖・蓮肉注文申遣之。小松やかよひ帳、遣之。

一美少年録壱の巻廿二丁、同さし絵三丁引、本文筆工十九丁、不残、今夕稿之。

〇三日庚子　今朝六時前雨　無程止テ曇

一予、朝飯後所要相済、四時前ゟ、大丸幷小ぶな町さのやへ罷越、反物・かつをぶし等かひ取、大丸下男ニしろものもたせ、八時比帰宅。かね布子帯も序ニかひ取遣ス。此代金当暮迄かし也。今日持参の小ばん、目方少ゝかるく候ニ付、三匁引ケ之よし、大丸ニて右之段申ニ付、不得已、三匁引せ勘定いたし遣ス。右之小判は、当夏西村やゟ請取候五両之口ニ可有之候へども、程過候事故、予、損いたし、不及沙汰。

一昼後、松前御隠居御使として、太田九吉来ル。予、対面。雑談数刻、帰去。

一夜ニ入、為保養、宗伯、上野広小路へ植木見ニ罷越。お百同道、五時帰宅。

一芝泉市ゟ使札。金ぴら船六編二・三のとびら出来、過日之校合とりニ不来、風邪ニて出来かね候間、来ル四日迄ニ校合いたし置可申旨、返書ニ申遣ス。

一隣家常貞方ニて、西の方へ座敷建足候様子ニ候処、ひさしのたる木口、此方へ五寸餘出張、境内ニ雨たり落可申様子ニ付、其段申入、きらせ可申哉のよし、宗伯申之。予、一覧。実不相済事ニ候へ共、先ゝ其儘差置、可然旨申談じ、不及其義也。

一予、他出中、飯田町宅ゟ、定吉ヲ以、小松やゟ取よせ候蓮肉四斤、差越之。家内之もの請取おく。

一西国辺処ゝ洪波入候よし。今日、太田九吉はなし也。平戸嶋山われ、八百軒程つぶれ、人多く死す。筑後柳川へも洪波入、稲穀皆無、長崎も出水ニてあれ、東海道桑名の城、水ニ没し候よしなど、申之。出水ハ致候半なれ共、風聞の如くハあるまじく覚ゆ。例の奇ヲ好ム人の風声、こと〴〵くハ信じがたし。半分ニ聞とも、なほあまりあるべし。

○**四日**辛丑　晴

一今早朝、中川金兵衛、状箱持参、返却、帰去。一昨日定吉ニもたせ候状箱也。今朝は、かね、請取之(ムシ)。

一昼後、松前御隠居御使、太田九吉来ル。昨日□(ムシ)談之餘□(ムシ)、尚又承り参候様、被申付候よし、申之。此節多用及迷惑□□□(ムシ)長談数刻、鉄炮洲湊(ムシ)や金次郎宿所等くハしく差示し畢。夕方帰去。

一昼後、お百、為祖太郎疱瘡見舞、渥見次右衛門へ罷越。先順瘡のよし也。八半時比帰宅。

一今日、美少年録壱の巻、絵わり三丁、稿之了。

一薄暮、つるや嘉兵衛来ル。水戸町へ罷出候帰路のよし。水滸伝六編すり本校合催促也。未果候間、明夕方人遣候と談じおく。小田原挑灯かし遣ス。

一同刻、大坂や半蔵来ル。美少年録壱の巻本文之残り十二丁・同絵わり三丁わたし遣ス。右潤筆内金拾両也持参、請取之。画工国貞、本文一トわたりよミ申度旨、申候よしニ付、右稿本、明朝国貞方へ遣し、明後日取戻し、筆工ニ遣し可然旨、談じおく。暮六半時比帰去。

一昼前、西村や与八ゟ、手代を以、漢楚賽表紙いろ入すり本持参。紅ニてすり候へバ、物入多く候間、紅之処くり梅ニいたし候ハゞ可然哉之旨、申来ル。則、任其意、くり梅にすらせ可申旨、申聞ケ、幷ニ外題ハすみ板へ入木いたし、すみニてすらせ候様、談じ遣ス。紅ニて不摺候処、外題筆工、くり梅ニ成候てハ見ぐるしき故、且、雅俗要文板下十四丁出来、持参。為校合、うけ取、預りおく。

一昼後、もりや治兵衛ゟ、手代ヲ以、金魚伝表紙画写本持参。此方注文とハ品ゝちがひ候趣、申之。一覧之処、不苦候故、筆工かき入様等、少〻加筆いたし遣し、帰路、中川金兵衛方へ持参、かき入頼ミ申候様、示談之。

右写本かへし遣ス。是ハ太田九吉参り居候節之事也。

一今日、かけ物残り虫ぼししをハる。幷ニ、過日飯田町ゟとりよせ候横本箱へ本詰之。跡さうぢ《(ダク)》宗伯しをハる。

○**五日**壬寅　曇巳時前ヨリ晴夜ニ入雨無程止
一お百、朝飯後ゟ、赤羽有馬屋敷水天宮ヘ参詣。帰路、飯田町宅幷渥見次右衛門方へ立寄、被頼候御符、遣之。

夕七時比帰宅。

一昼時、中川金兵衛来ル。今日幸便有之、芝泉市へ立寄候間、金ぴら船六編校合出来候ハヾ、届可申旨、申之。

依之、先出来分、壱・弐之巻十丁、遣之。

一昼後、お秀来ル。申付候予ヒフ仕立持参。尚又、宗伯のうら、遣之。其後、早〻帰去。

一同刻、土岐村元祐来ル。予幷ニ宗伯、対面。雑談後、早〻帰去。

一早朝ゟ、鶴屋水滸伝六編四十丁之内二十丁、泉市金ぴら船廿丁之内十丁校合いたし候処、昼飯後ゟ風邪再感、悪寒ニ付、平臥。台湾鄭氏紀事披閲。夜ニ入、亦復水滸伝校合ニとりかゝり候処、ろうそくの火ニても、わかりかね候ニ付、十丁許ニて止ム。則、戌時迄読書。○今日、刀箱虫干、刀刃拭之。宗伯終日の所行也。

一白川やゟ、八月中かひ取候薪代金とりニ来ル。則、金子わたし遣ス。請取書とりおく。

○**六日**癸卯　薄曇程なく晴
一大丸やゟ、過日申付候半□(ムシ)ヒフ仕立、持参。即、代金わたし遣ス。

一宗伯赤銅鍔之大小刀之方、目貫走馬ニ猿三疋也。刀剣ニ猿有之候へば、不宜よし。先月中章二病症□□□□(ムシ)へ申聞候趣、及聞ニ付、右目貫引替可申ため、門前刀拵師大和田亭主□□（ムシ）遣之。目貫いろ〳〵一見之上、きくの目貫代銀拾四匁のにとり極め、此方目貫下物ニ遣し候処、やうやく四匁ニ引取、差引十匁のつもり。依之、大小共鞆糸巻かへ、赤銅鍔銀ぷくりんかけ候様申付、右代金つかいと十二匁・つかまきちん六匁・ふくりんの銀二匁ニて代五匁、手間九匁、〆四十二匁のよし、申之。金弐分三朱ニとり極め、右大小ふくろニ入候まゝ、今日預ケ遣ス。

一昼前、つるや喜右衛門ゟ、水滸伝六編校合とりニ来ル。然る処、八之巻五丁未果候間、七之巻迄校合印付候分有之、八之巻五丁ハとめおく。過日かし遣候ちやうちん返却のよし、手紙ニ有之候へ共、使失念のよしニて、挑灯不返候間、返書ニ其段申遣ス。

一今日、つるや水滸伝六編四十丁之内十五丁、八之巻終迄、泉市金ぴら船六編廿丁之内、残り十丁校正了。

一夕方、大坂屋半蔵来ル。今日、画工国貞ゟ使ヲ以、昨日見せ候美少年録壱の巻稿本返却いたし候ニ付、只今、筆工中川氏江持参、わたし置候旨、申之。其後、雑談数刻、帰去。〇夜ニ入、雅俗要文自序再考、右ニ付、入用の書、謀野集刪仕舞込、本箱中、数度たづねやうやく見出し、彼是ニて隙入、遂就寝。

〇七日甲辰　晴

一松前役所当番、長尾所左衛門ゟ、宗伯江奉札。友姫様来ル十二日御忌ニ付、案内状也。予、代筆ニて返書、進之。

一泉市金ぴら船六編廿一丁ゟ三十五丁迄、すり本為校合、板木師持参。受取おく。其後、泉市ゟ使ヲ以、同書壱丁ゟ十一丁迄、二番校合すり本持参。うけ取おき、十一丁ゟ廿一丁迄、初校しるし付置分、遣之。

一昼後、西村や与八ゟ使札。要文筆者文蜘堂ゟ、過日認候て見せ候板下、可否承り、跡認可申旨、申来候よし、案内状也。今日、右写本熟読、誤脱等下ゲ札いたし置候間、其処書直し候様、返書ニ認、写本十四丁返し遣ス。幷ニ、同書惣もくろく稿本、仲道ゟ不返候間、幸便ニとりよせ候様、申遣ス。

一今日、要文序再考、稿書直し等ニて消日了。其後、金ぴら船廿一丁ゟ末、校合とりかゝり候へ共、夕方ゟ寒熱再発ニ付、廃業。

一昼後、同朋町指物や弟子、過日申付置候本箱寸法とりニ来ル。幷、巻物・かけ物のはこ三ツ申付、寸法認、遣之。

一其後、同朋町刀拵師、大和田亭主、昨日示談之木刀拵、手間ちん其外とも持参、思之外高料ニ付、右書付、先うけ取おく。

○八日乙巳　薄晴　風　昨今弥冷気　又薄曇　終日不晴

一今朝　公方様、上野浚明院様御霊屋ヘ御参詣、五時御成相済。其後、還御迄火留、如例。

一昼後、お百、大丸ヘ買物ニ罷越、八半時比帰宅。此間、神田かぢ町一丁目角、居酒屋ニ小失火有之、早速消留。お百帰宅、又、為祖太郎疱瘡見舞、渥見方ヘ罷越、夕七半時過帰宅。

一昼後、平野章二来ル。宗伯様体見聞、明日薬可指越旨、約束し畢。但、外ニ散薬も可用由、申之。散薬ハ蕁菜水二三升許可遣旨、湯ニわかし、粉薬用ひ候様、申之。右水入候とくり、手当いたしおき候様、家内ヘ申付おく。

一泉市金ぴら船六編十五丁廿一丁ゟ三十五丁迄初校了。幷、二番校合十丁十一丁ゟ廿丁迄是又校了。

一飯田町宅ゟ、以定吉、為重陽祝義、大栗弐升、被指越之。右定吉ヲ以、関忠蔵方ヘ雅俗要文序浄書たのミ遣ス。稿本わく紙差添、委曲手簡ニ申遣し候処、父子共他行のよしニて、返書不来。

一美少年録二の巻、今日ゟ取かゝり候処、予、風邪幷ニ多用ニて、未及半丁。明日ゟ又可稿之。

一今夕ゟ、蚊帳ヲ廃ス。此節、秋冷ニて蚊稀ナル故也。

○九日丙午　晴

一早朝、中川金兵衛、美少年録壱の巻十丁迄筆工出来、持参。差置帰ル。其後、校正之。

一昼前、さがミ殿橋平野章二ゟ、人足ヲ以、宗伯薬煎散廿一帖づゝ、幷ニ水大とくりニ入、差越之。則、薬代壱〆四十八文・人足ちん三百文、二口〆金三朱と百十二文わたし遣ス。

一昼前、山口屋藤兵衛来ル。予、対面。殺生石二編下帙廿丁ほり立、校合すり本幷とびら・看板・表紙等、すり本肴代金弐百疋持参。校合ずりはそのまゝ預りおく。雑談後、帰去。

一昼後、清右衛門、為当日祝義、来ル。京橋辺へ罷越候よしニて、早ゝ帰去。

一其後、飯田町宅ゟ、定吉ヲ以、節句銭弐〆四十弐文、差越之。内四百廿四文ハ返し遣し、外ニろうそく代、中や紙代払分、かよひ帳添、鳥目遣之。

一昼後八半時比ゟ、お百同道ニて、太郎、つま恋・神田両社へ参詣。供ニかね罷越ス。右夕方帰宅後、お百を地主杉浦清太郎方へ遣ス。時候見廻也。清太郎事、此節中帰りいたし罷在、尚又、来ル十二三日比出立のよし、老母被申之。お百、夕七半時過帰宅。

一夕方、大坂や半蔵来ル。美少年録壱の巻十一丁之内、丸筆工八丁わたし遣ス。但、絵付二丁ハ此方へ預りおく。雑談後、帰去。

一今夕、下女かねへ古袷壱、遣之。此節暮渡し給金かしこし、布子帯等拵遣候へ共、衣類一向無之ニ付、今夕遣之。七月中ゟ古着単物・袷等、是迄三度遣し候也。

一隣家伊藤常貞ゟ、今日壁ぬり候ニ付、此方玄関脇へ職人入込可申候、用捨いたしくれ候様、届来ル。

一先月中ゟ、八畳之間二階天井江、夜ゝ鼠、壁土を落し、此節ニ至り甚敷候ニ付、今夜中、宗伯天井へ登り改候処、やねうらくひ抜、むねへ穴あけ候よし。巣を作り候為なるべし。捨置候ハヾ、可及大破間、手当致し可然旨、申之。

一薄暮、うへ木や治左衛門来ル。夏中ゟ約束、段ゝ延引のいひわけ也。当月下旬迄ニくり合せ可参旨、申之。予、対面。其段聞済遣ス。○池うめ立等之事、たのミおく。

一美少年録二の巻の口、二丁半程、稿之。但、書おろしのミ也。今日多用。依之、多く不創。

○十日丁未　暁ヨリ天明マデばら〳〵雨無程止　早朝ヨリ曇　昼前ゟ雨夕方止テ不晴

一章二薬、宗伯、今日ゟ又用之。○同人、天井上八畳の間棟板、鼠くひぬき候ニ付、漆喰ヲ以、塞之。依之、今夕ゟ鼠を（ママ）土をおとさず。

一飯田町宅ゟ、定吉ヲ以、中やかよひ帳、請取印形致させ候を差越。幷、のり入持参、早ゝ帰去。

一昼時、おさき来ル。かねて頼置候年魚参候よしニて、持参。薄暮、定吉迎ニ来ル。即、帰去。

一西村与八ゟ使札。漢楚賽初編廿丁校合ずり、差越之。則、請取置、返書遣ス。

一同朋町指物屋某弟子、かねて申付候小本箱二ツ出来ニ付、持参。則、注文之処江つミ入了。是ゟ巻物箱拵候よしニ付、返魂餘紙別集二巻、箱ともかし遣ス。

一予、今日美少年録二の巻七丁迄、稿之。但、壱丁半書直しあり。いづれも書おろしのミ也。

○十一日戊申　晴　昼ヨリ薄曇　暮六時過より雨無間断

一朝後、お百ヲ大丸へかひ物ニ遣し、かひ取、九時前帰宅。

一昼時、山口屋藤兵衛、殺生石二編稿本持参。予、対面、請取之。校合来ル十五日過ニ致可申旨、やくそくし畢。其後、早ゝ帰去。

一飯田町宅ゟ、定吉ヲ以、申付置候引出付本箱、差越之。則請取、定吉ヲかへし、右之本箱へ書籍入畢。宗伯手伝、跡そうぢ等しをハる。

一昼後、同朋町指物や徳兵衛（ママ）弟子、かねて申付候かけ物入箱壱・巻物入はこ二ツ拵、持参。然所、かけ物入のかた、寸法取ちがへ、みじかく候ニ付、拵直し候様申付、返し遣ス。夕方、右之箱拵直し、持参。過日の本箱代共、金三朱ト百八拾八文、遣之。請取書とりおく。

一昼後八時過ゟ、お百、深光寺へ墓参。ゐさし町閻魔へも参詣。途中ニておきくニあひ、長物語に及び候よし。おきく事、今日お秀方へ罷越候処、宗伯ふだん羽折仕立、出来居候へ共、お秀事少ゝ不快ニ付、飯田町迄届くれ候様たのまれ、持参のよし。お百は、深光寺へ参詣前ニ付、右之羽折、清右衛門方へ遣し置候様申談じ、立別れ候よし。薄暮、帰宅之節、告之。

一夜ニ入、宗伯、為保養、お百同道ニて、昌平橋辺徜徉ニ罷出、六時過帰宅。程なく雨り（ママ）出しぬ。今夜終宵雨、明朝ニ至る。

一予、美少年録二の巻十四丁め迄、稿之。但、書おろしのミ也。未及校正・附仮名等也。

○十二日己酉　昨夜ヨリ雨　朝五時過ヨリ雨止テ不晴　昼前ヨリ晴

一飯田町宅ゟ、定吉ヲ以、過日おさきへ申付候、きせるらをすげかえ二本出来、幷ニおきく方ゟ届来候、宗伯不断羽折、差越之。幷ニ、八月分上家ちん、九日ニ清右衛門持参候処、失念もちかへり候よしニて、差越之。おさきゟ母ニ、右之趣文談申来ル。いづれも受取おく。

一芝神明前いづミや市兵衛ゟ使札。金ぴら船六編十一丁ゟ十五丁迄、五丁二ばん校合ずり、差越之。あらまし引合せ候処、大てい直り候様子也。此方ゟ壱ばん直し一綴・二ばん直し一綴、遣之。過日壱番直し十丁之内、五丁ハ音羽町板木師ゟ、近日此方へ差越候よし也。九重饅頭一折、被恵之。返書遣ス。

一伝馬町との村店ゟ、松坂表佐五平ゟ之来状幷ニ筆一包届来ル。八月廿六日出之状也。則、請取書、遣之。書状此夏中之返書、如例長文也。筆代、近日右店へ可遣事も申来ル。○宗伯、為保養、昌平橋辺罷越。お百同道、暮六時過出宅、程なく帰宅。

一夜ニ入、渥見覚重来ル。祖太郎疱瘡酒湯相済、無難ニ候へ共、肥立かね候よし也。仏像図彙五冊、かし遣ス。覚重弟、西丸下本多家臣某長男、難痘ニて当月九日夕死去。右小児母も長病之処、右同夜死亡のよし。当四月出産之男子、先比、下屋敷之もの方へ遣し候処、右里親此節病気ニ付、小児を被返、困り候ニ付、里の口聞紀くれ候様、お百ニたのミ候よし也。○治右衛門方ゟ、遊覊《(ママ)》賸《(ママ)》録廿四之巻九十二丁写本出来、治右衛門添手紙共、覚重今夕持参、請取之。覚重、五時比帰去。

一予、美少年録二の巻十四五丁め迄、稿之。数度よみかへし、処ゝ直し、つけがな二丁残ル。此内二丁程さし絵の処、白紙あり。丸筆工十二三丁也。

○十三日庚戌　薄曇　夕七時過ヨリ小雨　夜中雨　暁ニ止

一おさき方ゟ、定吉ヲ以、母江使札。小袖古着買取不被申哉と見せ物ニ来ル。不宜ニ付、入用無之趣ヲ返書ニ申遣し、返之。其後、おさき着用ニかひ取候よし也。要用は、奇応丸取ニさし越せし也。則、宗伯包遣ス。定吉帰路ニ申付、渥見治右衛門方へ、写し物、遣之。瑞応神書、ミの半切六丁之物也。料紙指添、手簡ニ委細申遣ス。差置候様、定吉ニ申付遣ス。

一昼時、大坂屋半蔵来ル。美少年録壱の巻末筆工、金兵衛殿ゟ参候哉と申ニ付、未来よし申候へバ、金兵衛方へ罷越、九時過、右写本持参。待居候て、書終らせ、持参のよし也。後刻、金兵衛可参候間、校合いたし置くれ候様申之、帰去。依之、十三丁ゟ廿二丁迄、右写本校正。夕七時比、金兵衛来ル。右写本わたし遣ス。二の巻ハ、後刻稿本可渡間、後刻立寄くれ候様、約束し遣ス。薄暮、金兵衛又来ル。則、二の巻十五丁、料紙廿六枚、遣之。

一雅俗要文本文、文魁堂ゟ出来分十四丁、西村やゟ、金兵衛方へかなつけもらひニ、昨日差越候よし。右写本、今日金兵衛持参、一覧。悞字の処、付札いたし、金兵衛へわたしおく。

一夕七時過、関忠蔵ゟ使札。過日頼候、雅俗要文自序、三丁半板下出来、被指越。幷ニ、文教温故・伊豆の移山の記等、貸進ぜらる。文教温故ハ此方ニ有之ニ付、直ニ返し遣ス。序文ハ末之処直し申度処有之候ニ付、その処のミ三字書かへくれ候様、返書ニたのミ、稿本差添、末の半丁、遣之。

一昼後、つるや嘉兵衛ゟ使札。水滸伝六編上帙廿丁二ばん《(ダク)》校合すり本、幷七編上帙廿丁之内十八丁、校合すり本来ル。右両様共、請取置、過日残り之六編八の巻初校五丁、遣之。六編廿丁ハ、校合明日取ニ可遣旨、返書ニくハしく申遣ス。

一昼後、清右衛門来ル。麻布古川間部内大郷金蔵ニ、近〻使遣し度候間、定吉路案内候哉と申事、談じおく。其後帰去。

一美少年録二の巻、十五丁め迄稿了。宗伯ニ落字改させ、夕方、金兵衛へわたし遣ス。今夕、宗伯、同書壱の巻本文、読之。母ニ聞せん為也。悞脱二ケ処あり。過日改正の節、見おとせし也。

○十四日辛亥　薄曇　昼ゟ薄晴　夕方又曇

一昼後、つるやゟ使札。水滸伝六編下廿丁、二度め校合ずり来ル。右ハ請取置、同上廿丁、弐度の校合いたし候分、遣之。

一昼時、中川金兵衛、雅俗要文序三丁、丁付書入持参。請取おく。

一予、早朝ゟ、水滸伝六編上帙廿丁・下帙廿丁、弐度校合いたし、夫ゟ漢楚賽初編上帙初校いたし、尚又、殺生石下帙廿丁之内十七丁・水滸伝七編上帙十八丁之内十丁初校いたし、夜四時ニ及ぶ。水滸伝七編上帙・殺生石二編下帙、校合遣ル。

一夜ニ入、西村や与八ゟ使札。雅俗要文板下、文蜘堂ゟ又〻出来、校合ニ差越。過日、中川金兵衛方へ遣し置候つけがな出来候哉と申来ル。右要文、五月中ゟ、筆者幷ニ仲道ニて遅滞。只今ニ至り、只管差急ぎ候事、迷惑ニ及び候趣、其外共用事くハしく返書ニ申遣之。漢楚賽初編上帙、壱番校合いたし候分、遣之。

一夕七時比ゟ、お百、渥見治右衛門方へ、祖太郎痘後見舞ニ罷越、七半時比ゟ帰宅。

一今夕、宗伯、お百同道ニて、明神夜宮かざり物見物ニ罷出、五半時比帰宅。病後足ならし保養の為也。

○十五日壬子　曇昼之内薄晴　夕方又曇今夜風

一水滸伝七編上帙廿丁之内十八丁、幷ニ殺生石二編下帙校正、昼時ニ終ル。夫ゟ大郷金蔵江之書状、認之。返し候本・かし候本・進物等、ふろしきにつゝミ置、夕七時比、清右衛門参候ニ付、右大郷氏江一両日中に、定吉を遣しくれ候様申付、右風呂敷包わたしおく。且又、清右衛門ヲ関忠蔵方へ遣し、一昨日、書直し之事頼ミ置候、要文序四丁めとりよせ、はり入等いたし、夜ニ入、要文看板稿本、認之。清右衛門、夕方帰去。○元トの下女むら親、次郎八来ル。時候見舞也。早〻帰去。

一渥見次右衛門ゟ、使ヲ以、赤飯一重到来。祖太郎疱瘡酒湯祝義也。酒湯ハ去十一日ニ候へども、次右衛門二男方、不幸有之候ニ付、遠慮いたし、及今日候よし也。

一故の下女むら親、次郎八来ル。刻牛房一盆持参。村ゟ太郎へ、手遊び物一、差越之。早〻帰去。

一明神表門前、籠や平右衛門江修復申付候、横つゞら、今日出来、代金わたし遣ス。

一要文板下、文蜘堂ゟ差越候分、十丁許校正。悞脱多く候ニ付、此分今夕用立候ニ付、雌黄ヲ加へおく。

○十六日癸丑　曇風昨夜ゟ寒冷

一昼時、つるや喜右衛門ゟ使札。水滸伝六編上帙三番校合すり本、差越之。改候処、不残直り候ニ付、此分すり込せ候様、返書ニ申遣。幷ニ、同六編下帙廿丁二度め校合・同七編上帙廿丁之内十八丁初度校合、遣之。但、看板のぼり出来、今日校合ニ差越候間、是又改遣ス。

一夕方、大工寅吉来ル。一昨年十月中、勝手向修復申付置候処、昨年七月中ニ参り候へ共、不及其義、段〻延引之申訳のよし也。来月中ニ無相違、可参旨申、帰去。

一予、今日終日、背中悪寒堪かね候ニ付、廃業。美少年録二の巻十六丁め一丁、稿之。

○十七日甲寅　晴　昼前ゟ小雨折ゝ止　夜ニ入雨本降　夜中止

一お秀来ル。宗伯布子仕立ニ遣ス。昼食ふる舞、帰去。

一おさき方ゟ、定吉ヲ以、一昨日、清右衛門ニ申付、大郷金蔵江使之事、昨日定吉ヲ遣し候所、金蔵他出のよしニて、その子大郷久米蔵ゟ請取来ル。則、ふろしき・あて板、被返之。猶又、小松やニて、白砂糖とりよせ可遣旨、おさきへ申遣し、かよひ帳、遣之。

一昼後、芝泉市ゟ使札。金ぴら船六編之内、芝ニてほり候分五丁、二度め校合ずり到来。直りかね候ニ付、しるし付遣ス。右之使、音羽町板下師方へ罷越、一ゟ三十五迄、弐度め校合すり本持参。請取おき、返書遣ス。手製醴・生姜、被恵之。謝礼申遣ス。

一お鍬方へ、右醴ふた物へ入、遣之。右使かねへ言伝、次右衛門ゟ手簡差添、過日頼候、瑞応神書写本出来、原本、被返之。請取おく。

一美少年録二の巻、わづか二三丁弱、稿之。但、書おろしのミ也。

○十八日乙卯　曇昼時ヨリ薄晴　夕方又曇

一飯田町宅ゟ、昨日申付候白砂糖、小松やゟとりよせ差越ス。右幸便ニ、昨日、和泉や市兵衛ゟ到来のあま酒、少許おさき方ニ遣之。右使定吉ヲ以、屋代塾生山路岩次郎方へ手簡ヲ遣し、梅桜記・最上記、借用之事たのミ遣ス。手簡指置候様、定吉ニ申付候間、返書なし。

一榊原内田中源次ゟ使札。過日、被為見候、瑞応神書写、一覧相済候ハヾ、返しくれ候様申来ル。此方写し相済候間、則、返し遣ス。返書とゝもニ、右使江わたし遣ス。

一夕方、大坂や半蔵来ル。美少年録一の巻さし絵のミ、国貞方ゟ出来のよしニて持参。筆工、金兵衛方へ廻し候様、申談じ、稿本差添、遣之。残り二丁、明日出来のよしニ付、弐の巻画わりいたしくれ候様、被頼之。依之、今夕、弐の巻絵わり壱丁、稿之。

一美少年録弐の巻廿三丁め迄、稿之。然処、二の巻絵わり急ギ候ニ付、今夕、絵わりニ取かゝり、本文ハ跡へ廻し畢。

一宗伯病症、昨今ハ少ゝ不出来、一体食過候様子ニ見え候。然共、血色ハ宜見え候よし、示しおく。

○十九日丙辰　曇　昼之内薄晴　又曇

一昼前、中川金兵衛、美少年録二の巻八丁め迄筆工出来、持参。後刻可参よしニて、帰去。昼後又来ル。然ル処、昨日、大坂屋半蔵持参の壱の巻さし画かき入、いかゞいたし候哉と尋候へバ、昨日当番ゟ、今日処ゝ江罷越、未及帰宅候ニ付、不改、罷帰り、かき可申よしニて、帰去。

一昼時、つるや喜右衛門ゟ使札。水滸伝六編廿一丁ゟ四十丁迄、再校合直し出来、其所斗ヌキずりニいたし、被差越之。改候処、直り候間、すり込候様、返書ニ申遣し、すり本ハとめおく。六編校、皆済也。

一昼後、西村や与八ゟ使札。漢楚賽初編ふくろ色ずり出来、見せらる。尤宜出来のよし、返書ニ申遣し、右すり本ハかへし遣ス。下帙のとびら、二度め校合も来ル。是ハとめおく。此便ニ、要文序板下四丁、外ニ文蜘堂書本文、悞脱しるし付候分、是ヲ遣ス。関氏江は、近ゝ謝礼いたし候様、其外ども返書ニくハしく申遣ス。

一夕七時比、大坂や半蔵来ル。昨日、金兵衛江かき入ニ遣し置候美少年録壱の巻、さし画のミかき入出来、持参。則相改、二字直し申度処、予かき直し、二の巻さし画稿三丁わたし遣ス。雑談後、帰去。○八時過（アキママ）御出棺、上野へ被為入。昌平橋通り御通行也。
一夕七時過、芝泉市ゟ、過日之金ぴら船六編、校合とりニ来ル。本郷迄罷越候よし申候ニ付、即刻引合せ候処、
一ゟ十丁迄ハ校合相済、廿一丁ゟ三十五丁迄ハ弐ばん直し有之、此分、尚又直させ候様、申遣之。摺《スリ》本わた
し遣ス。別ニ書付ヲ以、校合不済分并とびら直し校合ずり、不参趣、市兵衛方へ申遣ス。使再び来候節、及薄
暮。
一美少年録二の巻さし画三丁、内壱丁ハ、昨夜稿之。残り弐丁、今日稿之。右三丁、大坂や半蔵へわたし遣ス。
其間、つるや・いづミや合巻、弐ばん直し引合せ、四十五丁相済せ、夜ニ入、美少年録二のまき末之段二丁餘、
稿之。○過日修復の横つゞらへ夏衣類・幮等納之、戸棚内へ入畢。○大和田、大小つか糸見せニ来ル。注文の
色合、無之ニ付、その糸ニ極メ遣ス。

○廿日丁巳　薄暑　四時比ヨリ快晴

一昼後、清右衛門来ル。中やニて、云ゝのみのがミ二帖半かひとり、明日定吉ニもたせ可遣旨申付、かよひ帳、
遣之。宗伯勘定向、相算たのミ、彼是ひま入、其後帰去。
一右已前、屋代太郎殿入来。昨日、岩次郎方頼遣候借書之内、梅桜記ハ、仕廻込、急ニしれがたきよしニて、最
上記二本持参。とり次之ものへ(ママ)、直ニかへらる。右之二本うけとりおく。
一夕方、土岐村元立老来ル。夜食ふる舞、雑談後、薄暮帰去。
一七月中、清右衛門持参候上家ちんの内、古製南鐐壱片、不心付、仕廻置候処、いかゞしき銀のよし。今夕、宗
伯告之。清右衛門参候ハゞ談じ候て、引かへさせ候様、示しおく。
一大工寅吉来ル。勝手向修復、注文申談じ、材木つもらせ、代金弐分わたし遣ス。

一予、美少年録二の巻十六丁ゟ廿六丁終迄、十一丁、今夕稿了。

一今日、堅炭の粉ニて、如例、家内之もの団炭(マヽ)を製ス。一百餘出来候よし也。

一此節、米穀諸色共高直、白米ハ両ニ六斗四升、味噌は弐朱ニ四〆め也。当春ハ、白米九斗弐合、味噌弐朱ニ五〆文めなりき。其外下直のもの稀也。

○廿一日戊午　天明ヨリ小雨　終日不止　夜ニ入同断　暁ニ至リ止

一今朝五時前、大工寅吉来ル。其後、昨日寅吉かひ置候材木品〻、車力ニて持込、昨日寅吉へわたし候金子、不足候分、車力ちん共わたし遣ス。雨天ニは候へ共、仕事初候様申付、細工場ハ地主杉浦物置借用、其段杉浦へ頼ミ遣し、於右物置、下拵初之。

一昨日、宗伯心もとなく思ひ候古南鐐、今日両がへニ遣し候処、無滞兌し来ル。わろきにハなかりし也。依之、清右衛門へ申談ずるニ不及也。○昼前、清右衛門方ゟ、定吉ヲ以、昨日申付候ミのがミ三帖、中やニて取よせ、差越之。内一帖キレ多く、不宜候ニ付、とりかへ候様申遣シ、返之。二帖ハとめおく。

一右定吉ヲ以、渥見次右衛門方へ、最上記二本共写し候事、相頼遣ス。小字の方三十三丁、筆料八文づゝ、大字のかた七十二丁、筆料四文半づゝのつもり、ミのがミ二帖添、遣之。十二枚不足也。ふろしき・あて板ハ、過日、次右衛門方ゟ瑞応神書写し候て、包指越候もの也。差置候様、定吉ニ申付遣ス。

一今日、材木やゟ差越候檜の角二間物、大工寅吉、九尺ニ切、手斧ヲ入候処、檜ニあらず杉のよし。依之、明日取かへさせ可申旨、寅吉申之。先方不念ニ付、取かへ候様、申談じおく。

一昼前、山口や藤兵衛、殺生石二編上帙廿丁、壱番校合五丁持参。則対面、請取之置。下帙廿丁初校、遣之。つけがな不残、ほり落し候処、入木之事くハしく談じ遣ス。

一夕方、芝泉市ゟ使札。金ぴら船六編之内廿一丁ゟ三十五丁迄、弐番校合直しすり本持参。改候処、尚直し落有之ニ付、しるしつけ遣ス。幷ニ、同書三十六ゟ四十迄、内壱丁不足、四丁持参。請取おく。

一予、今日、背悪寒甚ニ付、廃業。保養消日了。
○廿二日己未　早旦霧　晴
一大工寅吉、外一人同伴ニて来ル。尚又、於杉浦物置、下拵いたし、今日、大抵下拵出来。

一麻布大郷金蔵ゟ使札。過日申入候遊嚢賸記、二の巻ゟ七の巻迄六冊、被貸之。外ニ蒲田梅屋敷の梅しぐ《（ダク）》れ一曲、被恵之。返翰遣ス。

一渥見次右衛門、僕へ被申付候よしニて、水道の水二手桶持参。右幸便ニ任せ、次右衛門方へ、遊嚢賸記書写之事、相談一義申遣ス。

一杉浦老母、夕方来ル。晃肉一皿、被恵之。雑談後、帰去。

一大坂や半蔵来ル。美少年録一のさし絵二丁出来、持参。筆工、金兵衛方へかき入ニ致持参候処、今日当番ニて、間ニ合かね候、今日ぜひ〳〵板木師へわたし申度よし、申之ニ付、無拠、予、右さし絵二丁かき《（ママ）》いたし遣ス。幷、二の巻十六丁めゟ終迄、稿本渡遣ス。直ニ金兵衛方へ半蔵持参、内義ニわたし置候よし、申之。

一予、今日も終日悪寒。依之、廃業。読書消日了。
○廿三日庚申　薄晴又薄曇　昼前晴　昼後曇　夕七時ヨリ雨　暮時小雨　夜ニ入風　其後晴
一大工寅吉来ル。今日台所、床払、ひさし・かもひ等、入之。帰去時、傘・下駄、かし遣ス。

一昼後、お百ヲ以、小伝馬町建具師河内や政七方ニ遣し、建具注文有之間、近ゝ可参旨、申遣ス。序ニ、大丸ニて小袖わたかひとらせ、幷かね之櫛幷くしたゝう等かひとらせ、八半時比帰宅。○今夕庚申祭、献供如例、奉祭之。

一昼後、つるや嘉兵衛来ル。けいせい水滸伝上帙、今日うり出し候由ニて壱部持参。外ニ十部売呉候様、申之。則、十部ハ預りおく。同八編、改名主和田源七、亦復故障ヲ申候よしニて持参。いづれの処故障ニ候間、よく承り糺し候て差越候様、右稿本ハ、則、返し遣ス。忠臣・小人、用心異也。名主等いにしへの事ヲ以、禁忌ヲいふ、笑ふべし。

一夕方、屋代二郎殿入来。予、対面。絵本漢楚軍談出板のよし、不聞及、一部かひ取度よし、被申之。右ハ出板ニ候間、示談之上、予所持之分、壱部五袋かし遣ス。幷、同人所望ニ付、水滸伝六編上帙一部、是亦かし遣ス。

一予、今日も悪寒、疝癪頻ニ付、廃業。読書消日了。

○廿四日辛酉　晴

一大工寅吉来ル。昨日之下駄・傘持参。かねニうけとらせ畢。

一早朝、中川金兵衛、美少年録一の巻九丁ゟ十五丁迄、筆工出来、持参。差置帰ル。其後、校正畢。昼後、金兵衛又来ル。西与合巻白女辻、表紙外題彫刻出来ニ付、筆工つやずみ書入、右板元ゟ差越候へ共、書やう不知候ニ付、問合せ被申、稿本不遣候間、予も不覚候へども、大体つけがなニ習ひ、書やう伝授し遣ス。美少年録筆工写本ハ、大坂や参候迄、預りおく。

一山口屋藤兵衛ゟ使札。殺生石二編上帙廿丁、二度め校合取ニ来ル。則、使へわたし遣ス。

一昼後、清右衛門来ル。八月分勘定帳持参。則、一覧。銅壺のふたかひ入之事申付。幷ニ、釘之事、左官十兵衛之事、畳や久兵衛方へ畳直しの事、可談旨、くさぐさ申付遣ス。

一材木不足之分、尚材木やゟ明朝注文可致旨、大工とら吉ニ談じおく。
一予、今日も悪寒、且、普請ニて多用ニ付、美少年録三の巻初丁一丁、稿之。
一昼前、飯田町宅ゟ、定吉ヲ以、過日申付候ミのがミ一帖、中やニてとりかへ、差越之。右幸便ニおさき方へ、
水滸伝六編上、校合ずり四十丁、被遣之。

○廿五日壬戌　薄晴　昼ヨリ薄曇　薄暮ゟ小雨　夜中猶雨

一大工寅吉来ル。今日も台所・押入・戸棚下拵、拭板削立等也。

一四時過、飯田町宅ゟ、定吉ヲ以、昨日、清右衛門ゟ申付候銅壺の蓋幷ニ直し釘・岩城のかミ等、指越之。かるやきとも、右代銭定吉ニわたし遣ス。且、畳屋久兵衛・左官十兵衛へも用向申通候よし。清右衛門口上書ニて申来ル。おみちゟうけ取返事申遣し候様、申付之。

一無程、久兵衛弟子来ル。則、此度一ツみぞ入候処、中の間畳切ちゞめ申付、早速出来、帰去。

一同刻、建具師河内や政七、則、台所杉戸大小六枚注文いたし、申付之。来ル廿九日迄ニ出来のよし申ニ付、任其意おく。寅吉と寸法等、談合之上、帰去。

一画工英泉、大坂書林河内や茂兵衛、同道ニて来ル。予、対面。著述のたのミ、雪譜幷ニよミ本等の事也。相談数刻、則、帰去。英泉も来月中旬出立のよし也。

一此節、地主杉浦物置、大工細工場ニ借用いたし候ニ付、右謝礼として水菓子一盆かき ブダウ、お百ヲ以、おくり遣ス。
○土岐村元立旧僕、かね下着持参。かね母ゟ伝言たのミ遣ス。
一美少年録二の巻三丁餘、稿之。但、書おろしのミ也。

○**廿六日**癸亥　小雨 五時過ゟ小歇 四時比ゟ快晴

一大工寅吉来ル。台所あげ板仕くミ、其外押入下地等、拵之。

一西村や与八ゟ使札。漢楚賽上帙再校すり本、指越之。関克明へ之謝礼之事、催促いたし遣ス。○其後、中川金兵衛、西与合巻白女辻〻、外題つやずミ筆工かき入、持参、見せらる。只今ゟ、板元へ可致持参旨、申ニ付、右序ニ、大半美少年録二の巻丸筆工十五丁迄、校合いたし置候間、届ケ候様、申談じ、右写本もわたし遣ス。

一昼後ゟ、お百、深光寺へ墓参。夕七時比帰宅。

一昼後、清右衛門来ル。させる所要なし。夕方帰去。

一夕方、山口や藤兵衛ゟ使札。殺生石二編下帙廿丁、再校合すり本到来。受取おく。

一美少年録二の巻之内、僅に壱丁半餘、稿之。此節大工作事中ニ付、多用、不親筆硯事、かくの如し。

○**廿七日**甲子　晴

一大工寅吉来ル。今日も膳戸棚下拵等也。然る処、右戸棚の戸、寸法とりちがへ、つまり候よしニ付、夕七時過、お百ヲ以、河内や政七方へ遣し、右之戸板四枚、上下寸法書、遣之。未取付候ハヾ、右之寸法ニいたしくれ候様申遣ス。政七他行ニ候へども、未取付候間、政七妻ニ談之。薄暮帰宅。

一昼前、西村や与八来ル。関克明へ遣し候潤筆南一持参。即、預りおく。同人女児同道、近辺稲荷へ参詣いたし候よしニて、早ゝ帰去。

一今朝、飯田町宅ゟ、定吉ヲ以、お秀方ゟ、宗伯布子出来、差越候よしニて、届来ル。則、うけ取おく。

一美少年録二の巻九丁め迄、稿之。但、内一丁さし絵の処白紙、筆工書おろしのミ也。

一今日、甲子祭、献供如例。夜ニ入、お百、かね召つれ、明神地内大黒江参詣、五時前帰宅。

○廿八日乙丑　晴

一大工寅吉来ル。台所膳戸棚大てい出来。

一昼前、西村や与八ゟ使札。要文十月分迄、筆工出来。校正ニ被差越之。且、漢楚賽稿本之事申来ル。右使ヲ以、関忠蔵方ニ、昨日之潤筆、与八持参之南鐐壱片、予手紙添、遣之。返書来ル。漢楚賽上帙二度め校本、同校本不残、返書差添、西与へ遣ス。

一夕方、つるや喜右衛門ゟ使札。水滸伝七編上帙二度め校合すり本、内十九丁・廿丁ハ初校也。到来、則請取、返書遣之。

一美少年録三の巻十五丁め迄、稿之。内さし絵の処、二丁白紙有之。書おろしのミ也。

一清右衛門来ル。薬うり溜勘定申付、帳面・鍵等わたし遣ス。右已前、定吉ヲ以、申付候をハりみそかひ取、遣之。清右衛門江は、としまやニて、たびかひ取候様申付、代金わたし遣ス。

一伊藤常貞ゟ、僕ヲ以、今日うらかべかへし候ニ付、職人入込候間、玄関わき少〻之間、借用いたし度旨、届来ル。承知の趣、答ニ及ぶ《(ダク)》。

○廿九日丙寅　薄曇

一大工寅吉来ル。今日ニて手間十人也。但、廿一日ゟ一人づゝ、廿二日のミ両人也。今夕、金弐分弐朱かし遣ス。内金三朱ハ追入用材木代之内金也。今日、膳戸棚出来。其外、台処竈脇の羽目等也。

一飯田町宅ゟ、定吉ヲ以、小松やゟ白砂糖とりよせ、差越之。昨日、清右衛門へ申付置候故也。

一美少年録三の巻上冊十八丁迄出来。但、書おろしのミ也。其間、水滸伝七編上帙廿丁・殺生石下帙廿丁、再校正し了ル。但、水滸伝七編十九丁・廿丁、〆二丁ハ初校也。夜ニ入、美少年録三の上之内、つけがな丸六丁、附之。

一杉浦清太郎老母来ル。榗原謙十郎ゟ、丑寅之方へ家作建足度候よしニて、吉凶問候よし、被申之。家作絵図面、主人本命等不被申越候てハ、しれがたき旨、及返答。

一今日、小太郎はじめて洗湯江遣ス。おみち同道、新地のゆや也。

〆

○十月朔日丁卯　天明ヨリ雨　但多くふらずしぐれなり（ダク）　止　夕方ゟ又雨　夜ニ入　大雨　深夜ニ雨止

一大工寅吉、今日不来、休ミ也。飯米たき過ギ、もてあまし畢。

一今朝、鶴や喜右衛門ゟ使札。水滸伝六編下帙、うり出し候よしニて、壱部、被恵之。并、うり物分十部、差越之。十部ハ預りおく。且又、同書七編上帙、再校とりニ来ル。則、さし遣ス。并ニ、先月かし遣し候ちやうちんの事も、返書中ニ申遣ス。七編下帙廿丁初校ずり来ル。受取おく。

一昼後、山口や藤兵衛ゟ使札。殺生石二編下帙、再校とりニ来ル。則、差遣ス。但し、同書上帙、先日のまゝ、三ぺん校合不参候ニ付、返書中、この義も申遣ス。

一昼後、杉浦老母来ル。昨日、榗原氏ゟ頼之普請吉凶、又問ニ来ルよし也。主人乾命ニ付、丑寅の方へ建添候分、不苦旨、申遣ス。

一昼後、清右衛門来ル。一昨日申付候薬うり溜勘定いたし、帳面共持参、請取おく。并ニ、申付置候足袋大小六双、かまくらがしとしまやニて、かひとり持参。夕方帰去。

一美少年録三の巻上冊十八丁、今夕方、つけがなとも不残、稿し了ル。

一昨夜中、三十軒堀辺出火之よし、今朝聞之。清右衛門へ(ママ)火事場へ罷過(ママ)候よし。土岐村氏宅ハ川ヲ隔候へども不遠、然れども無難のよし也。此方、宗伯病中ニ付、且、無人ニ付、不及見舞。

○二日戊辰　晴　美日　夜中風

一大工寅吉、今日来ル。台所あげ板残り、同下流し等はりかえ、過半出来。

一渥見次右衛門ゟ使札。過日遣し候返書也。写し物之事、外ニ写候もの無之ニ付、致出精、一筆にて写し可申旨、申来ル。最上記、大字之方、両三日中ニ出来のよし也。使差置、かへる。

一大坂や半蔵ゟ、小ものヲ以、交肴三尾、被恵之。宗伯病気見舞也。金兵衛方ゟ筆工出来、参り居候ハヾ、遣しくれ候様、口上ニて申遣ス。此便りニ美少年録三の上画わり二丁幷ニ用紙、遣之。右ニ付、暮六時比、半蔵来ル。則、大坂河内や茂兵衛と、よミ本交易之分、八犬伝・巡島記、同様ニ致し度旨、半蔵かねてたのミに付、及内談。今夕、半蔵、右河茂旅宿、日本橋大坂や茂吉方へ罷越、可及掛合旨申、五時前帰去。語次、国貞之事も、間ニ合かね可申間、画工引かへ可然旨等、種ゝ致内談畢。

一昼後、後の蜀山来ル。予、対面。予が木刀之事、並木松五郎方ニてつもらせ可申哉と申ニ付、注文書わたし頼遣ス。狂歌堂真顔・六樹園飯盛、二条家ゟ俳諧哥宗匠免許・烏装束等、被下之。幷ニ、真顔社中、万象亭ハ准宗匠、其餘三四人、宗匠格とやらんニ被定候ニ付、御太刀代・銀馬代等進じ、先月下旬両国大のし富八楼ニて、六樹園宗匠弘の会有之。真顔ハ亀戸天神別当所ニて、同断、会有之。真顔方ニてハ各装束をつけ、楽を奏し、もの〳〵しかりしよし。蜀山物がたり也。尤珍説といふべし。此ごろ了阿が落頌の狂歌に、ア、ラようらましや宗匠なりの翁たちめんばこありと思ふばかりに、これも蜀山の話也。

一土浦の百姓、よし兵衛といふもの、妻、名北とやらん奇病之事、蜀山ものがたり也。是ハ別ニしるすべし。

一美少年録三の上画わり二丁、稿之。其後入湯、其後引つゞき、夜中マデ、来客ニて廃業。

一おみちあね、芝田口町山田宗之助妻、おしづゟ、幸便有之よしニて、おみちかた使札、おミちゟ返書遣ス。

一今夕、巳まち、弁天祭、献供等、如例。

○三日己巳　晴

一大工寅吉、今日も不来。度ゝ之休ミニて、勝手向未片付、迷惑限なし。

一山口や藤兵衛ゟ使札。殺生石上下二帙共、二番校合来ル。然ル処、すり付ケにてケツ等の処ハすりつけもせず、元の校本のミ指越候間、直し有之処、別ニすらせ可遣旨、申遣ス。とびらの校合も、未直よしニ付、先日校合いたし遣候を、猶又、今日遣之。

一姫路侯家臣浅見魯一郎来ル。口上、取次之ものへ被申置。

一渥見次右衛門ゟ使札。最上記大字の方、写し出来、原本差添、被指越。且又、小字のかた、ミの紙にてハ紙巾せまく写しがたきよし、被申越之。依之、別ニ見写しニ可致旨、たのミ遣之。ミのがミ一帖、遣之。外ニ筆五本、遣之。

一芝泉市ゟ使札。金ぴら船六ぺん三十八丁め、彫刻出来、被指越之。是ニて彫刻皆出来也。右三十八丁め、即刻校合いたし、過日校合いたし置候八の巻の内、四丁と共ニとぢこミ、遣之。過日之三番校合、直し未来ニ付、其段も申遣ス。

一昼前、中川金兵衛、美少年録二の巻四回め十一丁、筆工出来、持参。則、三之巻上十八丁、けわくがみ添、遣之。并ニ、雅俗要文十月の部まで、本文つけがなの為、西村やゟ指越候を預り置候間、今日渡之。

一右美少年録廿六丁迄、即刻校正、悞脱直しおく。

一漢楚賽下帙廿丁初校、今夕、西村やゟ取ニ可参哉、難斗ニ付、校之。

一二見や忠兵衛来ル。越後牧之状届来ル。披見候処、牧之来年六十歳ニ付、諸名家の書画乞うけ、すり物ニいたし度よし。予が詩歌も、被求之、料紙寸法等申来ル。此節著述繁多中、めいわく限りなし。

一水滸伝七編下帙廿丁、稿之。今夕四時迄取かゝり居候へ共、校しをはらず、二三丁遺ル。

一夜ニ入、西村や与八ゟ、漢楚賽初編下帙、校合取ニ来ル。則、使ニわたし遣ス。

○四日庚午　晴

一今朝、大工寅吉来ル。昨日食傷之気味ニて、不快ニ付、無拠、休ミ候よし、申之。杉大中貫弐丁持参、尚又、勝手向下羽目等、早〻仕終り候様、申付之。

一昼前、建具や政七、杉戸大小六枚出来。かる子ニもたせ、同道ニて来ル。然ル処、膳戸棚の戸、四枚寸法間違、不用立。政七方ニてハ、過日認遣候注文寸法の通りニ致候よし、申之。大工、亦復心得違ト見候間、無是非、内二枚ハ切詰、二枚ハ新規ニ早〻拵候様申付、今日之六枚、代金弁かるこちん、遣之。

一昼後、大坂や半蔵同道ニて、大坂書林河内や茂兵衛来ル。右ハ大坂や半蔵願ニ付、よミ本交易被成候様、いたし度旨、申之。依之、河茂方へも大半同道、よミ本来春綴り遣し候つもり、江戸表一切之事、潤筆等之事も、大半引請、自分手板同様ニ可致旨、両人申之。依之、任其意、相談取極畢。因テ潤筆内金壱両、被差出之。則、受取之。尚又、河茂ニ磁枕之事たのミ、注文書、遣之。○其後大半ニ、美少年録二の巻筆工九丁、渡之。

一昼前、関忠蔵ゟ使札。為宗伯病気見舞、柿一盆、被恵之。右うつりとして、忠蔵孫鉄蔵ニ手遊び物五品、遣之。

一屋代太郎殿ゟ、借用之最上記、大字の方一冊返上、柿一盆進上、返書来ル。使かね也。

一夜ニ入、山口屋藤兵衛手代ヲ以、殺生石三編校合ぬきずり、被指越之。然ル処、とびら原稿幷ニ上帙のヌキずり不参候間、その丁書ヌキ、幷ニ直し有之、下帙つけ札いたし、遣之。

一屋代二郎殿江、水滸伝六編下帙壱部、遣之。かねて注文ニよつて也。

一いせとの村佐五平江之返書、認之。尤文談甚長し。多用ニ付、夕方書畢。

一美少年録二の巻板下筆工丸九丁、今日大半江わたし候節、画工国貞、無程かほ見せ、にづら画ニて弥出来かね可申候へバ、正月うり出しの間ニ合かね候ニ付、ふりかへ三ノ巻ゟ末、国安ニ画せ可然旨、内談いたしおく。
○夜ニ入、沙翫(ママ)十兵衛来ル。竈ぬり直し等、申付おく。
一今日、お百ヲ小伝馬町河内屋政七方江遣し、建具催促いたし、且、大丸ニてもんぱわた等かひとらせ、昼前帰宅。其後引つゞき、政七建具持参、前条の如し。

○五日辛未　曇　今暁正六時前地震　夕七時比ヨリ小雨　多くふらず　夜五時ゟ雨　夜中雨風

一大工寅吉来ル。今日も台所向遣り仕事也。台所向修復大抵畢。

一大坂旅人大蔵十九兵衛来ル。予、対面。例之長談、昼時帰去。

一今日、北越塩沢、鈴木牧之両度之返書、尤長文、認之。然ル処、かねて明日との村届参りくれ候様、申付置候処、一日はやく、今日昼後参候ニ付、度ゝあるかせ候もきのどくニ存、牧之頼賀算之詩句、猛に考染筆、則、との村状幷竜爪筆代銀ハ、大伝馬町との村両がへ店江差出し、牧之状ハ、新大坂町二見や江、忠兵衛方へ差出し、との村江遣し候状ハ、明日、飛脚出日候間、明六日瀬戸物町嶋や佐右衛門江差出し候様申付、嶋や通帳共、右殿村書状幷ニ筆代銀とも、今日もたせ遣ス。清右衛門、夕七時半比帰去。

一右牧之江遣し候二度之返書長文、終日ニて認め畢ル。

一昼後、泉市ゟ使札。金ぴら船六ぺん八の巻、二度め校合すり本持参。然ル処、取込中ニ付、差置之。中箱は手紙添、返之。過日遣し候二度校合は、板元ニて改候て、すり込候よし、今日、手紙ニて申来候間、左候ハヾ、此方多用中、校合いたすニ不及、已来板元ニ校合被致候様、書中ニ申遣ス。

一薄暮、大坂や半蔵来ル。過日、おく（ママ）ゟかし遣候鳥目百文返却のよし。且又、国貞事、昨ばん、半蔵参りかけ合候処、ぜひ〳〵画き度候間、出精いたし、間ニ合せ可申旨、国貞申ニ付、任其意候よし、告之。板元得心候上は、拒障可申いハれなし。いづれも宜様いたし候へと、返答ニ及ぶ。其後、半蔵早〻帰去。

一夜ニ入、山口藤兵衛ゟ、使ヲ以、昨夕申遣候殺生石上帙、再〻校すり本持参。藤兵衛養父忠介、不快ニ付、参りかね、使ヲ以申入候趣、申之。即刻改候処、不残直り候間、早〻すり込せ候様、右使ニ予自身申聞ケ、尚又、新大坂丁二見や忠兵衛ニ、手紙一通届くれ候様たのミ、もたせ遣ス。右ハ過刻認候而、牧之状中へ封じ入候同人賀算之詩句第二句め、千年不老の二字穏ならず、超然仙骨と直し可申存候間、其儀ヲ牧之申（ママ）遣之。追書二通幷ニ忠兵衛へ頼候口上書指添、山口や使へたのミ遣ス。

一大坂河茂事、江戸書林談じ候事有之、今日参会ニ付、出立延引のよし、大坂ゟ聞之。

一今朝、飯田町宅ゟ、売薬奇応丸乞ニ来ル。宗伯・おみち、つゝミ遣之。且又、過日清右衛門ニ申付候小田原挑燈、鶴や嘉兵衛ニ先月上旬かし遣候処、不返候間、幸便ニ受取候様、談じ置候ニ付、昨日さぬきや迄幸便ニ、右挑燈取戻し、今日定吉持参。家内のもの請取おく。幷ニ、京橋北村氏、前主人十三年忌志之白餅、清右衛門方へ到来のよしニて、二ツの内一ツ、指越之。

○**六日**壬申　風雨但小雨　四時過ゟ薄晴　又曇　昼後ヨリ又晴　夜ニ入風　夜中大風烈

一大工寅吉来ル。今日迄ニて台所向大概作り了ル。但、東水入口、窓しかえ残ル。今日迄ニて手間十四人也。

一昼後、つるや喜右衛門ゟ使札。水滸伝七編上帙再校来ル。請取置、下帙初校、遣之。

一薄暮、西村や与八ゟ、漢楚賽初編下帙再校ずり幷ニ雅俗要文雑部一迄写本、薄暮ニ付、うけ取おく。不及返書。

一昼時、杉浦老母来ル。過日頼置候神田川揚土之事、昨日、楢原謙十郎かゝりの衆ニ聞合せ候処、もはや一昨日引払候間、土無之と申し、其後早ゝ帰去。

○七日癸酉　薄晴　風烈　晴

一大工寅吉来ル。西の方ひらき戸繕ひ、二ケ処垣繕ひ、其外外廻り修復仕事也。玄関とひ竹・つる等こしらゆる。未全果。

一昼前、西村や与八ゟ、漢楚賽初編上帙、今日うり出しのよしニて二部到来。下帙校合ハ後刻とりニ可参旨、使申之。依之、要文十月ゟ雑の一迄、写本悞脱改正、ことゞく雌黄ヲ施し、字体注文し、校正遣之。右ニ付、文蜘堂文盲ニて、板下校正度ゝ手間とれ、此節極多用中、及迷惑候ニ付、校合春へ延し候共、仏庵老人ニ書せ候とも、両様の内ニいたしくれ候様、にし与ニ内ゝ、以書申遣ス。序ニ漢楚二三部注文申遣ス。

一昼後、清右衛門来ル。昨日伝馬町殿村店ニ、筆代金差遣し候よしニて、うけ取書持参。幷ニ、新大坂丁二見や忠兵衛ニも立寄、越後牧之ニの状差出し、且又、瀬戸物町嶋や（ママ）、いせ松坂との村行状差出し、状ちん払通帳持参。幷ニ、太郎足袋としまやニてとりかへ持参。今日、殺生石後日第二編すり本壱部、おさきへ遣し候様申付、清右衛門へわたし遣ス。

一昼前、渥見次右衛門ゟ使札。最上記、小字の方、錯簡有之、写しがたく候間、過日之大字本、見合せの為かしくれ候様、幷ニ紙十二三枚も不足ニ可有之旨、申之。依之、右大字の方、此間うつし参り候ヲそのまゝ遣之。みのがミ十二枚、是又遣之。

一薄暮、にし村や与八ゟ、小ものヲ以、漢楚賽初編下帙校合とりニ来ル。幷ニ、上帙三部、差越之。手紙なし。

右再校廿丁幷ニうけ取書、遣之。

一過刻、西村やゟ、外ニて被頼候よし、谿葉蒙籠侵夜色、、《(アキママ)》蕭殺無《(ムシ)》秋声亨尚としるし、これへかなつけくれ候様、申来ル。即坐にかなつけ遣ス。後こ便りニ一言の礼謝なし。商人の無作法、すべてかくの如し。

一昼後、嶋岡権六来ル。番町辺御番衆何がし殿ニ被頼、大坂御加番附ニて、来ル十五日ニ出立のよし、申之。予、対面。為餞別、有合之麁品三種、遣之。雑談後、帰去。

一夕方、河内や政七ゟ、軽子ヲ以、膳戸棚の戸四枚出来、差越之。内二枚ハ新規、二枚ハ先日之戸切つめ候也。右二枚の代金、幷ニかるこちん共、かるこに渡し遣ス。夕方、大工寅吉、切はめさせ畢ル。

一今日、膳戸棚そうぢいたし、物納畢ル。幷ニ椹粏桶・炭桶等、あげ板下へすゆる。宗伯おもだ《(ダク)》ち、おみち・かね手伝、すべて片付畢。

一夕方、芝泉市ゟ使札。過日三番校合、不沙汰ニすり込候事、市兵衛ハ江の嶋へ参詣、留守中店のもの取斗、不調宝のよし、わび《(ダク)》手紙到来。依之、金ぴら船六編八の巻、急ニ再校いたし遣ス。一向不直候ニ付、よく直させ候様、幷ニすり込候分、元の校本ヲ添、差越候様、口上ヲ以、申遣ス。

一今日も、予、甚多用、著述のいとまなし。美少年録三の巻いまだ筆ヲとらず。

一夜ニ入、山口や藤兵衛ヲ《(ママ)》手代ヲ以、殺生石二編ふくろいろずり校合、被為見之。燈下ニて定かならず候へども、宜く見え候趣、申遣ス。幷ニ、葭へキラヲ入候事、画師注文ニ候へ共、キラずり製止ニ付、色ヲかえアサギ・モエギ・ウスクサ等、三色斗すらせ、宜キ方へとり極メ候様、申遣ス。

一夜食後、宗伯、為保養、お百同道ニて、昌平筋近辺逍遥、五時前帰宅。

一杉浦老母ゟ花もり菊一盆、被恵之。外ゟ到来のよし也。

○八日甲戌　晴

一大工寅吉来ル。東之方手水場前、折曲り薬研樋、作之。終日也。材木不足ニ付、寅吉、昌平がし材木屋ニて、大貫・小わり等とり来り、用之。

一西之方中門の戸・とひ筒・表板、修繕の処等、宗伯黒く塗之。終日也。

一昼後、鶴や喜右衛門来ル。予、対面。水滸伝八編之内、改方和田源七故障被申候へども、尚又、及掛合候へバ相済、不及直候ニよし(ママ)ニて、稿本持参、請取おく。同書上帙七へんめ也校合直し相済候間、すり込せ候様、喜右衛門ニ申聞ケ、其後、雑談畢て帰去。

一隣家伊藤常貞、以僕、玄関脇垣際の小柳、枝出はり邪魔ニ成候間、枝切候哉、此方ニてきらせ可申哉と申来ル。甚失礼の申分ニ候へ共、使ニ付、枝折候事、其方ニたのむニ、追而此方ニて始末可致旨、返事申遣ス。是迄一両度、右之趣申来候節、或ハ枝ヲ切り、或ハからげ候へ共、その枝のび(ダク)、少ゝ隣へ枝出候ヲ、むづかしく申来ル。然ル処、先日常貞方ニて、東之方へ立候家、犬走りなく、垣際へ引付候ニ付、かべ(ダク)ぬり候節幷したミ直候節、此方へ職人無断入込せ候間、咎候へバ、其後届有之。其意ニ任せ候処、右之始末ニ付、地主ニ及内談、右之家一尺切らせ、その上ニて、此方柳ヌキ捨可申存候へ共、今日杉浦家内、不残他行之様子ニ付、明日お百ヲ可遣存、先そのまゝにいたしおく也。然ル処、今夕、常貞、地主へ罷出、己が理と存、何やらん讒訴ニ及び候様子聞えたり。寔ニ愚癡のたハけもの、年ニ似合たる義歟。

一予、今日背中悪寒、且、多用ニて廃業、消日了。

一芝泉市ゟ、使ヲ以、金ぴら船六編八の巻、再校すり付幷ニ先日彼方ニて校合相済せ候分、すり本のミ差越し、すり付ニてハ、さし木高ひくわからず、且、すり付候も、うすくても見えず候間、別ニすらせ見せ可申旨、幷先日之分、此方校合直しを添候而、不遣候てハ、引合せ候事成かね候間、前の校合すり本差越候様、使へ申ふくめ、且、口上書ニもそのよししるし、遣之。幷、金ぴら船五へんいかゞいたし候哉と、使ニ尋候処、とくニうり出し候よし、申之。うり出し候ハゞ、其節本可差越候処、今以、無其義、諸事等閑ニて行届かね候間、来年ゟ著述ハ断候趣、口上ニて申遣ス。

○九日乙亥　晴

一今朝、お百ヲ以、杉浦方へ遣し、昨日常貞不始末之趣、内ゞ申入おく。大意ハ前にしるすが如し。此方柳ヌキ捨可申旨、御定法之通り常貞方の新屋も、一尺切らせくれ候様申遣ス。

一大工寅吉来ル。作事出精いたし、来ル十三日迄ニ仕終り候ハゞ、壱人分餘計ニ作料可遣旨、談じおく。今日庭廻り、とひ竹つくろひ等、致之。終日也。

一飯田町宅ゟ、定吉ヲ以、昨日、小林ふる舞引物の菓子、差越之。漢楚賽初編再校本、おさきへ遣ス。

一西村や与八ゟ使札。漢楚賽初編下帙再校、被差越之。すりつけニて参候間、高ひくわかりかね候へども、大てい直り候様子ニ付、すり込せ候様、返書ニ申遣ス。

一地主杉浦ゟ、大工寅吉、此方仕事仕舞候ハゞ、一日頼申度よし申ニ付、其段寅吉へ申聞おく。且、常貞一義、杉浦ゟ常貞呼よせ、其旨可申聞旨、被申由、お百告之。依之、打任せおく。

一今日、玄猪たりといへども、普請中取込ニ付、来ル廿一日、二度めゐのこニ炉びらきいたし、且、如例ぼた餅も廿一日ニ拵候様、家内へ申付おく。

一昼時、大坂や半蔵来ル。美少年録三の上さし画三丁出来、見せらる。第六の画おなつ跣足にて、本文と□□（ムシ）この所斗、画工ニ直させ候様、談之。但、かき入ハ不残かゝせ候方、手廻しニ付、半蔵、則、金兵衛方へ持参、昼後かき入出来。依之、二丁半筆工江はり入レ、渡之。直し有之、半丁ハ、画斗かへし遣ス。長談後、七時前帰去。

一夕方、太田九吉来ル。家内之もの取斗、近所江罷出候よし、申之ニ付、帰去。御隠居御使ニ可有之処、取斗方宜しからざる趣、いましめおく。

一夜ニ入、山口や藤兵衛ゟ、手代ヲ以、殺生石二編袋色ずり、校合又見せらる。黄土つぶしにいたし来り候間、キラなし。あいろうの方、やはり可然旨、口上書付ニて申遣ス。

一今日、江の嶋弁天祭礼ニ付、家内奉祭弁財天。今夕献供、如例。

○十日丙子　晴

一大工寅吉来ル。昨日いたしかけ樋竹つくろひ、引窓の戸、引道・取手等修復、夕方、竈かな物打かけ未果。

一昼前、杉浦老母来ル。昨日、お百ヲ以、申入候伊藤常貞一件、則、常貞方へ申通候処、心得違ニ候間、何分詫くれ候様申趣、被申之。右応答之内、太田九吉来ル。依之、晤談不果して止。

一松前老侯御使太田九吉来ル。予、対面。此節元古地ニて、牧士幷ニ蝦夷馬上炮打ならひ、専熊ヲ捕候ニ付、右之図柳川ニ画せ、かけ物出来、予、見せ候様被申付候趣、被伝之。宗伯も対面、御礼申之。右御かけ物、御用相済候ハヾ、拝借仕度旨、九吉迄申之。雑談後、九吉帰去。

一無程、太田九吉ゟ奉札ヲ以、右之かけ物、被差越之。老侯へ申上候処、御かし被成候よしニて、うけぶミ進之。但、かけ物斗とめ置、ふろしきハ返却畢。

一芝泉市ゟ、音羽町板木師ヲ以、金ぴら船六編八の巻初校、其外校合不済校本、被差之（マヽ）。この内八の巻別ニすらせ、可差越処、其義なし。彼方の等閑、万事不行届事、如此。幸便次第、八の巻すらせ差越候様、可申継旨、右板木師へ直ニ申ふくめ遣ス。

一昼後、大坂や半蔵ゟ、小ものヲ以、美少年録三の上筆工出来分、板木師へ遣し候よしニて、写本箱差越之。則、校合いたし、写本遣之。

一早朝、大坂や半蔵来ル。金兵衛方ニて出来之筆工九丁め迄持参、後刻、小ものヲ差上可申候間、校合いたし置、わたしくれ候様申、早〻帰去。依之、昨夕画き置候三の下さし画稿二丁、半蔵へわたし遣ス。其後、右同人方ゟ小もの来ル。以下前条のご《(ダク)》とし。

一昼前、美少年録三の上九丁め迄、写本校合いたし、夜ニ入、同書三の上初丁・二丁め迄、稿之。此節大工来り、尤多用ニ付、不親筆硯、段〻及延引。

○十一日丁丑　曇 昼後小雨多くふらず　終日不晴　夜ニ入風

一大工寅吉来ル。竈弁火鉢かな物打かへ、昼後ゟ納戸上戸棚・敷居・鴨居下拵等、作之。

一昼後、飯田町宅ゟ、定吉ヲ以、けづ《(ダク)》り屑貰ニ来ル。たきつけの為也。則、炭俵二ツニ入、遣之。序ニ、おさきへ殺生石第二編彩色ずり袋二枚、遣之。

一昼後、芝泉市ゟ使札。過日うり出し候金ぴら船第五編二部、被差越之。八の巻校合すり本、今日も不来候ニ付、早〻遣し候様、返書ニ申遣ス。其餘、校合等閑之分ハ、五百部よほどすり込候よしニ付、不及果校合趣、是又、返書ニ申遣ス。

一昼後ゟ、お百、深光寺江墓参、夕方帰宅。

一余、今日終日悪寒。依之、寓安心保養、消日了。美少年録、弥及延引。

○十二日戊寅　曇　夕方ヨリ小雨　夜中大風雨

一大工寅吉来ル。納戸上戸棚戸前、造之。水入口東むさう窓、造之畢。

一松前老侯御使太田九吉来ル。予幷ニ宗伯、対面。北馬画松前ウズ牧士と蝦夷と騎炮ニて熊ヲ打図、大ふくかけ物これを見せ給ふ。一覧之上、直ニ返し奉る。天文方高橋作左衛門あがり家へ被遣候よし、子細不知趣、九吉餘談。近来運気考密ニ流行、此等之故ニやと、予推察也。其後、九吉帰去。

一清右衛門来ル。九月分、八百屋長兵衛上家ちん持参。明日晴天ニ候ハヾ、書斎棚板幷ニ本箱四、以軽子、差越候様、申付おく。右序ニ、此方九尺襖二枚、可遣旨、談じおく。樹木柿一ツ木に遺し置き候ヲおろし、遣之。夕方帰去。

一美少年録三の下、六丁め右迄、稿之。

○十三日己卯　大風雨　昼時ヨリ風雨止　其後薄晴　夕方ヨリ風　夜中風烈

一今日、大風雨ニ付、寅吉不来。

一昼後、飯田町宅ゟ、申付置候大棚板二枚・本箱四ヲ、軽子ヲ以、差越之。右かるこちんヲわたし、九尺二枚の大からかミ二枚、右かるこニもたせ、清右衛門へ遣之。

一夕方、大坂や半蔵来ル。美少年録二の巻末のさし絵、お夏ニ下駄はかせ、直し来ル。依之、廿丁め筆工、写本へはり入、わたし遣ス。

一今日閑散、美少年録十一丁め迄、稿之。但、書おろしのミ也。

一神棚中之方正面南向へ移し奉り、今日吉日ニ付、御酒・粢等献備、奉祭之。

○十四日庚辰　晴　風寒向　夜中風止

一大工寅吉来ル。納戸上戸棚、敷居・鴨居・戸前等、造り了。其後、ぬかみそ桶ふた・巨燵やぐら轄しめ直し等ニて終日也。今日迄、作料廿一人、外ニ壱人まし、廿二人分、先達而金弐分わたし、今夕又金弐分渡ス。外ニ材木代壱朱預ケ遣ス。

一芝泉市ゟ、金ぴら船六ぺん八の巻五丁再校来ル。即刻改遣ス。

一西村や与八ゟ、漢楚賽下帙、今日うり出しのよしニて、五部被恵之。使さし置帰ル。

一美少年録三の下十六丁の右迄、稿之。但、書おろしのミ也。

○十五日辛巳　薄晴寒向

一大工寅吉来ル。今日ゟ、書斎袋戸棚下地、造之。

一お百、時候あたりニて、少ゝ不快。今朝平臥、不起出。

一大坂や半蔵来ル。美少年録三の上筆工十六丁迄、金兵衛方ゟ請取、持参。同巻さし絵壱丁、是又、かき入致させ持参。さし画ハ即刻はり入遣ス。其後、同人小もの、同巻さし画の弐出来、持参。請取おく。其後、美少年録三の上残り九丁写本校合し了ル。

一右已前、中川金兵衛、美少年録三の上残り筆工弐丁持参。請取おく。筆工手あき候ニ付、三の下本文ニつけがないたし、出来分三丁、幷ニ後ニ大坂や小もの持参のさし画かき入の為、かねニもたせ、金兵衛方へつかハしおく。

一美少年録三の下、八丁つけがないたし、夜五時ゟ三の下の口へ入候さし画壱丁、稿之。

一飯田町ゟ、定吉ヲ以、本箱の手紛失歟、不知よし申来ル。奇応丸たんす小引出しの内ニ可有之間、今一度たづね候様、口上書ヲ以、おさきへ申遣ス。幷ニ、角大みそ注文書、遣之。幸便ニ角大へ差出させ候様、申遣ス。

○十六日壬午　晴

一大工寅吉来ル。書斎袋戸棚下拵、造之。

一お百風邪、今朝は少〻順快。推而起出、服薬昨日の如し。

一昼後、大坂や半蔵来ル。美少年録三の上末丁迄校合いたし置候写本わたし遣ス。然ル処、かねてとぢ《(ダク)》わけ、五冊ニいたし度申候は、心得違ニて、三ノ上・下、三・四ニ直し、全五冊ニいたし度よし、申といへども、今更直し候はむづかしく、且、潤筆もちがひ候間、此度は其儘ニ可指置旨、示談之上、半蔵、右写本を携、帰去。

一同刻、清右衛門来ル。本箱とり手尋候へバ有之、今日失念、未持参よし、申之。幸便早〻差越候様、申付おく。幷ニ、湯島天神下ニて畳表かひとらせ、且、明日きぬ地のはりわく、定吉ニもたせ、差越候様、申付おく。袋戸棚ふすまの骨ニ可用ため也。其後清右衛門帰去。

一薄暮、大坂や半蔵又来ル。過刻示談いたし候、美少年録とぢわけの事、何分全五冊ニ不致候てハ、売捌方不宜候間、五冊のつもりニ直しくれ候様、申之。尤、石魂録後集ハ、右之通りいたし遣し、全七冊ニて、六冊半の潤筆、取之。外ニ金弐百疋請取候へども、此度のハ丁数も多候間、全五冊の潤筆差出し候ハヾ、右之通りニ可致旨、及掛合候処、いづれニも全五冊ニいたしくれ候様申ニ付、三ノ上ヲ三ニ直し、末ノ壱丁ヲ筆工書直させ、三ノ下ヲ四ニいたし、是又はじめの処、筆工書直させ候様、談之、筆工金兵衛方へ、今夕通達可致旨、示談之上、半蔵帰去。

一美少年録四の巻末迄、つけがな稿之了。夜ニ入、同巻題目ヲふやし、七回め迄ニいたし候間、半丁書直し畢。

一屋代二郎殿ゟ、水滸伝六編三部もらひたきよし、お百へ伝言申おかる。

一大工寅吉来ル。今日も書斎袋戸棚下拵等也。夕方、右袋戸棚とぢ《ダク》付畢。

一昼前、中川金兵衛、美少年録四の巻の口、写本持参。則、書様之事、伝達之。今日当番ニ付、明日帰路可参旨、右稿本とめ置、前後半丁書直し、綴合おく。

○十七日癸未　薄曇　其後晴

一昼後、飯田町ゟ、本箱のとり手、定吉ヲ以、指越之。この外之用事、家内ゟ弁之。

一夕方、大坂や半蔵、画工国貞ゟ、美少年録四の口さし絵の意味しれかね候ニ付、予ニ承りくれ候様、過刻返書ニ申来候よしニて、右国貞手紙持参。則、意味合くハしく書付遣ス。

一今日、書斎袋戸棚とぢ付候ニ付、予、廃業。夜ニ入、宗伯、美少年録二の巻末一回、読之。母ニきかせん為也。五時ゟ、予代て三・四ノ巻、読之畢。

○十八日甲申　晴

一大工寅吉来ル。今日、書斎向本箱台・袋戸下地等、不残しをハる。

一昼後、畳や久兵衛ゟ、弟子一人差越ス。則、中の間畳一畳表替させ、薄べり壱畳半さゝせ、夜食たべさせ、帰し遣ス。外ニ八畳うすべり修復有之。当月中ニ可参旨、申付おく。

一釘や源兵衛ゟ、かき出し持参。此方扣帳と引合せおく。

一書斎本箱、不残とりのけ、宗伯手伝、悉掃除ノ上、本箱直し畢。

一美少年録口絵二丁、賛とも稿之畢。但、多用ニ付、夜ニ入、又一丁下絵つけおく。

○十九日乙酉　晴　昼時ヨリ小雨　夜四時ヨリ晴

一大工寅吉来ル。台所の棚、造之。其外小仕事いろいろ、終日にて、今日落成也。先月廿一日ゟ手間廿七人かゝる。材木代追入用等迄、勘定いたし、今夕、金子わたし遣ス。皆済也。尚又、飯田町薬看板之□《(ムシ)》、年内ニても、来早春ニても、手透之節拵候様、申付おく。今夕、古傘かし遣ス。

一大坂や半蔵ゟ、小ものヲ以て、今日、画工国貞方へ人遣し候ニ付、美少年録口絵出来候ハヾ、遣し度よし、申来ル。未出来候間、明日とりニ可参旨、申遣ス。

一飯田町宅ゟ、定吉ヲ以、今日、太郎同道仕参いたし候ハヾ、定吉召連候様申来ル。大工未仕舞間、近日之内可遣間、今日ハ不及其義旨、家内ゟ返事申遣ス。

一今夜五時過、本材木町辺失火、四時前鎮ル。○杉浦老母、今夕娘《ムスメ》ヲ折檻被致候ニ付、お百罷越、五時過帰宅。

一岡崎や源兵衛、釘代・かな物代、今日不残払遣し、請取書、取之。

一美少年録口絵三丁、画賛共、并ニ物もくろく・わくもやう等、今日稿し了ル。

○廿日丙戌　晴

一今日　公方様、上野　御霊屋江御参詣。　御成　還御共、如例相済。

一大工、昨日迄ニ仕舞候間、今朝、宗伯手伝、家内玄関向大そうぢ《(ダク)》し了ル。玄関前斗遣ル。

一今朝、杉浦老母来ル。昨夜の謝礼也。浅草辺へ罷越候よしニて、帰去。昼後帰宅之節、太郎へみやげとして小だいこ一ツ、ばちヲ添、被恵之。

一昼前、太田九吉来ル。松前老侯ゟ、過日、騎馬炮のかけ物外へ見せ候間、かへし候様、被仰下、則、返上。九吉ニ渡ス。右ニ付、予、所持有之候右之かけ物、外ヽへ売弄被成候事、おん為宜しかるまじき旨、九吉江愚意くハしく及示談。此節、高橋作左衛門一件、風聞有之故也。其後九吉帰去。宗伯ハ不及対面。

一昼後、関源吉ゟ使札。来ル廿三日、同人誕辰ニ付、参りくれ候様、申来ル。此節、尤無寸暇候へ共、かねぐ〵やくそく故、可参旨、返書ニ申遣ス。且、同人懇意の仁、東叡山御画師鈴木一郎画名の事に付、予に可否を問る、文章一通、被届之。右一通ハあづかりおく。

一今早朝、大坂や半蔵ゟ、小ものヲ以、美少年録口絵稿、乞ニ来ル。則、惣もくろく・わく下画とも、四丁わたし遣ス。但、昨日、画工国貞他行ニて、用事不弁よし、申来ル。

一昼前、沙翫《ママ》十兵衛来ル。明日ゟ曲突ぬり直し、并ニ台所かべぬり直しニ可懸よし、申之。則、任其意、やくそくいたし遣ス。其後帰去。

一夕七時前、かね母はじめて来ル。にばなふる舞、夕飯等たべ《ダク》させ、薄暮帰去。あたご下土方やしきニ、かね弟勤罷在候よし、右母同居、遠方也。

一今日、度ヽ来客ニて多用、幟杭貫等、とりおさめ了ル。其間、美少年録一ノ巻口絵へ付候附言半丁、稿之了。

一今朝、杉浦たのミ置候、駕のもの《アキママ》来ル。明廿二日、太郎、廟参幷ぞうし谷へ参詣いたさせ候つもり、宗伯同道ニ付、手駕壱挺申付おく。但、雨風等ニ候ハヾ、日おくりのつもり、談じ遣ス。

一今夜五時比、杉浦老母ゟ、法運事しばく〵御尋被下候処、今夕、無恙帰府のよし申。彼僧八月中年数取ニ上京、此節帰り来りし也。

○廿一日丁亥　靄旦映　其後晴　夕七時比ゟ風　夜中風烈　暁ニ風止

一当月九日、ゐのこの処、普請中ニ付、二の亥に延し、今日炉びらき、并ぼ《ダク》た餅如例、近所・飯田町宅・渥見等へ少〻づゝ遣し、家内ニても祝之。渥見ゟ、祖太郎誕辰祝義のよしニて、赤飯麁末之送膳幷ゐのこぼた餅一重投来。次右衛門ゟうつし物催促手がミ遣ス。返書夕方来ル。

一沙翫十兵衛、四時前来ル。手伝間違、延引のよし。竈ぬり直し、下地幷台所壁ぬり直し、下ぬり等也。二坪ほど残ル。尚又、明後日可参よし、申之。

一夕方、大工寅吉来ル。過日かし遣候古傘持参。早〻帰去。

一中川金兵衛、美少年録四ノ巻九丁迄、筆工出来、持参。一ノ巻口絵付附言稿本半丁、わたし遣ス。持参之写本は、即刻いたしおく。

一夕方、清右衛門来ル。明日、家内、宗伯・太郎同道ニて、廟参をかね、雑司谷へ参り候積りニ付、朝飯後ゟ定吉をかしくれ候様、談じおく。畳やかき出し持参。雑談後、帰去。

一美少年録五之巻三丁め迄、稿之。但、書おろしのミ也。

○廿二日戊子　晴　無程薄曇　昼前ゟ薄晴　其後又薄曇

一今日、宗伯・太郎、他行之筈候処、天気相薄曇、且、寒く候間延引。申付置候駕之者、否問ニ来ル。則、延引之趣、申聞ケかへす。其後又、明後廿四日ニトし候間、新五郎へ駕之事、申付おく。

一平野章二ゟ、宗伯薬廿一帖《(ママ)》づゝ二袋来ル。則、薬料金弐朱ト二百廿四文、使日用ちん百三十二文、この内昨日の壱朱引之、壱朱ト三百五十六文、使ニわたし遣ス。

一今朝、飯田町宅ゟ、定吉ヲ差遣ス。宗伯・太郎等、他行ニ付、昨日、清右衛門へ談じ置候ニよつて也。然ル処、今日延引ニ付、右定吉ヲ瀬戸物町迄遣し、いせや六右衛門方ニて、五香湯一帖買とらせ、昼飯たべ《(ダク)》させ帰し遣ス。右幸便ニ、畳や払代銭・そめ物ちん等、五百文、判取帳差添、清右衛門方迄、遣之。幷ニ、小松やニて、白ざとう取よせ候様、清右衛門へ申遣し、通帳遣之。

一地主杉浦弟、法運法師来ル。京師土産物、被恵之。予・宗伯、対面。雑談後、帰去。

一其後昼過、お百ヲ以、杉浦方へ遣し、法運帰府之歓び申入レ、新板合巻絵ざうし二帙、遣之。

一夕方、つるや喜右衛門ゟ使札。水滸伝七編上帙、今日うり出しの由ニて、壱部差越之。外ニうり物十部幷ニ七編下帙二番校合ずり、八編上帙初校すり本差越之。いづれも請取、返書遣之。

一美少年録五の巻、六丁め迄校之。但、書おろしのミ也。予、両三日来、夜分相臥候へバ、左の腰骨ゟ下部か《(マヽ)》けいたミ、朝起出候節、屈伸不自由ニ付、疝痛とこゝろ得、五香湯、用之。しかれども功験《(マヽ)》、脚気なるべき歟、未詳。

○廿三日己丑　曇　終日不晴　夜中薄晴

一左官十兵衛来ル。漆喰代弐朱かし遣ス。台所かべ《(ダク)》不残、上ぬりいたし、夫ゟへつつい中ぬり、やはり泥大津ニていたし、夕七時過仕舞、夕飯たべ《(ダク)》、帰去。

一美少年録五巻九丁迄三、稿之。夫ゟさかやきいたし、兼約ニ付、関忠蔵方へ罷越、夜九時過帰宅。僕ヲ以、被送。今日、上野宮様御家来、鈴木一郎と初て面会ス。氏ゟ農業餘話借用、今夕携帰る。

一右他行中、太田九吉来ル。おミち取次、他行のよし申候へバ、帰去云ヽ。

一明日、家内他行之事ニ付、駕之もの等之事、宗伯ニこころ得させおく。夜中、新五郎来ル。明日快晴ニ候ハヾ、四時比ゟ罷出候間、駕籠の用意可致旨、申付おくよし也。

一昼後、渥見次右衛門ゟ使札。最上記一本写し出来、見合せの一本共、被指越之。返書幷に遊嚢賸記二・三の巻、いハき二百枚、遣之。

一関忠蔵方江罷越候出がけ、屋代太郎殿へ立寄、最上記、小字の方、今日返却。幷、二郎殿頼の合巻類八帙、金ぴら船五へん、一部遣之。取次、山路岩蔵へわたし、口上申おく。

○廿四日庚寅　薄曇　朝靄　無程晴

一今朝、おさき、定吉ヲ召連来ル。家内、雑司谷詣留守の為也。定吉ハ帰ス。おさきハ止宿。

一四時過、太田九吉来ル。予、対面。京都東本願寺普請、阿弥陀峰南之方三十三間堂大□持場之土買取ニ付、奇談書簡、御隠居ゟ御見せ被成候よしニて、持参。拝借いたしおく。雑談後、帰去。

一四半時比ゟ、宗伯・太郎相駕ニて、お百・おみち差添、下女かねめしつれ、出宅。先ヅ妻恋社へ参詣。夫ゟ小石川円満寺閻魔へ参る。尚又、深光寺江墓参。和尚ニ対面畢而、雑司谷鬼子母神江参詣。草履借受、暮六時前帰宅。

一右家内他行中、桑山修理殿御入来。長談後、被帰去。○熊胆や金右衛門来ル。此度ハ用向なし。

一田口久吾来ル。家相之事ニて長談。一ヽ吉凶さし示し遣ス。久吾実父、武右（ママ）衛門、当月十四日ニ死去のよし。七ケ日過候。主人ゟ被指許、出勤の旨、申之。夕方帰去。

一つるや喜右衛門ゟ使札。水滸伝七編下帙二番校合廿丁、遣之。

一夕方、大坂や半蔵ゟ、小ものヲ以、美少年録四の口、さし絵一丁書入いたし持参。後刻、半蔵参候よしニて、差おきかへる。其後半蔵、同書四ノおくさし画一丁、五の口同一丁、かき入いたし持参。四の口と五の口のさし絵ニはり入、遣之。四のおくの口絵ハ、筆工近ヽ出来のよしニ付、預りおく。五の口のさし画ハ、手廻しの為、筆工、未出来候へ共、白わくへはり入遣し、暮六時前帰去。

一今朝、水滸伝七編下帙廿丁、二度め校合いたし、夫ゟ美少年録五の巻、本文江つけがなつけかゝり候処、多用度〻客来ニ付、夜中迄やう〳〵四丁かなつけ畢。

一昼前ゟ、お百、おさき同道ニて、浅草観音へ参詣。当夏中、為宗伯病気平癒、おさき立願いたし候処、此節少〻づゝ快方ニ付、賽参のよし也。夕七時前帰宅。七時過、おさきハ飯田町宅ゟ帰去。過日、松前老君ゟ、御借被成候京都奇談一冊、清右衛門ニ謄写申付、原本・紙筆等、おさきにわたし遣ス。

○廿五日辛卯　晴

一駕のもの新五郎来ル。昨日之駕ちん、払遣ス。

一薄暮、名主和田源七ゟ使札。当三月ゟ、彼もの前句連に加入いたし、当年集番ニ付、前句一巻互評いたし、三十句えらミ、景物ニは合巻類めぐミくれ候様、申来ル。前句は、前〻ゟ手がけ候事、一向無之、其上、忰長病ニて、慰事一切いたすいとまもなし。傍以、迷惑ニ付、かたく断、返書差添、右詠草返し遣ス。

一暮六時、つるや喜右衛門ゟ、新暦送り来ル。使さし置、帰去。

一美少年録五之巻九丁め迄つけがな、末迄稿了。五之巻ノ二さし画壱丁、稿之。

○廿六日壬辰　晴

一画工英泉来ル。転宅并大坂へ罷越候事も、いまだ治定しがたきよし也。雑談数刻、帰去。

一夕七時比、お秀来ル。芝崎氏ゟ用事有之、罷越候序のよし。夜食たべ《ダク》させ、其後帰去。

一美少年録五の画わり、大物一枚、稿之。其後、水滸伝八編上帙廿丁之内、十四丁校正。夜ニ入、燈下ニてわかりかね、推て校之。及四時、就寝。

一宗伯、頭痛ニて平臥。一昨日ゟ用ひ候章二薬、石滑剤のよし、右ニて動キ候なるべし。

○**廿七日**癸巳　晴　夕方風　夜中風止

一水滸伝八編上帙廿丁之内、昨日の遺り、稿之。筆工ほりあしく、直し尤多し。昼時校合し了ル。この時、つるやゟ使札。七編下帙三番校合ずり到来。引合せ候処、大てい直り候間、すり込せ候様、返書ニ申遣し、幷八編上帙初校、遣之。

一昼後、松前老公御使、太田九吉来ル。予、対面。奇説聞の為のよし、させる奇説なし。台湾鄭氏紀事宜キものニ候間、被成御覧候様、申之。九吉書とめ、帰去。

一夕方、大坂や半蔵(ママ)、調市、美少年録四之巻十四丁ノ十五丁、絵つきの二丁、筆工出来、持参。今夕、半蔵参上仕候間、請取置くれ候様、申之。依之、此方へ預り置候さしゑはり入、筆工校合いたし、待候へ共、半蔵不来。夕方ゟ寒気ニ付、廃業。倚炉休息。

一飯田町宅ゟ、定吉ヲ以、過日清右衛門ニ申付候にしの内五枚、差越之。紙うすく用立かね候間、とりかへ遣し可申旨、おみちゟ申遣ス。幷ニ、去ル廿二日、清右衛門へ申付候ふじ艾《ダク》かひとり差越ス。右代銭ハ廿二日ニ遣し置候処、今日尚又、代銭遣し候よし。二重也。

一南手水場、南天の実油紙之袋、造之。今日不残、宗伯かけ了ル。

○**廿八日**甲午　晴　正六時前ヨリ風

一今日、唯称居士御祥月忌日ニ付、如例、今朝料供備之、奉祭之。

一昼前、大坂や半蔵ゟ、調市ヲ以、昨日さし絵とりニ来ル。則、五の巻画稿共、写本箱ニ入、わたし遣ス。

一つるや喜右衛門ゟ使札。小魚一籠、被恵之。何の故ヲしらず。昨日之校合之はな薬歟。返書遣ス。

一今朝、飯田町宅ゟ、定吉ヲ以、にしの内五枚、中やのハかへし、越後やニてかひ取、遣之。則、代銭遣之。則、寿命湯・かるやき、かひ取可遣旨、書付いたし、代銭遣之。

一山口や藤兵衛来ル。殺生石第二編上下二帙、製本出来。十一月一日ゟり出しのよしニて、二部持参。予、対面。其後帰去。右之本一覧候処、校合之節、見落し有之、壱のとびら二色の方、かき入の内、間の狂言等也。二色のヲ二免にトほりちがへ、間ヲ食ニあやまれり、追て入木直し致さすべき事。

一八時過ゟ、お百、深光寺墓参りいたし候ニ付、本郷さゝやゟ立よらせ、炭の事頼ミ遣し、尚又、経師金太郎方へも立よらせ、用事有之候間、可参旨、申遣ス。伊兵衛・金太郎共ニ、他行のよし、各内義へ申おき候よし、お百、薄暮帰宅。

一昼後、清右衛門来ル。過日申付候、京都東本願寺奇談録写し出来、原本共持参。并ニ、小林へ罷越候よしニて、勘定帳面持参。一覧相済、則帰去。

一夕方、大坂や半蔵来ル。過刻遣し候美少年録五の巻画稿之内、先達而八犬伝のごとく折かへしニいたし、紙巾大きくいたし度旨、申候へども、やはり並わくの通りニいたし度よし、申之。いろ〳〵と注文替り、面倒ニは候へ共、任其意、右之絵稿大きくハいたし置候へども、並わくへ画キおさめ候様、画工国貞ゟ口状そえ遣し、并ニ五ノ巻九丁め迄、稿本わく紙共六丁添、金兵衛へ持参いたし候様、申談じ遣之。其後帰去。

一三芝居当見せ、河原崎入かハり、番付ハ廿七日ニうり出し、役わり番附は、明廿九日ニうり出し候よし、近年まれなる手まハし也。外両座ハ、いまだ入替りの番付も不出也。

一美少年録五の巻十丁ゟ末、ハつかニ壱丁半、稿之。連日他事繁多、気はなれ候故、かくのごとし。

○**廿九日**乙未　晴　昼ゟ薄雲　夕方又晴

一京東本願寺奇談録、今早朝、屋代太郎殿へもたせ遣し借進。彼御人、奇を好まれ候によつて也。

一今朝、中川金兵衛、美少年録四の巻十一ゟ十八丁迄、幷ニ壱の巻口絵付附言筆工半丁出来、持参。則□□□□□《（ムシ）》、即刻校合し畢。

一今朝、登城がけ、屋代太郎殿入来。予、対面。高橋作左衛門一件落首の狂歌恵借。且又、同人所蔵、近来はやりあき人の絵まき、詞書かき入くれ候様、被頼之。則、預おく。早ゝ帰去。

一昼後、土岐村元立内義来ル。昼飯・夜食そば等、振舞之。下女かね小児、七月中養子ニ遣し候処、九月三日病気ニて死去のよし、今日、被告之。かね、愁悲限りなし。依之、明日の星祭、来月一日ニいたし候様、家内《（ママ）》中付おく。

一夕方、大坂や半蔵ゟ、美少年録板下筆工とりニ、小もの来ル。則、四の巻末迄わたし遣ス。

一夜ニ入、表具師金太郎来ル。則、書斎袋戸新規はり立、二枚小屏風はり直し申付、代銀十二匁ニ、五匁、已上十七匁ニ相定、ふくろ戸のほね屏風下張紙等、今夕わたし遣ス。

一美少年録五の巻、今夕十五丁め迄、稿之。但、書おろしのミ也。

一昨今《（ママ）》、宗伯、引窓障子二枚はり立、今日あぶら引畢ル。

○**晦日**丙申　晴

一今日、かねヲ以、屋代太郎殿江昨朝恵借之落首狂歌一通返却。此幸便ニ、昨朝かし候奇談録、被返之。

一昼前、御蔵前坂倉や金兵衛ゟ使札。時候見舞として、柚廿一、被恵之、返書遣ス。

一西村や与八ゟ使札。漢楚賽二編表紙附序文とびら校合、被為見之。即刻校閲。返書共ニ遣之。

一昼後、土岐村元立内義ゟ使札。おみちゟ返書遣ス。右使弥介ヲ頼ミ、関忠蔵方へ明智古墳録壱冊かし遣ス。幷、過夕之謝礼として、柚七ツ遣之。父子共他行のよしニて、盆・あて板・ふろしきとも、被留之、程なく弥介帰来ル。土岐村へも柚五ツ遣之。

一昼後、蜀山来ル。過日頼候、浅草並木町松五郎方へ被積候木刀の書付持参。凡三分程ニて出来のよしニ付、尚又、右之通りニて拵させ候様、頼之。手附金百疋渡し遣ス。雑談数刻、帰去。

一今日、宗伯、庭の丁子・花さふらん等ニ霜よけいたしかけ候処、日にうたれ、眼いたミ候よしニて不果。あかりとり引窓、おし板損じ候ニ付、夕方、宗伯修復、障子二枚ともかけ畢。

一予、美少年録五之巻十七丁迄、稿之。但、書おろしのミ也。

○十一月朔日丁酉　晴

一昨晦日七時過、十一月節ニ入候間、今朝、如例、星祭献供。如例、家内一統、奉祭之。

一左官十兵衛来ル。竈上ぬり終日ニて落成也。是迄手間三人、外しつくひ土代等、不残払遣ス。

一昼前、大坂や半蔵来ル。画工ゟ口絵出来、持参。筆工書かた、付札いたし、金兵衛方へ持参候様、談じ遣ス。

一昼前、関忠蔵・同源吉入来。昨日之ふろしき・盆・あて板、被返之。柚のうつりとして、しらすぼし小袋入、被恵之。出がけニて差急候よしニて、取次之ものへ、口状被申置、帰去。

一昼後、清右衛門来ル。当日祝義也。柚少〻、遣之。尚又、下谷・神田橋辺へ罷越候よしニて、帰去。

一宗伯風邪、終日半起半臥也。

一予、美少年録五之巻廿二丁め迄、稿之。但、書おろしのミ也。右之内さし絵一丁入、内つけがな六丁出来。

○二日戊戌　晴

一飯田町畳や久兵衛方ゟ、手間取忠蔵と申者来ル。過日申付候故也。則、客之間八畳・上敷二間・絵莚四枚・内三畳ハうらがへさせ、一畳ハ新規ニ致し候ニ付、お百ニかねを差添、湯島天神下いせや重右衛門方へ遣し、絵莚二間一枚・地べり四畳分買取せ、則、畳さし終日ニて出来。外上敷先日参候もの、致し方不宜分、少しづゝ直させ、今日迄ニて造作修復一式畢。

一四時、屋代氏ゟ使札。高橋一件落首三四種、被為見之。今日四時過ニ返し候様、申来候ニ付、あらまし写とめ、かねを以、返進畢。

一森や次兵衛ゟ、手代ヲ以て、金魚伝上帙廿丁、すり本校合ニ差越之。則、受取おき、返書遣ス。

一同刻、大坂や半蔵方ゟ小もの、美少年録口絵筆工出来、持参。六丁め絵はり入、いづれも□（ムシ）付書しるし、校合いたし□□□□（ムシ）四丁也。

一宗伯風邪、今日も平臥也。昼前、飯田町清右衛門方ゟ、先月分薬うり溜勘定いたし、鳥目・帳面・鍵等、定吉ヲ以、差越之。則受取、定吉ヲかへす。先日之ろうそく代二百文、遣之。

一美少年録五の壱、廿二丁め迄つけがな、附之。廿四丁めの口迄、稿之。但、書おろしのミ也。

○三日己亥　曇　程なく晴

一今朝、大坂や半蔵来ル。金兵衛方ゟ筆工出来参候哉と申ニ付、未出来旨、及返事。半蔵、今朝中川氏へ罷越候処、同人当番のよしニて、不分旨、申之。いづれ明日人遣し可申旨、談之。其後帰去。

一右跡へ中川金兵衛、美少年録五ノ口廿丁迄筆工出来、持参。当番出がけニ付、明日可参旨、申之。則、請取おき、校閲両度、誤字多く、補之畢。

一宗伯風邪、今日は少〻順快。座敷上しき鋲等、差之。

一美少年録五巻廿七丁迄、稿之。但、書おろしのミ也。
○四日庚子　晴　昼後ヨリ薄曇　夜ニ入又晴
一今朝四時比、中川金兵衛来ル。美少年録五の巻稿本廿二丁迄わたし遣ス。

一其後無程、大坂や半蔵か、小ものヲ以、写本取ニ来ル。右同書五ノ口九丁め迄、板下わたし遣ス。但、七丁め・八丁め画付分二丁、此方へ遣しおく。画ヲ先へほりニ出せし也。此幸便ニ、山口や藤兵衛へ遣し候手紙一通たのミ遣ス。殺生石二編一ノとびら幷ニ序文ニ、誤写ほりちがへ等、二ケ所有之、右入木直し之事申遣し候故也。

一昼後、二見や忠兵衛来ル。越後塩沢鈴木牧之か、同人六十算賀の詩句書直し催促の為、忠兵衛方へ申来候書状持参。幷、八犬伝七輯牛の角突之事、尋ニ来ル。予、対面。八犬伝七輯未及出板よし、申聞ケ、幷算賀之詩ハ、一両日ニ認可遣旨、申之。飛脚、来ル七日比出立のよし。其外共やくそくの上、忠兵衛帰去。

一美少年録五の巻三十丁め名坪迄、不残稿之。つけがな一丁半程遺《ノコ》ル。

一宗伯・おみち・太郎等、今日ウケニ入候ニ付、ふの字付候品七ツ、ふき・ふしのこ・麩・ふきん・ふえ・ふすま・ふのり、幷ニふ七種のくわし等買取、祝し畢。
○五日辛丑　晴
一早朝、大坂や半蔵来ル。昨日申遣候五之巻さし画の内、葡だうだい《(ダク)》かき入候義、国貞方へ申遣候趣、わかりかね候よしニて、聞ニ来る也。今夕方迄ニ、戸びら・ふくろ稿出来可申間、一処ニ明日国貞方へ人遣し、可然旨、致示談、夕方此方へ小もの遣し候様、やくそくニ及ぶ。因て帰去。

一森や次兵衛方ゟ、金魚伝校合出来候哉と問ニ来ル。八日・九日比迄ニいたし置べく候間、其節取ニ参候様、申聞候へバ、帰去。

一下そうぢ、清右衛門、干大根二百五十本持参、納之。如例、支度代三十二銅、遣之。其後、お百漬之。右之内百十本づヽ二樽にいたし、残りハぬかみそへ入ル。壱樽当坐づけ、塩三升五合・ぬか五升、一樽土用後迄之分、塩六升・ぬか三升也。

一夕方、蜀山人来ル。過日頼ミ候木刀之事、長二尺五寸ニてハ直段ちがひ申候。職人ハ長サ二尺と心得候て、つもりいたし候よしなれ共、刀ニ候間、二尺ニてハ短し、中ヲ取、二尺三寸ニいたさせ候様、談之。其後、雑談後、帰去。

一美少年録五之巻三十丁、今昼時全稿既ニ畢。尚又、とびら稿・ふくろ稿・外題稿、夕方迄ニ稿畢。薄暮、大半ゟ小もの来ル。則、右ふくろ・とびら外題、稿本わたし遣ス。

一樒原謙十郎内義ゟ、お百江使札。過日被頼候、家相方位之謝礼として、真鴨壱羽、被恵之。おみちニ返事認させ遣之。

一飯田町宅ゟ、定吉ヲ以、売薬五包、奇応丸小包等取ニ来ル。且、おさき方ゟ、此節飯田町辺世なミ不宜候ニ付、太郎を差越候事、当分見合せ可然旨、申来ル。おみちゟ返事遣ス。

一今朝ゟ、宗伯、庭之小木霜よけ大かた作之畢。然処、風邪再感ニて、夕方ゟ又平臥。咳逆等有之。但、当分の症也。此節風邪流行、軽重あり。

○六日壬寅　晴

一山口や藤兵衛ゟ使札。殺生石二編一ノとびら幷序文之内、入木直し之事、過日申遣候ニ付、早速直させ、右入木之処、二丁被為之（ママ）。則、返書遣ス。

一おみち事、金子入用之旨、宗伯江申ニ付、同人ゟ金弐分、遣之。右ニ付、予、子細相糺候へ共、分明ならず。此度之義ハ格別、已来右様之事有之候ハヾ、紀国橋里へかけ合ニ及ぶべき旨、きびしくいましめおく。

一美少年録五ノ巻末の処、尚又補文。其後、越後牧之たのミ、算賀の詩句書直し、入湯幷来客等ニて、消日了。

一二見や忠兵衛来ル。先日やくそくの牧之江算賀詩句幷ニ書状わたし遣ス。孫の小児同道ニ付、はりこのつち壱、遣之。

一夕方、清右衛門来ル。小松やニて、さとうとりよせ候様申付、かよひ帳、遣之。幷ニ、左官十兵衛江用事の事、申継候様くハしく申付之。湯や与惣兵衛、女湯株発起等之事、雑談後、帰去。鴨肉一皿、遣之。

○七日癸卯　薄曇　夜ニ入ばら〱雨無程止　夜中晴

一今朝、表具師金太郎、過日申付候小屏風はりかえ、幷小ぶすま四枚、白張のミいたし持参、右受取。大汝・神農画像かけもの、賛とりかへ候ニ付、つくろひ表具申付、右二ふくわたし遣ス。

一早速、日雇人足ヲ以、右小ぶすま四枚、谷文晁（ママ）方為持遣し、画之事頼ミ手紙幷ニ画料、遣之。

一昼前、松前内大野幸次郎ゟ、使ヲ以、奇応丸求ニ被差越候間、右幸使ヲ以、太田九吉へ手紙遣し、此節の風聞、多く聞糺し置候間、老公へ申上、手透次第被参候様、手紙ニて申遣ス。

一昼後、大郷金蔵入来。予、対面。八月中貸進候、兎園別集内、被返之。長談後、帰去。

一太田九吉来ル。則、此節之落首狂歌書写候分、これヲ見せ、狂歌ハよめかね候よしニ付、カナツケいたし、老公江御めニかけ候様、申談じ遣之。幷ニ、過日老公ゟ御見せ被成候、京師明智左馬介古墳奇記録、今日返上、九吉へわたす。長談後、帰去。

一夕方、屋代二郎殿入来。水滸伝七編上帙二部・殺生石後編上下二帙、所望ニ付、遣之。委細別帳ニとめ有之。同人著述の花壇抄、被恵之。其後帰去。

一今晩、宗伯、まへ歯俄ニいたミ甚しく候間、手当いたし、猶又、道了全印ニて撫させ候へバ、いたミ去り、就寝。ころ柿少したべ《(ダク)》候故歟。○飯田町宅定吉ヲ以、申付置候砂糖指越ス。定吉、早ミ帰去。

一夜ニ入、美少年録表題画賛壱丁、稿之。○今早朝、金兵衛、同書五ノ中、十五丁め迄筆工持参。校合いたしおく。○其後、大坂や半蔵来ル。則、わたし遣ス。

○八日甲辰　晴　天明ヨリ風多くふかず《(ダク)》

一今朝、大坂や半蔵来ル。美少年録初編潤筆、残之分持参。皆済也。幷ニ、五の巻さし画未之分、壱丁出来、持参。筆工江この方ゟ、幸便可遣ため、あづかりおく。長談後、帰去。但、右同書表題画賛稿、壱丁わたし遣ス。是ニて惣出来。但、序文のミ遺ル。

一お百風邪、持病頭痛つよく候よしニて、昼前迄平臥。但、当分之症也。

一金魚伝上帙、廿丁之内、九丁め迄校合。今夕来客、種ミ多用ニ付、不果。

一太田九吉ゟ使札。昨日老公御めニかけ候落首録二通、被返之。請取返書、遣之。

一薄暮、渥見覚重来ル。有合候鳥肉ニて、酒振舞、雑談数刻、五時帰去。仏像図彙□□□(ムシ)。

○九日乙巳　薄曇四時比ヨリ晴

一今日　公方様、亀戸筋ニ被為成候趣、風聞。森や板金魚伝上帙廿丁、夕七時過、校合了。悪ほりまじり候間、校合甚苦む。其後、為買物、大丸ニ可罷越思ひ候ニ付、還御前ニ付、及延引、未果之。夜ニ入、美少年録序文、稿之。但、初稿のミ也。

一宗伯・お百等、庭の落葉上そうぢ《ダク》、及夕方、いまだ半に不至。但、あらごみを除し候のミ也。

一昼後、清右衛門来ル。越後寺泊扇やわたし、奇応丸小包十八、飛脚旅宿へ持参可致よし、申之。依之、おみちにつゝませ遣し、右代金弐朱并十月分八百や長兵衛上家ちん、請取之。為商、是ゟ鉄炮洲辺ニ罷越候よしニ付、帰路、としまやニ、醬油注文書可差出旨申付、遣之。

○十日丙午　晴　美日　温暖

一早朝、としまや、昨日注文之せうゆ、かるこ持参。即、代金わたし遣ス。

一宗伯・お百手伝、庭そうぢ、もぐら穴ふさぎ等、終日也。予、昼飯後ゟ、池の向小山そうぢ《ダク》、池まハり草むしり取、彼是ニて消日了。

一美少年録序文再稿并ニ五の巻中廿二丁め迄校合、昼時迄ニをハる。

一昼前、中川金兵衛、美少年録五の巻、十六丁ゟ廿二丁迄筆工出来、持参。廿三丁め終迄稿本一綴、わくがみ并五ノ末のさしゑ一丁画稿そえ、かき入の為わたし遣ス。

一昼後、おさき来ル。立花家御息女友姫様卒去。今日御出舘《ママ》のよし、しらせ参候ニ付、罷越候よしニて、早こ帰去。

一昼後、つるやゟ、水滸伝八編下帙廿丁初校ずり来ル。請取返書遣ス。

一鉄炮洲炭問や松本三郎治ゟ、注文之炭八俵つミ付来ル。炭請取せ、駄ちん遣之。

一老公御使、太田九吉来ル。風聞きゝの為也。予、対面。雑談後、帰去。

一夜ニ入、美少年録序文再稿。字わり等、大抵稿之畢。

○十一日丁未　曇　八時比ヨリ雨　夜ニ入小雨

一今朝、もりや次兵衛ゟ、使ヲ以、金魚伝上帙、初校本とりニ来ル。則、わたし遣ス。

一予、四時前ゟ出宅、大伝馬町大丸江かひ物ニ罷越、同店ニて昼食ふる舞れ、八時過帰宅。途中大雨ニ成候ニ付、昌平橋外茶店ニ休息。尤、大丸ニて傘借用、かひ取候物ハ預置、明朝差越候様、手代甚三郎ニ申付おく。

一右他行中、大坂や半蔵ゟ、小ものヲ以、美少年録五ノ中、さしゑ壱丁幷とびら・袋外題のわくもやう出来、持参。他行中ニ付、家内之もの請取おく。但、今朝申付候同書五の筆工四丁ハ、わたし遣し候よし。帰宅後、告之。

一夕方、かねヲ以、中川金兵衛方へ、美少年録五ノ中、さしゑかき入レニ遣しおく。幷、惣もくろく半丁、過日書遣し候分も認候様、口上ヲ以、申遣ス。右稿本も遣之。

一夜ニ入、美少年録序文稿本、書之。書そん補文多く、未果。

○十二日戊申　大曇　五ツ半時比地震　四つ時過ゟ風烈　晴　夜ニ入凪

一美少年録序文、尚又補文、再ゝ稿本、今日脱し畢。其後、とびら・袋・外題、いろ板の分けわく、朱ニて二通りづゝ、引之。仏庵へ書を頼候書状、認之。先ゝ月借用之白石手翰うつし返却ニ付、状中へ封じ入レおく。

一昼前、おさき来ル。従者定吉也。立花家姫うへ今日初七日ニ付、広徳寺へ参詣のよしニて立寄、早ゝ罷越、夕方、又此方へ立寄、帰去。但、下谷上やしきへも罷出候よし也。

一昼後、お百、深光寺へ墓参。円満寺閻魔へも参詣ニ付、本郷さゝやゟ炭代金、遣之。并ニ、表具師金太郎方へも立寄、小ぶすまの絵、明日出来のつもりニ付、明夕とりニ可参旨、申候様、申遣ス。金太郎ハ他行のよし、さゝやは主人対面。炭代金いまだしれかね候よしニ付、金弐分渡し、万やニて、しら梅茶かひ取、暮六時前帰宅。

一夜ニ入、表具師金太郎来ル。過日申付候、大屛風料唐紙うら打いたし持参。并ニ、大汝・神農かけ物しかへ之事、旧紙用立がたき旨、申之。右はがし持参、見せ候ニ付、アサギ唐紙へ砂子をまき、表具しかへ候様、委曲、示談之。其後帰去。

○十三日己酉　曇　昼前ヨリ風　程なく晴

一四時比、定吉来ル。則、手簡認、文晁子ゟ頼置候小ぶすま画とりニ遣候処、未出来よし、返書来ル。

一又、定吉ヲ以、渥見次右衛門方へ遣し、是迄之うつし物料金三朱、遣之。并ニ、覚重方ゟ、屛風うら打大唐紙もたせ遣し、右画料、南鐐壱片、遣之。次右衛門ハ他行のよし、覚重ゟ返書来ル。

一昼飯後、予、定吉召連、日本橋辺・照ふり町辺、いろ〳〵かひ物いたし、夕七半時比帰宅。来ル十五日、太郎食初祝義并杉浦娘婚姻ニ付、進物等之用意のため也。今日便路ニ付、角大ゟみそ注文、定吉ヲ以、申遣之。定吉ハ昼食・夕飯たべ《(ダク)》させ、返し遣ス。

一右他行中、大坂や半蔵来ル。宗伯ゟ申付置候ニ付、仏庵方へ書ニ遣し候、美少年録序文・とびら・外題・ふくろ、料紙・稿本差添、手簡・所書共、遣之。且、ふくろ・とびら・外題わく写本ハ、手廻の為、ほりニ出し候様、申談じ、同人ニわたし遣ス。

一美少年録五の末、終日六丁半、さしゑはり入、金兵衛方ゟ出来。惣もくろく前半丁も出来、今日半蔵持参。明昼時、とりニ可参よし、申之。依之、宗伯うけ取おく。

一夜ニ入、予、農業夜話(ママ)上巻、披閲畢。吸物わんの箱、さんとれ居候ニ付、同朋町さし物やへ直しニ遣ス。

○十四日庚戌　天明ヨリ風烈　薄曇　昼ゟ晴　風寒たへがたし

一昨今、宗伯、庭そうぢいたし候ニ付、寒風ニて、夜中両歯いたミ、しばらくして痛愈。風ニ犯され候而、口熱動キ候也。そうぢ無用之趣、申聞おく。

一昨日、大坂持参の美少年五の末筆工、校正之。八半時比、大半ゟ小ものヲ以、校合とりニ来ル。わく入木かき入共、わたし遣ス。仏庵の返事いまだ沙汰なし。

一水滸伝八編下帙初校廿丁之内、廿一丁ゟ廿六丁迄校正。今日、月代等ニて、多く校せず。夜ニ入、美少年録くちゑはり合せ、五の巻とぢ(ダク)合せ等ニて、不及校合。

一昼後、お百ヲ以、杉浦氏ニ吸物わん・傘等、遣之。清太郎妹、近日婚姻のよしニ付、祝義也。清太郎も昨夕帰府。いまだ御届不済、十五日夕帰府のつもりニ付、引籠居候よし也。

一夕方、清右衛門来ル。浅野正親、星祭如例年、初穂持参可致旨、申之。当年ハ彼方ゟ、星まつりの事不触来候間、よく〳〵聞糺し、如例年、執行のよしニ候ハヾ、初穂差遣し候様、申談じ、此方銀包、遣之。当年ゟ太郎も加入ニ付、八字年月しるし遣ス。

一明日、太郎食初祝義、膳部下拵、家内一統取かゝり、大抵出来。杉浦老母も招候つもりニ付、過刻、お百ヲ以、申遣ス。めでたやニ鮒こんぶまきあつらへ、書付かねを以、遣しおく。

○十五日辛亥　晴

一今朝、来客入用の為、日本橋辺ニ買物ニ罷越候ニ付、早朝、定吉ヲ差越候様、昨日、清右衛門へ申付置候処、及遅滞、定吉不来ニ付、予一人罷越、四時過帰宅。定吉は、予出宅後、程経候て参り候ニ付、日本橋通一丁め、黒江やニ向け遣し候よし、不逢。依之、定吉ハ九時前、空しく帰り来ル。

一四時過、土岐村内義入来。昼時、元立も入来。

一今日、太郎食初祝義。昼時膳部出来。予、く丶ませ、配膳いたし、祝之畢。

一昼前、定吉ヲ以、谷文晁方へ、小ぶすまとりニ遣し候処、右之画未出来。後刻もたせ可進旨、口上ニて申来ル。夜ニ入、暮六時比、文晁ゟ右之小ぶすまもたせ来ル。過刻之返書、被添。使指置かへる。

一おきく・お秀も罷越、杉浦老母も被参。其後、田口久吾も来ル。いづれも酒食饗応、本膳一汁五菜但かう之ものども也・肴三種、夕方各退散。

一おさき手伝の為、今朝罷越、終日はたらき、夕方おきく同道ニて帰去。夜ニ入、清右衛門来ル。是又酒食饗膳、ひるの如し。五時過、清右衛門帰去。

一覚重不参候ニ付、昼時人遣し、時分ふれ口上書遣し候処、昨日ゟ、風邪ニて打臥候よしニて、不来。依之、夕方おくり膳二人前、かね・定吉ヲ以、もたせ遣ス。

一土岐村元祐も招候へども、是又、無拠用ニて、斎藤家ニ罷越候よしニ付、薄暮おくり膳、遣之。此外、杉浦清太郎・めでたや久兵衛老母へも膳、遣之。

一今日、清右衛門・元立・杉浦氏ゟ、鮮魚一折づ丶到来。お秀・おきく、手みやげ持参。

一家内一統、膳部祝之。諸神・家廟献供。冬至祝義、同断相済。

○十六日壬子　曇終日不晴　寒気難堪夜中地震よほどの事也　同時ニ雨終夜不止　子丑の間なるべし

一昨夜、冬至之節ニ入候ニ付、如例、今朝汁粉餅、家内一統、祝之。四時比、土岐村元立ゟ使札。昨日之謝礼也。宗伯返書、余、代筆ニて遣之。土岐村内義は止宿也。

一昨日、此方ゟ、使遣し候返事ニ、渥見次右衛門ゟ、うつし物一人ニてハ、はか行かね候間、同家中ニ達者ニ写し候仁有之、不苦候ハヾ、四の巻原本遣し候様、申来候ニ付、夕方送り膳遣し候節、四の巻一冊、遣之。料紙ハ五十五枚、あつ見ニ餘分有之。原本六十八丁也。

一昼前、土岐村氏ゟ、使弥介、被差越、昨日之謝礼之手簡、宗伯方へ寄せらる。予、代筆ニて返書、遣之。元立内義、昼飯後、弥介めしつれ帰去。昨日之引物、遣之。且、当暮ゟ、歳暮音物ハ、餅ヲ略し可申旨、土岐村内義へ相談。右之趣ニ可致旨、被申之。

一昼時、土岐村元祐来ル。宗伯幷ニ予も対面。昨日おくり膳之謝礼也。雑談後、帰去。

一夕方、亀戸町中村仏庵ゟ使札。過日頼ミ遣し候、美少年録序文幷ニとびら・外題・ふくろ等染筆、稿本添、被指越之。昨十五日ニ書候へども、板元ゟとりニ不参候間、遣し候よし申来ル。返札遣ス。右写本のあて板も返之。

一水滸伝八編下帙、廿丁、今夕方稿之畢。直し多し。且、連日多用ニ付、今日終日ニて、やうやく出来。然処、昼時つるやゟ使札。右校合とりニ来ル。いまだ三四丁遺り、三十六丁め迄校し候時の事故、明朝、猶又、人差越し候様、返書ニ申遣ス。

一仏庵認来候、とびら・ふくろの印章、出来不宜候間、書直しの為、かねヲ以、金兵衛方江書ニ遣ス。かね差置候而、帰宅。明日、金兵衛持参可致旨、申来ル。

一大郷金蔵ゟ使札。明智養女記壱冊幷自作勝鹿記一冊、貸借せらる。使さし置候ニ付、不及返書。

一夜ニ入、美少年録壱の巻、口絵・序文・とびら・もくろく等、とぢ《ダク》合せ、上ぶくろ拵之、改ニ出し候様、如例、取揃拵おき、其後、明智養女記・勝鹿記等、披閲之畢。

○十七日癸丑　雨 終日無間断　夜ニ入晴

一美少年録序文、校正。幷ニ、三丁めのうらへ、もくろくはり入、大坂や半蔵江可遣と手簡したゝめ、つるや江も此幸便ニ、水滸伝八編下帙校合本可遣ため、書状認之。日雇人足申付候処、八時前、つるやゟ使札。右八編下帙校合とりニ来候ニ付、右校合遣之。依之、此方ゟ人遣し候事、及延引。大半へハ手紙斗つるや江頼ミ、早ゝ届くれ候様、別紙ニ申遣之。則、状中へ、大半へ遣候手簡も封じ入、遣之。○中川金兵衛、美少年録ふくろ印ン書直し、持参。

一昼後、飯田町宅ゟ、定吉ヲ以、浅野正親、冬至星祭札幷ニ丑年吉方書、五人分、差越之。其後、定吉、早ゝ帰去。○返魂餘紙別集下の巻へ、追加はり入べきもの、五六種とり出し、見わけおく。

一夕方、松前老公御使、太田九吉也。予、対面。雑談後、帰去。宗伯ハ眼病申立、不及対面。

一農業夜話下の巻、幷ニ台湾鄭氏紀事中巻末半冊、披閲之。

○十八日甲寅　晴　美日

一宗伯、庭の残りそうぢいたしかけ候処、雨後ニて出来かね、未果。

一今朝、大坂や半蔵来ル。昨夜五時比、つるやゟ手がミ届候ニ付、及今朝候よし、申之。則、美少年録稿本五冊袋ニ入、幷、序文板下三丁、渡之。稿本は、今日直ニ丁子や江遣し、改ニ出し候つもり也。且、明十九日、本所国貞方へ、外題の画とりニ遣し候よしニ付、仏庵方へ謝礼の手簡認め、遣之。南鐐壱片、為菓子、同人方へ遣し候様、談じおく。尚又、雑談後、帰去。

一大汝并神農の賛、今朝染筆いたし候処、出来不宜。尚又、明日書直すべし。

一昼後、未申の方、垂柳の枝伐とり、南の方池のふち向前ニ七八枝、插之。其後入湯。それゟ鄭氏紀事下之巻・文教温故下之巻、披閲。夜ニ入、卒業。

一昼後、お百、伝馬町大丸ニかい物ニ罷越、夕方帰宅。太郎羽織そで口黄ぬめ、祖太郎へ遣し候青梅布子そで口等也。

一紀の国橋土岐村氏ゟ弥介来ル。煤払手伝せ可申間、日限承度よし也。不及其義旨、宗伯、申遣ス。

○十九日乙卯　晴

一宗伯、庭そうぢ、今日も終日也。予、昼後少し手伝、てまり・もみぢ・糸薄等、植かえ畢。

一昼後、大坂や半蔵来ル。美少年録序文彫工、高料ニ付、石摺ニいたし可申哉と、被及相談。幷、同書看板下書、乞之。雑談後、帰去。同書二集のわく紙、三帖すらせ持参。預りおく。

一昼前、飯田町宅ゟ、定吉ヲ以、申付置候いハき・みのがミ・砂糖、被指越之。ミのがみハかへし、いわきハとめおく。定吉を筋違内さへ木町、万やニ唐紙とりニ遣し、大汝・神農の像賛、心ニ不叶候間、書なほし畢ル。已前、定吉ハ帰去。明朝も用事有之間、可参旨、申付おく。

一夕七時過、宗伯同道ニて、筋違御門辺迄罷出、骨董店ニて、かなづち二ツ買取之。今日池の縁の梅の扣竹打候節、かなづちのかしらはづれ、池中ニ落候《（ダク）》ニよつて也。夫ゟ高崎やニ立寄、鯉の洗・汁等たべ《（ダク）》、薄暮帰宅。

一夜ニ入、美少年録看板二通り、板かんばんハ長文、稿之畢。

○廿日丙辰　曇　昼前ヨリ晴

一今朝、定吉来ル。右定吉ヲ以、関忠蔵方へ使札遣し、借用の農業餘話幷豆州移山・肥前似虎図共、二通返却。為謝礼、みかん遣之。他行のよしニて、袱包のまゝ被留置。右序ニ、中川金兵衛方へ、美少年録板看板・紙看板、下書二通、遣之。

一尚又、定吉ヲ以、本郷一丁め経師金太郎方へ遣し、用事有之間、今夕可参旨、申遣。其後、定吉ニハ昼飯たべさせ返し遣ス。

一昼後、清右衛門来ル。申付候みのがミ、中屋ニてとりかへ、持参。尚又、するが半切もとりよせ、差越候様申付、かよひ帳直ニわたし遣ス。雑談後、帰去。

一大坂河内や太助方、八日限早便状、京やゟ届来ル。奇応丸急注文也。

一夜ニ入、五時過、経師金太郎来ル。文晁ニ画せ候小ぶすま、先方ニて火ニあぶり候と見え、はりさけ出来候間、つくろひ候て、ふち打候様申付、尚又、大汝・神農賛、右画へはり合、表具過日申付候通り、可致旨申付、両様共渡之。且、返魂餘紙別集下巻へ加入之書画、右巻物一巻渡し遣ス。但、返魂餘紙六之巻中の画ヲはがし、巻物へはり入候品、有之ニ付、右巻物も持せ遣スニ付、大ぶろしき一ツかし遣ス。

一行囊(ママ)牘記五・六・七、三巻披閲畢。但、七之巻半冊ほど遺ル。明日閲すべし。○今日、終日休暇。依之、秋中ゟ借置候書籍、大抵繙閲しをハんぬ。

○廿一日丁巳　晴

一今朝、宗伯、庭そうぢ残り分いたし、其後、大坂河太注文奇応丸、包之。下拵等終日也。おみち折ヽ、手伝之。

一夕方、関忠蔵ゟ使札。昨日之ふろしき・ふくさ・あて板等、被返之。幷、昨日遣し候みかんのうつりとして、ひらきいなだ一ツ、被恵之。且、先月中かし置候、京師明智古墳奇談録も被返之。幷、昨日申遣候農業餘話、入用ニも無之候間、ゆづり可申旨、申来ル。乍去、代料ニは不及よし申来ル。代料不被受候てハ、貰受候も不快候間、かへし可申存、今夕手簡認おく。

一辻駕新五郎来ル。一昨日よびニ遣し候故、庭の小池埋可申存候ニ付、右之事、車力の事、及相談候ニ付、新五郎懇意の車力ニ聞合候、小石川御堀際揚土ヲ引候てハ、一車ニ付、一貫文程の車力かゝり候よし。左候へバ物入多く候間、尚又、近所ニ土可有之哉、聞合せくれ候様、たのミおく。

一同刻、大坂や半蔵来ル。昨日仏庵へ菓子料壱片遣し候処、被返候よしニて、右返翰持参。披閲候処、不及謝義旨、申来ル。則、大坂やニよみ聞せ、追て菓子一折可遣旨、談じおく。其後、早々帰去。

一美少年録第二輯、今日ゟ取かゝり、壱の巻の内、僅ニ壱丁、稿之。

一今夜、宗伯、例の前歯いたミ甚しく候ニ付、お百看病、至暁。翌朝ハ順快也。

○廿二日戊午　晴

一飯田町宅ゟ、定吉ヲ以、売薬板幷日向半切等、差越之。且、おさきゟおみちへ文通。明日、太郎参候哉と問ニ来ル。おみち入湯中ニ付、予、代筆ニて、日和よく候ハゞ可遣旨、返事申遣ス。尚又、定吉ヲ以、関忠蔵方へ農業餘話返却。右之書代料不被受よしニ付、返之畢。定吉差置かへる。五霊脂注文、小松やニ申遣スニ付、かよひ帳定吉ニもたせ遣ス。

一右已前、早朝、中川金兵衛方へ、むらヲ以、大坂や半蔵ゟ看板の板参候ハゞ、右之使此方へ立寄候様、申伝へくれ候様、申遣ス。承知のよし、口上ニて申来ル。

一和泉屋市兵衛ゟ、金毘羅船六編下帙二部、差越之。明日うり出しのよし也。請取おく。

一夕方、中川金兵衛来ル。森屋ゟ被頼候よしニて、金魚伝上帙廿丁、弐番校合すり本持参、且、大半ゟ今日使不参よし、申之。右校合すり本請取、大半使明日参候ハヾ、伝言たのミ候趣、申聞おく。金兵衛早ゝ帰去。○久吾ゟ、宗伯方へ過日の返書来ル。定吉たのまれ持参也。

一駕之者新五郎申来ル。昨日談じ候使の事、芦野家ゟ南の方、杉浦持分迄、溷の泥土あげさせ候ハヾ、多分土出来可致よし、申之。右入用金四両弐分もかゝり可申哉のよし、申之。以之外高料ニて不及沙汰、尚又、工夫も可有之旨、及挨拶、右土之事はとめおく。

一宗伯、今日、奇応丸能書百枚、摺之。大坂河太登せ奇応丸、大かた出来也。

一今日、予、美少年録二輯壱の巻の内、三丁半、稿之。但、書おろしのミ也。既に四丁半迄也。

○廿三日己未　曇　昨夜中風烈　不晴

一今朝、飯田町宅ゟ、定吉ヲ以、小松やゟとりよせ候五霊脂、差越之。且、太郎事、今日参候哉と問ニ来ル。今日曇、且、甚寒く候間、延引之旨、申遣ス。

一昼後、大坂や半蔵小もの来ル。金兵衛方へ、看板の板持参のよし也。則、仏庵江遣し候手紙ニ、大半江添状いたし、一両日中ニ亀戸へつかハしくれ候様、たのミ遣ス。尤、四五匁の干菓子一折、可遣旨も申遣ス。

一昼後、新五郎来ル。池うづめ土之事、手伝多く出来、惣入用金一両二分程ニて出来可申旨、申之。再応かけ合、其段書付差出し候様、申付おく。

一大坂登せ奇応丸、宗伯包畢ル。

一美少年録二集、今日二丁半、稿之。書おろしのミ也。已上六丁めニ至ル。夜ニ入、甚さむさ堪かね候ニ付、倚炉、羇囊(ママ)謄記七の巻、よみかけ披閲畢。

○**廿四日**庚申　曇　昨夕ヨリ風烈　寒　夕方ゟ夜中風雨　深夜風雨止

一平野章二来ル。宗伯様体申聞、其後帰去。今日酒酔候為体ニて埒なし。

一昼後、つるやゟ使札。水滸伝八編上帙、再校直出来。すり本差越。預り置、返書遣之。

一昨廿三日、屋代二郎殿入来。所望ニ付、水滸伝六編上下帙一部ヅ、かし遣ス。尚又、初編ゟ五編迄、一部ヅ、所望のよしニ付、板元つるやに口上書いたし、同人ニわたし遣ス。其段今日、つるやに返書中申遣ス。但、二郎殿には、金ぴら船六編上下一帙ヅヽ、これもかし遣ス。

一昼後、清右衛門来ル。外ゟ到来のよしニて、焼まんぢう持参。則、大坂河太登せ奇応丸一包、幷ニ今朝認置候書状添、嶋やに申出し候様申付、かよひ帳共、わたし遣ス。

一おみち、今日つぎ虫薬(ダク)□(ムシ)ハし、則、出来。○美少年録二集一巻二丁半、稿之。至ル二拾丁ノ右ニ一。

一夕方、杉浦清太郎来ル。予幷ニ宗伯、対面。雑談数刻、暮前帰去。

一庭之小池、近ゝ埋候つもりニ付、池中の魚、釣之。東北風ニて多くとれず。宗伯幷ニ予も半日、釣之。大金魚二ツ、六寸鯉・小鯉各一ツ、小鮒二三十也。宗伯、終日風ニ吹れ候故、夜ニ入、又前歯疼痛甚しく、終夜不睡。お百看病、至暁。覆面いたし可然旨、申聞候へ共、不及其義、全く寒風ニ犯され、口熱動キ疼痛をなすものなるべし。翌朝ハ頗順快、如例。

一いせ山田、岡村又太夫代、如例年、外宮太麻・新暦等持参。

一今日、庚申祭。神像掛奉り、夜ニ入、神燈献供等、如例。

○廿五日辛酉　曇　四時過ヨリ晴
一今朝、飯田町宅ゟ、定吉ヲ以、今日、太郎参候哉と問ニ来ル。昨夕、宗伯口痛不寝。且、太郎も風邪ニ付、延引之趣、口上書ヲ以、申遣ス。

一昼時、渥見次右衛門・同覚重ゟ使札。次右衛門方ゟは、写し物料紙三十三枚不足のよし、申来ル。依之、いわき三十三枚、幷ニ明智養女記写しくれ候様、返書ニ申遣し、右料紙みのがミ廿三丁も、原本差添、遣之。覚重方ゟは、過日頼候二枚大屛風画出来、請取、返書遣之。お鍬ゟ母江文通あり、返事遣之。祖太郎百日咳ニて、難義のよし也。

一今戸慶養寺ゟ使僧、如例年、納戸《(ママ)》持参。

一西村与八ゟ使札。漢楚賽二編上帙廿丁之内、一丁不足、初校ずり出来。幷ニ、干ぐわし一折、被恵之。差急候よしニ付、明後日昼後、人遣し候様、返書ニ申遣ス。

一もりや次兵衛ゟ、人ヲ以、金魚伝上帙二度め校合とりニ来ル。明後日、可参旨、申遣ス。

一夕方、清右衛門来ル。反畝酉の町へ参詣のよしニて、土産品ゝ持参。且、一昨日申付候、嶋屋通帳持参、返却。うけ取おく。

一宗伯口痛、今日ハ順快ニ付、昼前ゟ、東三畳、持仏上戸棚ゟ、そうぢ捌之。

一予、美少年録二輯壱の巻、三丁半稿之。十二丁めニ至ル。書おろしのミ也。
○廿六日壬戌　晴　夜五時ころ地震
一今日、宗伯、東三畳そうぢ、終日也。新五郎来ル。池埋請負同道、池の寸尺、取之。長サ四間壱尺、さしわたし上二寸（ママ）餘、下九尺餘、有之。其後書付、可差出間、金三分かしくれ候様、申之。然ル処、壱両弐分之つもりかけしヲ、弐両弐分のよし、申之。最初之かけ合と相違ニ付、可及延引旨、申聞、破談し畢。其後同人、かねヲ以、少ゝハ引可申間、申付くれ候様、申之。然らバ、明日可参旨、申遣しおく。

一鶴や喜右衛門ゟ使札。水滸伝七編下帙、一両日中うり出しのよしニて一部、外ニうり物十部、指越之。幷ニ、八編上帙再校、取ニ来ル。本ハ請取おき、校合は、明日人可遣旨、返書ニ申遣ス。

一昼後ゟ、お百、深光寺へ墓参。夕方帰宅。〇きの国ばし土岐村ゟおみちへ使札。同人ゟ返事申遣ス。

一予、昼時迄、美少年録二集一の巻、十六丁の右迄、稿之。夫ゟ、漢楚賽二編上帙廿丁初校・水滸伝八編下帙再校廿丁・金魚伝上帙廿丁再校廿丁（ママ）、都合六十丁、夜ニ入、校畢。

〇**廿七日**癸亥　晴　美日

一今日、日柄よく候ニ付、太郎、飯田町へ可遣旨、申付、家内支度候内、飯田町宅ゟ、定吉ヲ以、外ゟ到来候餅ぐわし五片差越。今日ハ清右衛門、町入用ニて他用のよしニ候へ共、此方支度致し候故、昼飯後、太郎同道ニて、お百・お路差添、飯田町宅江罷越、同店いせ久・有馬や江立寄、世継稲荷へ参詣畢テ、田口久吾方へ罷越、又飯田町宅江立かへり、夜ニ入、六半時比帰宅。かね事、供ニ遣し候へども、無人ニ付、八半時比、先へ帰宅。太郎帰りニハ、飯田町宅ゟ、定吉供ニ召連、帰宅後、早ゝかへし遣ス。夜ニ入候ても、清右衛門帰宅せざりしよし也。

一昼前、新五郎来ル。池埋ちん銀、相違之趣申聞、当人願ニ付、金弐両ニて、出来候ハゞ、可申付旨、談之。其後、新五郎同道ニて、請負人・相師三人来リ、池の深サ等取之、帰去。

一今朝、もりやゟ、金魚伝上帙再校とりニ来ル。則、わたし遣ス。

一昼時、西村やゟ、漢楚賽二編上帙、初校とりニ来ル。則、わたし遣ス。右幸便ニ、大坂や半蔵ニ遣し候書状一通、届くれ候様、にし村返書へ巻込、たのミ遣ス。潤筆用談之事、大坂やニ申遣候用事也。

一昼後、つるやゟ、水滸伝八編上帙、再校とりニ来ル。則、わたし遣ス。

一八半時比、松前老公御使、太田九吉来ル。当月十一日の地震、越後ハ大地震のよし、風聞有之、実説ニ哉と御尋のよし也。与井田・寺泊辺、朝ゟ八時比迄大震、家倒れ、怪我人も有之よし。両三日前、風聞承候へども、くハしき事ハ、未存旨、御答ニ及ぶ。雑談後、九吉帰去。

一今日も、宗伯、東三畳そうぢ也。依之、九吉ニ対面ニ不及。

一美少年録二輯一の巻、本文廿丁之右迄、稿之。但、書おろしのミ、内四丁かな、附之。壱の巻本文丁数、則廿丁也。

○**廿八日**甲子　晴　今暁ヨリ風烈　寒シ　夜中風止

一今日、宗伯、昼時迄ニ、東三畳そうぢ畢。昼後ゟ、辰巳の方三畳そうぢ、片付もの等ニて、終日也。

一昼時、新吾(ママ)来ル。池埋請負一札持参、明廿九日ゟ取かゝり候旨、申之。依之、金壱両わたし遣ス。半金也。

一昼後、清右衛門来ル。小林十一月分勘定帳持参。予、一覧。其後帰去。

一大坂や半蔵来ル。美少年録二輯、潤筆内金、拾両持参。請取之。雑談後、帰去。

一今夕、甲子祭、献供如例。風烈ニ付、家内地内大黒ニ参詣延引也。

一予、美少年録二輯壱の巻、廿丁不残稿畢。但、つけがな壱丁遣ル。

一橋本喜八郎殿ゟ、赤飯壱重到来。小女順痘酒湯祝義のよし也。

○廿九日乙丑　薄曇 昼前ヨリ晴

一涸浚土揚人足新吾外二人、西の方石橋下ゟ、北の方杉浦前迄、終日のよし也。

一昼飯後、お百ヲ以、駒込堂坂うへ木や治左衛門方へ遣し、近〻池埋候ニ付、池のまハり木石とりかた付用事有之、来月一日・二日之内、くり合せ可参旨、申遣ス。留守宅ニ付、家内へ其段申置、夕方帰宅。

一宗伯、辰巳三畳そうぢ《ダク》、終日ニて大てい出来。然ル処、今夕五半時比ゟ、例之口痛差発り苦痛甚敷、夜中不寝ニ付、お百・おみちかハる〴〵看病、且、痫癪も発り候而、暁方彼是あり、予、起出、鎮め畢ぬ。

一昼前ゟ終日、予、池の魚釣り揚ぐべくと思ひ、終日つりたれ候へ共、東風故わづかに三魚を得たり。夜ニ入、美少年録二輯壱の巻、家内のものへよミ聞せ、同巻さし画二丁、下画これをゑがきおく。

一夕方、西村やゟ使札。漢楚賽第二編上帙、再校ずり出来、夜食中ニ付、不及返書、明日とりニ可参旨、使之者へ申聞ケ、かへし遣ス。

一お百、帰宅後風邪のよし、当分の症也。

○晦日丙寅　晴

一宗伯口痛、未愈《ママ》同様也。今朝起居候へども難堪候ニ付、食後平臥。お百も風邪ニ付、同断也。

一今朝、かねヲ以、美少年録二輯壱の巻稿本、料紙廿二丁、口上書添、筆工中川金兵衛方へもたし遣し候処、当番のよしニ付、箱共家内へわたし、帰宅ス。

一漢楚賽二編上帙廿丁再校、逐一引合せ、昼前卒業。昼後、西村やゟ使札。右校合とりニ来ル。直し落四ケ所有之、付札いたし、返書共ニ遣之。

一美少年録二輯二の巻、壱丁稿之。其後、五要奇書・方位便覧・長暦等、披閲。

一昼前、飯田町宅ゟ、定吉来ル。宗伯餌薬帰脾湯剤、小松やに注文申遣候様、口上書ヲ以、清右衛門へ申付、かよひ帳、遣之。

一土揚人足、東ゟ北之方、橋本地界迄、揚之。

一宗伯口痛、昼之内、少〻快方睡眠。夜ニ入、五時前ゟ、又甚苦病。種〻手当致し候へ共、不愈。今夜も不睡也。依之、お百宵の内、おみち暁方看病。

〆

十二月朔日丁卯　晴　天明後曇　昼ヨリ薄晴　夕方又曇

一今朝、うへ木や治左衛門、外一人来ル。池之縁取片付もの、木石等也。東の方ゟ未申の方迄、小うへ木かりうへいたし、梅・百日紅・梨子・さんご《(ダク)》樹、枝切すかし、未申の方、小孔ほらせ、門前土留しかへ等ニて、終日也。

一昼時、もりやゟ、金魚伝上帙再校ずり幷ニ下帙初校持参。再校之方使またせ置、しるしつけ、遣之。然ル処、先日ゟ度〻校合、半紙へすらせ候様、申遣し候処、不用ニ付、半紙へすり直させ候様、申遣ス。暮時、同店ゟ、上帙再校直しすりつけニて持参。初校之分、板すり面倒がり候故、すらせがたく候よしニて、白紙持参。紙ハ此方ニも有之、半紙ニて無之してハ、書抜候処せまく、校合出来かね候間、すらせ候様申聞候へ共、彼是申ニ付、左候ハヾ、当分校合不出来、及断旨、使に申聞ケ、右同書ハ返し遣ス。

一昼後、清右衛門、当日祝義ニ来ル。右已前、定吉ヲ以、申付置候帰脾湯剤、小松やゟ取よせ差越候ニ付、売薬勘定いたし遣し候様、清右衛門方へ申遣し、帳面・鍵等、定吉ニもたせ候処、かけちがひ、定吉帰宅已前、帰宅候よしニて、不及其義。人参ハ高料ニ付、小松や江返し候様、清右衛門へ申付、人参二袋、清右衛門へわたしおく。幷ニ、今日油町へ罷越候よしニ付、大坂や半蔵方へ立寄、仏庵江謝礼之事、相達候哉、否可問合事、且、二見や忠兵衛へ手紙遣し、先月十二日越後大地震、塩沢宿辺、無恙候哉之旨、申遣候ニ付、右之手紙、今日二見や江遣しくれ候様、申付之。其後、清右衛門帰去。

一歯痛の薬、大坂や半蔵方ニてうり候間、夕七時迄、お百、横山町へ罷越、右薬かひ取、夕七時過帰宅。早速宗伯へ遣し、つけさせ候処、夕方ゟいたミ去、夜中熟睡。妙薬也。

一今日、うへ木や来候間、終日差図ニて、消日了。

○二日戊辰　曇　未中ヨリ雨　暮時雪まじり《(ダク)》　亥前雨止テ不晴

一今日、宗伯口痛痊快ニ付、書斎そうぢいたし、おみち・かね、かハる〴〵手伝之。

一もりや次兵衛ゟ、金魚伝下帙、みのがミへすり直し、調市持参、請取之。明後日、取ニ可参旨、申遣ス。

一きの国ばし土岐村ゟ、おみちへ使札。同人ゟ返事申遣ス。

一昼後、亀や蜀山来ル。たのミ置候太平刀、銀のめかた多くつき、二匁五分よけいニなり候よし。依之、五匁五分代金まし候間、右かな物持参、見せらる。今更いたし方も無之間、早ゝ出来候様、申付くれ候へと、たのミおく。右ハ、浅草並木木刀師松五郎江、同人ヲ以、誂候黒柿木刀也。雑談後、帰去。

一今日戊辰ニ付、宗伯、弁天祭、夜ニ入、献供等、如例。○土揚人足、雨天ニ付、昼後ゟ休。

一昼後、清右衛門来ル。昨日大坂屋半蔵方へ罷越候処、他行のよしニて、家内之もの江口上書申聞候処、仏庵方へいまだ不遣、一両日中遣し候つもりのよし也。尚又、二見や忠兵衛へも手紙持参候処、越後塩沢辺先月の地震、無恙よし也。且、十一月分売薬勘定いたし、金銭通帳持参、受取おく。其後帰去。

一昼前ゟ、予、池の魚釣候処、金魚一ツ・鮒六ツ、得之。書斎そうぢニ付、今日休息、廃業也。

一書斎本箱・かけ物箱類、宗伯朝ゟ、一ミそうぢ。其後、予、手伝候て、如元、片付畢。

一土揚人足請負人新吾来ル。明日比ゟ、土もち入レ申度よし申之。かねてハ七日日がらよく候間、七日ゟ可致存居候。いづれ後刻、可参旨、申付置。夕方、同人又来ル。予、他行中ニ付、宗伯かけ合、いづれ只今とり極めがたく候間、明日可参旨、申聞おき候よし也。

○三日己巳　曇　四時前ヨリ薄晴

一つるやゟ使札。水滸伝八編上帙再ミ校・下帙再校ずり、差越之。上帙の分ハ、直ニ引合候処、直り候間、すり込せ候様、返書ニ申遣し、下帙再校すり本ハ、とめおく。

一中村仏庵ゟ使札。美少年録出板之節、二部もらひ申度よし、申来ル。則、返書遣ス。

一八半時比ゟ、予、出宅。大伝馬町大丸江反物かひニ罷越、夜ニ入、暮六半時過帰宅。

一予、下駄ニて罷出候ニ付、お百・宗伯、近所迄迎ニ出候処、夜中ニて、且、道ちがひ候故、不逢。予、帰宅後、夜食たべ終り候節、両人も帰宅。

一夜行、風ヲ受ケ候ニ付、宗伯少ミ口痛。夜中八時ゟ、甚しく痛ミ候ニ付、お百看病、明朝ニ至ル。

○四日庚午　晴

一宗伯、口痛ニ付、天明ゟ、人足ヲ以、横山町大坂や半蔵方へ、口薬かひニ遣し、五時比かひ取来ル。依之、早速つけ候処、無程いたミ治ス。昨夜、不睡ニ付、昼比迄打臥、お百も同断。

一大郷金蔵ゟ使札。過日借され候葛飾の記、外へ見せ候間、返しくれ候様、申来ル。依之、右一冊返却。且、明智古墳奇談録かし遣ス。返事も遣之。

一渥見次右衛門ゟ使札。遊囊記《ママ》三・四の巻写し出来。原本共、被返之。尚又、五・六、二冊、料紙差添、遣之。

一飯田町ゟ、定吉来ル。させる用事なし。早〻帰去。

一もりやゟ、金魚伝下帙校合とりニ来ル。未出来候間、明夕方、可参旨、申遣ス。

一大工寅吉来ル。先〻月中、申付置候売薬看板かひ候事、今少し延引仕候ても不苦哉と申ス。手透次第、取かゝり候様、尚又、申付おく。

一池の魚取候簗の籠索キレ、水中ニしづミ候よし、宗伯申ニ付、予、種〻いたし引揚ゲ、又かけおく。

一いせ松坂市人《ママ》大津新蔵といふ者、殿村佐五平紹介のよしニて来る。依之対面。雑談数刻、此節多務中、殆迷惑、やうやく帰去。

一大坂や半蔵来ル。美少年録板かんばん幷ニ板下かんばん共、筆工ゟ出来、持参。予、一覧。則、帰去。仏庵返書持参、美少年録もらひ度よし、文中ニあり。言語同断《ママ》、不及沙汰。

一今日、日がら宜く候間、池うめ未申の方三荷、容之。其後、外土一荷、庚申之方穴うめ二荷、あとハ明日ゟ容候つもり。已前新吾来ル。池の水汲あげ可申間、鯉・鮒被下候様、一同願候よし申之。不残ハ遣しがたく候間、半分ハ遣し可申旨、申聞おく。

一暮六時比、松前御隠居御使、太田九吉来ル。予、対面。寒中御尋として、鴨一羽、被下之。其後、早〻帰去。

〇もりやゟ、再校取ニ来ル。明夕方、可参旨、申遣ス。

一昼時比、清右衛門来ル。処〻廻勤のよしニて、早〻帰去。

一山本町古道具やニて、大水瓶一ツかひ取、釣ため候金魚・鯉・鮒等、養之。金三ツ・鯉とびかへり《ダク》二ツ・鯉子三ツ・鮒廿九あり、今日、宗伯、釣をたれ、鯉子二ツ得之。この中なり。

一今夕、宗伯、又少〻口痛。例之薬、屢用候ニ付、順快。

一土岐村元祐、為寒中見舞、入来。家内一同、対面。早〻帰去。

○五日辛未　晴

一日用人足ヲ以、土岐村元立方へ、寒中見舞手紙幷ニ進物差添、遣之。宗伯手紙、予、代筆也。右序ニ、祖太郎へ青梅わた入一領、お久和ニも右同断、遣之。お百ゟふミさし添、遣之。元立ハ他行のよしニて、内義ゟ返書来ル。おくわゟうけぶミ来ル。

一今朝ゟ、人足入込候ニ付、庭かこひ、坐しき南の方すだれさげ《(ダク)》、用意しをハる。その後、人足三人ニて、土もち込終日也。一人別五十荷斗、入之。

一今日、台所向そうぢ、宗伯・おみち・かね手伝、終日也。

一水滸伝八編下帙再校、昨四日、夜中燈下、校之。其後、金魚伝下帙初校五丁、稿之。金魚伝残り之分、四十丁め迄、今日校之。

一夕方、もりやゟ、校合取ニ来ル。下帙廿丁之内、出来分、十丁わたし遣ス。

一大坂や半蔵、暮六時比来ル。美少年録張外題の画持参、被為見之。帰路、筆工中川金兵衛ニ遣し置候様、談じ、もたせ遣ス。

一夜ニ入、五半時比、つるやゟ使札。水滸伝八編下帙再校取ニ来ル。則、わたし遣ス。

一本郷さゝや伊兵衛、寒中見舞ニ来ル。予、対面。雑談後、帰去。先月中之炭の上は四匁十五のよし也。尚又、序之節、無印八俵かひ取くれ候様、たのミおく。

一土入人足、金子かり申度旨、雖申之、新吾先へ仕舞かへり候ニ付、いづれ新吾ヲ以、願可申旨、申聞おく。

○**六日**壬申　晴
一今日、納戸・客房等そうぢ也。宗伯幷おみち・かね、手伝之。納戸のミはき畢ル。

一土入人足、今朝不来。新吾来り、内金弐分借用致度旨、願候ニ付、いまだなかばニ至らず候へども、無相違義ニ候ハヾ、かし可遣旨、申聞おく。四時比ゟ、人足三人土運び入、終日也。新吾願候ニ付、尚又、内金弐分かし遣ス。新吾、印形失念、持参不仕よしニて、相子久兵衛印形持参。新吾・久兵衛・安五郎、右三人ニて請負候故也。

一昼前、土岐村元立、為寒中見舞、来ル。昼飯ふる舞、数刻之後、帰去。

一□《（ムシ）》後、同人内義ゟ、おみち方へ使札。為寒中見舞、さきごぼうむきミ・茄子からしづけ等、被恵之。おみちゟ返事進之。

一昼後、にし村や与八ゟ使札。漢楚賽第二編上帙うり出しニ付、五部、被恵之。返書遣ス。

一前町をけやゟ、すくひあミ借用。池の鯉・鮒すくひ候処、大鯉六尾・緋ごひ一ツ・鯉子五ツ・小鮒四ツ・たなご一ツ、得之。此外鮒・こひ子・小金魚等は、土の下ニ成候哉、かゝらず。鮒ハ二百あまり可有之処、是迄わづかニ四十餘を得たるのミ。

一今日多用ニ付、著述幷校合等、廃業也。

○**七日**癸酉　薄晴　夕方ヨリ曇
一神田明神地内、けいこ相撲角力《（ママ）》、今日初日のよし風聞。早朝しらせの櫓太皷、打之。

一人足弐人来ル。壱人休ミ也。玄関脇普請ごミ、木の葉等も埋之。

一金魚伝上編下帙、残り十丁初校畢、終日也。

一つるやゟ使札。水滸伝八編下帙再〻校すり本来ル。引合せ候処、直り候間、すり込候様申遣ス。

一昼後、大坂や半蔵来ル。美少年録はり外題、画かき入出来。幷ニ、看板下書、被返之。且、ふくろ幷ニ外題わくぼり出来、すり本持参。ふくろ・外題筆工はり入遣ス。画外題の内、予が印章いろざしの節、紅板へはり入候様、談之。右写本もわたし遣ス。

一夕方、西村や与八ゟ使札。漢楚賽二編下帙初校来ル。明晩、尚又、人遣し候様、返書ニ申遣ス。

一宗伯、今日、中の間そうぢス。おみち・かね手伝、終日也。

一他の鯉いたミ候分二尾、調理、食之。お百は不好よしニて、不食之。

○八日甲戌　曇　昼前ヨリ晴

一今日も人足両人、土もち込、終日也。新吾は、地主杉浦清太郎妹明日婚姻ニ付、手伝ニ罷越候よしニて、休ミ也。

一玄関そうぢ、宗伯幷ニおみち・かね手伝、終日也。

一金魚伝下帙之内、改方ゟ被談候禁忌の処、入木板下かき入レおく。

一漢楚賽二編下帙初校廿丁、校正之。夕七時過、西村やゟ使札。右校合、乞之。終日ニて校畢之節故(ママ)、則、右使へわたし遣ス。此幸便ニ西村や使を頼ミ、森や治兵衛方へ手紙を遣し、金魚伝下帙残り校合十丁出来居候間、今明日中ニ人可差越旨、申遣ス。

一昼前、おさき、為寒中見舞、来ル。昼飯後、広徳寺へ参詣。今日立花家友姫うへ法事有之ニ依て也。夫ゟ、浅草観音へ参詣。夕方、帰路此方へ立寄、七半時比帰去。供ニ定吉召連候間、右定吉江為歳暮祝義、松坂縞遣ス。

度ゝ使ひ候故也。

○九日乙亥　晴　少し風烈　甚寒

一今日も玄関向残りそうぢ、宗伯、掃之。彼是ニて終日也。

一土もち入人足弐人来ル。請負人新吾今日も休ム。杉浦婚姻ニよつて也。大てい出来、少し遺ル。

一杉浦清太郎妹おさよ、今日遣嫁のよしニ付、昼前、お百を遣し、祝義申入ル。其後七時前、杉浦老母同道ニて、おさよ暇乞ニ来ル。予、対面。応答後、早ゝ帰去。

一昼前、森や次兵衛ゟ、金魚伝上編下帙之内、二番校合すり本、差越之。校置候三十丁ゟ四十丁終迄、初校遣之。二ばん校合すり本ハ請取おき、夕方迄ニ再校いたしおく。

一夜□《(ムシ)》時過、西村やゟ使札。漢楚賽二編下帙、二ばん校合すり本、差越之。尤差急候ニ付、明十日四時比ニとりニ可参旨、返書ニ申遣ス。

○十日丙子　晴

一池埋□《(ムシ)》請負人新吾、今日一人来ル。遺り之分土運び入レ、終日ニて落成。十一月廿九日ゟ、初之。今日落成ニ付、賃金遣り渡し遣ス。且、明日ゟ、門前地形直し、新吾共人足三人ニて、両日ニいたしをハり候様申付。但、九間之内、一尺づゝほりおこし、土運び入、西之方芥ほりうづめ候様、申付おく。賃銭、壱〆八百文ニとり極畢。

一今日、宗伯、南之方縁裏そうぢ、終日也。

一四時過、森や次兵衛ゟ、使ヲ以、金魚伝上帙うり出しのよしニて、二部到来。且、同書下帙の内、十丁再校とりニ来ル。わたし遣ス。

一昼前、西村や与八ゟ使札。漢楚賽二編下帙再校とりニ来ル。則、わたし遣ス。

一昼後、鶴や喜右衛門ゟ使札。水滸伝八編上帙うり出しのよしニて、壱部到来。外ニうり物十部到来。外十部はあづかりおく。

一夜ニ入、表具師金太郎来ル。二枚折屏風はりかえ取かゝり候よしニ付、わたし遣ス。且、過日もたせ遣し候、返魂餘紙六の巻の内返却。巻物張やう等、尚又くハしく示之。屏風張入用ミのがみ反故百五十枚の内、五十枚程、遣之。不足の分かひ入候様、申付おく。

一今朝、漢楚賽二編下帙、再校畢。連日、池埋人足入込候ニ付、多用。不親筆硯。

○十一日丁寅（ママ）　薄曇　四時前ヨリ晴

一人足三人来ル。門前地形修復取かゝる。内新吾一人遅参也。四時前ゟ来ル。

一今日、宗伯、客房遺りそうぢ等、終日也。今日ニて悉そうぢし畢。

一森や次兵衛ゟ、金魚伝下帙前十丁再校持参。引合せ候処、此分校合済、残り十丁、即刻再校いたし遣之。

一おひで（ダク）、為寒中見舞、来ル。蜜柑持参。そば振舞、雑談後、帰去。

一合巻類校本見わけおく。おさき・お久和へ可遣ため也。夕前、覚重、為寒中見舞、来ル。来鳥別種の図持参。右校本一部づゝ并みかん十、同人女おとミへ遣之、雑談帰去。

一夕方、林玄曠来診。宗伯、対面。診脈後、帰去。

一渥見次右衛門ゟ、明智養女記写し出来。今日覚重持参、請取おく。夜ニ入、奥書識之。

一深光寺ゟ、以使僧、寒中見舞被申入、納豆二曲持参、口上申おかる。

一隣家伊藤常貞方ゟ、先〻月中普請ごミ、此方門前脇往来へ捨、犬糞も多く候間、今日人足ニ申付、ほりうづめさせおく。已来同所にごみ捨ざる様いたし度旨、地主へ可申通旨、新吾に申付おく。

一昼時、清右衛門、すゝ取節の平・膳等持参。中やニてせうじ紙とりよせ、差越候様申付、通帳遣之。鯉の濃汁出来ニ付、たべ可申存候へ共、加役に罷出候よしニて、不及其義、早〻帰去。
○十二日戊卯（マヽ）　晴　昼後ヨリ曇　八半時比ヨリ夕方ばら〳〵雨　無程止
一今日すゝ取、本日祝義ニ付、間毎ニ竹ヲ入、節料理、家内一統、祝之畢。

一人足三人来ル。門前地形修復、終日ニて、今日落成也。薄暮、賃銭六人分新吾ニ渡し遣ス。印形持参不致よしニて、駕仲ヶ間佐兵衛代印ニて、判取おく。

一飯田町宅ゟ、定吉ヲ以、申付置候ミのがミ・いハき、中や・越後やゟかひ取、かよひ帳共、差越之。右ミのがミ五帖半、定吉ヲ以、表具師金太郎方へ遣之。つがせ候為也。金太郎他行のよしニて、女房に渡し罷帰候間、すゝ取□（ムシ）節料理、定吉ニもたせ、清右衛門方へ遣し、昨日やくそくの鯉の汁も遣之。便路ニ付、おくわ方に、金魚伝初編下帙廿丁校合すり本、遣之。

一芝泉市ゟ使札。金ぴら船初編ゟ四編、半紙ずり上本五六十部出来候よしニて、壱部、被恵之。返書遣之。市兵衛湿瘡ニて、外出出来かね候よし、申来ル。

一西村や与八ゟ使札。漢楚賽二編下帙うり出しのよしニて、五部、被恵之。返書遣ス。

一八半時比ゟ、お百、深光寺へ墓参。夕七半時過帰宅。

一昼後、清右衛門来ル。過刻、定吉帰り候節、申遣し候両がへ銭持参。有合注文ゟ不足のよし、申之。則、請取、金子遣之。

一大蔵十九兵衛、寒中見舞ニ来ル。此節多用ニ付、不遑応接。依之、病に托辞し、依テ帰去。

○十三日己辰（ママ）　曇　昼後ヨリ晴

一今日、宗伯同道ニて、昼飯後早〻、神田明神地内、稽古相撲観ニ罷越候処、風雨を催候故、見物人多く入らず。依之、昼後断ニ及び、延引也。則、むなしく帰宅。但、六日め也。

一右他行中、森や治兵衛ゟ、金魚伝下帙の内、二丁再校合すり本来ル。家内ニて受取おく。

一帰宅後、当十月中大坂や半蔵持参、かり置候あこぎ物語五冊披見、消日了。夜ニ入、続編一冊披閲。

一今日、田畑人足安五郎等両人、池埋足代ニいたし候板とりニ来ル。神田川ニて洗候よし也。但、此方ゟ新吾へかし候足代ハ、なほそのまゝ有之、今日、杉浦清太郎方煤取ニ付、新吾、終日右手伝ニ罷越候故、足代洗ふニ不及歟。むら直しの土も未入也。

一夜ニ入、森やゟ、又使来ル。金魚伝下帙残り再〻校合すり本持参。今朝之分卅六丁めハ、壱丁ハ直し済、外一丁しるしつけ遣之。今夜之分、明朝とりニ可参旨、申ニ付、明朝校合可致旨、申遣ス。

○十四日辛巳（ママ）　天明マデ快晴　早朝ヨリ薄曇　昼後ヨリ薄晴

一昼飯後早〻、宗伯同道ニて、神田社地稽古相撲観ニ罷越、夕七半時比帰宅。

一右他行中、西村や与八ゟ使札。合巻代夜待上冊、十丁初校すり本幷ニ稿本到来。漢楚賽稿本返しくれ候様、申来ル。家内うけ取おく。

一明日障子張かへさせ候ニ付、昼迄、宗伯、剃之。その餘、おみち・かね、剃之。

一夕方、森や次兵衛ゟ、校合取ニ来ル。大抵直し相済候間、すりかゝらせ候様申遣ス。但、廿六丁めゟ三十丁め迄、廿六丁・廿七丁の直しとぢをはなし、差越候のミに候間、その餘の三丁ハいかゞ致哉と、口状書ヲ以、申遣ス。依之、夜ニ入、森や手代来ル。尚又、其段申示し、板木師の方吟味いたし候様、申遣ス。

一今日、阿古伎物語後編六冊披閲。尤悪作、やうやくに見畢。其後、三白宝海披閲、亥時迄、其後就寝。〇屋代二郎殿来ル。水滸伝注文被申置、他行中也。

〇十五日壬午《(マヽ)》　薄晴

一今朝五半時比、表具師金太郎、障子張ニ来ル。かねて申付置候二枚大屏風幷ニ大汝・神農かけ物表具仕替、返魂餘紙別集つぎ《(ダク)》足等出来、持参。今日、障子廿二枚はりかへ、夜ニ入、半障子類十一枚、神棚持仏の障子八枚、張之。五半時前張了。則、一切賃銭払遣ス。屏風七匁・かけ物七匁五分・まき物四匁五分・手間一人のり代三匁五分・夜仕事半人壱匁七分五厘、代金弐分弐朱、遣之。但、弐分五厘過也。

一昼前、飯田町宅ゟ、定吉来ル。さへ木町万やにミの紙かひニ遣し、おさき方へ金魚伝下帙校本遣し、帰路、渥見氏に、祖太郎薬幷ニ金魚伝下帙・漢楚賽二編下帙、無疵校本差遣し候様申付、もたせ遣ス。

一大郷金蔵ゟ使札。かし置候兎園別集幷ニ京師古墳考一冊、被返之。此方ゟも借用之明智養女記一冊、いせの青海苔七把添、返却之。返書も遣ス。

一昼後、清右衛門来ル。おさきへ遣し候水滸伝七編初校・八編下帙八重ニて二通り参候よしニて、今日清右衛門持参、請取おく。清右衛門、あぶら町辺へ罷越候よしニ付、大坂や半蔵に、先ゝ月半蔵持参の阿漕物語前後編五冊、返しくれ候様申付、もたせ遣ス。幷ニ、同店ニて歯の薬かひ取候様申付、代銭もたせ遣ス。

一昼後八半時比、おきく、為寒中見舞、来ル。手みやげ持参。そばふる舞、雑談後、夕方帰去。

一西村や合巻、代夜待白女辻占上冊、十丁校合。カケ多く、彼是終日ニて校畢。

一もめん糸染させ候ニ付、お百、ゆしまの紺屋へ罷越、程なく帰宅。昼後の事也。

○十六日癸未（マヽ）　晴　正六時ころ地震　少許風立

一昼前、屋代二郎殿ゟ、使を以、一昨日被申入候合巻水滸伝類、もらひ度よし申来ル。取込居候間、是ゟ可進旨申遣し、其後かねヲ以、袋入合巻四部・金魚伝上冊二巻、遣之。

一西村や与八ゟ使札。代夜待上冊十丁初校取ニ来ル。校し置候ニ付、遣之。但、年内仕入出来かね可申候間、来秋のうり出しニいたし可然旨、申遣ス。

一昼後、鶴や喜右衛門ゟ使札。傾城水滸伝八編下帙、うり出しのよしニて、壱部、被差越之。幷、売物十部も被預置度よしニて、差越之。請取返書遣ス。

一夕方、大坂や半蔵ゟ、使を以、美少年録初集、とびらのわく画彫刻出来、筆工はり入の為、すり本二枚、差越之。使待居候間、つやずミ朱紅分二枚ニはり入、遣之。

一夜ニ入、渥見覚重来ル。宗伯遣候湯剤、祖太郎ニのませ候処、下痢いたし候故、半貼程用ひ候のミにて不用よし、申之。右薬の故にあらず、寒気あたりニ可有之候へ共、次右衛門内義、薬故と存、不用よしニ候へバ、不及是非、任其意、餘人ニ見せ候様、談じおく。雑談後、五時前、覚重帰去。次右衛門懇望ニ付、ハンプ狂詩類、しバらくつらね等、二通かし遣ス。

一宗伯、今日神棚せうじ張直し、行燈・神燈其外、浄手場の小障子、張之。

一此節多用ニ付、著述休筆。五要奇書、折ゝ披閲のミ。

一新吾来ル。池埋足代洗ひ清めさせ畢。おき土ハ明日運入可申旨、申ニ付、任其意。

一夜ニ入、さし物屋某来ル。過日呼ニ遣し候故也。浄頓様已来相伝の飯櫃の上箱幷ニ大汝・神農かけ物二ふく入の箱、拵候様申付、寸法とらせ畢。代銀ハあとゟ可申旨申ニ付、前ゝ之ふり合も有之間、下直ニいたし、年内可納旨、談じおく。

○十七日甲申《（ママ）》　晴

一貞教様祥月ニ付、今朝、料供献之、如例、奉祭之。

一関忠蔵・同父子、かねて頼之千里高説の引漢文一編、今朝ゟ創之。昼時卒業。今日定吉ヲ以、遣之。この餘、漢楚賽二編上下帙も、同人娘へ遣ス。但、差置ニて、不取返書。

一昼時、清右衛門、定吉ヲ倶し来ル。今日、浅草市かひ物ニ同道可致旨、かねて約束によつて也。九半時比ゟ、お百同道ニて、浅草観音へ参詣。清右衛門・定吉同道、諸かひ物いたし、暮六時過帰宅。清右衛門ハ定吉ヲ召連、即刻帰去。

一屋代二郎殿江、漢楚賽二編下帙壱部、今日定吉ヲ以、遣之。但、さし置也。

一右他行中、蜀山来ル。かねて頼置候太平刀出来、持参せらる。代金三分弐朱弐匁のよし。幷ニ、柳川藩ゟ被頼候よしニて、短尺壱枚持参、すみだの川の歌ヲ被乞。他行中ニ付、取次之ものへわたし、帰去。

一宗伯、長病、未本復、歩行不自由ニ付、今日浅草市へ不行。依之、予が行し也。去年病後はじめて遠足、しかれども恙なし。

一神田明神地、稽古角力、今日十日め、とりおさめのよし、風聞。

○十八日乙酉《（ママ）》　晴　昼ヨリ曇　夕方小雪　程なく止　両三度忽降　忽止

一昼前、かねヲ以、渥見覚重方へ、先夜之小重箱返却。右うつりとして、苔《（ママ）》・蠣ムキミ・みかん等、遣之。お百ゟお鍬へ文通、代筆おみち、認之遣ス。かね、昼前帰宅。返事口上ニて申来ル。

一丑のとし玉、黒丸子、宗伯、丸之。病身速ニ出来かね候ニ付、予、手伝候而、八時前丸じ畢ル。

一予、さへ木町万やニ紙類かひ取ニ罷越、帳面入用、半紙・のり入等、飯田町宅ゟの幸便を待候ては、及延引候ニ付、万屋ニてかひ取畢。序ニ、須田町ニて、みかんかひ取、八時過帰宅。

一前町大和田ニて、鵐目かひ取、太平刀へつけ、さげをもつけおく。

一夜食後、お百、宗伯召連、広小路へうへ木見ニ罷越。仲町鏡やニて、お百鏡磨候様申付、切手うけ取、鏡あづけおく。ちん銀二匁、来ル廿四日出来のよし也。尚又、同所つくり花やニて、弁天供つくり花二本かひ取、帰路、福寿草もかひ取、五時前帰宅。

○十九日丙戌（マヽ）　晴

一春米や文吉、過日餅米の見せ米持参。今朝又来ル。則、もち米注文申付遣ス。

一今朝、屋代太郎殿入来。残桜記恵借、口上取次之ものへ申おかる。

一宗伯、昨夕帳面のかみ折おき、今日とぢ畢。とぢ足し共三冊也。

一残桜記披閲、畢而写之。夜ニ入、十丁め迄謄写。

一西村や与八来ル。合巻白女辻占、過日申遣し候如く、当暮出板延引いたし、来年うり出し候つもりのよし。前の十丁再校すり本、残り廿丁之内、二丁不足。初校すり本持参、受取おく。尚又、来年合巻潤筆之内、前金弐両持参致候へども、辞して受けず（ダク）、返之。幷ニ、漢楚賽初編・二編稿本、二袋かへし遣ス。其後、早ヽ帰去。

一昼後、お百、太郎同道ニて、かね召連、池の端弁財天へ参詣。右ハ過日池ゟあげ置候大鯉首ゟ尾さき迄直尺一尺四寸壱尾、かねにもたせゆき、不忍池ニ放之。今日、浄頓居士祥月ニ付、放生の為也。しばらくして帰宅。○浄頓様祥月ニ

付、終日精進、且、料供等、如例、奉祭之。

一昨十八日、聖堂学問所諸生のよし、佐藤武市とかいふもの来訪。田舎ゟ被頼候事有之ニ付、対面を請ふよし也。紹介無之仁ニ付、他行ニ托して不逢。お百取斗ひ、後に告之。

一飯田町宅ゟ、定吉来ル。十七日夜、此方へ預置候たち板等、遣之。且又、先月中とりよせ置候、餅米洗大笊も返之。此幸便ニて、小松やニて、黒ざとうかひ取、明後廿一日朝迄ニ、遣し候様申遣ス。市かひもの、勘定書付も遣之。

一つき米や文吉来ル。越谷上餅米四斗、明朝持参可致旨、申付遣ス。両ニ五斗三升六合がへ也。

○廿日丁亥（ママ）　晴　昼前ヨリ風烈　薄晴　夜中同断　晩方風止

一今朝、かねを以、本郷二丁め笹やニ、明日もちつき候間、夕方、右之米とりニ人可遣旨、口状書差添、申遣ス。

一大工寅吉ゟ、為歳暮祝義、使ヲ以、手製小俎板、差越之。謝礼申遣ス。

一昼後、清右衛門来ル。十七日市かひ物勘定、此方ゟ出し候分、鳥目持参。且、昨日申付候黒ざとう、小松やゟとりよせ持参。餅米之事、文吉方下直ニ付、かひ入申度旨、申之。雑談後、帰去。

一昼後、本郷さゝ屋ゟ、人ヲ以、もち米とりニ来ル。然ル処、文吉方ゟ、米未致持参候間、お百弁ニかねを走らせ、文吉方へ催促せしめ、則、持参いたし候ニ付、俵のまゝ、笹や男へわたし遣ス。尤、切手請取、且、笹屋ニ注文書付、遣之。此間暫時、笹やの男をまたせおきし也。

一大工寅吉、今日飯田町宅ニ罷越、売薬看板寸法とり候よし。今日、清右衛門、告之。右看板こしらへ直しの事、かねて申付おきしによつて也。○夜ニ入、日本橋筋失火あり。火もとの町いまだ定かに聞かず（ダク）。

一前町指物屋徳二郎ニ申付候、かけ物の箱弁ニ古代飯桶の箱出来、持参。代銀わたし遣ス。外ニなべぶた（ダク）切つめ、屛風おさへ直し等申付、即刻出来、代銭わたし遣ス。

一残桜記十一丁めゟ廿丁迄、予、注之。分注細書多く有之、思ひの外はかどらず、夜四時ニ及ぶ《(ダク)》。

○廿一日丙子《(ママ)》　曇　風　昼前ゟ晴　且風止

一今朝四時前、飯田町ゟ定吉来ル。則、本郷笹屋江水餅とりニ遣し、四半時比持参。

一右巳前、早朝渥見覚重来ル。次右衛門手簡并ニ遊嚢記五・六の巻うつし出来、原本ともニ被差越之。年内ハ出来かね候よしニ候へ共、七の巻料紙八十八丁添、遣之。

一今日、もちつき祝義、如例、神在餅、家内一統、祝之。畢テ、飯田町宅・お久和方・杉浦・めでたや等へ如例、遣之。清右衛門方へハ、定吉ニもたせ遣ス。

一かねを以、渥見次右衛門方へ、今朝之返書并ニ筆料金一分、遣之。当番中のよしニて、家内ゟ請取書付来ル。

一今朝、米や文吉来ル。則、清右衛門方もち米かけ合候処、夕方迄ニ持参可致旨申ニ付、其趣、定吉帰り候節、口状書ヲ以、清右衛門へ申遣ス。

一昼後、さゝやゟ餅持参。七升どり鏡もち・五升どり同・三寸五分同・小ぞなへ十二備・のしもち十一枚半・かきもちなまこ十五本也。今夕、宗伯、のしもちをたつ、四百八十八切ニ成ル。

一いせ旅人《(ママ)》大津新蔵来ル。聖堂諸生佐藤武市来ル。いづれも遊人、さしたる所要なし。依之、他行に托し、かへし去しむ。

一夕方、お百、宗伯同道ニて、神田明神市へかひ物ニ罷越、薄暮帰宅。

一夜ニ入、大工寅吉来ル。かねて申付候飯田町宅売薬やねかんば《(ダク)》んの義、細工ニとりかゝり候よし申ニ付、内金壱分弐朱わたし、印判はん取帳江とりおく。

一残桜記三十一丁、終日、今夕五時比、謄写し畢。

一長崎や平左衛門ゟ、為歳暮祝義、ちりめんざこ《ダク》一袋、差越之。

○廿二日丁丑（マヽ）　晴

一地主杉浦清太郎、在役、今日出立のよしニ付、今朝、当月迄之地代不残もたせ遣之。受取印形とりおく。

一昼前、杉浦清太郎来ル。在役ニて水戸辺江出立のよし、暇乞口上被申述、宗伯幷予、対面。其後早ゝ帰去。右ニ付、為宗伯名代、お百ヲ同人方へ遣之、祝義口上申入、お百、程なく帰宅。

一松前御隠居ゟ、如例、金百疋づゝ父子江被下之。大野幸次郎奉札也。請ぶミ、予、代筆ニて進之。

一昼飯後、予、日本橋通一丁め・両がへ町・四日市・てりふり町・いせ町・今川橋辺ニて、品ゝかひものいたし、夕七時比帰宅。もち物甚多し。尤難渋、やうやく辷（マヽ）り着畢。

一明日、歳暮物、人足ヲ以配らせ候ニ付、帰宅後、早ゝこしらへおく、此節多用限なし。

一宗伯、終日かき餅切之畢。お百・おみち、あられ餅、切之。かね、折ゝ手伝之。

一旧池ゟあげ置候鯉多くアガル。大ごひ二・こひ子二十許 ふな五ツ・ひごひ二ツ。鯉ハ汁に煮させ候へ共、味ひ佳ならず。おちたる故也。

一夜ニ入、うへ木や治左衛門名代として、弟金次来ル。廿日比ゟ可参旨、やくそくいたし候へ共、年内ハ参りがたき旨、申之。しかれども、池の迹あのまゝにいたしおきがたく候間、くり合せ、一日可参旨、申付候へバ、帰宅之上兄と相談いたし、被参候ハヾ、廿四五日比可参旨ヲ申、去ル。大かた来らぬなるべし。

○廿三日戊寅（マヽ）　晴

一今朝歳暮配り、其外江遣候手簡四通、認之。先づ地主杉浦方へ塩引鮭一尺、遣之。其後、日傭人足ヲ以、渥

見氏ニ玉子一折、土岐村氏ニ塩引鮭一尺、宗伯手紙、予、代筆ニて、遣之。尚又、大郷金蔵方へ、右之使ヲ以、遊嚢賸記二・三・四・五、〆五冊返却、七巻一冊残ル。右為謝礼として鶏卵一折、遣之。外ニ兎園外集同人ニかし遣候ニ付、今日もたせ遣ス。おみちあね悴宗太郎、此節疱瘡のよし、過日、きの国橋老母ゟ、おみちかたへしらせ被申候ニ付、右みまひのふミ幷干ぐわし一折差添、きの国ばし土岐村迄遣し、幸便ニ届くれ候様たのミ遣ス。右ハおみちゟ遣し候様申付おく。

一屋代太郎殿ニ、かねヲ以、過日借用之残桜記返却、為謝礼、鶏卵一重、遣之。幷、屋代二郎殿ニ、別封金魚伝上編三・四、二冊遣之。此節多用中ニ付、返翰断り差置、ふろしき・あて板・重ばこのミもちかへる。即刻也。

一山口や藤兵衛、為寒中見廻、肴代持参。予、対面。雑談後、早〻帰去。

一飯田町宅ゟ、定吉ヲ以、神在餅一重到来。今日もちつき候よし也。かねてハ定吉ヲ以、麻布大郷金蔵方へ本返し可申つもりニて、たのミ置候得ども、今日此方人足ヲ以、あざぶへも遣し候間、定吉頼むに不及旨、口状書ヲ以、清右衛門方へ申遣ス。

一今朝、中川金兵衛来ル。美少年録二輯一の巻の内、十一丁迄筆工出来、請取おく。但、にし村や雅俗要文のつけがな、あまり及延引候間、くり合せ出来候様、被致可然旨、お百ヲ以、談之。其後帰去。

一松前家役所、中嶋幸左衛門・田中斧三郎・湯嶋喜太郎、連名奉札到来。明廿四日、扶持高代金渡り候ニ付、四時印形持参可致旨、申来ル。予、代筆ニて、うけぶミ進之。

一昼時、清右衛門来ル。米や文吉、昨朝もち米持参のよし申之。宗伯病中ニ付、明日、松前役所ニ印形持参いたし、金子うけ取くれ候様、たのミおく。年始駕のもの丶事、談之。

一夕七時過、使人足かへり来ル。土岐村氏ニてハ、元立他行のよしニて、内義ゟおみちへ返書来ル。宗之助悴疱瘡軽症、尤順痘のよし也。大郷金蔵も他行のよしニて、塾生篠崎八太ゟ、うけ取書付来ル。渥見次右衛門ハ当番中のよしニて、ふろしき共被留、人足ちん銭、遣之。

一夕方渥見ゟ、汁粉餅一器到来。今日もちつきのよし也。過刻のふろしき、被帰（ママ）之。

一夜ニ入、うへ木や治左衛門来ル。くり合せ候間、明日可参旨、申之。無相違参候様、申付おく。

一夜五時過、西村や与八ゟ使札。白女辻残り弐丁、初校合来ル。前丁校合取ニ来ル。多用ニて、未遑校合ニ候間、
一両日中とりニ可参旨、返書ニ申遣ス。

一昨夕之火事、水戸様御守殿前長屋焼失のよし。日本橋辺の出火ハ肴店辺のよし。いづれも不及大火、宵の内の
事也。

一今夜五時比ゟ、丸之内備前中やしき失火、四時過火鎮ル。

○**廿四日**己卯（ママ）　晴

一うへ木や治左衛門・同金治来ル。池埋跡修飾、庭そうぢ松のふる葉むしり等、両人ニて終日也。夕方、ちん銀
わたし遣ス。来春二月中旬可参旨、かたく申付おく。
一飯田町宅ゟ、如例、歳暮物品〻到来。同刻、清右衛門も来ル。則、松前役所江遣し、宗伯印形預ケ遣し、扶持
代金受取候様、申付遣ス。但、清右衛門、そうぢ金持参、うけ取おく。昼前、清右衛門帰り来ル。則、扶持代
金受取来ル。金子・印形共、宗伯ニわたし、帰去。明朝、定吉ヲ以、林玄曠方へ遣しくれ候様、談之。金子入
状箱、清右衛門ニわたしおく。玄曠、秋巳来度〻来診、宗伯様子被見候ニ付、謝礼也。○屋代二郎来ル。注文
合巻袋入渡し遣ス。別帳ニ記、有之。
一明日、清右衛門、深光寺へ参詣のよしニ付、此方歳暮供米銭・餅等、深光寺へ納くれ候様、談之。今日、定吉、
帰路同人ニわたし、飯田町宅迄遣しおく。

一相沢虎吉、為寒中之見舞、被申置、橋本喜八郎も同断。宗伯、対面。早ゝ帰去。

一夕方、お百、池の端仲町藤原吉重方へ、鏡とぎニ遣し候鏡とりニ罷越、夕方帰宅。

○**廿五日**庚辰《(ママ)》　晴

一今朝、田畑久兵衛よび《(ダク)》ニ遣ス。土入させ候為也。もはや渡世ニ罷出候よしニて、不来。

一宗伯、一両日眼病不出来、帳とぢ《(ダク)》弁かきもち切候故歟、昨日ハ尤不出来、今朝ハ少し快方也。

一白女辻合巻一ゟ十丁迄、再校之。昼前、右板元西村や与八ゟ使札。校合とりニ来ル。右十丁使江わたし遣ス。

其後十一丁ゟ十五丁迄、右同書初校、校之。

一昼後、土岐村元立ゟ使札。歳暮祝義弁はま弓、被贈之。余、代筆ニて、返書遣ス。

一同刻、お久和、祖太郎携、為歳暮祝義、来ル。次右衛門ゟ、塩物・はま弓、被贈之。供之者ハかへし、夜ニ入、
六半時比迎ニ来ル。同刻、お久和・祖太郎帰去。

一昼後、予、小伝馬町辺・本町筋・日本橋筋・神田土手下等へかひ物ニ罷越、夕七半時前帰宅。

一夕方、大坂半蔵来ル。歳暮肴代弁作者附等、持参。且、美少年録二の巻、初校すり本持参、早ゝ帰去。今夕右
校合ニとりかゝり、初丁ゟ十六丁迄、校之。

一夜ニ入、田畑かるこ久兵衛方へ、かねヲ遣し、もち入候事かけ合せ候処、年内外へやとひ切ニたのまれ候上、
過日之土ハもはや取片付候ニ付、土無之よし申之。依之、其義及延引。

一宗伯、今日注連かざり等、作之。終日也。

○廿六日辛巳《ママ》 今暁ヨリ雨終日 夕方雨止 夜九時過ヨリ大風烈

一今朝、清右衛門方ゟ、定吉ヲ以、一昨日申付候林玄曠江遣し候手紙幷ニもくろくの受取、差越之。昨朝遣し候処、玄曠他行のよしニて、家僕宮岡寛次ゟ受取書差出し候よし也。右書付・状箱とも請取おく。定吉ハ浅草山田や《ママ》吉兵衛方へ罷越候よし。傘ゑもりいたし、進物ぬれ候間、傘借用申度旨、申之。則、新しき番傘かし遣ス。

一西村や与八ゟ使札。白女辻校合とりニ来ル。則、十二丁ゟ十五丁迄初校わたし、返書も遣ス。

一昼時、定吉、浅草ゟ帰り来ル。則、土岐村元祐方へ肴代弐朱幷宗伯手がみさしそえ、定吉ヲ以遣し、返書来ル。定吉、昼食たべ《ダク》させ可申存候へ共、急候故、不及其義、幸便ニ清右衛門方へ炭代壱朱、遣之。幷ニ、小松やニて、白ざとう注文申遣し、中屋かよひ等、清右衛門方まで、遣之。

一屋代二郎殿ゟ言伝、金魚伝上下壱部注文せらる。お百入湯之節、中途にての事よし。

一杉浦老母ハ、太郎へはま弓壱飾幷ニ到来のよしニて、ウナギ三筋、被恵之。右答礼として、水滸伝七編上下二帙、遣之。

一昼後、つるや喜右衛門来ル。丑年分潤筆持参。しば《ダク》〳〵辞し候へ共、相なげ《ダク》きしば《ダク》〳〵しひ候故、無拠あづかりおく。

一宗伯、内外かざりるい作り畢。幷ニ、台所八けんわくはり、とりつけ等、終日也。おみちとし玉丸薬下拵、手伝之。

一今日、予、多用ニて、校合るいのいとまあらず、消日了。

○廿七日壬午（ママ）　曇　昨夜中ヨリ風烈　天明風止テ　終日不晴　夜ニ入晴
一白女辻十六丁ゟ三十丁終迄、初校、施雌黄了。其後、美少年録二の巻廿六丁終迄、校之。初校也。

一昼飯後ゟ、お百、深光寺へ墓参。尚又、牛込横寺町竜門寺・円福寺へも墓参いたし、帰路、飯田町宅へ立より、暮六時比帰宅。

一今日、大工寅吉、飯田町清右衛門方へ罷越、売薬看板とぢ（ダク）付候よし。但、おそく罷越候よし。依之、今日落成いたし候まじく、及明日哉之旨、お百、告之。

一右已前、昼後、清右衛門来ル。先月中申付候艾買取、持参。代銭遣之。雑談後、早ヽ帰去。

一夕方、下女かね母来ル。雑談数刻、薄暮帰去。

一屋代二郎殿に、是ゟ取次遣し候合巻類代銀書付、下女かねヲ以、遣之。

一宗伯、今日、内かざり間毎ニ付之。其後そうぢ等、終日也。

一門松立させ候八百屋某、いづくへか転宅いたし候よしニ付、田畑安五郎方へ、かねヲ以、今夕申遣候処、明日参り候て、立可申旨、申之。当暮、飾竹高直、竹うり一人も来らず。門松うり候ものわづかに七本持参、かひ取おく。

一薄暮、西村や与八ゟ使札。白女辻校合とりニ来ル。則、わたし遣ス。
○廿八日癸未（ママ）　晴　今朝ヨリ風
一清右衛門方ゟ、申付置候間、白ざとう小松やゟとりよせ、定吉ヲ以、差越ス。則、定吉を以、松前家広間当番衆迄、如例年、両御殿に進上の屠蘇二包、もたせ進候処、当番嶋田近吉・駒木根千之丞、両名ニて請取返書来ル。定吉帰宅之節、かまくら河岸としまやへ、酒・醤油注文書付、遣之。

一昼後ゟ、予、出宅。日本橋辺処〻にて買物いたし、夕七時過帰宅。

一昼前、田畑軽子安五郎、門松立ニ来ル。宗伯差図いたし、畢而祝義弐百銅、遣之。

一宗伯、鏡餅・蓬来《ママ》等、飾之。彼是終日也。

一関源吉来ル。去ル十七日、此方ゟ使遣し、且、同人娘方へ、漢楚賽二編遣し候処、其節ゟ主君用向ニて、日〻上屋敷へ罷出、書ものいたし候故、不得寸暇、不音ニ罷成候よし。右為謝ニ罷出候よし也。予、他行中ニ付、口上、お百ニ被申置、帰去。

一今朝、屋代二郎殿入来。是迄取次遣し候合巻代金持参。皆済也。余、対面。うけ取おく。其後、雑談畢て、帰去。

一いせ外宮、岡本又太夫代之者、御初穂取ニ来ル。則、為例《ママ》、遣之。

一同朋町ふくろ物やゟ、かねヲ以、いせ稲毛たばこ入のかミ一枚、遣之。正月六日比迄ニ、ぬひ候様申付おく。代料二ツニて三匁六分のよし。是迄かまくらがしとしまやゟ申付候ハ、一匁四分づゝニて出来、一つニ付壱匁八分ニ候へば、四分高料ニ候へ共、遠方不便ニ付、申付之。

一夜ニ入、大工寅吉来ル。飯田町薬やね看板、今日とぢ付候処、ひかへのかた、東の方長く、いせ久土蔵折釘ニか丶らず《ダク》、急ニかぢ《ダク》やニて直させ可申存、かけ合候へ共、年内出来かね候間、まづ《ダク》杉小わりニて、つなぎ《ダク》置候よし、申之。しかれど《ダク》も危く候処、杉丸太ヲ以、添柱をいたし、右柱へひかへかな物とぢ《ダク》付候様申付、明日無相違直し候様、かたくとり極メ、請負分残金壱分弐朱、外ニ金弐朱、添柱入用ちん銀共渡し、うけ取印形とりおく。雑談数刻、五半時比帰去。

一昼前、大坂や半蔵ゟ、使ヲ以、美少年録一の巻初校すり本、指越之。且、けわく紙五枚入用のよし、口上ニて

申来ル。則、右けわくがミ弁二の巻校合致し置候間、遣之。弁ニ、口上書ヲ以、作者番附二三枚入用之事弁ニ
序文筆者仏庵へ遣し度候間、追てすり込候節、二通りほどすらせ、差越候様、半蔵方へ申遣ス。

○廿九日甲申（ママ）　晴　風　夕方ゟ凪

一昼後、清右衛門、為当日祝義、来ル。且、鳥目金弐分分持参、両がへいたし度よし申ニ付、請取おく。将又、京橋小林氏𛀁返金壱両、清右衛門へわたしおく。来正月年礼ニ罷越候節、支配人𛀁わたし、請取書付とり候て、持参可致旨、申之。其後帰去。但、もりやゟ、金魚伝五部、取之、持参。内三部ハ清右衛門入用のよし也。

一大坂や半蔵ゟ、使ヲ以、美少年録ふくろ・とびら・外題校合すり本持参。弁ニ、過日申遣し候、作者附三枚も持参、請取おく。口痛歯薬の事注文書付、遣之。

一屋代二郎殿𛀁、かねヲ以、金魚伝上下四冊、遣之。過日頼によつて也。今日、清右衛門もりや五部うけ取、持参。内三部ハ清右衛門入用のよしニ付、遣之。二部ハ此方へとりおく。右之内、壱部ハ二郎殿注文之分也。

一暮六時前、杉浦老母、為当日祝義、来ル。手打そば一重、被恵之。雑談後、帰去。

一本郷笹屋ゟ、書付ヲ以、炭代・もちつきちんとりニ来ル。炭代先月分端銀四匁三分も、今日、不残使𛀁わたし遣ス。いづれも皆済也。

一長崎平左衛門かよひ帳〆高相違ニ付、昨日其段申遣し候ニ付、手代万蔵、右かよひ〆高書直し、持参。則、薬種代払遣ス。

一大工寅吉、今朝飯田町𛀁罷越、昨夕申付候通り、やねかんばんひかへかなものうちつけ、ひかへばしら立、早速出来のよし。清右衛門、今日罷越候節、告之。

一夜ニ入、六半時比ゟ、予、宗伯同道ニて、飯田町宅𛀁罷越、薬うり溜勘定いたし、過刻の両がへ金弐分、其外

とも清右衛門へわたし、其後、小松やゟは宗伯自身罷越、薬種代不残払遣し、中や・畳や等ゟは、定吉ヲ以、代金銭もたせ遣し、いづれもうけ取印形とりおき、畢て清右衛門夫婦、酒・そば等ニて聊饗応、九ツ時帰宅。宗伯、当四月病気已来、はじめて飯田町宅ゟ罷越候処、帰路、胸はり難義のよしニ候へ共、往来不難ニ帰宅。九半時比、家内一統安寝。

旧版翻刻・校訂関係者略歴

岡村千曳（おかむら　ちびき）
明治十五年（一八八二）十二月に生まれる。早稲田大学第一高等学院長、早稲田大学教授、同図書館長を歴任。昭和三十九年（一九六四）五月逝去。享年八十一。

鵜月　洋（うづき　ひろし）
大正七年（一九一八）十一月に生まれる。早稲田大学高等学院教諭。昭和四十年（一九六五）六月逝去。享年四十六。

洞　富雄（ほら　とみお）
明治三十九年（一九〇六）十一月に生まれる。早稲田大学図書館和漢書主任。早稲田大学教授、同図書館副館長。平成十二年（二〇〇〇）四月逝去。享年九十三。

暉峻康隆（てるおか　やすたか）
明治四十一年（一九〇八）二月に生まれる。早稲田大学文学部名誉教授。平成十三年（二〇〇一）四月逝去。享年九十三。

木村三四吾（きむら　みよご）
大正五年（一九一六）三月に生まれる。天理図書館司書研究員、大阪樟蔭女子大学教授、同図書館長、同名誉教授。平成二十年（二〇〇八）四月逝去。享年九十二。

柴田光彦（しばた　みつひこ）
昭和六年（一九三一）三月に生まれる。元早稲田大学総長室調査役（同中央図書館特別資料室長）、跡見学園女子大学教授、同図書館長。

DTP　平面惑星

曲《きょく》亭《てい》馬《ば》琴《きん》日記《にっき》　第一巻《だいいっかん》

二〇〇九年七月一〇日　初版発行

新訂増補　柴田《しばた》　光彦《みつひこ》

発行者　浅海　保

発行所　中央公論新社

〒一〇四−八三二〇

東京都中央区京橋二−八−七

電話　販売　〇三−三五六三−一四三一

編集　〇三−三五六三−三六九二

URL http://www.chuko.co.jp/

印　刷　三晃印刷

製　本　大口製本印刷

Published by CHUOKORON-SHINSHA, INC.

Printed in Japan　ISBN978-4-12-403541-4 C3395